狼狗
hound
白山黑水三部曲之一
張永軍◎著
〔新修版〕

白山黑水三部曲之一 狼狗〔新修版〕

作　　者：張永軍
發 行 人：陳曉林
出 版 所：風雲時代出版股份有限公司
地　　址：105台北市民生東路五段178號7樓之3
風雲書網：http://www.eastbooks.com.tw
官方部落格：http://eastbooks.pixnet.net/blog
信　　箱：h7560949@ms15.hinet.net
郵撥帳號：12043291
服務專線：(02)27560949
傳真專線：(02)27653799
執行主編：朱墨菲
美術編輯：吳宗潔

法律顧問：永然法律事務所　李永然律師
　　　　　北辰著作權事務所　蕭雄淋律師
版權授權：中文繁體版由北京共和聯動圖書有限公司授權風雲時代股份有限公司在台灣獨家發行
初版換封：2014年7月

ISBN：978-986-352-044-3

總 經 銷：成信文化事業股份有限公司
地　　址：新北市新店區中正路四維巷二弄2號4樓
電　　話：(02)2219-2080

行政院新聞局局版台業字第3595號
營利事業統一編號22759935

國家圖書館出版品預行編目資料

白山黑水三部曲之一<<狼狗>> / 張永軍著.
— 初版. — 臺北市：風雲時代, 2014.05
面；　公分

ISBN 978-986-352-044-3 (平裝)

857.7　　103008151

編者薦言

《狼狗》意象：純摯的生靈，不屈的心志

陳曉林

真正傑出的動物文學，往往不止是抒寫了動物生命中令人感念的特質和令人驚奇的表現而已，作品還會透過動物與人類的互動，呈顯或映襯出一項深堪玩味的事理，即：某些極可貴、極珍罕的人格特質，儼然可以在某些具有靈性的動物身上，看到相對呼應的拓本。

因此，傑出的動物文學往往同時在對比、刻畫和挖掘人性。傑克倫敦的名著《白牙》、《曠野的呼喚》即是人所共知的例證，而他的《海狼》更逕自鋪敘男主角的獷悍行徑，海狼的意象只是對其人格特質的一個隱喻而已。

動物文學的高峰

近年來動物文學在出版界頗受重視，不時掀起一股熱潮；然而，相對於許多以飼主與所豢養的貓、狗或各種各樣可愛寵物之間，相依相守的生涯或難分難捨的情誼爲主軸的小說不斷湧現，深入抒寫野生動物的殊異生態，並藉以反思現代文明中人性特質的「本格化」動物小說，其實並不多見。

原因當然不難理解：寫前者，只需觀察身邊寵物的行止和反應，以同理心來編織出可引起共鳴的故事；但寫後者，卻必須具有足夠的山野生活經驗，並曾與貌似粗獷的野生動物長期相處，才能寫出沁人心脾、豁人耳目的作品，為動物小說添加別開生面的篇章。

華文世界近年躍現了多位以動物文學為主要創作旨趣的寫手，其中，東北作家張永軍以《狼狗》、《黃金老虎》、《鷹王海東青》這三部涵蓋廣泛且一氣呵成的長篇動物小說，在眾多溫馨可愛的寵物小說之外，別樹一格，證明了有深度、有寓意的動物文學，同樣可以達到高度的可讀性。事實上，領銜之作《狼狗》甫一上市，即令華語文壇驚艷，奠定了他作為「獷悍型動物小說」首席旗手的地位。

忠誠與背叛的故事

《狼狗》是一部多層次、多面向、多焦距的作品。表面上，展開的是具特殊強悍血統的東北狼狗「青上衛」一生盡忠職守、生死以之、捍衛主人、不離不棄的傳奇故事；但骨子裡，像狼狗般忠誠勇毅的東北漢子，如何遭到自己所信任、所守護的友人出賣，諸多血淚斑斑的事蹟，才是小說要藉青上衛喋血復仇，來對比與諷喻的人性之陰暗與幽微之處。

正直的東北漢子與忠誠的曠野狼狗其實是互為影射的意象，而整個廣瀚、質樸而荒涼的東北大地，則是信任與出賣、忠誠與背叛的故事一幕幕在上演的背景舞台；因此，信任與出賣、忠誠與背叛的故事，甚至亦可視為曲折地隱寓了近代東北真實的歷史滄桑，以及列強對東北這片大地的覬覦與操弄。如此看來，《狼狗》寓意遠比《海狼》繁複。

就小說技法而言，《狼狗》的敘事結構相當奇特。一方面，作者著力在建構某種具有鄉土、黝暗和狠辣意味的「宿命預言」，於是，好心常無好報，劣幣驅逐良幣，出賣與背叛儼然成為歷久彌新的生存法則，信任與忠誠則往往引來始料不及的災殃；但另一方面，又隨時藉由狼狗青上衛與兩代男主人鐵七、鐵小七的質樸及悍勇，更藉由美艷如火狐現世、但純情卻不下於鐵七的女主人公李狐兒的坦率表現，大剌剌地突破這個「宿命預言」。

「宿命預言」的突破

正因有了這樣既著力建構、又刻意拆解「宿命預言」的情節推展，小說的內在張力便不斷彰顯出新的迴旋與轉折。為此，作者採取了在必要時直接跳到前台向讀者作出說明或詮釋的策略，使得《狼狗》竟儼然具有「後設小說」的樣態。這當然不是作者的原意，而密集的插敘也難謂全都有敘事策略上的必要性；但相對於鋪陳和突破「宿命預言」所需要的辯證思維，及所達成的實際效果而言，應屬瑕不掩瑜。

東北的地理位置和歷史際遇，使得它成為列強覬覦的一塊肥肉。而這塊黑土地又因聚居的民族（及種族）十分複雜，至少包括漢人、滿人、高麗人、俄羅斯人、日本人，其中某些族裔與列強之間又各有複雜微妙的敵友關係，故彼此間的信任與出賣、忠誠與背叛，往往還涉及族群間的歷史恩怨。《狼狗》對當地族群間的矛盾、列強對東北的侵凌只點到為止，因為那是作者要在後續的《黃金老虎》、《鷹王海東青》中展開的情節。《狼狗》所處理的，主要是另一種錯綜複雜的人際關係。

書中的「宿命預言」之所以應驗，說到底，畢竟還是人與人之間最強烈的情感衝突所指向的某個終極結局。儘管像鐵七這般天性正直且英勇的豪傑，不斷在扶助弱勢者反抗強權，但天性卑劣的弱者也有強烈的愛慾，因異性不予理睬，自卑感作祟下背叛、反噬一再仗義援助自己的救命恩人。這類情事，在人世間屢見不鮮，在《狼狗》中更成為迫使義烈漢子鐵七死於非命的「宿命預言」。

亙古大地的迴響

像書中的吉了了、博一丁、石大頭等恩將仇報的卑劣之徒，算計及暗害人格遠較他們高尚、本領更遠較他們高明的恩人，通常都能得逞；這正如歷史上無數剛正偉岸之士死於卑劣小人的陷害，堪令天下後世為之同聲一嘆！而比歷史上那些含冤不白、齎志以歿的志士仁人幸運的是：與鐵七相依為命的狼狗青上衛，雖然也與鐵七一樣遭到小人算計，幾度險死還生，但牠終於拚命咬死惡徒，為主人報了血仇。

其實，青上衛不止苦苦追尋坑害鐵七的仇人所留下的線索，終在九死一生的拚搏中如願以償，使鐵七得以瞑目；細看書中牠的「行狀」，牠分明是替每一位餵養過、陪伴過牠的主人，都實現過報仇的任務。

牠的前任主人張一夫並非正派人物，而屬巧取豪奪之徒，但當張一夫遭到強徒以火槍狙擊致死後，明知火槍的威力非肉身可擋，但青上衛仍捨死忘生地撲咬而上，直到所有下手狙擊的強徒全部殞命為止。當鐵七救下牠時，牠已是奄奄一息，但鐵七深諳血統強悍的東北狼狗習性，在耐心餵養下，終使青上衛回復生機；嗣後，更以長期相伴在曠野狩獵的卓越表現，贏得青上衛的衷心愛戴。

青上衛與鐵七在崇山峻嶺嬉戲奔馳的歲月，是牠一生最難忘的期間；故而，當錢七的「精神子裔」鐵小七帶牠重回山上時，青上衛也終於認同了鐵小七為牠的新主人。但「宿命預言」又一次儼然呈現為難以破解的魔咒，鐵小七在礦區淘到黃金後竟遭謀害。青上衛長途奔波，不眠不休地嗅聞氣味，卒能發現真兇乃是小七自小信任有加的窩囊傢伙。牠為最後的主人報了仇，然而也感傷到了心碎的程度……。

《狼狗》的敘事語言帶有少許別富情致的東北方言，生猛獷悍，平添不少閱讀趣味。

寫在前面

想說的話

張永軍

這部小說寫的肯定不僅僅是東北狼狗，也不僅僅是以東北狼狗而獨立發展的故事。這部小說主要寫的還是人、寫那些一生下來就俱備東北狼狗性格的男人和女人：他們狼性，他們凶狠，他們驚心動魄。

小說中這些人物所承擔的一切，都是以他們的性格爲出發點，去做他們喜歡承擔的事、或者不喜歡也要去承擔的事、或者不能不去承擔的事、或者被動受制於他人被迫承擔的事，這些人物做這些事，是必然也是其「宿命」。

正是以上種種一定要去做的事，才體現了和宿命緊緊相關的「信任」。這個「信任」的特質，東北狼狗是一生下來就俱備的。而這個「信任」的特質，世上有些人是不曾具備的。所以，在這部小說裡，主要的主題就是「信任」和「宿命」。

也就是說，在人的一生中，最重要的是付出信任和收穫信任。這就像東北狼狗一樣，付出了信任才能體現完美的勇氣。這也像男主角鐵七，付出了信任，才能擁有青上衛這樣的東北狼狗，才能有「好爺」和「李老壞」這樣的生死兄弟。當然，這也是鐵七的宿命，鐵七像狼狗對待主人一樣對待吉了了，這種感情卻敵不過一個誤會、一次懷疑。這是鐵七的錯，卻不是「信任」的錯。或者，這也不是鐵七的錯，卻是

「信任」的錯。因爲誰對鐵七好，鐵七就回報誰更好。這就是東北狼狗的性格。如果從性格出發去面對一切，去理解一切，那麼不論什麼結局都是正常的了。

所以付出信任不易，得到信任也不易，而且信任可以改變宿命，也可以使你走向「宿命」。所以，書中的老人那二說：「咱們就要像狼狗一樣，狼狗牢記著主人的好，也牢記著主人的壞，而主人呢？主人只記得自己的好。這是不行的。」

現在在我們的周圍，人對人不都像主人對狼狗那樣嗎？你對我好我才能騙你，騙你就像騙條狗。誰會記得別人對自己的好呢？誰不都在牢記著自己對別人的好嗎？人啊，這樣真是不行的。

另外，這部小說還有一個主題，就是「尋找」。尋找最珍貴的情感，尋覓最珍貴的東西。那二在尋找，尋找的是落葉後的「安寧」；鐵小七在尋找，尋找的是最初的那口媽媽的「奶」；九蘭在尋找，尋找一個可以安心生活、可以稱爲「家」的地方；吉小葉在尋找，尋找一個感覺，一個「強悍」的感覺；博一丁在尋找，尋找成爲「人物」的時機。

而這些人，每一個都是具備東北狼狗性格的人，也像狼狗需要主人一樣，他們需要找到一個「主人」，找到了，才安於守護。找不到就不停地尋找，直至找到。這種精神是純個人的精神，這種精神帶來的就是「宿命」。就像東北狼狗有了一個主人，牠的命運就被這個主人掌握了。而人呢？人同樣也會被自己「尋找」的這個「主人」掌握了，以致沒有真正的自由。正因爲世道茫茫，我們才需要付出信任和收穫信任、我們才渴望被信任和去信任。如果失去了信任，那麼，就真的什麼也沒有了。

所以高明的獵人說：「寧可騙你自己，也不要騙你的獵狗。」所以好爺說：「在你的一生裡，你時刻需要像狼狗一樣的伙伴，但你自己也要像狼狗一樣。」

好了，讓我們在這部小說裡交心吧！

CONTENTS

小說中常出現的名詞

編者按：本書因以東北大漢為故事背景，故書中常出現許多東北方言，茲將其明列說明如下，以便讀者在閱讀時更為瞭解。

＊二毛子：指中俄通婚的混血兒。

＊這疙瘩、那疙瘩：這裡、這地方；那裡、那地方。（例：「你那疙瘩的？」指你是什麼地方的；「上那疙瘩去？」指上哪兒去。）

＊「整」東西、「整」錢、「整」房子：弄妥、擺平之意。

＊媳婦：指妻子。

＊搗：做。

＊急眼：生氣、翻臉。

＊叫號：挑戰、挑釁。

＊忽悠：唬弄；唬爛；吹噓。

＊老鼻子：形容很多、很長、很久。

＊草雞：形容人膽小軟弱或畏縮洩氣了。

＊哈拉子：口水。

＊木幫：伐木、放排的人結成的幫派。頭領稱為把頭。

*鴇子院、小抽子、老抽子：妓院、小妓女、老妓女。
*地倉子：低矮的茅草屋（有四分之一地下式的和半地下式的）。用土打（夯實）的牆，茅草壓的頂。
*埋汰：骯髒，弄髒了。
*掐架：打架。
*趕山人：進山挖人參的人。
*貓起來：躲起來。

第一章　第一、第二、第四個主人的歷史性會面

狼狗是人類最忠誠的夥伴，但狼狗沒有主觀分辨好壞與善惡的能力，服從於主人、對主人絕對忠誠是狼狗的天性。但狼狗後天形成的性格特徵來源於牠所信任的主人。也就是說，主人是善良的人，他的狗就是善良的狗；主人是惡人，他的狗就是惡狗。這就是說，主人是什麼性格，他的狗就會是什麼性格。

1

在通化縣城李家街的街上，頂著風雪走來一個騎一匹白馬、牽著兩匹紅馬的漢子。這個漢子進入李家街就吸引了許多好奇的、甚至冷不丁瞅他一眼嚇一跳或愣一下的目光。這個漢子不是正宗黃種人，也不是正宗白種人，他是個二毛子（中俄通婚的混血兒）。一條青毛狼狗不聲不響地隨在馬的外後側，冷靜而又警惕地守著馱著馬包行頭的兩匹紅馬。

這條青毛狼狗就是青上衛，是本書的主角。此時，牠還不知道主人的旅行到了要命的終點，也不知道牠的命運即將改變，更不知道牠會遭遇生命中最重要的一個主人……

那時，鐵七在李家街「老綿羊」羊肉館裏坐了很久了。鐵七的桌子是張靠窗的榆木桌子，這是鐵七的固定桌子。那時是下午，時間已走向黃昏。羊肉館的外面還在飄雪，空間白晃晃地亮。鐵七夏天來時，是坐在桌前，邊喝老羊湯邊看窗外的風景，現在是冬天，窗戶被窗櫺紙糊上了，從裏往外什麼也看不見，但鐵七還坐在這裏。

事實上，自從吉了了和紅羊成了親，當上「老綿羊」羊肉館的掌櫃，吉了了就對鐵七說，老七，這張桌子、這把椅子就是你的了，來不來都是你的。

鐵七看看這張被油水浸潤得像幅水墨畫似的榆木桌面，再瞅瞅吉了了和改口叫了嫂子姐的紅羊笑笑，沒當真。吉了了和紅羊卻都當真了。

鐵七和吉了了從十幾歲就結識了。鐵七又透過吉了了認識了紅羊，紅羊和鐵七同是屬猴的，比鐵七大幾天，紅羊就成了姐姐。從那時起，吉了了再不會被人時常揍得鼻青臉腫了，因爲吉了了認了鐵七當兄弟。此後的十幾年來，靠窗的那張榆木桌子就是鐵七的。有時，鐵七大半年不來，那張桌子也會被吉了了擦得油亮亮的空在窗前。

可是，這次鐵七來吉了了家四天了，也不去老城街找朋友，也不在羊肉館後院屋裏待著，而是坐在羊肉館裏不動，似乎一直要這樣待下去。進羊肉館的客人都用老羊湯泡上乾辣椒喝著解寒氣，鐵七卻老喝涼水還冒汗，還把狍子皮短襖敞了懷。

吉了了就擔心了，這四天裏，總是繞著彎子，盤問鐵七是不是有心事。

每當吉了了這樣問了，鐵七就說一些去柳樹河子、去輯安的見聞給吉了了聽。吉了了問不出來就猜想，這次鐵七有難處了。

在鐵七喊木板凳再上碗涼水時，吉了了掉頭進了後院，和紅羊耳語了幾句，紅羊的臉上也掛上了擔心，回到房裏，從炕櫃的最底層翻出一個蘭花布包，布包裏有三十塊龍洋。吉了了接在手裏掂了掂，搖搖頭。

紅羊說：「還有一百，是存著給老七娶媳婦的，都拿去吧。」又從炕櫃邊的一個角落裏摸出一個長條形的白布包，那是一整捲一百塊龍洋。吉了了用蘭花布包好，抱著出來。

這時，夕陽將至，羊肉館裏暫時沒人了。要在下黑影之後，當地的人或是投了行腳客棧的人才會來羊肉館吃席。

吉了了悄悄坐在鐵七對面，把蘭花布包放桌上，往鐵七面前推推說：「老七，快回屋放褡褳裏。先用著，不夠我再想法子。」

鐵七先一愣，想一想明白了，就動手解布包。

吉了了伸手擋說：「是一百三十個龍洋，財不露白，小心……」

鐵七已經解開了布包，還像折木棍那樣，抓起紅紙捲包的圓柱兩手一折，嘩啦！龍洋落桌上幾枚，有一枚還從桌上滾落到地上。

吉了了急了，喊：「你看看、你看看。這是給你娶媳婦的，是你嫂子姐一枚一枚存的。」吉了了邊喊邊彎腰去撿滾到另一張桌子底下的那枚龍洋。

鐵七開心了，嘻嘻笑著說：「這點龍洋有屁用。」

吉了了臉色變了變說：「難怪你小子在這疙瘩（這裡）盤算這麼久，難不成你真打算去劫李老壞的賭場？你以前說過的，別以爲我忘了。」

吉了了兩眼發直，瞅著鐵七發了陣呆，打個哆嗦又說：「不行！你不能去賭場打劫，李老壞通著黑白兩道太有勢力，林豹子又會玩命。你等著，我和你嫂子姐打個商量再整（弄）些龍洋。」

鐵七笑了，抬手揉鼻子。這是鐵七的習慣，每一次打架或發壞之前，鐵七就要揉揉鼻子。

吉了了瞭解鐵七這個動作，停下腳問：「你上次來，說去輯安收了不少進賬，還說在野豬河整蛤蟆。怎麼的？收不了賬？整不成蛤蟆？」

鐵七說：「我沒事。告訴你吧，我這次來賣蛤蟆油，兩百來斤蛤蟆油扔在後院了。約我來的買家是奉天省城人。我在等他來碰頭，又擔心白等，這事沒成，和你說你也著急，那多沒勁。」

鐵七雖然這樣說，吉了了還是擔心，鐵七不是買賣人，是大獨嶺有名的獵人。整特色山貨，吉了了怕鐵七不在行。

鐵七把龍洋收在布包裏，往吉了了懷裏一推，說：「快去，叫嫂子姐挖個坑埋上，最好埋在茅坑下面，那才叫財不露白。」說完哈哈笑。

吉了了搖搖頭，抱著包裹回後院了。

吉了了再回來，愣了愣，鐵七把窗戶紙扒個窟窿，眼睛頂上寒風往外看。聽到吉了了走過來，說：「省城的人遲了四天了，約好的日子沒用。我可是帶著十幾口子，用了一個秋天，在野豬河掘了十幾里的溝槽，才捉了幾萬隻蛤蟆，才扒出兩百來斤蛤蟆油。省城的人要不來，這疙瘩可沒人給現洋吃進這些蛤蟆油。」

吉了了說：「是呢！這疙瘩沒人給現洋。你來時不是說路上的雪快一尺厚了嗎？我看省城的人興許被雪堵路上了。老七別急啊！再等等。」

鐵七不吱聲了，似乎窗戶上的窟窿不夠大，用手又扒大了些，突然說：「來個雜種，真雜種，是個二毛子。男的，大個，那鬍鬚，好看！騎一匹白馬，拽兩匹紅馬，還跟著一條青毛狼狗，沒錯！是條好狼狗。」

吉了了聽鐵七叫得歡，也心動了，湊上去看。鐵七不讓出窗窟窿，吉了了也抬手捅破窗紙，扒出一個窟窿說：「在哪兒？真的，操他的！真是二毛子！這傢伙來這疙瘩幹嘛？」

鐵七用手肘碰碰吉了了說：「快去，把這傢伙弄進來仔細瞧瞧他的臉。」

吉了了說：「不用去叫，這傢伙這會兒不在這疙瘩停了嗎？下馬了，那狼狗真邪性，還知道用嘴接馬鞭子……」

突然，鐵七和吉了了的腦後傳來紅羊的話：「這是怎麼了？看什麼呢？還整出兩個窟窿？那礙事是嗎？」

吉了了嚇了一跳，還打了一個哆嗦。

鐵七沒回頭，抬手肘頂了下吉了了說：「這傢伙說這樣看風景方便，像回到夏天。」

吉了了掉頭瞅著紅羊陪笑說：「我糊上，我一會兒……嘿！我立馬就糊上。」跑館子裏間去了。

紅羊皺了下眉說：「臭老七就像個小屁孩，年過三十了也不找個媳婦（妻子）。馬家大姑娘挺好看的，你看行嗎？人家願意跟你去大獨嶺。這縣城裏的姑娘能答應去你那破窩可不大容易，人家就看上你的人了。我問了彩禮，我存的……」

鐵七不耐煩地說：「去！去！留著給吉了了暖被窩吧。兩條粗眉一張大長臉，嘴上還長小鬍子，那是女人嗎？在大獨嶺一露頭就得叫獵人當野豬打一槍。」

紅羊一生氣就沒話了，在櫃檯後一屁股坐下喊：「吉了了，小丫頭片子呢？這時候了還不回家你也不管管。」

吉了了在裏間喊：「有不貪玩的小丫頭嗎？準和石小頭在外面玩哪！」

吉了了用水浸濕草紙又出來，貼在窗窟窿上，冷風一吹，就和原有的窗紙凍在一起了。

吉了了說：「我糊好窗戶了。老七，那傢伙進來了吧？」

鐵七說：「進來了，青毛狼狗在守著馬，真是好狗。」

紅羊也好奇了，一雙飄忽的眼睛向門口看。

門被拉開了，門簾被翻起，隨寒風進來一個身穿鹿皮短袍的二毛子。二毛子在門口跺跺腳，脫下鹿皮短袍拍去上面的雪，搭在左臂彎裏；摘下狐狸皮圍脖掃去頭上的雪，再甩甩狐狸皮圍脖，才抬頭看著發呆的三個人，目光就被紅羊吸引了。紅羊和二毛子對看了幾下目光，紅羊的臉莫名其妙紅了。二毛子一米九的大個，黑髮白臉，高鼻深目，唇上修得整齊的黑鬍鬚，就是好看。

二毛子似乎見慣了漂亮女人看他的目光，一路行來，見過的女人當中，紅羊不但是最好看的，也是最有韻味的。紅羊髮黑臉白，五官雖小，卻十分別致，配上小小的橢圓小臉，細長的脖子，修長的身段，具備了有別於所有美女的美。二毛子藍色的目光就發飄了，眼睛裏藍幽幽的火苗就忽閃了。

吉了了早就見慣了男人看紅羊的目光，以前吉了了不生氣，還得意。因爲紅羊爲了能嫁給窮小子吉了了，先和他偷偷搗（做）那事，等到鼓起了肚皮才和紅羊爸翻牌。紅羊爸就無奈了。紅羊爸死前曾告誡吉了了，說他這種身分、這種脾性的老實人娶紅羊這種女人，要做兩種準備：一是日後準備睜隻眼閉隻眼當活王八，二是當心強大的男人殺了他，搶了紅羊。

吉了了當時說沒事，說有準備。可是，現在吉了了看到紅羊看二毛子的目光卻突然生氣了。

吉了了剛鼓起眼珠，鐵七就說話了：「你哪疙瘩的？幹什麼狼似的看人？沒見過女人？過來，我問你點事。」

鐵七盯著二毛子頓了頓又說：「聽懂了嗎？過來！」

二毛子咧嘴笑了，一張嘴嚇了鐵七、吉了了、紅羊一跳，二毛子說東北話：「給我整三碗老燒鍋白酒，三斤白切羊肉，整八個燉爛的馬鈴薯。馬鈴薯要搗成泥，拌上蒜泥細鹽，再澆點辣椒油。我請這位兄弟喝酒。」

二毛子走過來，向鐵七彎腰行了個老毛子那邊的彎腰禮，鐵七抬手請他坐下，二毛子把鹿皮短袍和狐狸皮圍脖整理了，整齊地堆放在桌子的一角上，拉開條凳，坐在鐵七對面，歪頭瞅著紅羊說：「她真美，像白天鵝！」

鐵七揉了下鼻子，扭頭看紅了臉的紅羊說：「你看清了嗎？她那脖子有那麼長嗎？知道嗎？她像母豹子，你再看她一眼，你的眼珠就不再是藍色的了。」

二毛子說：「不看了，不看了。誇獎東北男人的老婆美麗會挨揍。我知道，我的父親就是東北漢族人，在沙皇俄國遠東的軍隊裏服過役，是管軍馬的軍官。我父親娶了一位白俄羅斯小姐，那就是我的媽媽。我父親在臨近黑河府的海蘭泡有牧場。你看我的樣子，就知道我是新東北人。」

鐵七愣了愣，心想，這傢伙是個傻狍子，哪有一見面就亮家底的？就說：「難怪你會說中國話，原來你媽才是俄國老毛子。那你叫什麼？」

二毛子側頭又瞄一眼紅羊說：「我叫一夫，姓張，叫張一夫。我來長白山區整藥材。初秋就出來了，現在往回走。」

吉了了覺得張一夫挺實在，和木板凳給他上了白切羊肉、搗爛的馬鈴薯泥、老燒鍋白酒，也過來坐下問：「你媽好不好看？」

吉了了的這句話問得挺突然，鐵七和紅羊都認爲張一夫會發火，哪知張一夫神采飛揚地說：「我媽媽像金髮天使一樣美麗、一樣高貴，追求我媽媽的男人從村裏能排到鎮上。我父親經過幾次決鬥才娶到了我媽媽。我父親的拳腳功夫好極了。」

吉了了嘿嘿笑說：「你爸找你媽還決鬥？這不和狗在春天『掉秧子』（**地方方言，狗交配的專用詞。**）的時候一樣嗎？」

張一夫沒聽懂，歪著臉看吉了了想再問。

鐵七插話說：「來！爲你爸的拳腳乾一碗。」

張一夫高興了，端起酒碗喝了一大口酒說：「這疙瘩的水好，紅高粱也好，燒的酒就好，留回頭客啊！」

鐵七說：「兄弟，我問你個事，你能說就說，不能說就不說。來，我再敬你一碗，我這老哥的羊肉在這疙瘩是老字號，又純正又地道，你多吃，這回我請了。」

張一夫說：「好！我和你爭就是看不起你，就你請。你想知道什麼就問吧。」

鐵七問：「你整的是什麼藥材，這能說嗎？」

張一夫笑笑說：「別人我不說，我就對你說。我告訴你，我只整熊膽和老人參乾貨，其他不好帶的我都不要。」

鐵七眼皮一跳，收這兩樣東西一般都是現洋交易，也就是說，出來一趟總得隨身帶上幾千龍洋。這傢伙一個人敢整這活兒，看來這二毛子不是一般人。

張一夫又說：「我整這個已經快三年了……」

外面突然傳來狗叫，吉了了說：「是不是有人偷你的貨，我給你看看。」

在櫃檯裏手托腮坐著、眨著飄忽眼睛想心事的紅羊突然說：「你坐著吧，我出去喊一嗓子。」就出去了。

鐵七發覺張一夫不著急。外面的狗叫聲更淒慘了。

張一夫突然問：「在這裏買一條死狗多少龍洋？」

鐵七說：「我不知道，兩三塊總值吧。」

張一夫說：「那就買過十三條死狗了，一會兒送你一條燉著吃。」

鐵七就在又一聲狗的淒慘叫聲之後，突然明白了，問：「你的狼狗已經咬死十三條狗了？」

張一夫站起身，穿上鹿皮短袍說：「是啊！青上衛是我父親培育的最好的狼狗，是最出色的伴行犬，和狗鬥架是超一流的。你等我一下！我該出去賠龍洋了。」

這時，紅羊變顏變色地進門說：「金大炮的兩條破狗都叫他的青毛狼狗咬死了。青毛狼狗下口快得像閃電，一閃就下口。金大炮的大黑柴狗平時多厲害，這回喉嚨被撕開還不知道受傷了，還往上衝，血滋紅了一大片雪地才倒了。另一條大黃柴狗發了下呆的工夫，肚皮就被青毛狼狗咬得破開了。青毛狼狗還像不是牠咬的似的，掉頭回來守那三匹馬。」

鐵七聽了滿臉興奮，拍了下桌子，站起來，跟著張一夫出去了。

吉了了說：「這下金大炮又要鬧了。」

紅羊說：「金大炮找碴你就揍他，要像老七上次揍他那樣揍他，要不你就挨揍。你再像我爸忍他爸那樣忍金大炮，我就和你急眼（生氣、發脾氣）。」

吉了了拉一下紅羊的手說：「這不是老七來了嗎，老七來了脾氣廢了金大炮就糟了。上次打得太狠了，要結死仇的，妳小點兒聲。」

紅羊說：「那我一會兒就澆油加火，讓老七再揍金大炮，我一看見金大炮，渾身都起雞皮疙瘩。」

吉了了知道紅羊是在說笑，就和紅羊一起走出去看。

外邊的場面，吉了了看了有點發愣。金大炮仰著臉看天，他身邊站著四個身著老羊皮襖的漢子，都端著火銃。吉了了自然知道這四個漢子是木幫的人，他們一般在冬天伐木，春秋跑排。他們中間有原居民，比如滿族人和高麗人，也有後來移民來的朝鮮族人，也有早期來東北的漢族人，是長期在鴨綠江沿岸山裏討生活的人。這些人每年總有幾幫來通化縣城購進些日用品。

金大炮為什麼仰臉看天呢？原來金大炮帶著四個木幫（伐木人結成的幫派）的漢子要對付青毛狼狗時，發生了一個插曲。當時金大炮還說，先打死狼狗再找狼狗的主人。可是，吉了了和紅羊的女兒吉小葉突然出現了。

這個十三四歲的小丫頭，一看四條火銃對準了青毛狼狗，青毛狼狗嘴上雖然皺起了皮褶，但牠不驚慌，也不叫。吉小葉卻叫了：

「啊！又打狗了呀！」

在「老綿羊」羊肉館後牆根拉屎的石小頭繫上褲子跑過來，石小頭沒管驚叫的吉小葉，卻一下衝到青毛狼狗的前面，張開雙臂說：

「金大炮，是你的兩條破狗先欺負牠的，你老叫你的破狗欺負別的狗，咬死的狗再被你整去下湯鍋。金大炮你缺德！」

金大炮是個脾氣很臭的高麗人，他做狗肉的手段卻是當地一絕。在這一帶，也只有「老綿羊」羊肉館可以和「老狗頭」狗肉館叫號（挑戰）。這一羊一狗豐富了李家街的內容，相互又不矛盾，兩家平日雖有小吵小鬧，但都還說得過去。

金大炮被石小頭說中了心事，惱了，抬腿往前衝，剛衝了兩步就看到青毛狼狗突然站到石小頭身前。青毛狼狗的一雙眼睛盯著的是他的脖子，金大炮想不到他能遇上一條不怕他的狼狗。金大炮會殺狗就懂狗，知道眼前的青毛狼狗挺邪性，抬手護住脖子喊：

「哥幾個，放火銃，連這小雜種一起整了。」

石小頭掉頭一下抱住青毛狼狗的脖子喊：「快喊老七叔，快！」

青毛狼狗掙扎開了，歪下臉看了眼石小頭，又盯上金大炮。青毛狼狗也許知道石小頭是幫牠，才沒有攻擊石小頭。養過良種好狗的人都證實，良種的狗天生就能分別出可信任的人和不可信任的人。

這時候，張一夫和鐵七從羊肉館出來了。張一夫看了這個場面不緊張，他左手在腰間一摸，摸出一支黑糊糊的木柄短槍；右手一翻，將一塊鷹洋丟向天空，鷹洋打著轉飛上又落下時，左手短槍響了，砰的一聲，鷹洋被擊中又向天空飛去，落在挺遠些的雪地上。

鐵七抬手拍了兩下巴掌。金大炮和四個木幫的漢子都發了呆。

鐵七說：「金大炮，我給你個面子，給你五塊龍洋賠你的死狗。你記得，再他媽用狗獵狗找便宜，我叫你滿地找牙爬著走。」

金大炮怕鐵七，這才仰著頭看天。

張一夫抬腳走向一匹紅馬，打開一只馬包，從馬包裏抓出一把鷹洋丟在金大炮腳邊的雪地上，再放好馬包，笑著和鐵七握手。但鐵七、吉了了、紅羊還有金大炮和四個木幫的漢子，都看到了張一夫的那只馬包裏裝的都是鷹洋，看張一夫用一隻手提起放下的重量，就知道有幾百塊鷹洋。這種鷹洋是境外流入的外國銀幣，和清朝光緒末年的龍洋、民國初期的大洋，在那時都在民間流通。

鐵七皺了下眉頭，也明白張一夫為什麼敢大大咧咧的了。也就是說，張一夫沒兩下子就不敢這樣露臉，沒青毛狼狗也不敢這樣露白。

張一夫一招手，青毛狼狗就跑過來。可是，青毛狼狗和張一夫卻不是很親近。這讓獵戶世家出身的鐵七感覺不正常。在鐵七看來，張一夫和青毛狼狗之間的主僕關係太嚴肅了，就像將軍和士兵。

張一夫手指鐵七說：「這是我在長白山裏的第一個朋友，認住了他叫老七。來！青上衛，你應該記住老七的氣味。」

青上衛就在張一夫不被人察覺的小動作的指導下，去嗅了鐵七的氣味。鐵七知道這種狼狗是不能留然伸手摸的，就吹了聲好聽的口哨，青上衛明顯被吸引了，側著臉，轉動耳朵仔細聽。

張一夫說：「還有一位好朋友，是個好小夥子。」

張一夫就問石小頭叫什麼。石小頭吸了下鼻子說：「我就是石小頭，你的狼狗真好，我以前也養過一條青毛狼狗，長得和你的狼狗一樣。」

石小頭說著，抬手摸青上衛的頭，青上衛把臉歪了歪，想避開摸下來的黏著鼻涕的手，但又忍住了，縮頭縮腦地忍受著被摸了一下。

鐵七說：「你的狼狗可以成為好獵狗。」

張一夫卻看著石小頭笑著說：「青上衛知道你幫過牠，才讓你摸牠，不過你要記住，不要再冒險摸牠了。」

石小頭抬頭和張一夫對上目光說：「狼狗最通人性了，青上衛不會咬我，這我以前就知道。你讓牠和我玩一會兒吧！再說，叫牠什麼不好，偏叫青上衛，這是什麼破名？稀破稀破的名，牠應該叫老青！是不是，老青？」

石小頭又低頭去問青上衛，青上衛的目光裏全沒了認識石小頭的表情，嘴上的皮在起皺褶，這是發怒的先兆。石小頭自然知道，就站著不動了，嘴裏卻嘟噥：「叫老青多好，叫什麼青上衛，這是狗叫的嗎？」

幾個人就笑了。

金大炮站在遠處突然喊：「二毛子，我買你的狗，五十塊龍洋。」

張一夫挺開心地說：「不成，加上你老婆也不成。你老婆如果長得像她，再陪我睡一覺，這條狗就白送你。」

紅羊一下子眉眼倒立，叫罵：「放屁！狗一樣的臭二毛子！」甩手就進了羊肉館。

吉了了卻想：媽的！一會兒收了他的鷹洋就叫他滾蛋。

幾個人重新進羊肉館開喝，吉了了對二毛子張一夫明顯冷淡了。

館子裏還有一個不平靜的人物，就是石小頭。石小頭趴在桌上，看著在張一夫身後趴著吃羊骨頭的青上衛，著迷了。吉了了和木板凳都盯了石小頭好幾眼了，木板凳希望石小頭幫他收拾桌子，吉了了希望石小頭快點去睡覺，要不過一會兒，吉小葉就會端著羊肝、羊腸出來給石小頭吃。吉了了隱約感到他和紅羊的故事在石小頭和吉小葉身上要重演。

石小頭不幫木板凳收拾桌子，也不打算回後院睡覺，而是要聽鐵七和張一夫談狗。他睜大眼睛，支棱耳朵聽。

鐵七問：「你的青上衛不是純正的東北狼狗吧？這傢伙的毛厚，脾氣比這疙瘩的青毛狼狗更像狼。」

張一夫砰的一下重重放下酒碗說：「我認爲你他媽是個懂狼狗的人，原來你也是個二百五，真他媽的憋氣！」

吉了了心頭一震，心想這下好了，老七準會叫二毛子吃老拳了，就悄悄起身往牆角躲。

鐵七愣了愣，抬手揉鼻子，突然笑了說：「二毛子，你他媽對上了我的脾氣。」又對木板凳說：「去，關門打烊。嫂子姐，上酒，今下黑（**晚上**）我聽這傢伙忽悠（**吹噓**）狼狗。」

木板凳就唉一聲去掛了打烊的牌子。回來看看吉了了，吉了了說：「早點去歇著吧，這疙瘩有我呢。」

木板凳招呼石小頭走，石小頭搖頭不走，木板凳獨個到後院去睡了。

張一夫說：「兄弟你也來，你不來你就不是爺們。今晚你哥倆一幫，我獨一個，我們鬥酒。你哥倆要贏了，我輸五百鷹洋。怎麼樣？」

吉了了瞇了下眼睛笑了，說：「二毛子你真他媽能吹，牛逼（**指某人或某物很厲害、很酷，也有狂妄之意**）哄哄和我拚酒。操！我一個對你一個，我輸了，從今以後，這館子的羊肉隨便你吃用。老七你當判官，我贏這傢伙一百鷹洋，賭五百是欺負他。」

石小頭張嘴在一邊笑，突然插話說：「二毛子叔叔，你把青上衛也賭上吧，你輸了再留下青上衛，我給倒酒。」

張一夫說：「行！就這麼定了。還是你倆一幫，要不我他媽的贏了也不開心。」

吉了了瞪著眼珠想罵人，有鐵七在身邊，吉了了的脾氣總是大，何況吉了了隱約地感覺到二毛子吸引了紅羊。

鐵七卻不糊塗，心下盤算這二毛子有多少斤兩，就說：「咱就按他說的辦。咱們慢慢喝，還要聽他說狼狗，這天長著呢。」

吉了了不服。吉了了平時不大喝酒，從來沒喝醉過，他到底能喝多少酒，他自己也不知道。但吉了了還是和從前一樣聽了鐵七的。

石小頭給三個人的面前都滿上了酒，這時，吉小葉端著盤羊肝也來了，和石小頭一起興沖沖地邊吃邊看。

三個人先對乾，都整進肚了一碗酒，石小頭再給滿上。

鐵七說：「說狼狗啊，兄弟，我就認定這條青上衛不是純正的東北狼狗，沒準和你一樣是混了幾次的混合種。」

張一夫沒惱火，咬了一口乾紅辣椒說：「這你就不懂了。你以爲剛剛被青上衛咬死的那兩條柴狗才是東北土狗是吧？」

鐵七說：「沒錯！但你的青毛狗不是，這傢伙長得像是青狼，看起來幾乎和東北青毛狼狗一樣，但這不聲不響就下口的性子不是東北狼狗的性子，牠更像山裏擅長偷襲的青狼。」

張一夫又舉碗示意和吉了了對乾一碗後，都放下酒碗。石小頭站起拿酒罈子，吉小葉卻搶了先，笑嘻嘻地給倒上酒，還有意給吉了了少倒了些。

張一夫瞄一眼，卻不在意，說：「我父親的父親……」

吉了了哧的一聲笑了，說：「操！是你祖父。」

張一夫說：「當然是祖父，我祖父和我父親都有兩種本事，拳腳功夫是第三種。我祖父是大清朝在黑龍江嫩江府的小武官，幹的是養馬的事。我祖父和我父親的第二種本事也就是養馬。那麼，我祖父和我父親的第一種本事是什麼呢？就是培育狗。當然，我父親的這些本事都是我祖父教的。我祖父是個真正的狗癡，不懂吧？狗癡就是對狗著了魔的人。這麼說吧，我祖父對狗就像好色的人喜歡美女，明白了吧？我祖父幾乎試過所有東北的各種柴狗，總覺得這些柴狗做獵狗，看家護院還可以，但很難擔當比這些更重要的事。來，兄弟，再乾一碗。」

吉了了說：「還是我頂，老七留下耳朵聽你忽悠。」

張一夫和吉了了又對乾了，又放下碗。這次是石小頭給滿上了酒，也學吉小葉的樣子給吉了了少倒了酒，就看著吉小葉笑。吉小葉卻覺得這樣待著沒意思，也不想聽張一夫講狗，就歪在桌上咬著塊羊肝沒精神了。

紅羊是這時再次走進來的，坐在櫃檯後面笑吟吟地聽。

張一夫這次沒吃乾辣椒，腦門卻見汗了，說：「我祖父就想找到一種又忠誠又聰明又凶猛又有耐力的狗，這種狗一旦找到，將有可能成爲人的好幫手，發揮連獵狗也發揮不到的作用。我祖父就從嫩江府向北尋找。」

鐵七問：「找到了嗎？」

張一夫說：「當然，在我祖父五十五歲的時候，在內興安嶺烏雲河一個什麼族的部落裏找到了這樣的狗。這種狗就是狼狗，是狼和狗雜交的狼狗。但你說對了一點，這地方所有的東北青毛狼狗都是混血兒，只是混血的時間長短不同，有的狼狗已經傳了上百代甚至更長時間了，這種狼狗就不應該叫狼狗了，而應該叫狗狼。我這條青上衛雖然一樣是混血兒，但牠只是第四代的狼狗，是最好的一代狼狗。你們聽懂了嗎？比如我是第一代混血兒，我和漢人再生一代再生一代，我的俄羅斯血統特徵就淡化了，但在你們看來，那一代的我的後代才是最美的。青上衛也是這樣。懂了嗎？」

鐵七在抓鼻子，吉了了在抓耳朵，石小頭的眼珠閃光在看張一夫，紅羊突然哧哧笑了，和張一夫對了下目光，眼睛裏突然閃了一道光。張一夫摸著唇上的小鬍子，向上挑了下左邊眉毛也笑了。

吉了了說：「媽的，難道雜種才厲害？我想起來了，我奶奶是高麗人，是軍中的軍役，我爺爺是個漢兵把總。那是老鼻子（很久、很多）年前的事了。」

吉了了紅著眼珠盯著張一夫問：「你知道什麼是軍役嗎？」

張一夫說：「太知道了，你奶奶是女人，女性軍役就是軍妓，大清朝犯了罪的官員的女眷貶到軍中就是軍妓。」

張一夫挑動一下眉毛哈哈笑了，指著吉了了又說：「原來你奶奶是高麗軍妓，原來你他媽的也是個混血雜種。」

吉了了和張一夫哈哈笑，兩個人就碰碗，酒都灑出了些，兩人一口氣對乾了。一個抱著一個的腦袋，一個摟著一個的脖子，都說：「哈！雜種！你是漢人和老毛子生的雜種。我是漢人和高麗人生的雜種。」

吉了了和張一夫突然又一起看鐵七，也抬手指著鐵七。

鐵七說：「王八犢子你倆欠揍，我是漢族人。你兩個雜種喝。」

吉了了和張一夫又對乾一碗。

張一夫說：「你行，你是第一個和我碰四碗酒的人。」

張一夫晃晃腦袋，又轉臉對紅羊說：「妳丈夫這傢伙行，褲襠裏的那根『棒棰』也一定壯。」說完仰頭哈哈笑。

紅羊這次沒惱火，看著張一夫眼睛轉了一下也笑了，臉頰也更紅了。

吉了了說：「那還用你說，你要是母的，我準整得你像豬叫。咱倆再乾，我看你不行了，你這雜種他媽都兩個腦袋了。」

紅羊哧哧笑了說：「他不能喝了，他沒本事就愛瞎吹。你別灌他了，他快草雞（洩氣、不行）了。」

這是紅羊對張一夫說的話。吉了了卻認為這是紅羊對他說的話，就說：「對！再乾一個，我就贏他一百鷹洋了，還……還搭上一……一條狼狗了。叫……叫他瞎吹！該！」

吉了了和張一夫又乾一碗，張一夫也坐不住，打晃了。張一夫晃晃頭，問鐵七：「你他媽說，我講狼狗講到哪兒了？」

鐵七說：「你講到你祖父在烏雲河的一個部落裏找到了狼狗。」

張一夫說：「對！我祖父就在那部落住了九個月，用一對火槍，換了一對狼狗崽。用銀子人家不換。我祖父就帶著這對狼狗崽回了海蘭泡老家。但我祖父發覺這種狗一兩代過後就退化，有的聰明卻膽小又不夠忠誠，有的膽大凶猛卻不夠聰明。」

吉了了嘎的聲笑了，拍著桌子說：「他媽的對極了，我爸就膽大好鬥又傻，最後被人打死了。我就膽小……嘔……」突然發出乾嘔聲，就停了話。

吉了了和張一夫對乾了五碗烈性白酒，那是粗黑瓷碗，裝酒能裝半斤，五碗就是兩斤半，就算灑出些，喝進肚裏也有一斤七八兩。鐵七知道吉了了不行了。雖這樣，也被吉了了的酒量嚇了一跳。

鐵七就和張一夫乾了一碗，心想：這二毛子真他媽能喝，二斤四五兩了還不趴下。

張一夫說：「後來，我祖父解決了這一問題，就是又去了那個部落，又換了四對狼狗崽，讓牠們雜交，就出現了深青色的青毛狼狗。後來，我父親帶著我媽媽和我和弟妹們在海蘭泡牧場定居，我父親又對深青色狼狗進行培育，三代之後，就出現了青上衛這種毛色不深不淺，毛又較厚，不怕冷又像狼的狼狗。青上衛就是純正青色的青毛狼狗……」

張一夫停了話，打手勢站起出了門，又來不及去茅房，在羊肉館的側牆根嘩嘩地撒尿。

吉了了止住了乾嘔，抬手指著敞開的、往裏飄雪的門說：「誰出去了？我他媽再乾。我贏的鷹洋呢？」就伸長脖子在桌上找，嘩的一聲，撞翻了酒碗，趴桌子上了，半張著的嘴裏流出了哈拉子（ㄇㄨ水）。

鐵七也醉了，站不起來了。

紅羊說：「你哥倆要輸了吧？幸好沒賭上別的什麼。」紅羊就叫石小頭、吉小葉扶著吉了了去了後院，又說：「老七，二毛子是走不成了。你和二毛子睡你的屋裏？」

鐵七說：「妳別管了嫂子姐，你們都睡去吧，天都烏黑了，我和二毛子就這兒待著。狼狗還沒說完呢。」

紅羊猶豫了一下，想一想，又去裏間給提了壺熱茶放桌上，也去後院了。

張一夫晃回來了說：「我認輸了，這個掌櫃的真他媽能喝。」

鐵七說：「別介，你下次來就使勁吃羊肉吧。這麼說，青上衛是純正的東北青毛狼狗了？」

張一夫說：「沒錯，青上衛是東北的狼和東北的狼狗雜交的後代，這種狼狗和東北常見的那些狼狗是一個品種來源。這個品種又分出許多種，有淺青色的、深青色的、青黃色的、青黑色的、青白色的，這些青毛狗都是狼狗，只不過青上衛這一品種經過我祖父和我父親的培育，進化得更好一些罷了。」

鐵七瞅著瞇著眼睛趴在地上的青上衛發了呆。

張一夫說：「我家裏還有一條黑右衛，是高加索黑毛牧羊犬；一條紅下衛，是法國紅毛獒犬；一條白左衛，是日本白毛秋田犬。這些狗都是我父親留下來的，各有各的特點。那另外三條狗，可以當伴行犬，也可以當牧羊犬，還可以當鬥狗。你沒聽說過鬥狗賭博吧？這裏，也許整個東北關外都還沒有吧？

告訴你吧，東西歐洲的鬥狗和中國關內的鬥雞差不多。」

張一夫說的這幾種狗，鐵七別說見了，連聽都沒聽說過。他的表情在變傻，至於鬥狗賭博，他不感興趣也不大在意。

張一夫說：「另外那三條狗除了白左衛，其他兩條狗都比青上衛高大，也比青上衛凶猛，但牠們沒有青上衛聰明。看你這傢伙的樣子就知道你喜歡青上衛，我把青上衛送給你吧。」

鐵七吃了一驚，張口就問：「真的？你小子不是忽悠我吧？你捨得？」

張一夫咧嘴笑說：「我和你投緣啊！青上衛若是你的，你也會送給我的。」

鐵七說：「這話對脾氣，來，乾了！」

鐵七和張一夫又乾一碗，鐵七的眼皮就沉了，張一夫也越來越晃。

鐵七說：「你這傢伙別晃，你的嘴呢？」鐵七伸手來找張一夫的嘴，手舉到半途，往下一甩就趴在桌上了。不一會兒，鐵七就飄出了鼾聲。

張一夫打個呵欠站起身，去羊肉館的裏間找了木盆用水洗了手臉，又把嘴巴、屁股前後洗乾淨，回來抱了鹿皮短袍、狐狸皮圍脖，再彎腰看看醉得一塌糊塗的鐵七，把左眉毛上挑，對著鐵七的耳朵吹了聲口哨，鐵七沒反應。張一夫就熄了羊肉館裏的兩盞油燈，摸黑通過羊肉館的裏間，走向後院去了。

羊肉館的後院有一排正房，一排矮些的廂房，還有羊圈、馬房、大柴垛和宰殺羊的棚子。而那正房的東屋，就是紅羊和吉了了的睡房……

2

次日天亮了，木板凳起來，出了廂房門，吸了口冷清的涼氣，仰頭打了個呵欠，去看羊肉館的爐灶，聽了幾聲鐵七的鼾聲。等他再走進後院，就把手伸進狗皮帽子裏邊抓頭皮，邊走向院門。沒錯，院門是敞開的。木板凳記得昨晚半夜時聽到二毛子把馬牽進後院的聲音，又找二毛子的三匹馬和青毛狼狗，院裏沒有。

木板凳心想，二毛子走了？怎麼不關門呢，還像做了賊似的一大早就跑？

木板凳在院裏查看了東西，十幾隻羊都在，鐵七的馬拉爬犁（即雪橇）和馬也在。又去看看別的，發覺少了些餵羊的精料，就去叫吉了了的門。沒走到門口就聽到吉了了在屋裏打鼾，但木板凳還是去拍了門。拍了七八下，拍醒了紅羊，紅羊起來開了門。

木板凳一眼看過去，嚇了一跳，問：「老姨，妳的眼睛怎麼腫了？嘴也腫了。」

紅羊的樣子像是想哭，但卻笑著說：「今天打烊，他們都醉著，你去燒把火，別讓爐火熄了就行。快去吧！」

木板凳一下子忘了叫開門想說什麼了，說：「哎！老姨妳快關門吧，這天挺冷的。」

木板凳轉身剛走兩步又聽到門響，是開門的聲音，就扭頭看。

紅羊把腦袋伸出門說：「木板凳，你燒點茶水給老七屋裏的二毛子送去。多放茶，解酒！」

木板凳愣了一下，才又想起叫門要說的事，說：「對了，老姨，老七叔在館子裏趴桌上打鼾呢。二毛子早沒影了，還偷了餵羊的精料。」

紅羊神色間愣了一愣，臉色又一下慘白說：「啊？走了？那、那，沒事了，你去吧！」

木板凳只有十五歲，還不大懂其他男女事，他是紅羊的遠親，十三歲時，像個小叫化子似的獨個跑來投奔紅羊。紅羊想了半天，也沒想起自己在柳樹河子還有一個嫁給姓木的遠房表姐，但看木板凳人挺老實就收留了。

木板凳把院裏的一切活幹完的時候，太陽快升起來了。在館子裏睡的鐵七醒了，趴著睡覺的人睡得不舒服醒得就早，鐵七身體好，又是獵人，也有早起的習慣，雖醉了酒也起得早。鐵七來到後院，在院裏活動一番，想去堂屋廳堂裏找水喝，又看到木板凳在給羊加草料。

鐵七問：「小子，給我餵馬了嗎？」

木板凳說：「餵了好料，昨晚今早都餵了。」

鐵七伸展下腰，又搖搖脖子說：「二毛子睡哪屋了？這傢伙醒了嗎？小子，那條青毛狼狗是我的了。」

木板凳嘿嘿一笑，吸了吸鼻子說：「老七叔你還沒睡醒吧？二毛子是個賊，偷了餵羊的兩袋精料早跑沒影了。」

鐵七不信說：「小子瞎說，我是誰？誰敢騙我？」

木板凳就放下草料又去劈柴，不理會鐵七了。

鐵七皺皺眉頭使勁回憶昨晚和張一夫的談話，心裏跳了一跳，心說，這傢伙賭酒就爲偷草料？只要他張嘴說一聲就給他，這用偷嗎？

鐵七想著這事不對頭，就在院裏轉圈，又問木板凳：「你老姨夫、老姨你見了嗎？」

木板凳說：「見了老姨，沒見老姨夫。老姨眼珠嘴巴都紅腫了，像挨了揍。」

鐵七揉揉鼻子，冷笑了，仰著頭盤算了一番說：「告訴你老姨夫，我出去一趟。」就去馬棚騎了馬，順著雪地上不時出現的馬蹄印和狼狗的腳印，向北出了李家街過了柳條橋，跑上老城街了。

老城街上早起的人多，雪地上的馬蹄印和狼狗的腳印被踩亂了。鐵七就問路上人，見沒見一個騎著一匹白馬、牽著兩匹紅馬、帶條青毛狼狗的二毛子路過？有人告訴鐵七，有這樣一個大高個的雜種，騎在馬上吹著口哨在老城街轉了一圈，還向人問了路，又掉頭向西南王八脖子渡口跑去了，大約過去有一個時辰了。

鐵七謝了聲，就催馬返回李家街，再向南跑到王八脖子渡口，在那又找到了馬蹄印和狼狗的腳印，就知道張一夫沒過江，也猜出張一夫去的方向了，就向西南走渾江邊的小路，想在黑窩子山口截住張一夫……

3

黑窩子山口這一帶都是老林荒野，幾乎沒有人煙，只有通向西南的一條山路彎來轉去地爬在荒野裏；而且是雪後，路上沒幾個人經過；又是初冬的雪，這種雪有黏性，馬跑起來就不快，馬蹄還黏雪。

但張一夫心裏爽快，把鹿皮短袍敞開懷，放慢了馬，讓馬小跑。張一夫不認爲是他走了桃花運才轉了背字，也不認爲是財物露了白才背了時，更不認爲在吉了了的炕上，用襠裏的「棒棰」搗開紅羊襠裏的「井」有什麼不對。這女人的「井」真棒，吸得他像種馬。張一夫這樣回想，頭又有點暈。

張一夫出來這幾個月沒嫖過娼妓，他用賭酒的方式整醉過七個山裏男人，搗開過七個好看的山裏媳婦襠裏的「井」。張一夫不由地想，紅羊是最好的一個。如果家裏沒老婆，他真想帶走紅羊，紅羊興許也這樣希望。

張一夫停下馬，下了馬去樹後撒尿。正撒著尿，看到青上衛揚起頭吸氣，耳朵還轉著聽聲音，以爲這一帶有野獸，就沒在意，一兩條狼，青上衛對付得了。張一夫盡情地撒尿，他還奇怪，這一陣子尿特多還頻。

青上衛輕聲叫了一聲，在不遠處一個大雪包的邊上，幾棵白樺樹下出現了一隻青狼，青狼盯著青上衛在看。

張一夫提上褲子，也看到了那隻青狼，就走到馬前，在馬包裏抽出一支長筒馬槍，推上了槍子（子彈），挺身一躍上馬。他這次沒再摸短槍，那把短槍他送給紅羊了。他夾了下馬腹，馬一邊小跑，一邊緊張地咴咴叫。

跑上了高些的雪坡，離青狼站立的雪包近了些。張一夫的眼珠定格了，在青狼的身邊，大雪包上又出現了一隻灰白色的狼。在灰白色的狼出現的地方的雪地上躺著四匹馬，還有一個人趴在雪地上，身下的雪上是一片紅色。

張一夫想，準是狼襲擊了這個人和四匹馬，就想是過去瞧瞧還是趕快離開。但又一想，就兩隻狼怎麼可能咬死一個人四匹馬？難道是狼群？他催馬往前走，不想理會這兩隻狼，他怕還有其他的狼，狼有食物就不會攻擊他，能過去就行了。

張一夫打口哨招呼青上衛跟上，青上衛卻吱吱叫，一邊靠過來，一邊盯著大雪包旁邊的一個小雪包，那裏有樹枝拖掃過的痕跡。突然聽到有一種哨子聲，張一夫微微發愣在找哨聲來源的時候，那兩隻狼衝過來了，他把槍一順，砰的一聲，那隻衝得快的青狼中彈撲倒了，而另一隻灰白色狼卻衝近了。

他打個手勢，青上衛迎著灰白色的狼撲上去了。張一夫的嘴角笑了一下，就低頭上槍子。

而就這當口，大雪包邊上的小雪包上的雪翻起了，一個人掀翻了樹枝跪在雪坑裏，手裏火銃響了。轟的一聲，張一夫左側半邊身子的鹿皮短袍就冒了煙，一頭從馬上跌下去。但張一夫還沒死，左半邊臉上流出了血也沒大事，他又是受過他父親老軍馬馴導員訓練的人，打個滾還了一槍，那一槍把那人的臉打出了洞。

又一支火銃在小雪包裏響了，張一夫的正面臉和脖子露肉的地方血肉模糊，翻個身，不動了，他的整張臉和脖子被火銃的幾十顆鐵砂打得全是血洞。

青上衛只一個回合就撕開了灰白色狼的背皮，灰白色狼叫一聲，夾著尾巴就逃，牠就知道這兩隻狼都不是狼，而是狗。牠向主人撲去，可是主人已經死了。青上衛吱吱叫，用嘴推推主人，又突然向一個走近的人撲去。

這個人就是趴在雪地上裝死的那個人，這人早有準備，迎著青上衛撲過去，甩開手臂砍下一刀。青上衛在空中向左邊轉向，這一刀砍在牠右側肩的上面，青上衛落地撲倒，雪地上點點滴滴灑上了血。牠卻不痛叫，跳起來發出威脅的嗚嗚聲，死盯著這個人。這人叫罵著握著刀向青上衛逼近。

這時，鐵七出現了。另一個人看到鐵七縱馬衝來，就喊：「快走!別管狗了。」打聲呼哨，躺在雪地上的四匹馬都跳起，跑來了。

三人中的一個人撿起張一夫的馬槍，騎上張一夫的白馬，又牽上張一夫的兩匹紅馬就催馬跑。另兩個人把死去的同夥抬到馬上，上馬催馬跑了。最後用刀的這人似乎還想過去再給青上衛一刀，這人又看越來越近的鐵七，罵一聲，騎上馬，牽著死去同夥的馬跑了。

青上衛兩眼中的神采暗淡下去，後腿往雪地上堆。在鐵七跳下馬時，牠眨了下眼睛，向一側軟倒了。鐵七撲過去察看，眼皮一跳，那人的那一刀把青上衛的背側斜著直到肋部的皮都砍開了。

鐵七說：「青上衛，你完了，我不一定能救你。」

青上衛卻用力抬頭往主人那邊看。

鐵七說：「二毛子死了，這個雜種，欺負我嫂子，他不死我也宰了他！」

鐵七說著，脫了狍子皮短襖鋪在雪地上，把青上衛抱起放在狍子皮短襖上，邊用牛耳尖刀在青上衛翻開半寸寬的皮的兩側扎眼邊說：

「青上衛，我以前的老獵狗我就這樣整過，牠知道是治傷牠不叫，你也不叫，好吧！」

青上衛的目光還是向主人看，牠痛得肉皮打顫，但牠不叫。

鐵七說：「青上衛，還得整十幾個眼，痛點好，要不你就迷糊了，你一迷糊就死了，死了就見到二毛子了，那是個色狼，你不能跟著他了。以後我和你搭伴，我帶你獵熊捉野豬。那多好！如果你膽大，我和你就獵不冬眠的大公熊，還能和老憨、老賊搭伴獵老虎。」

鐵七滿頭滿臉都是汗，被冷氣催逼，腦袋上呼呼地飄白氣。終於縫上了皮，用的線是鐵七的頭髮。

鐵七把頭髮拽下來十幾根整在一起，在狗皮上穿過去繫個釦，又上些止血的雲南白藥。說：「青上衛，你大概不會死了。你運氣好，我是會治傷的老獵人。」

鐵七用狍子皮短襖裹著青上衛上了馬。可是青上衛卻吱吱叫，努力扭頭去看張一夫，掙扎著傷口又出了血。

鐵七說：「青上衛，那雜種死了，我進城叫人來埋他。本來我想叫他餵狼的，看你面上，就這樣辦吧！」漸漸地，青上衛就暈迷了。

鐵七夾了下馬腹嘟噥：「媽的，二毛子你餵狼吧。我不認識你，誰叫你騙了我。」

馬走了幾步，鐵七又掉轉馬頭回來了。他抱著青上衛下了馬，把青上衛放雪地上，就在張一夫身上翻，他在找那支短槍。當然找不到，可是，他在張一夫貼身的衣服口袋裏摸出了一個紅肚兜，紅肚兜的上面繡了隻紅羊。

鐵七知道這東西是女人的貼身小衣，和這女人沒關係的男人是不會輕易見到的。他暗暗咬了牙，自語我他媽做不做武松？要不就做石秀？

鐵七剛把紅羊肚兜揣在貼身的懷裏，又一下拽出來，嫌髒似的拎著紅羊肚兜的一個角甩了甩，把紅羊肚兜揣進包裹青上衛的狍子皮短襖的兜裏，抱著青上衛上了馬。一路走一路想著紅羊肚兜和張一夫的事，眼前一會兒是吉了了瘦得像山羊似的臉，一會是紅羊小巧精致的臉；就嘆氣想，哥和嫂子我向著哥，哥哥和姐姐呢？我向著誰？

鐵七騎在馬上，抱著青上衛進了「老綿羊」羊肉館的後院也沒打定主意。

第二章　兩個好哥哥

好兄弟像好的獵狗一樣，是漢子都渴望擁有的。但兄弟這個詞是硬性的、情感的，也是理性的。整天在一起，同福同禍也不一定是一生的好兄弟，那種天各一方的兄弟也不一定不能成為一生的好兄弟。所以為了兄弟，要多用理性的思維看待，少用感性的思維看待。渴望兄弟像獵狗對主人那樣付出忠誠信任的同時，自己也要做到像獵狗一樣。

1

鐵七騎馬走了不久，吉了了就醒了。他是被渴醒了，翻個身坐起來。東北人睡火炕是頭朝炕外的。他坐起來面對了有窗戶的那面牆壁，眼睛也不睜開，上身還搖晃，頭還暈著。

紅羊早醒了，只是不想起來。這時她問：「你幹嘛？」

吉了了說：「我渴，我去整水喝。」

紅羊說：「你還晃呢，你能去？我伺候你吧！」

吉了了卻愣了，這是從結婚到現在十四年了從沒有過的。他嘿嘿一笑說：「妳真好，最好給我整碗溫的茶。最好是兩碗。」

紅羊瞪了吉了了一眼說：「我給你連壺一起端來。」

吉了了抬手揉眼睛，等紅羊進來，就轉過身來，坐在炕沿邊上，就著紅羊的手喝了兩碗茶，又揉了揉眼睛，睜開眼睛，抬頭看著紅羊的臉，又低頭揉揉眼睛。

紅羊問：「你又怎麼了？」

吉了了又抬頭仔細看紅羊的眼睛和嘴巴問：「妳怎麼了，眼皮和嘴巴怎麼紅腫了？」

紅羊哧哧笑說：「你還好意思問，我睡不好覺眼皮就腫。你不知道？」

吉了了說：「對！像成親那晚，我和妳『棒棰』對『井』搗了四五回，一宿沒睡妳的眼皮就腫了。那妳嘴巴怎麼腫了？還青了一片，像被人揍了老拳。」

紅羊坐在炕沿上說：「還是怪你，你昨晚發了瘋給親的。」

吉了了就抬手摸頭，笑說：「難怪，昨晚迷迷糊糊像睡在豬圈裏，那豬哼哼的真他媽響，真難爲豬了。」

紅羊臉上的表情就要哭了，眼睛飄乎乎地往牆角看。

吉了了幾下脫成了光屁股，把紅羊拉上炕，扒光了紅羊的衣服。紅羊卻想起昨晚張一夫把她橫抱懷裏解肚兜時，在她耳邊悄悄說，我來親親美麗天鵝的屁股。她在張一夫身上才知道了男人和男人不一樣，張一夫一口氣變化了十幾種招式，讓她噢噢叫著，死了又活活了又死三四回……

她感覺吉了了跪在她兩腿之間，就想他一定上勾右手在背後撓癢，馬上聽到吉了了撓癢的聲音。她又使勁閉了下眼睛，想不給，又覺得他是丈夫應該給；想給呢，她的「井」還腫著。就說：「大白天你找罵，我見紅了。」

吉了了愣了一愣，撓著後背，想了想說：「那東西還提早來了？我怎麼辦？」

紅羊說：「你背過去用手吧！記得墊上草紙！」

2

鐵七抱著青上衛從馬上下來就往屋裏跑。在院裏和吉小葉堆雪人的石小頭看到了，拍了下手，吸了吸鼻子就跟進了屋。

石小頭看清了就喊：「老青，媽呀！怎麼整的全是血。老七叔，老青牠……」

鐵七喘了口粗氣說：「去，端盆老羊湯去，青上衛就快死了。」

石小頭眼圈紅了，吸了下鼻子掉頭就喊：「木板凳，快！老羊湯、老羊湯，嗚……老青快要死了。」

吉小葉抓著一塊紫紅的凍羊心正在給雪人裝鼻子，又覺得凍羊心不像鼻子，皺緊眉頭想怎樣弄鼻子才妥當的當口，聽到石小頭大喊嚇了一跳，轉頭問：「誰死了？」看到石小頭往館子裏跑，就抬腿一腳踹在雪人的肚皮上說：「踹死你，你的鼻子真難看。」又拍了下手，掉頭追石小頭去了。

木板凳和石小頭就忙了，好在爐火正旺。木板凳熱了羊肉老湯，吸下鼻子說：「湯滾了，石小頭，你端給死狗喝吧。」

吉小葉罵：「你能喝滾開的老羊湯啊！操！笨蛋！快點，再加涼湯。」

木板凳又在熱羊湯裏勾兌上涼羊湯，看著石小頭和吉小葉端著湯盆走了，木板凳抓抓頭皮，嘟囔說：「爲一條快死的狗，値嗎？」就自己盛了碗老羊湯，泡上涼的大米飯開吃。

這樣一吵鬧，吉了了和紅羊都起來了。兩人前後進了鐵七的屋。紅羊在鐵七的炕上看到了青上衛，臉色先變白了，瞬間又變紅了，掉頭到院裏找二毛子張一夫。

吉了了的臉色也變了，問：「老七，這狗是怎麼了？是刀傷，你……老七你？二毛子什麼時候走的？不會是你跑去整死了二毛子吧？」

這時紅羊回來立起眉眼，用十分怪異的目光看鐵七，一雙小拳頭都握緊了，耳朵也支棱著聽鐵七怎麼說。

鐵七說：「我真的這樣想過，可惜我起來晚了。二毛子天不亮就溜了，這傢伙運氣好，我追去正好趕上他被火銃打死。」

吉了了鬆了口氣問：「那雜種跑什麼？我對他挺好的。媽的，是誰整死了他？那傢伙有一馬包鷹洋，是山裏的綹子（馬賊）嗎？」

鐵七看了眼紅羊，一下想起了紅羊的肚兜，肚兜不太乾淨，還有種挺噁心的味道。這一回想，好像鼻子裏又聞到了那種味道，突然喉嚨裏就翻上了噁心，想吐。他嗚嗚乾嘔兩聲，壓下噁心的感覺說：「不是，我看不清，有四個人，好像也死了一個。我認不出。」心想：我不能告訴吉了了，是金大炮的那四個木幫裏的兄弟整死了二毛子。

紅羊問：「那、那他的屍是你收了，老七？」

鐵七一笑說：「當然，那用我收嗎？我一離開就看見狼遛下來了。那叫狼葬！這個騙子，這傢伙昨晚親口說把青上衛送我，卻一早就溜了。嫂子姐，妳沒被那雜種偷了什麼吧？」

紅羊的臉又由紅轉白了說：「老七你淨胡說。我有什麼？我能丟什麼？」

紅羊的表情落在鐵七眼裏，他噁心的感覺壓不住了，突然嗚的一聲，彎腰就吐了，連鼻涕帶眼淚和酸水一起往外衝。

吉了了抬手給鐵七捶背說：「小丫頭片子，快去給妳老七叔倒茶。」

鐵七用手背擦拭了嘴，看看手背上的汙物，瞄一眼紅羊，嗚一聲又吐。

紅羊雙手握一下又鬆開，有些不自然了，她不知道她在鐵七心裏的形象倒了。紅羊曾經要鐵七叫她姐，鐵七說，妳永遠是姐，乾淨、厲害、好看、直爽的姐。紅羊又用手拽衣襟，想接過吉小葉的水碗遞過去又遲疑。

鐵七吐空了肚子，酸水也吐乾了，好了些說：「昨晚酒喝得太多了，嫂子姐，妳給拿點雲南白藥來，就是妳切破了手老用的那種。」

鐵七洗淨了手就給青上衛換藥。青上衛的傷口看哭了所有的人。

石小頭給吉小葉擦淚，石小頭吸了吸鼻子說：「老青真乖，痛得肉皮直顫牠也不叫，老青知道老七叔在救牠。狼狗就是這樣，狼狗就比別的狗更忠心。」

吉小葉說：「牠和你以前養的老青狼狗一樣好看，也比老青狼狗厲害。老青狼狗就是被金大炮的大黑柴狗、大黃柴狗咬死的。大黑柴狗、大黃柴狗兩個也咬不過老青一個，牠一定不會死。」

石小頭使勁點頭說：「嗯！咱們不叫老青死。」

木板凳忍不住衝口笑出聲了，立刻遭到吉小葉的攻擊。

吉小葉長得像紅羊，自然就美得別致，她眼仁翻白，衝木板凳就吼：「你出去出去出去！滾出去！」

紅羊喊：「閉嘴！他是妳表哥！」

吉小葉也喊：「他是羊的表哥，小叫花子。滾！」

木板凳打一哆嗦快步跑出去了。

3

日子又過了十幾天，青上衛終於好起來了。

這天天亮，鐵七醒了，翻身起來，剛把雙腳垂在炕沿下，青上衛就給叼來了鞋。

鐵七打個呵欠說：「青上衛，我的鞋老臭了。那裏面的靰鞡草都泡爛了。」

鐵七的鞋叫靰鞡，這種鞋不分左右腳，是最好的冬天穿的鞋。靰鞡的鞋底軟乎，冬天在雪地上行走鞋跟不黏雪，就不起「疙瘩」。

冬天在東北待過的人都有經歷，在雪地上行走，鞋不好，鞋跟會黏上雪，凍起冰雪疙瘩，這就是「疙瘩」，鞋跟起了「疙瘩」走路打滑，抓不住地。靰鞡穿腳上就不一樣，不打「疙瘩」，也不累腳脖子，也不勒腳趾頭。靰鞡裏都要塞上靰鞡草。靰鞡草秋天割下來曬乾，到冬天用時，用洗衣服的木棒棰拍軟塞鞋裏，那鞋又暖和又舒服又有寬鬆感，還不長腳氣。靰鞡草是東北的老三寶之一。靰鞡是用牛皮手工做的，一張好牛皮只能做四五雙靰鞡，而且還有等級，比如最好的靰鞡用的皮，是牛屁股和脊骨處的皮，這種靰鞡價錢最貴，也有名稱，叫「十字花骨」。

鐵七的靰鞡不是這種，是取牛尾巴根兒那裡的皮做的，那叫「糟門」，就不是高級靰鞡了。鐵七買靰鞡的時候，老闆認識鐵七，就推薦鐵七，要穿就穿「十字花骨」，「十字花骨」才能配鐵七的名望，穿著才不掉價（**貶值或指自身價值的降低**）。

鐵七不幹，說：「我不算高明的人物，我不穿『十字花骨』，穿了看了我也彆扭。我要兩雙『糟門』，再要兩雙再小一號的八個褶的『糟門』，再要一雙最小號的八個褶的『糟門』。喂，還要那雙小巧些女人穿的，十個褶的，那雙給嫂子姐的，那雙要『十字花骨』的。」

老闆說：「老七哥，吉了了認你做兄弟，就厲害了，在這一片沒人敢惹。」

鐵七說：「快點！別他媽廢話！」

這是鐵七來「老綿羊」羊肉館的路上辦的事，鐵七不但給吉了了和紅羊、吉小葉都買了靰鞡，給木板凳和石小頭也買了靰鞡，高興得石小頭張口叫了鐵七「老七爸」。當時鐵七說，臭小子，想當我的乾兒子？行！只有一個條件，叫你爸石大頭別賭了，我最看不上賭棍和色鬼。石小頭抱著八個褶的「糟門」就嘆了氣……

這十幾天鐵七忙壞了，沒日夜地守著青上衛，青上衛從幾天前胃口變大了，每天要喝一大盆羊肉湯，又要吃一整副羊內臟。

鐵七就對每天都來看青上衛的石小頭說：「小子，老子的功夫沒丟，青上衛傷好了，就快生龍活虎了。」

石小頭嘿嘿笑說：「老七叔，你給青上衛改名吧，行嗎？改成老青。青上衛多厲害，就應該叫老青。」

鐵七說：「你小子不懂，這種狗一生只有一個名字，就是第一個主人給起的名字。這才是狼狗。再說，青上衛的名字不錯，比什麼黑虎、花臉、黃豹、大黑、小青的強多了。知道嗎，青上衛可是二毛子的爸爸整出來的伴行犬。」

鐵七看著青上衛的傷大致上全好了，就給青上衛拆了頭髮整的縫線，那些縫線拽下來丟在地上，青上衛就低頭嗅，又抬頭嗅鐵七頭上的頭髮，就打個噴嚏。

鐵七說：「我頭上老鼻子臭了是嗎？你的老主人二毛子身上有狐狸的腥臭氣。怪事，那女人怎麼就聞不到？」

青上衛像是聽懂了，神情就暗淡下來。等到鐵七把最後一個頭髮縫線取下來，就抖了抖背毛，又打個呵欠趴在炕沿下了。牠的背上多了條半尺多長的青紅色的血線，只有等青色的毛重新長起來才能遮住。

這會兒，鐵七穿了靰鞡鞋站起說：「我去給你整吃的，一會兒要去澡堂洗澡，你好好在這屋裏待著。」

青上衛的尾巴就晃了一下。

鐵七說：「媽的，你就牛逼吧！」鐵七也知道青上衛現在對他不大親近，他想，這還需要一個過程。

鐵七走進羊肉館的時候，看到吉了了正往大鐵鍋裏下剛肢解的羊肉。吉了了邊下羊肉邊罵木板凳，罵木板凳是豬爸豬媽生的傻豬兒子。

鐵七就站在吉了了身後聽，又看被罵的木板凳在笑。鐵七開心了。以前木板凳挨了罵會躲到牆角悄悄哭，如果被吉了了見到又會罵。那個樣子的木板凳也像從前的吉了了。現在木板凳變了，你罵你的，我幹我的。這樣一改變，相反被罵的機會就少了。吉了了對鐵七說過，木板凳這小子皮了，那皮厚得一刀割下去看不見血。

今天早上吉了了不知怎麼了，獨個邊幹活邊嘟嚕嘟噥地罵人，還越罵越來勁，又一口氣宰了三隻羊。木板凳看著奇怪，就問一句，老姨夫宰三隻賣不完誰吃。這句話就撞在吉了了槍口上了，吉了了吸了口氣，邊肢解羊邊開罵。木板凳早習慣了，邊笑邊吹口哨。

鐵七聽了一會兒，木板凳就打手勢。鐵七明白木板凳用手勢告訴他，昨晚他老姨臭罵了老姨夫，又打手勢告訴鐵七，這幾天晚上，老姨總是臭罵老姨夫。

吉了了不知道木板凳在搞小動作，罵著罵著突然喊出一句：「媽的，有見紅連見十三天的嗎？哪個女人見紅十三天了還湧。」

鐵七覺得沒勁，掉頭往外走。腳上卻踢響了一隻大木盆，吉了了住了嘴，扭頭見是鐵七，就說：「老七你餓了吧？拍大瓣蒜蘸羊肉吃早飯吧。」

鐵七說：「我沒吃就飽了，我去洗澡，我老臭了。」

吉了了低頭吸鼻子聞自己說：「我也臭了，也腥酸了，是老山羊的味。你等我下鍋了肉，肉滾一下，我和你一路去。」

鐵七說：「這就對了，你整得乾淨些，嫂子姐就更纏著你了。」

吉了了蓋上木板製的大鍋蓋，用抹布擦拭手，揚頭想一想，突然說：「我就不洗，臭死她。老七你獨個兒去吧。」

木板凳聽了哧哧就笑。吉了了又發火，操起一根燒火棍打木板凳，木板凳挨了兩棍子也不跑，卻張著嘴想忍又忍不住，還笑。吉了了停了手，又舉了舉棍子，瞅了眼鐵七，眼圈就紅了，丟下棍子吸著鼻子走了。

鐵七心裏的火苗呼呼往上躥，在以前，吉了了受氣挨揍了都是這樣的表情，挨打從不敢還手。每次這個樣子一出現，或者別人告訴鐵七，說誰誰揍了吉了了，鐵七就會一下想到吉了了的這個表情，就忍不住去給吉了了報仇。在那時候，鐵七碰上打不過的人，常有被揍得鼻青臉腫的時候，吉了了就陪著鐵七，獨個吸著鼻子哭。但鐵七挨打從來不哭，而是時刻盯著仇人，只要一碰上，不論對方多少人也衝上去打。

這十幾年，鐵七在通化縣城爲吉了了，在柳樹河子鎮爲查十三，還有亂七八糟的架，幾百架打下來，除了留下一身傷痕之外，就成了通化縣城的「老七哥」。再後來，就算有來頭有勢力占著黑道的人物也給鐵七幾分面子。再有，就是鐵七從不欺負弱者，從來不破壞別人的事。

今天，吉了了的這種表情又出現了，鐵七的手也癢了。鐵七站在院裏看晾衣服的紅羊，想只要紅羊瞄一眼，或者哼下鼻子就揍她。

紅羊卻不看鐵七，在得知二毛子張一夫死後，她反覆思量，怎麼想，張一夫也是鐵七整死的。她瞭解鐵七，鐵七就怕被騙，也最恨被騙，如果誰騙了鐵七，那這傢伙再有勢力，鐵七也會和他幹，鐵七更會拿命去找回來。這種脾氣的鐵七，自然就讓紅羊認定了是整死二毛子張一夫的凶手了。但紅羊把鐵七當親兄弟，沒把鐵七看成是吉了了的兄弟。這一點，紅羊相信鐵七心裏也明鏡似的。

鐵七的眼睛盯紅羊盯得發黏了，眨了下眼睛，看到紅羊從大木盆裏又拿起一件粗布短衫，嘩地一抖，衣服展開，紅羊甩臂扭腰之間，那件衣服就搭在晾衣繩上了。紅羊的雙手凍得像紅蘿蔔。那是鐵七的衣服，紅羊每年都給鐵七做衣服。只要鐵七住在這院裏，鐵七的衣服襪子都是紅羊收拾整理。

鐵七掉頭就走了。

鐵七餓著肚子，向北出了李家街過了柳條橋，走向通化縣城城西的老城街。這條老城街是通化縣城裏最熱鬧、最繁華的街。那時東北人叫街不叫「街」，而叫「玹」，上街就說上玹。李家街叫李家玹，老城街就叫老城玹。這種叫法，現在在東北的山區小鎮裏還能聽到。通化縣城裏的大煙館、鴿子院（妓院）、澡堂子、賭館、高級的酒店大都在老城街。這條老城街被片片民房包圍著，再後面是老城牆。老城牆建在紅土崖下，上面的山裏有十幾個星散的屯子。

通化縣城有些不凡，早在原始社會，這裏是原始人生活的區域。在西周時期，這裏是肅慎的居地。在西漢時期，這裏是城鎮。幾千年來，圍繞通化區域發生了許多故事。高句麗的古都輯安和通化縣城的山山水水是連成片的，也是通化縣的轄區。在清光緒四年，清政府在頭道江區域設通化縣治所，轄區是鴨綠江沿線，東邊道中段的一部分。爲什麼在這裏治縣治？是因爲在長白山開禁後，這一帶的人就多了。這些人中，除了來來往往的關內人之外，又闖進了大批山東、河北的饑民，還有相當數量的在關內犯有重罪的逃犯。這地面就不太平了。

鐵七正走著突然停下來，看到一個賣饅頭的舖面，剛出籠的饅頭有白色的，也有紅色的，還有黃色的，一個個鼓鼓胖胖的挺誘人。

賣饅頭的漢子正用一口北方話吆喝賣饅頭。鐵七聽得不算刺耳，他和一張嘴就俺、俺的北方人沒少打交道，而且大獨嶺老窩裏還養著一個撿來的、說北方話的小丫頭。

鐵七過去，抓起一個紅色的、一個黃色的兩個饅頭，先咬一口紅色的說：「老高粱米磨麵做的，還有韌勁。你說，你在高粱麵裏摻什麼東西了？」

賣饅頭的漢子是個四十多歲的大個子，頭戴一頂磨損了毛的狗皮帽子，肩上搭條灰不拉嘰的手巾，一件黑色粗布大襟棉襖裹在身上，腰上圍的圍裙更是灰不拉嘰的。這漢子眼睛挺小額頭挺高，嘴上只有稀疏的鬍子。賣饅頭的漢子瞅了瞅鐵七說：

「饅頭一個大錢一個，俺什麼也沒摻，俺也不會摻假。」

鐵七又咬了一口黃色的饅頭說：「有點甜味，這苞米麵有這麼筋道嗎？你摻什麼了？快說，不說我不給錢。」

北方人大都脾氣犟，賣饅頭的漢子說：「真是怪事，俺來通化縣城沒幾天，是頭一天開張，俺能摻什麼？你打聽打聽，俺從來了東北，這幾年轉了好幾個縣都賣饅頭，從來沒人像你這樣問俺。你這人想白吃饅頭就直說，俺是向林豹子交了開張費的。」

鐵七兩個饅頭吃完反倒更覺得餓了，翻眼看了眼賣饅頭的漢子，抬右手又抓起一個白色的饅頭，咬了一口說：「筋道，嗯！大米磨麵摻白麵做的饅頭。」說著，伸出空著的左手又抓了一個白色的饅頭。

賣饅頭漢子的小眼睛眨巴眨巴就冒火了，雙手握一起就搓手，似乎想動手了。但賣饅頭的漢子問了一句：「你給俺錢不？」

鐵七說：「給！」

賣饅頭的漢子消了火剛要咧嘴笑，聽鐵七又說：「我說過，你說摻什麼了我就給，給一塊龍洋。」

賣饅頭的漢子心頭的火騰就上來了，一跺腳說：「俺就是沒摻，俺就是賣一個大錢一個，你不給俺錢試試。」

鐵七笑了。

這樣一鬧，圍上了些人。賣饅頭的漢子卻不懼，雙手扠腰盯著鐵七。鐵七又吃了一個白饅頭、一個紅饅頭。

賣饅頭的漢子說：「你短俺六個大錢。」賣饅頭的漢子用北方口音一個字一個字慢悠悠說，逗笑了圍觀的人。賣饅頭的漢子並不阻止鐵七繼續拿饅頭，又說一句：「八個饅頭，八個大錢。」

圍觀的人認識鐵七，有人喊：「老七哥，給我幾個饅頭。」

鐵七揮了下手，大半圍觀的人都撲上拿饅頭，幾大籠饅頭轉眼就一個也不剩了。

鐵七問：「現在是幾個饅頭？」

賣饅頭的漢子愣了愣，抬手伸進狗皮帽子裏抓頭皮，賣饅頭的漢子只能數幾十個數，他數不出幾個饅頭，眼睛就隱隱發紅了。

鐵七抬手揉著鼻子笑，在賣饅頭的漢子臉上看到了發怒的熊的眼睛。圍觀的人還喊：「媽的，種地瓜的北方佬，你不會脫了鞋數腳趾嗎？」

鐵七說：「你說，我吃了幾個？說了就給你龍洋。」

賣饅頭的漢子抓起一個蒸籠，舉起要砸鐵七的腦袋，耳聽有人說：「爹，你等等！」賣饅頭的漢子聽了這個聲音就放下蒸籠，雙手又搓手掌心。

饅頭舖裏走出一個身段高挑，穿身藍花粗布棉襖的姑娘，這姑娘長得秀秀氣氣的。

圍觀的有人喊：「操！比鴿子院的老五盤子靚，賣什麼饅頭，那掙不來龍洋，賣『井』吧，一次一塊龍洋，我給兩塊。」

姑娘臉色發紅，把賣饅頭的漢子推進舖子裏，再出來，看著鐵七說：「是六十六個饅頭，你不給錢就算了，俺認了。俺的饅頭沒摻別的東西。」

賣饅頭的漢子卻一頭衝出舖子說：「七蘭，這不行，這回妳讓爹做一回主。」

鐵七笑了說：「瞅瞅，這傢伙還急了。你問問他們，我什麼時候吃東西不付錢了？」

圍觀的人就笑。

鐵七掏了一塊龍洋丟在蒸籠裏說：「你短我三十四個饅頭，我哪天想起來再來吃你的饅頭。」

鐵七掉頭就走。

七蘭說：「俺謝謝你，你一下買去俺頭一天蒸的所有的饅頭。」

鐵七又停下，轉身，低下頭想了想，走上前，伸手抱住賣饅頭漢子的脖子，對著他的耳朵說：「老弟，幹這個你得學會忽悠，你的饅頭做得再好，不忽悠也不行，老東北就喜歡聽忽悠。我家裏養個懂饅頭的丫頭，那丫頭老給我講饅頭，聽多了就懂了。我吃出你的紅饅頭麵裏摻了榆樹的裏皮了，那東西磨成麵加老高粱，麵裏還不筋道嗎？高麗的冷麵裏就摻有那玩意，那是好東西，但你不能說加了榆樹裏皮，你可以說摻了北方老家整來的地瓜粉、麥子粉什麼的。再說，你那黃饅頭不加豆麵有那甜味嗎？」

鐵七放開賣饅頭的漢子，又拍了下賣饅頭漢子的肩說：「你硬犟不行，騙不過我這樣的人，你得學會用用忽悠。」又扭頭對七蘭說：「丫頭，妳得把妳爹盯緊了，他這犟脾氣在這疙瘩混飯吃，整不好要挨老揍了。」

七蘭發愣，賣饅頭的漢子也發愣。父女倆看著鐵七轉身走了。

七蘭回過神來說：「爹，他叫你什麼？」

賣饅頭的漢子抓了幾下腮幫說：「這小子叫俺老弟。」

七蘭哧哧笑了，說：「他可以當爹的兒子了，卻敢叫爹你老弟。他是誰呢？」

饅頭舖房東被八蘭喊來老半天了，也聽了老半天了，他不敢勸，也不敢插話。這會兒來神了，說：「問他？問他是不？他是鐵七，老七哥鐵七。」

七蘭想，鐵七是誰呢？是他有七個兄弟才這麼有面子嗎？

4

鐵七這會兒走進了李老壞開的澡堂子。

李老壞有錢、有勢，這條老城街李老壞獨個占了一多半以上的地界。這條街上的買賣也就有一多半是李老壞的。

鐵七推開澡堂的門直接往中檔的小池子走，他每回來都在中檔的小池子洗澡。可是這次，夥計卻把鐵七攔住了，夥計說：「老七哥，今天小池子在修理，開不了了。」

鐵七問：「那我怎麼辦？」

夥計說：「那就委屈老七哥去大池子。老七哥，我剛給大池子換的水。我守在外面，等老七哥洗完我再放人。」

鐵七轉了一圈，抓過夥計肩上搭的毛巾擦了臉說：「我的臉用洗嗎？」

夥計說：「這還不洗？還有眼屎，老七哥沒洗臉。」

鐵七說：「你不知道我一大早起來就不順，你看我是不是今天要挨揍？」

夥計發毛了，說：「我、我看不出來，我怎麼知道？」

鐵七抬手摟上夥計的脖子，往貴賓用的套間小池子的門走，說：「瞅瞅，這疙瘩有進出的人，是什麼人來了我不能洗？你他媽的叫我洗大池子，我多臭，我能洗大池子嗎？那是洗豬的。給我開這個池子。」

夥計聲音都變了，說：「老七哥，這個池子更不行，是豹子哥說的，豹子哥說這個池子整乾淨留用，今天什麼時候用，豹子哥沒說。」

鐵七說：「那就行了，是林豹子吧？還豹子哥，我沒少挨他的揍。」

鐵七推開小池子的門，走進去，看到小池子的水，脫了衣服搭在夥計肩上說：「把衣服洗了晾乾再拿來，我洗了澡睡一覺就差不多了。好水！」撲通一聲，跳進了水池子。

夥計愁眉苦臉地關了門，抱著鐵七的衣服往外走。剛轉出小池子的過道，迎頭就碰上林豹子，林豹子在給一個細瘦的四十多歲的漢子引路。

林豹子往夥計懷裏瞅一眼說：「誰的這身臭皮？誰進去了？」

夥計說：「是鐵七，是老七哥進去了。」

林豹子皺眉，林豹子是這條老城街的一霸，也是李老壞身邊的頭牌獵狗，替李老壞管著老城街上的買賣。他比鐵七大三歲，和鐵七一共打過幾十次架，林豹子兄弟多總贏，鐵七獨一個總輸。在林豹子看來，鐵七像虎一樣的猛，像狼一樣的耐力，也像狐狸一樣的殘忍和狡猾，更像狼狗一樣聰慧、警醒。這幾十架打過，林豹子就叫了鐵七老七哥。

林豹子揮揮手，夥計就走了。

林豹子說：「好爺，那池水埋汰（骯髒）了。咱出去喝點茶再等會兒？一會兒就整乾淨了。」

好爺抬起細瘦的手指，指點林豹子的鼻子說：「一個人洗澡有意思嗎？何況老七在裏面，我能躲他一時，能躲他一世嗎？」

林豹子吃一驚，好爺抬手梳理幾下飄在腦後的稀疏的頭髮，細瘦的身體一晃一晃地推開門，進了小池子，就看到鐵七在水池裏撲騰，好爺就坐在椅子上，點上支紙煙，邊吸邊看。

這間小池子是李老壞給貴客專用的，從來不對外。小池子裏面還有一間小室，連睡覺的火炕、吃飯的八仙桌都有。這個小池子，以前鐵七從沒進去過，今天鐵七心情不好想惹點事才進來的，而且鐵七和林豹子早成了稀里糊塗的那種打出來的朋友，才找林豹子霉頭的。鐵七心裏也有數，林豹子來了還會請他吃八碗八盤的席。

跟著好爺進來的林豹子看了鐵七一會兒，就大聲乾咳了一聲，鐵七趴在水池裏，舉起一隻手，再翹起一根食指，這動作告訴林豹子，過一個時辰他再出來。

好爺笑說：「他媽的，這小王八犢子還是這個脾氣。」

水池裏的鐵七愣住了，把一隻耳朵露出水面仔細聽聲音。好爺吐口煙不吱聲了。鐵七嘩地從水池裏站起，甩甩頭上的水，分開頭髮就看到了好爺。鐵七仰頭看屋頂，抬起右手伸出食指指著好爺。

好爺就笑。

鐵七嘩嘩走出水池，叫喊：「操你媽！」一把抓住好爺掄起，像丟木板那樣把好爺丟下水池。

林豹子剛一發呆，鐵七就到眼前了，林豹子一雙眼珠被擊中，眼前就黑了，人跟著被鐵七抓住手臂，一個大翻摔出了門。接著門哐的一聲就關上了，又在裏面被鐵七插上了。

林豹子跳起來，捂起眼睛喊：「快來人，快叫李爺！」他聽到鐵七在裏面笑，也聽到好爺在慘叫。他強行睜開對縫的眼睛，撲上去抬腿用力踹門，那門是紅松板的，一寸多厚，彈力也足，就把林豹子反彈個跟斗。林豹子爬起來又撲過去，卻聽到好爺在笑，抬起的腳就放下了，趴在門板上聽聲音，聽鐵七說，他媽的，三哥，十四年了……他也聽李老壞叫過好爺三哥，他拍拍頭，想不清楚裏面兩人的關係，就暈菜（**指腦袋暈了，不能思考**）了。

林豹子不能不想鐵七和好爺是什麼交情，他的眼睛腫得就剩條縫了，頭也暈，就靠著牆坐地上。不禁又想，媽的！鐵七的拳頭比以前重了。他哇地就吐，像得了腦震盪。他乾嘔得正來勁，李老壞來了。

李老壞也是個瘦子，但瘦得十分有精神。不像好爺，瘦得像大煙鬼。傳說有一次李老壞和江水龍為爭老城街的頭把交椅賭嫖妓，所找的妓女都是縣城裏最有名的老抽子（**妓女**）。

江水龍是黑瞎子嶺的大當家，也是柳樹河子鎮上賭場、煙館、鴿子院的幕後當家人。他的特點是，不論財色，他見了就要過一手，幹女人也厲害，正是因為他為人過於狠毒，才被道上人叫了江水龍。

那次江水龍幹翻了兩個老抽子，李老壞幹翻了三個老抽子，江水龍就尊李老壞當了哥哥，他在老城街上的地位也變成了老二。江水龍在老城街上最大的鴿子院，本來由姘頭都三翹管著，那次賭嫖輸了之後，也只好讓李老壞接手並抽成。當然，那是幾年前的事了，江水龍也早死了，死在了傳說中的叫快刀侯三的人手裏。黑瞎子嶺的匪窩早就荒廢了，江水龍在柳樹河子鎮上的賭場、鴿子院、煙館，也成了快刀侯三的了。

李老壞瞅了眼林豹子，嘴角滑過一絲笑。他抬手敲了五下門，門開了。林豹子青腫著眼睛看過去，見是一個長得像妖精，出奇好看的紅衣女人開的門。這女人林豹子似乎見過，又似乎從沒見過。林豹子被女人晃得呆了一呆，還要往裏衝。李老壞打了個手勢，林豹子就退出去了，他的嘔吐聲又在門外傳來。

李老壞又對開門的紅衣女人打個手勢，紅衣女人瞄一眼李老壞，就站在一邊笑。李老壞扭身走進小池子裏的小間，小間裏的炕上趴著光著屁股的鐵七，好爺在給鐵七捶背，也在數鐵七背上一道道亮亮的刀痕。

好爺還說：「老七，你氣可消了？好受嗎？」

鐵七卻說：「原來你就是約我見面買蛤蟆油的奉天省城的傢伙，我白白乾等你四天。這四天也不算什麼，你偷偷一跑就是十四年，你冒汗了也得伺候我。」

好爺看見李老壞進來就搖搖頭，李老壞嘴角又滑過笑紋。

鐵七說：「三哥，你的手全是筋骨，太硬，你像娘們給我捶捶就好了。」

李老壞就招招手，紅衣女人走進來，咬著唇悄悄靠過去，先把手放在好爺的手上，好爺慢慢抽出手，紅衣女人的手就按在鐵七腰上，鐵七突然從心裏冒出一種酸麻的感覺，這種怪異的感覺像傳電般流過全身。鐵七吃一驚，叫一聲，翻身跳了起來。

紅衣女人站直了，眉眼上揚，瞄了眼鐵七的陽具說：「好看的『棒棰』。」

鐵七的腦袋有了旋轉感，雙手急忙捂住「棒棰」，人也蹲下了。

好爺和李老壞哈哈大笑。

紅衣女人笑著離開，在出門時，又轉身瞄著鐵七勾出勾魂的一眼，鐵七腦海中一隻火狐狸的臉就飄出來，生動在眼睛裏了。鐵七自己知道，他被這像火狐狸的女人擊中了。

李老壞瞅眼好爺，嘴角又展出了笑紋。

鐵七說：「李老壞，你……」

好爺說：「老七，你不能叫他李老壞，他是李五，你的五哥。」

鐵七愣了。

李老壞說：「老七，這十四年來你幹了什麼事，你五哥我都知道，你打過幾百次架，身上的骨頭斷過七八次，身上留下的大小刀疤有一百多了吧？棍棒的傷就不算了。」又說：「老七你不用數，不是三哥暗中罩著你，在柳樹河子你就被博一丁整死了。沒你五哥我罩著你，在這通化縣城，你也死十幾回了。吉了了那小子也早死了，那小子也就根本沒機運當了掌櫃娶了紅羊。」

鐵七停下數身上的刀疤，他也不知道身上一共有多少刀疤。鐵七問：「你爲什麼罩著我？是三哥要你做的嗎？那麼一二四六這四個哥都是誰？」

好爺說：「咱們兄弟就三個，名字有緣，人也有緣。我大號叫侯三，他叫李五，你叫鐵七，這還不夠嗎？」

鐵七說：「是啊！能不夠嗎？十四年前你說過叫我等你，卻一個人偷偷跑了，現在才出來，又突然成了買我蛤蟆油的省城的人。不過，三哥，我還信你。」

好爺說：「老七，我六年前回來找過你，老天卻讓我撞上江水龍，我和他有賬整不清，我整死了江水龍，不得已又走了。」

李老壞說：「老七，過去的別說了。咱哥兒仨好好聚聚你就發財去吧，當年你救了三哥也沒想叫三哥報恩嘛，咱們永遠是兄弟就夠了。」

鐵七一擺手說：「就這麼著吧，操！原來我兩個哥哥都是人物，我借光了。」

好爺和李老壞也笑了。

第三章　跟你走

如果說某種品質值錢，那麼就是信任了，信任最值錢。這裏說的信任不是單方面的，而是雙方面的信任，是付出信任和收穫信任。所以才會有人或狗跟你走，去為你完成一個跟他或牠毫無關聯的使命。這就是付出信任和收穫信任之後產生的能量。

1

鐵七是半夜回到「老綿羊」羊肉館的，他邊拍門邊往後看，還喘粗氣，像是被什麼厲害東西追趕。開門的卻是石小頭。

鐵七問：「怎麼是你，小子？」

石小頭說：「老七叔，我急死了，我等你一晚上了。青上衛跑了。」

鐵七像是沒聽見，快步進了屋，脫了衣服往被窩一鑽，把腰展直就瞅著屋頂發呆。

石小頭跟進來，坐在炕下的小板凳上，手托著下巴瞪著黑黝黝的眼珠看鐵七。石小頭不知道鐵七在想長得像妖精、笑起來像火狐狸的女人……

在剛剛之前的晚飯時，鐵七和好爺、李老壞喝酒。紅衣女人又出現了，一屁股坐在鐵七身邊，兩個手肘支在桌上，用雙手搭個支架，把臉靠上就笑盈盈地瞅著鐵七。

鐵七不自在，也坐不住了。

女人說：「老七，你的左邊眉毛比右邊眉毛長一點兒。」

鐵七抬手摸了摸左邊眉毛。

女人又說：「你腦門上長了一片紅悶頭（**東北方言，櫛子、青春豆一類的痘子。**），啊！我知道了，你沒女人射，憋的。」

鐵七臉上見汗了。好爺打個手勢，站起出去了。

過一會兒，李老壞說：「我想起一件事，我去一下。老七，想幹什麼你就幹什麼。」

鐵七就在女人的目光下等這兩個哥哥回來，等得滿臉都是汗了好爺和李老壞也不回來，他明白了，就瞅了瞅女人。

女人嘴角展開笑說：「知道了？老七，想幹什麼就幹什麼！你想幹什麼？」

鐵七又喝了一杯酒，女人吃吃笑著抬手摸鐵七的耳朵。鐵七忍不住了，把女人抱起扔在炕上。

女人舉起一隻光腳丫，分開腳趾去夾鐵七的鼻子說：「急猴子，男人都是急猴子。你這樣的童子雞更是急猴子。」

鐵七甩甩臉上的汗，覺得彆扭，又坐回椅子上。

女人又纏上來問：「小猴子，我像妖精嗎？」

鐵七說：「挺像妖精的，妳真的是妖精。真奇怪，我怎麼看，妳都像被我活扒皮的那隻火狐狸。」

女人笑著說：「對，我就是火狐狸，我找你報仇來了。」

鐵七也笑了說：「我巴不得火狐狸成了人來找我呢！可妳是個妖精，比火狐狸還妖媚的妖精。」

女人揚頭笑了說：「是呀！是呀！就是！想幹什麼就幹什麼，來！妖精悄悄告訴你，妖精喜歡你的『棒棰』。」

鐵七起身，吸了下鼻子，女人身上有淡淡的狐狸味，這一點不像這街上的那些勾男人的抽子（撈女之意），但這更使鐵七的頭發暈，鐵七吸著鼻子想走了。

女人說：「幹嘛你？你的『棒棰』還沒用啊！留下『棒棰』搗一搗你才能走。」女人伸手去掏鐵七襠裏的「棒棰」。

鐵七急忙閃開，哧哧笑著說：「我的『棒棰』是娶媳婦用的，不能給妖精。妳站直了，再掏，我拍腫妳的狐狸屁股。」

女人愣了愣，咬著唇，哧哧也笑了，把雙手枕在腦後，展開腰肢躺平，心想：我沒看錯鐵七，好爺也沒看錯鐵七。

鐵七往外走，走到門口又回頭說：「妳真是個妖精，我被妳掏射了。」

女人坐起來說：「你知道怎麼射？吹牛，我再幫你啊！」

鐵七快步就逃了……

鐵七想著妖精，也像妖精那樣把雙手枕在腦後，鼓著眼珠瞅屋頂，不禁想，妖精叫什麼？操！我問一聲就好了。妖精就像扒了皮的那隻火狐狸。

石小頭終於忍不住了，伸手推了一下鐵七的肩膀問：「老七叔，你想到招了嗎？怎樣找回青上衛？」

鐵七認真地想了想說：「沒辦法了，青上衛要是走了就是回主人家了，就不用找了，找回來也不行，青上衛還會跑。」

石小頭噢了一聲，把頭垂了下去。

鐵七又開始瞅屋頂。鐵七想，媽的鐵七，你喜歡那個妖精，你他媽別不認。

鐵七正凝神想著，聽石小頭說：「往裏點兒。」石小頭爬上炕，擠過來趴著想睡，鐵七吸了吸鼻子說：「臭小子，洗了臭腳再睡。」

石小頭說：「就不，都怪你不拴上青上衛。」石小頭把頭埋在枕頭裏，後背一抽一抽地哭了。

鐵七不理石小頭，他的腦海裏全是長得像火狐狸的女妖精……

天亮了，天大亮了。外面的麻雀嘰喳的聲音開始吵了。

鐵七早就醒了，但不起來，問：「大公雞呢？今早怎麼不打鳴？」

石小頭抬頭向窗外看看，窗戶上的窗紙被北風吹得沙沙響，太陽光透過窗紙映亮了一片白地。石小頭說：「丟了，昨天就丟了，我知道是誰偷的。」

鐵七說：「就你能！小屁孩你什麼都知道？」鐵七坐起來，伸個懶腰，嘟噥說：「我想他媽的妖精了。」

突然，鐵七扭頭瞅著石小頭問：「是你爸偷了這院的大公雞？」

石小頭說：「對呀！怎麼的？老七叔，我爸就懼你，你揍他吧，打狠點兒，打得我爸改了脾性，我謝你一輩子。」

鐵七往心裏去了。腦海中閃出石小頭的爸爸石大頭的瘦臉。別說，在這條李家街上，最差勁的男人就是石大頭，最好看的男人也是石大頭。最好看的石大頭娶了最好看的李草兒，最好看的李草兒也就是鐵七現在想的妖精……

下面讓我們把故事往後倒退，必須要插上妖精李草兒的故事，對於這部小說來說，圍繞著李草兒出現的幾個人物，都是這個故事裏的重要人物。

2

李草兒怎麼像了妖精，全是石大頭的功勞。

李草兒是這條李家街的正宗老戶。李草兒的祖父在十八九歲時，獨個兒挑著一副挑子，從山東泰安府闖關東來到通化縣城的時候，這條李家街還不是街，只是片玉皇山東南腳下內沿柳條河東岸、外沿渾江北岸的三角坡荒灘地帶。坡的一面角在柳條河的東岸，和柳條河從東並行向南再向西拐彎，通向渾江渡口。從渡口橫渡渾江到渾江南岸，就是干八脖子嶺的山口，從那裏向南、或沿渾江南岸向東，或再渡回渾江北岸向北、向西，以渾江爲中間線的四周都是蒼莽林海。通化縣城就包圍在森林原野之中，是深入長白山的必經之地。

李草兒的祖父看中了這面三角坡地帶，就在三角坡靠柳條河東岸邊緣線的中心地帶起了兩間地倉子（低矮的茅草屋）住下。幹什麼生計呢？李草兒的祖父不打獵，也不打漁，這些東北人求生的活計，李草兒的祖父都幹不來。李草兒的祖父會烙煎餅，他烙了煎餅就挑去老城街賣，李家大煎餅曾經紅火一時。在李草兒的爺爺用了二十年時間積蓄了一點財富之後，就在柳條河東岸支撐起了李家大煎餅的招牌，並娶了個二十七八歲的寡婦當媳婦，也就不用再挑挑子去老城街賣煎餅了，老城街的人也學會上門買煎餅了。那之後，李家煎餅舖的所在地，就被老城街的人叫了李家街。

後來，李家街經過半個多世紀的發展，定居的人多了，成了氣候，以李家街爲中心的柳條河東岸的狹長區域及整個三角坡區域成了外來人居住的一個集鎮，和柳條河西岸以老城街爲中心的縣城區域隔著一條將通化縣城一分爲二的柳條河，就形成了貧與富、外來人與原居民的兩個區域。

那時，李草兒的爺爺死了，李家也就到了李草兒爸爸當家的那一代。李家的運勢原本就不發達，李草兒的奶奶在四十歲上生的這個兒子生性又好吃懶做，好在這個做過寡婦的老女人精明，給兒子娶了個能幹又好看的媳婦，在她死後，李家煎餅舖就靠李草兒的媽媽撐著。李草兒的爸爸上面沒了可以說他幾句的長輩，更加地好吃懶做了。

事情有點兒巧，有一天上午，李草兒的爸爸看著外面飄小雪，動了閒性，在街上閒逛，就逛到「老狗頭」狗肉館。

金大炮的爸爸剛剛扒了一條狗的皮，正肢解狗肉，就看到李草兒的爸爸，金大炮的爸爸說：「兄弟你早啊，還是你好，家裏的媳婦能幹你也清閒。我命苦啊，我不幹，一家子就餓死了。」

李草兒的爸爸說：「娶媳婦就是幹活的，下崽是一時的事。媳婦要是不幹活我可不手懶，要揍得媳婦閒不下來才行，像草兒她媽，一睜開眼珠就幹活，看見有活幹兩隻眼珠直冒光，我不清閒也不行。你說是吧老哥？有媳婦就是好啊。」

金大炮的爸爸聽了這話，臉色驟然發青了。

李草兒的爸爸說：「對不住，我忘了，你媳婦早死了。你忙吧，我前面走走去。」

金大炮的爸爸停了手，坐下來說：「兄弟你說得對，我想了，我準再娶一個像你媳婦那樣能幹活又好看的。來，兄弟，瞧見這狗腦袋了嗎？送你了，回家用大火燉上，小酒一喝那是神仙。」

李草兒的爸爸眼珠發光了，嘴裏卻說：「誰要那玩意兒，多大的火才能燉得爛？我不要。」嘴裏說不要腳卻不走。

金大炮的爸爸說：「那好辦，你等等。」

金大炮的爸爸到院裏用柳條筐裝了一大筐煤塊出來，又裝上那顆狗腦袋說：「這大塊煤一燒上你就熱吧。調料家有吧？沒有也帶上。」

李草兒的爸爸說：「我平時也不燉狗肉，哪來的燉料？你給一點就行。」

李草兒的爸爸提了煤筐，拎著狗腦袋，興沖沖回了家。原本還想等到晚上媳婦女兒回來，叫媳婦動手燉上一起吃。可是屋裏屋外轉了兩圈就等不及了，在大白天生著了燒煤的爐灶，燉上了狗腦袋。

那大塊煤平時他沒機會用，通化區域雖然產煤，但局限於產量，有的小家小戶只在過年的那幾天生著燒煤的爐子，整點煤燒那幾天。一般到初五之後再用大鍋灶燒柴。李草兒家在年頭好的時候也這樣。

李草兒的爸爸爲了快點兒吃上狗腦袋，就將大半筐煤塊整爐子裏了，這樣爐火反而上得慢了。等到爐火上來了，狗腦袋也燉爛了，李草兒的爸爸爲了熱炕，又把剩下的小半筐煤塊倒爐子裏，把手上的煤灰拍拍才開吃狗腦袋。

由於燉得時間足，那湯那肉就香。李草兒的爸爸就著酒，可好吃了。屋子裏又燒熱了，李草兒的爸爸脫得只剩小褂。平時他能喝四兩白酒，這次喝了八九兩，開始飄飄欲仙了，就爬上炕，倒在炕席上睡了。

那時，爐火正走向第二次的純青。

李草兒的爸爸睡在滾燙的炕上，初時還知道哼哼，但他醉得不能動。

李草兒的媽媽賣了煎餅收了攤，熄了舖子的火和李草兒回來，見丈夫睡得無聲無息也沒叫一聲，又給蓋上了被子。回到堂屋，把被李草兒爸爸啃光了肉的狗骨頭加點水熬了點湯，泡煎餅吃了飯。

李草兒還滿鍋找狗肉，但沒找到。李草兒的爸爸吃肉喝湯一向是滴水不漏的。那時已經過了小半夜了，李草兒的媽媽和李草兒在西屋炕上也睡了。

大半夜之後，李草兒口渴醒了，起來找水喝，就聞到了肉燒糊的味道。李草兒點起油燈，舉著油燈找，找到她爸爸睡的東屋，聞到的肉味更濃了，李草兒還接連咽了幾口口水。家裏困難，年三十才能吃上點肉。等李草兒聞出肉味的源頭，掀開爸爸的被子差點被糊肉味熏個跟頭，李草兒大聲咳嗽，看清了，但不明白爸爸是怎麼了，就跑到西屋叫起了媽媽。

李草兒的媽媽進了東屋看清了也嚇呆了，發了陣呆才張嘴呀呀叫，跳上炕彎下腰，像翻原木身那樣翻，卻沒翻動，又一使勁，吱啦一聲，糊肉味飄升。李草兒爸爸的大半張臉、胸脯、手臂外側、大腿前側，甚至襠裏的「棒棰」都烤糊了，也都脫皮了，皮肉大片地黏在炕面上，像條糊鍋裏的魚。

李草兒張著嘴吸糊肉的香氣，連哭也忘了。

李草兒的媽媽一屁股坐炕上，衝口就說：「這東西『造』（作孽）到頭了，我的氣也鬆了。草兒妳哭兩聲吧，叫妳爸認好路，要不妳爸沒了臉皮眼珠進不了鬼門關。」

李草兒卻搖了搖頭，又看了看像條糊魚的爸爸，撲哧一聲卻笑了，又想了想，覺得現在該哭才哭了。

李草兒的爸爸剛過了百日，李草兒的媽媽就走道（改嫁）了，改嫁給了金大炮的爸爸，那傢伙娶了又好看又能幹的李草兒的媽媽，美得整天唱：哥哥的，翹得早；妹子的寶，水蜜桃……過了不久，李家煎餅舖就轉手了，新主人在舖子裏面改了灶，改賣窩窩頭了。李草兒的媽媽就真正成了「老狗頭」狗肉館的內掌櫃，李草兒也成了小跑堂的。

但是故事還沒完，大約過了一年，在冬天的一天，金大炮的爸爸酒後和李草兒的媽媽，老「棒棰」對老「井」搗那事太激動，突然口眼歪斜中風了，沒多久就死了。李家街上有人傳說，是李草兒的爸爸報復了偷了他媳婦的人，還傳說金大炮的爸爸和李草兒的媽媽老早就有一手，證據就是哪有男人才死了百日就改嫁的。

李草兒的媽媽連氣帶病，一口氣病到正月，沒挺過去，在正月初三那天也死了。金大炮還行，雖在大年裏撞了白事，但給發送的挺好，也落下了好名聲。但剛過了正月十五，金大炮就向李草兒落話，叫李草兒嫁給他做二房小媳婦。

李草兒瞭解金大炮剛生了兒子的媳婦挺霸道，就摸了金大炮七八塊龍洋和石大頭一起逃了。因爲李草兒比較喜歡石大頭。石大頭是「老狗頭」狗肉館的夥計，這兩個人是這一帶公認的俊男美女。

那一年，石大頭十八，李草兒十五。過了七八個月，這兩個人回了李家街，住進了李家老屋就是三個人了，就多了石小頭。石小頭卻不是李草兒的親生兒子，也不是石大頭的親生兒子，是李草兒和石大頭跑路到柳樹河子，住行腳客棧時一個年輕女人給的。這樣說也不大正確，那年輕女人叫李草兒幫忙抱孩子，說出去撒尿。可是這一泡尿，那女人撒了一宿，第二天也不見影。

石大頭說：「妹子，咱可能受騙了，這怎麼辦？」

李草兒自己也是孩子，就說：「我把他當弟弟養著，他挺好看的。」

石大頭想想說：「省事了，妹子，咱叫他石小頭，咱倆回通化縣城就說生了兒子，金大炮就會死心了。」

李草兒覺得好玩，說：「行！那就這樣辦！」

石大頭和李草兒抱著石小頭回來的第四天，金大炮就找上門來了，並沒翻臉，還說來認外甥，又給了李草兒十塊龍洋，還叫石大頭去狗肉館當夥計，因爲石大頭人長得好看，在狗肉館一待就招女客。

李草兒和石大頭挺高興，可是石大頭只有當夥計的本事。兩個人勉強過日子過到石小頭五歲，李草兒和石大頭就常因沒龍洋日子不好過吵架。石大頭乾脆辭了狗肉館的活，不做夥計了，成了街上的閒人，而且他的本事在這時展露了。石大頭長得好看就有小媳婦勾引，小媳婦也給龍洋。石大頭襠裏的「棒槌」也挺爭氣，回頭客多，龍洋掙的也多。

李草兒的日子好過了些，家裏也有餘錢了。那時石小頭也七歲了。

有一天，李草兒帶著石小頭過了柳條橋去老城街逛街，不小心撞上一個女人翹得老高的屁股。那女人脾氣衝，張嘴就罵。但回頭看是李草兒，那女人兩隻眼珠就發飄了，傻了，衝口就說：「妳是石大頭的媳婦李草兒？操！難怪妳家石大頭閉著眼珠搗我，妳比妖精還好看。」

那女人一高興，給石小頭買了大堆衣服、鞋帽、吃食等東西，又叫兩個跑腳的漢子給提著送到家。

李草兒一路傻呆呆回到家，坐在炕上腦袋還暈。她一直認為石大頭在外面幹跑腿的生意，現在一想，跑腿就是人家買了東西幫人送貨，就像剛剛被翹屁股女人招來給她送東西的那種人。幹這種活的人怎能掙下餘錢？那晚石大頭沒回來，李草兒也沒睡覺。第二天天很晚了，石大頭被兩個漢子抬著送回來了，石大頭廢了……

給石小頭買東西的女人叫都三翹。都三翹是花名，這名字有點意思，一翹是因為她的腰細，挺直了顯得胸非常翹；二翹是她的屁股不光大，而且非常翹；三翹是男人見了她，襠裏的「棒棰」就要翹。而她又姓都，時間久了，她的客人就叫了她都三翹。自然她的真名就沒人記得了。

都三翹是李老壞的相好，是老城街最大鴿子院的當家把頭之一。都三翹還有一個相好就是江水龍，是都三翹搭起了李老壞和江水龍這條線。李老壞和江水龍都知道都三翹搞男人，但都不管，這女人管著鴿子院能為他們掙龍洋就行。只是江水龍不應該暗算同夥人快刀侯三，也就是好爺；也不應該去算計好爺投在柳樹河子鎮上的煙館、鴿子院、賭場的龍洋，要不他就不會被好爺做掉。

江水龍剛死，都三翹就知道了，她頭髮上戴朵白花，哭哭啼啼去找李老壞，要李老壞找出好爺給江水龍報仇。

李老壞和好爺是不公開的兄弟。江水龍死了，他在柳樹河子鎮上的所有買賣就是好爺的了。而在通化縣城裏，他的地面也是李老壞的了。李老壞正開心的時候，都三翹去說這事，李老壞就上火了。

李老壞說：「妳不是還有石大頭嗎？龍爺死了妳可以再找一個，妳他媽哭什麼喪？還戴孝！」李老壞一巴掌把都三翹頭髮上戴的白花拍地上了。

都三翹也急了，衝口而出：「你仨我一個也不能少，我愛龍爺的狠，愛你的陰。但你和龍爺加一起也比不上石大頭的『棒棰』俏。」

都三翹說完就知道說錯了，李老壞的臉瞬間氣黑了，看一眼林豹子，林豹子面無表情掉頭就出去了。

都三翹愣愣神又想解釋，卻找不到解釋的話，就扯別的話題想逗李老壞開心，消了這口氣。她臉色一變，立馬眉飛色舞地給李老壞講鴿子院某個老抽子和一個小嫖客一來二去搗出真情，鬧著要成親的故事。

李老壞精神抖擻地光聽，不問話也不說話。

時間過去了大半個時辰，林豹子端個青花大瓷盤又進來了，把青花大瓷盤放在都三翹面前，又順手把都三翹的青瓷茶杯拿走了。青花大瓷盤上還蓋著一隻青花大瓷碗，李老壞抬手指著青花大瓷盤示意要都三翹看。

都三翹問：「金條？」

李老壞嘴角展出一絲笑。

都三翹說：「有用大盤子裝金條的嗎？你可真逗！」就掀開青花大瓷碗看，看清了，打個哆嗦，手一甩，青花大瓷碗落地上就碎了。

原來青花大瓷盤裏躺著一根被稱爲「棒棰」的整根男性的陽具，陽具的兩邊一邊臥一個「卵蛋」。

李老壞說：「還認得出來吧？石大頭的這根『棒棰』妳沒少舔吧？」

都三翹哆哆嗦嗦站起來，給李老壞跪下了，扁扁嘴卻不敢哭。

李老壞臉色陰陽不定地說：「從今以後，妳的老破『井』癢了來勁了，妳就找醜的男人搗，越醜越好！越醜的男人我見了心裏才能高興。」

都三翹說：「爺！我記住了。我把鴿子院整得好好的，多給爺賺龍洋。」

李老壞說：「乖！就這麼著吧。」

石大頭廢了，李草兒自然不能和石大頭吵架了。說到底，石大頭用「棒槌」找女人賺錢也有養家的成分。李草兒就想伺候石大頭到傷好了，離開這裏，去柳樹河子或海龍落腳，可是石大頭不給李草兒機會。

石大頭傷好了，最能顯本事的「棒槌」沒了，嘴卻饞了，也好賭了。這樣大約又過了大半年，石小頭快八歲了……

石大頭自從成了賭徒之後，只有贏了錢才跑回家，丟下龍洋掉頭就走，不回來就是沒贏錢。李草兒過的日子又陰晴不定了。李草兒想，這樣不是辦法，就帶著石小頭在李家街找個角落，支了個煎餅小攤，幹家傳的手藝。

在臨近冬天的時候，石大頭幾天沒回來了，這一次沒回來不是輸了錢，而是贏了錢，大約贏了三百多塊龍洋。石大頭早想走了，可是又走不了。

石大頭的對家是個白臉皮的漢子，五官挺端正，但誰若仔細瞅就會打冷戰，這漢子的眼珠看人不露情感，眼睛裏像埋了兩塊冰。這漢子輸光了所有龍洋，眼睛裏還是沒情感，回身拉過身後的一個姑娘，把姑娘押上了，說這姑娘是他媳婦。

姑娘害怕得白了臉，咬著嘴唇不敢說話。

石大頭撇了撇嘴，就翻上鬧心（煩惱）了，媳婦他有，但對他來說，媳婦沒正用。石大頭就不幹，這漢子展開嘴角咧出一絲笑，用刀從腿肚子上切了一片肉，梆！插在桌子上說：「這肉，賭你一百塊龍洋。」

石大頭歷經多變也有光棍脾氣，眼珠一瞪說：「你他媽當龍肉賣啊！操！不值！我出一塊龍洋。」

賭場就開鍋了，賭徒們分成兩幫開始吵。支持漢子的賭徒比支持石大頭的多。因爲也有輸急了的賭徒渴望一片肉、一根手指能賭上幾百龍洋。

這時林豹子進來了，石大頭有兩個怕的人物：他從小怕的是鐵七，現在怕的是林豹子。林豹子一現身，他就打哆嗦。林豹子割石大頭陽具的時候，叫石大頭用酒洗了兩遍，齊根連卵蛋一起割，手都不抖，像切下一段連皮蔥。

林豹子過來不看割腿肉的漢子，也不看石大頭，一雙眼珠直直地盯那柄短刀上插的那片肉，伸手拔下短刀舉到眼前看了看肉，發覺肉皮上有幾根黑汗毛，就用左手從肉皮上拔去了汗毛，把肉舉到取暖用的炭火上烤，手下有人腳快，跑出去給端了半碗醬油。

林豹子聽著烤肉的吱吱聲還咽了幾口口水，烤得差不多熟了，就蘸著醬油送到嘴裏細細地嚼了吃了。

林豹子咽下這片大腿肉，打橫在桌前坐下，瞅著割腿肉的漢子說：「博一丁，有日子不見了，你小子厲害了。」瞟一眼博一丁身邊打哆嗦的姑娘，又說：「臉盤兒像滿月！福相！你小子勾女人有一手。來！我和你賭！就賭割肉吃肉！」

林豹子把褲子翻起，一刀下去割下一片肉說：「上秤，咱們一兩肉割五片！」

手下人取了秤稱了說：「豹子哥，一兩肉割五次，這次就割多了。」

林豹子把刀插在博一丁面前，博一丁嘴角隱隱展出一絲笑，卻說：「豹子哥，兄弟栽了。」

林豹子甩手打了博一丁一個大耳光，博一丁把頭垂下去，鼻血滴滴答答往下落。

林豹子問：「這是誰的地面？」

博一丁說：「是李爺的！」

林豹子說：「李爺是善爺，李爺不喜歡血腥。博一丁你聽著，不看你幫著江水龍守過賭場，不看你拜過李爺，今天豹子哥就廢了你。」

博一丁說：「是！謝李爺！謝豹子哥！」

博一丁說：「是！我走！」

林豹子甩手丟下一整捲一百龍洋，說：「滾，這地面你再也不要來。」

博一丁抓起那整捲龍洋，拉著姑娘要走。

林豹子哈一聲，笑了說：「博一丁，你他媽也叫混過？」

博一丁一把推開姑娘，轉身獨個走了。

姑娘張張嘴，沒聲音出來就打哆嗦，林豹子拽過姑娘，把姑娘抱腿上，右手又往姑娘褲襠裏伸，姑娘「啊！啊！」就叫。

林豹子說：「媽的，尿了，濕了褲襠。」

賭徒們都笑了。

林豹子問：「妳叫什麼名，怎麼跟了博一丁？」

姑娘說：「俺……俺叫四蘭，孟……孟四蘭，俺……俺沒跟博……博大哥，他說幫俺找家人。俺……俺從山東臨沂逃饑荒，走……走丟的。俺就跟博大哥……哥，來了。」

林豹子歪頭瞅著四蘭嘿嘿笑問：「那妳給我做媳婦吧？妳和我……我媽就一家了。怎麼樣？」

孟四蘭抬眼小心地又瞅了瞅林豹子，點了下頭說：「俺……俺什麼都能幹，俺……俺的饅頭蒸、蒸得好！」

林豹子說：「行！妳記住了，妳幹什麼都行，蒸饅頭、花龍洋、賭錢、揍人都行。但有兩件事妳一定要仔細做好，就是伺候好我媽，另一件就是不准給我戴綠帽子。頭一件做不好，我把妳送給老叫花子當叫花媳婦；第二件要犯了，我把妳烤了蘸醬油吃了。」

孟四蘭又打個哆嗦。

林豹子又問：「知道我爲什麼這樣吩咐妳嗎？」

孟四蘭把頭垂得低低地搖頭。

林豹子說：「我媽是個老妓女，賣了三十年的老抽子。我是幾千幾萬個男人整出來的雜種。我就從來不嫖抽子，也就不能有第二個抽子和我有關係。妳可記住了。」

林豹子揮手叫過一個兄弟說：「帶我小媳婦給我媽，叫我媽挑個日子給我成親，再告訴我媽，好好教教她炕上的功夫，媳婦在自家炕上不會浪也沒勁。」

林豹子甩手拍了孟四蘭的屁股說：「是個生兒子的好地。去吧！」

林豹子的手下帶著孟四蘭走了，賭場裏又開賭了。石大頭連桌上的龍洋也不敢收了，悄悄抓了把龍洋，悄悄盯著林豹子，悄悄站起離桌想往外溜。

林豹子已經把自己腿上割下的那片肉烤好了，又蘸上醬油放嘴裏嚼，又扭頭瞅上了石大頭，石大頭就站住了，腰也慢慢站直了。林豹子咧嘴笑了笑說：「你記著，我成親那天你要送份厚禮。」

石大頭忙說：「行！只要豹子哥高興！」

林豹子說：「拿上你的龍洋，我幫你找個大爺接著賭，你小子滿臉紅光要發大財了。」

石大頭的心剛剛略微定了定，又一翻個緊張了。

石大頭跟著林豹子沒出賭場，從一個角門出去拐了幾個彎進了澡堂的後院，又拐幾個彎進了一間廳堂。就看見李老壞和一個和李老壞一樣瘦、但比李老壞蔫巴（精神萎靡）的人。石大頭不知道這個人是好爺。

李老壞指指牌桌說：「大頭兄弟這些天過癮了吧？」

石大頭的腿就打哆嗦發軟。

李老壞說：「坐！兄弟想沾點大頭兄弟的運氣，才請你來賭幾把，大頭兄弟的牌九玩得好，我和大頭兄弟就玩牌九。」

石大頭坐在椅子上還禁不住打哆嗦，也說不出話來。但石大頭第一把牌摸到了天槓加對子，就是槓對，這一把就贏了李老壞三百龍洋。

李老壞搖了搖頭，又下了六百塊龍洋。

第二把石大頭摸了個一九，這是小牌，石大頭額上的汗就下來了。

看熱鬧的好爺卻走過來掀了李老壞的牌，好爺一眼看下去衝口就笑，蔫巴巴的好爺神態在這一笑裏就變了，一股霸氣衝口而出。

李老壞的牌是彆十。

李老壞說：「大頭兄弟旺啊！咱們再來第三把。」

李老壞吸了口茶水說：「這把牌咱們這樣賭，大頭兄弟要是贏了，我讓你帶走二千四百龍洋。若是大頭兄弟不小心輸了，我讓你帶走你眼前的一千二百塊龍洋，我只要大頭兄弟一樣放屋裏沒用的東西。怎麼樣啊？」

石大頭此刻的心情是莫名其妙的，他居然連贏了李老壞兩把。大凡賭徒在這種時刻都是敢冒險的，也是最大膽、最狂的時候。

石大頭想，有用的東西李老壞不要，憑什麼不敢賭！就說：「李爺一言成金，我信李爺，我賭了。」

李老壞的臉上難得地露出一笑，想日後罩著石大頭，不叫石大頭餓死。就說：「大頭兄弟贏了這一把，就是人上人了。」

石大頭翻了牌，配出了七對子。七是長七，對是地對，贏面、和面都很大。石大頭就瞅李老壞的牌。

李老壞翻開四張牌，石大頭臉就發青了。李老壞的牌是八王爺，怎麼配都正好贏石大頭的七對子。

李老壞嘆口氣說：「贏你一小點兒。」

李老壞又抬頭對好爺說：「兄弟的禮物總算送成了。」

林豹子走過來打手勢叫石大頭離開。

李老壞說：「你送他走，告訴外面，每次只准大頭兄弟輸十塊龍洋，他要贏了，也不准別的賭客爲難他。大頭兄弟可是通化縣城街上的一景了。」

石大頭暈頭轉腦地站起來問：「我輸的東西是什麼？李爺什麼時候要？我送來。」

李老壞說：「不勞你駕了，我取來了。」

李老壞拍了拍手。一個小丫頭領著石小頭從裏間出來，石小頭手裏還舉個蘋果，看到石大頭就撲過來。

石大頭整個人就僵住了，他剛剛全明白了，連咽了幾口口水，喃喃地說：「她……草兒，草兒不是沒用的東西！」

李老壞嘴角展開笑說：「對你就是沒用的東西。」

石大頭全身顫了顫，兩股鼻涕衝出鼻孔，直挺挺向後倒去……

林豹子和兄弟把石大頭、石小頭送回家。林豹子又回來，在廳門口不走，老抬手抓頭皮。

李老壞和好爺下象棋，下了步棋就說：「三哥，你得了讓男人發狂的寶啊！」

好爺說：「當心，吃馬！那寶是五弟送的，三哥承情了。」

李老壞突然看到林豹子在發呆，落棋的手就懸在半空了，問：「豹子，你還有事？」

林豹子走過來說：「爺！我二十七歲了。」

李老壞放下棋問：「二十七歲怎麼了，想收手養老了？」

好爺也好奇了，握起茶杯，邊喝邊看突然紅了臉的林豹子。

林豹子說：「我……我還沒媳婦。」

好爺哈就笑了，把茶水噴泉似的噴了李老壞滿臉。

李老壞甩了下手，抓毛巾擦了臉說：「是啊！哈！這傢伙還沒媳婦。看上誰家的姑娘就他媽說，別拐彎子。」

林豹子說：「是老孟家的四姑娘！」

李老壞皺了下眉，李老壞眉毛長得極長，有幾根像針一樣長長地支棱著。李老壞問：「這疙瘩有姓孟的人家嗎？」

好爺也問：「是北地裏逃荒來的北方漢人？」

林豹子說：「是！那地方離這疙瘩遠著呢，就她一個人逃荒來的，好像和家人走散了，叫博一丁騙到賭場來了，我就搶來了。」

李老壞問：「挺繞彎子的，這姑娘人呢？」

林豹子說：「我送我媽那了，我請爺點頭我娶她當媳婦。」

李老壞問：「博一丁搗過了你也要？」

林豹子的眼珠就鼓起來了，說：「我摸了，我一摸就知道她還是姑娘。」

好爺哈了聲，又笑。

林豹子急了，甩了下手叫：「好爺！真的，她還是姑娘。我一打眼就知道她是我的媳婦。」

好爺說：「好！好！我送你五百龍洋賀禮。臭小子還急了。」

林豹子眼睛一亮說：「爺，好爺都說好了！」

李老壞瞅一眼好爺，又轉頭瞅著林豹子說：「告訴你豹子，娶個好姑娘就好好對她，那是原配，是男人心裏的佛。男人再花心也要對得起這個佛。」

林豹子說：「謝爺！我記住了。謝好爺！我回了。」

看著林豹子出去，李老壞問：「三哥，你說這小子像誰？」

好爺想了想說：「像你，也他媽像我。」

李老壞說：「我老覺得這小子是我的種，他媽的豹子媽怎麼就記不準呢？你還別說，你一說我也覺著他也像你。」

李老壞瞇縫起眼珠端詳好爺。好爺也端詳李老壞。

好爺說：「二十七年前咱倆十八九歲，幹的第一次活就是劫了韓半城的私宅。韓半城正在炕上搗這小子的媽。你一刀砍開了韓半城的腰，他不死還喊叫，我一刀砍去了韓半城的腦袋。這小子的媽卻不害怕，幫咱倆找了一櫃金條，還帶咱倆往她家跑。可是，是你先幹的他媽還是我？我當時不該貪酒。」

李老壞說：「我也想不起是你先還是我先了。」

李老壞又一拍桌子說：「我想起來了，是豹子的媽先坐你身上搗的你，我搗的時候我在他媽上面。」

好爺和李老壞兩個人互相瞅對方都不說話了。過了一會兒，好爺說：「老五，這麼多年了，你搗過像豹子媽那麼好看那麼風騷的女人嗎？」

李老壞搖搖頭，想一想又嘆口氣，突然說：「三哥走運了，李草兒就是這樣的女人。唉！這疙瘩早年只有豹子媽一個好看的老抽子。現在嘛，有兩個好看的女人，卻都不是抽子，這他媽多可惜！一個是三哥的李草兒，一個是吉了了那小子的媳婦紅羊。」

李老壞說完抓起棋子摸著，不落棋子似在想事。

好爺說：「老五，你不要動紅羊的心眼，這地面上對老七好的就只有吉了了和紅羊了。我整來李草兒也不打算自己用。」

李老壞一愣，瞅著好爺，眼裏有一百個不信。

好爺說：「老五，在道上走總要快意恩仇的，將來我把李草兒變個樣兒，再回來你就知道了。將軍！」

李老壞低頭瞅了眼棋盤，把棋子一推說：「操！我他媽總也整不過你。」

這個插上去關於李草兒的情節，發生的時間是幾年前，以石小頭的年齡計算，就是六年前發生的事。

3

下面再説鐵七……

鐵七正在盤算，去捉了石大頭，叫石大頭每早替大公雞打鳴的當口，門開了。吉小葉把頭伸進來，皺了下鼻子，呸！吐了一口，呼！把門全敞開了，掉頭噔噔走幾步，呼！又把外房門打開。外面剛剛停了雪，雪後的清新冷氣呼呼往屋裏滾。

石小頭喊：「妳幹嘛？我怎麼穿棉褲？」

吉小葉在外面喊：「臭死了，兩個一樣臭。」
鐵七在屋裏笑說：「這小子的小『棒棰』凍成冰棍了，總有一天有個小ㄚ頭哭鼻子。」
吉小葉在門外笑，但馬上把外房門關上了，嘴裏卻喊：「老七叔，嘻！你媳婦來啦。嘻……」
鐵七沒媳婦，認爲吉小葉逗他，就說：「我和你爸一個媳婦。」
吉小葉卻說：「我知道，要不你媳婦幹嘛追我家來，現下正和我媽鬥雞呢！」
石小頭喊：「真鬥雞嗎？我去看。」
吉小葉把外房門打開，伸進頭說：「不是真鬥雞，是老七叔的媳婦兩隻眼珠盯著我媽閃光閃光，就像鬥雞。我媽也盯著老七叔媳婦的臉看，眼珠也閃光閃光，也像鬥雞。」
鐵七衝口而出：「操！妖精來了。」
石小頭抓頭皮，歪頭瞅著鐵七說：「原來老七叔有媳婦啊！那還和吉大叔搶一個媳婦？我丈母娘難怪不長肉，累的！」
鐵七將中指勾起，敲了石小頭的頭說：「別瞎說，那是我嫂子，是我姐。」
石小頭捂著頭叫痛，但不服說：「我聽金大炮這樣說還不信，剛剛你自己也這樣說，我能不信嗎？」
石小頭瞅一眼吉小葉又說：「吉小葉也知道。」
吉小葉白了臉，瞪著石小頭。在吉小葉的心裏，是希望鐵七是她爸爸的。
鐵七說：「開句玩笑當什麼真？臭小子當事了。你等著，看我閒下來整治金大炮。」
石小頭衝吉小葉吐舌頭，吉小葉揚起臉不理，石小頭說：「沒媳婦來，是妳騙老七叔。我知道，就是這樣。」
吉小葉還是不理。

石小頭又說：「我服了，我想錯了，行了吧？」

吉小葉才瞟了石小頭一眼。

石小頭就嘿嘿笑問：「老七叔的媳婦好不好看？」

吉小葉來勁了，說：「怎麼不好看，好看！她進了館子就問，老七呢？我爸看一眼，兩隻眼珠就對一起了，我爸張著嘴直勾勾看，人就傻了。我媽就問，妳是誰？找老七幹什麼？老七叔媳婦說，我是老七的媳婦。我媽就和老七叔媳婦對上眼珠了，這會兒興許打一起了吧？」

吉小葉又衝跑出門的鐵七的背喊：「老七叔，我媽對你比你媳婦對你好！」

跟著跑的石小頭也說：「就是，我也知道。」

鐵七進了館子，站住了，從背後擠過來的石小頭和吉小葉也站住了。

紅羊和妖精像兩個男人鬥力那樣在掰手腕，這兩個女人都鼓著腮，臉憋得通紅，誰也不服輸。

吉小葉跑過去喊：「媽媽，使勁！媽媽，使勁！」

石小頭也過去揮著拳頭喊：「丈母娘，使勁！丈母娘！丈母娘！」石小頭一向叫紅羊丈母娘，從八九歲開始。每次叫，紅羊總對他說，你是我家的狗，吃了就走。

事實上，石小頭從不滿八歲那年李草兒隨好爺走了以後，石大頭不大管他，石小頭就在李家街東一家西一家順嘴吃，活脫就是個小叫花子。但石小頭和吉小葉從小就投緣，後來叫吉小葉領家來了。石小頭還問吉小葉，我老住妳家幹什麼？吉小葉說，你長大了，我給你當媳婦。有人出主意叫石小頭叫紅羊丈母娘，石小頭就叫到現在。

鐵七喊：「石小頭、吉小葉，你倆一邊兒去。」

妖精一聽到石小頭三個字就一顫，洩了氣，手被紅羊的手壓倒了。妖精站起扭身瞅石小頭，石小頭也瞅妖精，還用力吸鼻子。妖精就順手摸石小頭的臉，石小頭卻問：「妳幹什麼？」一歪頭，躲開了。

妖精愣住了，轉臉瞅鐵七，和鐵七碰了目光，鐵七心中一顫，妖精神情挺淒婉，要哭的樣子。

這時，吉小葉問：「老七叔，她是你媳婦嗎？」

鐵七說：「她是一個女妖精，妖精不是我媳婦。」

鐵七又看著妖精問：「這一大早的，妳跑來幹什麼？」

妖精臉上的神色又變得嫵媚了，說：「媳婦來找丈夫，找丈夫還能幹什麼？」

妖精拉過吉小葉，歪下頭端詳，又抬頭瞅瞅鐵七，再扭頭瞅瞅紅羊，說：「原來你會射，真他媽會射，射出個這麼俏的俏丫頭。」

吉了了在一旁聽了也不生氣，咧嘴嘿嘿笑。

紅羊哧哧笑了，飛快地看一眼鐵七，臉上也紅了。

妖精再看看紅羊，又看看鐵七說：「還是我和老七相配。是不是，妹子？」

紅羊說：「妹子說得對極了，也只有妹子這小樣兒的，才能配上老七那樣的。」

吉了了說：「對！對！就是！我和我媳婦給老七存著娶妳的龍洋。妳家住哪？哪天我去找妳爸商量彩禮，我是老七的哥，比親哥還哥。我說妳可別不信。」

吉了了又對紅羊說：「這大姑娘挺好，多爽快！妳倆往一塊一站，乖乖！玉皇大帝那爺們兒要是看見妳倆，他那老『棒棰』也翹。」

紅羊說：「這個死老七，不聲不響就搞了這麼好看個人，害我白白找了一大堆人給他說親。妹子，妳叫什麼？」

妖精就一笑，手一指鐵七說：「老七知道。」又衝外面喊：「抬進來吧！我該回了。」

館子的門開了，門簾挑起，兩個跑腳的漢子抬進來一隻箱子，放下箱子，這兩個漢子就搓著手心瞅著鐵七笑。

妖精拽過鐵七，在鐵七懷裏掏了兩塊龍洋給了兩個跑腳的漢子。這兩個漢子吃了一驚，忙說：「謝了，謝老七哥。」

吉了了皺眉，張嘴想說給多了，但叫紅羊止住了。兩個跑腳的漢子又說了謝謝，出了門走了。

妖精抬手摟著鐵七的脖子，帶著鐵七來到箱子前說：「打開箱子。」

吉了了說：「我來我來，看看什麼寶貝！媽呀！」

吉了了和紅羊驚叫，箱子裏裝了滿滿的龍洋。

妖精看著吃驚的紅羊和吉了了說：「這十分之八是我的嫁妝，做鐵七媳婦的嫁妝。十分之二是蛤蟆油的貨款，蛤蟆油過兩天夥計來取走。」

妖精還摟著鐵七的脖子，另一隻手夾住鐵七的鼻子說：「臭老七，你今天怎麼不逃了？告訴你，鐵七，你想叫我做你媳婦幫你射，你就做老闆，先做山貨行的老闆，再做成東邊道這幾十個縣鎮的聯號，以後還做什麼，我去你的破窩告訴你。那時你才能正式娶到我，才能配得上我。」

妖精放開鐵七，向石小頭招手。石小頭遲疑一下走過來，妖精問：「你媽媽呢？」

石小頭吸了下鼻子說：「走了，走了老鼻子年了。」

妖精又問：「還記得媽媽的樣子嗎？」

石小頭又吸一下鼻子說：「忘了，連影都記不住了。」

妖精的神色又現出淒婉，從脖子上取上一根紅繩結，繩上懸顆碧綠的、像大顆水滴的祖母綠玉墜，套在石小頭脖子上問：「知道這是什麼嗎？」

石小頭搖頭。

妖精說：「這叫『媽媽淚』。你天天戴著這顆『媽媽淚』，好好保護它，就能想起媽媽的樣子，也能見到媽媽了。」

石小頭就用雙手握緊了「媽媽淚」，使勁點頭，瞅著妖精發愣。

妖精直起腰，後退一步，歪著頭瞧了瞧石小頭的臉說：「是個好看的小子，記住了，小子，要乾乾淨淨的，手啊臉啊腳啊埋汰了就要洗。」

石小頭身體顫了顫，覺得媽媽以前總說這句話，就使勁瞅妖精的臉。

妖精笑了笑，指著鐵七說：「你把他當爸爸吧，親爸爸。好嗎？我快是他媳婦了。」

石小頭搖搖頭說：「我有爸，我爸叫石大頭，我爸不賭了，老七叔才收我做乾兒子，我看沒那一天了。」

妖精皺了皺眉說：「走著瞧吧！」

妖精甩著手出門就走了。

鐵七沒送妖精，瞅著石小頭似乎在想事。

紅羊、吉了了都瞅著鐵七，同時開口問：「她到底是誰？」

鐵七揉著鼻子笑說：「她是妖精，就是妖精。」

紅羊和吉了了對瞅，又同時問：「這些龍洋怎麼辦？」

鐵七說：「給你們留下十分之八擴館子，其他裝爬犁上，那是蛤蟆油錢，得分給我老窩的那十幾口子人。我不開山貨行，我不當老闆。莫名其妙的事我整著心慌，我還當獵人去。」

鐵七彎腰抓了把龍洋拍在石小頭手裏說：「小子，你以後叫我老七爸。」

石小頭吸了下鼻子愣住了。

吉小葉推了石小頭一把，石小頭就叫了：「老七爸！」

鐵七笑了說：「臭小子套爬犁，回老窩了……」

鐵七趕著馬拉爬犁向南出了李家街，在通向王八脖子渡口的岔道口向西拐上荒路，就是那條沿渾江向西南通過黑窩子山口的路。石小頭身上圍著鐵七的狼皮大氅坐在馬拉爬犁上，瞅著鐵七的背，眼神中透出了信任和依戀。

這個粗野的爸爸，石小頭早想要了……

下面插上石小頭和狼狗老青的故事。也是石小頭坐在馬拉爬犁上回憶出的一段從七八歲到現在十四歲的故事。

4

在幾年前，石小頭沒人管，活得像個小叫花子，老挨揍。有一回，石小頭被金大炮的兒子金小炮摁在地上揍。

石大頭揉著眼珠從賭場出來，晃到李家街看見了，站住看了一會兒，見石小頭翻不起身，石大頭上前拉開金小炮。石小頭看見爸爸來了，膽壯了又撲上去打，金小炮霸道慣了，並不怕石大頭，又把石小頭打倒了。

石大頭又要動手拉，金大炮的嗓音就響在身後了：「哈！兩個打一個。」

石大頭縮回手站直了，金大頭走過來抬腳踹了石大頭的屁股，石大頭不還手還嘿嘿笑，看著石小頭被金小炮揍得鼻青臉腫，又聽金大炮說：「滾你的蛋吧。兒子，行了，打多了手痛，記住了，下次用棒子，棒子揍人手不痛。」

石小頭看著石大頭扁嘴哭，石大頭在懷裏摸了半天，摸出一個大錢給石小頭說：「爸給你買個饅頭，吃了饅頭就忘了痛了。記住了，以後躲著那雜種。」

可是石小頭是躲不開金小炮的，石小頭沒飯吃，就得在李家街上轉著找吃的。初時看到金小炮就跑，金小炮總能瞄著石小頭，拐幾個彎就能堵上，就揍，還說再跑還揍。但石小頭還是看見金小炮就跑。金小炮也想個招，指揮狗追。石小頭自然跑不過兩條大狗，被狗追上就站直了不敢動。金小炮慢慢走過來，往拳頭上呵口氣，揮拳頭就揍。

石小頭便想整條狗養大反擊，就留神找狗。

有一天，一條流浪的青毛大狗在柳條河邊找吃的，被一個跑腳的漢子套住脖子吊樹上勒。石小頭看到，跑過去說要買這條狗。跑腳的漢子問石小頭有什麼？石小頭說家裏東西什麼都行，都能換。跑腳的漢子鬆了青毛大狗，用根草繩拴著青毛大狗的脖子，牽著青毛大狗跟石小頭到了石小頭的家，把青毛大狗拴在院裏的樹上，跑腳的漢子滿屋找沒值錢的，就把石小頭家裏唯一的棉被抱走了。

跑腳的漢子走時問石小頭：「知道怎樣整生狗才不咬你，狗又不跑嗎？」

石小頭搖頭說：「我可不知道。」

跑腳的漢子說：「養生狗得拴些日子，生狗認家了就不跑了。對付生狗更容易，你只要抓住拴狗的繩子，狗就不咬你，只要用繩子套上狗的脖子，不管多凶的狗也跟你走。」

石小頭說：「我記住了。」

跑腳的漢子又說：「記住，被狗咬了整不好會得瘋狗病，那會死人的。」

石小頭又點點頭。

石小頭蹲在地上看拴在院裏樹上的青毛大狗說：「你叫什麼？我叫石小頭。」

青毛大狗挺瘦，兩排肋骨像搓衣板，嘴巴上的絨毛都泛白了，像人老了長白鬍子一樣，差不多到了中年了。老狗精就通人氣，青毛大狗知道眼前這個小孩剛剛救了牠，就耷下耳朵，搖了下尾巴。

石小頭愣了一下，青毛大狗的尾巴只有半截。石小頭很想摸摸青毛大狗的尾巴，又沒敢摸。

石小頭說：「你做我哥，我做你弟，你幫我打架行不行？你不知道我老挨揍。你還不知道挨餓忍一天兩天就有吃的，挨揍不行，太難過。」

青毛大狗又搖了搖半截尾巴。

石小頭說：「我給你要羊骨頭吃。你等著，你別跑，這根繩子糟爛了，我一使勁也能拉斷。」

石小頭站起往吉小葉家跑，氣喘如牛找到吉小葉，連說帶比才表達明白，就和吉小葉一起裝了筐人啃過的羊骨頭回來了。

進院門時，石小頭還說：「要是老青跑了就完了。」

青毛大狗沒跑，聽到人聲就汪叫一聲，看到石小頭眼神很溫柔，看到吉小葉眼神則很警惕。

吉小葉說：「就這條破狗哇，這是我見過的最破最破的狗。」

石小頭說：「是啊，是啊，牠和我一樣都是最破的，也只有妳對我好。」

吉小葉說：「我以後對你還好。」

青毛大狗嗅到羊骨頭，又看到羊骨頭，嗚嗚叫著眼珠就紅了。饑餓可以使所有的生命失去尊嚴，失去一切。青毛大狗往前一衝，繩子就斷了，青毛大狗撲翻了筐，趴下，啃得羊骨頭喀喀響。

石小頭和吉小葉嚇得都坐倒了，石小頭看著青毛大狗的吃相說：「我和牠一樣能吃得動骨頭就好過了，妳家骨頭老鼻子多了。」

吉小葉說：「明天你再去拿骨頭。我回去了，這狗太破又埋汰，一點也不好看。」

石小頭發愁了，他擔心青毛大狗要死了。青毛大狗把肚子吃得大成正月十五的大燈籠，整個圓起來了，趴在地上光喘氣不能動。

石小頭說：「你叫老青吧，你撐死了，我埋你給你寫木牌。吉小葉會寫字，叫吉小葉寫。我見過撐死的人，在死前拚命往外掏飯，嘴都掏破了，掏不出來就撐死了。」

青毛大狗眨巴眼睛也看石小頭。

石小頭想，青毛大狗要死了，我不摸牠就摸不到了，就上前大起膽子摸青毛大狗，從頭開始摸，青毛大狗瞇起眼珠忍受。石小頭膽大了，就摸青毛大狗的肚子，還輕輕揉。青毛大狗就張嘴喘，喘著喘著嗚的聲伸長了脖子，嗚就吐了。

石小頭精神一振說：「老青，你吐了就死不了了。」又揉青毛大狗的肚子，青毛大狗嗚嗚吐了一大攤。

石小頭說：「我也餓了，我沒吃的。剛剛吉小葉沒給我，我也不能要。知道嗎老青，人家給你你才能要，人家不給你就不能要，像你剛剛那樣是搶，壞人壞狗才搶。」

石小頭又嚇一跳，剛剛吐的那些，青毛大狗又吃進去了。

石小頭托著腮說：「你餓了老鼻子天了，撐死你得了。」

石小頭拉過一隻小板凳，坐上，托著腮等青毛大狗撐死，還邊想心事。石小頭不想石大頭，石大頭常常十天半個月不回來。等到了晚上，石小頭睏了，也餓過勁了，把腦袋夾在兩腿之間，雙手抱著小腿，睡了。石小頭的脖子很細，也長，脖子和腦袋的對比就像小黃瓜和大馬鈴薯。石小頭雖沒人管，但自己收拾得挺乾淨，這也是街上的人老給石小頭吃食的原因。大凡有同情心的人也是偏愛乾淨些的小叫化子。石小頭記住了媽媽走時告訴他的那句話，手啊臉啊腳啊，埋汰了就洗。

石小頭被奇怪的感覺喚醒了，手上癢癢的似有東西在爬，挺舒服，像媽媽的手撫摸頭髮。石小頭「媽！」叫一聲醒了，那時已是滿天星斗。石小頭身上的破爛褂子都被夜霜打濕了。

青毛大狗精神抖擻地靠著石小頭，用舌頭舔石小頭的手。石小頭一下抱住青毛大狗的脖子，青毛大狗像不習慣，掙脫了，掉頭跑到屋裏了。

石小頭站起跟進去，看到青毛大狗的眼光在黑暗中閃，說：「老青，你像狼，像大青狼，你是條狼狗。」石小頭摸黑爬上炕，摸到破枕頭，彎曲著雙腿躺下說：「沒被子了，被子成了你了，你比被子好。」

那是中秋，晚上沒火沒被子睡在涼炕上是睡不著的。石小頭還是睡著了，臉上掛著笑，只是勾勾成球狀。石小頭感覺到有熱乎氣了，睡得也香了，醒了的時候才發覺青毛大狗在摟著他。

只有十幾天的時光，青毛大狗變了，羊骨頭使青毛大狗強壯了，脖子上青毛閃閃，像飄起的青煙。

這一天下午，石大頭回來了，挺著細脖子無聲無息進了院。

青毛大狗汪一聲，撲出來，一雙前腿撲在石大頭的肩側，石大頭一個跟頭跌倒了。青毛大狗不咬，皺著嘴巴上的皮褶發威，石大頭想動，青毛大狗就撲叫。

這樣堅持了一炷香的工夫，石小頭提著一筐羊骨頭回來了，石小頭的嘴唇是翻起的，右眼上烏青一片，又被金小炮揍了。

青毛大狗汪一聲，卻不看石小頭，盯著石大頭怕石大頭動。

石小頭喊：「那是我爸，老青不能咬。」

青毛大狗像知道錯了似的嗅了嗅石大頭，搖了下尾巴，掉頭跑過去，把頭往筐的提梁裏一伸，用脖子舉起筐跑一邊吃去了。這次青毛大狗看到的只有三根羊腿骨。

石大頭爬起來，也沒問石小頭又爲什麼挨揍，就進了屋。石大頭想睡一覺，可是沒被子，便問：「被子換窩窩頭了？」

石小頭說：「換狗了，牠叫老青。」

石大頭問：「你怎麼睡？」

石小頭說：「和老青一起睡，老鼻子暖和了。」

石大頭睡不著，起來走出來，出院門時，瞅了眼青毛大狗說：「是條好狼狗。」

石小頭說：「當然，老青老鼻子好了。」

石小頭看著青毛大狗吃光了羊骨頭在舔嘴，說：「吉小葉給了滿滿一筐羊骨頭，叫金小炮搶了餵他的狗。我拚了命才搶回了三根小骨頭，明天金小炮再搶咱們可怎麼辦呢？」

青毛大狗看石小頭發愁，就一撲一撲蹦跳逗石小頭和牠玩兒。

石小頭說：「老青，你行嗎？不打敗金小炮，咱倆都餓死了。我爸叫我躲那招不行。」

石小頭站起身，找了那根爛草繩，拴上青毛大狗牽著去找金小炮。

李家街上的人有人喊：「石小頭牽狗來了，好一條大青狼狗啊！」

金小炮自然就迎戰了。可是，金小炮的一黃一黑兩條大柴狗中的那條凶猛的大黃柴狗，跟著金大炮收狗去了，但金小炮的大黑柴狗也挺凶猛。

石小頭和金小炮就在「老狗頭」狗肉館和「老綿羊」羊肉館之間的街上對陣了。

吉小葉也跑出來助威，吉小葉問石小頭：「你的破狗行嗎？」

石小頭吸了下鼻子說：「怎麼不行，你看著。」

在羊肉館裏，鐵七坐在老位置上和林豹子在賭酒。這是鐵七第一次注意石小頭，鐵七對林豹子說：「別喝了，你喝一碗淌半碗我看著噁心，還是看狗掐架（打架）吧。」

林豹子醉得舌頭都大了，說：「行，聽你的。」

鐵七和林豹子那時打完幾十架，又對上了脾氣，怎麼說也變成東北特色的那種古怪的朋友了。

金小炮卻不莽撞，牽著大黑柴狗看石小頭的青毛大狗，金小炮家世代賣狗肉爲業，從小擺弄狗就有眼力，金小炮看出青毛大狗是條純正的青毛狼狗，這種青毛狼狗凶猛多智。

金小炮的大黑柴狗雖然凶猛但卻蠢，金小炮想打退堂鼓，又怕丟份（丟臉），就喊：「石小頭，你的破狼狗少了半條尾巴牠不行，我數三個數，你滾蛋我就放過你，要不，我見一次打你一次。」

石小頭有點遲疑。

羊肉館裏的林豹子說：「那小子叫得響，膽子虛了。」

金小炮又揮手甩過一條熟狗腿喊：「破狼狗你吃，你跟我吧，我天天給你肉吃。石小頭不行，羊骨頭還得向小丫頭片子討要。」

石小頭聽了就緊張，怕青毛大狗被誘惑，雙手攥緊了繩子。

青毛大狗只瞅了一眼腳下的熟狗腿，不吃，嘴巴的皺褶卻堆起，齜出犬齒盯著金小炮發威。

鐵七說：「是條好狼狗。」

林豹子說：「我賭十塊龍洋，賭大黑柴狗贏。」

鐵七說：「我從不賭錢，我賭耳光。青毛大狗要贏了，我甩你十個耳光。大黑柴狗要贏了，你甩我十個耳光。」

林豹子說：「媽的過癮，行！」

金小炮的大黑柴狗莽撞，聽青毛大狗叫號就汪一聲，往前衝，掙得鎖鏈嘩嘩響。

圍觀的人挺多，有人喊：「他媽的金小炮草雞了，放狗，上啊！」

金小炮紅了脖子，去鬆大黑柴狗的脖套。

石小頭卻膽虛了，捨不得青毛大狗了，拽繩子拉青毛大狗離開。

有人又喊了：「石小頭草雞了，這小子沒種，和他爸石大頭一個樣兒。」

石小頭最受不了這句話，停下扁扁嘴，要哭。

金小炮就來勁了，鬆開大黑柴狗喊：「揍！」

大黑柴狗就撲過來。

石小頭就喊：「不打！我不打！」

吉小葉也喊：「老七叔！老七叔！快幫忙！」

青毛大狗卻把頭一甩，前腿離地一衝，草繩子斷了，石小頭也被拽倒了。等石小頭爬起來，就見青毛大狗迎頭衝出，那半截尾巴高高翹起，和大黑柴狗一個錯身，頭一甩，大黑柴狗的耳朵被青毛大狗豁開一個口子。

大黑柴狗汪叫一聲，探嘴撲咬青毛大狗的屁股，青毛大狗飛快閃避，但不躲開，也追大黑柴狗的屁股，青毛大狗嘴巴搆上大黑柴狗的屁股了也不下嘴咬。

大黑柴狗一連喀喀幾口，口口咬空，牙齒還撞得喀喀響。這樣子很幽默，有人就笑了。

青毛大狗突然旋起兩腿，向左側回身避開大黑柴狗的狗頭。大黑柴狗的頭從青毛大狗前腿下一閃而過，青毛大狗一嘴下去就咬住大黑柴狗的後脖子，大力往下壓，兩條前腿撲在大黑柴狗背上，壓倒了大黑柴狗。

不一會兒，大黑柴狗就吱吱叫起來，尾巴也在地上掃來掃去，大黑柴狗認輸了。

青毛大狗並不放開大黑柴狗，眼珠上翻在找主人，耳朵轉動方向在等主人過來，大黑柴狗若掙扎，青毛大狗的牙齒就加力。

羊肉館裏的鐵七說：「這是條專獵狐狸的青毛狼狗，是犯了錯被主人拋棄的獵狗，好久沒看到這樣的狼狗了。」

石小頭不懂青毛大狗在等他過去，但見青毛大狗贏了，就跑過去喊：「老青，放了這狗吧，是這狗的主人不好！」

青毛大狗鬆口跳到一邊。

大黑柴狗吱吱叫著爬起來，尾巴夾在屁股溝裏逃到金小炮身邊，再抖幾抖背毛，扭頭衝著青毛大狗汪汪叫，在發虛威。

石小頭拴上青毛大狗牽回來，撿起那條熟狗腿，舉在青毛大狗嘴邊說：「老青，你贏的，快吃吧。」

青毛大狗找回當獵狐犬的感覺了，每次成功獵狐，主人總會給青毛大狗一塊肉。青毛大狗就叼上狗腿，臥下開吃。

不知爲什麼，狗也吃狗，像豬也吃豬一樣。但有人說狼不同，狼不吃狼。不過弄不清這說法是否正確。

羊肉館裏的鐵七瞅著林豹子笑。林豹子嘆口氣，把臉揚起來。鐵七不客氣，那十個耳光打得極響極重。林豹子臉上、胸脯上濺上斑斕的血。林豹子挨完十個耳光，舉碗喝酒漱口，一揚脖子和血吞下四顆槽牙說：「過癮，老七哥，回見！」

林豹子走了，從此，林豹子很少過柳條河上的那座破木橋，很少在李家街露頭了。

林豹子走了，後面的戲看不到了。狗的角鬥還沒完，是金大炮回來了。那時鐵七喝醉了又睏了，就回屋睡了。

金大炮收了十幾條狗，一條一條被拴著四條腿，這樣拴的狗只能走小步，再被拴住嘴巴，狗咬不到繩子，連叫也叫不出來了。

狗通人性，自然知道生死命運。這些狗被馬車拉進狗肉館的後院，再被鬆開捆綁，每一條都蔫了，還不如被判了死刑待決的犯人。就算打開院門，狗在可以逃跑的情況下，笨一些的狗也不會逃跑。聰明的狗就算成功逃脫了也只會逃回家，回到家就放心地討好主人，那樣就給了主人第二次賣錢的機會，直到下了湯鍋爲止。這就是伴隨人類一同走向文明的狗。

金大炮把狗趕進後院，吸了袋煙才召喚大黃柴狗往院外走。很奇怪，經常殺狗的人，只要一出現，不論多厲害的狗也會怕這個人，這個人只要伸手抓住狗的耳朵，背皮，狗就軟了，膽小的狗會嚇出尿來。金大炮就是這樣的人。而且，從小到大從沒被狗咬過，一次都沒有。金大炮走出來，原本散去的人見有熱鬧瞧又聚集了。

有人還打趣：「喂！金大炮，你的兒子、你的狗今天都草雞了。」

金大炮咧開嘴笑笑，摸了下兒子金小炮的頭，又蹲下給大黑柴狗抓癢。金大炮這樣做是爲大黑柴狗恢復膽氣。

石小頭和吉小葉也在給青毛大狗抓癢，青毛大狗躺著，四肢伸展，瞇著眼睛顯得挺舒服。

金大炮盯著青毛大狗，當看到青毛大狗的半截尾巴，金大炮不經意地笑了。金大炮站起來向金小炮示意。

金小炮喊：「石小頭，還沒打完呢，再來！」

石小頭此刻雄心正旺，他從來沒有過今天這樣的威風，便喊：「來就來。老青！起來！」

也有人喊：「金大炮，和個孩子較什麼勁？拉倒吧！」

金大炮說：「小孩子鬧著玩也要鬧夠是吧。我不管，叫他們鬧去。」

石小頭拍拍青毛大狗的頭，就給青毛大狗解開脖子上的繩套。青毛大狗掉頭向大黃柴狗發威，牠此時看不起大黑柴狗，那是手下敗將。

大黃柴狗聰明些，回頭看金大炮，金大炮打個響指，金小炮嘴裏也喊叫著：「上！」大黃柴狗緩緩向青毛大狗靠近，兩條狗的鼻子越靠越近，嘴巴上的皮褶都凹凸起來，眼珠相撞閃著閃著光就咬在一起。

不一會兒，兩條狗都受傷了。青毛大狗的肩部破皮了，大黃柴狗右前腿、右邊屁股破皮了。地上塵土飛揚，打得比剛剛和大黑柴狗那一陣激烈得多。

抓了圍裙站在館子門前看了半天的紅羊發覺一件怪事，就是金大炮在跺腳，腳跺得像打鼓點似的。大黃柴狗明顯不是對手卻死纏爛打。再看石小頭，也揮著小拳頭叫喊，但卻叫不到點上。

吉小葉張著嘴咬手指頭，忘了痛也忘了喊。

金大炮見大黃柴狗的背上又挨了一口重創，就重重地跺了左腳，急得亂叫的大黑柴狗嗖就撲上去了。

石小頭大喊：「癩皮！癩皮！兩個打一個！老青、老青，不打了。」

石小頭這樣喊，就影響了青毛大狗的發揮，牠不能不聽主人的話，青毛大狗想退，動作稍微鬆懈，右肩就遭到大黑柴狗的重創，牠還要退。青毛大狗曾是獵狗，做了流浪狗還是獵狗的脾氣，主人的命令就是一切。

大黑柴狗咬傷青毛大狗之後，心理懼怕青毛大狗的感覺就淡了，就更猛烈地咬。青毛大狗終於吱地叫了，這是向主人求救和示弱，好像在說，這樣不行，這樣退不下來。

金大炮跺腳的聲音卻更響了。

紅羊終於看明白了，喊：「石小頭，叫狗咬，遲了狗就完了。」

石小頭哇地哭了，哭著喊：「老青，上！上！上！」

吉小葉也喊：「上！上！上！」

青毛大狗猛地一躥，脫離了大黑柴狗，頭一甩，咬豁了大黃柴狗的一隻耳朵，又一甩頭，這一口咬空了，卻也把大黃柴狗震住了。大黃柴狗早就心虛了，大黑柴狗上場後緊張的形勢一緩解，大黃柴狗的心理也產生波動了，牠想喘口氣，可是主人的跺腳聲又容不得牠鬆懈。只是大黃柴狗的攻擊力也不似從前了，這就給了青毛大狗機會，青毛大狗咬傷大黃柴狗，追得大黃柴狗轉圈逃。

大黃柴狗邊逃邊發出吱吱的求助或求饒的聲音。青毛大狗的後面又追著大黑柴狗。幾圈追下來，青毛大狗的弱點就明顯了。

狗的尾巴和狼的尾巴一樣包含了許多功能，平衡是最重要的一種功能。青毛大狗少了半截尾巴，在速跑中就掌握不好平衡，如果急衝就容易撲過頭，如果急停就容易跌跟斗，如果急轉彎就容易屁股重頭輕，而把自己甩倒。這種種弱點在青毛大狗追擊大黃柴狗的行動中都暴露出來了。

金大炮的臉色緩回來了。大黃柴狗也發覺了青毛大狗的這個弱點，就在逃跑中多加了急轉彎的動作。青毛大狗每每要咬上大黃柴狗的屁股了，大黃柴狗就一個急轉彎，青毛大狗追著轉彎就被自己的屁股甩一個滑步，再追上，再被甩一個滑步。

可惜大黑柴狗太蠢，不會插上打圍，也不會掉頭右轉，更不會迎頭堵截。如果大黑柴狗這樣做了，青毛大狗早完了。牠只會在後面追，而青毛大狗每一次被甩的那一個滑步，也正好能躲過大黑柴狗的撲咬。但大黑柴狗毫不氣餒，一口、一口，犬齒碰犬齒，喀！喀！空咬。這樣三條狗轉圈攻擊，誰也咬不中誰。大黑柴狗又蠢得可以，金大炮越跺腳，大黑柴狗喀喀咬得越響。

終於，大黑柴狗喀的一聲，又吱吱發聲痛叫，大黑柴狗的犬齒終於咬破了自己的舌頭，那是因爲累的，牠舌頭伸出來想喘氣。

青毛大狗就在這時又用了那一招，突然側躍，將兩條前腿旋起。大黑柴狗咬了自己的舌頭一愣神，一頭從青毛大狗前腿下鑽過，大黑柴狗一下子就軟了。

大黑柴狗想起了上一次被青毛大狗用同一招咬上後脖根的痛，這個場景一重現，所有的恐懼一下子激了出來。吱！牠叫一聲，尾巴往屁股溝裏夾，後脖根就被青毛大狗一口咬上，又一次被青毛大狗摁倒趴地上了。大黑柴狗吱吱叫著用尾巴直掃地面，又認輸了。

可是青毛大狗也犯了錯誤，在青毛大狗的記憶裏，一旦這樣擒住一隻狐狸或豺狗，另一隻豺狗或幾隻就會逃生，也表示獵殺結束了。現在就是這樣，青毛大狗認爲牠再一次捉住了這隻黑柴狗，就結束戰鬥了，而且大黑柴狗又一次服輸了。

可是，大黃柴狗不是狐狸，也不是獵狗，更不是狼狗，只是看家護院的東北柴狗而已，這種柴狗和東北狼狗最大的不同，就是更加狗仗人勢。大黃柴狗就在金大炮重重一跺腳的命令之下，轉身撲在青毛大狗的背上，青毛大狗被撲撞上就跌倒了，跌了個肚皮朝天，這是致命的一跌。青毛大狗收攏四肢想蹬開大黃柴狗之際，大黃柴狗低頭一口咬中了牠的肚皮。

金大炮突然喊：「大黑，上！」

大黑柴狗跳起來一口咬中青毛大狗的後脖根，因爲青毛大狗往上弓起上身咬大黃柴狗咬在肚皮上的頭，後脖根就空虛了。

金大炮又喊：「咬！」

大黃柴狗、大黑柴狗向兩個方向使勁撕扯，就撕開了青毛大狗的後脖根和肚皮！青毛大狗慘叫一聲，肚腸就滾出體外。青毛大狗沒了力，努力扭頭向石小頭看。

金大炮再喊：「咬！」

大黑柴狗、大黃柴狗又上，分別咬在青毛大狗的同一個受傷地方。大黑柴狗、大黃柴狗撕開皮閃開，這兩條柴狗都紅了眼珠，不用金大炮再次吩咐又撲上去咬。

青毛大狗就不再吱吱叫了。

石小頭哇哇叫著撲上去，金小炮早等著了，迎面一頭撞去，石小頭向後跌倒，鼻血也流了。石小頭爬起來又撲，被金小炮用腿一拌，摔倒，摁在地上乒乒地揍。

金小炮還喊：「你牛逼呀！再牛逼呀！」

石小頭雙手在地上亂抓，突然抓起一塊石頭，一下握牢，砰！一下砸在金小炮額頭上，砸破皮出血了。

金小炮見了自己的血，卻怕了，哇地大哭，站起跑向金大炮。金大炮見兒子的頭破了，惱了，衝上來抬腳要踢石小頭。

紅羊喊：「你敢，王八犢子連小屁孩也打，你不是人！」

金大炮收了腳說：「我不打女人，有種叫吉了了出來。」

紅羊把胸脯一挺說：「要不要找老七出來？」

金大炮就閉嘴了。

石小頭撲過去撲打大黃柴狗和大黑柴狗。

金大炮也怕狗咬死人，打個呼哨，大黃柴狗和大黑柴狗退開了。

石小頭撲過去抱起青毛大狗的頭，青毛大狗的眼睛睜了睜，石小頭哭著喊：「救牠！救牠啊！老青沒死！」

金大炮走過來說：「我看看。」

石小頭相信了金大炮，金大炮伸手摸摸青毛大狗說：「真還沒死！」

石小頭哭著說：「我求你，大炮叔，救——救救牠！」

金大炮蹲下，一手抓住青毛大狗的嘴，一手摁住青毛大狗的脖子，雙手上下用力，喀的一聲，掰斷了青毛大狗的脖子。青毛大狗的四肢最後抖了一抖，死了。青毛大狗的眼睛直盯著石小頭，眼睛裏滿是依戀。

金大炮拍拍石小頭的頭，丟給石小頭一塊龍洋，提著青毛大狗走了。

石小頭明白過來，抓起那一塊龍洋喊：「我不賣！我不賣！我要埋！我要埋！」石小頭爬起去追金大炮。

有人看不下去，去拉住石小頭說：「死狗就賣了吧，這塊龍洋可以買好多窩窩頭。」

石小頭就握緊了那塊龍洋，坐在地上哭。

吉小葉陪著哭了一會兒，覺得餓了，拉石小頭要走，石小頭甩開她的手，弓著腰沿街走了。遠遠地看，石小頭像個小老頭。

石小頭蹲在自家院裏那棵樹下，那是石小頭和青毛大狗玩的地方。石小頭的頭垂在雙膝上，直愣愣地看著地上的那塊龍洋說：

「老青，被子變成了你，你又變成了龍洋。龍洋變成窩窩頭，我吃了就是吃你。你放心，老青，我不吃你。我說過，你是哥，我是弟。你幫我打贏了，你打贏了！老青。金大炮耍賴，金大炮是兩個人兩條狗打死了你。你記得老青，你記得我，你轉世當人吧，我當你的狗，我幫你討回來。」

石小頭嘟嘟噥噥說個不停，很快夕陽下來了。

石小頭的身後走來了金小炮，金小炮腦袋上的傷已經包上了，他一手牽著大黃柴狗，一手拖著青毛大狗的皮，走到石小頭的身邊，把青毛大狗的皮往地上一甩，吸口氣說：

「石小頭，你的狗皮送給你，狗皮上全是口子，太破爛賣不上錢，你曬乾當被子蓋吧。記住了，下次讓我看見你還揍你……」

石小頭在李家街出現了，脖子更細了，腦袋也顯得更大了，臉上滿是污垢，垂著頭弓著腰在李家街上晃。石小頭晃著停下了，抬頭看窩窩頭的舖攤。那舖攤以前是李草兒家的煎餅舖，這會兒新出鍋的黃色窩窩頭飄著香氣。石小頭肚子裏一下翻上了餓，打著晃快站不住了。

石小頭知道再不吃食物他就走不動了，就會餓死了。他見過餓死的人，像見過撐死的人一樣。也知道餓死的人不像撐死的人，餓死的人大都張著嘴笑著死的，那是在死前做夢在吃飯。

賣窩窩頭的人看到石小頭，眼睛盯一眼，眼珠一轉看別處去了。

石小頭想走，這是人家不給。

賣窩窩頭的人又愣了愣，轉回目光才喊：「石小頭，你是怎麼了？你埋汰死了。」

石小頭站下又看著窩窩頭，不說話。

賣窩窩頭的人又說：「你的一塊龍洋呢？那一塊龍洋可以買這一大堆窩窩頭，你可以吃四十來天。」

石小頭垂下頭轉身向街裏走。

賣窩窩頭的人瞅著石小頭小小的背，嘆口氣，抓了一個窩窩頭追上，塞在石小頭手裏說：「石小頭，你是苦命啊！苦命的人嘴不能笨，你得學會張嘴討要。那一塊龍洋叫你爸整去了吧？我看見你爸在館下裏吃大盤雞呢！」

石小頭就猛啃窩窩頭，掉頭往家走，他怕有人偷青毛大狗的皮。

也就在這時，金小炮出現了，看見石小頭就喚狗追過來。還是那條大黃柴狗，大黃柴狗一撲，咬出一口，把石小頭舉在手裏的窩窩頭搶去了。那窩窩頭剛吃了一半，另一半是明天的吃食。

石小頭叫一聲，頭就暈了，砰一聲！又挨了金小炮一棒子。他餓了幾天走路都晃沒力氣，一下跌倒了。

金小炮舉著棒子說：「我也叫你的頭冒血，你敢起來，起來我就是一棒。」

石小頭抱著頭坐了一會兒，有了點力氣就往起站，剛剛直起腰，金小炮又是一棒，打他肩上了，他又跌倒了。

石小頭反常地沒哭，歇了歇力氣又往起站，金小炮的棒子又往下打，棒子卻被鐵七抓住了。

金小炮是小屁孩，平日叫金大炮慣壞了，認爲這一帶就他爸金大炮最厲害，見棒子被奪了，張嘴就罵，又抬腿踢鐵七的腿。

鐵七歪著頭瞅瞅金小炮說：「長得真他媽的難看。滾蛋！」就彎腰拽起石小頭。

金小炮退兩步，又叫大黃柴狗咬鐵七，大黃柴狗汪叫一聲，往上撲，鐵七飛起一腳，大黃柴狗連滾了兩個滾。跳起，咯咯咳著，夾著尾巴掉頭逃家去了。

該著今天有事，金大炮老家高麗屯裏來了兩個本家兄弟，正和兩個本家兄弟喝著酒，大黃柴狗就跑回來了，還咯咯咳嗽。金大炮會殺狗就懂狗，喚過大黃柴狗摸摸，就知道大黃柴狗的肋骨斷了兩根。

金大炮說：「操！在這條街上還有人敢打我的狗！不想活了。」就抓著剃骨刀，走了出來。金大炮的兩個兄弟也各自操起木棒罵罵咧咧跟著出來。

在東北有這樣一句話，家有良妻，丈夫不作惡事。趕巧了，金大炮的高麗媳婦不是良妻，看見丈夫出去動刀子，也操起切肉刀跟出來，還喊：

「金大炮，你不打斷他的肋骨你就不是爺們！」

金大炮罵罵咧咧一出「老狗頭」狗肉館，迎頭看見金小炮哭嚎著跑回來，他護犢心切，一股火呼呼地往上冒。再往前瞅，看見鐵七牽著石小頭過來了，眼皮一跳就站住了。

金小炮喊：「爸，就是他打我，還搶了我的棒子。」

金大炮的臉色越發鐵青，金大炮的媳婦柳眉倒立也鐵青著臉。

石小頭就抓緊了鐵七的手……

吉小葉早早看到金小炮棒打石小頭，便跑去找鐵七幫忙，鐵七說這幾天手癢，閒著也是閒著，救妳的小男人去。

這會兒，吉小葉看到金家一大幫人來打鐵七，趕快掉頭跑回羊肉館喊爸媽。

吉了了聽了，雙手一甩說：「完了，完了。我一大早左眼皮這個跳啊，完了。我左眼皮一跳老七就打架。」

紅羊聽了挺生氣，就喊：「那還不趕緊幫忙去！」

吉了了說：「那不行，那不是幫忙，是看緊老七別收不住手打死了金大炮。」

紅羊提起切肉刀說：「打死金大炮才好，走！」

一家三口，紅羊提刀，吉小葉舉著一隻鐵勺子，吉了了卻掉頭跑後院裏屋，用油紙包了一包鐵七帶來的煉好的熊油，熊油可以治跌打損傷，又抓了幾塊碎布握手裏再跑出來。

紅羊向吉了了手裏的東西瞅了一眼。

吉了了說：「一會兒金大炮哪腫了哪斷了好包傷，結大仇總是不好。」

紅羊的鼻子差一點氣歪了。

看熱鬧的人圍了一大片，但場面卻非常靜。

鐵七抬手揉了下鼻子。

站在鐵七身後的吉了了說：「老七輕點！」

紅羊卻說：「老七，你不用上十分勁就別叫我嫂子姐。」

石小頭喘氣粗了，不知是嚇的還是氣的，身上直發抖。他拉拉鐵七的褲子，鐵七低下頭看，石小頭抬頭看著他說：「你幫我的老青報仇，我謝你一塊龍洋。」

鐵七就笑，蹲下來說：「你有一塊龍洋怎麼不吃飽了？」

石小頭說：「那一塊龍洋是賣老青整來的。我不賣老青，我想埋老青。金大炮硬買，老青就變成一塊龍洋了。我不能花，買了窩窩頭吃了就是吃了老青。我說過，老青是我哥，我不吃老青。」

鐵七拍拍石小頭的頭說：「好小子，挺重情義的，你不像你爸石大頭的種。你的膽子再大些，再虎些，就像我的種了。小子，你聽著，從今以後，在你前面不管是人是神是鬼是獸，他叫號（即挑戰）就和他幹。」

鐵七站起，又抬手揉了下鼻子。

吉了了又喊：「老七輕點！」

鐵七一晃身就撲上去了，金大炮盯著鐵七，呀叫一聲，右手舉起剃骨刀一揮，右手腕被鐵七的右手向上一翻，抓住了。鐵七轉身轉進金大炮懷裏，用左肋砸金大炮的左肋，喀！金大炮的左邊肋骨就斷了一根。鐵七的右手還抓著金大炮的右手腕，扭得金大炮轉過身，上半身仰天向後彎，鐵七又向前進步一拽，左手往下一探就抓住金大炮的腰帶，往上一甩，一百七八十斤的金大炮飄在空中了，鐵七轉身用右肋再次猛撞金大炮的左肋，喀！又擊斷了兩根肋骨。金大炮摔在地上，勾了勾頭腳，勁就洩了，放挺了。

金大炮的媳婦喊一聲：「打死人了！」舉切肉刀往前衝。

許多人認爲鐵七不會打女人，可惜錯了，鐵七在小時候他爸爸就告訴他，東北蔫脾氣的女人才不怕揍，臭脾氣的女人敢和男人動手但也怕揍，碰上就得揍，揍了臭脾氣的女人，她才知道敬你。金大炮的媳婦就是這樣的女人，她衝上來第一刀砍向鐵七的脖子。鐵七躲開了，她第二刀砍向鐵刀的腦袋。鐵七躲開，一巴掌拍在金大炮媳婦屁股上了，接著乒乓就是十幾巴掌都拍在一個地方，而且用了大力氣拍。

金大炮媳婦不亂砍了，停了手，瞅瞅鐵七扁扁嘴要哭又忍住。

鐵七揉著鼻子笑。

紅羊的脾氣不蔫也不臭，是一種不怕事又敢下手的女人，提著切肉刀就上來了，張口就罵：「操妳媽，我和妳幹。」手一揮，一刀砍下來，也砍金大炮媳婦的腦袋，金大炮媳婦一閃身，這一刀從金大炮媳婦頭頂側面削過去，削去金大炮媳婦的大片頭髮，金大炮媳婦一屁股就坐下了，把切肉刀也丟地上了。

紅羊長得別致，美得也特別，身材苗條又搖曳生姿，罵人揮刀的樣子看傻了所有的人。她左手插腰，右手用刀指著金大炮媳婦的鼻子說：

「妳叫號！妳叫號啊！姑奶奶切了妳燉湯。」

金大炮的媳婦雙手捂住臉就哭了。

鐵七歪頭瞅著金大炮的兩個本家兄弟活動手指，那兩個本家兄弟都不敢動手，有一個兄弟見機快，急忙說：「一場誤會、一場誤會，趕哪天我叫兄弟擺席陪情。我回了，我回了。」

金大炮的兩個本家兄弟就抬起金大炮回去了。

金大炮的媳婦走時，瞅著鐵七和鐵七目光對接，眼珠忽閃了一下，臉突然紅了。紅羊一把拉過鐵七，對著鐵七的耳朵小聲說：

「老七，這高麗女人喜歡上你了，你今晚悄悄去睡她，高麗女人的『井』涼，你搗上準喜歡。」

鐵七回頭瞅金大炮媳婦的屁股說：「挺大，有肉，又顫又翹。嫂子姐，妳說給金大炮戴綠帽子是不是積德？這女人身段好，長得黑，也俏皮。」

紅羊說：「這疙瘩有長得不俊俏的女人嗎？去吧老七，那是積德。」

鐵七去沒去給斷了肋骨的金大炮送綠帽子，誰也不知道，反正，從此金大炮的媳婦看見鐵七就眉開眼笑……

像鐵七這種男人在東北有人喜歡是錯不了的，東北女人對這種男人的喜歡，就像東北獵人喜歡東北狼狗一樣。

下面再從故事主軸說起，自從鐵七救了石小頭之後，石小頭就吃住在吉了了家了，並和吉小葉成了青梅竹馬，他的命運也因此改變了。

5

鐵七趕著爬犁上了一道雪坡，石小頭問：「老七爸，咱們還回來嗎？」

鐵七說：「當然，這也有家，哪能不回來？你問這幹嘛？告訴你，爸在哪你就在哪，這才是臭兒子。」

石小頭說：「知道了，那咱們幾天能回來？」

鐵七說：「這回說不好了，大概明年這個時候能回來。」

石小頭用手托上腮似在想事，又覺得熱，就甩開狼皮大氅，突然說：「老七爸，咱們回去一趟，快點！現在就回去。」

鐵七問：「再去和你小媳婦說回見？」

石小頭說：「不是！我就要回去一趟，現在就回去。」

鐵七停了爬犁，回頭瞅著石小頭說：「怎麼的？不聽話？走出來多遠了。」

石小頭說：「就回去，臭兒子去哪，老七爸也要去哪。」

鐵七歪歪頭想一想說：「也對，咱們就回去。」

鐵七想不到石小頭回來幹什麼，聽著石小頭的命令，把馬拉爬犁趕到石小頭的家。石小頭跳下爬犁就往屋裏跑，鐵七還想，媽的，到底是親生兒子，找石大頭告別來了。這石大頭和我成了兄弟，日後就不能揍了。

突然屋裏傳來撲撲的打鬥聲，接著是石小頭在嚎叫。

鐵七進屋，屋裏只有石小頭，石小頭在發瘋般地踢牆。

鐵七說：「你怎麼了？想你賭鬼爸就留下。」

石小頭大喊：「我爸是個王八犢子，嗚……我爸把老青的皮偷走了……嗚……老青皮裏我黏著一塊龍洋，那是老青的肉！嗚……我藏老青皮的時候我爸看見了。操他媽！這個王八犢子……」

馬拉爬犁又跑上沿江的雪路，坐在爬犁上的石小頭一抽一抽地哭。鐵七想，這個小子太重情，這可是個弱點，又一想，自己也這樣，就回頭瞅瞅石小頭，心就是一跳，石小頭哭的樣子挺像一個他所熟悉的女人。

鐵七的記憶飄到十四年前，他在十四年前有的第一個女人，是柳樹河子死了丈夫的查十三。而鐵七在幾年前碰上查十一，才知道查十三給他生了個兒子。查十三是寡婦，守寡兩年生兒子不成話就送人了，是送給投住行腳客棧的一對小夫妻。鐵七打聽過，也找過，可是找不到。

鐵七扭頭瞅石小頭的腦袋問：「臭小子，你幾個旋？」

石小頭抽了下鼻子說：「一個。」

鐵七抬手摸頭，石小頭又抽了下鼻子問：「幹嘛問這個？」

鐵七說：「老子也一個旋。」

石小頭高興了些，說：「我想好了，從今以後我叫鐵小七。」

鐵七哈哈笑說：「行！石大頭不答應我就揍他。」

石小頭說：「對！就揍他！」

下夕陽的時候，鐵七的馬拉爬犁拐向西。

鐵七說：「鐵小七，你知道嗎？過幾天，我的老窩門前的野豬河凍嚴實了，駕上狗拉爬犁，在河面上跑那才過癮。」

石小頭愣一愣神說：「對呀！我現在叫鐵小七了，哪個不叫我鐵小七我就揍他。老七爸，你有狗拉爬犁嗎？我沒坐過狗拉爬犁。」

鐵七心裏歡快，說：「我的老窩老鼻子好了，不但有狗拉爬犁，還有三桿老獵槍，爸兩桿，你爺一桿。你爺死了，過幾天要上墳的。我的老窩還有更好的人，你去了就見到了。」

鐵七想起他的爸爸，嘆口氣，打開裝酒的鹿皮口袋，喝了口酒，把酒袋子丟給鐵小七說：「喝一口，從現在開始，我教你所有的本事。」

鐵小七興奮了，喝酒喝急嗆了，咳了幾聲說：「那我學了本事，能像老七爸揍金大炮那樣揍金小炮嗎？」

鐵七說：「這可不一樣，我揍人的本事你爺也不會。我揍人的本事是幾百架打出來的。你學不來。」又說：「進了黑窩子山口了，幾天前和咱們一起喝酒的二毛子就死在這疙瘩了。現在想想，我應該給二毛子收屍。」

鐵小七轉頭看向雪原上面的白樺樹林，白樺林的葉子早掉光了，但白的樺樹一大片立在雪地上也醒目，也好看。

鐵小七說：「這裏有爬犁印，老七爸，有人在前面。」

鐵七說：「不對，你看那爬犁印的槽裏的兩邊，壓開的雪都硬了。這爬犁過去一個多時辰了。」

鐵小七仔細看說：「老七爸，這也是學本事。」

鐵七說：「對頭，你爺就這樣教爸。」

鐵小七從爬犁上站起四下看，說：「老七爸，那邊老松樹林裏真黑，吹來的風嗚嗚響，像吉了了大叔在夜裏的哭聲。」

鐵七想一下也覺得像，笑了，往風的方向看一看，噓了一聲說：「坐好，有狼。」

鐵小七說：「在哪？啊！在那！」他看見了一隻灰狼從白樺樹林裏悄悄走出來，走走停停，十分小心的樣子。灰狼走走又停下了，三條腿支撐身體，右前腿抬起，頭微低著，盯著前方的一個雪窩。

鐵小七小聲說：「爸，狼在幹嘛？」

鐵七說：「雪窩裏還有一隻狼。」

鐵小七又看，灰狼退後幾步，坐下了，還盯著雪窩。雪窩裏升起一條青色的尾巴，濃密的青毛晃在風中像一股青煙。

灰狼站起來，向前走幾步，還是抬起一條右腿，把鼻子向前伸，盯著看雪窩，雪窩裏又升起一對青色的尖耳朵，接著出現了一張青色的臉和青黑色的嘴巴，嘴巴上沾著血跡，這是隻青狼，青狼在吃獵物。

青狼也看到了灰狼，衝灰狼聳了下耳朵，似在打招呼問好，也似在示弱。灰狼又往前走幾步，又停下，還是抬起一條前腿，還是盯著雪窩。雪窩裏的青狼又把頭低下，再次抬起頭時，嘴裏叼著一塊動物的內臟，青狼在雪窩裏轉了個身，尾巴夾在屁股溝裏，似乎想離開又不捨得食物的樣子。

灰狼張開嘴，伸出舌頭舔嘴巴，又往前走。雪窩裏的青狼嗚嗚叫兩聲，似在向近在十幾米外的灰狼發威，但青狼的尾巴卻夾在屁股溝裏，夾得更緊了。這是表現出懼怕的意味。灰狼膽子大了，快步走近，盯著雪窩裏的青狼，嘴巴翻起皺褶，齜出犬齒，微低著頭向青狼逼近。

青狼將身體盡力往一起勾，這樣看起來身體不大。灰狼距青狼只有二三米的時候，看清了雪窩裏的青狼，牠的背毛一下聳起，肌肉在皮下起伏滾動，也帶動皮毛滾動，牠前腿旋起，幾乎在原地來了個原地轉身，後腿一蹬就逃。

雪窩裏的青狼嗖地撲出了雪窩，正落在灰狼剛剛跳開的地方，兩隻狼就在雪原上展開追逐。

青狼的樣子看得鐵七和鐵小七一陣兒頭暈，鐵小七抬手捂住了嘴巴，瞪大眼睛瞅眼鐵七，又去追逐青狼輕盈若飛的身影。

灰狼由於緊張，腳步就很重，跑起來四肢掛雪就深。青狼的腳步從容，也就輕盈，四肢掛雪就淺。

不久，青狼追到灰狼身後。

只要青狼用前腿撲掃灰狼的後腿，就能掃倒灰狼，或者用兩條前腿去抱住灰狼的屁股，也能摔倒灰狼。這兩種狼的搏殺招式鐵七都見過，也認爲青狼會使用其中的一種方式，但是青狼沒用，兩種方式牠都不用。牠靠上去貼著灰狼跑，這個時候最怕灰狼用出那招「狼回頭」。狼的這一招「狼回頭」，也就是在獵狗追咬狼的時候，在獵狗的頭靠上狼前肩的時候，狼會找到時機用「狼回頭」，猛然回頭一口咬向獵狗咽喉，重創獵狗，而這個動作，也像是獵狗自動送上咽喉被狼回頭咬一樣，而此時，追逐灰狼的青狼卻在犯著這個錯誤。

鐵七搖了搖頭，在鐵七的記憶裏，知道有十幾條獵狗死在「狼回頭」之下。

青狼還往灰狼身邊靠，牠的嘴巴只要一口就能咬上灰狼的後脖根，這也就到了灰狼使用「狼回頭」的最佳時機了，而灰狼果然就用了這招，猛然回頭咬向青狼的脖子外側，灰狼的身體也轉過來了。

鐵七心想，完了。

青狼卻突然前腿急蹬，旋起，頭上揚，灰狼一嘴就咬空了，等於把後脖根送到了牠嘴下，牠一口咬下，又一甩頭，青狼的嘴長又尖，這一口就撕開了灰狼的半個脖子。灰狼往前一衝，兩條前腿插進了雪裏，青狼又一撲，第二口還是咬在灰狼受傷的老地方。青狼不是咬住撕扯，而是又一甩頭，鋒利的犬齒就割斷了灰狼的動脈，灰狼脖子中的血就流了出去，就在雪地上蹬蹬腿死了。

青狼圍著灰狼的屍體轉了兩個圈，揚頭向白樺樹林看一會兒，用前腿扒出個深雪窩，把灰狼拖進雪窩，接著臥進雪窩，再把青色的大尾巴升起，在空中晃。

鐵七說：「這傢伙跑回來找主人二毛子，牠嗅出狼吃了二毛子的屍，便去獵狼爲主人報仇。他媽的，這傢伙是頭一號的獵狗，好一條狼狗！」

鐵小七突然跳下爬犁向雪窩跑去，邊喊：「老青！老青！青上衛！」

鐵七停下馬拉爬犁，揉揉鼻子笑了，他不緊張，他知道獵狗是不會輕易傷人的，就坐著看。

青上衛在雪窩裏抬起頭，盯著跑近了又停下的鐵小七，不搖尾巴，不動也不叫。

鐵七突然打個極響的呼哨。青上衛跳出雪窩，看著鐵七搖了搖尾巴，又掉頭看著雪窩裏的灰狼屍體，再掉頭看看鐵七，又掉頭看灰狼的屍體，似乎面臨抉擇。

鐵七喊：「臭小子，回來吧！這種沒了主人的好狼狗懂得自己選主人，不是硬來就可以收服的。」

鐵小七戀戀不捨地掉頭走回來，爬上了爬犁說：「老七爸，老青，不，青上衛被狼吃了怎麼辦？牠不跟咱們走。」

鐵七說：「牠信任我才會跟我走。但你放心吧，這傢伙比狼厲害，狼吃不了牠。」

鐵小七回頭看青上衛說：「老七爸，青上衛坐下了，在看著咱們。」又說：「老七爸，青上衛又跑進雪窩裏了。」

鐵小七的嗓音帶著哭音，抽噎吸鼻子的聲音也出現了。

鐵七甩響了馬鞭子，加快了趕馬拉爬犁的速度。

突然，鐵小七驚喜地叫喊：「老七爸，停下！停下！停下！青上衛拖著狼追來了。」

青上衛汪汪的叫聲也跟著響起，在叫爬犁停下來……

第四章 山裏的老窩

每個人或每條狼狗都有一個割捨不了的地方，就是家。有了家的，離開了家總想著回家，總會回家；沒有家的，總想著找到家，然後安靜地守候。對於狼狗，尤其是這樣。狼狗，是不嫌棄家貧的。

1

鐵七的馬拉爬犁在月上頭頂的時候，過了小獨嶺的山口，進入了大獨嶺。那時明月掛天，輝映白雪，四周清晰見物。由於剛剛下過雪，而且此時的時節還沒進入臘月，說不上寒冷。這個時節的雪，水分大，有黏勁。這樣，雪後的原野上就蓋上一層綿軟的雪，而樹枝上也掛滿了樹掛（即霧淞，是北方冬季可以見到的一種類似霜降的自然現象。霧淞輕盈潔白，附著在樹木物體上，宛如瓊樹銀花，清秀雅緻，即稱「樹掛」。）。這就是白雪的家園了。

這種雪落在地上顯得沉也蓬鬆，馬拉爬犁壓上去，或人走上去，雪是無聲的。如果等到一腳踩上去，雪發出吱嘎聲的時候，就是進入東北的臘月時節了，那個時候才是凍掉腳趾、凍掉耳朵的時節。

鐵小七說：「老七爸，這一路上一個人也沒碰上，就碰上老青了。不，牠不愛叫老青，牠愛叫青上衛，就碰上青上衛和一隻狼。現在那道爬犁印也沒有了。」

鐵七說：「大獨嶺這疙瘩沒幾個人，咱們人在這疙瘩是客人。記住了兒子，這疙瘩的主人是狼、虎、熊、豹等等這些吃肉的牲口，還有梅花鹿、狍子等等這些吃草的牲口，牠們才是這裏的主人。」

鐵小七又瞅瞅四周說：「這疙瘩真的沒人，這疙瘩沒人，咱們怎麼住啊。」

鐵七笑了說：「這疙瘩乾淨，在這疙瘩活得明白，不像在通化縣城活得埋汰。臭小子，我十四歲那年跟我爸從柳樹河子回到這疙瘩，那會兒我也和你現在一樣的想法，待久了，你就和我一樣喜歡這疙瘩了。」

鐵小七卻想，那可不一定，我不一定喜歡這疙瘩，除非吉小葉在這疙瘩。又想，光有吉小葉也不夠好，還要有金小炮。有愛的、有恨的待在一個地方才活得有意思。

鐵小七就說：「老七爸，青上衛就跟著走，青上衛不上爬犁。」

鐵七回頭看一眼青上衛，青上衛就動下耳朵，尾巴也晃一下。鐵七知道，只要是東北狼狗，不論強弱都離不開人，都需要忠實於人。這就是青上衛跟上來的因由。

青上衛知道第一個主人在這片大地上消失了。如果青上衛是一條普通的狼狗，早就一路跑回家了，就算離家幾千里也要跑回家。青上衛不同於普通狼狗之處在於青上衛也「死」了，但青上衛被鐵七救活了。而鐵七又是這一片除了主人之外唯一認識的、又對牠有大恩的人。這是青上衛可以跟隨鐵七留下的原因之一。

但在鐵七救活青上衛之後，青上衛還是沒留下來，傷養好有了力氣就去尋找主人。主人早被狼分屍了。青上衛只找到了主人衣服的碎片，還有主人的一雙皮靴的膠底。皮靴的皮是牛皮的，所以狼、豺狗也可以吃，也就吃沒了。

這樣，青上衛作爲東北狼狗的特質就突顯出來了，青上衛選擇了爲主人報仇，開始獵殺吃掉主人的狼，而沒有選擇回家。

如果鐵七在剛剛那一時間沒碰上青上衛，青上衛在獵殺了狼之後，也會跑上回主人家的路。如果鐵七硬是抓住青上衛不讓走，青上衛就會選擇忍受，因爲這種強迫的作法違背了一條東北狼狗的選擇意向。只要有逃的機會，青上衛只要想逃就會毫不猶豫地逃走。可是鐵七並不強制，並不以恩人這一角度強留青上衛，而是打個招呼，吹了聲問候的口哨。這讓青上衛自動記起鐵七的恩施，也喚起了狼狗離不開主人的天性。

青上衛瞅瞅鐵七向前的背影，又瞅瞅雪窩裏的狼，青上衛是在選擇，究竟是追隨舊主人還是追隨鐵七，最後，青上衛在狼屍的身上找到答案。主人被狼吃了，牠殺了狼，而舊主人的形象又同鐵七重合了，青上衛就選擇了恩義更重的鐵七。

鐵七說：「青上衛知道牠做的事就是跟著走，坐爬犁不是牠的事，除非命令牠坐上爬犁。記住了，想要讓這樣已經有過主人的狼狗跟著你容易，要讓牠不離開你又自動忠於你，你就要對牠比舊主人更好。」

鐵小七說：「那我怎樣對牠好，青上衛才不離開我？」

鐵七說：「讓青上衛這樣的狼狗信任你，你必須先信任牠。要牠不離開你，你就先要不離開牠。要用眼、用心去表示信任表示愛心，而不是用命令。會聽命令的狗是看家狗，金大炮的那兩條柴狗就是這樣的看家狗。會使用主人命令的狗是獵狗。但這也不是最好的狗，最好的狗，知道什麼時候主人做什麼，也知道牠該做什麼。主人的一舉一動、一個眼神，在牠看來都是命令，都能理解，這才是最好的狗。同樣的，最好的主人也同樣知道並理解牠的狗在什麼時候幹什麼想什麼。這兩種人和狗的結合就是可以輕鬆獵熊、獵虎的好獵人和好獵狗。」

鐵小七聽得眼珠直閃光，又想到以前他的那條死掉的狼狗老青，眼神又暗淡下來，又突地眼睛一閃說：「金大炮的狗是看家狗，幾天前都被青上衛咬死了。那我的老青早先也打敗了牠們，老青就是爸說的那種最好的狼狗。」

鐵七停了爬犁，跳下來，走到雪地上叉開腳掏出「棒棰」撒尿。青上衛也走過去，嗅了嗅雪地上的一根草尖，抬起一條後腿也撒尿。

這就看笑了鐵小七。鐵七也笑了。

馬拉爬犁向前爬，鐵七說：「你的老青是條好獵狗，但老青不夠好的地方，是不知道靈活地使用主人的命令。老青沒做到絕對忠於主人的命令。這一點，想來怪老青的老主人不會使用好狗，不會信任好狗，這不能怪老青，老青被牠的老主人馴壞了。」

鐵小七眨著眼皮沒聽懂。

鐵七說：「這是我從老青的半截尾巴上想到的，我想，老青的半截尾巴就是因爲一次狩獵失手，才被老青的老主人生氣之下一刀砍掉的。」

鐵小七就啊了一聲。

鐵七說：「你爺就是這種遇事不懂自責、就會怪罪獵狗的獵人。你爺也一刀砍掉了一條青毛狼狗的尾巴，又趕走了那條青毛狼狗。你別多想，你爺趕走的那條青毛狼狗我找到了，後來牠死了，我把牠埋了。爲什麼會這樣我告訴你。有一種獵人，本事很大。這種獵人不喜歡過分聰明的狗，也不懂得怎樣使用過分聰明的狗。如果這種過分聰明的狗運氣差勁隨了那種獵人，那麼，這種聰明狗就會被這種獵人強迫馴服，成爲最聽話的獵狗。這種獵狗不能做錯獵人的每一次命令。對於獵人來說，這樣使用獵狗也能理解，因爲在獵虎、獵熊、獵野豬這種大牲口的時候，獵狗如果做錯一次，那麼獵人可能就沒命了。透過這些特點，我就知道你的老青是條聰明的獵狗，我也知道老青在隨主人獵熊或者獵野豬時犯了一次使主人險些丟命的錯。其實聰明的狗是不適合做獵狗的，正因爲聰明的狗聰明，這種聰明狗在凶險面前才知道什麼是怕，才可能因怕而行動遲緩，才可能出錯，才可能因犯錯而遭到主人的懲罰和遺棄。你的老青的遭遇是老青不應該做獵狗，而老青的老主人也不應該馴老青做獵狗。不大聰明，甚至有點傻，但絕對忠誠的狗才勇敢，才適合做獵狗。這就又說到獵人了，獵人也知道這種道理，那爲什麼又非要最聰明的狗當獵狗呢？因爲聰明的獵狗，獵人馴起來易上手，使用上也方便。笨一點的狗馴成獵狗難，但這種狗一旦馴出來就不會出錯。你爺就懂這些道理，但你爺又看不上笨狗，也沒耐心馴笨狗，所以你爺因爲一次獵狗的出錯而傷在熊的掌下，後來因傷重不能治就死了。」

鐵小七嚇了一跳，問：「我爺爺這樣死的啊！可是，我聽不大懂，那這樣說，就是笨狗比聰明狗好是吧？」

鐵七說：「這一說法是我獨個想出來的。我用人給你打比方，你想啊，哪種人膽子大？」

鐵小七翻出白眼仁想了想說：「不講理，愛犯混的人。」

鐵七說：「對一小點兒。你聽啊，我用你也認識的人打比方。膽子大的人我知道一個，他叫林豹子，我從沒見過比林豹子膽子更大的人。林豹子並不是個笨人，但他笨到只剩下一種長處，就是聽主人的話，做主人吩咐的事，什麼都不怕，包括連死也不怕。」

鐵小七說：「可我知道林豹子怕你。」

鐵七說：「林豹子不怕我，林豹子和我幹了幾年架才知道我是真正狼狗的性子，恩怨分明，爲情義死也要拚的性子。我和人打架總是爲了對我好的人。這是我的弱點，也是改不掉的性子。所以林豹子和我成了朋友。我再說一個你認識的人，這傢伙是個挺聰明，又會藏起聰明常犯混的人，這個人是金大炮。」

鐵小七說：「噢，是他。」

鐵七說：「對付這樣的人容易，你找到一次似有理又沒理的機會，然後揍他，這種人的混勁兒是裝出來的。這種人聰明得很，你要麼不揍他，揍就要往死裏揍，說揍就揍，絕不手軟。這種人就再也不敢和你犯混了。」

鐵七揮了一下鞭子，又說：「我再說一個親近的人，他是吉了了。吉了了不管和他媽的什麼人走個對面，他總是自動讓路的人。我也看不透吉了了這個人，我不知道吉了了什麼時候能和一個男人打一架，我一直看不到。但吉了了是第一個對我好的人，他在館子裏給我偷了半隻燒雞，因爲這事被人打斷了肋骨。那時我爸死了，我十六七歲，我不想在大獨嶺當獵人，跑到通化縣城，跑到柳樹河子鎮上闖蕩，有時混不上吃的，常挨餓。有一次在通化縣城，我被林豹子打得爬不起來，餓了兩天，是吉了了偷來的這半隻燒雞我才活過來了。我和吉了了從這半隻燒雞開始連一塊了。唉！我和吉了了的故事老鼻子了，就不說了吧。但我隱約感覺到吉了了也像一種狗的脾氣，這種狗天生就懂得和最厲害的狗交朋友。」

這句話鐵小七沒注意聽，鐵小七冷不丁想到從前對餓的感覺，眼圈就紅了，想哭又忍住了，瞅著鐵七的背說：「老七爸，我以後再也不叫你餓了！」

鐵七說：「別說喪氣話，好漢子活過三十歲的少。活過三十歲不死也沒用了。聽著，我再說一個你不認識的，這個傢伙叫博一丁，是江水龍放在柳樹河子替江水龍守賭場的一霸。我在柳樹河子撞上博一丁，當然也是爲了一個對我好的人才和博一丁打了架。那時博一丁比我壯，也比我大，我打不過博一丁。我就咬住了打，碰上面就打，但博一丁每一次都往死裏打我，我的肋骨光被博一丁一個人就打斷過兩次。博一丁打人招法好。後來最後一架還是我贏了，我打斷了博一丁兩根肋骨，博一丁的鼻梁也叫我一拳打斷了。可是，臭小子，你猜博一丁說什麼?」

鐵小七聽得正入迷，問：「什麼?博一丁說什麼?」

鐵七說：「博一丁說，老七，我栽了。」

鐵小七說：「對呀!博一丁打敗了就是栽了。老七爸，這不對嗎?」

鐵七搖搖頭說：「不對，博一丁嘴上說栽了，臉上卻連栽了的樣子也沒有。林豹子從來不說栽了，林豹子就算被打死了，在林豹子看來也不是栽了，林豹子也不會說栽了。博一丁會說栽了，而且博一丁打架的招法比林豹子厲害。但博一丁總在決生死的當口說栽了。這就可怕了，我只見過兩個這樣的人。你記得，另一個這樣的人叫江水龍，江水龍雖然死了，但江水龍和博一丁都具有最凶殘又最狡猾的狼的性格，他們在人群裏也就是最凶殘、最狡猾的狼。」

鐵七講起博一丁，也就想起了查十三。鐵七和博一丁結仇也是因爲查十三。做寡婦的查十三被姐查十一甩給了博一丁，被迫從了博一丁，又主動找了鐵七。後來又經查十一的嘴巴說出給鐵七生了個兒子。那麼，查十三給博一丁生了什麼呢?這就是以後的故事了。

鐵七在腦子裏搜索查十三的時候，禁不住又掉頭看了眼鐵小七，鐵小七現在沒哭泣，但鐵七從發覺鐵小七哭泣時像查十三開始，這一路走下來，真的感覺鐵小七莫名其妙地有些像查十三。鐵七就皺眉頭，似乎又去回想往事。

青上衛突然加速向前跑去。在青上衛跑去的方向，在一棵樹後的雪窩裏，悄悄衝出一條淺青色的狼狗。

這條狼狗是那二的獵狗，叫老賊，平時作風賊頭賊腦，對主人那二也不大理睬，而且夜裏守夜總是獨自行動。如果來了生人和野獸，老賊總是在別的狗還沒發覺的情況下首先發覺，還會不聲不響悄悄靠上去偷襲撲咬。這次老賊早早聽到馬拉爬犁的行路聲，又聽到鐵七的講話聲，老賊跑出來接鐵七，卻發現馬拉爬犁前面有一條陌生的青毛狼狗在跑，老賊才埋伏下來襲擊。但這條總愛無聲無息獨自行動的老賊不是啞巴。這次老賊就叫了，老賊偷偷撲出來襲擊青上衛，卻不知道青上衛和牠是一樣的脾氣，而且比牠聰明，也比牠動作快。在老賊撲出來下口咬的時候，青上衛一個旋身閃開，一口就咬上老賊的後脖根，頭再一甩，老賊吃了大虧，吱吱叫著掉頭往家跑去。

鐵七問：「這條狗像誰？」

鐵小七說：「像博一丁。」

鐵七哈哈笑問：「那麼，你知道什麼脾氣的人可以是最好的獵狗了？」

鐵小七說：「像林豹子那種脾氣的狗，才能當好的獵狗。」

鐵七說：「記住了臭小子，有幾種人就有幾種狗，人有幾種脾氣，狗就有幾種脾氣，瞭解了人，你就瞭解了狗。另外，對於狗來說，主人什麼脾氣，他的狗就什麼脾氣。」

馬拉爬犁又往前走了二里多路，來到門前了，鐵小七突然說：「老七爸，這樣就麻煩了，青上衛當不了獵狗了。」

鐵七說：「那不一定，青上衛是刺客的性子，是殺手的膽氣。你見過刺客或殺手當小賊嗎？小賊有什麼？刺客或殺手不是當不了小賊，而且不屑於當小賊。」

鐵七跳下爬犁又說：「知道嗎？小賊是絕對沒膽量和本事當刺客或殺手的。青上衛絕對能當最好的獵狗，而且其他的獵狗都幹不了青上衛能幹的事。」

鐵七就喊：「老弟，我回來了！」

院裏已經有了燈光，一個大個子提著燈籠來開院門，發覺院門的門閂被打開了，院門也敞開了一條縫，他的聲音就響起來：「又是老賊開了院門，這破狗被什麼東西咬傷了。老七哥，我算準了你待不了幾天，吉了了的破羊肉只配給狗吃。」

大個子把院門全敞開，走出門來，鐵小七就喊：「叔叔好！」

那人一愣，把燈籠舉高，低下頭看鐵小七，鐵小七也揚頭看那人，兩個人互相看仔細了，都愣了。

那人說：「操！是個臭小子，長得這個樣，真有點瘦得像蚊子似的破妖精。是了，怪好！準是老七找回兒子了。」

鐵小七嘟噥：「不是叔叔，怎麼是爺爺？」

進了院門，這院圍成長方形，挺大。就是房子太矮，如果遠遠地看，如果房草上再沒有雪，房子就像三角頂的草堆。而且房子還挺多，朝向西南的正房的左右兩邊，是兩排比正房還矮一尺的偏房，偏房的煙囪立在兩邊房山牆上，這和正房不一樣，正房的煙囪是立在正房兩邊窗口的左右兩邊的。這種煙囪立在外的房子，是東北的一怪，也是一景。在院的東南牆邊，還有三四排敞開式的、和正房差不多高的茅草房子，那是放工具、糧食、雜物用的房子，狗舍、雞屋、馬棚都在那一邊。

正房西邊偏房的屋裏還亮著燈，一個小姑娘剛把腦袋探出門就喊：「老七叔，俺天天給你燒大炕，那炕現在還熱著。」

鐵七說：「好丫頭，趕哪天帶妳進城去會個白臉小男人。」

小姑娘把頭縮回去，聲音在房裏傳出：「俺不要，俺不去。」

鐵七就哈哈笑說：「臭兒子，咱進屋，明早你就看清這個老窩了。這老窩老鼻子好了。」

鐵七推開正房的門，屋裏的熱氣呼地撲出來。鐵小七一下子感覺到了家的暖，也一下抬右手捂住了鼻子。

三個人進了屋裏，鐵小七嚇一跳，屋裏到處是獸皮，鐵小七又抬左手壓在右手上捂住鼻子。

老頭問：「臭小子，這屋臭嗎？」

鐵小七說：「不是臭，是說不上來的什麼味，挺噁心！」

鐵七說：「這是野味，久了你就喜歡了。」

鐵小七在大炕沿上坐下，把手拿開，小心地吸氣，感覺好一點兒了，說：「房子太矮了，我踩炕上能抓到屋頂。」

鐵七沒接話，對老頭說：「老弟，你燉了小雞蘑菇？真香！你怎麼知道我今晚回來？哈拉子快淌出來了。」

老頭笑說：「是小丫頭做夢做出你今晚回來，叫我燉的。我以爲是小丫頭饞了，但小丫頭又叫我半夜再燉上。這不，燉熟了你就回來了。別說，小丫頭做夢挺神的。」就去堂屋的鍋裏盛小雞燉蘑菇。

趁著老頭出去，鐵小七說：「老七爸，他是爺爺，你不能叫他老弟，不好聽。」

鐵七卻一愣。

這工夫，老頭端一大木盆小雞燉蘑菇進屋來了。西邊偏房的小姑娘也過來往大炕桌上擺碗放筷子。鐵小七注意看看小姑娘，小姑娘挺好看，粗眉大眼，尤其嘴裏的兔齒顯得格外調皮，腦後還甩一根辮子，十五六的樣子。

小姑娘也瞅了瞅鐵小七，突然說：「是個小傻狍子，傻頭傻腦的！你看什麼？」

鐵小七就嘿嘿笑笑，突然，鐵小七喊：「老七爸，青上衛呢？青上衛住哪？」

鐵七打聲呼哨，守著馬拉爬犁的青上衛正被一群狗圍著，聽了呼哨一晃身，一道青煙似的飄進屋子。院裏其他的狗互相看看，每條狗都發了傻。

鐵七用一個木盆，裝了一盆雞肉，端過去放在牆角的一片鋪了木板的地方。鐵七剛放下木盆，青上衛就過來了，搖了下尾巴開始吃。青上衛也知道這片木板搭的地鋪是牠的領地了。

老頭出去卸下爬犁餵了馬回來，坐下，看著青上衛發了愣。

青上衛吃飽了卻不臥下，在板鋪上轉圈嗅，青上衛嗅出這板鋪上有其他狗的氣味，而且這樣的鋪和在老主人家的鋪不一樣。青上衛用牙齒咬起一塊鋪板甩在一邊，又咬第二塊。

鐵小七和小姑娘也好奇了。

鐵小七問：「老七爸，青上衛這是幹嘛？不喜歡這窩？」

老頭說：「這傢伙怪，牠要新鋪。」

鐵七也看著青上衛下面的動作。青上衛把木板都甩在一邊，轉圈踩那片地方。似乎踩得滿意了，又跑到一堆獸皮前嗅出一張狼皮，拽過來鋪在剛剛踩出的窩裏。臥下試試，感覺滿意了，把嘴巴托在一隻前腳上準備休息了。

可是青上衛突然發覺鐵七在看那幾塊木板，牠馬上起來，叼起一塊木板出去了，這樣叼了六次，把木板全叼出去，丟在堂屋的灶台邊上了。青上衛回來，再踩踩狼皮，再次趴下。這次，牠把嘴巴直接放在狼皮上，卻把右邊前腳壓在嘴巴上，左邊前腳再壓上就擋住了眼睛，只露出個嗅氣味的鼻子尖。

老頭笑了，說：「老七哥，我可老鼻子年沒見過這等聰明的青毛狼狗了。這傢伙知道擋住眼睛看不到你，這傢伙就可以偷懶了。你的一舉一動這傢伙的鼻子又全能嗅到，準是這傢伙把老賊咬成那樣的吧？」

小姑娘說：「原來是這條狗咬了老賊，俺還想，準是狼咬了老賊。老賊跑俺屋裏求救，老賊的後脖子叫這條狗咬開兩寸長個口子。」

鐵小七說：「剛剛青上衛咬的那條狗叫老賊？真是叫對了名字，青上衛是官兵，官兵咬了老賊就是……」看到小姑娘瞪著自己，就嘿地一笑住了嘴。

小姑娘嘟噥說：「老賊和俺最好了，老賊的傷口像小孩的嘴。老七叔，他是你在哪兒撿來的破兒子？長得賊頭賊腦像個小賊。」

鐵小七不高興，低頭想一想就笑了說：「老七爸，什麼人養什麼狗。老賊是她的，她就像老賊，她和老賊一樣都有偷摸作賊的性子。」

小姑娘聽了這句話，像狗被踩了尾巴，叫一聲，就惱了，使勁跺腳喊：「老七叔！你管管這小子。」

鐵七知道鐵小七說中了小姑娘的痛處，就哈哈笑說：「你兩個聽好了，你兩個今後就是姐姐弟弟。你兩個一個是兒子，一個是侄女，都不是撿的，都是我的親人。九蘭，他惹妳妳就揍他，姐姐打弟弟誰也管不著。」

九蘭就把小拳頭伸到鐵小七眼前說：「小傻狍子，俺有功夫，瞧哪天俺叫你吃老拳。」

鐵小七瞧瞧九蘭的小拳頭又哈哈笑了。等鐵小七知道九蘭沒吹牛的時候，是在挨了九蘭狠揍之後的事，現在還沒到那個時候。

老頭說：「爬犁上那隻狼也是這個誰——青上……上衛咬死的？乖乖，能獵狼的狼狗可少見。老七哥你哪整來的？」

鐵七說：「我這次可撞了奇遇。」鐵七就簡單地說了過程。又說：「老弟，我還有一個奇遇，以後慢慢說。」

鐵小七笑著說：「我知道老七爸的另一個奇遇，老七爸碰上了妖精媳婦。」

老頭說：「臭小子，你老七爸總能碰上妖精。在柳樹河子也有一個姓查的妖精，乖乖，那妖精瘦得像蚊子，你這臭小子一笑挺像那妖精的。啊！這不說了，臭小子，咱們日後慢慢講你老七爸。」

鐵小七說：「你是爺爺，不能叫老七爸老七哥，不對勁，不好聽。」

老頭就笑了說：「我和你老七爸早先都在柳樹河子待過。你老七爸的媽死了，你老七爸被他爸從柳樹河子帶走時才十四歲，我那時之前之前再之前就認識你老七爸了。後來在你老七爸二十來歲時，我找這疙瘩來，想要你老七爸當我兒子，你老七爸不幹，說我太笨，最多當他老弟，我就爽快地當了老弟。這一說就過了十一年了，我一直和你老七爸搭伴，你老七爸爲人仗義，就是當哥的材料。可說下來，你老七爸和你的命運挺相似，都是十四歲才被老子找回來的。」

鐵小七瞅著鐵七，鐵七笑笑。鐵小七就沒說他不是鐵七的親生兒子。

老頭說：「小子，你叫我爺叫對了，我和你老七爸就扯平了。我有好處給你，九張虎皮，二十塊龍洋。怎麼樣？」老頭又說：「我叫那二，你就叫我那二爺吧。」

鐵小七說：「行！我不要你的虎皮，也不要你的龍洋，我認你當爺。這裏有老七爸、有那二爺，才像一家子。」

那二眼珠發亮，開心極了。

九蘭聽鐵小七沒提到她，就在旁邊扁嘴，突然說：「小子，你去盛肉，就你能吃。」

鐵小七笑笑就跳下炕穿了鞋，端了木盆盛肉去了。

那二皺眉說：「脾氣不像老七，這小子脾氣不臭。興許隨了他那妖精媽。但我更喜歡脾氣不臭、性子溫和的孫子。這樣的孫子帶著踏實。」

那二的話鐵七就往心裏去了，也沒說鐵小七是收養的兒子，就若有所思地想心事。

東北的小雞燉蘑菇興許早年就是山雞燉松樹傘蘑，這種蘑菇長在針葉樹的落葉叢裏。呈棕色，像尖頂雨傘，也是長得樣子最像雨傘的「傘」字的蘑菇。春夏之交的時節生長，那時採下來晾乾，在冬天配山雞燉是道美味。而且，其他大多的蘑菇雖外表也多是棕色的，但只有長在松樹下的這種俗稱松樹傘的蘑菇是裏外都是棕色的，吃起來有股松香味，而且有韌勁。這種松樹傘蘑菇也就像東北人，裏外都一樣。

九蘭突然說：「老七叔，你這次帶了小石磨回來嗎？俺有了小石磨就能把苞米、高粱米、小米磨成細麵粉蒸饅頭。俺家家傳的手藝，俺從小就會做。俺剛來時就跟你說過的。」

鐵七說：「我又忘了小石磨的事，但我這次在通化縣城裏見了妳說的那種亂七八糟的饅頭，我還吃了。我下次去找那饅頭舖子要個小石磨來。」

鐵七在炕上躺下了，又突然坐起身問：「九蘭，妳爲什麼叫九蘭？」

九蘭說：「這也用問？俺是姐妹九個，俺有八個叫大蘭、二蘭、三蘭、四蘭、五蘭、六蘭、七蘭、八蘭的姐姐，闖關東都走散了。」

鐵小七說：「怎會走散呢？妳們不會一個拉一個地走？」

九蘭說：「俺們就是這樣走的，俺們從安東一下船，俺們就傻了，那人海了去了。俺們都不知道該往哪走，俺爹說，一個拉一個跟俺走。俺就一個拉一個，俺記得俺拉的是四姐。走著，滿耳朵都是人喊人的聲音。不知怎的，一堆人一下子把俺們擠散了。俺看見俺四姐往東走，俺追去，追上了才看清不是俺四姐。大夥兒的衣褂都差不多，那一大堆人，俺看就算是你也能認錯人。俺再找四姐就找不見了，不一會兒天又黑了。俺再找七姐，俺們是連一串的，七姐也走沒影了。天就烏黑了。」

鐵小七問：「那妳怕嗎？」

九蘭說：「俺就怕了一會兒，俺就跟著一戶人家走了。後來、後來就碰上老七叔了，俺就上這來了。」

九蘭又扳了下手指，算算說：「俺來這快兩年了。俺家人丟了俺快五年了。」

鐵七想，差不多能找到九蘭她爹和她姐了，她姓孟，叫孟九蘭。我怎麼就沒問那饅頭舖的七蘭姓什麼呢？

下面插上九蘭的故事，因為這個故事裏如果沒有九蘭，也就沒有青上衛的結局了。

2

鐵七自從聽查十一說了她妹子查十三給他生了兒子又送人了，他離開大獨嶺在外轉的時候，就有意無意地看碰上的小孩子。

鐵七每年秋天都去輯安一次，主要是收賬。一年前的上一個秋天，他在輯安的木記皮貨行沒見到掌櫃吳小個子，吳小個子的夥計給結了皮貨的賬，他就離開了木記皮貨行，在臨街的一家高麗麵館吃中飯。

他選的是臨街的位置，邊吃高麗冷麵邊往外看。等鐵七聽到吸鼻子的聲音，將視線從窗外收回的時候，發覺桌子對面的條凳上坐上了一個十二三歲的小孩，小孩挺埋汰，也看不出男女，是個小叫花子。小孩看鐵七看他，咧嘴一笑，兔牙外露，腮上還有倆酒窩，顯得挺可愛。

小孩說：「俺叫九點，大哥哪疙瘩的？」

北方山東人學說東北話有股「地瓜味」，鐵七就笑了說：「我的老窩叫大獨嶺，老鼻子遠了，在通化縣城西南面。說了你也不知道，餓了吧，叫東西餵你的肚子。算我的。」

九點說：「中！俺也這個意思。」

鐵七更高興了，自從他知道有了兒子，他老在腦子裏幻想他兒子成了小叫花子，就對見到的小叫花子格外的好。

九點要了一盤高麗打糕，又要了一碟高麗泡菜，說：「俺就愛吃這兩樣東西，俺不曉得大米磨成粉可以做成黏糕，也不曉得白菜加辣椒一泡就這麼爽口。你們這疙瘩好活人，俺當了三年叫化子身上還長肉了。」

鐵七說：「看來你是白當叫化子了。還黏糕！這叫打糕！是高麗人的絕活。我告訴你，這大米不是用石磨磨的，是用石臼搗爛的，所以才黏才香。怎麼整的我不大清楚，但就不是磨的。這泡菜叫辣白菜。白菜不是新鮮的，是去年的，用去年最好的白菜窖藏發酵幾個月，或一年再拿出來配辣椒吃才這麼好吃，還要配上山梨等時新鮮貨，就你們北方一堆一堆擠滿了人的破地方哪有這些好東西。小子你清楚了嗎？」

九點齜出兔齒瞅著鐵七笑了一笑，說：「俺早就問明白了，俺也學會做了。你說的也就對個大概齊，你也沒見過怎麼弄的，你也白當本地人了。」

鐵七揉揉鼻子，想要是找到兒子，像這小孩這樣調皮也挺好玩，就從褡褳裏掏了五塊龍洋給了九點，又掉頭喊夥計算賬，夥計正在忙，光答應就是不過來。

九點說：「你不會自個去結賬？要不這樣，俺用你給的這五塊龍洋結賬，你就走了得了。」

鐵七想也是，就又掏了一塊龍洋去櫃檯結賬。結賬時，掌櫃的女人還古怪地笑，邊和鐵七說無關痛癢的話，邊在找零時磨蹭。

鐵七耐著性子接了找的大錢回來，看著九點齜著兔牙衝他笑，說：「我走了，小傢伙，你挺像狐狸，挺鬼精。那五塊龍洋當本錢做個小生意挺好。」

鐵七揹上褡褳出了高麗麵館。走著隱約感覺不對，就是褡褳的份量不對，輕了點。他停下腳翻看褡褳，笑了，褡褳裏多了兩個館子裏的粗瓷碗，少了那包龍洋。他穩了穩，呼呼上升的心火，轉身轉到街邊一個地攤的人叢裏向高麗麵館看，透過敞開的窗子，看到九點在和女掌櫃說話。他又走進了高麗麵館，九點已經不在高麗麵館裏了。

鐵七走到櫃檯前，把褡褳放在櫃檯上，掏出兩隻粗瓷碗擺在女掌櫃面前問女掌櫃：「妳聽過說書嗎？」

女掌櫃掃了眼鐵七，左眉毛上挑，撇了下嘴說：「什麼書？我老聽書，我這天天說書。」

鐵七說：「有一齣書叫鐵七醉揍老女賊，妳一定沒聽說過。」

女掌櫃又一撇嘴說：「操！就你？你叫鐵七？操！那屌樣！」

鐵七伸右手抓住女掌櫃的頭髮往上一提，探左手抓住她腹部的束腰帶，把女掌櫃從櫃檯裏摔出來，摔個大翻身。女掌櫃的後背砸在桌子上，那桌子是一寸厚紅松板做的，砸不壞。女掌櫃就壞了，只聽嗷的一聲，再一翻個，跌在地上，身體向後挺腰挺出半個圓，臉憋得鐵青，上不來氣要憋死了。

鐵七對騙他的人一向不客氣，包括女人。他上去又一腳踢在女掌櫃的左肋上，女掌櫃嗷的一聲，這一腳踢得女掌櫃透出氣來了，臉色轉向淡青，又轉紅，轉白了，女掌櫃喘著喊：「揍！揍！揍他！」

高麗麵館裏吃飯的人早散開了，膽小的跑出去看，膽大的靠牆站著看。

兩個夥計就上來了，鐵七揍男人更不客氣。一個夥計舉菜刀就砍鐵七的頭，他用右手擋開，一扭身，後背對上了夥計的前胸，他的左肘後砸，喀一聲，夥計的肋骨就斷了兩根，啊呀！叫一聲，力氣就洩了。這一招叫「穿肋肘」，是他和博一丁在柳樹河子打架時博一丁用過的，當時也打斷了鐵七的一根肋骨。

鐵七往前一衝，撲進另一個夥計的懷裏，腦袋向上一頂，撞中夥計的下巴，這招叫「羊頭」，是林豹子揍鐵七時使鐵七吃了大虧的招法。夥計的牙齒撞牙齒，弱的牙齒就碎了，舌頭也破了。鐵七雙手成環搭在夥計的腦後，向懷裏一帶一壓，下面的右邊膝蓋早迎上來，砰的一聲，這一下挺重，這是鐵七獨創的招法。

林豹子曾經說過，和鐵七打架，如果讓鐵七貼了身就完了。鐵七右膝蓋撞擊夥計的胸口，夥計的心臟會暫時短路，血衝不上腦反應就慢。這還沒完，鐵七雙手在夥計下勾的腦後下按，借力上躍再分開雙手，收回的右腿點地，左膝上擊，夥計的面部中招，整個身子向後甩出，摔在牆角。

圍觀的人有人拍手叫好，有人喊：「這小子，揍得瓷實（指紮實）！夠勁！」

要知道，東北人這種叫好是不分正邪的，你打得好，就爲你叫好。這就是野性的東北人的脾氣。這種脾氣後來在日本人面前也沒改變，在日本人面前顯得麻木的不是東北山河養育的東北人，而是那些以農耕爲生的外來移民。

鐵七打完了，抬腳勾條長條凳坐下。這時，從館子裏間出來一個人，這個人陰著臉出來，看見鐵七一下愣了。鐵七也愣了，站起身，身體繃得像隨時射出箭的弓。鐵七的目光和這個人目光的碰撞，才像真正的狼狗與狼狗的目光在碰撞。

這人說：「鐵七！」

鐵七說：「博一丁！」

博一丁雙手時握時鬆，在用腳踢礙事的桌子、凳子。

鐵七這次沒揉鼻子，他在林豹子面前能笑著揉鼻子，在博一丁面前沒時間揉鼻子。他也用腳往一邊推桌子、凳子。

那時的館子大多轉圈擺桌子，館子中間多是空著，只有在客人多的時節在中間擺桌。四周就靜了。有急躁的人就鼓噪：「還不幹！我等得腳軟了！」

女掌櫃這時才扶著凳子爬起來，雙手向後捂著腰喊：「操你媽！你不是能打嗎？轉你媽的屎圈，快揍他！」

鐵七的嘴角展開笑。

博一丁突然揚手甩了女掌櫃一個極響的耳光，說：「叫！叫老七哥！他是通化縣城的老七哥！」

女掌櫃捂著嘴巴，憋青了臉，眼珠瞪著博一丁，嘴裏卻叫了老七哥！

博一丁說：「老七哥，我栽在林豹子手裏了，我在這疙瘩對付幾個小錢混飯！老七哥得罪了。」又說：「給老七哥備好行頭。」

女掌櫃轉回櫃檯取出一包龍洋放鐵七褡褳裏，就捂著臉坐下，低下頭，呸、呸一勁往地下吐。

博一丁看著鐵七說：「老七哥，讓我博一丁送一程嗎？」

鐵七說：「拉倒了，我急著趕路！」他走向櫃檯取了褡褳，衝博一丁抱抱拳就出了高麗麵館。

看熱鬧的有人說：「沒勁！沒幹起來。」也有人說：「那小子也不善，瞧那眼珠什麼表情也沒有，那人陰著呢！像凶猛又狡猾的狼狗。那小子不是不敢打，是沒到一擊必殺的時機。」

鐵七邊聽邊走，不知爲什麼，心裏突然有些發慌。

在東北，最好的交情不是用龍洋處出來的，也不是用恩義牽扯出來的，也不是靠親情聯繫出來的，而是打出來的。打出來的交情才是最鐵的。因爲打到互相尊重、互相瞭解，脾氣相近的就對上脾氣了，就沒架可打了。兩個人一見面往往一個說一句，那事怪我，另一個說一句，還扯什麼？過去了。或者一個說一句，那事就他媽怪你，另一個接一句，現在再說有意思嗎？兩個一拉手，一場醉下來就鐵哥們了，互相決不會記仇。

鐵七從十幾歲起在通化縣城和林豹子打的架最多，而在柳樹河子和博一丁打的架最多。但博一丁給鐵七的感覺和林豹子給鐵七的感覺是不同的。這就是天性的對立了，從一開始對立就走向更大的對立了。

鐵七和林豹子、博一丁都具備東北狼狗的性格。這三個人互相能成朋友或成爲敵人是注定的了，走向了一個極端和另一個極端。當然也有中性的，這也是從性格中體現的，就是一架過後就互相不在意、互相無所謂。這裏面就有了北方移民的性格了，也有了儒家忍讓的意味。

但鐵七和林豹子、博一丁他們，每個人都是真正的東北人，他們都不是中性的東北人，也不是能夠和不同脾氣的人團結的人。他們都是狼狗的性格，東北狼狗的獨立性要大於其他種類的犬種。他們三個的不同在於，有的狗的性格重於狼的性格，忠誠又直接，比如林豹子；有的狼的性格和狗的性格十分平均，各有一半，既忠誠又獨立，比如鐵七；有的狼性大於狗性，殘忍、狡詐又有耐心，比如博一丁。

此外，以上的這些並不包括那個年代在東北生活的那些南方人。也許他們並不直接走向兩極，也不需要走向兩極，也不中性，也沒有狼狗的性格，但毫無疑問，他們是能團結不同人的人，也是看不透費思量的聰明的人。

鐵七一路走著，隱約感到和博一丁的事沒完。但他是個不怕事的人，是個事越到臨頭拚勁越足的人。他就不想著博一丁了。說到底，這次褡褳裏的龍洋並不多，只有一百二三十塊，是幾次賬款中餘下的尾數，但這不全是鐵七的，有一多半是大獨嶺其他三戶獵戶的。這些獵戶的皮貨都經鐵七出手，再同鐵七結賬。

在平時，如果百十塊龍洋丟了，鐵七通常哈哈一笑就照賠給其他獵戶。鐵七也被小賊偷過，也沒找小賊拚命。有時還說，丟百八十塊龍洋死不了人，小賊也要養家。但這次為什麼不這樣豁達了呢？因為這次不是被偷，而是被騙。

如果一條東北狼狗被主人騙過，主人只覺得好玩，也認為無所謂，騙條狗而已。但是東北狼狗卻不這樣認為，牠會對主人產生懷疑，以懷疑的心態幫主人做事，那麼一旦在關鍵的時刻，牠會因為懷疑而不積極，不會百分之百服從主人的命令，那麼吃虧的不單是主人，牠也就不會再被主人信任，也走向悲哀了。因為人和狗是不同的，人騙了狗人不認為是錯。好的獵人有這樣一句話：「寧可騙你自己，也不要騙你的獵狗。」鐵七的性格中，就有這種狼狗的性格，這也是他致命的弱點，最讓鐵七發怒的就是被騙。這次他為了百十塊龍洋發這麼大的脾氣，就是因為有了被騙的感覺。

鐵七晚上在輯安投客棧的時候，早把那一架拋腦後去了。睡過一覺，準備一早就走，可是在結賬的時候，掌櫃說：「你的賬結過了。」

鐵七內心隱約的不安又回來了，問：「誰給我結的？」

掌櫃齜牙一笑說：「是夥計在賬上記著你的賬結了，賬上還記著叫告訴你，是你的主人把賬給你結了。」

鐵七揉揉鼻子，想用拳頭親近掌櫃的笑臉，但他理解掌櫃不過是多收了幾個小錢才這麼說的，就走了。

到了吃中飯的時候，他在路邊小飯館裏吃了飯，結賬時夥計問：「你叫鐵七吧？住通化縣大獨嶺？」

他說：「對！怎麼了？」

夥計說：「對就行，你還得再付三十個大錢。你的主人吃了一條江鯉魚，二斤多重。」

他覺得有點意思了，付了賬算了路程往前趕了一程，在葦沙河頭道屯早早投了行腳客棧，要了吃的等這個「主人」。

等到下了夕陽，九點就晃進來了，瞅了眼鐵七，吸一下鼻子走過來同桌坐下說：「俺不是狐狸，你是。俺在路邊草稞拉泡屎的工夫，就看見你趕頭裏了，俺打算在這找不到你，就追到通化縣大獨嶺。」

鐵七說：「你追我幹什麼？我看不上的就是騙子和小賊。你小子兩樣都是，你跟我走一天，我就揍死你。」

九點卻說：「俺不當小賊、不當騙子早餓死了，俺偷的都是你這樣一掏一大把龍洋的人。你丟幾個龍洋不會餓死吧？俺可不行，偷不到就不行。」

鐵七說：「怎麼的？博一丁對你不好？」

九點說：「什麼好不好？博一丁是當家的，俺偷了龍洋，博一丁要九成，俺就得一成。博一丁有十幾個俺這樣的手下。」

鐵七說：「挺好！做下去也養幾個小賊，就也成當家的了，也發大財了。」

九點說：「俺不當小賊，跟著你了。你是叫博一丁害怕的人。但這不是俺跟你的想法，俺也不怕博一丁，其他兄弟姐妹都怕，就俺不怕。俺不怕博一丁，博一丁才和俺分成，其他兄弟姐妹偷了龍洋才有飯吃，偷不到就餓著。俺自己結賬，想吃什麼就吃什麼。曉得了？俺跟你是因爲你是好人，是個會揍人的好人，跟你在一起就像跟家養的狼狗在一起，俺踏實。博一丁不行，博一丁像養不熟的狼狗。」

鐵七瞅著九點，突然和九點對上了脾氣，不收下九點都覺得不應該，說：「行，你就跟著我吧，當我的兒子。」

九點吸了下鼻子說：「這可不行，俺當不了你的兒子。」

鐵七說：「他媽的，你小子還牛氣（倔強）。」

九點說：「俺不是牛氣，俺也想有你這種像狼狗似的爹，但俺就是當不了你兒子。」

鐵七說：「拉倒吧！強求的沒意思，你叫我老七叔吧。」

九點說：「中，俺叫你老七哥更好。」

鐵七說：「小樣兒！信不信我揍你？就叫我老七叔。」

這樣，鐵七帶了九點到了通化縣城「老綿羊」羊肉館，鐵七打算叫九點給吉了了當學徒。

九點以爲「老綿羊」羊肉館就是鐵七的家了，因爲九點看鐵七在那裏和家裏一樣。九點洗乾淨再出來，叫了一聲老七叔，鐵七就傻了，九點變成了粗眉大眼的九蘭。

鐵七在紅羊、吉小葉的笑聲中揉揉鼻子想揍人。

九蘭說：「俺沒騙你，你不能打俺。俺說了俺不能做你兒子，說了兩遍。俺等你問爲什麼你又不問，俺是女的怎麼能當你的兒子？」

鐵七還揉鼻子，但卻說：「沒救了！這個臭丫頭就是對了我的脾氣。」

這件事讓紅羊和吉了了笑了好久。然而，鐵七更要把九蘭留在吉了了家了。九蘭卻說，俺不和羊住在一起，不踏實，你再這樣說，俺就放把火燒了這破館子。

吉了了也說，小丫頭片子，妳以爲妳是女俠客，妳沒那膽子。

鐵七卻不這樣看，鐵七知道九蘭說燒館子就會燒館子，就帶著九蘭去了大獨嶺。

這樣，鐵七碰上了第一個能叫他改變主意的人。因爲鐵七是東北狼狗的性子，也像狼狗一樣需要主人。鐵七對吉了了、對紅羊，都是以這種性子爲根基的，因爲這個根基的支點是情義，情義就成了鐵七的第一個主人。

對九蘭又不同，是對小一輩的責任，這個責任又成了鐵七第二個主人。這一切和林豹子只能忠心又有不同，也更不同於更複雜的博二丁。

這樣，這部小說寫到這裏，該出來的人物基本都出來了。我本人寫小說創作情節並不是故意拐彎。這是思維決定的，就喜歡像蜘蛛盤網一樣，一圈一圈盤網講故事，創造情節。但有一位著名的老師告訴我，直敘一點，把故事寫透比這樣拐彎結網好，讀者讀起來順暢。那麼，就聽老師的話，在下面的情節故事中，最多再拐一兩個彎。這是我的毛病，如果毛病是風格的話，這種結網抽絲的創作方式也算我的風格吧。

第五章　獵熊

獵熊是獵人求生存的一種技藝，其危險性像西方人捕鯨一樣。但這種技藝是勇者的遊戲，因為就算一個獵人力大無窮，但如果他懦弱，不夠勇敢，就無法成為獵熊人。當然，每個獵熊人都有夥伴，而能夠一起同仇敵愾的夥伴只有狼狗，從某種程度上說，狼狗在獵熊的過程中，承擔著主人的成功或失敗。而失敗則意味著死亡。

1

次日，在大公雞高昂的打鳴聲中，鐵小七醒了，屋裏也朦朦朧朧透亮了。處在亢奮狀態中的鐵小七昨晚睡得雖晚卻沒睡踏實。這個新家對他來說還充滿神秘。鐵小七抬頭看鐵七，鐵七翻個身又睡了。又去看青上衛，青上衛抬頭瞅瞅鐵七，把頭又放在前腳上，瞇縫著眼珠也不起來。鐵小七想起來了，又聽聽外面沒動靜，便決定再趴一會兒。

青上衛尖立的耳朵轉向門的方向，門外傳來了腳步的聲音。門被推開了。九蘭直接走進來了，站在屋裏吸鼻子。

鐵小七一下緊張了，知道九蘭嗅到了他的腳味，又擔心九蘭像吉小葉那樣罵他，就趴著裝睡不動。可是九蘭卻伸手抓住鐵小七的耳朵，小聲說：「快滾起來了，小傻狍子不能睡懶覺，俺曉得你醒了。」

鐵小七見九蘭沒因腳味罵他，放心了，說：「那妳先出去，我穿褲子。」九蘭說：「俺是姐，怕什麼！俺見過好多個光著屁股的小傻狍子，也見過臭小子站著撒尿的那個德行。」九蘭雖這樣說，但還是出去了。

鐵小七就拿九蘭與吉小葉對比，也不知道具體應該怎麼比較，也比不出個所以然來。吸口氣起來出了屋門。

外面清清爽爽的一個早晨。天氣挺乾冷的，也沒有風。

鐵七的房子是建在三面環山一面臨河的避風處，高高的圍牆都是用整棵原木圍成的。這些原木都是活的，也生長著枝枝杈杈，只比正常的樹的枝杈少也弱小，也沒有粗的樹杈和樹頭。這樣的原木也沒有根，是在春秋季節將整棵樹砍斷，就留下樹身，把樹身一根挨一根直立著埋在挖好的土溝裏，埋上一米深左右，餘下的三米多站在土外。由於不扒下樹身的皮，樹身就會吸水而生出根來，頂部的斷頭也會生出枝葉，時間久了就形成密集的樹牆。這樣的樹牆除了山豹和大山貓、猞猁能爬進來，狼、狐狸等等是進不來的。那一圈樹牆的枝杈上此時都有雪掛在上面，有風吹過，枝杈晃動時會有雪粉落下來。

鐵小七站在院裏看清了這個家更開心了，靠東邊樹牆的雞屋裏的雞也吸引了鐵小七，那些雞不是趴在地上的，而是一隻隻站在雞屋裏懸空的吊桿上的，像一隻隻大鳥似的在兩根橫桿上趴著。打鳴的大紅公雞從比房子還高的柴垛上飛下來，有幾隻母雞從橫桿上也飛下地來，母雞們急著跑進草窩下蛋。

大紅公雞突然撲扇著翅膀向鐵小七的身後跑。鐵小七急忙回頭看，原來是青上衛出來了，不小心靠近了幾隻母雞。自家的狗，大紅公雞是認識的，所以不會去防備。但大紅公雞不認識青上衛，青上衛又長得和青狼十分相似，這一靠近母雞，母雞慌了，大紅公雞也冒火了。鐵小七想阻止已經遲了。而這隻大紅公雞的脾氣與其他公雞不同，非常火爆凶狠，脖子前伸探喙，脖子上的羽毛一下炸開，就像一柄雞毛撣子。大紅公雞撲過去，迎頭就啄青上衛的頭。

青上衛是東北狼狗，這種狼狗天生能分得清哪隻是自家的家禽，哪隻是鄰家的家禽。雖然才剛剛在這裏住了一夜，但在昨晚進院時，已經把院裏的一切分清記熟了。這會兒面對大紅公雞的攻擊，青上衛就躲開了。

鐵小七見青上衛沒動粗，又見大紅公雞脾氣火爆，他又是孩子，也覺得好玩就不管了，就站著看。可是，大紅公雞卻並不認為青上衛是自家的狗，一撲不中又撲上去啄。而這一鬧，院裏六條拉爬犁的黃毛狗也聚過來盯著青上衛汪汪叫，這些狗清一色都是黃毛柴狗，屁股後都舉著捲成圓圈的尾巴。這些狗也不認為青上衛是新同伴。也許這些狗還妒嫉這條剛來就和主人住一屋的青毛狼狗。這些黃毛柴狗也就圍上來躍躍欲試了。

昨晚吃了青上衛大虧的淺青色狼狗老賊和另一條深青色的狼狗也悄悄圍向了青上衛的後路，雙雙堵上了通向房門的路。這兩條狼狗是獵狗，比拉爬犁的黃毛柴狗聰明，也知道如果青上衛逃進屋就會有主人出來干涉了。這樣，六條黃毛柴狗在外圈，兩條狼狗堵在後路，把大紅公雞和青上衛圍在了內圈，形成了包圍。

鐵小七這才緊張了。

青上衛同樣知道有架要掐，牠根本瞧不起大紅公雞，公雞再火爆也打不過狗。只是牠初來乍到摸不清脈門，邊躲避大紅公雞的撲啄，邊聳起耳朵聽屋裏鐵七的動靜，嘴裏發出兩聲吱吱的叫聲。同時對鐵小七的叫喊不理不睬。

鐵七在屋裏喊了一聲：「去吧！叫牠們知道誰是青上衛。」

青上衛聽了這一聲命令，馬上知道牠應該做什麼了。這裏不是老主人二毛子張一夫的家，在張一夫的家裏，青上衛只是他的伴行犬。張一夫還有一條叫白左衛的日本白毛秋田犬，還有一條叫紅下衛的法國紅毛獒犬和一條叫黑右衛的黑毛高加索牧羊犬，這三條狗和青上衛用途不一樣，又是一家從小同時長大的夥伴，又因各有事做也不會掐架。在這裏不同，青上衛在昨晚就感覺到了。就在大紅公雞再次撲啄時，牠迎頭用左前腳拍在大紅公雞的頭上，大紅公雞就暈頭了。牠又一撲撲住大紅公雞，用一雙前腳抱牢，張嘴就咬，又一甩頭，吐出滿嘴的雞毛，接著又咬。

鐵小七就喊：「不能吃！」卻聽大紅公雞還活著，還在驚叫。鐵小七想上前解救大紅公雞，青上衛已經放開了大紅公雞。大紅公雞得了解脫，展翅撲飛，衝起一米多高就跌下來了。

鐵小七衝口哈哈就笑出聲了。大紅公雞的背上，翅膀上的羽毛被青上衛拔下太多，幾乎成了裸體。大紅公雞敞開腳步，一頭鑽進柴垛裏了。

六條黃毛柴狗裏，有一條樣子顯得愣頭愣腦的黃毛柴狗，這條黃毛柴狗汪叫一聲，舉著蓬鬆的黃色大尾巴首先出來向青上衛挑戰。這條黃毛柴狗是六條黃毛爬犁狗中的先鋒狗，也是六條黃毛柴狗中個頭最大、最強壯的狗，牠叫大愣。大愣的肩高一尺七寸，身重有七八十斤，這也是這種狗中的最大身高最大體重了。大愣的胸部比一般柴狗的胸部要寬出一寸，胸大肺活量就大，四肢也比狼的四肢壯實，拉爬犁這種柴狗是首選。大愣身上的毛色和其他爬犁狗的毛色一樣，不是純正柴狗的那種黃色，不是金黃色，也不是土黃色，更不是淡黃色，而是黃中泛黑，整體看是黃色毛，但毛的梢部是黑毛尖。

像大愣這種黃毛柴狗是東北區域土生土長的柴狗，是和東北狼狗或其他毛色的狗雜交出來的品種，是不純正的雜毛柴狗。這種柴狗的腦袋呈多方形，就是可以分成兩個長方形。比如額頭部分是長方形，嘴和吻的部分也是長方形，吻部不是狼吻似的尖吻，而是方形平吻。這兩個長方形一橫一豎，和方形的平吻就組成一副「愣頭愣腦」的狗腦袋來，如果這種柴狗的眼神再溫柔些，就顯出「憨」來，那特點挺像北方漢子。

在這種柴狗中，只有少數柴狗的兩隻耳朵是立起的。大多柴狗的耳朵是一隻耳朵能立起，一隻耳朵立不起，從耳朵中間打橫折一下，耳朵尖部是折垂下來的。更多的這種柴狗就乾脆兩隻耳朵全是中間橫向打折，耳朵尖全向下垂著。再有就是這種柴狗的四肢和其他狗也不同，卻和狼的四肢相似，只比狼的四肢略顯粗壯，但不及常見的德國牧羊犬的四肢壯實。而且這種柴狗不論什麼毛色，那條蓬鬆的尾巴總是捲成圈舉在屁股上面，但純正些的金黃色、土黃色、淡黃色的柴狗的尾巴更蓬鬆，尾巴捲的圈也更圓，看上去挺威風也挺好看。就養這種柴狗來說，一般都喜歡耳朵都能立起的，那樣子看起來像狼狗的耳朵，呈三角形豎挺直立，看起來更威風也更好看。

這種柴狗和其他的狗掐架大多不很厲害，但這種柴狗中有一種性子怪的，老低頭走路，性格孤僻，獨立性強。一旦你養的柴狗是這種特點的，這條柴狗和狗鬥架咬人就非常厲害，往往一出必勝。這種柴狗雖然樣子略有愣感，卻是守院的幹將。由於這種狗的毛皮厚實，也適於冬天在野外陪行。

還有一種雜種狼狗和這種雜毛柴狗一樣，早年在東北常見，在村屯中，幾乎家家有。這種狼狗毛色有淺青色、深青色、青黑色、青黃色，也有青白色，這種雜種狼狗有的個頭大，和大個的德國牧羊犬差不多，有的個頭小，和雜毛柴狗差不多，但耳朵直立的少，像柴狗那樣兩隻耳朵全打個折彎曲下垂的也少，基本上都是一隻耳朵直立，一隻耳朵中間或尖部橫向打個折下垂。這種狼狗一般都很勇猛也聰明。這種狼狗的四肢更接近狼的四肢，跑、跳、耐力都強。如果在這種雜種狼狗裏面有一條的眼睛看什麼都不輕易表示出表情，顯得冷漠，而看上去又有呆感的，這條狗就是掐架厲害的狼狗。

以上說的這些雜種狼狗和青上衛這種純正的東北狼狗的不同之處，在於毛色、毛的濃密度和不能全部直立的耳朵，再有就是嘴巴和尾巴略有不同。這種雜種狼狗的嘴巴多爲長方形的平吻，而青上衛的嘴巴是更接近狼的那種長方形尖吻。這種雜種狼狗的青色毛不是深就是淺，再一點就是毛短，尾巴也略短，平時都是彎刀似的從屁股垂下去，半舉在離地面十幾公分的地方，而青上衛的尾巴是略彎著幾乎是垂到地面的，這種尾巴在速跑、急拐彎、急停等方面的作用大於雜種狼狗。

在這院裏，也有兩條這樣的雜種狼狗，一條是已經露過臉的淺青色毛的老賊，另一條是深青色毛的狼狗。這條狼狗就是那種看什麼都顯得冷漠、看上去又有呆感的雜種狼狗，這條狼狗叫老憨，和老賊都是那二的獵狗。老憨不是這群狗的頭犬，因爲老憨除了隨那二去獵虎，幹其他事老憨都不感興趣。

這條雜種狼狗此時守在青上衛退向屋門的位置，也打不起精神，因爲老憨知道在大小獨嶺的幾十條狗中除了牠，最厲害的就是先鋒狗大愣。只要大愣出戰，一般就沒有牠的事了。而且在這個院裏，大愣可以走到任何狗的前面撒尿抖毛，就是不敢在老憨面前做同樣的事。

大愣走出來，嘴巴翻起皮褶向青上衛發威。

這時，九蘭端著大木盆出來餵雞，看到兩條狗要掐架，就喊：「好哇！俺就不信老七叔的青上衛厲害，大愣，上！下大口也把青上衛的脖子咬個口子。」

但大愣和青上衛碰了一會兒目光，就停下腳，光發威不敢上前了，這在大愣是從沒有過的事。青上衛剛一齜牙，大愣的背毛就一抖炸起了，尾巴卻往屁股溝裏夾，後腿下蹲，直立的那隻耳朵往下收縮，發出的叫聲也虛了。

青上衛知道，眼前這條黃毛柴狗已經草雞了，再打擊一下牠就會服輸了，就撲過去，甩頭在大愣腮上咬了一口，兩條前腿抱住大愣就摔倒了大愣。大愣趴在地上，收緊身體不敢起來，吱吱叫求饒了。青上衛齜出犬齒大聲咆哮，這是嚴厲警告，大愣就失禁了。可以說，大愣只是同青上衛對了對目光，根本沒敢動口就服輸了。

其他五條黃毛爬犁犬汪汪虛叫幾聲就退開了，守著青上衛退路的淺青色狼狗老賊，這時假裝沒事似的坐下。青上衛的目光瞄向老賊，老賊馬上把目光避開，嘴巴也垂向地面。青上衛知道老賊也服了，又看向老憨，目光就起了變化，老憨的目光雖然沒有表情，但牠掉頭跑向房後，那是後院，只放些生木耳的腐朽榆木。

青上衛沒遲疑，尾隨老憨去了。老賊見了這個場面，爬起來，一副做小賊的樣子也跟過去，在房山牆的轉角處停下來，只把腦袋伸過房轉角的牆看。

九蘭說：「臭大愣，平時連老賊也欺負，這會兒你的能耐呢？待會兒不給你飯吃。」

鐵小七也想跟到後院去看兩條狗在幹什麼，剛一轉身，九蘭就說：「你站住，小傻狍子，你知道俺爲什麼叫你起來嗎？」

鐵小七說：「是叫我陪妳說話吧？總不能叫我餵狗吧？」

九蘭說：「對了，你猜對了，就是餵狗。從今以後狗就是你餵了。你不餵或是餵不好俺就揍你。不光餵狗還要餵雞，俺今天教你怎樣拌雞食、狗食，明天你就接手。」

鐵小七說：「我都幹了那妳呢？妳幹什麼？」

九蘭說：「俺要做飯、還要洗衣，更要專門管著你。」

九蘭一雙眼珠瞄著鐵小七的腳又說：「還有，你的屋裏再有腳臭氣俺也揍你。俺也是汗腳，你到俺屋裏聞聞就沒有腳臭氣。俺每晚都用熱水洗。」

鐵小七想，這裏沒這個破丫頭就好了，又想：回通化縣城吉小葉家算了，但又捨不下鐵七和青上衛。鐵小七從小受氣早習慣了，又想一想，能餵狗餵雞也挺好。

九蘭一直盯著鐵小七的臉在觀察，見鐵小七眼珠亂轉就說：「你不聽俺的吩咐，還是不服俺的吩咐？」

鐵小七說：「行，我幹。可是雞一隻隻住那麼高的桿子上，怎樣才能抓住雞，叫牠們站上去？我怕這個整不來。」

九蘭舉手拍拍自己的腦門說：「小傻狍子沒救了，真他娘的傻。」

這個鐵小七擔心的問題到了晚上就自動解決了。那些雞到了晚上，一隻隻展翅飛上去站在木桿上，一隻挨一隻都能站在木桿上轉身。

山裏人家的雞有這種本事就是爲防狐狸、黃皮子——也就是黃鼠狼之類晚上來偷雞。雞和鳥一樣，一到黑暗中就成了瞎子，那時你用手電筒照到鳥或雞，記住位置，關了手電筒去摸，一摸一個準兒沒跑。

九蘭餵著雞用手點個數，點了兩遍還少一隻，就說：「又是黃皮子，這個院狐狸進不來。可怪了，黃皮子打得過俺那隻連狗也怕的大紅公雞嗎？」

鐵小七就嘿嘿笑，往柴垛裏指。

九蘭過去彎下腰，在燒柴垛一個大的縫隙中看到趴著不動的大紅公雞。九蘭召喚，大紅公雞回應著不出來，卻還往縫隙裏鑽。因爲雞這種動物一旦鑽進洞裏，就會一路向前，退不回來。除非洞裏夠大能轉身。在東北有的人的家裏，就有雞鑽進炕洞，直鑽到無法動彈的境地，最後就被煙熏死了。

九蘭伸手去掏，抓住了雞的腳，一使勁給拽了出來。一眼看到大紅公雞身上的羽毛幾乎都沒了，嚇一跳，說：「俺不是故意的，俺是想救你。這大冬天你沒了毛還能活嗎？」

鐵小七人厚道，見九蘭著急，就說了大紅公雞毛掉的經過。

九蘭抬手拍了大紅公雞一巴掌，拍得大紅公雞喔喔叫，惡狠狠地說：「自己惹的，凍死你活該。」甩手把大紅公雞丟地上了。

鐵小七又想起青上衛，想去房後院看，卻看到老賊急忙忙跑回來，跑到房門口趴下，再垂下頭用鼻尖頂一顆玉米粒，假裝沒動過。

過一會兒，青上衛小跑回來，鐵小七看到青上衛的一隻耳朵豁開一個小口。他想去給包傷，又看到老憨在青上衛後面小跑過來了，頭臉上沒傷。老憨是傷在前腿和脖子上。這還是那二出來看到的，那兩處傷都是三角口子，是咬中再扯拽開的口子。

青上衛和老憨的較量只有老賊看到了，老賊不會講出來。但叫那二聽到了。這兩條狗是在那二的屋子後面交手的，這也是老憨聰明的表現，因爲在那裏交手，老憨能感覺到主人在，勇氣就足，但牠還是輸了。

從這一刻起，在這個院裏，就沒有狗敢站在青上衛三米之內了。

吃早飯的時候，九蘭說：「老七叔，你的狼狗是下流貨，牠不應該叫上衛狗，應該叫下流狗，牠拔光了俺大紅公雞的毛。這大冬天的，雞沒毛一會兒就凍死了。」

鐵七說：「那今晚就燉上，吃大公雞燉蘑菇。」

九蘭說：「俺看行，從明早開始就你打鳴。」

鐵小七哧哧笑。

那二說：「俺聽著這傢伙和老憨掐架，第一個回合老憨贏了，第二個回合掐個平手，第三個回合老憨被咬倒了。老憨是獵虎狗，也是我養過的頭等厲害的狼狗，才和這傢伙掐了三個回合，這傢伙是二郎神的嘯天犬。厲害，老七，我是服了。」

從鐵小七認了那二當爺爺，那二就不叫鐵七老七哥了，鐵七也不叫那二老弟了，而叫那二那二叔。

鐵七把筷子放下，轉了話題問那二：「那二叔，那隻熊養肥了吧？今年的雪下得早，熊怕是要進倉冬眠了吧？」

那二說：「還沒，現下還不冷。那傢伙又貪吃，我前幾天剛剛丟過去一隻狍子，熊還在活動。怎麼？這幾天就獵？」

鐵七說：「我想活動活動。那傢伙長多大了？」

那二說：「怕是六七百斤了。」

鐵七說：「臭小子，吃了飯你就練槍，過兩天你跟我去獵熊。」

鐵小七嚇了一跳，看鐵七的目光有點虛。

九蘭說：「俺也練，俺也去。」

鐵七說：「妳是丫頭，做丫頭幹的事，燒火做飯吧。」

九蘭說：「俺總有一天獵隻熊堵你的嘴。」

鐵小七還行，練了幾天瞄準，又射了幾十發槍子就有點感覺了。鐵七在旁邊看著挺滿意，又突然抓隻雞丟過來喊：「放！」鐵小七卻舉著獵槍愣了一愣，雞落到地上撲扇著翅膀跑了。

鐵七說：「知道嗎臭小子，打獵準備好了自然重要，但反應要及時正確更重要。沒有獵物會給你工夫準備好，在山裏討生活最重要的就是反應。眼快、手快，又行動正確才是救命的絕招。好了，去好好睡一覺，明天咱們就進山。」

那二在一旁瞧著一個勁皺眉，這時忍不住了說：「老七，有你這樣教我孫子的嗎？我看著眼暈。我跟我爸學了幾年才行，我孫子才這點本事就進山？」

鐵七說：「去見識一次比用嘴教一百次都管用。這是練悟性，這個悟性是靠他自己去領悟的，不是靠老子教的。」

那二說：「我聽你說的挺邪乎，我不放心，我明天跟著去！」

鐵七掉頭往屋裏走，又回頭說：「我還想叫你老弟。」

那二說：「現下不行了，現下我是你爸爸一樣的叔。我前天把那隻死狼餵熊了，我從熊趴的土洞看，那熊真有六七百斤。我明天就跟著。」

2

次日一大早，鐵七就起來了。鐵小七也起來了，他昨晚根本沒睡好，一想到要去獵熊就緊張，等他睏了想睡的時候天就亮了，這時是青著兩個眼圈起來的。

鐵七瞅瞅鐵小七說：「過了這一次你就能睡著了。當年我也像現在的你一樣。」

吃過了早飯，鐵小七在發呆的時候，那二已經架好狗拉爬犁了，六條黃毛爬犁狗都架上了。鐵七把獵槍等都檢查了一遍，又把一口獵刀插在綁腿綁牢的刀鞘裏，活動一番感覺俐落了就說：「九蘭，看著家，老賊、老憨留給妳做伴。今下黑興許回不來。」

九蘭說：「行啊！小傻狍子機靈點兒，你能打隻小兔子回來，俺就替你餵十天雞。怎麼樣？」

鐵小七瞅瞅在叫號的九蘭，想答應心裏又沒底，扁扁嘴就要哭了。

出發了，狗拉爬犁在頭狗黃毛大愣的帶領下，頂著北風爬上一道雪坡，向老林裏滑去。鐵小七抱著桿獵槍，背對著北風坐在爬犁上，那二在駕爬犁，鐵七在爬犁邊頂風跟著走。青上衛跑在鐵七身邊，牠右耳朵上的傷已經好了，只是在耳朵邊上多了個小豁口，那小豁口就長不上了。

那二駕狗拉爬犁順雪坡走上平坦些的雪原，再向南轉彎，就成順風了。那二說：「孫子，睏了就睡一覺，到地頭還有老遠一段路。你那一槍那二爺替你放了。」

那二這樣說是有所指的，在長白山區域獵熊比獵虎難。如果是獵熊，有一種情況是先養熊，就是在秋天發現了熊的活動區域，而那時熊正抓膘。那時的熊不夠肥，膽也不夠好，熊掌也沒養足。那時就不獵熊，而是養熊。時常打些獵物丟在發現熊的地方，發臭的獵物才是熊最愛吃的食物。

熊有了吃食，就會留在那一帶不會走開。等到了冬天，熊進入冬眠的時候，那時，熊的體重往往是秋季的一倍以上，熊掌也肥厚。而那時獵獲的熊膽，因是冬天獵獲的就叫冬膽，俗稱「銅膽」，是最值錢的熊膽。這種獵熊的方式就叫「打餵子」。

另外，在打獵的時候還需要「趕仗」。「趕仗」是獵人在某一處隱蔽好，同伴到另一邊去呼喊、撥草、敲樹，嚇唬獵物朝獵人隱蔽的方向跑，給獵人製造機會。但這樣「趕仗」時，獵人和同伴的身後都要掛幌子，這樣做是避免獵人誤傷自己人。

東北有人參、貂皮、靰鞡草這樣的老三寶和人參、貂皮、鹿茸角這樣的新三寶，但熊的身上也有三寶，就是熊膽、熊掌、熊皮。人人都知道熊膽和熊掌這兩寶的用處和價值，但熊皮這一寶的用處就少人知道了。獵人把獵獲的熊皮熟了，冬天，在山裏把熊皮毛朝下鋪在雪地上，人睡在上面就不會受寒受潮；夏天，把熊皮毛朝上，人睡在上面可以避蛇，蛇一遇熊皮就不敢靠近，而會逃跑，否則蛇周身又痛又癢。冬天獵的熊皮最好，那時熊皮毛長絨厚，熟出來的皮子皮板質地好；初春的熊皮還行；在夏天獵獲的熊皮就扔了吧，一文不值。

熊掌是熊在冬眠之前的好，因爲熊經過一秋的抓膘，熊掌養得肥厚。如果等到熊冬眠醒了再獵熊，熊掌就沒用了，因爲熊在冬眠時是舔掌解饑渴的，一個冬天舔下來，四個熊掌就變得又薄又潰爛。所以獵熊的最好時機是在熊剛剛進入冬眠的時候。

長白山裏的黑熊有冬天蹲倉的習慣，一到大雪封山，熊就在大樹下掏個地洞，鑽到裏面，再用土塊雜草將洞口堵嚴，或者鑽進爛成空心的樹洞裏。有時，一個地洞裏蹲幾隻熊，直到避過嚴寒，等天暖時再鑽出來。在熊蹲倉時獵熊，有時碰到大倉，往往能一下子獵獲幾隻熊。

而在東北敢於獵熊的獵人是受人尊重的。那時不是現在，那時用老土銃或洋炮，有的甚至用鐵扎槍，獵熊人反被熊整死吃掉的事時有發生。但是獵熊又是最刺激和最吸引人去幹的事，所以不是山林裏的好漢就不敢獵熊。

鐵小七根本不明白那二那句話中的含義，他是第一次進入大山，此時就沒了睡意。這天的天氣有點怪，出門時是晴天，這會兒卻飄下雪花了。

那二說：「老天爺不給臉，老七，過一會兒雪下大了，咱們怎麼辦？」

鐵七說：「還能怎麼辦，接著走，就快到了。」

雪飄下來了，風卻刮得弱了。但三個人、七條狗的身上所有有毛的地方，也都掛上了白霜。雪飄了半個時辰，變小了，又過一會兒，在快到中午時雪就停了，也起風了，風吹得雪粉在雪野上打著旋地飄。鐵七他們也到地頭了。

那二說：「怪了，老天也給你老七面子。」

鐵小七看到雪地上有三隻梅花鹿在遠處叢林地帶啃灌木枝杈的皮。鐵小七扭頭瞅鐵七，目光中的含義是想獵梅花鹿。

那二卻說：「咱們現下不獵鹿。孫子，那是梅花鹿，現下梅花鹿的角是軟的，叫鹿茸角，等過一陣子那角長實了，那角上的絨毛皮一脫落就像骨頭了，就不值錢了。咱們現在要是獵鹿就好了，我就不用替你放那一槍了，獵鹿打不中也沒什麼凶險。現下咱們是獵熊。知道嗎孫子，你老七爸是最好的獵熊人。有一回，你老七爸一個人一條槍獵了三隻熊，整個長白山都震了。」

鐵小七說：「老七爸和那二爺都厲害，可是我心裏怦怦跳得沒了底氣。」

那二說：「有我呢，孫子不怕！你看過那二爺怎樣放那一槍，下次你的膽子就大了。」

鐵小七還是不理解那二老說的替他放那一槍是什麼意思，他的目光還在追逐看到獵人而逃跑的梅花鹿。鐵七瞅瞅鐵小七沒吱聲。

狗拉爬犁進入了老林就慢下來了。老林中根本沒有路，灌木、雜草、雜樹亂七八糟的在雪地上探出瘦瘦的枝杈的尖。狗拉爬犁再往前走一程，出了一片灌木叢。前面的樹林裏有一大片風倒樹，這些樹生長時長得太密，阻擋了風，被風刮倒吹斷了。這些樹一片片倒下，卻不死，斷的樹會再生出新的技杈，倒的樹會趴在地上，樹頭再努力舉起，再向上生長。

那二說：「過不去了，我繞過去，得繞一個大彎，再從溝趟裏鑽出來才行。」

鐵七招呼鐵小七下了狗拉爬犁。那二瞅瞅鐵七，神色間似有話要說。

鐵七說：「那二叔，你放心吧！沒事！」

那二問：「你真叫我孫子放那一槍？」

鐵七說：「沒錯，要不咱們來幹什麼？」

那二說：「我這心裏不踏實，我孫子才會拿槍，這當真……」

那二眼瞅鐵七要冒火，又說：「我忘了，你是鐵七，獵熊不用第二槍的鐵七。孫子，你自己放那一槍吧，那二爺轉個大彎接你們。孫子，記住用槍就打熊的胸口，那熊有白腰花，白毛從腰兩邊向胸口會合，你就打白毛在胸口前會合的中間點。」

鐵小七說：「我記住了，那二爺，那二爺，你自己小心。」

鐵七帶鐵小七往前走，在一棵樹的樹杈上拿下一捲風乾的野花，抖去野花上的浮雪，問鐵小七：「好看吧？沒風乾那會更好看，知道這叫什麼嗎？」

鐵小七說：「花棒！用花捲的棒！」

鐵七揉了鼻子，說：「記住了，臭小子，這不能瞎猜。看到不知道的就說不知道，不懂別裝懂。這叫『打樹皮』，別看這東西好看，這東西可能叫你丟了命。你記住我告訴你的，在山裏討食的人也講究圍場，也就是占地盤，怎麼占呢？就靠『打樹皮』。用這花棒作信號，告訴別人這片圍場是有主的，別人就不進去了。若是別人偷偷進呢？咱們也不能總守著，那就冒險了。有的圍場裏面被主人設置了狩獵的『地槍』、『地箭』、『陷阱』、『狼夾』之類，生人闖進去要丟命的，也不道義。這些你要記住。看見有人掛了『打樹皮』就不要進去，我掛了『打樹皮』別人也不進。我養圍場裏的這隻熊，在裏面一秋天了沒別人獵，就是這個道理。」

鐵七把狼皮短耳軟帽摘下來，用帽子扇了扇風，又問凍得打哆嗦的鐵小七：「臭小子，你怕嗎？」

鐵小七想一想點了點頭。

鐵七說：「怕就對了，獵熊誰不怕呢？你記得我叫你看的那張熊皮嗎？」

鐵小七問：「是屋裏那張最大的黑毛皮，下巴下面胸口有白毛的那張皮嗎？」

鐵七說：「對，那就是熊皮。那隻熊死時有七百三四十斤。咱們現在要獵的這隻熊比那隻熊小一點。」

鐵小七問：「那熊皮白毛中間有槍眼，我就也打出那樣的眼，是嗎？」

鐵七說：「對！就是用你的槍在熊的胸口上打個眼。走吧，爬過這一片風倒樹就到了，你就熱乎了。坐一上午爬犁，不哆嗦才怪。」

鐵小七跟著鐵七走。

青上衛從一進山就非常活躍，這會兒像隻狼似的走走嗅嗅，聽聽轉轉。突然，牠在一棵矮些的、卻有三四人合抱那麼粗的老松樹下站住了，揚頭看老松樹上的樹洞口。

鐵七也站住了，指著松樹上的樹洞說：「瞅瞅，這樹洞裏有一個大傢伙。」

鐵小七問：「這就能看出來？是青上衛告訴你的嗎？」

鐵七說：「這容易，你要留心也能發現。你看那樹洞口有什麼？」

鐵小七說：「霜，白霜，像你鬍子、眉毛上的白霜一樣。」

鐵七問：「那這個樹洞會喘氣嗎？」

鐵小七一愣，說：「我知道了，是熊在樹洞裏喘氣，白霜就掛洞口上了。」

鐵七說：「這就是熊冬天蹲的倉了。熊還有一招，是在樹根下掏出洞鑽進去蹲倉，熊還會把洞口用土塊雜草封上。找這樣的熊倉也是觀察白霜，土塊雜草封的洞透氣，熊在洞裏喘氣就會掛上白霜。」

鐵小七說：「熊挺精，可能精不過人。」

鐵七說：「那是，所以人最大的對手還是人。」又說：「臭小子，你守在這裏，舉槍像在家裏瞄準射擊一樣，等熊爬出頭時不開槍，等熊探出一雙前掌，往外躥一下時，熊下巴會揚起，那時胸口的白毛就露出來了，你就打那片白毛的中間。記住了臭小子，打早了不行，只能打傷熊。打晚了更糟，熊出了洞會找你拚命。記住了，你行的！」

鐵七從屁股後面抽出一把短柄板斧，也沒管在一旁臥下、揚頭盯著樹洞的青上衛，鐵七來到樹洞的背面，揮斧敲樹。砰！砰！敲了兩下，鐵七又想放棄了，他知道，如果鐵小七這一槍放不好，熊出了洞，那麼鐵小七就沒機會，也沒時間上槍子打第二槍，熊會撲上來撕碎了鐵小七。因爲這種獵熊方式一般都是三四個人，一個人用斧敲倉，三個或兩個槍手一個站一個的身後準備，如果第一個槍手沒打中，第二個槍手再補一槍，但同樣要配合好才行。第一個槍手如果一槍不中，他的下一個動作就是向側方迅速移動，給第二個槍手讓開位置，他馬上裝槍子以防不測。

鐵七又敲了一斧樹幹，樹洞中有了動靜。鐵七心裏微微掠過一絲不安，瞅一眼青上衛，如果在只有一個槍手掏倉獵熊的情況下，第一槍打不中，就要靠獵狗上去和熊糾纏那救命的幾秒鐘，獵人才有時機裝上槍子開第二槍。

鐵七現在還不能確定青上衛是不是那種獵狗。鐵七又想起爸爸，鐵七的爸爸掏地倉獵熊時，熊爬出地倉，鐵七的爸爸第一槍打中了熊肚子，熊沒死，抓把雪捂在肚子上的傷口撲上來，鐵七的爸爸反而傷在了熊的掌下。而鐵七自己在十四歲那年也經歷了鐵小七今天的磨礪。鐵七成功了，從那時起，鐵七的爸爸就把鐵七當男子漢看待了。

鐵七又敲了幾下樹幹，樹枝上的雪往下落，熊在樹洞裏開始活動了，任何動物都怕來自身邊的震響，熊也不例外。

鐵七想，只要鐵小七過了這一關，就是長白山裏的小漢子了。鐵七下了決心，又大力地敲倉。又瞅一眼青上衛，青上衛的眼神在聚焦，鐵七喊：「臭小子，你行的！我行，你就行。」

鐵小七的眼睛也在聚焦，樹洞口探出一張黑嘴巴，接著是一顆黑腦袋。鐵小七生平第一次看到活熊的臉，他還奇怪黑熊的臉怎麼長得像狗。接著是一雙前掌攀上洞口，洞壁上的雪霜往下掉。熊往上躥，整顆頭探出來，帶出上半身，鐵小七的眼睛就看到白毛了。熊又揚頭，這個動作是往外帶動身子，這個動作是熊一生中最失敗的動作。也許，人類爲了發現利用熊這個動作也死傷了不少獵熊的人。鐵小七的槍響了，熊發出一聲悶哼。

青上衛無聲無息箭一般撲上去，一躍而起，可是樹枝上卻有幾團雪被槍聲震落下來，正好砸在青上衛的鼻子上、腦袋上。青上衛吃一驚，甩了下嘴，這一記撲咬就變成了撲撞，熊被青上衛這一記撲撞，就又滑進了樹洞，並沒跌出樹洞外面。青上衛落地就甩頭打起了噴嚏。

鐵七走過來拍拍鐵小七的狼皮帽頂，鐵小七一屁股坐在雪地裏問：「老七爸，我打中了嗎？這傢伙的臉長得像大黑狗，耳朵卻是圓的。」

鐵七過去看濺下的血跡說：「臭小子，你打中了。這傢伙先放樹洞裏，咱們去掏養了一秋天的那隻，這次看我的。」

鐵七又拍拍青上衛的頭說：「你這傢伙，沒被熊揍過，居然不聲不響就敢咬。」

青上衛搖了下尾巴。

兩人一狗往前走，過了風倒樹的這片叢林區域，進入一片雜樹林。跑在前面的青上衛就站在雪地上嗅著一片亂七八糟的腳窩。

鐵七蹲下來看看，用手比了比踩踏在一起的腳窩，說：「怪了，這小一點的腳窩是我養的黑熊的，這隻大了一大圈的腳窩是誰的？我沒見過什麼牲口有這麼大的腳掌。我養的黑熊被這大傢伙捉去了。瞅瞅，這大片的血污，這道拖痕，媽的！說不定是獵人獵了我的熊又僞裝成這樣的。」

鐵七又過去看熊蹲倉的地洞，地洞口是從外面向裏面扒開的。鐵七又想，這不可能是獵人幹的，獵人不敢這樣直接去扒熊的倉，除非這個獵人不想活了。扒地倉獵熊也是先震倉，震醒了熊，熊會自己扒倉出來，獵人等在外面開打。但也不是老虎幹的，老虎在冬季餓得發昏的時候才會去獵熊，就是扒開熊的地倉把熊拖出來咬死。

老虎這樣做也相當危險，熊不像虎、獅、豹、狼靠撲咬獵獲動物，熊靠巴掌，打鬥時更是用巴掌，往往熊一巴掌能抓破老虎的肚皮，也能一巴掌把老虎的背皮撕開大口子。不是老虎的另一個原因是腳印不對。

鐵七在棵風乾的倒樹上掃去了雪坐下，打開皮袋喝了口酒，又把皮袋丟給鐵小七，鐵小七也喝了口酒。青上衛走走嗅嗅，又揚頭想想，找到了那串大腳窩的去向，就扭頭看鐵七。鐵七不是不想去，而是在等那二。過了大約一個時辰，那二的狗拉爬犁才從溝裏鑽出來，又拐彎躲開幾小片叢林，才轉過來。

那二看到這樣一番景象，卻樂了，說：「老七，這地面有壞規矩的王八犢子了。可也不孬，我孫子那一槍不用放了。再遲些日子我孫子再放那一槍，我心裏才踏實。」

鐵小七說：「那二爺，我放了槍，熊死在樹洞裏了。」

那二一愣，瞅瞅鐵小七說：「孫子，不孬！給那二爺長了臉。」

那二從爬犁上取出乾糧，三個人吃飯。那二又餵了六條爬犁狗每條一斤凍肉。進山餵乾糧不行，狗的養分不夠，必須餵肉，而狗會充分吸收這一斤肉的能量。

鐵七餵了青上衛兩斤凍肉，說：「那二叔，這傢伙行，見熊敢下口。」

那二說：「我的老憨也行，見老虎也敢下口。孫子，下次等你老七爸進縣城了不在家，我帶你獵虎，老憨和老賊會追得老虎像兔子似的跑。」

鐵小七說：「行！我再獵了老虎，我就是爺們了。」

鐵七說：「走，去掏熊出來，要不凍硬了不好整了。」

那二解下了六條黃毛爬犁狗，帶上六條黃毛爬犁狗隨鐵七來到老松樹下，那二往手心裏吐口唾液，掄大斧在樹洞的底部掏洞。

不一會兒，在樹皮木屑翻飛中，樹洞被掏開了。鐵七伸手進去抓住熊的後腳，把熊拖出了樹洞。

那二說：「孫子，這熊挺大，快四百斤了。我孫子就是行。」

鐵七仔細看了看熊胸口白毛上的槍眼，說：「偏了一點，臭小子下次要心更平穩些才放槍，下次再打偏了就危險。」

鐵七去砍了樹枝，用繩子綁樹枝做了拖床。那二已經破開熊肚子取了熊膽，和鐵七把黑熊抬到樹枝的拖床上，這樣拖可以不磨損熊的毛皮。那二再用拴狗繩拴上樹枝的拖床，六條黃毛爬犁狗就拖著熊回了爬犁處，那二和鐵七一起把熊抬上爬犁。

那二說：「孫子，上爬犁，回家了。」

鐵七說：「你們先回，我找找看是什麼傢伙捉了咱們的大黑熊。」

那二說：「這還不好辦？回去到別的屯子問一問，問出誰偷獵了大黑熊就行了，還用在山上找？」

鐵七問：「那二叔，你真認爲是什麼人偷獵了咱們的大黑熊？」

那二說：「那還有錯？偷熊的王八犢子怕咱們找，才僞裝整了那些個大腳窩。媽的，這還能騙過我的眼珠？」

鐵七說：「那二叔你看錯了，你記得我前年獵的那隻大黑熊嗎？八百多斤重的那隻。」

那二說：「怎麼不記得，被偷的這隻大黑熊也有那麼大。」

鐵七說：「我帶著那張大熊皮在輯安顯擺（炫耀），碰上一個總跑蒙古草原那邊的老皮貨商人，那老傢伙說我的大黑熊皮沒什麼，是張小熊皮。我氣得差點揍他。那老傢伙說，他見過西藏那疙瘩的大峽谷裏的紅毛熊，有的足有兩千斤重，那紅毛熊皮能鋪滿一間屋子。我看咱這山裏也來了這種紅毛熊，那老傢伙還說，紅毛熊可以把什麼印度國的老虎當貓揍。」

那二愣了愣，又一笑說：「這麼說，咱這山裏的老虎要被熊吃了？咱這疙瘩的虎可是東北虎，七八百斤重的老虎多了去了。趕情那老傢伙說那紅毛熊才是王？我可不信。這樣辦吧老七，我先回去再回來，你看怎麼樣？我也想見見那老傢伙說的紅毛熊。」

鐵小七聽了插話說：「我也想見見。」

鐵七說：「那二叔，你把這隻熊送回去再回來，也把老賊帶來，老賊能找到我。我和臭小子先追蹤。」

那二想想同意了，駕著狗拉爬犁就走了。

鐵七仔細查看熊倉周圍現場，鐵七想，他想的沒錯。他養的大黑熊被更大的紅毛熊拖出來，大黑熊自然反抗，但沒什麼用，紅毛熊挺輕鬆地拖走了大黑熊。而且，鐵七在灌木上也發現了一種毛，這種毛不是虎毛，而是棕紅色的毛。另外，還有一個問題鐵七想不清楚，紅毛熊為什麼要拖走大黑熊，而不是像正常情況下那樣捕殺後就地開吃呢？鐵七又在現場找線索，青上衛也跟著找，又引著鐵七在熊倉另一邊的低矮樹叢的雪地上發現了一片巨大的梅花形腳印，這片腳印是老虎的腳印，而且很亂，似乎老虎在原地不停地踩圈走動才留下這樣亂的腳印。

鐵七笑了一笑，想到了老虎為什麼緊張地踩圈了，而且這些腳印中還有四個清晰些的深腳印，就是老虎站在雪地上不動踩深的腳印。也就是說，這隻老虎目睹了紅毛熊捕殺大黑熊，才站立不動悄悄看。紅毛熊也就發現了老虎，也許還向老虎叫號，老虎沒把握和紅毛熊爭食，又不甘心離開，才猶豫踩出了亂七八糟的腳印。而紅毛熊為避開老虎，才拖走了大黑熊。

鐵七順著老虎的腳印走了幾步，又觀察那道拖痕，笑了一笑，這兩種印記是走向同一個方向。

鐵七說：「臭小子，咱們和一隻不算最大個的老虎都在捕這隻紅毛熊，這一回興許有兩個結局，一是你爸我這一次就成了這山裏最高明的獵熊人，一是咱們今天就死了。你怕嗎？」

鐵小七說：「和老七爸在一起我不怕。」

鐵七順著紅毛熊拖大黑熊拖出的雪痕走。鐵七沒有命令青上衛幹什麼，而青上衛就知道牠應該幹什麼。牠跑到前面邊嗅邊小跑。這樣，在向東四五百米遠的一片雜樹叢的一個大雪窩裏，青上衛叫了一聲。

鐵七、鐵小七走過去就看到了大黑熊被吃得七零八落的屍體，大黑熊的四隻腳掌卻是完好的。鐵七就肢解下來放在布袋裏掛在腰上，又去查看了那隻老虎的腳印，說：

「臭小子，這兩個傢伙一前一後都往黑瞎子嶺的方向去了，你爺的墳就在黑瞎子嶺。看來這傢伙餓了就掏倉吃這山裏的黑熊。走！咱們追。」

鐵七和鐵小七在青上衛的帶領下追到黑瞎子嶺。

這會兒，夕陽出現了，雪後的夕陽很美，像抹上淡紅色蒸氣似的在天盡頭飄動。而且，這個時間那二已經快到家了。

青上衛小跑著突然站下，回頭看看鐵七，向一棵大松樹後面藏，到了樹後，從樹後探出腦袋向前面的叢林裏看。

鐵七知道青上衛不會做沒意義的舉動，這就是獵人和獵狗之間通過動作、眼神交流而產生的不用語言的信任，就一拉鐵小七，也躲在樹後。兩人一狗都從樹後探出腦袋瞧，那時沒有風，而且追蹤者是頂風行動，就算有風也是迎面吹過，這樣被追蹤的動物就嗅不到追蹤者的氣味，而追蹤的獵狗就能追蹤到被追蹤者的氣味。

鐵七和鐵小七、青上衛靜靜地等了一會兒，就聽到很重很重像打鼾似的聲音，這是一種極大的動物受了傷而從咽喉裏發出來的聲音。兩人一狗都看見一隻東北虎從前面樹林裏慢步走出來，身上的血跡順著左邊前腿和左邊後腿往下淌，點點滴滴像梅花瓣落在雪地上。

這隻東北虎挺大，也挺瘦，肩高三尺三四寸，看體重有六百斤左右。如果這隻東北虎要胖一點，體重應該差不多七百斤。東北虎的左肩至背部有一尺多長五六寸寬的皮上血肉模糊，血就是從那裏流下去的。東北虎神態痛苦，嘴巴上也有傷口，而且連鼻子的鼻頭也翻起，垂在嘴邊。東北虎邊走邊發出呼呼嚕嚕的喉音。

東北虎過去了，鐵七就抬手揉揉鼻子。

青上衛似乎腳軟了，趴下了，而且也起風了，風向也變了。這種風向很快能把追蹤者的氣味傳遞給被追蹤者。這也許是青上衛犯的第一個錯誤，鐵七也犯了這個錯誤，鐵七應該發覺風向變了，卻在試圖用腦子拼出一張紅毛熊大戰東北虎的影像。但鐵七想不出來，因爲沒有人看到過虎熊大戰的真正場面。

鐵小七臉色慘白，問：「老七爸，這是留下腳印的那隻老虎嗎？是紅毛熊揍了老虎？老虎像驢那麼大？」

鐵七說：「看來是那隻老虎了，興許老虎被紅毛熊打個轉迎頭守個正著，正面交手才被抓傷了頭臉和肩。老虎捕獲獵物多是從背面或側面悄悄地突然出擊。如果是老虎突然從背後或側面襲擊了紅毛熊，老虎也許能贏。唉！這是爸在猜想，不管怎樣，那老皮貨商人說的是真的，老虎整不過紅毛熊。」

鐵七嘆口氣，突然看到鐵小七的狼皮帽子的毛向前倒，愣了愣，說：「糟，紅毛熊打傷老虎沒理由不受傷，如果紅毛熊也是熊，就應該有熊的脾氣，就是在受傷後找人獸拚命，這樣的熊我沒獵過，這是用命拚，咱們避一避吧。」

鐵七把食指舔上唾液，舉起手指試風向，說：「咱們往東，轉過去摸紅毛熊的屁股，在後面貼上去揍牠。」

鐵七招呼青上衛往東走，這是鐵七第一次主動命令青上衛。青上衛就興奮了，因爲牠的鼻子告訴牠，追蹤的傢伙正從東面迎過來。青上衛是狼狗，聽命於主人是天性，就趕在鐵七前面向東迎上去。

進入東面的灌木叢，青上衛突然站住，渾身的毛像波浪般從頭部滾向尾巴尖，背毛一下炸起，汪！牠衝前面叫一聲。

鐵七就在幾棵白樺樹的空隙間看到了生平見到的最大的熊，瞇了下眼睛，心一下飄升起來，頭皮傳電般滾過一絲涼意，眼前巨大的熊的棕紅色濃密的毛在夕陽下、在北風中像飄動的火，熊發紅的目光和鐵七目光相撞，使鐵七打了一串冷戰。

鐵小七驚叫：「老七爸，快跑！」

鐵七一把拽住鐵小七說：「跑就死定了，咱們跑不過熊，別怕!我開第一槍，你開第二槍。拚過就活，拚不過就死。但你記住了，有機會馬上往樹上逃。」

鐵七吸了口氣，緩緩地舉起槍。

鐵小七也喘息著，哆嗦著舉起了槍。

鐵七故意笑了聲，說：「臭小子，這傢伙受傷了，看來牠真是迎面襲擊了老虎，牠的咽喉側面的皮才會被老虎咬裂了口子。」

鐵小七卻叫喊：「老七爸!牠沒白毛，我打哪?」

熊在靠近，走兩步就原地轉圈，似乎熊也在想打不打這一架。

鐵七說：「沒白毛也打胸口。記住，等爸放完槍，熊立起身子時就打。」

青上衛往側前方走兩步，想衝上去，但又遲疑，青上衛身體緊得像拉緊的弓，齜出牙齒，嗚嗚地發威。

熊又轉過身來，將巨大的頭歪向一側，垂下，盯著鐵七晃動著腦袋咆哮，嘴巴裏的口水一串串落下。熊往前靠近、靠近，兩隻前掌左一掌右一掌掃擊著雪地，雪下的石子雜草四下亂飛。

青上衛發出了吱吱的聲音，這是膽戰心驚之前提示主人小心的示弱聲。

近了，熊在鐵七的眼仁中擴大，鐵七喊：「臭小子！穩住！記住了，不論是人是神是鬼是獸，他叫號，就和他幹！」

熊突然咆哮著甩頭直立，這是熊攻擊一切對手的第一個動作，對人來說，也是使之丟命的唯一的動作。鐵七就等這個動作，鐵七的槍勾下了，喀的一聲，沒有槍子射出，槍管卡住了槍子。鐵七的大腦瞬間空白，但鐵七完全憑本能向前方側面衝出一步，喊：「放！」

鐵小七的槍也喀了一聲，是空槍。鐵小七猛然想起，在打死那隻黑熊之後，他光緊張高興了，就沒再次裝上槍子。

熊撲近了，鐵七和鐵小七的身前就像被一座飄飛的火山擋住了。鐵七的右手下垂去拔腿上的獵刀，腦海中閃過兩個字：「完了！」

在一旁的青上衛一甩頭，吱叫一聲，像一股青煙在鐵七前面一閃而起，尖吻探出，就在熊的肚子上咬了一口。青上衛並不像其他獵狗撲上去咬中就不鬆嘴，反而被熊一掌拍死；也不像其他獵狗撲過去卻不敢下口咬而是狂叫糾纏。但那兩種能在這種時機這樣做的獵狗，就已經是最好的獵狗了。

但是，青上衛卻不同於那兩種獵狗。青上衛不是以命拚命，爲主人贏得幾秒鐘，也不是糾纏不止，拖出那幾秒鐘的時間，青上衛是鬥，和熊鬥。青上衛咬上一口，不拽，不甩，而是收口從熊的腿邊閃過去，又一個轉身，後腿一蹬就撲上了熊的背，把嘴張到極限，把頭一側就咬上了熊的後脖根。如果是虎，這一口差不多就能要了熊的命。這個後脖根是任何動物最要命的地方，也是最不想被攻擊的地方。

熊往上揚頭，甩背。這就給了鐵七機會，鐵七飛身向前，一頭撲進熊的懷裏，右手的獵刀哧地插進了熊的胸口，接著，鐵七用膝蓋像撞人那樣撞熊的肚子，借力拔刀後退，熊的血哧地射了鐵七滿胸、滿臉。

熊嗷的一聲，一巴掌拍下來。如果換了別人，這一掌是絕對避不開的，但一生與人鬥過上千架的鐵七躲過去了，只是被熊掌刮飛了狼皮軟帽。

熊卻突然放下前腿，嗷嗷叫著原地轉了一圈，這個動作也甩開了青上衛。熊用一雙前掌抓把雪糊在胸口的刀口上，又甩頭一立而起。

鐵七想到他的獵刀刀刃短了，而這隻足有一千八九百斤重的紅毛熊又太大了。就在熊又一次起身甩頭的空隙間，鐵七一晃身撲過去，又一刀刺進熊的胸口。

怕熊不死，鐵七沒像上次那樣後退，而是用力往裏送獵刀。熊又嗷的一聲，右邊的巴掌拍下來，抓開了鐵七的背，鐵七背上的狼皮短襖像爛布似的破裂，背上也就出現了血口，鐵七又在熊的左巴掌拍下來之際向下坐去，坐在雪地裏再打個滾，熊的左巴掌就拍空了。

熊前掌落下，一扭屁股，盯著鐵七揚掌又撲，青上衛又吱叫一聲，直接撲進了熊的下巴底下，咬向熊的咽喉，青上衛上揚的嘴無法全部咬上熊的咽喉，但牠這次咬上就不放了，甩著頭往下撕。

熊想舉巴掌還招，但先把屁股坐進雪裏，舉到半途，巴掌下垂，洩勁了，向一側倒去。

鐵小七剛撲到鐵七身邊，肩上就咬上了青上衛的嘴巴，被青上衛甩頭拽了個仰面朝天。青上衛圍著鐵七像旋風那樣轉著，不時用鼻子嗅一下，又停在鐵七臉前，衝著鐵七的耳朵汪汪叫。

鐵小七又爬起過來看，青上衛汪叫一聲，掉頭衝著鐵小七齜出牙齒嗚嗚叫，鐵小七不動，青上衛又掉頭衝著鐵七的耳朵叫。

鐵小七哇的一聲哭了，喊：「青上衛！青上衛！是我呀！他是我老七爸呀！」剛往前抬腳，青上衛就嗚叫一聲，又一次甩過屁股，要往鐵小七的咽喉上下口。這時，鐵七抬手拍中青上衛的屁股，青上衛掉頭就看鐵七，鐵七爬坐起來，青上衛就撲過去舔鐵七的臉。動物的舌頭有消炎的作用，青上衛給鐵七舔臉上的血是給鐵七治傷。

鐵七笑著不動，青上衛舔去了鐵七臉上的血，才發覺鐵七臉上沒傷，就把嘴巴挪向鐵七的後背。

鐵七說：「夥計，兄弟，我的傷不重，你該知道幹什麼了吧？」

青上衛轉到鐵七面前看鐵七的臉，似乎想看鐵七真的沒什麼事，才晃一下尾巴，轉身像一條流動的青煙，向來路跑去。鐵小七這才能跑到鐵七跟前。

鐵七說：「臭小子，我又一次拚贏了命。」

鐵小七抽著鼻子給鐵七背上的傷口上雲南白藥，鐵七說：「上好藥就別看了。我來取膽，膽取遲了膽汁就少了。你去整些松枝來，咱們得準備整堆火，今晚怕是走不了了。」

鐵小七急忙去砍松樹枝、乾樹棍。

鐵七取出繩子，把自己的腰上、背上一圈圈纏緊，爲的是讓衣服堵住流血。然後動手用刀破開熊的肚子掏出了熊的膽。他看了看拳頭大小的熊膽，放在鹿皮口袋裏拴腰帶上。他想取雪埋熊，但是感覺到這一活動，背上的傷口又流出了血。

鐵七皺著眉頭抬頭去看天，老林裏的天黑得早，又過了一會兒，天就黑了，嗚嗚叫的白毛風也刮起來了。

鐵小七弄了大堆燒柴，累得渾身冒熱氣了，說：「老七爸，這些樹枝夠了吧？你還痛嗎？」

鐵七說：「快點！我來點堆火。你快把紅毛熊用雪埋上，紅毛熊的血腥氣引來虎、豹和狼群就完蛋了。」

鐵小七又去翻起雪塊埋熊。這樣忙了有半個時辰才用雪埋上了熊。等到鐵小七在火堆旁坐下來喘息了一會兒，在鐵七和鐵小七的四周就出現了幾對綠幽幽的眼光。

鐵小七問：「老七爸，這都是狼嗎？」

鐵七說：「這兩隻不是狼，是狐狸。瞅，那邊還有幾隻，那幾隻是大尾巴紅豺。」

鐵小七說：「老七爸，就怪我沒埋好熊。」

鐵七笑了笑說：「不怪你，牠們也不是熊屍引來的，是我，是我身上的血腥氣。」

鐵小七就把槍抓在手裏。

鐵七說：「現在沒什麼，這些傢伙不敢靠近，咱們有火。」

鐵小七又說：「老七爸，你餓嗎？我背了那二爺給我的烤鹿肉乾。」

鐵七說：「他媽的，那二叔真把你當他孫子了。吃！吃了才有力氣。」

鐵小七取出烤鹿肉乾，用火烤熱了鹿肉乾給鐵七吃。鹿肉乾的香氣刺激得那兩隻狐狸和那幾隻大尾巴紅豺直轉圈嚎叫。

鐵七說：「瞧，那邊又有一個傢伙過來了。這傢伙挺厲害，可以把狼當食吃，這傢伙是大山貓。」大山貓輕盈地走過來，盯了火光中的鐵七和鐵小七一會兒，大山貓也許感覺沒戲，就輕盈地走了。在鐵七吃第三塊烤鹿肉的時候，鐵七又笑了說：「咱們獵人的好朋友來了。」

鐵小七問：「青上衛回來了？」

鐵七說：「不是青上衛，是這小東西，瞅見了？這小東西是進山人的守護神，就是老百姓常罵的像『豺狼一樣的人』那句話中的豺狼。咱們獵人叫牠豺狼狗子。豺狼是牠的名，狗子是獵人給加上去的，是像狗一樣的猛獸的意思。這小東西和豺和狼是三種不同的野獸，不是民間傳說的和豺是一種野獸。」

鐵小七看到了一隻皮毛像貓、長得像狗的小傢伙走到火堆外扭頭向裏看。這個小傢伙頭尾合長也就兩尺多，樣子雖小，但剛剛在大尾巴紅豺身邊走過時，大尾巴紅豺卻怕了似的往後退。

鐵七將幾塊鹿肉乾丟過去，豺狼狗子就吃了，然後圍著火堆邊走邊撒尿，把鐵七和鐵小七圍在了尿圈中。這小傢伙就大搖大擺地走了。

鐵小七說：「老七爸，豺狼狗子幹嘛圍著咱們撒尿？老七爸，狐狸和大尾巴紅豺也走了。」

鐵七說：「豺狼狗子這個小東西天生喜歡接近進山的人，豺狼狗子的尿不管什麼猛獸都嗅不了，都會避開。豺狼狗子喜歡追蹤獵人，尤其是夏天，有福氣的獵人一進山，豺狼狗子就跟上了，懂得豺狼狗子的獵人往往會在宿營的地方放些食物給牠，葷的素的都行，豺狼狗子不挑食。等獵人睡著了，這小東西會圍著獵人撒一圈尿，就沒有猛獸敢靠近了。豺狼狗子的尿有使猛獸怕的味，而且經久不散。」

鐵小七說：「那，老七爸，現在咱們也不用怕了。」

鐵七搖搖頭說：「冬天這小東西的尿管不管用我也不知道，你瞧，豺狼狗子的尿都和雪凍一起了。」

鐵七流血挺多，頭有些暈，就住了口。

鐵小七卻聽得入了迷，又問：「老七爸，豺狼狗子幫人那為什麼還挨人的罵？」

鐵七笑了聲說：「對人來說，豺狼狗子對人有好處，但對動物來說，豺狼狗子是叛徒，人就常用豺狼狗子罵那些人裏的叛徒。這就是豺狼狗子挨罵了幾千年的原因。這小東西不常見，咱這山裏沒幾隻。我看是你小子有福氣，才一進山就看見了這小東西。」

鐵小七卻說：「我才沒福氣呢，我差點兒叫青上衛咬死。我的老青要不死這次也跟來，老青也會像青上衛一樣和熊拚命，老青就絕不會咬我。」

鐵七往火堆旁靠了靠，說：「現在我沒什麼事，你再聽我講講狼狗，我再告訴你東北狼狗最要命的特點。」

鐵小七往火堆上加了樹枝，樹枝是濕的，火就暗了。不知什麼時候，那幾隻大尾巴紅豺又回來了，就往上湊。鐵小七有點慌亂，鐵七說：「拿下幾根，放些乾樹枝上去，再放濕樹枝。這樣一層乾樹枝、一層濕樹枝，火就總是旺的了。」

鐵七抓起槍，照天放了一槍。幾隻大尾巴紅豺就散開，退了。

鐵七說：「在咱們這座長白山裏，大尾巴紅豺是僅次於狼的猛獸。在冬天，大尾巴紅豺和狼一樣結成幫，像軍隊似的大夥一起獵食。大尾巴紅豺和狼有一點不一樣，大尾巴紅豺的頭領是母豺。你裝好槍子，一會兒這些傢伙再靠過來，你就打那隻淺紅色的，牠是這幾隻紅豺的頭領。」

鐵小七點頭答應，又問：「老七爸，狼狗怎麼了？什麼是那個特點？」

鐵七說：「東北狼狗可以記住所有家人，也可以對全家每個人都好，但狼狗只有一個主人，也只認這一個主人。當狼狗認爲這個主人受到威脅時，狼狗就不認其他家人了。狼狗在那個時刻保護的只有這一個主人。臭小子，你知道青上衛爲什麼咬你了吧？這也是東北狼狗性格上的致命弱點，狼狗的這種性格弱點，有可能使不能動但還有救的主人死掉。就像剛剛，如果我傷重暈死過去了，青上衛不會理解你是在救我，而是不讓所有的人靠近我，我耽誤了加重了傷勢，不死都不成了，而且，越好的東北狼狗這種性格弱點就越嚴重。」

鐵七嘆口氣。

鐵小七也嘆口氣。

鐵小七鼓了鼓勇氣說：「那咱們以後小心點不要再受傷。」

鐵七就瞅了鐵小七一眼。

鐵小七又鼓了鼓勇氣說：「老七爸，我想我以後再也不會忘記裝槍子了。沒青上衛，我和老七爸就都死了。」

鐵七抬手摟過鐵小七說：「沒青上衛拚命，你也不會死，我會推開你，我會死。熊獵了我就不會獵你了，你也有機會逃了。」

鐵小七瞅了瞅鐵七的眼睛，低下頭，一抽一抽地哭了。

月亮從頭頂過去向下走了，那幾隻大尾巴紅豺像是發現了另外的目標，一隻跟一隻也走了，四圍就比較靜了。

鐵七也不再說話。

鐵小七卻在發愁，因爲樹枝快燒沒了。他想再去砍些松枝，可是又有些恐懼。他四下看哪棵松樹離得近，看到了一棵離得近的松樹，就仔細看，那棵松樹伸出挺長的一根橫枝上，有一隻綠幽幽的眼睛也在看鐵小七，鐵小七只看到一點綠幽幽的光就沒在意，一眨眼的當口，就變成兩點綠光了。鐵小七哧就笑了，知道那是隻貓頭鷹。

鐵七說：「都架上吧，柴燒光了火裏還有炭火，也能頂一陣兒，我想現在最著急的是那二叔，在夜裏趕爬犁想快也不成，待會兒見了那二叔，你看他的嘴，他嘴上會起大火泡，那二叔是個性子又直又憨又時常犯傻的人。」

鐵七說完話就打冷戰了，鐵小七過去抱上鐵七的後背，說：「老七爸，你要挺住，我知道那二爺一會兒就來了。」

說來了真就來了，是兩條邊跑邊嗅的狗。這兩條狗在月光下看到火光就直接跑過來了，跑近了，鐵小七才說：「老七爸，是老憨和老賊，青上衛還沒來。」

鐵七想說話，一張嘴，上下牙齒就乒乒撞一起，打著冷戰說不出話來了。兩條狗過來嗅鐵七，鐵七就抱住一條，這條是老憨。老憨感覺到鐵七凍得打哆嗦，就往鐵七懷裏靠緊了。

鐵小七又看，這回看到了青上衛，青上衛走走停停，牠累慘了。青上衛看到了火光才喘著粗氣小跑起來。可是當青上衛看到鐵七抱著老憨時，牠就嗚嗚叫著發威，老憨馬上從鐵七懷裏掙脫出去，和老賊臥一起了。

青上衛跑過來嗅鐵七，鐵七摸一把青上衛，心就顫了顫，青上衛身上全是雪霜，而且連粗毛裏面的絨毛都有水汽了。如果青上衛不是條慣於長途奔跑的伴行犬，也許跑炸了肺早死了。

鐵七就拉青上衛靠近火堆，給青上衛搓毛，青上衛的身上呼呼向上飄白氣。鐵小七也過來幫忙，青上衛就扭頭舔了舔鐵小七的手。

那二的狗拉爬犁終於過來了，遠遠的就喊：「老七你沒什麼事吧？青上衛像瘋了一樣趕爬犁，哪條狗不使勁、跑慢了，這傢伙就咬，我攔都攔不住，要不還得過個把時辰才能趕來。孫子，你也好吧？那二爺就惦著你。」

那二靠近了，停了爬犁，六條黃毛爬犁狗都累趴下了。

鐵小七仔細看那二的嘴，那二的嘴唇上果然鼓起了大血泡，鐵小七就笑了。

那二仔細瞧鐵七問：「傷了哪兒？」

鐵七說：「沒什麼，我後背叫那傢伙抓了。」

那二皺眉，在爬犁上取了件狐皮大氅把鐵七裹裹問：「咱們現下就走。」

鐵七說：「狗累趴下了，我還行，沒事。等天亮再走吧。這天就要亮了。」

那二說：「老七，這不能逞強，你那點血流乾就完了。」

鐵七說：「我知道，我不冷了就沒事。」

那二又把鐵小七拉到火光裏看。

鐵小七說：「我就叫青上衛在肩上咬一口，皮襖破了沒出血。那二爺，那隻紅毛熊老鼻子大了，渾身的毛風一吹像火似的。紅毛熊比我打的熊大好幾圈。」

那二說：「不孬！不孬！我孫子沒嚇破膽子就不孬！」

鐵小七小聲說：「那二爺，我嚇尿了，尿了褲子，我沒告訴老七爸。」

那二嘿的一聲笑了，說：「我給你守著這事不說出去，我小時候頭一次看見老虎撲過來，我……嘿嘿！咱們爺倆以後再說。」

天終於透亮了，林中早起的鳥吱喳叫著開始找食。那二看清了鐵七的臉，就掉頭給狗餵食，他知道鐵七不輕鬆了。鐵小七扒開了埋的紅毛熊喊那二看，那二看一眼，眼珠差點掉下來，根本想不到鐵七和青上衛成功地獵了這隻巨大的紅毛熊。

鐵小七說：「紅毛熊是老七爸用獵刀捅死的。也多虧了青上衛跳到紅毛熊背上咬紅毛熊的後脖子，老七爸才拔出了刀。」

那二問：「老七，你不走就是想帶上紅毛熊？」

鐵七說：「哪有獵人丟了獵物的，當然帶上了。」

可是，那二和鐵小七沒辦法把一隻重達近兩千斤的紅毛熊搬上爬犁。而鐵七有傷根本幫不上忙。就算鐵七沒有傷，合三人之力也搬不動這隻紅毛熊。

那二抓抓頭皮問：「怎麼辦？怎麼辦？我再扒了皮，砍了掌，丟了肉走？」

鐵七也沒招了。

鐵小七說：「我有法子，咱們把爬犁放在這個雪坡下面，咱們用狗拉紅毛熊到雪坡邊上，咱們再用樹幹撬紅毛熊，撬得紅毛熊翻個個兒就能滾到爬犁上。」

那二說：「咱們就這樣幹，這傢伙凍硬了，這會兒扒皮太費勁。」

這樣，那二就和六條黃毛爬犁狗把紅毛熊拽到雪坡邊上。那二去砍了根樹幹當橇棍，把紅毛熊撬起一點，鐵小七就塞進去石塊墊高，整了好半天才把紅毛熊撬翻個個兒，滾到爬犁上去了。可是爬犁上再坐上那二和鐵七，狗拉爬犁繃住勁，慢慢走平坦雪道還可以，一旦有坡就拉不動。那二又把老憨和老賊拴上拉爬犁，還是拉不上坡。

青上衛就汪汪叫著咬六條黃毛爬犁狗，可是六條黃毛爬犁狗、兩條青毛獵狗把繩子拉直了也不行。

鐵七說：「我慢慢走回去，沒事。」就下了爬犁。

那二皺眉，他擔心鐵七。

鐵小七說：「我駕爬犁走，那二爺你扶著老七爸。」

那二眼珠亮了說：「我揹著老七走，三四百斤我一個時辰不歇氣。孫子你駕爬犁，走慢點平穩點就沒事。」

這樣，麻煩終於都解決了，這一行人從現在上路，要在中午時才能回到家……

3

打從那二被青上衛找走，九蘭就睡不著了，一趟一趟跑出屋聽門。老賊、老憨都叫那二帶走了，九蘭在此刻沒了伴，就抱著掉了毛的大紅公雞在院裏轉，邊轉邊往山裏看。大紅公雞這幾天一直都被九蘭養在屋裏。

好不容易天亮了，九蘭又動手生火做飯。飯做好又等到過了中午，才看到鐵小七駕著爬犁回來了。她也看到了紅毛熊，就問：「這個比黃牛還大的東西是你獵的？」

鐵小七吸了下鼻子說：「不是我，是老七爸獵的。那二爺叫妳用大鍋燒開水，再熬一大碗紅糖生薑水，老七爸叫熊揍了。」

九蘭嚇了一跳，掉頭進屋就幹活。又過一會兒，那二喘著粗氣把鐵七揹回來了，鐵七已經暈過去了。

那二把鐵七放在炕上，鐵小七這時多了個心眼，抓了個窩窩頭喊：「青上衛，給！」就丟出去了，青上衛去追窩窩頭。鐵小七趁機把房門關上了，又順手頂上了頂門槓。

青上衛叼了窩窩頭回來，見房門關上了，站在門前吱吱叫著轉圈。

鐵小七故意喊：「老七爸，你睡吧！青上衛吃窩窩頭呢。」

青上衛歪著臉聽了會兒屋裏的動靜，就臥下吃窩窩頭。

那二叫九蘭端過盆水，用剪刀剪開鐵七纏在身上的繩子，又剪開了狼皮短襖和內衣，那二的動作就遲緩了。鐵七的內衣和翻開的四道皮肉貼在一起了，整個背上、腰上、屁股上全是凝血。

那二說：「這怎麼辦？這一整又要出血。」

鐵小七也麻爪（**指由於見到某些煩惱、驚奇或者恐怖的事物之後而不知所措。**）了，縮在一旁抽起了鼻子，哭了。

九蘭推一把那二說：「那二爺，俺來。」

那二說：「丫頭妳能行？妳敢下手？」

九蘭說：「俺就敢，俺在輯安縣城裏的小兄弟，有回被博一丁用皮帶打成這樣，又綁了一宿，衣服、血肉都貼一塊了，就是俺治的。」

那二說：「那妳快治。」

九蘭用一塊乾淨的布沾水浸，慢慢地內衣和皮肉分離了。她又慢慢地擦拭傷口上的凝血。這一擦痛醒了鐵七，鐵七就哼了一聲，隨著這哼聲傳出，青上衛對著房門汪汪叫起來，用前腳撲門。

鐵小七又喊：「老七爸打呼呢，青上衛別吵！」

青上衛就盯著房門坐下，歪著臉，轉著耳朵聽屋裏的聲音。

鐵七說：「我就睡了一會兒。」

九蘭說：「你是暈著回來的，還逞強。老七叔，治這個傷你不能怕痛，俺得用鹽水清理了傷口才不發炎。」

鐵七說：「沒事，丫頭來吧！」

鐵七雖然一聲沒哼，但還是痛暈了。

九蘭又給上了雲南白藥，又抱住鐵七的脖子掐人中，鐵七才醒了，說：「丫頭，妳是活鬼，痛死我了。」

九蘭卻扁扁嘴笑了，又餵鐵七喝了碗薑糖水，才叫鐵七睡覺。

九蘭收了那些沾上血污的東西開了門拿出去，青上衛看到九蘭手裏的這些東西，似乎想起了牠受傷時治牠的那些東西，明白把牠關在外面是爲了給主人治傷，就跑到屋裏，跳上炕嗅鐵七的鼻子。

鐵七擺了擺手，青上衛跳到窩裏臥下，怎麼也不出去了，就算鐵小七再用同樣丟窩窩頭的方式，青上衛也不理睬了。

有時青上衛憋了屎尿忍不住了，會裝做不經意的樣子，忍到九蘭做飯時出去，又會悄悄等到九蘭出去倒水抱柴時進來。另外，青上衛總是歪著臉看九蘭、鐵小七、那二開門關門的動作。

有一次，九蘭就看見青上衛試著開房門，把前腿舉起撐在門板上，用嘴咬住插門的木門閂，一拉，鬆嘴，木門閂垂下去懸在麻繩上晃。再把前腿放下，用一條前腿勾開對關的一扇門，再用嘴巴尖向側面推，這扇門就開了。這是從房裏開門去房外，但從房外回屋裏，青上衛還在想法子。

有一次，青上衛試著從外面開房門進屋，牠把門推開一點，伸前腿進來推頂門的頂門槓。但是不行，搆不上。牠又從門板下面伸腳去推頂門槓，還是不行。牠就不試了，坐下耐心地等。因爲是冬天，不插上兩扇對關的房門風會吹開門，房門的兩扇門板在白天一關上，人就會順手拿起頂門槓頂上門，在晚上睡覺時才用木門閂插上。在夏天就不大用頂門槓了，白天房門一般總是開著。

九蘭幾天看下來就說：「青上衛可不是傻狍子，精得像猴子。」

再有就是九蘭給鐵七換藥時青上衛不咬，站在一邊歪著臉看九蘭的每一個動作。有次九蘭忘了帶剪刀，青上衛盯著九蘭吱吱叫，這個音用在這時就不是求助、不是求饒，而是提醒。等九蘭發覺了取回了剪刀，青上衛就用溫柔的眼光瞅著九蘭搖一下尾巴，這是青上衛爲九蘭能明白牠的提醒開心。

第六章　另一種宿命

狼狗注定了要把忠誠和信任獻給主人，狼狗的另一種宿命也就注定了。這種宿命的得失在於狼狗不能出錯，也在於人的絕對的「自認不凡」，就是不會自責，尤其不會對一條狼狗自責。這樣的結果不僅僅是狼狗的悲哀，也是獵人的悲哀。

1

時節很快進入臘月了，鐵七背上的傷已經好了，只是那四道傷痕像四道七八寸長的巨大紅色蛐蛇趴在背上。

這幾天一直下雪，院裏積的雪有一尺半厚了。那二和鐵小七在院裏清出幾條雞腸子細的路，就是從院門清一條通正房房門的路，再打橫清一條通向兩邊偏房門的路，再打橫清幾條通馬棚、狗舍、雞屋的路。但在柴垛旁邊清去了大片積雪，因爲要在那裏劈柴幹活。

今早雞打過鳴，太陽升起了，鐵七才起來。那時那二帶著鐵小七進山了，這爺兒倆這一陣總往山裏跑。用那二的話說，眼瞅著快過年了，多獵些獵物進縣城換好東西，好好給九蘭扯幾身花布，好好過個有孫子的年。

鐵七在房門外站了一會兒，院裏那群雞在雪地上尋覓九蘭撒的苞米粒。那隻大紅公雞又長出毛來了，只是沒以前的羽毛好看。大紅公雞的火爆脾氣沒改，只要一見到青上衛，就炸開脖子上的羽毛挑戰，但絕不再次交戰，也不靠近。青上衛一旦靠近了，大紅公雞扇著翅膀就逃，牠是這院裏唯一一隻不服青上衛的動物。

青上衛在院裏揚頭跑了一會兒，又發現了什麼似的，跑到積滿雪的地上去嗅一串小小腳印，牠總在清晨出來就能看到這串小小的腳印，又不太清楚這是誰的腳印，但牠知道這腳印不是耗子的。

鐵七也看到了這串小腳印，鐵七知道這是老鄰居黃皮子的腳印。

黃皮子就是黃鼠狼的俗稱，沾上狼字的動物都很厲害，可以說，黃皮子是小型食肉類猛獸中的小霸王。黃皮子是耗子、蛇、松鼠等小型動物的剋星，也是家禽、兔子等的剋星。黃皮子不光獵殺技術高明，而且好殺又殘忍。如果黃皮子碰上一群耗子，牠吃一隻耗子就夠了，但黃皮子不只殺一隻，黃皮子會充分體現好殺殘忍的性格，會殺盡這群老鼠。而且牠一出必殺，動如閃電，靜如處子。黃皮子渾身都是寶，肉可治病，皮可製衣，傳說穿上黃皮子皮製的大衣走夜路，遇險事之前衣服會報警，黃皮子的毛變硬直立扎人來提醒人小心。但若製成一件黃皮子皮的大氅，大概得幾百隻黃皮子。黃皮子尾毛可製筆，就是有名的狼毫毛筆。

鐵七也走上積雪的雪地，看黃皮子的腳印通向雞屋的草窩，鐵七揉著鼻子笑了，九蘭的雞準又丟一隻。

鐵七又看到六條黃毛爬犁狗在後院打鬧，就知道那二帶鐵小七獵野雞、野兔去了。獵這些小牲口，老鑽樹趟子，也翻溝爬坡，帶上狗拉爬犁目標大也不方便。而且獵人的習慣就是打大牲口，如虎、熊、野豬，就不打小牲口，如鹿、狍子、狐狸。打什麼牲口就是打什麼牲口，從不瞎打。瞎打打渾了山，就驚了山、驚了牲口，就打不成獵了。而且獵人是春不打母秋不打公，因爲春天母獸要養小獸，秋天公獸要配種。再有就是打老不打小。比如鹿老了，吃不動其他的草了，老鹿就總啃一種草，如果獵人不打老鹿，老鹿不久也會死。當然規矩是規矩，規矩守了才是規矩，這是因什麼樣的獵人而異的。

鐵七抓起板斧開始劈柴，柴大多是整棵的原木，把原木鋸斷成兩尺左右一段一段的，再劈成板子。

鐵七久不活動，這一活動就上癮了，喀喀地劈著柴，正劈得來勁，九蘭挑水回來了。那時的挑水扁擔不同於後來的那種扁擔，後來的那種扁擔壓肩上越壓越沉，那時九蘭用的扁擔上沒繩沒勾，扁擔是用硬柞木製成的，用火烤個弓背形，在兩頭鋸出掛槽，把兩個大木桶的提梁掛上放肩上就走。這種扁擔有彈力，配上走路步子，一步一顫一彈，挑起水來省力，輕快。在冬天從遠處看，不論挑水的女人身材好不好，是否穿了花棉襖，戴了什麼皮的圍脖，她們挑著水桶走在雪地裏就是好看，就是一幅東北的風景畫。

九蘭放下木桶就喊：「老七叔，幹會兒就得了，別裂了傷口。」

九蘭把水倒進粗瓷大缸裏，又挑上木桶走了。鐵七家用的木盆、木桶也都是用木材製作的，就是把木片刨平刨好，插進兩條腰帶的箍裏，再鑲上木底，用前放水裏泡，木片就漲，不漏水了就可以用了。不用時要木底朝上放好，那是防止木底爛。那時家家的大人總說，丫頭，把盆扣好，就是指放木盆、木桶要底朝上。有的蒸鍋也是木製的，初用蒸飯有股清新的木香，用久了蒸鍋就變成黑棕色的了。

九蘭挑了四趟水，把缸裝滿了，扣好木桶，進屋拿條毛巾給鐵七擦汗。她蹲下來瞅了一會兒，說：

「老七叔，俺的雞又叫黃皮子偷去一隻，是正生蛋的母雞。俺看著黃皮子從老憨鼻子底下一躥一躥地過，老憨連眼皮也沒抬。老賊也看見了，老賊直眼瞅著黃皮子跑上雪地，老賊也沒管。老七叔，黃皮子就藏在雞下蛋的草窩下面，等母雞飛下來剛下了蛋，黃皮子咬上雞脖子就拖走了。老七叔，俺觀察了很久，黃皮子大大小小有一大窩，就住在這堆柴垛底下。俺叫那二爺掀了柴垛找這窩黃皮子，那二爺說，不能掀，黃皮子有神氣，住這院裏是因爲這院是寶地，黃皮子保著平安，就不讓掀。老七叔，你說俺點把火燒了這柴垛，這院就不平安了嗎？俺好幾次想放火了。老七叔，你說怎麼辦？」

鐵七拉一根原木放屁股下坐上，說：「那二叔說得沒錯，我也知道這窩黃皮子住在柴垛底下。大概我爺爺奶奶和我爸在這住的時候，就在這整了柴垛，黃皮子就住進來了，住到現在有三四十年了吧。後來我爸死了，我也離開這疙瘩了，把這院荒廢了七八年。後來我回來重新當獵人，這院沒什麼變化，耗子、蛇都沒有。這些就是黃皮子在給我守家的好處。那二叔來找我搭伴，就看出這堆老柴垛裏住了黃皮子，那二叔才住下，我才和那二叔改用原木圍了這院。妳說，同住了這麼久的朋友，吃幾隻雞算什麼！」

九蘭說：「俺心痛啊！」

九蘭垂下頭抓個柴棍在地上畫圖，又說：「老七叔，俺有法子叫黃皮子搬走，俺還不點火燒柴垛，不害黃皮子，叫黃皮子好好地走。」

鐵七說：「是不是把柴垛搬個地方，黃皮子就走了？」

九蘭說：「對呀！黃皮子要真有神氣，就知道俺不喜歡牠們，黃皮子就會搬走的。」

鐵七說：「這不行，太不夠朋友。這疙瘩搬家也不搬柴垛。有的老柴垛都幾百年也不搬，壓底下的柴是老貨，比妳爺爺年歲都大。妳知道爲什麼嗎？就因爲這種柴垛底下一般都住了黃皮子。丫頭，那些雞就當給朋友吃了，習慣就好了，這柴垛不能搬。」

九蘭把嘴撇扁了，呼呼喘粗氣生氣。

鐵七說：「丫頭，妳要這樣想，這院裏自從有了黃皮子，妳見過耗子嗎？妳見過蛇嗎？沒見過吧？

黃皮子幫咱們吃耗子，咱們餵黃皮子幾隻雞，就算不佔便宜也是平手，咱還在乎什麼？我再告訴妳，黃皮子偷咱的雞那也是不得已，這不是冬天嗎，冬天黃皮子就缺食，母獸又懷崽，公獸就冒險偷自家院裏的雞、兔子什麼的。丫頭，想開點兒。要不妳就隔三差五地整塊肉丟柴垛底下，黃皮子不缺食了，就不偷妳的雞了。」

九蘭說：「窩窩頭行嗎？狗就吃窩窩頭。」

鐵七說：「黃皮子可不是狗，牠是吃肉的。在小野獸裏，黃皮子可是王。」

九蘭皺著眉頭轉著眼珠不知道在想什麼了。有一種具有東北狼狗性格的女孩，只要她想到幹什麼，那是誰也阻止不了的。幸虧九蘭不是這種性格的北方女孩。

2

天邊下黑影的時候，鐵小七帶著老賊獨個回來了。鐵小七的肩上挑了一根棍子，棍子的一頭懸空掛著一隻山雞和兩隻兔子。

鐵小七把棍子豎在東邊偏房的房檐下，把山雞和兔子提進雜物房掛在房梁上，又跑進正房堂屋，抓起半個葫蘆頭掀了缸，舀了涼水咚咚喝下去，脫了帽子、羊皮皮襖丟凳子上，對燒火做飯的九蘭說：「九蘭姐，我今天差點見不到妳了。」

九蘭說：「見不到就見不到，誰稀罕見你個小傻狍子。」

鐵小七有點急了，抓抓頭皮又說：「真的，那時我想了一下妳，心想完了，吃不到九蘭姐做的飯了。」

九蘭聽了高興了，扭頭問：「真的嗎？你真的想了下俺做的飯嗎？那你除了想俺的飯，你還想什麼了？」

鐵小七吸了下鼻子說：「沒了，再沒空想了。」

九蘭扁扁嘴又生氣了，說：「去去去！光會吃的小傻狍子。」

鐵小七說：「真的，我下次趕上凶險再想妳的別的。那會兒我剛想了一下，野豬群就衝上來了。那二爺喊叫我爬上樹，又叫老憨和老賊快跑。那二爺也爬上了樹，野豬群就把樹圍了，我就沒工夫想妳了。」

九蘭好奇了，問：「那是怎麼回事？野豬還能圍人？你瞎吹的吧？」

鐵小七說：「才不是呢！我不忽悠妳！我和那二爺去草爬子坡那邊捉兔子，說咱們這回就打兔子和野雞。那二爺說打小就不打大，要不就是瞎打，打渾山了叫人笑話。」

九蘭說：「說故事都不會說，說野豬，就說野豬。要是俺進山，碰上什麼打什麼，大的小的都打。俺就不像老七叔和那二爺那麼笨。」

鐵小七說：「那不行，打獵有打獵的規矩，誰都亂打一氣，獵物少了，以後就沒的打了。那二爺說，打獵重要，養獵也重要。打獵也爲了養獵。」

九蘭抬手捂住了耳朵。

鐵小七說：「我這就說到野豬了。」

九蘭放開耳朵說：「那你說。」

鐵小七說：「我和那二爺進了草爬子坡東邊的野雞脖子溝，那二爺說野雞脖子溝在夏天時遠看，溝裏的草和花紅紅綠綠的就像野雞脖子，才叫了野雞脖子溝。我們在野雞脖子溝沒打成。那二爺看到一個叫麻子炮的人的『打樹皮』，叫麻子炮的人的『打樹皮』上，插著三根紅紅的野雞毛。那二爺說，得，這是麻子炮的趟子，這傢伙今天起得早啊，咱走。我和那二爺就過了野雞脖子溝去了牛蹄子溝，牛蹄子溝就像老牛蹄子踩軟泥上踩下去留下的那道縫，遠看兩大片平坦的坡，中間就是那道縫……」

九蘭插話說：「這樣就叫了牛蹄子溝？哪見了野豬了？」

鐵小七說：「對，就是這樣才叫了牛蹄子溝。我和那二爺在牛蹄子溝沒看到野豬群，野豬群在跑兔子溝。」

九蘭揚起頭，長長嘆口氣，說：「俺的娘啊！俺不聽了。小傻狍子太多廢話，得說到明兒早上，俺可沒工夫。」

鐵小七說：「求求妳，九蘭姐，我的話全堵在嗓子眼了。我一路回，一路想著一回來就給妳說這一大群野豬的事。」

九蘭扭頭瞅著鐵小七，心軟了，說：「那你就說跑兔子溝。」

鐵小七說：「那不行，那會兒我和那二爺還沒到跑兔子溝。」

九蘭又想喊娘了，說：「你可怎麼弄？在俺山東老家，你這樣的小子就叫死心眼子，就是被人吃被人騙的貨。真奇怪，你們這裏太多你這樣的死心眼子。好吧！好吧！你說吧，從牛蹄子溝開始說。」

鐵小七說：「行，我和那二爺剛剛走到牛蹄子溝……」

鐵小七打個停頓，又說：「九蘭姐，我告訴妳，在這疙瘩聽故事就要這樣聽，這樣是聽頭又聽尾，哪能跳著說故事呢？九蘭姐妳聽啊。我和那二爺又去了牛蹄子溝。那二爺就又一跺腳，那二爺說，又一個『打樹皮』，這個『打樹皮』上面插著根筷子。這是何豬官的趟子，孫子，今早是怎麼了？大夥都摸溝來了。我就問那二爺怎麼辦？那二爺就帶我向西拐彎，進了跑兔子溝。那道溝很陡峭，還拐幾個大彎，雪老鼻子深了，我和那二爺往上爬挺難走。那二爺說，如果把兔子趕進這條溝，你就看吧，兔子往下一跑就跌個子，一路就滾下去了，在溝底就能找到摔死摔傷的兔子，這溝就叫了跑兔子溝。那二爺叫老憨和老賊順坡往下趕兔子，老憨和老賊在雪坡上找到兔子扒開的雪洞，就能從雪洞裏趕出兔子，兔子在雪底打洞找草吃，被狗一趕，兔子就在雪底下扒出的雪道跑，那二爺在另一邊的幾個雪洞口都下上套，我和那二爺用了大半個上午就套了七隻兔子。那二爺又打了幾隻山雞就過中午了。我和那二爺就上了坡，又看到一隻花野雞在雪窩裏刨食，那二爺說，孫子你看啊。就悄悄靠過去，花野雞撲拉拉扇翅膀就飛，那二爺把帽子大力地甩向花野雞，花野雞叫一聲，一頭就扎進雪裏，就把個毛屁股露在雪地外面，像一朵大黃花。老賊上去一口就咬住了。那二爺就捉了隻活的……」

九蘭嘻嘻笑說：「又編！又編！你不瞎編會死啊！」

鐵小七說：「才不是瞎編的，妳不知道，花野雞把那二爺的帽子當成老鷹了，牠嚇得不行才一頭扎進雪裏的。」

九蘭問：「那隻活野雞在哪兒？俺看見才不算你瞎編。再說，你說的野豬呢？」

鐵小七說：「那妳聽啊！我和那二爺挑著這些野雞和兔子，找了幾棵避風的矮松樹，靠著樹坐下吃乾糧。正吃著，老憨和老賊往牛蹄子溝那邊跑。那二爺說，牛蹄子溝有大牲口。我和那二爺不能去，那是何豬官占的趟子。又過一會兒，老賊先跑回來了，老賊一個勁地汪汪叫。再一會兒，老憨也跑回來了，牠的屁股破皮了。牠跑回來才有工夫趴下舔屁股上的那條口子。」

九蘭插話說：「是什麼傷的老憨？老憨多厲害？老賊精細，先跑回來就對了。」

鐵小七說：「興許是野豬傷的老憨。老賊不是好獵狗，老賊會偷乾糧吃，也只有妳喜歡總當小賊的老賊。」

九蘭惱火了，順手抓根燒火柴要揍鐵小七，舉起卻又放下了，說：「俺聽完故事再揍你，你快說，一個字也不許丟下。」

鐵小七有故事不說不爽，翻個白眼瞪了眼九蘭又說：「那二爺站起來看，看到一大群野豬從牛蹄子溝爬出來。帶頭的是幾頭公野豬，每頭都長了獠牙，有一頭大個兒的，足有四五百斤重。這頭大野豬看到那二爺和我還不跑，反而哼哼著邊呱嘰嘴邊向我們衝過來。我還沒吃過野豬肉呢！我舉槍想打，那二爺就不讓，說看見人呱嘰嘴的野豬敢吃人。他叫我上樹，又叫老賊和老憨快跑。老憨看那二爺不走，老憨也不走，性子像妳的老賊一溜煙又先跑了，老憨這才跟著老賊跑了。」

九蘭鼓起腮幫，翻白眼要揍鐵小七，但九蘭想了想，又齜出兔齒笑了說：「你挺會說故事，後來怎麼樣了？」

鐵小七說：「那二爺也上了樹，那群野豬圍上來了。那頭大公野豬先吃了那些放地上的乾糧，其他大大小小一大片野豬就圍上來搶吃那些兔子和野雞，不一會兒就搶吃光了，連毛也不剩。那隻活野雞當然也被吃了。本來那二爺說要拿回來給妳養著當種雞的。野豬群還不走，那頭大公野豬還圍著樹轉圈。大公野豬的眼珠看我都是紅眼珠。那二爺叫我抱住了樹，大公野豬要毀樹。我沒見過這種事啊，就往下看，大公野豬哼哼著用嘴巴拍樹幹，一甩頭，砰！樹就猛地一顫。我差點兒掉下樹。那二爺就喊，孫子，抱住了，不能怕！大公野豬也像是知道樹太粗牠拍不斷，就用嘴拱樹根。雪翻起來下面是硬地。那二爺說，孫子，不用怕，現下那地凍得老鼻子硬了，這個臭傢伙拱不動土。大公野豬沒招了。但大公野豬不走，盯著我和那二爺哼哼。」

九蘭也緊張了，就問：「那怎麼辦，那二爺打死野豬了？」

鐵小七說：「沒打，那二爺說野豬是最難獵的大牲口。妳知道嗎，獵人常說『一豬二熊三老虎』，這個『一豬』就是指野豬，就是說打野豬最難，野豬老在松樹上搓癢，身上就黏上了松樹油子，又好打滾，就又黏上沙土，久了身上的皮老厚，這槍勁小打不動。打野豬的要害是嘴巴，把槍子打進野豬嘴裏，入了腦，野豬才能死。再有就是打野豬的咽喉，就是嘴巴底下。野豬閉上嘴巴低下頭就不好打。」

九蘭瞅著鐵小七說：「還真不好辦，像老七叔那樣用獵刀也不行，總不能躺下捅野豬肚子吧。那你們怎麼脫險的？」

鐵小七就眉飛色舞了，說：「是老憨啊！老憨又回來了。在雪地上悄悄爬，一點一點爬近了，突然撲過來，一口咬上大公野豬的耳朵，又鬆口就逃。大公野豬吃了虧，就哼哼著帶領一大片野豬追老憨去了。」

九蘭說：「老憨真是好樣的，像青上衛一樣。但老憨還不夠好，老憨不捉黃皮子。」

鐵小七說：「老憨幹嘛要捉黃皮子？黃皮子吃耗子。老憨就是比老賊好。」

九蘭說：「俺說還是老賊好，老賊幫俺看家，又不淘氣，還聽俺的，就是老賊好。」

鐵小七就瞪著九蘭生氣。

九蘭問：「那二爺和老憨怎麼沒回來？他倆個去哪兒了？」

鐵小七說：「老憨引走了野豬群，老賊卻引著一條青黑毛大狼狗回來了。那二爺說，青黑毛大狼狗是何豬官的狗，何豬官可能出事了。那二爺叫我帶著老賊先回來，那二爺去瞧何豬官，還要等老憨。我就回來了。」

鐵小七早就餓了，說完盯著鍋等吃飯。

九蘭嘻嘻笑著問：「餓了吧？俺燉了一大盆狍子肉。」

鐵小七說：「是啊！我餓死了，我先吃一點。行嗎？」

九蘭收了笑說：「那二爺回來才開飯，你先餓著吧。小傻狍子一餓了眼珠都綠。除非你說老賊好，俺才准你先吃一口。」

鐵小七不讓步，不說老賊好，又舀了涼水，喝了半個葫蘆頭的涼水墊墊底。

早年在長白山區域住過的人都知道，那裏的人家大都用葫蘆頭舀水，就是養棵葫蘆，等葫蘆成熟了再鋸開，就是水舀子了。在東北，那叫瓢。有大的葫蘆能長西瓜那麼大。

鐵小七問：「老七爸呢？」

九蘭說：「你別吵，老七叔幹了一天活，累了，睡了。」

九蘭站起點上油燈。

那會兒，天就全黑了。那二還沒回來，老憨也沒回來。鐵小七就穿上羊皮襖，搬條凳子，坐在房門口，手托著腮往山路上瞅。

九蘭從門旁來回走了兩趟，覺得鐵小七堵在房門口礙事，就說：「你瞅什麼呢？這裏就那幾點燈火，俺早瞅夠了。左邊半坡腰上有棵老榆樹的是麻子炮家，麻子炮的兩個姑娘整晚用柳條編筐。麻子炮家的燈老掌著，半夜也亮。右邊那面平坡是崔虎子家，崔虎子家有老人睡得早，天還不黑燈就熄了。平坡的那片樹林後邊是何豬官家，何豬官老在半夜揍媳婦，何豬官家的燈總是一個屋一個屋地亮。」

鐵小七說：「我沒瞅燈，我瞅那二爺呢。」

九蘭也在房門口站下了，也往黑濛濛的山路上瞅，但什麼也瞅不見，說：「那二爺沒什麼事吧？俺昨晚沒做夢，俺猜不出來。」

九蘭也在條凳上坐下，什麼也看不見也總往山路上瞅。老賊就過來舔九蘭的手。過了一會兒，九蘭說：「大冷了，瞧吧，明早俺一出屋就能踩得雪地吱嘎響。」

九蘭想起灶堂裏的火沒堵，站起身進屋把柴往灶堂裏掃，再用塊石板擋上灶堂口。

鐵小七越急，心裏越瞎想，想帶上老賊去找，老賊卻溜了，不知跑哪兒去了。鐵小七又想叫醒鐵七去找，這樣想著就站起來，卻聽到女人和孩子哭的聲音傳來。鐵小七聽出來，哭聲是樹林後邊何豬官家傳來的。

九蘭也開門出來聽了聽，說：「像是死了人的哭聲。」

鐵小七說：「我想也是，我想可能是何豬官死了。那——那咱那二爺……」鐵小七就往院門跑。身後傳來鐵七的聲音：「臭小子，戴上帽子，咱一路去。」

九蘭說：「老七叔，你們還沒吃飯呢。」

鐵七說：「先去看看出了什麼事再吃。」

鐵小七卻掀了鍋抓了兩個窩窩頭，又抓了塊狍子肉，在手裏一下一下掂著，等跑上雪坡，窩窩頭和肉就掂涼了，再邊咬邊往前跑。

到了何豬官家，鐵小七看到那二和麻子炮都在，老憨和老賊也在。鐵小七就拽過老賊，在老賊臉上拍兩下說：「你也挺好，也知道主人沒回來要出去找。」

這會兒何豬官的媳婦和兩個女兒、一個兒子也不哭了。何豬官平日脾氣臭，有幾個龍洋就往縣城的鴿子院跑，何豬官好酒也好嫖。何豬官的媳婦一旦管他，何豬官就揍媳婦，女兒、兒子插言何豬官也揍。只要何豬官在家，一家人大氣都不敢出。何豬官雖然對家人不好，卻對這幾個鄰居挺友善，常走動，也熱心腸。何豬官是個好獵人，好像脾氣臭的獵人都是好獵人。何豬官是獵野豬的，最拿手的也是獵野豬，可是卻死在了野豬的嘴裏。

麻子炮說：「今早上我到了草爬子坡就碰上了何豬官，我們都看好了野雞脖子溝。何豬官說，咱倆前後腳，就算你先來的，我去牛蹄子溝。其實是何豬官先到的野雞脖子溝，他正在『打樹皮』呢，我才到那的。何豬官讓了野雞脖子溝他才死的。弟媳婦，就他媽怪我。」

說話的工夫崔虎子也來了，崔虎子為人老實，不多說話，來了向屋裏的幾個人點點頭，就蹲在牆角吸煙鍋。

又過一會兒，麻子炮的大姑娘、二姑娘來了，這兩個姑娘是雙胞胎。她們的媽生下她們得了產後風，不久就死了。麻子炮怕再娶個女人對這兩個姑娘不好，就沒再娶媳婦。如今這兩個姑娘都十六七歲了，她們來了就上炕在炕頭上盤腿一坐，兩個姑娘都叼上了大煙袋。崔虎子的媳婦也來了，也往炕上爬，也叼上了煙袋。

屋裏吸煙的男人、女人多了，煙氣就大，就嗆。鐵七不吸煙，也受不了煙嗆，在冬天又不能敞門通風，鐵七忍不住就出去站在院裏了。

青上衛靠過來了，離青上衛幾步遠的地方，有一條青黑毛大狼狗緊盯著青上衛，這條青黑毛大狼狗是何豬官的獵狗，叫青毛黑，叫青毛黑不是因爲是黑狗，而是這條狼狗的毛梢黑，臉上的短毛的梢也黑，是青黑色的。何豬官就叫了這條青黑毛狼狗青毛黑。

這時，屋裏又傳出何豬官媳婦的哭聲。這是有人問何豬官是怎麼死的，人死了怎麼不見屍？

何豬官根本什麼也沒留下，那二隨著青毛黑趕到牛蹄子溝找何豬官，找到何豬官死的那片雪地，除了套野雞、兔子的用具，什麼都沒了，連身上的狐皮皮襖、腳上的靰鞡牛皮鞋和沾上血的雪都沒了，都叫野豬吃光了。

何豬官大名叫何連山，因是有名的獵野豬的獵人，大夥都叫他何豬官，是尊佩他獵野豬有一套的意思，久了真名就少人叫了。

崔虎子把屋門敞開，屋裏的煙呼呼往外飄。崔虎子說：「老七哥，大夥不抽了，進來吧。大夥等你拿個主意。」

鐵七又進了屋，何豬官十四歲的兒子叫何有魚，何有魚說：「老七叔，我爸沒了。我爸什麼都沒了。」

鐵七就拍拍何有魚的頭說：「那二叔拿主意吧，我幫著。」

那二說：「我沒整過沒屍的喪事，這可怎麼辦？」

那二抓抓頭皮，突然指著崔虎子又說：「叫你爸來拿主意，你爸早年各地跑著販山貨，見得多識就廣，快去叫你爸來。」

崔虎子說：「我爸也不行吧？」

崔虎子媳婦接了話說：「叫你去你就去得了，那二叔使不動你？」

崔虎子說：「操！這臭娘們兒總是多嘴。」就回家叫他爸去了。

崔家老頭來了，一進屋吸了口氣，就掉頭往屋外走，咳聲就響起來了。崔家老頭有嚴重的氣管炎，這是東北的地方病，所以崔家老頭在冬天不敢出屋。

崔虎子就抬眼瞪媳婦，崔虎子媳婦跳下炕，穿上鞋跑出去幫崔家老頭捶背。

麻子炮的兩個姑娘還偷偷笑。一個姑娘拽了下鐵七的衣袖，問：「老七哥，這小傻狍子真是你兒子？」一個姑娘也問：「老七哥，你什麼時候有個這麼大的兒子？他是誰生的？」

這兩個姑娘五官、身材長得一個樣，都挺高挑挺清秀的，早把鐵小七看傻了。但鐵七挺討厭這倆姑娘的，就因爲這倆姑娘抽煙，就擺擺手沒說話。

崔家老頭終於透過了氣，他不敢進屋，屋裏煙氣還是太大，崔家老頭說：「人沒了屍還有魂兒，哪能叫何連山沒個落腳的窩。在棺木裏放上何連山的舊有衣物，有屍的喪事怎麼整，沒屍的喪事也怎麼整。」

連鐵七都愣了愣才想起何豬官就叫何連山。這就有說法了，四戶人家男女老少一齊上，忙了三天，把何連山的喪事辦了。

在第三天的晚上，何連山下葬後，大夥在何家吃晚飯。

崔家老頭悄悄對何連山媳婦說：「有魚嫣，我的年紀和妳爸差不多，我說個事妳聽聽在不在理，從不從妳自個拿主意。」

何連山媳婦說：「叔，你說。」

崔家老頭說：「咱們都是滿族人，咱們滿族人講究雖多，但現下也講不了這許多了。何連山沒了，妳還有三個小崽子，我看妳不如和烏巴度成一家，烏巴度沒媳婦十多年了，爲人我也知根底。妳和烏巴度成一家，何連山的後人也有依靠。妳看這事叔說得說不得？」

何連山的媳婦想了半天想不起誰是烏巴度，就說：「我見過烏巴度嗎？叔！」

崔家老頭也是一愣，說：「妳沒見過？嗨！烏巴度就是麻子炮，人是醜點，但挺能幹，是不錯的一條漢子。」

何連山的媳婦想了想說：「那就聽叔的吧。」

這樣，大獨嶺的四戶獵戶就快成三戶了。當然，麻子炮烏巴度過些日子才能娶上何連山的媳婦。

3

這幾天太累，那二年紀也挺老了，容易疲憊。回到家，進了屋，沒洗腳就想睡了。這時，那二西屋的門開了，鐵小七端盆洗腳水進來說：「那二爺，泡了腳睡，解乏。」

那二看見鐵小七精神就好，說：「好孫子，我聽你的。咱爺倆一起泡腳一起在這屋睡，今晚你別纏你老七爸了。」

鐵小七說：「行！今晚我在這屋睡。」

一大一小兩雙腳丫都伸到盆裏泡。

那二說：「孫子，我腳上的老皮老鼻子厚了，走多遠腳也不打泡。」

鐵小七說：「那二爺，我的腳也皮厚，就是太臭，九蘭老罵我。」

那二說：「那沒什麼！小孩子腳都臭，等上歲數想叫腳臭也不行了，那會兒火氣也弱了。咦！」那二咦了一聲，又說：「孫子，抬腳，我看你腳趾頭。看小腳趾頭。」

鐵小七抬起腳給那二看，那二抓住就看鐵小七小腳趾上的趾甲。那二看清了揚頭想了想，又放下鐵小七的腳。探身抓過油燈，再抓起鐵小七的腳就著油燈又看，看完再看鐵小七另一隻腳的小腳趾甲。

那二瞅瞅鐵小七，突然就喊：「老七！老七！這小子不是你兒子。老七老七，快來，快來老七。」

鐵七從東屋出來，穿過堂屋進入那二的西屋。鐵七問：「那二叔，誰不是我兒子？」

那二說：「瞧！這小子的小腳趾甲。」

的。」

鐵七問：「小腳趾甲怎麼了？」

那二說：「這小子的小腳趾甲是整個的，不是你們漢人一大一小兩片的，這小子是滿族人。」

鐵小七也看，也說：「是呀！我就是一個整個的趾甲。那二爺，我是老七爸收養的兒子，不是親生的。」

那二也愣了，說：「怎麼？老七，這小子不是查十三那妖精生的兒子，是你收養的？可真怪了，這小子笑起來多像查十三。」

鐵七說：「是啊！這臭小子哭起來也像查十三，我……」鐵七想說，就因爲鐵小七哭起來像查十三，才覺著鐵小七像他兒子，可是又知道兩個漢人是生不出長這種小腳趾甲的兒子的，何況鐵小七是有爸有媽的人。鐵七還想說，他和鐵小七頭上都是一個旋，這就是緣分，但九蘭頭上也是一個旋。想來雖然都是一個旋，這一點除了證明緣分，再不能證明其他了。

那二嘆口氣，說：「我全想錯了，唉！原來是假孫子！你爸是誰呀？」

鐵小七說：「我爸叫石大頭，是縣城裏的賭鬼。」

那二問：「姓石？那你爸不是滿族人？」

鐵小七說：「不是，我爸是漢人。我記得我爸說，我家以前是正紅旗滿族人的包衣奴才。」

那二的眼珠又一亮，說：「老七呀！看來這小子還真是我的孫子了，這小子縣城裏的爸也不是他親爸。」

鐵小七也一愣，但轉著眼珠沒吱聲。

鐵七卻打個呵欠，說：「那二叔，我想了許久，興許查十三根本就沒生過兒子，興許查十三生的也不是我的兒子，興許查十一恨我幫查十三對付了博一丁，才故意用查十三生兒子這種事騙我。那二叔，你也不要再提查十三那件事了，那是個早就醒了的噩夢。咱就當鐵小七是咱家的兒子吧。」

鐵七拍了下鐵小七的頭就回東屋了。

鐵小七笑嘻嘻地扳著腳還看小腳趾甲，也扳起那二的腳看那二的小腳趾甲。

那二哈哈笑說：「咱們命好啊，破孫子，咱們滿族人和漢人、高麗人從外表看不大出來，都差不多。但咱們滿族人的男男女女卻比北方漢人的男男女女長得好看，個頭不高不矮，樣子也俊秀好看，脾氣還乾乾脆脆的。不似九蘭那樣的北方男女，一眨眼就一個心眼子，九蘭就是北方漢人丫頭。咱們滿族人和漢人和高麗人不一樣，就看小腳趾甲，咱們滿族人和許多族的人通婚，可不管怎麼通婚也留一個記號，就是小腳趾甲。」

那二心裏高興就不睏了，也不用布擦腳，把腳伸在炕外，仰面躺下說：「孫子，你倒了水，咱們來說故事。」

鐵小七說：「我最愛聽狼狗的故事，那二爺，你就說狼狗的故事，我就回來。」等鐵小七回來上了炕，脫了衣服躺下，那二才說：「我想講咱們滿族人打天下的故事，怎麼你不愛聽？」

鐵小七說：「老七爸是漢人對我好，那二爺是滿族人，對老七爸對我都好。我看滿族人漢人都一樣，那二爺，我就聽狼狗的故事。」

那二抓抓頭皮說：「什麼狼狗的故事有咱們滿族人打天下的故事好聽？」那二扭頭斜眼瞅鐵小七扁了嘴，又說，「你這小子早晚忘了祖宗。唉！孫子，我肚子裏狼狗的故事老鼻子多了，你要聽哪個？」

鐵小七說：「你說哪個我就聽哪個。」

那二把晾乾的腳收進被子裏，想了想說：「孫子，我一想狼狗的故事腦子就亂了，還是你問狼狗的種種習性吧，那二爺指點你。」

鐵小七一下就問出口了，就是在鐵七受傷時，青上衛護主連他也不信任的事。

那二嘆口氣，說：「這事啊，這是東北狼狗的好習性吧？可是也麻煩。唉！我給你說老七的爸、你的漢人爺爺的故事吧，興許你就更懂得東北狼狗的性子了。」

鐵小七說：「那二爺你說，我使勁聽。」

那二眨著眼皮理了理頭緒，說：「說老七的爸爸，得先說老七的爺爺，老七的爺爺是個管十五個漢兵的把總，早年在通化縣城王八脖子嶺的渡口站圍子，幹什麼呢？就是防人進長白山偷著打獵、挖參、捕魚、採珠。咱們這江裏有種魚叫鰉魚，那魚好吃，也比較少，少就珍貴，鰉魚是貢品。官家就派遣打牲烏拉，專門帶人守著產鰉魚的江河，到捕撈時節了，打牲烏拉帶人捕撈了就送到皇宮裏。那麼打牲烏拉是幹什麼的呢？打牲烏拉就是咱們這疙瘩的專管捕魚、採珠的官。孫子你聽啊！咱們這好多河裏都能採東珠。什麼是東珠呢？東珠就長在蛤蜊裏，也有把蛤蜊叫成河蚌的。在咱門前的野豬河裏也有。水清時，能看見蛤蜊一排一排插在河底的沙裏。你下河用腳往沙裏踩，踩到硌腳的了，你就伸手摸，蛤蜊一家子大大小小五六隻、八九隻都在一堆裏。那怎麼才能從蛤蜊裏整出東珠呢？就用溫開水燙蛤蜊，蛤蜊一燙殼就張開了。不用溫開水燙，砸碎了蛤蜊殼，蛤蜊殼也不張開。一般每隻蛤蜊裏都有東珠，就是大小不一樣，大蛤蜊才長大東珠，那得官家用船拉人潛水採珠，那是進貢給皇宮裏用的。你想啊，這長白山是咱們大清朝的龍興之地，各個渡口、山口不派兵守著怎麼行？咱們大清……」

鐵小七說：「那二爺，我不吃鰉魚，也不要東珠，那二爺說狼狗啊！」鐵小七就抬手推了一把那二。

那二說：「對！對！就說狼狗。」那二停了嘴起身，吹熄了油燈，又說，「咱們摸黑說故事，這樣聽著才有味。要掌燈說就不好，明天九蘭又要問我是不是喝了燈油。北方漢人丫頭過日子是把好手，我孫子將來就找這樣的丫頭做媳婦。早先咱們滿族人是不能娶漢人的，若娶了漢人、嫁了漢人，那就會被消了旗籍，做不成滿族人了。但現在咱們不管那些……喂！孫子，這一下岔出老鼻子遠了……」

鐵小七也急了，說：「那二爺，你再這樣說我就尿炕了，真急人……」

下面讓我再拐最後一次彎，插上那二講的鐵七的父親和一條狼狗的故事，這是為了使讀者更清楚地瞭解鐵七的故事和東北狼狗的個性……

鐵七的爺爺當小把總當老了，守不成渡口了，就帶著媳婦和鐵七的爸爸來大獨嶺定居了。他們這一家子和當地的滿族獵戶不大一樣，他們春天耕種，秋天打漁，冬天才打獵。很快日子就過好了。現在大獨嶺的幾戶獵戶都這樣，就是和鐵七的爺爺學的。大約過了八九年，鐵七的爺爺奶奶都老死了。鐵七的爸爸也三十歲了，是個光棍，脾氣又臭又怪，他說一個理別人不贊同就死犟，打死也不服軟。但鐵七的爸爸不大種地，也不愛捕魚，他獵打得好，這一帶方圓幾百里聞名。他也沒什麼朋友，挺孤獨的，但他在縣城裏碰上個從柳樹河子來的女人，這女人也不是柳樹河子的人，是關內逃饑荒來關外的逃荒人。

鐵七的爸爸和女人同居了，不久這女人生了鐵七。鐵七的爸爸脾氣不好，女人總挨揍，也就不愛在大獨嶺過日子了，等鐵七大一點，就帶鐵七跑回了柳樹河子。鐵七的爸爸隔了一年才消了氣，也算出女人帶走的銀子快花完了，就去柳樹河子把女人和鐵七找了回來。鐵七的爸爸雖然脾氣臭，但對那女人也算挺好，但兩人總是過不到一塊。那女人在鐵七八歲時又帶鐵七跑了。鐵七爸爸很生氣，就不去找了。

這樣過了幾年，鐵七爸爸的銀子存多了，就帶著銀子去找那女人和鐵七。那時，在社會上用的是一錠一錠一兩的、五兩的、十兩的、五十兩的銀子和散碎銀子和大筆的銀票，也用銅錢。那時還沒有叫光緒元寶的龍洋。鐵七的爸爸在柳樹河子的一家行腳客棧裏找到了女人和鐵七，才知道這幾年女人在客棧裏給人洗衣服賺銀子養鐵七。

女人和鐵七住的是一間破屋子。鐵七那年就十一二歲了。鐵七爸爸帶女人和鐵七又找個大房子住下，一家子在柳樹河子過了兩年，那女人早幾年幹重活累成了癆病，剛過上兩年好點的日子，也不用幹活了，卻病死了。鐵七的爸爸就帶鐵七回了大獨嶺。鐵七那年十四歲，他獵了第一隻熊，也就成了獵人。按正常的獵人家庭來看，鐵七和爸爸也就可以過上相依為命的日子了，但是不是這樣順利，原因在於一條狼狗。

鐵七的爸爸有一條叫大青的青毛狼狗。這條青毛狼狗比狼凶猛，比狐狸精細，是鐵七爸爸的好幫手。可不知怎麼的，這條青毛狼狗和鐵七的爸爸不大親近，這就有些反常。是什麼原因呢？因為鐵七的爸爸揍過大青，也常罵大青。

正常來說，獵人是不打獵狗也不罵獵狗的，獵狗不能打也不能罵。因為獵狗不是看家狗，獵狗是獵人的同伴。越是好獵狗越不能打，而且東北狼狗善於記主人的恩，也善於記主人的仇。鐵七的爸爸自然知道狼狗有這樣的性子，但他脾氣臭，脾氣臭不高興了就罵大青。狼狗大青雖然不會背叛主人，但內心會對主人生出懷疑，懷疑不被主人信任了，有了這種心事，還會想招討好主人，想招去和主人親近，去證明是不是還被主人信任。

可是不知為什麼，鐵七的爸爸又開了大青一次玩笑，他用肉包了顆紅辣椒，和別人打賭說他的大青不會吃。別人自是不信，結果鐵七的爸爸丟出了肉，大青一口就接住了，咬碎吞咽時就辣得跳了腳。鐵七的爸爸自然遭到了嘲笑。可是奇怪，這次大青沒挨揍。

鐵七的爸爸不揍大青是對大青失望了，他又養了一條叫黑豹的黑柴狗。主人的這種行為直接刺激了大青，因為不論什麼狗都有妒忌心，都瞧不起新來的狗，掐架（打架）是難免的，而且都有爭寵的心，這一點，大青表現得十分強烈。一般情況下，妒忌心強的狼狗，在這種時候會找機會把新來的狗揍一頓，再觀察主人的反應。如果主人反應強烈，狼狗會找機會收服新來的狗；如果主人無所謂，狼狗就知道主人還是寵牠的，只要新來的狗乖巧不爭寵就可以被接納了。在這種狼狗看來，牠對主人是最忠誠的，主人就應該對牠最好。

大青就是這種狗中的極品，妒忌心特強，牠就這樣幹了，把鐵七爸爸新養的黑豹咬個半死。鐵七的爸爸就把大青趕到院裏，把黑豹整到屋裏。大青在院裏進不去屋，睡不成那木板鋪，發了瘋似的吵。鐵七聽不下去，把大青整屋裏睡了木板鋪。在一屋和大青一年待下來，鐵七又時常帶大青進山打小牲口，大青就把鐵七當成好主人了。這也是狼狗古怪的性子之一。但大青還是聽鐵七爸爸的話。後來，鐵七的爸爸和鐵七帶上大青和黑豹就上山獵熊了。

那時，鐵七的爸爸也「打餵子」養了一隻大熊，那隻熊一個秋天餵下來五六百斤重了。鐵七的爸爸叫鐵七震倉，鐵七的爸爸開第一槍打熊。那是樹根底下的地倉，熊受了驚扒開洞口撲出來，熊不站起來，鐵七的爸爸就打不了槍，叫熊站起來就得叫狗上去咬。鐵七的爸爸就叫黑豹上去咬，黑豹炸了背毛光叫不敢上。熊突然站立起來甩著腦袋撲上來，鐵七的爸爸那一槍打歪了，傷了熊的肚子。熊的脾氣就發作了，咆哮著衝上來，黑豹卻叫一聲，掉頭逃了。熊那一巴掌把鐵七的爸爸扇得跌出老遠，連膀子都拍碎了。熊又撲上來，鐵七的爸爸喊大青，叫大青上，大青卻搖尾巴遲疑。

這個時候，鐵七的槍響了，這是為救爸爸，鐵七在熊後面打了槍，打中了熊的後脖子。熊的脾氣也怪，誰打牠，牠就盯住誰撲咬，熊就掉頭撲向鐵七，鐵七沒時間上第二顆槍子，熊又撲上來了。這時的大青沒用鐵七招呼，就撲上去咬了一口熊的屁股，又一轉身咬熊的肚子。熊舞著巴掌鬥大青，大青就隨著熊巴掌轉，邊躲邊叫邊纏鬥。鐵七上好第二顆槍子，才喊大青閃開。大青等的就是這個聲音，向一旁一躍，熊揚頭上撲。鐵七第二槍打中了熊的胸口。但熊最後那一巴掌也抓破了大青屁股上的皮。

這樣，鐵七扶著爸爸回來了。鐵七的爸爸回來養了些力氣，做的第一件事，就是用刀砍去了大青的半條尾巴。

大青是通人性的狗，又非常聰明，知道牠的老主人不要牠了，這是懲罰牠沒在黑豹嚇跑時撲向熊救老主人。大青就逃了，不敢再回來。等鐵七知道這件事時，大青早跑沒影了。

後來，過了年，到了春天，鐵七的爸爸死了。

鐵七的爸爸心裏鬱悶，臉上老不開晴，是鬱悶死的。興許，鐵七的爸爸想到了是他先對不住大青的，不該騙大青，還不該打大青，更不該整條不如大青的破狗刺激大青。正因爲鐵七的爸爸對大青做了這些，大青才在鐵七的爸爸凶險時遲疑。

鐵七辦完了爸爸的喪事，才出去找大青，找了三個多月才找到。大青已經不是獵狗了。因爲獵狗被砍了尾巴就等於告訴所有人，這條狗曾經背叛過主人，這種獵狗就沒人肯要了。而狼狗又是離不開人的狗，被拋棄的狼狗總會去試圖找人收留。大青當不了獵狗，卻成了拉磨狗。那是戶新遷來的北方漢人。那家漢人收養了大青，那家漢人能想出古怪的招來，就是把大青的嘴用繩子綁上，再用布把大青的眼睛捂上，用柳條揍大青的屁股，叫大青一圈圈拉磨。

那家漢人住在蝲蛄河，鐵七找到大青那會兒，大青正被趕著拉磨。鐵七險些用槍打死那家的主人。鐵七帶回了大青，可是大青又跑了，又回那漢人家去拉磨了。也許大青想牠還能拉磨，才不會被主人拋棄。不甘心的鐵七又去了，大青見了鐵七，把半截尾巴藏屁股溝裏吱吱叫，四腳抓地不跟鐵七走，叫冒火的鐵七一槍打死了。鐵七認爲大青是獵狗，獵狗哪能當驢子拉磨。大青拉磨會慢慢累死，不如叫大青早點死……

知道狼狗大青故事的鐵小七睡不著覺了，也不叫那二睡覺，他問：

「那二爺，老七爸爲什麼不拴上大青，拴上大青，大青就跑不了了。就算被削去了尾巴的狼狗也是好狼狗，就像老青，我知道的。」

那二不明白老青是哪條狗，他嘆口氣，說：

「傻狍子，大青是東北狼狗，這種狼狗是有個性的，想走誰能留得往？唉！知道嗎？孫子，這就是東北狼狗要了命的性子。假如啊，孫子，我說假如，假如東北狼狗有兩個主人，一個主人對牠好，一個主人對牠不大好。假如在兩個主人都處在危險境地，東北狼狗拚了命去救的就是對牠好的那個主人。這就是大青在獵熊時選擇救老七，而對同處在危險中的老主人遲疑的原因。假如啊，孫子，我再假如，假如那次獵熊老七沒去，也沒那條黑柴狗，就大青和老主人，大青就會毫無忌憚地救助老主人，因爲那樣大青就沒了選擇和比較。東北狼狗的心裏只有一個主人，就是對牠好又信任牠的主人。唉！孫子，咱們人活著就要像東北狼狗一樣，狼狗是爲了恩仇活著的，狼狗牢記著主人的好，也牢記著主人的壞。而咱們人卻只記著自己的好。這不行啊……」

4

鐵小七不知怎樣才睡著的，鐵小七醒了就聽到鐵七屋裏有許多人說話。鐵小七就又睡了。鐵小七再次醒了，說話的人都沒了聲音，又聽到院裏有劈木頭的聲音，還有那二和鐵七說話的聲音，鐵小七才起來了。鐵小七沒洗臉就出了房門，站在房門口揉眼睛。

這幾天一直下雪，院裏的積雪兩尺多厚了，天乾冷乾冷的。鐵小七也沒戴帽子，揉了幾下眼睛就抬手捂耳朵。

九蘭突然喊：「小傻狍子你別過來，飯在鍋裏熱著你自個兒去吃。你來弄壞了俺辛苦堆的雪人，俺就揍你。」

鐵小七才看到九蘭已經堆了七八個大小不一的雪人了，說：「我才不整雪人呢，小丫頭片子才愛整。」

圍著粗藍布花頭巾的九蘭放心了，專心用木棍給雪人畫眼睛、嘴巴。

鐵小七掉頭進屋吃了飯，戴了帽子再次出來，就看到青上衛揚頭向雪坡上看。鐵小七轉頭也往雪坡上看。

那是片大雪坡，在夏天，那是幾戶獵戶種的地。現在都被壓了十幾層雪，再被風吹，雪形成一層硬殼，人踩在上面能踩碎硬殼陷下去，狗跑在上面就沒事。

這會兒，雪坡上正有兩幫狗在對陣。兩群狗鐵小七都認識，一群是自家的老憨、老賊、大愣和五條黃毛爬犁狗。另一群有十幾條，是另外三戶獵戶的獵狗和黃毛爬犁狗。為首的是死去的獵人何豬官的大狼狗青毛黑。青毛黑是何豬官的一位朝鮮族酒友從朝鮮那邊用毛皮換來的，被何豬官整到手才一個多月。青毛黑和何豬官一樣的脾氣，是個脾氣很臭的青毛雜種狼狗，身高體長都超過了大愣。在青毛黑來大獨嶺之前，這幾戶狗的頭狗是大愣。青毛黑來了不久就收服了其他三戶的狗。而今天，就是牠和大愣交手的日子。

兩邊兩幫狗開始嚎叫示威，青毛黑走到前面，面對大愣，把兩隻尖立的耳朵聳直挺立。大愣揚頭瞅瞅青毛黑，也往前走。

鐵小七著急了，看到東邊偏房前立著梯子，跑過去抓了梯子舉了往西邊樹牆根跑。那一片院子的雪沒清出路，鐵小七一跑進去就喊：「那二爺，這疙瘩的雪到我大腿上面了。」

那二掉頭瞅一眼說：「這孫子又淘！」又掉頭和鐵七比劃手裏的一片長條硬柞木。

鐵小七終於開雪到了西牆根，搭上梯子，爬上了樹牆，也不管樹牆上的雪，雙肘往樹牆上一撐，抬腿騎上樹牆喊：「咬起來了！」

雪坡的邊上有一條人踩實的雪路，路上走來了麻子炮烏巴度的兩個姑娘，兩個姑娘的脖子上都圍著兔子皮的圍脖，還抬著個筐。兩個姑娘邊走邊扭頭看青毛黑和大愣掐架。

在鐵小七爬上樹牆的時候，大愣和青毛黑已經掐起來了。大愣初時勇猛地撲咬，青毛黑轉著圈反擊。不久，大愣的脖子就被青毛黑咬傷了，左耳朵也掉了半隻。青毛黑卻只掉了些毛。大愣不屈服，還撲還咬。突然，青毛黑一個旋轉，大愣衝力大，一下撲過頭了。青毛黑用兩條前腿一撲，從後面抱住大愣的腰，大愣腰上有了重量後腿吃不住了，後腿發軟被撲倒了。大愣回過頭咬青毛黑的脖子，大愣這一招一使出來，鐵小七就知道大愣完了。

鐵小七見過灰狼使用這一招咬青上衛，但死的卻是灰狼。鐵小七這次想對了，在大愣回頭咬出那一口之前的一瞬間，青毛黑一口咬上了大愣的側面脖子，那皮肉裏有動脈。青毛黑脾氣臭，大愣總是不服，青毛黑下了死口，一口咬上，用力用犬齒切割，再一甩頭，然後跳開。大愣隨後跳起，往前衝一步，站住了。左前腿腳下的雪被血浸紅了，一會兒浸紅了一大片，大愣晃一晃慢慢倒下了，脖子用力向後挺，四肢伸展，伸展，又一抖，大愣就死了。

鐵小七氣得抬手撲打樹牆上的雪，身體就撲歪了，一頭從三四米高的樹牆上跌下去了。

這時鐵七家的院門被敲響了。在九蘭來之前，鐵七家的院門白天從來不關。九蘭來以後，只要沒人出去，那院門就被九蘭拴上門閂關著。

鐵七抬頭向院門瞅瞅。

那二說：「麻子炮的兩個姑娘來了。」

那二去開了院門。青上衛也湊了過去，門一開，青上衛一躥就閃出去了。

那二說：「大丫、小丫快進，快進。」

麻子炮烏巴度的這對雙胞胎姐妹就叫烏大丫和烏小丫。烏大丫和烏小丫進了院門。

烏大丫說：「那二伯，我給你們送黏豆包來了。」

烏小丫說：「放了好多紅小豆，那二伯你就吃吧。」

那二說：「妳看看，我和老七年年吃妳家的黏豆包。等我過幾天進城給妳兩個丫頭扯花布。」那二就接過了筐。

烏大丫和烏小丫看到九蘭在忙著堆雪人，就一同張嘴說：「九蘭，妳整了這麼多雪娃娃啊！真好看！」烏大丫和烏小丫跑過去看。

九蘭掉頭搖手說：「別動！別動！千萬別動！這是俺的一家子。」

烏大丫就問都是誰？

九蘭吸了下鼻子，手指左邊的幾個雪人說：「她是俺大姐，叫大蘭。她是俺二姐，叫二蘭。她是俺三姐，叫三蘭。」又吸下鼻子，指著一個雪人說：「她……」

烏小丫搶著說：「她是你四姐，叫四蘭。」

九蘭說：「不對，她是俺五姐叫五蘭。她四個和俺媽和俺大爹去黑龍江了。」

九蘭看著另幾個雪人，指著一個雪人說：「她是俺四姐叫四蘭。她是俺六姐，叫六蘭。她、她是俺七姐八姐，叫七蘭八蘭。」九蘭停嘴喘口氣，又吸了下鼻子，又指著一個高大的雪人說：「他是俺爹，叫孟大腦袋。他把俺丟了。」

九蘭眼圈就紅了，又連續吸了幾下鼻子。

鐵七抬頭瞅眼九蘭，又低頭修理手裏的長條柞木板。

烏大丫和烏小丫性子直爽，烏大丫說：「不怕，九蘭，我們姐妹倆做妳姐姐。就是我們姐妹倆叫大丫、小丫，沒妳這些姐的名好聽。」

九蘭說：「可是俺姐姐們不叼大煙袋呀，也沒妳倆長得秀氣。」

烏小丫說：「叼煙袋怎麼了，妳也叼，咱們就一樣了。」

烏大丫說：「我家人也多了，馬上就多了。多了兩個妹妹，一個弟弟。我們死了一個媽，馬上要有一個媽了。我們弟弟妹妹死了一個爸，弟弟妹妹馬上要有一個爸了。我爸要娶何有魚的媽了。」

烏小丫問：「九蘭，妳怎麼有一個大爹和一個爹呢？妳就一個媽嗎？」

九蘭白了烏小丫一眼，掉頭整雪人，不理烏大丫和烏小丫了。

烏大丫和烏小丫互相瞅瞅就笑笑，烏小丫又說：「剛剛狗掐了架，九蘭妳不去看？」

九蘭說：「狗掐架有什麼好看的？俺愛看人掐架。」

烏大丫就拽了下烏小丫的袖子。烏小丫掉頭問：「老七哥，你兒子小傻狍子呢？」

鐵七說：「幹嘛？想給我兒子當小媳婦？那可不行，妳倆丫頭不叼煙袋了才行。」

烏大丫和烏小丫就哧哧笑。

那二說：「我告訴妳倆，那臭小子是老七收養的兒子。我再告訴妳倆，那小傻狍子是我的親孫子。他是咱們滿族人。」

烏大丫和烏小丫又笑，站著看鐵七做的柞木板，烏大丫說：「老七哥是漢人，漢人的手巧。老七哥做的滑雪板像弓背還有刃槽，用來滑雪肯定順雪好。」

那二說：「老七整這個不是滑雪玩兒，老七是要捉那群野豬，那群野豬在小獨嶺又吃了一個獵人。和何豬官一樣，什麼都沒留下。」

烏小丫說：「是呀！是呀！我爸也這樣說。可是野豬怎麼還吃人呢？野豬又不是狼。」

那二說：「也不知這山裏犯什麼病了？今年的狼少了，野豬就多了。這一入冬就下大雪，山裏的雪老鼻子厚了。野豬找食難，就聚一起看到什麼吃什麼。我想啊，餓紅眼珠的野豬連熊倉都敢掏，更別說吃人了。妳倆說，這大群野豬吃人吃上了癮，像狼群圍屯子似的圍了這院，咱們逃得掉嗎？妳倆呀，白天黑夜的少往外跑。老七整好了就都捉了這些野豬，今年過年大吃野豬肉，大夥就解饞了。」

烏大丫問：「是用藥毒死野豬嗎？」

那二說：「傻狍子，用藥哪行，野豬死得到處都是，山裏的大小牲口再吃毒豬肉，就都毒死了，這山不就毀了嗎？剛剛妳爸麻子炮就想這樣幹，還和老七犟，差點挨了老七老拳。妳兩個回去，告訴妳爸不能那樣幹。」

烏大丫和烏小丫對下目光，就和那二、鐵七、九蘭打了招呼出院門走出去，順路上了雪坡，烏大丫和烏小丫又看到了狗掐架。

5

鐵小七從樹牆上跌下來什麼事也沒有，牆根迎風，雪積得更厚。鐵小七大頭朝下砸進雪裏，再撲騰翻起來，就在雪裏露出個腦袋，帽子也不見了。鐵小七撲騰著爬出雪窩，站起來往雪坡上跑。雪坡的雪殼不夠硬，鐵小七一步一陷地跑在雪上面，跑幾步就不行了，穿在身上顯得肥大的棉褲也不俐落。鐵小七就扭著屁股晃著腰著雪走。

這時鐵小七看見青上衛了，青上衛揚頭拖尾跑上了雪坡。

老憨不大關心誰勝誰負，也不理會誰生誰死。這是聰明的獵虎犬的傲氣。老賊顯示出了少見的悲哀，也許老賊想不到普通的一次掐架會分生死。老賊揚頭衝著青毛黑汪汪叫，像咒罵青毛黑下口太狠。但老賊不敢挑戰青毛黑。

在這群狗裏，能挑戰青毛黑的只有老憨。但老憨不屑於這樣掐架，這和青上衛在家裏掐架不同，和青上衛在家裏掐架是爲了自己在院裏有任意跑動的自由。老憨就坐下了，老賊卻仍在轉圈叫，其他黃毛爬犁狗在發呆。

獵狗和看家狗、爬犁狗是不同的，獵狗面對事件表現的能力和解決能力都強過普通狗。老賊就是這樣，老賊一邊咒罵青毛黑，一邊往老憨這邊靠。老憨和老賊一起長大，搭檔日久，自然知道老賊想激怒青毛黑，再和老憨一起合力對付。這樣老憨就不能不理老賊了，老憨和老賊是同伴，同伴招呼如果不回應，就違背了同伴的意義。這也是獵狗能互相配合，其他狗一打就散的不同之處。

老憨就站起來了，老賊精神一振，齜著犬齒和老憨一左一右往上圍。

青毛黑根本不怕，青毛黑身後的三條自家的獵狗也抖著背毛向前靠，如果沒人阻止，那麼狗的群架就上演了。就在這時，青上衛插上來了。從自家的狗群邊上跑過來，用濕漉漉的鼻子去嗅大愣凍乾的鼻子，大愣已經死了。

青上衛揚頭瞅著青毛黑，青毛黑也盯著青上衛。這兩條狼狗雖然血緣純正有別，但青毛黑的狼狗血統比老憨和老賊要純正，雖沒有青上衛那樣純正，但也是長得最接近長白山大青狼的東北狼狗，都是尖耳長嘴尖吻，都是毛茸茸粗長的能垂到地上的尾巴。而且青毛黑身體還比青上衛的身體大了一圈，肩高比大愣還要高出一寸，體重在七八十斤。

青上衛和青毛黑目光對上就分不開了，兩條狼狗往一起靠。老賊顯得興奮極了，但老賊和老憨不約而同地停下來，老賊和老憨又往一邊退幾步再看。

這時，發生了一件事，是何豬官的兒子何有魚來了。這小子圍著條兔子皮圍脖，戴頂狼皮短耳帽子，手裏提根臘木棍。這種臘木是長白山獨有的一種灌木，生長期慢，生長期慢的木材密度就大，就極為堅硬。而且長白山的這種臘木不只是堅硬，還夠柔韌，能彎成圓形而不折，用普通的刀也很難砍斷。這種臘木在當地還有個俗稱，叫鐵木。傳說，北宋時期楊家將的楊五郎的斧柄，就是這種臘木製成的。

這種臘木不同於生長在南方的叫白臘桿的那種製做冷兵器的木材。這種臘木是一根一根叢生的。熟雞蛋黃那麼粗的臘木，大概得幾年左右才能長成。這種臘木在最冷的臘月比較容易砍下來，因為天寒，木材的水分被凍住，用刀砍時比較吃刃。扒了皮在手裏摸久了，這種臘木就變成淺棕色，很好看。現在，在東北打石場使用的二十幾磅的大錘的細柄，就是這種臘木整根製做的，如果不是這臘木棍，那種特大號大錘根本掄不起來。其他木材做小錘的柄可以，上大錘做柄，幾下就震裂了。東北打石工人掄起大錘打石頭呼呼地響，要沒有臘木做的柄，也許就沒有「把錘掄圓」這一說了。

何有魚手裏就提著一根這種臘木棍，臘木棍有四尺長。這小子從踩實的雪道走過來，瞄著兩群狗的動態，走近了，揚起臘木棍喊：「上！咬死小青狗。」

所有的狗都有狗仗人勢的脾氣，東北狼狗也不例外。青毛黑一跳就撲了上去，首先向青上衛撲擊。青上衛往前一躥，兩條前腿撲擊青毛黑的臉。青毛黑也撲出兩條前腿對接，兩條狼狗同一品種，都具備狼撲咬的殘忍和智慧，都將尖吻探索對方咽喉，又都有本事回擊躲避反擊。

鐵小七也在這個時候氣喘如牛地跑來了，瞪了眼何有魚，呼呼把氣喘順了些就跺腳，揮著拳頭喊：「青上衛！青上衛！」

這是鐵小七在青毛狼狗老青和金大炮的兩條柴狗掐架時向金大炮學來的招法。可是鐵小七跺的是雪地，跺兩下雪就鬆了，再跺第三下，雪虛了下陷，就閃了鐵小七一個跟斗。

何有魚低頭指著鐵小七哈哈笑。

鐵小七爬起想揍何有魚的鼻子，看見何有魚手裏的臘木棍又忍了。跑到踩實了的雪地上，又跺腳喊：「青上衛！青上衛！咬！咬！咬！」

何有魚也揮著臘木棍，也跺腳喊：「青毛黑！咬！咬！咬死王八犢子！咬！咬！青毛黑！咬死王八犢子。」

這兩個小子越喊越向一起靠，漸漸地就靠到彼此身邊了。走上雪坡的烏大丫、烏小丫平時見慣了狗掐架，早就見怪不怪了，但看到兩個小子的樣子，這兩個姑娘就樂了。

青上衛突然在青毛黑撲來時旋起一雙前腿，讓開，在青毛黑撲過去的瞬間，在青毛黑的後脖子上咬中一口，但青毛黑反應太快，嘴向下咬又一揚頭，也咬上了青上衛的左前腿上部，兩條狗咬中對方幾乎同時甩頭，就都破了皮，又貼身錯開。

青毛黑的屁股剛剛錯開青上衛的屁股，就用後腿爲轉點，呼一下，就轉過身甩頭下掏青上衛的肚子，這完全是狼與狼鬥架的招數。這一口要掏上青上衛的肚子，青上衛肚破腸出，就死定了。

看到這兒的鐵小七眼睛都紅了，大喊著往前撲。但他的後脖領子被何有魚抬手拽住了，何有魚喊：「狗掐架人不能幫手。」

鐵小七被拽住，就反手拽住何有魚的前襟。但是鐵小七又放手了，青上衛往前一蹬腿就躲開了，青毛黑這一口只掏下了一點青上衛肋上的青毛。青毛黑就瞄著青上衛的屁股又一撲，青上衛再向前躥一步，也用後腿為轉點，呼一下，轉過身，身體向下伏低，不與青毛黑相撞。因為青毛黑體大力氣就大，如果正面相撞，青上衛會被撞倒。這也是青毛黑敢於橫衝直撞撲鬥的原因。

這樣，青毛黑撲撞也撞空了，本來青毛黑想壓上青上衛的屁股，壓倒青上衛再咬青上衛的咽喉。可是，青上衛前躥又轉個身就變成迎面了。但這種形勢還是對青毛黑有利的，因為青毛黑比青上衛重出十斤以上，這種重量在狗身上是占了極大優勢的。只是青毛黑想不到青上衛會伏低身體，而且伏低身體還有動作，青上衛還往前衝，衝在青毛黑身子底下，又猛地甩背站起，青毛黑就被青上衛挺離地面，摔個肚皮朝天。

青上衛瞬間又一撲，張嘴一口咬向青毛黑的咽喉，青毛黑及時往上勾腿躥了一躥，再用四條腿蹬中青上衛，青上衛這一口就咬在了青毛黑的胸口上。青毛黑腰一勾，探嘴咬上青上衛背上的肩部。兩條狗就都不動了，都不鬆口，都在死命地咬。

何有魚見自家的青毛黑被壓在下面，就喊一聲，揮著臘木棍撲上去，一棍揍下來，打在青上衛的背上，青上衛背上的皮毛一抖，但青上衛還不鬆口。何有魚和他爸何豬官是一種臭脾氣，就是護短。自己的人自己怎麼打都行，別人打就不行。

何有魚第二下剛舉起臘木棍，鐵小七上當受騙的感覺就上來了。剛剛何有魚還說狗掐架人不幫手，可青毛黑吃虧了何有魚就不幹了，就上去幫手了。鐵小七就在何有魚第二次舉起臘木棍時撲過去，在何有魚的鼻子上揍了一拳。這一拳就打出鼻血了。

何有魚的脾氣也發作了。揮手之下，那根臘木棍砸上了鐵小七的額頭，鐵小七的帽子跌下樹牆時跌雪窩裏了，鐵小七那時顧不上找帽子，這時沒了帽子的遮擋，這根臘木棍就揍破了鐵小七的額角，血也淌下來了。

鐵小七連額頭出了血也不捂一下，叫一聲，又一撲，兩手抓住何有魚的肩頭棉襖，一甩，何有魚回手抓住鐵小七的胸襟又一拉，兩人都摔倒了，也抓在一起，滾在雪窩裏打成一團。

兩家的獵狗見了小主人被打，都汪汪叫著紅了眼珠。何有魚家的三條獵狗見何有魚被壓在下面，汪汪叫著先撲上來，老憨和老賊毫不遲疑雙雙迎上去。五條獵狗就打成一片。其他獵戶的狗和鐵七的五條黃毛爬犁狗把這一堆參戰的人和狗圍在圈裏汪汪亂叫。

烏大丫和烏小丫就急了，何有魚馬上就成她們的弟弟了。但鐵七一向有威信又使她們發怵。這對姐妹心意相通，一對目光，同時轉身，背對背開跑，一個去喊鐵七，一個去喊自己的爸爸麻子炮烏巴度。

何有魚有股猛勁，沒了爸的男孩子可能都有股怕被人欺負的猛勁，他手腳並用，又把鐵小七翻下面了。鐵小七從小挨揍挨多了，自然抗打，臉上硬挨了幾拳又把何有魚翻到下壓，揮拳頭又往何有魚鼻子上打。

老憨在五條獵狗裏最厲害，以一敵二有攻有守，還咬傷了把牠壓倒的一條黃毛壯狗。老賊爬起來一口咬中黃毛壯狗的耳朵，老賊就咬緊了打著轉拽這隻耳朵。不一會兒，黃毛壯狗忍不住痛了，發出吱吱的求饒的叫聲。可是，雙方主人在鬥，老賊也就不鬆口。兩家五條獵狗都拚了命地撲咬。

青上衛和青毛黑還咬在一起，都不放口。

鐵小七不知打了多少拳了，突然騰空而起，後背朝下摔進雪窩裏了。鐵小七爬起來看，是麻子炮烏巴度把他丟開的，就操了一聲，頭一低又往上撲。

麻子炮烏巴度心急在何有魚媽媽面前逞能，一把抓住鐵小七的頭髮揮拳要打，身邊卻撲過去了何有魚的兩個姐姐，麻子炮烏巴度的手就鬆開了，何家這兩姐妹抓住鐵小七的兩條胳膊向後扭，再用各自的另一隻手抓住鐵小七的頭往雪裏摁。

九蘭就撲過來了。九蘭的右拳打在何家大姑娘的左臉上，何家大姑娘叫一聲，向後跌倒了。九蘭左手拉開鐵小七，左腳飛踢而起，何家二姑娘的下巴中腳了，何家二姑娘向後摔倒了。

何家大姑娘爬起來一撲而上抱上九蘭的腰，九蘭不慌亂，向下蹲步，雙手後抓，抱住何家大姑娘的脖子，彎腰前甩，一招大背身使出來，何家大姑娘整個人從九蘭頭頂飛過去，腦袋頂雪裏去了，身子和四肢趴在雪外，像剛剛種的一棵大蔥苗。何家二姑娘和何有魚的媽媽忙去抱住何家大姑娘的腿，把何家大姑娘的腦袋從雪裏拔出來。這場架就沒人再動手了。

九蘭指著麻子炮烏巴度罵：「不要臉，小孩打架大人幫手。」

麻子炮烏巴度的臉氣青了。

那二衝過來，推了麻子炮烏巴度一把，吼叫：「王八犢子，你他媽暈頭了。我他媽捶你！」

鐵七說：「那二叔，小孩子打架當不得真。」

鐵七瞅了眼鐵小七，走過去蹲下，看兩條咬在一起的狗。青上衛就搖下尾巴。青毛黑卻吱叫出了示弱的一聲。

鐵七喊：「放！」

青上衛就試著鬆了點勁。

何有魚抹了把鼻血也過來喊：「放！」

青毛黑也鬆了點勁。

青上衛和青毛黑早就咬煩了，像是商量好似的都鬆了嘴。青上衛跳開，青毛黑翻身跳起，兩條狗的目光又相碰，又迸出火花。

鐵七看到青毛黑的眼神，就有了碰上博一丁或林豹子的眼神的感覺，也就知道青上衛和青毛黑就像他和博一丁或和林豹子，是天生的死敵或朋友了。青上衛和青毛黑一旦有了機會還得交手。而青毛黑也就是博一丁那種性子的狼狗。

小主人分開了，五條獵狗的架也就打完了，各自分開，各自舔傷口。隨後，就隨著主人各回各的家了。

6

鐵小七耳朵掉了一隻，是凍掉的。那時剛回到家進了屋。鐵小七感覺右耳朵麻了一下，就摸了下右耳朵，右耳朵沒什麼感覺，就又揉搓，右耳朵就抓手裏了。鐵小七向手裏的耳朵看一眼，愣了一下，又摸像針扎一樣一下下痛的左耳朵，那耳朵卻漲大了。

那二叫一聲，一把抓住鐵小七的手，往外拽鐵小七，邊大喊：「完了，完了，這破孫子成獨耳了。」拉鐵小七跪在雪地上，抓把雪捂上了鐵小七的左耳朵，又喊：「丫頭、丫頭，快裝盆雪進屋。」

九蘭跑過來，用大木盆裝盆雪端進屋。九蘭看鐵小七掉了一隻耳朵哧哧就笑了，一吸鼻子又哭了。

那二大罵：「操你瞎媽呀！這破孫子就他媽是個傻狍子，傻得沒邊了。操你瞎媽！操你賭鬼爸！操你個石大頭。」就捂緊了鐵小七的左耳朵，捂了會兒，又換把雪捂耳朵。

鐵小七覺得掉了隻耳朵沒什麼，說：「那二爺，我不痛，耳朵還能聽見。」

那二又罵：「操你瞎奶奶，小傻狍子出門怎麼不戴上帽子？」

鐵小七說：「帽子丟了。我在縣城也總不戴帽子，總凍得耳朵出水起硬皮，可也沒凍掉啊！我沒感覺到耳朵冷啊，怎麼就凍掉了呢？」

那二又要罵，看看鐵小七右耳朵的傷口出水了，就不忍心罵了，說：「這疙瘩比縣城冷多了，小傻狍子，你光頭出去一會兒耳朵就凍木了。你一摸就掉了。耳朵要是還痛就有救。」

鐵小七問：「那二爺，那我左耳朵怎麼沒凍掉？」

那二也回答不出來了，又換把雪捂鐵小七的耳朵，想想說：「這個沒掉的耳朵比掉的耳朵好像大點。」

九蘭拿起那隻凍白的耳朵看看，問：「那二爺，這還能裝上嗎？」

那二嘆口氣，說：「丫頭，我可不是薩滿有法術。這個孫子就獨耳了。唉！丟人了。」那二又嘆氣又搖頭說，「老天爺就不讓我有個好看的孫子，鐵七好看，就像我年輕那會兒，我才把鐵七當兒子了。這破孫子，唉！鼻子臭也是肉，算了。」那二連連嘆氣，又問：「痛了吧？」

鐵小七說：「沒掉的耳朵又麻又痛，掉了的耳朵又痛又麻。」

那二說：「這左耳朵就算保住了。」

那二又用雪慢慢揉耳朵，鐵小七的左耳朵慢慢緩過來了。那二又去取了熊油抹在鐵小七右耳朵的耳骨傷口上，說：「這東西癒合傷口，丫頭也給狗上點。」

這會兒鐵七沒在家。在那二和鐵小七、九蘭拖著大愣的屍體回來時，鐵七沒回來，鐵七去找崔虎子商量捉野豬的事了。

九蘭正給青上衛、老憨、老賊治傷時，鐵小七的耳朵才掉的。九蘭聽了那二的話說：「青上衛有兩處傷，一處在前腿上面有一個口子，一處在背上肩的旁邊有一個口子。老賊的脖子上有一個口子，屁股上有一個口子。老憨沒有口子。」

那二說：「聽著，破孫子，打架自己受傷是傻狍子，打架傷的是別人。老憨就像我，你小子也要像老憨一樣。過來，你的額頭上也抹點。一看就是臘木棍打破的。這破孫子，笨死了。」

鐵小七卻嘿嘿笑說：「那二爺，我發現老憨才像個真正的大賊，老賊不行，最多也就是個小賊。」

那二說：「當然，今晚我再給你說說老憨和老賊。」就把大愣的屍體埋院裏榆樹底下了。在冬天刨凍土太費勁，那二幹到晚上才刨成了坑埋了大愣。

鐵七挺晚才回來，看到鐵小七變了樣，說：「臭小子，你叫我為難了。我本想叫你以後過好日子，你卻沒了耳朵破了頭。不過臭小子，沒了一隻耳朵沒什麼，你一樣可以做好獵人，一樣可以做好漢子。」

鐵小七說：「是呀！老七爸，我也這樣想。」

晚上，鐵小七又住在那二屋裏，他只能仰面朝天躺著聽那二說故事。這次那二沒廢話，直接就開講了。

那二說：「孫子，你聽啊！老憨和老賊是一戶獵人家兩條母獵狗差不多在一天生的崽子。」

鐵小七說：「那二爺，這真是巧的很，老憨和老賊和兄弟差不多。」

那二說：「那是，孫子你聽啊！再後來，小狗崽滿月了，獵人的朋友去抱養狗崽，我也去了。十四隻狗崽，主人家留下四隻，讓其他獵人挑剩下的十隻。我一打眼就看上了老憨和老賊。」

鐵小七問：「那二爺，你就先下手了是吧？」

那二說：「那哪行，總有先來後到吧，先來的先挑。他們就挑走了其他八隻狗崽，就給我留下了我早早看好的這兩隻狗崽。」

鐵小七說：「原來老憨和老賊是人家挑剩下不要的。」

那二揮巴掌抽了鐵小七的屁股，說：「瞎說，他們哪有我的眼力。孫子，你沒發覺老憨和老賊特殊的性子嗎？」

鐵小七想側下身，但是耳朵不行，不能壓，就圍著被子坐起來說：「那二爺，你這一問，我想起點什麼了。老憨和老賊看人的眼神和別的狗不一樣，和青上衛也不一樣。牠們看人時，眼睛裏冷冰冰的，像死魚的眼睛。」

那二就高興了，說：「好孫子，真是我的孫子，這一下就看到點子上了。」

鐵小七說：「那二爺，別拐彎，快說。」

那二說：「那幾個挑狗崽的獵人和主人家都說這兩隻狗崽太生性，養不熟，也做不了獵狗。孫子，你知道太生性，養不熟是什麼意思嗎？」

鐵小七問：「是不是像撿來個兒子，養著養著又跑了的意思？」

那二說：「差不多就是這個意思，所以呀，就沒人要這兩隻狗崽，我就要了。孫子，太生性的狗，就是天生和人不親近的狗，老憨就是這種狗。養不熟的狗，就是天生懷疑人的狗，就是老賊這種狗。老憨和老賊都是東北狼狗，就是血統被雜交得亂七八糟不純正了。但孫子，你記著，太生性和養不熟的狗不但可以成爲好狗，而且這種狗就是好狗。那爲什麼沒人要呢？就是那些人不願意花太多時間來馴化這種狗。我就有時間，也肯花時間和這種狗用眼神用動作去交流。慢慢地，這種狗的眼神看主人時就變得親切和信任了。這種狗一旦眼神裏的情態變了，就算主人趕牠們，牠們也趕不走了。這種狗這一點就不同於像大青那樣的東北狼狗了。」

鐵小七心裏一跳，他想，我就是這種狗的性子，那二爺和鐵七爸趕我走，我絕對不會走了。就說：「我也這樣，誰對我好我就對誰好，我也不是養不熟，對我好的人一養我我就熟了，趕也趕不走了。」

那二說：「這孫子，誰稀罕你這老挨揍的小傻狍子！」

那二和鐵小七爺孫兩個都嘿嘿笑了。

鐵小七躺下了，瞅著烏黑的屋頂說：「我也要養隻狼狗，小狼狗。」

那二問：「孫子，那你想要像老憨這樣傻一點的、也怪一點的狼狗，還是想要像你漢人爺爺的大青那樣聰明的狼狗?」

鐵小七說:「我都不要,我要像老青那樣特別聰明、特別忠誠的青毛大狼狗。」

那二不知道鐵小七說的叫老青的狼狗是什麼狗,以爲鐵小七說的老青就是指青上衛,那二說:「聰明的狼狗記恩記仇的特性更強,越聰明的狼狗妒忌性子越強。可是孫子,你知道怎樣看出哪條狗聰明嗎?」

鐵小七說:「那二爺你幫我挑啊,可你不能找條老憨和老賊那樣的破狗騙我。」

那二歪下臉看鐵小七,屋裏熄了燈太黑看不清。那二說:「老憨和老賊老鼻子好了,你幹嘛不喜歡?怪孫子,像漢人,腦子裏古怪的道道多,就像你老七爸。好吧,我告訴你,挑聰明的狼狗要摸狗的腦殼,所有的狗,雙耳之間都有個骨包,骨包大的就聰明。」

鐵小七又爬坐起來說:「真的,難怪!我的老青的骨包就大。」

那二舉起頭嘟囔:「又老青,什麼青也沒我的老憨和老賊好。睡吧孫子,我明天帶大夥幹老大個事了。」

那二翻個身就睡了。鐵小七又躺下,好半天也睡不著……

鐵七坐在東屋的炕沿上,一邊聽西屋爺孫倆的故事,一邊洗了腳。他看著腳,就想起了昨晚那二的關於滿族人、漢族人小腳趾甲不同的事,就看自己的小腳趾甲,嚇了一跳,他的小腳趾甲和鐵小七、那二的一樣,小腳趾甲是整個的!

鐵七看了幾遍,又發覺不太像整個的,在小腳趾甲最外邊靠肉的地方的趾甲有條縫,那小小的小片趾甲總被鞋磨掉再長。但這算不算是整個的呢?

鐵七想,難道我也是滿族人?可是我爸是漢族人啊!鐵七糊塗了……

第七章　耳朵

狼狗時時悄悄關心著家庭中每一個人，只要是同一家庭中的人，誰需要牠，牠就會為誰服務，但這是被動的服務。而有一種特質的狼狗，牠除了具備被動服務的特質之外，還具備主動服務的特質，這種特質在家庭成員最危急時才會體現出來。所以，就會發生那麼多的狼狗救助主人的故事了。

1

雞叫之後，天亮了，鐵小七卻睡著了。他的耳朵在天快亮的時候痛得輕了，才睡著了。

九蘭挑了幾挑水回來，放好了木桶，轉身想去關院門，卻看到何有魚圍著兔子皮的圍脖，一晃一晃地進了院門。吸了下鼻子瞅著九蘭笑。何有魚的手裏還提著一隻小筐。這裏就四戶人家，就這十幾口人，家家的狗對每家的每個人都認識，瞅一眼就不理會了。最多在來人叫門時有的狗叫幾聲，一是警告來人，二是告訴主人有人來。

何有魚來時也是這樣，院裏閒散的幾條黃毛爬犁狗看一眼認識，就又不叫了。

九蘭瞪了眼何有魚說：「老七叔和那二爺一早就走了，你來幹什麼？」

何有魚湊過來，瞅著九蘭的臉吸鼻子，看九蘭皺了兩下眉頭，才說：「我來告訴妳，再過個三四五六年，我有了龍洋就娶妳當媳婦。」

九蘭眼神發飄，愣了。

九蘭昨晚做了個夢，夢見鐵樹開花。她聽她娘說過，做夢夢到清晨門開是有貴人來，或者離家日久的家人近日回來。這個夢應驗了，就是鐵七帶鐵小七回來那晚，九蘭叫那二燉了小雞燉蘑菇。九蘭娘還告訴九蘭，做夢夢見鐵樹開花是她自己有喜事。九蘭娘還告訴九蘭，她一共夢到過三次鐵樹開花，就碰上了三次喜事，結合了三個男人生了九個女兒。九蘭娘還說，生四蘭時，夢見肥胖肥胖的金色小母豬入懷，金色小母豬是聚財豬，四蘭又屬豬，四蘭將來能嫁個有錢有勢的男人，旺夫、聚財、主家業。還說生九蘭的時候，夢見一隻猴子對她晃動紅彤彤的屁股，那是紅運要來。九蘭的將來會比四蘭還好，也主家業。九蘭娘還說，這些話只告訴九蘭一個人知道，因爲九蘭本應該是個走到哪都能立住腳的男孩子。

九蘭想著昨晚的這個夢，又瞅瞅何有魚。何有魚長得不錯，濃眉大眼大腦門。她又偏偏頭瞅瞅何有魚的耳垂。九蘭娘告訴九蘭，男人耳垂大是福相，幹什麼成什麼。何有魚的耳朵大而且耳垂的肉還厚。這一切都挺好。九蘭卻掉頭往鐵小七睡的屋看，腦子裏想鐵小七的耳朵垂，鐵小七的耳垂九蘭早看過了，他的耳垂像元寶，現在卻掉了一隻。

九蘭皺皺眉頭，想了想，又瞅瞅何有魚的鼻子，那鼻子的鼻梁挺扁也是歪的，是昨天被鐵小七硬打成這樣的，鐵小七幾十拳都打何有魚的鼻子上了，給砸得又歪又扁。

九蘭問：「你的鼻子還能挺高挺直嗎？」

何有魚吸了下鼻子說：「不知道，使勁挺唄。鐵小七別的地方不打就打鼻子。漢人人家的小孩就這麼有心計。」

九蘭笑了，想告訴何有魚，鐵小七也是滿族人，小腳趾甲讓鐵小七成不了漢人。想說的時候又縮回去了，又不想告訴他了，說：「過來，小屁孩還想娶媳婦。俺問問你。」

九蘭和何有魚前後走進了堂屋，拉過板凳圍著鍋臺坐下。何有魚抓下兔子皮圍脖放膝上，瞅著九蘭笑。

九蘭接過小筐說：「你娘挺好，還想著俺，你倆姐都不大好，你知道嗎？這小筐在俺老家叫籃子。」

何有魚吸了下鼻子說：「我媽烀的山梨砢子，我媽我姐叫我拿給妳吃的。」

九蘭問：「你小筐裏裝了什麼？」

何有魚說：「我們這疙瘩叫媽，我們滿族人說漢話時也叫媽，要不就叫額娘。妳那疙瘩怎麼叫娘呢？我們這疙瘩漢話叫爸也叫阿瑪，妳那疙瘩怎麼叫爹？妳那疙瘩怎麼那麼怪？」

九蘭說：「你不懂才說怪，俺那有聖人，你這有嗎？」

何有魚說：「聖人算什麼？我們這疙瘩出皇上，妳那出嗎？」

九蘭說：「俺揍你你信嗎？」

何有魚立時不吱聲了，嘿嘿笑。

九蘭是第一次吃長白山人家在冬天烀的山梨砢子，烀成深棕色的山梨砢子整個送嘴裏咬，一咬酸，二咬甜，三咬甜酸，四咬酸甜，美味極了，說：「真好吃，你們的黏豆包也好吃。」

何有魚說：「老七叔和那二爺是男人，男人整不來這個。以後我對妳好，我叫我媽一樣樣做給妳吃。」

九蘭心裏高興卻不大領情，邊吃邊問：「這梨砣是怎麼弄的，你說，俺學了自己弄了也給你吃。」

何有魚說：「這太行了。我們這疙瘩的山上山貨老鼻子多了。有山梨、野葡萄、杏、桃、李子、櫻桃，好多種，這是鮮果。還有榛子、板栗、松子，這是乾山貨。還有……」

九蘭看何有魚眉飛色舞地說話，也笑了說：「你比鐵小七好玩。你快說梨砣是怎麼弄的？俺現在就想知道梨砣。」

何有魚說：「就是，我說遠了。妳聽啊！現在不行，到秋天霜一下來就行了。到山裏採山梨，有熟透的山梨掛不住就掉下樹來，這樣的當時吃最甜。有沒熟透的就帶回家，把四邊的皮削下來用細麻繩穿成串，掛房檐下晾乾。冬天想吃了，就拿一串放鍋裏蒸熟就能吃，就是梨砣子了。再有沒熟的，我們裝筐裏用把香草蓋上捂一宿，山梨就熟了。」

九蘭問：「秋天樹都是綠的，怎麼才能找到山梨樹？」

何有魚吸了下鼻子說：「那好辦，妳不認識山梨樹，進了山就用鼻子聞，一聞，順著味就找到了。山梨味老鼻子香了。還有原棗子，綠的，採下來軟了就能吃，特甜，就長在原棗藤上，原棗藤纏在樹上到處爬。野葡萄藤也到處爬，找到野葡萄也就找到原棗子了。」

九蘭一聽棗子就說：「俺家就有棗子，棗子熟了是紅的，沒熟才是綠的，綠的也能吃，又脆又甜。棗子是長棗樹上的，不是什麼藤上的。你瞎吹，還說纏著樹到處爬。」

何有魚急得抓腦門了。

鐵小七在屋裏突然接了腔說：「我們這疙瘩的原棗子就是綠的，就是山藤上長的。九蘭姐，妳就別犟了，歪鼻子說得對。」

何有魚初時高興，聽到鐵小七叫他歪鼻子就不高興了，何有魚喊：「你不服就滾出來，我和你再幹。」

鐵小七說：「再幹就再幹，我也找根棍子。」

何有魚看著鐵小七從西屋走出來，站起說：「我今天出來沒帶臘木棍，我用拳頭……唉呀！媽呀！你的耳朵怎麼丟了一個？」

鐵小七也站下，抬手捂耳朵，又看到何有魚的鼻子又扁又歪，也覺得打架沒吃虧。耳朵是凍掉的，不關何有魚的事。這架就不想打了，兩個互相看，就都笑了。

九蘭說：「那就和好吧，以後一起好好學本事，去揍別人。」

何有魚說：「行，九蘭的話我就聽。九蘭會功夫。」

鐵小七問：「是老七爸教妳的功夫？九蘭姐。」

九蘭說：「不是，俺自個的爹教的，俺三歲就練，現在練了十二年了。」

鐵小七問：「我怎麼沒見妳練過武？」

九蘭說：「俺練武是給你看的嗎？你看？太陽不照到屁股就不起來！你兩個小屁孩玩去吧，俺得幹活了。」

何有魚圍上兔子皮圍脖，看鐵小七戴上了帽子，拉著他往外走，回頭瞅九蘭還吃山梨砣子，又跑回來看筐問：「妳都吃了？」

九蘭臉上羞紅了說：「俺忘了給別人留了，這可怎麼辦？」

何有魚說：「都吃了沒什麼，我再給妳回家拿。」何有魚抬頭看著九蘭，點點頭又說：「九蘭，妳要費事了，這梨砣子就一樣不好，吃多了拉不下屎。」

九蘭愣了。

何有魚說：「我來時，我大姐二姐叫我別告訴妳，這梨砣子吃多了不好，還叫我勸妳多吃。我想著告訴妳不能多吃，和妳說話高興就忘了。」

九蘭也緊張了，問：「那怎麼辦？」

何有魚說：「餓一二天能好了吧？我沒多吃過我不大知道。」

九蘭有點不甘心地想，這是何家母女三個用山梨砣子算計了她。

鐵小七和何有魚在院裏玩，鐵小七把五條黃毛爬犁狗喚過來，挨個摸腦門上的骨包，摸一條黃毛柴狗說，傻的。又摸一條黃毛柴狗說，傻的。又摸第三條黃毛柴狗。

何有魚插話說：「別摸了，拉爬犁的狗都是傻的，獵狗的骨包才大。」

鐵小七問：「原來你也知道狗的骨包的事兒？」

何有魚說：「我怎麼不知道？我爸是這疙瘩最厲害的獵人，比老七叔比那二爺都厲害，我爸獵的是豬。」

鐵小七想起何有魚的爸何豬官被野豬吃了，就揉著鼻子笑，想說何有魚瞎吹又怕何有魚傷心，就不忍心說了。

何有魚吸了下鼻子，也看出鐵小七想說什麼，又嘆口氣，說：「我知道你不信，你沒聽說『一豬二熊三老虎』嗎？一豬就是野豬，獵人能把野豬放在熊和老虎的前面，獵野豬的我爸還不強過獵熊的老七叔和獵虎的那二爺嗎？再說，獵豬的獵人去獵大孤豬，那是拚命的事。」

鐵小七聽到的故事裏沒這個，就問。

何有魚也問：「你沒見過大孤豬吧？」

鐵小七想聽下去，就不發問，光點頭。

何有魚說：「大孤豬就是大公豬。有的是被頭領豬趕離了野豬群的，有的是野豬群被老虎吃光了，只剩下一隻大孤豬。這種大孤豬性子就變了，在山裏橫衝直撞什麼也不怕，見什麼吃什麼。有時也能一嘴巴揍暈一隻狼，再把狼吃個精光。這種大孤豬還禍害莊稼。大孤豬的嘴，兩邊都有向上彎的獠牙，幾條獵狗也圍不住，近身挑獵狗，一甩嘴巴子能挑開獵狗的肚子。」

鐵小七忍不住說：「還好搓癢，又好打滾，身上皮厚，獵槍打不透。」

何有魚點頭說：「對！對！我爸就獵這樣的大孤豬。我爸好顯擺，別人不敢做的事我爸都愛幹。有一回，我爸在山裏碰上這樣的大孤豬，一槍沒能打進大孤豬的嘴裏，大孤豬鼓著紅紅的眼珠衝來挑我爸。我家的獵狗上去攔截，被大孤豬兜一圈趕上，一嘴巴揍獵狗腦袋上，揍暈了獵狗。這種大孤豬性子怪，見了獵人就盯著攆。我爸跑不過大孤豬，也沒工夫裝槍子。」

鐵小七緊張了，問：「那你爸怎麼辦？跳水裏了？」

何有魚說：「野豬也會水，比人游得好。老虎、熊、狼都會水，人都游不過牠們。」

鐵小七說：「像我和那二爺一樣，爬樹上了？」

何有魚說：「那會兒大孤豬頂著我爸屁股攆，我爸沒工夫上樹。」

鐵小七抓抓耳朵問：「這麼說，你爸都死兩回了？」

何有魚說：「差不多吧，那次差不多就死了。我爸圍著一棵小碗口粗的樹轉圈跑，大孤豬在後面轉圈追。假如大孤豬掉過頭堵一下，我爸就完了。」

鐵小七說：「就是，大孤豬掉頭了？」

何有魚說：「沒有，大孤豬就一門追，大孤豬不會掉頭。牠不像狼和豺，也不像老虎在獵食時會用招數，牠要會掉頭反堵就不是人獵野豬了，就變成野豬獵獵人了。」

鐵小七問：「那你爸怎麼脫險的？你快說。」

何有魚吸了下鼻子說：「大孤豬也夠精的，也有招數，大孤豬追著追著就想到招了，大孤豬停一下，一嘴巴把那棵小碗口粗的樹打斷了。這個時候，我爸有了喘口氣的時機，就把獵槍也扔了，把獵刀抓手裏，掉過頭面對大孤豬了，看著大孤豬迎頭衝上來，我爸一下仰天躺下，大孤豬收不住腳從我爸身上衝過時，我爸一刀捅進大孤豬全身唯一軟的肚腹裏了，大孤豬肚子破了，拖著肚腸跑了老遠才死。你知道嗎？那頭大孤豬有六百多斤重。」

鐵小七也吸了一下鼻子說：「你爸真厲害，和我老七爸一樣。我老七爸也用刀捅死了紅毛熊，紅毛熊有三個你爸獵的豬重。」

何有魚卻沒反駁，說：

「可是我不想當獵人了。你也獵過熊了，你那種獵熊法我也能做到，我獵過狼。狼偷我家的羊，我爸不在家。我在院裏挖個雪洞趴裏面，等到月亮上頭頂了才看到兩隻狼。我一槍打倒一隻狼，另一隻狼不走，趴雪裏看。我很快裝好槍子，我和狼兩個眼珠對眼珠看。我媽聽了槍響才知道我藏在院裏，狗又叫。我媽才放狗出來，可你猜猜？那晚一共來了五隻狼。我家守夜的大公狗被一隻叫春的母狼拐出去叫狼分屍了，我媽放出的另一條狗和一隻大狼咬一起了，兩隻小一點的狼就咬斷羊圈綁門的繩子，推開門進羊圈去偷羊。盯我的那隻狼不動，我也不能動，狼有耐性，我就得忍到狼動。我媽提著棍子出來打那兩隻偷羊的狼，那兩隻狼中的一隻咬著羊的耳朵，用尾巴掃打羊的屁股，趕著羊出了羊圈，羊就跟著狼跑。另一隻狼是小狼，被我媽揍了一棍子，狼才往外逃。這時和我對臉的狼才突然向我撲來，我早等著了，一槍就把狼打翻了。我也起不來了，凍痲了，是我媽我姐把我抬進屋的。我爸回來說，我就是我爸的種，從那以後，一下也不打我了。以前不，我爸有個酒友是高麗人，從前老上我家，後來和我爸打了架才不來了。我爸老懷疑我是高麗叔叔的種，老打我，用的就是我打你的那根臘木棍，那一棍打背上就起紅痕，那紅痕養一個夏天才能退。我媽我姐也常被我爸用臘木棍打。我爸死了真好。我爸認了我是他的種，不打我了還老打我媽和我姐，喝醉了又叫又笑，掄臘木棍打。我媽我姐痛得越叫我爸越笑。」

鐵小七想起臘木棍打腦門上的痛苦，也打了下哆嗦，說：「你爸死了真是好！可是你沒爸了也不好。」

鐵小七也想說他獵熊的事，又覺得誰都能放那一槍，比不上何有魚打狼。那是什麼耐性？趴在雪洞裏待一宿，還不能動。鐵小七想，他可做不到。就說：「你也厲害，你這麼厲害不當獵人，你就沒用了。」

何有魚說：「沒用就沒用，我真的不要當獵人了。你知道嗎？當獵人還有一樣怪事，你獵什麼，你就死在什麼身上。」

鐵小七問：「真的嗎？你不騙我吧？」

何有魚說：「傻狍子，我當你是兄弟才說的，還騙人？你瞅我爸，獵野豬的被野豬吃了。我再告訴你我二舅。我二舅獵狐狸，在山裏卻被狐狸偷去了槍，我二舅追這隻狐狸，狐狸就把我二舅引到我二舅埋『地槍』的地方，我二舅就被自個埋的『地槍』打破了肚子，一時死不了就往家爬，那隻狐狸丟了槍，叫出了八九隻狐狸跟著，等著看著我二舅，準備等我二舅死了再吃。後來，崔家爺爺碰上了，救回了我二舅。可我二舅沒挨到家就死了。我再告訴你烏大丫的叔叔，烏大丫的叔叔獵鹿，鹿有什麼，就獵唄。他打傷了鹿。鹿這東西好玩兒，你打傷鹿你不追，鹿跑幾步就不跑了，你一追鹿就又跑。懂行的獵人打傷鹿就不追，坐下來等。鹿跑幾步也不動了，還瞅著獵人看，血就慢慢淌，慢慢鹿就坐下，慢慢就倒了，獵人去拖就行了。烏大丫的叔叔就懂行，吸著煙袋等鹿倒下就過去拖鹿。鹿沒死透，一甩腦袋，用鹿角捅破了烏大丫叔叔的肚子。那個季節，鹿的角不是長絨毛的茸，茸變硬了，鹿又好頂架，茸外的絨皮破掉了，鹿的角就又尖又光，像刀似的快，捅破人的肚子玩似的。烏大丫的叔叔比我二舅強，用破布堵上肚子走回來，過了幾天才死的。」

鐵小七就啊一聲。

何有魚吸了下鼻子說：「我再告訴你一個我聽來的，這疙瘩的前面是小獨嶺，那有六戶人家，有一家姓哈的，哈家的大鬍子叔叔是我爸的酒友，特能喝酒。哈叔叔一到我家我媽就發愁。哈叔叔是我們滿族人和蒙古人的混血。哈叔叔專打狼，每年都打死不少。有一次哈叔叔屎急，蹲在白菜地裡拉屎，就被狼趴了背。」

鐵小七問：「什麼是狼趴背？」

何有魚說：「你聽啊！哈叔叔正蹲著拉屎呢，背上趴上了狼，狼的一雙前腳搭在哈叔叔的兩個肩膀上。哈叔叔認爲是他兒子，還說，一邊去，就一回頭，狼一口咬上哈叔叔的喉頭。哈叔叔很快就死了，肚子裏的玩意全被狼吃了。」

鐵小七問：「那我什麼都獵不就行了？你說，是不是獵什麼就死什麼身上？」

何有魚聽了就急了，說：「你是個什麼也不懂的傻狍子啊！打獵分季節，講門道，什麼季節打什麼，打大不打小，打小不打大。你是打什麼的就打什麼，見什麼打什麼是瞎打。就像你們漢人都是什麼也不懂的傻狍子，一進山打獵就見什麼打什麼，公母也不分，總是打渾了山。」

鐵小七也急了，衝口說：「誰是漢人？我小腳趾上長整個的甲，我是糊裏糊塗的滿族人。我賭鬼爸才是漢人啊！」

何有魚一愣，馬上說：「那你是你媽和滿族男人跑騷跑出來的野種，要不你爸是漢人你就是漢人。」

鐵小七把手伸進帽子裏，抓抓耳朵也無法吱聲了。

何有魚卻高興了，說：「原來你是跟漢人長大的滿族人。這也挺好，你懂漢人的招術，咱倆搭伴都不當獵人了。」

鐵小七問：「不打獵幹什麼？種地我也不會。回縣城當小夥計挨揍挨罵你能行？」

何有魚想想也對，就說：「咱倆淘金、挖參、採東珠，這也能活得富有。咱倆搭伴就好了，你不像其他漢人，老想多要，還整一堆難爲別人的臭規矩。」

鐵小七嘿嘿笑說：「我是漢人還是滿族人還沒一定哪。嘿！你這小子挺好，就咱倆搭伴吧，不管幹什麼都在一起，有了龍洋也一人一塊對半拆。行吧？」

何有魚說：「行！我也想這麼說，我沒你嘴快，我以後多幹事你多說話。多好！」兩個小子就拉手嘿嘿笑。

鐵小七突然問：「你是滿族人？怎麼像縣城裏的漢人的孩子，起了個吉慶的名？」

何有魚說：「就怪我爸，我爸老往縣城跑，認識了一大堆亂七八糟的人。有個漢人幫我爸以滿族人的叫法幫我取名有魚。漢人說何河同音，河裏有魚才吉慶，才富貴，我就叫了何有魚。」

鐵小七說：「我聽這疙瘩的人的名都和漢人差不多，漢人滿族人一個樣。」

何有魚也說：「對！對！咱們這疙瘩的漢人和滿族人差不多，但咱們和北方新來的漢人不一樣，北方新來的漢人用買的、用租的，弄我們滿族人的地種，也有到處開荒種地的。他們吃的，用的，說話和咱們都不一樣。你說，他們北方漢人來咱們這疙瘩幹什麼？」

鐵小七說：「活人唄，咱們這疙瘩好活，人就來了唄。」

這時，九蘭喊：「小傻狍子，吃中飯了。何有魚這小子也在這吃飯吧。」

鐵小七拉著何有魚嘿嘿笑著跑進堂屋了。這兩個小子就成了生死兄弟。

2

在吃飯的時候，鐵小七才知道鐵七獨自滑著雪板進山了。青上衛自然跟了去。鐵七進山是追蹤野豬群去了。那二爺和麻子炮烏巴度帶領大小獨嶺十戶中的所有成年人，在野豬河口設捉野豬群的圍欄。

這樣的消息叫鐵小七振奮。吃了飯，鐵小七和何有魚要去野豬河。可是雪太深，每一步都陷過小腿彎，兩個小子剛過大雪坡就冒汗，也不想往前走了。何有魚問鐵小七會不會滑雪。鐵小七想，他在通化縣城時，和吉小葉在柳條河邊玩過滑雪板，就說會，只是沒有滑雪板。何有魚叫鐵小七等著，就一步一陷地回家了。

鐵小七坐在雪地上等了挺長時間，正著急想去看看的時候，剛站起身就看到何有魚揹著一副滑雪板，雙手握著兩根冰扎子，滑著一副滑雪板，很輕鬆地滑過來了。鐵小七挺後悔說他會滑雪了。

何有魚看著鐵小七往腳上綁雪板的樣子，就說：「我教你吧，這樣的本事是不用爸爸教的。以後你要記住了，我問你什麼，你不會就說不會，不能裝，要不進山打獵啦捕魚啦就要壞事。我進了縣城什麼不懂我也告訴你，你也教我，做兄弟就要這樣。」

鐵小七就不想找話題找藉口推脫了，很虛心地學。鐵小七有股靈氣，手腳也靈活。何有魚教得又好，在鐵小七滑出四五千米、摔了八九十跤之後，就學會滑雪了。

何有魚說：「還行，你挺聰明的。我告訴你，野豬河從這疙瘩拐進這條嶺的後面，形成個葫蘆形的大水面，那就是野豬河口。那二爺和我媽我姐他們在大水面圍野豬欄呢，咱們得繞過這道嶺，咱們滑雪直接上嶺太慢。」

鐵小七指著背後的河問：「你說這條河就是野豬河？」

何有魚說：「對！就是，咱倆走啊！」

鐵小七說：「等等！這是野豬河，咱倆去野豬河口，幹嘛繞嶺爬坡去？」

何有魚問：「那怎麼去？」

鐵小七說：「咱倆沿河道去，那河上凍冰封了，上面全是雪，咱倆一路滑下去，不就到了野豬河口了嗎？」

何有魚愣了愣，拍下腦袋說：「我傻狍子呀！我想的是夏天走的路。對！就這樣走。」

何有魚和鐵小七就掉頭，順著山坡向下往野豬河裏滑。

這種滑雪板是長白山上的硬柞木製作的，是山裏人在大雪後進山時用的，長度不是很長，只比兩隻鞋連起來長一點，寬下裏也只有一鞋寬，在中間略前的地方再鑲嵌綁鞋的木槽，前面的圓頭留長一點，翹起一點，後面的平尾留短一點。穿在腳上綁牢上雪坡時，能側著身子一步步踩雪走，走雪平面也能抬腳一步步走，滑雪又不下陷還靈便，是山裏人在冬天裏既能玩又實用的工具。

如果是鐵七製作這種滑雪板，鐵七會把滑雪板砍成像弓背似的弓背式，只是弓起的部分弧度比弓背小，還會在吃雪的那面用鋸刃橫劃，修出順雪的刃槽，這樣的滑雪板滑行時走直線不跑偏，而且滑雪也快。

久了，鐵七的這種滑雪板的製作方式被其他人學會使用上了。現在，何有魚和鐵小七的滑雪板就是鐵七式的滑雪板，也是順過雪的老雪板，滑起來就快。尤其是鐵小七腳上的滑雪板，是何有魚在雪地上滑雪磨出來的，就比何有魚腳上的雪板快。初時鐵小七還行，跑坡時雙膝還能併一起，左飄右飄向下滑。漸漸鐵小七就啊啊地開始叫，雙膝越分越開，終於滑倒了，雪板也脫落了，就一股腦兒連人帶雪板都滾進了野豬河的雪面上。

何有魚滑下來，一扭屁股，腳下的滑雪板打了橫，停下，把冰扎子插雪裏，說：「你這跤跌得老鼻子好看了。」

鐵小七爬起來，把帽子扶正，再把雪板綁在腳上，憋著氣，把兩支冰扎子使勁往雪下扎，努力往前滑。

何有魚說：「輕鬆點，路老鼻子遠了，這樣你一會兒就沒勁了。」

鐵小七不信，這樣路過半途，鐵小七沒勁了。

何有魚在前面掉頭滑回來，說：「你身上的汗氣全成了霜毛毛，像白毛老狗，趴雪裏狼都找不著。我擔心你累趴窩了，一會兒你怎麼回來？」

鐵小七說：「我沒勁了，也沒招了。」

何有魚說：「咱們慢點，歇順了勁再加快。」

何有魚和鐵小七慢慢滑，走著。鐵小七停下摘下手套往雪地上擤鼻涕，無意中回頭看一眼，又轉回頭，戴好手套，往前滑了一下，說：「我看快到地頭了，後面悄悄跟著一條大青狗。」

何有魚聽了，就握緊了冰扎子，說：「我說個事你別怕，也別回頭。咱倆並排一樣的速度走。記住了，肩上搭上東西千萬別回頭。」

鐵小七聽了嚇一跳，問：「剛剛我看到的是大青狼？不對吧！應該就是大青狗，牠還衝我搖尾巴了啊。」

何有魚說：「你不懂，不會是狗，是大青狼。這種狼又凶又精，會突然站起搭人的肩，人就會回頭看，牠就咬人咽喉。被人發現了，牠還會裝成青毛狼狗跟著人走。咱倆不能怕，咱倆怕了喘氣就粗，腳就軟，狼就知道咱怕了，狼就會上來趴背了，咱心裏一驚就會回頭看，狼就下口咬咽喉。」

鐵小七說：「我不怕！」

可是鐵小七的腳卻軟了，努力鼓勁也不行，覺得狼就跟在他的屁股後面。因爲鐵小七比何有魚長得單薄，心裏虛，喘氣又短又急，就是狼盯上的目標。鐵小七一下把左手的冰扎子扎空了，慢了一步，和何有魚錯開了，肩膀上就搭上了狼爪子。鐵小七感覺後脖子也有熱氣了，頭皮也炸起了，想喊叫又不敢，努力梗著脖子向前滑一下雪，後面的狼跟著用後腿向前跳兩下。

何有魚早早斜視著鐵小七的身後，這個小子天生是個冷靜的人。在鐵小七落後時，何有魚就停下了。鐵小七往前一滑雪，閃過何有魚，何有魚左手的冰扎子就一下扎進了狼的軟肋。狼中一扎，一下跳開，何有魚的第二扎就扎空了。何有魚把冰扎子舉起像槍那樣瞄準，狼又一跳，向遠處逃去。

何有魚說：「別怕，鼓一鼓勁咱們就快到了。」

鐵小七說：「今天沒你，我就餵狼了。」

何有魚說：「這話先留著，沒準一起餵狼呢。狼又跟上來了。咱倆並排滑，你大膽滑，我盯著狼。提著小心好好滑，摔倒咱倆都完了。」

鐵小七努力冷靜，努力不去想背後的狼，漸漸地滑得也快些了。

何有魚突然說：「這回真完了，前面又來一隻狼。兄弟，狼上來就掄圓冰扎子打狼腿，不能用扎的，一旦扎不著狼，狼就順勁撲上來了，咱們沒工夫解滑雪板。」

鐵小七說：「行！我掄圓了打。」

鐵小七又說：「我聽你的，繞嶺走就好了。」

何有魚說：「不一定就好，繞嶺走沒準碰上虎呢？狼走坡虎走嶺，今天是該著了。」

鐵小七說：「你走吧，你滑得快。我擋著，死我一個比死咱們兩個好。」

何有魚不吱聲了，滑過來，轉身和鐵小七背靠背錯開站著。

鐵小七突然坐雪裏了，喊：「是青上衛！」

青上衛像股青煙在鐵小七的身邊飄過去，那條青狼瞅一眼青上衛，掉頭就逃了。

何有魚也一屁股坐下了，說：「我冒汗了，你呢？」

鐵小七說：「再挺一會兒我就尿褲子了。」

青上衛沒有追狼，青狼逃了，青上衛就掉頭跑回來，看鐵小七一眼，搖下尾巴直接往前跑。

何有魚說：「咱們快滑，如果有兩隻狼，這一條狗也不行。真怪，這條狗是怎麼知道你到了這疙瘩的？」

鐵小七說：「我也不知道，牠叫青上衛，是我老七爸的狗。」

何有魚說：「我爸說過，有一種狼狗的耳朵特別厲害，十幾里之外都能聽出主人的聲音。可能這個青上衛就有這種聽力。」

鐵小七說：「你爸什麼都知道，什麼都教你。我親爸是賭鬼，連話也懶得和我說。」

何有魚說：「我想那傢伙就不是你親爸，天底下就沒有那樣的爸。你就好好給老七叔當兒子，多好！咱們快走吧，你老七爸的青上衛沒影了。」

何有魚和鐵小七往前滑了二里地，青上衛從雪窩裏跳出來，又往前跑了。

何有魚說：「你老七爸的這條狼狗像刺客，像殺手，牠遠遠地藏在雪窩裏，是觀察咱們後面有沒有狼，難怪能咬倒我家的青毛黑。」

何有魚和鐵小七又往前滑一程，眼睛裏就看到一大幫男女在用大冰塊砌冰牆。有一面三四尺高的冰牆已經在靠河岸的東面砌成了。

鐵小七第一次看見砌冰牆，就是把河裏的冰砸碎，像砌石牆那樣砌，結合處澆上河水就凍結實了。那二見到鐵小七和何有魚嚇一跳，喊：「兩個小王八犢子還行，沒叫狼叼去？」

鐵小七和何有魚就嘿嘿笑。

鐵小七看到人多了不少，和鐵小七和那二不一樣的是，這些人中的男女都在脖子上圍著或者搭條狐狸皮、貂皮圍脖，身上的皮裘也顯不凡。鐵小七又看認識的大獨嶺的人，大獨嶺的男人也圍圍脖，卻是狼皮或者狍子皮的，身上大都穿狍子皮短襖。只有何有魚的兩個姐姐穿著狐狸皮小襖，圍著大山貓皮的圍脖，這兩姐妹的兩張臉在鐵小七眼裏也長得像兩隻大山貓的臉。

脖子上圍條兔子皮圍脖的烏大丫說：「這就和好了，比狗打了架和好還快。」

鐵小七和何有魚又笑。

何有魚說：「那些你不認識的人是小獨嶺的。小獨嶺的人愛顯富，出門幹活還穿最好的皮裘。」

鐵小七就啊一聲，說：「真好看，等我整條狼皮的圍脖，也給九蘭姐整一條狐狸皮的。」

何有魚聽了，心裏一動，也想給九蘭整條狐狸皮圍脖，就往心裏去了。何有魚問：「你知道怎麼整圍脖嗎？」

鐵小七說：「我去打隻狐狸，扒了皮，做一條圍脖不就行了嗎？」

何有魚說：「你又犯了回傻，整圍脖不是打隻死狐狸那麼簡單，是要捉隻活的狐狸或狼，皮子上一點傷也不能有，要活著扒皮，扒成圓桶的皮子熟好了才行。死狼、死狐狸扒的皮整的圍脖沒靈氣，咱們這疙瘩的人是不戴的。」

鐵小七才知道整一條好的皮裘圍脖也不容易。鐵小七沒話了，又找青上衛，青上衛早沒影了，就問那二。

那二說：「剛剛老七來過，剛剛又走了，老七的狼狗能不跟去嗎？」

很快，夕陽下來了。

那二抬眼瞅瞅往天盡頭落的夕陽，喊：「大夥聽了，咱們回了。明天後天就幹完了。散了吧，明天搭伴趕早來啊！」

回去的路上，大夥一路繞嶺走。一路爬坡上坡，滑雪下坡跑得挺過癮。鐵小七發覺烏大丫、烏小丫和何家的兩個姐妹滑雪好極了，像雪地上飛的燕子。上坡的時候，大家側著身子走的速度都差不多。下坡的時候，何家兩個姐妹就一路領先飄下去了。烏大丫、烏小丫看鐵小七不行，就一人抓住鐵小七的一隻手，帶著鐵小七從雪坡上滑下去，鐵小七第一次感覺到了在雪上飛。後來，三個人一起摔雪窩裏了。

烏家姐妹一齊咯咯笑，烏大丫瞅了瞅紅頭漲臉的鐵小七收住笑說：「你太笨了，慢慢滑吧。」烏家姐妹起來拍去身上的雪就滑走了。

何有魚滑過來對發窘的鐵小七說：「咱們一路慢慢滑，再摔幾跤你就摔進家門了，你也練得差不多了。」

還有一個有耐心跟著鐵小七的，就是那二。再有就是老憨和老賊這兩條獵狗。大夥都到家吃完飯了，鐵小七、何有魚和那二才回來。

何有魚要回家，那二說：「小子，別回家去了。咱們一起吃一起睡多好。」

何有魚就在鐵七家吃了飯，又和鐵小七、那二一屋一炕睡了。那晚鐵七和青上衛都沒回來。次日，那二問鐵小七這趟跟不跟去，鐵小七遲疑了。

何有魚說：「你再跑幾趟就能像我這樣快了，要不咱倆都不去，在山坡上練？」

鐵小七說：「那我再去野豬河口。」

這樣過了兩天，鐵小七又跑了四趟，又摔了幾十跤，雪滑得就很好了。那時野豬圍欄也砌好了，就準備捉野豬了。那天晚上，鐵七和青上衛也沒回來。

那二第三天一早起來架上了狗拉爬犁，鐵小七和何有魚起來站在院裏瞅。何有魚這幾天都住在鐵七家，何有魚的媽也沒來找過。在長白山山裏人家，向來有「大姑娘丟了不找」這句俗話，何況一個臭小子。因爲長白山山裏人家屯與屯、家與家離得遠，冬天天黑又早，大姑娘串門子往往煙袋一端，東家西家說上一陣兒，想走時天就黑了。人家來一句，天烏黑了不走了？大姑娘就住下了。家人也就知道自己家的大姑娘在誰家誰家住下了。

何有魚問：「那二爺，幹嘛今早架爬犁？」

那二說：「今天這事是大事，你兩個小子都別去了。今天丫頭、丫頭媽們也不去，今天是爺們捉野豬，可不是幹那笨活。」

那二往爬犁上裝上兩口袋苞米粒說：「丫頭，晚上在院裏架大火燒大鐵鍋，咱們吃野豬肉。妳這丫頭這兩天吃得少，是留著肚子吃肉吧？放心，野豬肉多得是。」

九蘭說：「俺才不是留肚子呢。俺上了惡當，吃了何家女人的山梨砢子，拉不出屎了。」

那二哎喲一聲問：「丫頭，妳吃了多少？」

九蘭說：「一筐，一小筐。」

那二使勁踢一腳苞米口袋說：「這個女人怎麼這麼壞！那玩意少吃常吃挺好，不能一次吃一筐。丫頭，妳沖碗葷油喝，興許好點。我急著幹大事，妳記得多活動，好得也快點。」

那二架著狗拉爬犁走了。

鐵小七問：「咱們怎麼辦？不跟去就看不到熱鬧了。」

何有魚也問：「你真想去？」

鐵小七說：「你別賴，你也想去。」

何有魚說：「那二爺趕爬犁走，準走野豬河的河道。走！咱們從嶺溝插過去，在那溝口下河截住那二爺，那二爺就帶咱倆去了。」

何有魚和鐵小七在腳上綁上滑雪板就去了。果然像何有魚說的一樣，他倆從嶺溝裏衝上了河道。

那二看見嚇了一跳，喊：「完了完了。我聽話的孫子就這麼叫小王八犢子帶壞了。嘿！這也挺好，像個小破獵人了。」

鐵小七和何有魚滑著雪跟上狗拉爬犁，來到圍野豬的冰欄，有幾架狗拉爬犁已經來了。

那二說：「快點，你們把爬犁上的雜糧都倒在冰上。」

圍欄裏本來有雪，圍欄砌成後，人們把雪清走了，再用掃帚掃乾淨浮雪，圍欄裏的冰就像鏡子一樣亮了。

麻子炮烏巴度說：「那二哥，你怎麼帶這兩個小崽子來了？出事怎麼辦？」

那二說：「是呀！出事不好辦？那你快趕這兩個小王八犢子回去。我趕著迎老七辦事。」

麻子炮烏巴度瞅一眼何有魚說：「你不在家玩老往外跑什麼？這多危險！快點！你兩個爬樹上去，

野豬群衝過來誰也救不了你們。」

何有魚知道野豬群的厲害，拉著鐵小七找棵大榆樹爬上去，趴在一根橫向伸出的粗壯樹枝上看著，也看著那二趕著爬犁向山口裏走。

麻子炮烏巴度、崔虎子和小獨嶺的幾個漢子把雜糧丟進圍欄，然後駕著狗拉爬犁走了。

崔虎子和一個小獨嶺的漢子也找一棵離圍欄口近的垂柳爬上樹等著。

鐵小七和何有魚凍得在樹上趴不住的時候，那二駕著狗拉爬犁從山裏跑下來了。狗拉爬犁的後面拖著一道苞米粒流成的線，一直流到圍欄裏。那二把空口袋收好放在爬犁駕座下，駕狗拉爬犁也走了。

又過一會兒，鐵小七和何有魚等人都看到鐵七滑著滑雪板從灌木叢中滑出來。青上衛在鐵七的前面跑得飛快，一邊汪汪叫。

在鐵七和青上衛的後面，一大群野豬追出來。這些野豬都挺瘦，兩排肋骨都看得清清楚楚。沒辦法，今年雪太大，山裏的任何生命找食物都難。

鐵七在雪坡上滑過半圈，又掉頭迎著帶頭的幾隻公野豬滑過去，在衝近了時，一扭身子，用左手的冰扎子使勁抽了帶頭大公野豬的脖子。這一下嚇傻了樹上的幾個人，這太冒險了。

大公野豬嗷的一叫，向鐵七撲去，鐵七滑出一個滑步，再加速就滑遠了。大公野豬紅著眼珠又追。

這幾天鐵七一直待在山林裏，在追蹤野豬群，一是不能叫野豬群跑別處去，二是吸引野豬群追蹤自己。突然，野豬群嗅到了那二撒在雪地上的苞米粒，就一擁而上，順著苞米粒撒出的線邊搶邊吃，就跑進了圍欄。

崔虎子和小獨嶺的漢子想下樹時發覺不對勁，那頭最大的大公野豬哼哼著不跟進去，守在圍欄門口到處嗅。不一會兒嗅到兩個人待的柳樹，揚頭看到崔虎子他們兩個人。大公野豬似乎明白了眼前的凶險，掉頭嚎叫，進了圍欄的野豬就掉頭往外跑。

鐵七脫下滑雪板急忙跑過來，去關圍欄的木門。大公野豬盯著鐵七哼哼叫著撲過去，圍欄裏的野豬也往外衝。青上衛汪叫一聲，撲上去咬大公野豬。在大公野豬屁股上咬了兩咬，青上衛就不咬了。大公野豬的皮太堅韌，破開皮不大容易。

大公野豬也知道痛。掉頭用嘴巴拱青上衛，青上衛閃開，大公野豬又一甩頭，青上衛就跳一邊去了。

這幾天，青上衛和大公野豬糾纏了好多次，大公野豬的招數青上衛都記熟了，但青上衛也奈何不了大公野豬。

這一阻擋，鐵七就完成了應該由崔虎子和小獨嶺的那漢子幹的活。上百頭野豬關在圍欄裏，這些野豬看到被關就慌了，四下找出口，但野豬的腳是分叉的硬蹄，有幾十頭野豬在像鏡子似的冰上一跑就滑倒了，刨動四肢在冰上打轉，連站也站不起來了。

那二和痲子炮烏巴度他們駕狗拉爬犁再跑回來，一大群黃毛爬犁狗衝大公野豬嗷嗷叫，大公野豬才轉幾個圈，遲疑一會兒，掉頭嚎叫著逃了。這山裏又一頭猛過老虎、凶過黑熊的大孤豬產生了，除了死去的何豬官，就不知道誰敢獵這樣的孤豬了。

那二高興地跳腳說：「老七想的這招可空前絕後了。老七這樣的漢人真可怕。」

崔虎子也說：「他要不厲害，能是大夥的老七哥嗎？」

大夥都笑了。大夥都動手，把圍欄的木門的槓子取下一根，另兩根是活動的。野豬看有空隙就往外衝，伸出一顆豬頭，兩邊的漢子就收緊兩根活動的槓子，夾緊豬頭。崔虎子跪在冰上，把刀探在野豬脖子處，向上一刀捅進野豬脖子裏，血就嘩嘩流出來，野豬死了。另兩個漢子用木棒把圍上的野豬趕退。兩個漢子把死野豬拉出來，丟爬犁上。圍欄空隙又會鑽出野豬頭，有時鑽出兩顆野豬頭，有時鑽出三顆野豬頭。鑽出三個顆野豬頭不行，槓子夾不住，就用木棒揍回去一顆野豬頭。再後來，野豬的頭就不伸出來了，但在冰上想走動也不行，一旦加快邁腳就摔倒，再想爬起來也不大容易。獵人們還有招，用根勾桿搭上一頭野豬拽出頭來就殺。

鐵小七和何有魚早已下了樹，再幫著數頭數，數到六十九頭。

鐵七說：「敞開吧，下夕陽了，裏面的拖出來放生吧，野豬不能爲害了。」

大夥一起動手把躺冰上不能動的野豬拖出來，這些野豬早嚇傻了，四蹄一踩上雪地就嗷嗷叫著往山裏跑。四十多頭野豬放走了。

鐵七說：「小獨嶺的哥兒幾個辛苦了。野豬你們裝了三十七頭，我們裝了三十二頭，是多是少就這麼著吧，這裏血腥氣太重，引來狼群就不好辦了。咱們大夥回去吧！」

小獨嶺的幾個漢子說：「老七哥厚道，我們回了。」

在路上，那二問皺著眉的鐵七：「老七，你怎麼了？咱們四戶每戶八頭野豬你不高興？」

鐵七瞅了眼那二說：「山裏的狼真的少了。老虎、山豹我這三天硬是沒看到，興許也少了。那二叔你說，狼要是少了，野豬、狍子、羊、鹿、兔子這些吃草的牲口多起來，這山的草、樹的不就沒了嗎？」

那二說：「可也是，可也沒什麼。這疙瘩的雪太大找食難，別的疙瘩不一定雪就大。興許狼、虎跑別疙瘩去了，興許過幾天就回來了。老七啊！這幾天你小了一圈兒，至少掉了十斤肉。咱們回去吃野豬肉補幾天找回來。」

鐵小七仰頭瞅鐵七說：「老七爸，你和青上衛在山裏住了兩宿是吧？多冷多遭罪！老七爸你真小了一圈兒。」

何有魚說：「老七叔才應該叫『豬館』，我爸不行，我爸只能叫小『豬館』。」

那二說：「這話也對也不對，老七的本事用時才露一點，深著呢！」

鐵小七問：「怎麼的？『豬館』是好話嗎？不是罵人像豬那樣笨嗎？」

何有魚和那二都笑了。鐵小七知道自己又犯了回傻。

何有魚說：「咱們這山裏野豬群的後面總跟著老虎，老虎吃野豬也養著野豬。老虎不讓野豬群跑出牠的地盤，也不讓其他猛獸獵牠守著的野豬群。老虎幹的就是『豬館』的活，咱們這疙瘩的人就叫老虎『豬館』。我爸打孤豬厲害，人家敬我爸才叫我爸何豬官。你懂了吧？以後就別問犯傻的話。」

3

九蘭看到這整爬犁的野豬說：「俺以爲就一兩頭野豬，原來老七叔把野豬的叔伯兄弟姨姑姐妹都抓來了。這得吃多久？」

那二說：「那是，我這一回可真服了老七了，咱們一下子捉了一百多頭。丫頭，咱就天天吃野豬肉，吃不了的就醃臘肉。」

九蘭數了數問：「一百多頭怎麼這爬犁上只有八頭？是不是還得去拉？」

那二說：「捉了一百多頭，整死了一大半，大夥分了。另一小半放生了。」

九蘭問：「爲什麼放生？那不白捉了嗎？」

那二說：「唉！獵人不幹趕盡殺絕的事。老七捉野豬，一是因爲野豬成了大群危害大，二是因爲野豬吃了人。當然還有三，就是老七擔心開春種了莊稼，這群野豬禍害莊稼，那是大事。老七才用了這麼絕的法子。」

九蘭抬手拍腦袋說：「老七叔是精是傻？把野豬都捉了還有野豬禍害莊稼嗎？你這山裏的人全是真正的傻得不能再傻的傻狍子。」

鐵小七突然問：「九蘭姐，妳拉出屎了嗎？今天大吃野豬肉。」

九蘭說：「那二爺的法子好，俺好了，俺能吃一整個野豬頭。」

何有魚又不回家了，幫著扒野豬皮，幫著燒火，幹得比在家裏還開心。那時是晚上，這四戶人家家家院裏點上火堆整治野豬，家家院裏都是紅通通的亮。何有魚在鐵七家幹得正來勁時，何有魚的兩個姐姐，抬著一隻大筐來了。何家兩姐妹的身後跟著青毛黑。何家兩姐妹進了院，放下了筐。青毛黑也想往院裏進，青上衛盯著青毛黑汪了一聲，青毛黑就在院門外面坐下了，眼珠不看青上衛，看向另一邊。

那二問：「妳兩個小丫頭還來呀？又是一個筐，裝的什麼呀？還是害九蘭拉不出屎的山梨砣子？」

九蘭就甩手，盯著何家這兩姐妹。何家兩姐妹中的姐姐就往妹妹身後躲，何家姐姐被九蘭揍怕了。

何家妹妹說：「九蘭狠揍了我們姐妹倆，我們叫九蘭兩天拉不下屎就扯平了，和九蘭好好處姐妹。我們今天來是謝老七叔的，我們家沒了爸爸，捉野豬出力少，老七叔還分我們家八頭野豬。我媽說我們一定得謝謝老七叔。」

鐵七說：「告訴妳媽，這是妳家應得的。謝就生分了。」

那二說：「就是這話！我和妳爸從來沒生分過。丫頭，以後有事就告訴那二爺，那二爺立馬就幫忙。」

何家兩姐妹笑笑，就過去拉弟弟何有魚回家，何有魚不肯，梗著脖子和兩個姐姐瞪眼珠。那二瞄一眼，明白了，說：「這個小王八犢子，你家八頭野豬你媽你姐仨女的，扒得動皮嗎？滾家去，幹完活想來再來，那二爺的大炕就給你睡。」

何有魚抬眼看眼鐵小七，吸了下鼻子垂著頭往外走。

鐵七說：「鐵小七，你去幫忙吧。這倆小子分不開了。」

鐵小七和何有魚就高興了。

九蘭拖著一張野豬皮不知往哪掛，這一陣子院裏晾的皮子太多了。九蘭眨眨眼睛看到那一堆的雪人，走過去，用力扭腰甩手，野豬皮就披在一個大雪人身上。九蘭看著看著，想想就哧哧笑了。

那二瞅一眼說：「這丫頭，就能做怪。」

鐵七直起腰問：「丫頭，那是幾蘭的像？」

九蘭說：「不是姐，是爹。這個像穿上野豬皮，就像丟了俺的爹，他叫孟大腦袋。」九蘭吸了幾下鼻子，瞅著另外幾個雪人，眼圈又紅了。

那二問：「丫頭，想親人了？」

九蘭背對著那二說：「沒！不想！」

那二說：「這丫頭多好，要是我孫女，要了我的命也不能丟。」

鐵七站著看了一會兒，又彎腰把一頭開了膛、扒了皮的一百多斤的野豬抓起丟大鐵鍋裏了，看著火又發了呆。鍋裏的水滾了，泛起粉乎乎的泡沫。鐵七又用秋天叉魚的鐵叉叉上野豬，提了腿拎出來放到案板上肢解。

那二把大鍋裏油乎乎的血水舀出來倒了。又刷了鍋，提了木桶去野豬河提水。

九蘭過來問：「老七叔，這是油水怎麼倒了？」

鐵七說：「這水裏有野豬的汙血，這種肉不香。煮一下煮出了汙血，這野豬肉吃著才香。」

九蘭說：「俺老家那裏過年節也殺豬，是先放血，再吹氣，再褪毛。你這裏怎麼是扒皮？豬皮也好吃。」

鐵七說：「妳說的對，這疙瘩過年節殺家養的豬也這樣，豬血還能灌血腸，還能冷凝了做成血豆腐燉酸菜粉條，也能下火鍋吃。但這是急忙忙殺的野豬，都凍了，怎麼吹氣？丫頭，妳想妳姐她們了，是吧？」

九蘭說：「俺想四姐，俺四姐老實，在家裏老受氣。俺不想七姐，七姐太精，也不想六姐，六姐太懶，心眼又壞。也不想八姐，八姐太愛臭浪（**招蜂引蝶，賣弄風騷**），老勾引小小蛋子。」

鐵七說：「我幫妳找到妳幾個姐，妳回去嗎？」

九蘭說：「俺不知道，都五年多了，找不到了。」

九蘭蹲下來，把一塊塊肢解的野豬肉重新往大鐵鍋裏放。突然抬頭瞅瞅鐵七說：「老七叔，你幫俺找到俺四姐，俺叫俺四姐嫁你當媳婦。你不知道，老七叔，俺四姐是聚財豬，運道好，旺夫。俺在輯安跟你走時就這樣想了。」

鐵七笑了，直起腰，順出口氣說：「我有媳婦，我媳婦是個妖精。我不能娶別人，我媳婦就是我喜歡的那個妖精。」

九蘭說：「瞎吹，俺怎麼沒見。還妖精？妖精哪能當媳婦？再說，妖精是被一堆男人養的，你一個哪行？妖精沒俺四姐好！」

鐵七笑笑沒回答，又把一頭二百多斤的扒了皮的野豬抱在案板上，掄起大板斧，像砍燒柴那樣把野豬肢解成半子。那二再用刀使骨肉分離。該煉油的就裝盆裏準備煉油，該凍的就掛雜物房的房梁上冷凍，該醃的放罈裏用鹽醃成臘肉。而下貨，一堆堆放在草蓆上準備清洗。

那二問：「老七，沒家什裝了，這還剩一大堆可怎麼整？」

鐵七說：「送吉了了家去，我明天就去，再整些年貨回來。我帶九蘭一起去。」

九蘭抬頭問：「真的？俺也進縣城？俺就想找個小石磨帶回來。」

鐵七問：「什麼？石磨？」一愣，那一斧下去就砍腳上了。鐵七叫一聲，抱著腳單腿跳幾轉，就坐在雪地上了。

九蘭跳起來問：「你怎麼了？一個小石磨嚇得你成這樣兒。」一掉頭跑進屋去拿治傷藥。

那二看了說：「乖乖！乖乖！把大腳趾二腳趾的縫砍開了。萬幸！萬幸！這不是騎馬的叫馬踢了屁股嗎？」

不一會兒，鐵七的腳上好藥也包好了，卻腫成包子了。

那二說：「得，咱們吃肉吧。明天我替你去吉了了家，我比你會辦年貨。這眼瞅著就臘月二十三了，小年快到了。」

第二天，九蘭一早起來，沒心思做飯，沒心思問鐵小七怎麼沒回來，熱了昨晚的野豬肉和窩窩頭。三個人對付了吃了早飯。

九蘭回屋，穿上自己平時不捨得穿的白花藍布棉襖，又圍上平時不捨得圍的藍花粗布方頭巾，跑鐵七屋裏翻出五塊龍洋揣懷裏說：「老七叔，你自己記得換藥，記著不能洗腳，腳丫子臭就先臭著，幾天就好了。俺準找個小石磨帶回來。」

鐵七抓抓鼻子，又吸了下鼻子說：「好！有了磨磨麵粉，妳就能蒸亂七八糟的饅頭了。」

九蘭笑一聲，掉頭跑出去，一跳跳上馬拉爬犁說：「那二爺，你記著，不買到小石磨俺就不回來了。那二爺走啊！」

那二唉了一聲，揚了下鞭子，又放下了，坐在馬拉爬犁上發呆。鐵七也從屋裏單腳蹦出來，一手扶著門框往外看。

九蘭問：「那二爺，丟了什麼嗎？走啊！」

那二回頭瞅著鐵七問：「我先去吉了了家送東西，再去把八個黑熊掌、一個黑熊的膽換龍洋。再去老城街找林豹子，送林豹子三十斤熊油，留著給林豹子治傷用，叫林豹子帶我們去找李老壞，送李老壞那四隻紅毛熊的掌，再叫李老壞轉送好爺那顆紅毛熊的膽，再叫林豹子帶我們去饅頭鋪子，如果對上號了，就留下五十塊龍洋。老七我就這樣辦？」

鐵七說：「沒錯！」

那二問：「老七，你不後悔？我可就去了？」

鐵七說：「老弟，你廢什麼話？就這樣辦！」

那二轉回頭，吸了吸鼻子說：「丫頭，坐好！咱們走，這個王八犢子。我一直當他是兒子，他還叫老子老弟。我就叫這個王八犢子後悔。王八犢子！」

九蘭問：「那二爺，你在罵誰呀？」

那二說：「罵我自己，王八犢子……」

那二回來的第二天就是臘月二十三小年了。那二從回來就不理睬鐵七，鐵小七從跟何有魚走了就沒回來過，也不知道那二把九蘭送走了。鐵七也不理睬那二，鐵七每一次給腳丫子上藥，就忍不住去看小腳趾甲。鐵七不能去看他爸爸的小腳趾甲是大小兩片的，還是有縫的兩片的，還是沒縫整個的。他的爸爸早死了。

鐵七就在小年這天，駕上狗拉爬犁去給他爸爸上墳。天邊眼瞅著下黑影了，鐵七還沒回來。那二在屋裏坐不住了，在院裏轉幾圈想幹活又沒心思，想堵氣不去找傷了腳的鐵七，又擔心鐵七碰上冬天下山找食的大牲口。最後，那二罵一聲王八犢子，就回屋揹上獵槍，帶著老憨和老賊出去找，滑著滑雪板走到黑瞎子嶺的嶺口，就和往回走的鐵七碰上了。老憨和老賊見到青上衛還挺親切。

那二不瞅鐵七，那二看著天說：「我趁著天黑前來打傻狍子，可不是來接你的。」

鐵七揉揉鼻子笑了。

兩個人一路回來，鐵七說：「我想吃小雞燉蘑菇了。」

那二不吱聲，出去從雜物房的梁上取了隻凍硬的野雞，回屋用水化開野雞，又取了些冬蘑燉了小雞燉蘑菇。在吃飯時，鐵七和那二面對面坐在鐵七東屋的炕上，那二又倒了兩碗酒，放自個兒面前一碗，放鐵七面前一碗，卻低著頭不喝也不吃。

鐵七說：「那二叔，你沒見小丫頭看雪人的眼神？我沒了爸沒了媽，我懂想親人的感受。」

那二說：「我晃晃蕩蕩過了五十來年，我也懂想兒子想孫子的感受，我琢磨來琢磨去，你像我的兒子，我才來你窩裏搭腳的。我也懂。」

鐵七端起酒碗說：「那二叔，我幾歲就認識你了，我二十歲和你搭伴，你像我的爸一樣，我敬你。」

那二吸了下鼻子想哭，又吸一下鼻子，就笑了說：「我怎麼看你也像是我的兒子，我才想著你。我乾了！」

鐵七問：「小ㄚ頭找到她爹和她姐開心了吧？」

那二說：「我看不一定，我看孟大腦袋和七蘭ㄚ頭是故意把小ㄚ頭和四蘭整丟的。」

鐵七問：「怎麼會這樣？」

那二問：「老七，你見到你丟的親人親不親？」

鐵七說：「當然親，怎麼會不親？」

那二拍了一下桌子，說：「就是，老七你聽啊，然後再想我想的對不對！」又喝了口酒，說：「我帶小ㄚ頭到了李家街，去了羊肉館。紅羊見了我和小ㄚ頭就說，是你倆啊！那二叔、九蘭，你們待會兒吧！就往外面跑去找你。你在家趴窩沒去成嗎？吉了了也說，待會兒！待會兒吧！吉了了點下頭也跑出去找你。紅羊和吉了了這兩口子見我真的不怎麼樣，不親近，我就留下野豬肉就走，我沒要這兩口子送的苞米麵和大米。我說我屋裏沒地放那破玩意兒，就帶著小ㄚ頭走了。」

鐵七笑了，這就是那二的脾氣。

那二說：「我又去把熊掌、熊膽換了龍洋揣懷裏，小ㄚ頭就吵著要找小石磨。我想著先辦事啊，就騙小ㄚ頭這就是找小石磨。小ㄚ頭信了，坐在爬犁上四下看，見什麼都問。老七，我立馬就後悔了。」

那二吸幾吸鼻子就抬手抹淚，又說：「咱把小ㄚ頭關山裏快兩年了，都關傻了。我就圍著街一圈圈逛，小丫頭想要什麼我就買什麼，幾圈轉下來，爬犁也快裝滿了，龍洋也花了二十幾塊了。我想，以後想帶小丫頭逛街也沒那一天了，可怎麼逛也逛完了，就那一圈街。我又帶小丫頭進館子吃飯，吃了大河魚和餃子，就不行了，逛到老城街了。老七，我真不想去，可別人的肉貼不上身，我還有個心眼兒，萬一對不上號，那饅頭鋪不是小丫頭的家呢？叫幾蘭幾蘭的多得老鼻子去了。我就帶小丫頭去賭場找林豹子。林豹子胖了，臉都圓了，一笑也不像山裏的山豹了，像山裏的大黑熊了。林豹子見了我就叫那二叔，還說我一點兒不顯老，就問你。我一高興就給了林豹子那三十斤熊油和十塊龍洋。林豹子說，老七哥想著我我知道，那二叔過年給壓歲的龍洋可是當侄子的福氣。老七，你看人家林豹子，多會說話，就是比吉了了、紅羊兩口子強。」

鐵七又笑了，這也是那二的脾氣。

那二說：「林豹子帶我和小丫頭去見李老壞，李老壞一看四隻紅毛大熊掌、一個大熊膽，愣了半天。李老壞又拿起紅毛熊掌摸了摸熊掌上的勾爪，問我，老七捉這紅毛傢伙傷得重嗎？我就說了你獵紅毛熊受了傷的事。李老壞嘆口氣說，這是我和三哥收到的最好的紀念，是老七用命拚回來的。你回去告訴老七，說五哥三哥都想告訴他，命就一條，老七若不想聽三哥五哥的安排成個人物，五哥三哥都懂他心裏的想法，也不要這樣拚命，自由自在多活幾年，五哥三哥看著才開心。我和小丫頭就出來了，林豹子帶我和小丫頭又去了饅頭鋪子。」

那二停嘴不說了，也不吃雞肉也不喝酒，一雙眼珠在鐵七臉上掃來掃去。鐵七一連皺了幾次眉頭，連喝了兩口酒，那二也不說，鐵七嘆口氣。那二閉了下眼睛，也嘆口氣，才說：「小丫頭一眼看到饅頭鋪子外面新蒸的紅的、白的、黃的大饅頭，跳了一下就呆了，又瞅見孟大腦袋，就是小丫頭的爹和七蘭，你猜後來怎麼了？」

鐵七說：「還能怎麼的，哭唄！」

鐵七夾起塊蘑菇想吃又丟回木盆裏，舉起碗喝酒。

那二說：「哪兒呀！那會兒還沒哭。孟大腦袋看見小丫頭一下子認出來了，這奇怪吧？他和九蘭那麼久不見了。可是一點兒也不奇怪，孟大腦袋家的這幾個蘭長得都像，一看就是一家子，我都能認出來，咱九蘭和那個六蘭長得更像。孟大腦袋就抬手抱腦袋，喊：是、是九、九……她找來了？六蘭也驚叫了一聲，就看著小丫頭發呆了。叫七蘭的丫頭不叫咱小丫頭，卻忙著抓蒸籠蓋蓋饅頭。小丫頭一晃身上去了，乒乓幾腳下去，蒸鍋也倒了，饅頭攤子也趴窩了，饅頭也滿地滾了……」

鐵七揮手摔了酒碗喊：「好！好！這脾氣是咱們的丫頭！」

那二說：「小丫頭這時雙手舉起往下一甩，像狼叫似的揚起脖子才哭喊：『四蘭，四姐！四蘭……』舖子裏就跑出了八蘭。老七，這裏出了個岔頭，你知道嗎？小丫頭這一喊，林豹子傻了。林豹子叫我待著別動，一陣兒風跑沒影了。過了一陣兒，林豹子一陣風又跑回來了，手裏拽個小媳婦卻是四蘭，小丫頭的四姐。四蘭成了林豹子的媳婦。」

鐵七揉揉鼻子笑。

那二說：「小丫頭和四蘭抱一起哭成一堆了。六蘭、七蘭、八蘭我看著也挺傷心。林豹子叫人收拾了饅頭舖子，把大夥帶到高麗樓吃大席。林豹子的媽也去了，林豹子的媽我老早就認識，她早些年是縣城裏最好看最有名的老抽子。我想著小丫頭這一家子奇怪，我問孟大腦袋。孟大腦袋說，九蘭的媽和原配男人生了大蘭、二蘭、三蘭，那原配男人離家沒影了。九蘭的媽又碰上了一個走鏢的鏢師，那鏢師拳腳功夫好得很。九蘭的媽和鏢師生了四蘭。可不知怎麼的，九蘭的媽的原配男人突然回來了，鏢師就走了。九蘭的媽和原配男人又生了五蘭。那原配男人又離家走了，這次知道是去了黑龍江。九蘭的媽又找了孟大腦袋。孟大腦袋是有名的饅頭師傅，這日子過得順了點，九蘭的媽又生了六蘭、七蘭、八蘭。那咱九蘭是哪兒來的呢？還是那個鏢師的，鏢師回來打個轉，又和九蘭的媽生了九蘭。在九蘭三歲時，鏢師來把九蘭帶走了。在九蘭九歲時，鏢師的鏢局兄弟把九蘭又送回來了，原因是鏢師走鏢碰上厲害人物被殺了。那時孟大腦袋他們那疙瘩連年遭災，沒法過活了，九蘭的媽的原配男人又回來了，那傢伙在黑龍江立住了腳。這倆男人就像咱們這疙瘩倆男人拉邊套劈犢子那樣分了九個女兒。那男人給了孟大腦袋一些龍洋，叫孟大腦袋收留四蘭和九蘭，她們的媽和原配男人去黑龍江了。」

那二喘了口氣，還是不吃雞肉也不喝酒，又說：「我問孟大腦袋是不是故意丟了咱九蘭，我想孟大腦袋要說是，我立馬給孟大腦袋一百塊龍洋，我帶上咱九蘭立馬回來，九蘭就是我親孫女了。」

鐵七也緊張了，問：「那孟大腦袋怎麼說？」

那二說：「孟大腦袋說他不是故意的，說他不會那麼喪良心，我就丟下五十塊龍洋和給九蘭買的那些東西回來了。我年貨也沒買，我什麼心思也沒了。老七，明天、後天，到過年，以後，以後，大以後，你想吃什麼自個兒做去，我沒心勁兒了。」那二一扭屁股把腳垂下炕，彎腰穿上鞋，站起回西屋了，不洗腳，不放被子，一頭就趴炕席上去了。

鐵七端過那二的酒碗，喝了口酒，又抓起筷子夾塊雞肉放嘴裏，咬了一下，皺下眉頭，又咬一下，就咽了。轉過屁股坐炕沿上，單腳穿了鞋，站起，蹦著去堂屋的罈裏抓了把鹽回來丟木盆裏，再用筷子攪拌。原因是那二做小雞燉蘑菇根本沒加鹽。兩人剛剛誰也沒吃，光喝酒說話聽說話了。

鐵七愛吃雞胗，伸筷子在木盆裏找到雞胗，野雞的雞胗比家雞的小，但味道好。鐵七夾起雞胗剛往嘴裏送又覺得不對，平日雞胗是像耳朵似的成片，今天這個雞胗是橢圓的。鐵七舉著雞胗就油燈上看。

鐵七說：「雞胗沒切沒翻沒洗，裏面有雞屎。」

那二趴在西屋裏的炕上翻個身不吱聲。

鐵七把雞胗又丟在木盆裏，端起盆扶著一根棒子想去餵狗，才發覺青上衛不在屋裏。鐵七記得剛剛青上衛還在炕下趴著。鐵七又開了屋門向院裏看，院裏五條黃毛爬犁狗從狗舍裏向鐵七看。老憨跑過來搖了下尾巴。這陣子家裏總有肉吃，每條狗都對鐵七的雞肉盆不太感興趣。

青上衛不在屋裏，也不在院裏。鐵七知道青上衛會開院門，想打呼哨，又聽見何有魚家裏鞭炮響，就沒打呼哨。

鐵七知道，東北的狼狗有一個弱點，怕鞭炮炸開的閃光和聲音。有時，每逢年節，家中養有狼狗的人家的狼狗都會失蹤，沒了鞭炮聲才會跑回來，有的狼狗跑出去躲到餓了再跑回來，吃了東西，到了夜裏鞭炮聲一響又跑出去躲起來了。這也許是東北狼狗有狼的血統特點的證明。

鐵七想，青上衛是純正的東北狼狗，知道小年夜家家放鞭炮，躲山裏了吧？鐵七也沒心思吃喝了，單腳蹦回了東屋也合衣躺下了。

4

在鐵七和那二躺在各自的炕上想九蘭的時候，九蘭正走在回來的路上。那裏是過了黑窩子山口往前十六七里地的地方。

九蘭用一根三尺二寸長的擀麵杖當扁擔，挑著一對小石磨，這是對五十斤重的小石磨，每片高六寸，有二十五斤，大小像裝大盤雞的直徑十六寸的盤子，是用長白山區的青麻石由石匠盤成的，這種青麻石含鐵，同樣體積大小也比其他地方的石頭重出不止一成。那時當地有句話說「去找石匠盤磨」，「盤磨」就是找石匠製作個磨。

九蘭挑著五十斤的小石磨從中午開始出縣城，走到天烏黑了才走到這裏，也累壞了。在九蘭買了小石磨、買了擀麵杖挑了小石磨出縣城時還想，今天是小年，準有大小獨嶺的爬犁進城，或者縣城裏的爬犁、馬車去大小獨嶺，她就可以求人帶她順路回來，就走走停停地等。她是等到一架去縣城的小獨嶺的馬拉爬犁，可是人家走姑娘家今晚不回來。

九蘭不死心，還是邊走邊歇邊等。眼瞅著天邊下夕陽了，眼瞅著天邊上來黑影了，九蘭沒等到路過的爬犁，也沒等到路過的行人，才有些著急了，挑著小石磨快走。俗話說「路遠無輕擔」，而且這條路平常也沒幾個人走。路上的雪和野地裏的雪差不多，雖被風吹薄了，也吹出硬殼了，但還不行，不吃腳，一腳下去，吱嘎一聲，雪的硬殼碎了，落腳就一陷，抬腳又一滑。這路走起來就費勁了。這還不算，九蘭挑小石磨用的是擀麵杖，不是扁擔，擀麵杖是圓的，又硬又短，壓肩上久了就受不了。

九蘭挑了這樣一個挑子，三個多時辰走下來，白花藍棉襖早濕透了。九蘭喘口氣停下來，放下挑子歇氣。

九蘭往前看，下面是雪地，頭頂有星星月亮，雖是黑夜，也能看挺遠。九蘭又往後看，也能看挺遠。這時的九蘭有兩個選擇，一是往回走，看到縣城就安全了；二是放下小石磨，把小石磨埋雪裏，做個記號，輕身上路回家，明天再用爬犁來取回小石磨。可是這兩個方式九蘭都沒想到，也許想到了九蘭卻不選擇。九蘭喘順了氣，挑了小石磨，鼓起腮幫鼓著勁再走。

九蘭又走了二里多地，又不行了。又放下挑子，抬手敲肩膀。又往前看，還是能看挺遠。又往後看，還是沒有爬犁上來。

九蘭收回目光，從頭上抓下藍花粗布頭巾在臉前扇風。無意中瞟了一眼左邊的白樺樹林，好像有個影子一閃，她收回目光又突然轉頭看，沒看到什麼。她挑著小石磨又走。

也許是九蘭常年練功夫，耳力超過常人，她感覺身後跟上了東西，猛地想起何有魚給鐵小七說的狼趴背的故事。她留心注意聽，也不回頭，果然，後面有極輕微的踩雪聲。

九蘭的後脖根感覺冒涼氣了。但她突然大聲唱起歌，這句歌詞還是昨晚上住在四姐家聽林豹子唱的：

「……帶著妹子鑽草稞，妹子那個香，哥哥那個慌……」

九蘭突然的這句歌聲嚇得身後的東西打一哆嗦。沒辦法，就算是隻老虎悄悄跟你身後，你突然一嗓子叫出來，老虎也會嚇一哆嗦，不信就去試試。何況跟上九蘭的不是老虎，也不是山豹。如果是老虎和山豹，九蘭早就被撲倒吃掉了。也不是熊，冬天不冬眠的熊都是大公熊，也就是性子古怪的孤熊，這種熊往往身體大，連老虎也敢揍，人和動物碰上這種孤熊準完了。這種熊捉了人不是咬，而是把人往屁股下一劃拉，用屁股坐死。熊的舌頭生有毛刺，熊如果用舌頭舔人的臉，人臉上的皮就破了，滲出血了，熊爲品血味，就再舔，人的臉就毀了。早年山裏有人的臉被熊舔了的，治好就像今天的嚴重燒傷後的傷疤。

九蘭的運氣沒那麼差，跟上九蘭的也不是狼——是狼早就趴上背了，而是大尾巴紅豺，而且是一老兩大兩小一小群紅豺。

九蘭又喊一嗓子，晃肩甩掉擀麵杖上掛著的兩片小石磨，把三尺二寸長的擀麵杖掄了一圈，九蘭也轉了一圈，就看清了這五隻大尾巴紅豺。這種大尾巴紅豺比狼稍小，比大點的狐狸大，在山裏也有叫大尾巴紅豺爲紅狼的。

九蘭就喊：「來人啊！這有狼啊！狼吃俺啦！」

五隻大尾巴紅豺中的那隻大尾巴老紅豺是老母豺，牠離九蘭最近，也是跟在九蘭身後想突然下口的。這時母紅豺離九蘭還是最近，而且牠年老了，也像老年人一樣有見識，母紅豺發覺九蘭手裏的不是槍，於是退幾步就不退了，叫了一聲。那兩隻大紅豺是公豺，這兩隻大公紅豺就向九蘭身後繞。那兩隻小紅豺也向九蘭的左右兩邊圍上來，站在母紅豺的兩側。而且紅豺們悄悄的都不叫。

九蘭雙手合握擀麵杖的一頭，斜彎著胳膊把擀麵杖舉在身側，雙腳不是往後退，而是右腳在雪地上向後側滑，就形成了可以前後掄擊擀麵杖的步法。母紅豺一躥撲上來了，但母紅豺是假撲，真正撲的是九蘭身後的兩隻大公紅豺。這和九蘭想的一樣，因爲母紅豺用的方式人也常用，懂得打架的人被圍了，眼看前面卻用八分精力留意後面。九蘭就有這個本事，也是在輯安當小賊時，裝假小子和男孩子打架打出來的。

九蘭叫喊一聲，擊出的擀麵杖打中了一隻大公紅豺的腦袋，又反手一擀麵杖打中了另一隻大公紅豺的肩。這兩隻大公紅豺都叫一聲，跳一邊去了。可是母紅豺在九蘭扭身打擊兩隻大公紅豺時真正撲上來了，咬向九蘭側面的脖子，九蘭無法用擀麵杖了，九蘭用了拳頭，甩出左拳打中了母紅豺的鼻子。母紅豺落地跳開，甩頭打個噴嚏。

兩下都不攻擊了，而紅豺剛剛的攻擊也是試探。九蘭還是那樣斜舉擀麵杖緩緩往後滑走，不能匆忙退，如果腳絆上東西絆倒了就完了。

九蘭呼呼喘息，瞄著一棵白樺樹退過去。白樺樹在五六十米之外的路邊，只要九蘭能靠上白樺樹，那就避免了前後夾擊，紅豺如果稍一鬆懈，九蘭可以爬上樹保命，等紅豺走了或天亮了也好辦了。

可是，母紅豺透過九蘭瞄樹的眼神，發覺了九蘭的意圖，母紅豺率領兩隻小紅豺從一側逼迫九蘭緩緩轉身，等九蘭發覺不對時，母紅豺先一躥堵在了九蘭與白樺樹之間，這樣九蘭就變成面對白樺樹，而不是背對白樺樹向白樺樹退了。

這是九蘭第一次面對野獸的威脅，平日老聽那二說虎、說熊、說狼，說牠們被殺死打死得多容易，不覺得野獸可怕，今天面對了，才覺得野獸不僅樣子可怕，而且聰明得更可怕。九蘭握擀麵杖的手冒汗了，手套快濕透了，再這樣下去，有可能握不住擀麵杖，再掄打時可能會甩飛擀麵杖。時間也不知過了多久，她想趁著還有氣力，衝過去盯著一隻紅豺打，找時機靠上那棵白樺樹。九蘭這樣想，就向母紅豺靠近，想不到母紅豺居然後退了。九蘭又靠近，母紅豺又後退。這是母紅豺剛剛試了那一撲，挨了九蘭一拳的結果，也是母紅豺吃了點虧，心理有了變化。

離那棵白樺樹只有二十多米了，離那棵白樺樹只有十幾米了。但這段過渡的時間卻很長。如果正常行走，這段時間也走上一兩里地了。

母紅豺不能退了，兩隻大公紅豺也知道不能再跟著走了，就從背後進攻了。九蘭一直沒有放鬆後面，大公紅豺往前撲，九蘭就轉身，側向邁一步，一擀麵杖打中一隻大公紅豺的腦袋，又一順擀麵杖，不是用砸，而是用槍術中的刺，砰！又刺中另一隻大公紅豺的嘴巴。兩隻大公紅豺一退。九蘭扭身用右手掄擀麵杖就打母紅豺，母紅豺掉頭後退，九蘭就追打，再猛跑幾步，掄擀麵杖後掃，再一轉身，往後一靠，背後就靠在白樺樹上，那時的感覺就像靠在父親身上一樣，緊張的心立刻鬆下來了。

母紅豺和兩隻大公紅豺並成一排，從喘氣的嘴裏能看出牠們挺沮喪。但牠們不走，靠到離九蘭三四米遠的地方，散開，成扇面形圍著九蘭。在這種形勢下，九蘭根本沒時間爬上樹。但九蘭想，俺就這樣守著，俺就不信等不來人。

九蘭根本等不到人，除非在明天有人路過。

九蘭靠的這棵白樺樹是長在這條路的路邊的，五隻大尾巴紅豺面對著九蘭，屁股對著白樺樹林。九蘭可以往前看，也可以往左右看。在九蘭歇過氣來、也感覺冷得難過的時候，她看到五隻大尾巴紅豺身後的雪地上悄悄爬來一隻動物。九蘭還想，如果這隻動物攻擊牠們，她就可以爬上樹了。要不再靠下去會凍麻了手腳，那時牠們撲上來她的動作會僵硬，也無法有效反擊，她一樣會死。

九蘭的眼睛瞄著那隻越爬越近的動物，看著這個動物弓起背瞄向母紅豺要撲，九蘭的眼神變了，她認出了這是青上衛。

九蘭眼中的這一切變化，母紅豺感覺到了，母紅豺及時地向一側躥了出去，從背後突然撲出的青上衛也撲空了。青上衛又及時轉向，向側面撲出，咬中一隻大公紅豺的脖子，頭一甩，大公紅豺比青上衛小一號，大公紅豺被青上衛甩倒了。青上衛又撲向另一隻撲向牠腰部的大公紅豺，而被青上衛甩倒的大公紅豺沒死，跳起來也撲向青上衛。九蘭叫一聲，掄擀麵杖撲上去，一連幾擀麵杖都打在大公紅豺的腰上、背上，大公紅豺慘叫著，腰被九蘭打斷了，趴在雪窩裏不動了。九蘭不停手，叫喊著掄擀麵杖瞄著大公紅豺的腦袋又打了十幾下，大公紅豺的鼻子、嘴巴、眼睛都冒血了，九蘭才停了手。

青上衛和另一隻大公紅豺撲咬在一起，青上衛用犬齒對犬齒頂開大公紅豺的嘴，咬上了大公紅豺的咽喉，一甩頭，鋒利的犬齒切開了大公紅豺的脖子。青上衛又一扭屁股閃開母紅豺的襲擊，撲向母紅豺，母紅豺一撲不中，叫一聲，迅速地衝過雪路，向路下面的黑松林跑去。那兩隻小紅豺從另一邊逃了。

青上衛站住，汪汪叫了兩聲，回頭看九蘭。

九蘭撲過去抱住青上衛喊：「你怎麼來了？你真是寶貝！」九蘭一屁股坐在雪窩裏，渾身都軟了。

青上衛卻對著九蘭吱吱叫幾聲，揚頭向白樺樹林裏張望，又掉頭衝九蘭吱叫一聲。九蘭不明白青上衛的意思，說：「俺和你打了兩隻狼。俺把小石磨放這，俺用出吃奶的勁也要把這兩隻狼拖回去給老七叔看看。」

九蘭彎腰把兩隻大尾巴紅豺的尾巴抓在一隻手裏提起，一隻手握著擀麵杖，倒拖著大尾巴紅豺走，邊走邊說：「青上衛，你來了俺就不怕了，剛剛俺硬挺過來的。可是你怎麼知道俺遇上狼了呢？」

青上衛吱吱叫著靠過來，用鼻子頂九蘭拖兩隻紅豺的手。

九蘭說：「拖著走俺行，比挑著走省力。」

可是九蘭也覺得不對了，回頭看，九蘭和青上衛的身後跟上了四隻真正的狼，都是長白山裏生活的青狼。

原因很簡單，山裏雪太大封山了，食草類動物遷徙了，狼找食難了，就結成幫下山獵食人畜，有時一個屯子的人畜都能被狼群全部吃掉。

九蘭問：「青上衛，這是什麼？怎麼和你長得像兄弟？」九蘭又接連打了幾個哆嗦，終於明白了青上衛爲什麼著急，也知道了剛剛打死的並不是狼，現在跟上來的才是狼。

青上衛顯得很著急，又吱吱叫著用鼻子頂九蘭的手。九蘭一下子明白了，抖手把兩隻大尾巴紅豺丟雪地上了。

青上衛用嘴拉了一下九蘭的衣袖，揚頭向前小跑。

九蘭握緊了擀麵杖，急忙跑步跟上。

後面的四隻狼圍上兩隻紅豺的屍體，一隻跟一隻，奔跑著嗅一圈，就開餐了。四隻狼要的是食物，有了食物就不會攻擊人了。

九蘭又一次跑軟了腿的時候，青上衛衝前面汪汪叫兩聲。賊頭賊腦的老賊從雪窩裏閃出來，跑過來了。

九蘭說：「你也是寶貝，是個打完架就出現的寶貝。」

九蘭奇怪青上衛和老賊怎麼會出來接她。這又要說到青上衛的耳朵了，在九蘭叫喊出第一聲的時候，青上衛就聽到了，青上衛用嘴抽開院門門閂去接九蘭了。

在青上衛嗅到九蘭和五隻紅豺的時候，青上衛不是像別的狗遇到這種事時那樣，汪汪叫著衝過去，或者遠遠地就汪汪叫著跑來。青上衛不是，牠是避開風向，繞到五隻紅豺後面襲擊，青上衛的這個性子就像狼一樣。

青上衛上路的時候，同樣聽到九蘭叫喊的老賊本來是跟著的，但老賊跟到半途，在青上衛避風向時，老賊沒避風向藏身的本事，卻聽到了狼的動態，老賊就停下等著，不敢跟去了。如果同伴換了是老憨，老賊就會跟去，因爲狗對同伴同樣有可信不可信之別。

從這件事上，也說明青上衛的耳力超過了其他的狗，而且老賊的耳力也不凡。這也是老賊在上次能出來接鐵七的原因了，也是老賊總能發覺其他的狗還沒發覺的事的原因。在不瞭解的人眼裏，這樣的老賊就顯得賊頭賊腦了。這就是東北狼狗的特點，除與其他狗一樣都有靈敏的嗅覺之外，還具有像狼一樣好使的聽力，只是強弱不同。

三個一路往家走。這裏的左邊是小獨嶺了，而且鞭炮聲一聲一聲稀疏地響起來。青上衛的耳朵開始四下扭轉，哪個方向響一聲鞭炮聲，青上衛的耳朵就轉向哪個方向。如果空中炸出一串閃光，青上衛會盯著這個閃光發出「嗚嗚！汪！」這種聲音。

老賊和青上衛不一樣，把腦袋低著，盡力不去聽鞭炮聲，緊緊地貼著九蘭的腿走。九蘭想到了這兩個傢伙怕鞭炮聲。看看到院門口了，青上衛和老賊加快速度跑過院門，往雪坡上跑，因爲大獨嶺另三戶的鞭炮聲也響了……

5

九蘭不是推開的院門，而是吸了下鼻子抬腿一腳踹開的院門，不是一步一步走進的院，而是重重地跺著腳走進的院，不是輕輕地關的西偏房房門，而是重重地推上的兩扇房門，就把自己關屋裏了。

鐵七聽到聲音從炕上坐起來，但他又躺下了。躺下的時候，聽到那二噔噔跑出了屋子，跑過院，就在九蘭的西偏房門前響起那二的聲音：

「丫頭！丫頭！妳可回來了。我打定主意明天用九張老虎皮、一百塊龍洋給妳爹孟大腦袋換妳回來，孟大腦袋說不幹我就揍他。丫頭！丫頭！當我孫女吧！妳不走了吧？丫頭……」

九蘭在屋裏喊：「俺差點兒叫野獸吃了，有五隻呢！青上衛咬死一隻，俺用擀麵杖打死一隻，俺想拖回來又叫四隻狼搶了去。俺小石磨丟了，你得給俺找回來！」

那二說：「行行！行！我明兒個一大早就去找，放心吧丫頭，這疙瘩沒人撿妳的小破石磨。」

那二掉頭回來燉了一大碗野豬肉給九蘭送到屋裏，背上手在院裏轉圈，轉冷了又回屋轉圈，轉著圈，想起什麼又罵：「老七、老七！你睡死了？王八犢子！你差點兒整沒了我孫女。」

天不亮，那二駕上狗拉爬犁急急忙忙走了，去找九蘭的小石磨去了……

鐵七在九蘭做好早飯、那二放下小石磨後，笑呵呵進了堂屋，三個人高高興興吃過了早飯，鐵七就單腳跳起在屋裏的櫃裏翻找東西，還嘟噥：哪去了？放了有五六年了。

九蘭收拾了桌上的碗筷，又進來給鐵七換藥。

鐵七說：「等等，我給妳找件過年的好玩意兒。」

九蘭也好奇了，笑嘻嘻看著鐵七把炕上的一隻椴木炕櫃、東牆邊的四隻花梨木小櫃裏的東西都拽出來，才在一隻花梨木的小櫃裏找出一個小包袱。

鐵七說：「他媽的，在這疙瘩呢。丫頭，這是我最好的東西，本來想找個女人生個女兒給我女兒的，現在給妳吧。看看，圍上。」

九蘭解開包袱，見裏面是一捲皮子，還有草紙包的一包防止皮子被蟲子蛀的草藥。在鐵七的示意下，九蘭把皮子翻過來，愣了，一雙眼睛也一下亮了。這是一條有頭有尾、完整的狐狸皮製成的圍脖，整張狐狸皮連一個針眼的破損都沒有，狐狸的毛根根直立，像火紅的火焰。

九蘭把圍脖一把抱懷裏，喜歡得不得了，嘴裏卻喊：「俺來住快兩年了你才給俺，在這山裏住，俺的圍巾一出屋就吹透了。老七叔，你心眼兒真壞！」

九蘭把火狐皮圍脖圍在脖子上跑出去給那二看。

那二卻愣了，說：「丫頭啊！這條火狐狸皮圍脖可是百年不遇啊！看來老七真把妳當女兒了。」

九蘭問：「真的？那二爺，你是說火狐皮很值錢是吧？」

那二說：「那是！這種毛色的火狐狸，有的獵人在山裏待一輩子也保不準能見到，更別說捉活的了。這隻火狐狸是老七在山裏追蹤了三十來天，餵了狐狸三十來隻活野雞才捉到的。丫頭，那是進入臘月前的天氣，在山裏待三十來天，又要捉活野雞餵狐狸，又要追蹤，就為了能捉這隻活的火狐狸，而且這種火狐狸遠比獵狗聰明。妳說老七遭了多少罪？」

九蘭說：「是啊！俺靠著樹和野獸對靠了一會兒就凍得要死了。俺不要老七叔這件圍脖了，這件圍脖太貴重了。」

那二說：「等等丫頭，老七給妳這東西就是把妳當女兒看了，妳不要，就是不把老七當爸爸看。」

九蘭說：「那俺就要，等俺和老七叔一起再捉一隻，俺可不信這火狐狸就這一隻。」

那二表情古怪地看了眼九蘭，搖搖頭說：「丫頭，妳也見了不少這疙瘩的人了，妳見哪個人圍的狐狸皮圍脖像這個圍脖這樣像火焰似的紅？」

九蘭說：「俺沒見到。」

那二說：「這東西先不管它貴不貴重，這種毛色的火狐狸皮圍脖，連王府裏的格格也不一定有。老七為什麼把這張火狐狸皮當寶貝妳知道嗎？」

九蘭說：「你說了俺就知道了。」

那二說：「就是，妳聽啊！獵人一般不發誓，發誓就應誓。老七發誓了，為什麼？就為這隻火狐狸。我們捉活的狐狸、活的狼、活的紫貂、或者活的兔子等等，為什麼？為了活扒皮，為什麼要活扒皮？活的東西扒下皮，皮不死，毛是直立的，有靈氣。」

九蘭想想，眼前出現活扒動物皮的幻影，就打個哆嗦。

那二說：「還有一種方式，是用燒紅的鐵通條，捅進活狐狸的屁股眼裏，那比扒皮還痛，一眨眼的工夫，活狐狸慘叫，全身的毛全都直立了，然後飛快地扒皮，皮扒下來狐狸不死，才算好毛。這個火狐狸的皮，老七就是這樣扒的，扒完那火狐狸不死，還流眼淚。老七埋了火狐狸就發誓再不獵狐狸，再不幹活扒皮的事兒。我當老七是我兒子，我也不幹那事了。咱們這家人就都戴帽子了。死狐狸扒皮做圍脖戴，會叫人笑話，咱們就不戴了。我老早瞅妳瞧何家丫頭、烏家丫頭圍的圍脖兩眼羡慕，我動了幾次心思想再捉一隻狐狸，哪怕是隻平常的黃毛狐狸，再做一條狐狸圍脖給妳，我想想老七發的誓，我都忍了。」

九蘭摸著火狐狸皮圍脖上的火狐狸乾巴巴的鼻子頭，說：「那俺還圍俺的頭巾，俺也不圍火狐狸皮了，牠死得可真慘。」

那二說：「那不一樣，人死留名，狐死留皮。老七給妳圍脖妳就圍，老七認的女兒才配戴這個圍脖。這才是咱家的丫頭，咱家的丫頭就是這大獨嶺的小格格，什麼都能穿，什麼都能戴，圍圍脖就圍最好的。妳瞅著吧丫頭，咱丫頭圍這個圍脖，不管這疙瘩，還是縣城裏的大小媳婦、大小丫頭、老少爺們，都會兩眼發光瞅妳的圍脖，咱丫頭就美了。」

九蘭說：「那俺就圍。可是那二爺，俺把火狐狸皮圍脖子上到處走，被人家偷了怎麼辦？」

那二愣了愣說：「那我也沒招了，反正老七給妳就是叫妳圍脖子上的。」

九蘭抱著火狐狸圍脖犯愁了。

這爺孫倆的話鐵七都聽見了，鐵七的腦海裏又一次閃出火狐狸在雪原上回頭看他的那張靈動的臉，像雪地裏突然開放的火紅的山百合花。鐵七嘆了口氣，腦海中又突然閃出了妖精的笑臉，妖精的笑臉就像那隻火狐狸的臉，尤其是妖精瞄向鐵七時那眼睛裏飄出的神采，像極了火狐狸的眼神……

鐵七就想，是不是聽從三哥侯三好爺、五哥李五李老壞的安排，真的在縣城裏開間山貨行，再發展成東邊道這幾十個縣鎮的連號山貨行，當一個連妖精也希望的山貨行大老闆？想著，鐵七就笑了，覺得當了大老闆就不再是現在的鐵七了……

6

九蘭和那二在院裏用木材做小石磨的磨盤，主要是九蘭在動嘴說，那二在動手做。兩人幹了一天，才把小石磨架到磨盤上。

在吃晚飯的時候，九蘭說：「老七叔，火狐狸皮圍脖真暖和，脖子裏不進風了，在外面待多久也不冷。」

九蘭又一笑，又說：「老七叔，難怪你叫那二爺老弟，那二爺就是當老弟的材料。那二爺可真笨。一個小磨盤，那二爺拆了架，架了拆，弄了整整一天，連趴著看的青上衛都瞅煩了，衝那二爺汪汪直叫。」

鐵七就笑。

九蘭說：「俺知道了。」不等鐵七問九蘭知道了什麼，九蘭又說：「打野豬的蠢，像何有魚的爸爸，見了野豬群不趕緊跑還被吃了，多蠢！打熊的傻，明知不冬眠滿山亂跑的大公熊不好打還捨命去追，差點被熊弄死了，多傻！打虎的呢，兩年也沒見打到虎，不曉得真能打虎還是不能打虎，幹別的什麼也不怎麼行，多笨！這就是你們這裏的獵人。」

鐵七也無話可說了。

那二進來說：「老七，這小丫頭可真難伺候，架一個小石磨，比打隻老虎還累。」

鐵七和九蘭對上眼睛就笑了。

那二說：「我孫子野了，好幾宿沒回來了。」

三個人吃了飯就休息了。

很快，過年了。這一年大小獨嶺的十戶人家收益不錯，蛤蟆油啦、春秋在山裏整的乾貨啦，都賣了好價錢。大年夜和初三送年時家家放的鞭炮都挺多，而且二十幾個孩子在白天晚上也總放鞭炮，鞭炮聲就總有。

青上衛和在小年夜接回九蘭就沒影了一樣，牠不但怕鞭炮炸響的聲音，也怕鞭炮炸出的光。這很奇怪，因爲青上衛不怕第一個主人二毛子張一夫的馬槍聲，也不怕鐵七的獵槍聲——這和老賊也不怕那二的獵槍聲一樣，這種狼狗如果連槍聲也怕，就當不成獵狗了。但這種狼狗爲什麼怕鞭炮聲而不怕槍聲卻令人想不透。興許青上衛能看到鐵七拿獵槍射擊，有心理準備才不怕獵槍聲。鞭炮的響聲和獵槍聲的確不一樣，不知什麼時間在什麼地方炸響，這可能才是像青上衛和老賊這種狼狗怕它的原因。

所以，大年夜的鞭炮一響起，青上衛跑出屋，拉下院門的木閂，抬前腳勾開院門，就跑山裏躲起來了。等那二找老憨和老賊的時候，老憨在狗舍的草窩裏趴著，老賊也沒影了。

那二回屋敲著腦袋仔細想想說：「老賊去年大年夜也沒影過。今年山裏怪事多，跑山裏不會有什麼事吧？」

鐵七無法回答，想想青上衛覺得應該放心，就拉那二喝酒。九蘭沒在屋，圍著火狐狸皮圍脖跑烏大丫家和一幫小獨嶺來的孩子玩去了。

初一的白天到初三的白天，青上衛和老賊一個趴在屋裏的窩裏，一個趴在狗舍的草窩裏，基本上都不動，到了初三的晚上，大小獨嶺的鞭炮聲又響起，青上衛和老賊又沒影了。初三送年的鞭炮放過，就快到下半夜了，青上衛和老賊一起回來了，好像青上衛和老賊知道要到正月十五才又有鞭炮響似的。

老賊跑進堂屋吱吱叫圍著那二打轉。

那二拍拍老賊的腦袋，老賊卻把屁股掉過來對著那二，那二又拍拍老賊的屁股，問：「你跑山裏吃到什麼了?山裏就那麼好玩兒?鞭炮煙花多好看，你怎麼就怕呢?老憨就不怕。」

老賊就又吱吱叫。那二擺擺手，老賊遲疑了一陣，才跑出門去了。

青上衛跑進屋，趴在窩裏就不動了。

那會兒鐵七早睡了。

那二在洗腳的時候，才感覺到手上黏糊糊的，就著油燈才看清手指肚上、手掌上都是血。那二以爲自己受傷了，用油燈照腿上、手上找傷口沒找到，想一想，才穿了鞋舉著油燈去狗舍找老賊，從草窩裏把老賊拽進堂屋，又點上一盞油燈，才在老賊的屁股上找到一條大口子。

那二說：「乖乖！你碰上狼了。能逃回來，好樣的！不孬！你這傢伙逃跑的本事挺大的，比什麼狗都厲害，我放心！」

那二給老賊治傷。老賊治傷時，衝著青上衛待的東屋吱吱叫，青上衛不出來，老賊就汪汪叫。鐵七就醒了，出來看。鐵七的腳還沒好，總化膿，還包著，還單腳跳。

那二說：「老七，瞧這大口子。老賊衝屋裏叫青上衛，難不成又是青上衛幹的？」

鐵七把青上衛喚出來，青上衛和老賊碰了面，兩個傢伙都碰鼻子問候，樣子挺親近，而且鐵七也在青上衛的左肋上發現一條兩寸長的口子。

鐵七說：「興許真碰上狼了，這兩個傢伙在山裏跑了半夜了。碰上狼也正常，好在這兩個傢伙可以一起跑回來。」

可是，青上衛和老賊到底是不是碰上了狼呢？人沒看見，狗不能言，這兩隻狼狗的主人就這樣猜測了。

轉眼正月十五到了，那夜的煙花鞭炮又響起，青上衛和老賊又沒影了，青上衛和老賊沒影了挺正常，這兩條狗怕鞭炮，但不怕鞭炮的老憨也沒影了。

那二說：「壞了！壞了！怎麼怕鞭炮還傳染？老七，老憨也沒影了。」

九蘭、鐵小七和何有魚姐弟三個，還約上烏家姐妹駕上馬拉爬犁進縣城看花燈去了。走時，鐵小七說住在吉小葉家，過兩天再回來。

下半夜的時候，青上衛和老憨、老賊都跑回來了。

那二和鐵七正等這三個傢伙呢，就一條條看，那二說：「老七，壞了。這三個傢伙真和狼在幹，都受傷了。」

鐵七說：「咱們得小心點了，興許狼要圍屯子了。今年的雪太大，狼也得活命。」

那二說：「我去知會那幾戶一聲，叫他們晚上都來咱們這院待著。這院是寶地，保險。」

那二餵了狗，睡了一會兒天就亮了，那二和鐵七吃了早飯。那二正在想等到中午先到誰家去，何有魚的媽卻先來了。

那二把何有魚的媽讓進屋，何有魚的媽問：「那二叔，我就是來問問那幾個孩子什麼時候回來。」

那二說：「縣城裏多熱鬧，那幾個丫頭小子有地兒吃、有地兒住、有處玩、有景看，我看要回來也得過個三五天。」

何有魚的媽說：「我有些擔心呢。那二叔，我看怕要鬧狼了。我家的青毛黑昨晚鞭炮一響就帶著三條獵狗躲進山了。今早回來了三條，有一條沒了。回來的這三條狗都受了傷。我想這些狗準是在山裏碰上狼群了。這些丫頭小子在縣城裏多待些日子也好。」

那二好奇了，問：「那在大年夜和初三的這兩天夜裏，妳家的狗也躲進山裏了？」

何有魚的媽說：「躲了呀！怎麼不躲？大年夜和初三晚上是青毛黑和另一條狗，另外兩條不怕鞭炮煙火。初三那晚，青毛黑和另一條狗半夜跑回來也都受了傷。我以為是和狗掐架，就沒理會。可這次不一樣，這次四條獵狗都跑出去了，還少回來一條狗。興許叫狼咬死吃了。」

那二說：「我也這樣想，老七腳傷了，不能進山。我去山裏轉一圈看看。但妳記得叫大夥下黑都到這院來，以防萬一。」

何有魚的媽答應著走了。

那二滑著雪板，揹著槍進了山。這次那二沒帶狗，老憨和老賊傷的都不輕。那二在山裏轉了一個下午，沒發現狼群踩的狼道，連一隻狼也沒碰上，就回來了。那二回來不久，九蘭和鐵小七他們趕著馬拉爬犁也回來了。

鐵小七一臉很生氣的樣子，進屋就問鐵七：「老七爸，你和吉了了大叔是兄弟嗎？」

鐵七問：「是不是兄弟怎麼了？」

鐵小七說：「我去的那會兒初時好好的，可過了一會兒，吉了了大叔就找碴和我丈母娘吵架，好像說到了你。」

鐵七說：「別胡說，滾一邊去。」

鐵小七掉頭往外走，邊走邊嘟噥：「吉了了叔說，你不敢見他才躲著不進城。吉小葉說你偷了她媽媽，老和我丈母娘睡覺。」

鐵七想，準是金大炮傳瘋話，就打算找一天進縣城解決了金大炮。鐵七雖這樣想，但也生吉了了的氣，就在屋裏躺著不想出來了。

到了晚上，四戶人家在鐵七家聚齊的時候，青上衛和老憨、老賊看見青毛黑和兩條同伴獵狗隨何有魚的媽往院裏進，就迎上去咬在一起了。

那二和何有魚的媽費了老大的勁才分開了六條狗。

崔虎子說：「那二叔，我看不對吧？我的兩條狗也跑進山躲鞭炮，怎麼沒碰上狼呢？我看是你家的狗和何家嫂子的狗掐架掐出仇來了，並不是碰上狼被狼咬的。」

那二現在也這樣想了。

何有魚的媽說：「這可怎麼好呢？我回去拴上青毛黑，拴些日子興許就沒事了。」

大夥說說笑笑各自回家了。

7

過了些日子打春了，野豬河一夜之間轟隆隆響過，就開河了。鐵七家院裏的雪也化得像水田了，除了踩實的那幾條通這通那的雞腸子路，院裏其他地方一腳進去就踩一鞋稀泥。房上的房草在雪化後，太陽出來曬上就飄白氣。

這個時節大獨嶺四戶人家也開忙了，主業就是在野豬河裏捕撈開河魚。這種在冰下的水裏憋了一冬養肥了、又少污染的開河魚，吃起來格外鮮美，也能賣個好價錢。捕開河魚是初春長白山山裏人家的一道風景。

催春的頭一場大雨下來後，大地暖透了。山崖上的映山紅開花了。草綠了，滿山滿林梨花、杏花打花苞即將開放了，就是春天了。長白山區獨有的蛤蟆的冬眠也醒了，也從江河溪泡裏往山上跑了。這時的蛤蟆由於一冬天沒吃食，肚裏是乾淨的，母蛤蟆肚裏是仔，而深秋蛤蟆從山上下來進入江河溪泡時，母蛤蟆肚裏是油。這種蛤蟆大的六七寸，正常四五寸，做菜時是整隻做，不開膛、不扒皮，是當地名菜，號稱「下八珍之一」。吃時，人嘴對蛤蟆嘴，整個吃進去，舌頭整幾下，吐出骨頭。但在這個季節，這些獵戶一般不整蛤蟆，因爲蛤蟆要繁殖。在深秋蛤蟆下山時，才偶爾捉蛤蟆扒油賣錢。

鐵七家院裏的地也硬實了，房草也乾了。那圈樹牆的枝枝杈杈也綠了。大小獨嶺的狗也發情了，公狗和公狗爲爭奪母狗而發生的掐架就多了。但這只是拉爬犁的狗才有的生活。至於像青上衛、老賊、老憨等獵狗，能否擁有和母狗戀愛的權利是由主人來決定、來安排的。如果主人沒有安排，又怕被有心人偷去狗種，就會把獵狗關一段日子。如果獵狗從沒有過和母狗戀愛的經歷，這日子也不難過，等到發情期過去就正常了。最要命的是獵狗一旦有過那種經歷，可能在心理上產生變化，也不會像從前那樣精神集中，那麼在出獵時也許會出意外。也許這也就是有的好獵狗爲什麼會被母狼引走而死亡的原因。但對於獵狗，這樣的一小段日子是能熬過去的。

日子很快，到了收穫山菜的時節了。這個時節主要的山菜就是毛爪子、蕨菜、大葉芹、三葉菜、四葉菜等等。這些山菜採回來可以鮮吃，也可以拉進縣城去賣，還可以晾成乾菜存起來冬天吃。

九蘭看著烏家丫頭和何家丫頭一筐筐往家揹山菜，也著急了，她叫鐵小七上山弄山菜，鐵小七不去。鐵小七和何有魚忙著在河沿的沙坑周圍做「魚亮子」，就是用柳條埋在沙坑的入水口做堵魚的攔網。因爲再過些日子，山水就下來了，那時整個沙灘河道上全是水，等水下去，恢復到平時的水位時，河道的水泡子裏的魚會被「魚亮子」堵在水泡子裏，魚就手到擒來。

九蘭怕進山迷路也怕碰上野獸，不敢進山又著急整山菜，她想了想，想了個招，用柳枝做了個柳哨馴青上衛。初時九蘭的柳哨聲很響，只要一吹，院裏的狗都跑過來。但這不合九蘭的心意，九蘭又做了個聲音小的柳哨，跑到野豬河邊上吹，這次只有青上衛和老賊跑來了。九蘭還不滿意，又做個柳哨，再跑遠些吹，吹出的聲音只有自己聽得見，這次只有青上衛跑來了。

九蘭這次滿意了，抱著青上衛說：「你的耳朵比老賊的好使。記住了，這是俺和你的秘密，俺只要一吹這個，就是找你救俺。懂得了？」

那時青上衛正褪毛，身上挺難看，九蘭就把青上衛拽進水泡子，給青上衛用梳子沾水梳毛，平時九蘭又總給青上衛加肉抓癢，這是青上衛依賴九蘭的地方。柳哨的事解決了，九蘭又向何有魚要來了那根臘木棍，往後腰裏一插，提著筐進山了。

九蘭是個挺怪的北方女孩，挺獨立。九蘭從前年秋天隨鐵七住在這裏，住了兩個秋天，到這個春天就兩年了，九蘭從沒進過山。除了去年冬天進縣城認家人找小石磨和正月十五看燈，九蘭再沒出去過。這是因爲一開始除了鐵七和那二，這大小獨嶺的人，九蘭沒一個情願信任的。現在九蘭在這裏住久了，也喜歡上這裏、決定把這裏當自己家了，九蘭才眼紅烏家姐妹、何家姐妹整的山菜了。

以前那二在野豬河邊整回柳蒿、小根菜、婆婆丁、苦菜子、水芹菜、山辣椒秧、水白菜、山胡蘿蔔、桔梗等等，回來用開水焯一下，做涼拌菜或蘸醬菜或鹹菜吃時，九蘭會說那二爺像老家的青驢愛吃青草。

現在九蘭終於要進山了，在沒整懂山裏的事之前，九蘭的古怪脾氣還是不改，就不和烏家丫頭、何家丫頭搭伴進山，烏家姐妹來找九蘭搭伴她也不去。但九蘭心裏也有數，就是在筐裏帶上幾棵那幾種山菜做樣子。

初時情況並不順，九蘭找一叢毛爪子能走到腳軟。漸漸九蘭明白了，棕色的毛爪子長在山溝溝裏，溝裏潮濕又透陽光的地方長得更多，一叢叢的，找一條小山溝就能採一大筐。同時，九蘭發覺綠色的蕨菜大多長在陽坡，在雜草叢中長成一片一片、一根一根的，莖是光桿，毛茸茸的頭彎曲下垂，像豆芽狀，在雜草叢中特好認。可是大葉芹之類的綠葉菜，她弄不明白了。一眼看上去，長葉子的草有的葉片薄而光，有的葉片厚而生絨毛，看上去亂七八糟都差不多也分不清。這不同於毛爪子和蕨菜，就不好認。毛爪子又叫猴爪子，通體棕色，外形像蕨菜，桿身上有小小的棕色片形尖狀毛，像猴子的手臂，而頭部像猴子生滿毛的爪子，彎曲下垂，是叢生的植物。

這樣，九蘭每次上山，能採回來的就是蕨菜和毛爪子這兩種菜。

有一次那二說：「小丫頭不孬，像山裏人了。記著下回整些大葉芹，咱包大葉芹野豬肉餡的大包子。」

九蘭答應了，專心上山找大葉芹，手裏拿棵向何有魚要的大葉芹，在山溝裏找一樣的葉片對比，找了滿頭汗也沒找到一樣的。擦把額上的汗的工夫，就聽到松樹上掉下東西的聲音。抬頭看，看到一隻大個的松鼠跌下松樹，打一個滾，吱吱叫著從她兩腳之間鑽過去逃跑。

九蘭正看間，松樹上又游下一條五六尺長的蛇，這條蛇全身綠色，又生有紅色斑紋，蛇追到九蘭面前就停下，抬起三角腦袋對九蘭吐信子。

九蘭天生怕蛇，從沒見過這種綠色的生有紅色斑紋的蛇，一屁股坐在地上，手一劃拉，把後腰的臘木棍抓在手裏了，這才發現自己腳發軟坐不起來了。九蘭把柳哨送進嘴裏，鼓了鼓腮就吹了柳哨，這時九蘭才擔心哨子聲太小，青上衛聽不到。想打蛇又不敢，只好用棍子對準蛇的三角形的腦袋，身子一點點鼓足勁挪著屁股往後縮。

蛇吐著信子不走，左彎一下腦袋，右彎一下腦袋在找機會攻擊。九蘭不知道這種蛇的特性，懂的人在山裏碰上這種蛇，說一句「我可不想看見你，你也別瞅我」就快步走過去了。蛇不會攻擊。有的人不理會，見了蛇躲了就行了。還有種人進山根本看不見蛇。長白山區沒有大到可以吃人的蛇，毒蛇最大的不過兩米左右，傳說這樣大的蛇會追人。而且蛇一旦和人對了陣，蛇不知道退走，又怕人攻擊，蛇就盯著人，人悄悄退走也沒事。但人若怕蛇攻擊，人不敢退走，那就只好像九蘭這樣對陣了。

九蘭把臘木棍在身前舞，用屁股一下一下往後挪。這樣堅持了一會兒，青上衛就跑來了。九蘭鬆了一口氣。可是又緊張了，她發現青上衛歪著臉看這條蛇，不知道怎麼對付。其實九蘭每次上山離家都不遠，不是前山坡就是後山溝，還要做好記號記住出山離溝的路。本來烏家丫頭和何家丫頭也在這一帶採山菜，當她們發覺九蘭上山採菜時，像約好了似的，便去遠些的山裏採菜，等於把這一帶讓給九蘭了。

九蘭的背部碰到了樹幹，九蘭才扶著樹站起來。青上衛似乎找到對付蛇的方法了，牠開始圍著蛇轉，蛇盤起蛇陣昂起腦袋叫陣。青上衛作勢撲出，蛇的嘴閃電般咬去。青上衛往下面一跳，脫開距離，就用前腳在草地上挖溝。蛇展開蛇陣向前爬行追進。青上衛邊退邊把溝挖大挖深，蛇的上半身就游進了土溝裏。

青上衛一個旋轉撲出，一口咬上蛇的脖子，蛇的身子飛快地在青上衛的脖子上纏了兩圈，又纏第三圈。這條蛇有五六尺長，就算纏青上衛的胸脯也足能纏兩圈，何況纏脖子。纏上就勒緊，青上衛撲倒了，但不鬆口，盡力把犬齒咬進蛇的脖子裏。蛇的嘴巴大張著，蛇齒像魚鉤樣探出來，左右晃動，可惜牠的七寸被咬住，牠的牙齒就用不上了。

九蘭怕蛇，光張嘴叫不敢幫手，看著青上衛被勒的肚子鼓起來，又小下去，再看著青上衛跳起來甩開蛇喀喀打飽嗝，才看到蛇的腦袋被青上衛咬掉了。

九蘭問：「這蛇能不能吃呀？你嘴上都是血，中沒中蛇毒？」

青上衛卻衝草溝裏叫。

九蘭握著臘木棍又緊張地往草溝裏看，看到烏大丫、烏小丫提著筐從草溝裏走出來。

烏大丫說：「我們一猜就知道是妳。」

烏小丫問：「九蘭妳整什麼呢？還整得一頭汗？」

九蘭用棍子指那條蛇。

烏大丫嚇一跳，說：「這蛇叫野雞脖子，是這山裏最毒的蛇。現在是春天，蛇毒不烈，但咬妳腿肚一口也不行，妳的腿肚會腫得圓起來，嚴重了會腫得爆開，妳就死了。如果是夏天，那時蛇毒最烈，咬一口妳走不到家就毒死了。」

烏小丫說：「這條蛇可挺少見，挺大的。九蘭，幸虧妳帶著青上衛，這狗可真厲害。」

九蘭就蹲下抱著青上衛抓癢。

烏大丫說：「你在找大葉芹啊？我幫妳吧，我看妳光整毛爪子了。妳不知道毛爪子也有謊子，長得和毛爪子差不多，葉子比毛爪子細點，顏色也淺點，那是謊子，人吃了會中毒。」

九蘭嚇一跳，才知道在長白山區域不瞭解山的人獨個進山，想找對了山菜也不容易。

烏小丫說：「山菜快老了，快過季了。等過了夏天進入秋天，就該採蘑菇了。九蘭，妳不能總是脾氣這麼犟，妳要採蘑菇準把毒蘑菇採回家，做了湯菜吃了中了毒就沒救了。我們和妳搭伴吧！」

烏大丫說：「我們不像何家姐妹騙妳吃山梨砣子那樣騙妳，行吧？」

九蘭不再矜持了，也知道沒當地人領著進山也不踏實，就對著烏家姐妹點頭了。

這樣，九蘭跟著烏家丫頭在山裏一個春秋轉下來，也記熟了許多種長白山區域特有的蘑菇，能夠找到帶有淺淺土黃色的趟子蘑，從找到的那棵開始，隔七八寸、一尺左右的地方就會有第二棵，順著這一趟趟子蘑走下去，直到一棵一棵採滿筐要拿不了時，那一趟生長的趟子蘑還一棵一棵地走在前面。她還能在松樹的樹下落葉裏找到具備東北特點的棕色松樹傘蘑，它是最像撐開的雨傘的蘑菇。還有像銅錢大小的平頂小黃蘑和長生在雜草叢裏的平頂小青蘑，這兩種小蘑菇做湯喝，味道極爲鮮美。還有吃嘴裏一滑就下肚的、樣子像原蘑，但比原蘑大幾圈的黏團子蘑。還有長出長長的腿的灰白色的雞腿蘑，這種雞腿蘑肉質適口，和小雞一起燉，雞腿蘑和小雞的肉是一種味，雞湯很鮮。當然用雞腿蘑燉小雞時講究純味，不放亂七八糟的調味料。此外，還能在腐爛的樹木上找到榛蘑、柳樹耳蘑、楊樹耳蘑。運氣如果好點，在林子裏的樹上看到絨茸茸猴頭狀的東西，那就是和魚翅、燕窩齊名的猴頭蘑了，找到一隻，不能忙著走開，就在採到猴頭蘑周圍的某棵樹上、和找到的這隻猴頭蘑臉對臉的方向，還會有另一隻猴頭蘑，這是一對，找到一隻就不要丟下另一隻。另外，在死去發黴的榆樹、柞樹等等硬雜木樹木上，還能採到野生黑木耳……

九蘭看到自己從山裏收穫的這些時，不能不回想，如果在剛來大獨嶺的前年秋天和去年春天就信任這裏的山裏人，和她們走在一起，到這時，她差不多已經變成這長白山裏的山裏人了。

8

鐵七的腳傷在進入春天時就好了。這幾天，鐵七和那二忙著收拾東偏房給快來的皮貨商住，又忙著做賬，記錄大小獨嶺的各家獵戶送來的皮貨。每年的這個時期，輯安縣城木記皮貨行都來鐵七家收皮貨。到了秋天，鐵七再去輯安收賬。

木記皮貨行掌櫃吳小個子比往年來遲了幾天，吳小個子本名不叫吳小個子，因爲吳小個子長得瘦瘦小小又精明強幹，人家背後都叫他吳小個子，真名叫什麼反倒沒人記得了。

鐵七曾經在輯安見過吳小個子和一個北方壯漢打架，那北方壯漢一手八極拳挺厲害，一口氣打翻了吳小個子的三四個夥計。吳小個子叫那壯漢喘口氣，歇歇力氣才和他動手，吳小個子三掌就打翻了北方壯漢。當時吳小個子告訴鐵七，他練北派鐵砂掌已經十六年了，一掌拍碎十一塊青磚像玩似的。

東北人個子大的不一定聲音高，個子小的不一定聲音低。吳小個子身高五尺多點，用現在的尺算也就一米五，但吳小個子的聲音卻比身材高大的那二的聲音還響。

吳小個子的一排馬車一到鐵七的院門口，這個正宗東北人按照東北人的習慣，到門口就喊：「老七！老七！老七！他媽的，我看好貨來了。」

鐵七和那二迎出去，鐵七和吳小個子拉著手進來，那二指使人把一排大車都趕進了院。

鐵七說：「你小子來晚了，開河魚你今年吃不上了。」

吳小個子說：「沒什麼，我在柳毛河前屯子吃好幾頓了，還走了桃花運，碰上個小媳婦，長得真叫好看。我一開心耽誤了些日子，這回不住你屋裏了，一路收著貨轉回去。來、來，看貨裝車我立馬走人。」

鐵七笑笑也不再客氣，就讓吳小個子看了貨，吳小個子的夥計記好了什麼什麼皮幾張，什麼什麼皮多少，又和那二對了賬就裝車。

車裝好了，吳小個子坐在條凳上不動，吳小個子個頭小，坐著也得抬頭看坐著的鐵七，吳小個子就抬頭瞅鐵七，還一邊扳手指頭，說：「老七，我和你搭伴整十年了，留個紀念怎麼樣？」

鐵七說：「日子長著呢，我有好貨給你送輯安去。」

吳小個子眼睛一閃光，問：「真的？」
鐵七說：「真的！」
吳小個子把手一伸，說：「紅毛熊的皮拿出來吧。」
鐵七一愣。
吳小個子說：「我早聽說了，我這次就爲紅毛熊的皮來的。」吳小個子手又一擺，夥計搬過十罈老酒。
吳小個子問：「怎麼的？老七，開罈喝酒賞皮？」
鐵七說：「有！我有紅毛熊皮。但我不打算出手，那是我自個兒的紀念品。你小子就別想了。」
吳小個子一下跳起來，抬起雞爪子似的手抓腦袋，又一扭頭喊：「那二叔，那二叔，這傢伙腦袋壞了，你快勸勸老七。」
那二說：「我怎麼勸？我勸不了，老七腦袋沒壞。」
吳小個子愣了愣神說：「老七，我酒都帶來了，見見行吧？出不出手一會兒再說。」
鐵七進屋抱出了紅毛熊的皮，在院裏鋪開。風一吹，棕紅色的毛在風中舞，像一片飄動的炭火。
吳小個子一生經營皮貨，一眼看下去就傻了，雙手互搓，手掌心呼呼冒出熱氣。吳小個子蹲下去摸一把，蹲在地上舉起一隻左手，握拳，伸出一根大拇指。
鐵七笑著搖頭。
那二問：「你是出一千塊龍洋？」
吳小個子說：「一千？操！那哪兒行！這皮，我出一萬塊龍洋！」
那二低頭看自己的手指，互相扳了扳，說：「老七，這個價錢是咱們平常獵人一輩子也整不到的皮貨錢。老七……」

鐵七說：「不賣！一萬塊龍洋我拿著沒用。」

吳小個子一屁股坐地下，咧咧嘴要哭了。夥計急忙把吳小個子抬起來，扶他坐在條凳上。吳小個子的眼珠就離不開紅毛熊皮了。

那二說：「我看你是個愛皮子的人，老七想把這東西留做紀念我理解。我不叫你白來，我也有好貨，九張老虎皮。你等著。」

那二回屋抱了兩趟，抱出了老虎皮。吳老闆看了看就收了，表情不怎麼激動。

夥計說：「老那，你別記錯了，這是八張老虎皮，不是九張。」

那二的表情突然間變了，像小孩子做錯事突然被捉一樣，忙說：「對！對！是八張，我一眨眼數錯了。」

吳小個子是個什麼人物？瞄一眼那二就明白八九分了，說：「那二叔，你有好貨不出手我懂你的想法，我見見總行吧？給我開開眼。」

那二臉紅了，手也不知往哪放了，支支吾吾地說：「這、這、這……好吧！我先說下，那皮是我自個兒的念想，我可不出手。」

那二回屋又拿出一張老虎皮，在院裏展開，吳小個子像受壓的彈簧似的跳起來，雙手互搓，又一次從手掌心裏冒出熱氣，驚呼：「白老虎皮！幾百隻老虎裏也不可能保證有一隻白老虎。我他媽死也閉眼了。」

鐵七也愣了，眼皮也跳了一下。那二老說他是天下最有福氣的獵虎人，老說他有九張老虎皮。這九張老虎皮，那二想送給鐵小七當認孫子的禮，鐵小七不要老虎皮就認了那二當了爺。那二又想拿去換九蘭，九蘭自己跑回來了沒換成。但鐵七認為那二的九張老虎皮也就是普通的老虎皮，這沒什麼。好的獵虎人一個冬天下來也能獵幾隻老虎，而那二打獵幾十年，好像總共就收穫了這九張老虎皮。但想不到有一張居然是白老虎皮，這可是比鐵七的火紅毛的火狐狸還難遇上的奇遇。白老虎即便是有幾隻，但活下來長成六七百斤的大老虎是不容易的。因爲老虎挺怪，如果發現哪個同類和牠毛色不一樣，就會襲擊這隻不一樣的老虎，所以白老虎非常難得。

吳小個子先伸出一根中指，又伸出無名指和尾指。

那二挺失望，用左手摳了下右手背上的一個疤，問：「才值一千一百一十塊龍洋啊？」

吳小個子說：「一萬一千一百塊龍洋！」

那二張嘴嘿了聲，笑了說：「老七，我這念想是留給我孫子我孫女的，我也不出手。我知道這個價就行。」

吳小個子又一屁股坐地上了，夥計過來拉，吳小個子搖頭不起來就坐在地上。

九蘭一邊在準備飯食，一邊在聽。這會兒跑回屋拿了火狐狸皮圍脖跑過來，蹲在吳小個子面前問：「矮個子叔叔，你瞧俺這圍脖行嗎？值多少龍洋？這是火狐狸皮的，活扒的火狐狸皮。」

吳小個子瞅一眼，鼻血哧一聲衝出鼻孔了。

吳小個子嘆口氣說：「這是大獨嶺三寶，這他媽是長白山三寶，這他媽是你鐵七家的三寶。老七，我給你留個話，什麼時候想出手就給我，哥哥回去封五萬塊龍洋等你。」他抬手把鼻血一抹，跳上馬車擺擺手就帶著這塊心病走了。

九蘭問：「那二爺，他說這三樣給五萬塊龍洋，那是多少錢？」

那二說：「丫頭，別管多少塊龍洋。這是我和老七留給你們的紀念，這三張皮在咱屋裏，我和老七就是最有福氣的獵虎人和最厲害的獵熊人，還是手段最高明的獵狐人，十萬塊龍洋咱也是不賣的。」

鐵七說：「丫頭，都收妳屋放著吧，記得常晾晾、記得放藥，別潮了，別讓蟲子嗑了。也得守好了。」

九蘭的心裏七上八下的了。

九蘭的性子突然又變了，每天問明白鐵七、那二不離開家的情況下才敢出門。這樣過了幾天，她明顯瘦了。

那二問：「怎麼了丫頭，有心事？」

九蘭說：「不行了那二爺，俺拉泡屎的工夫都擔心有小賊偷俺的那三張皮。俺想，過不多久皮沒丟，俺的小命就丟了。」

那二說：「那怎麼辦？不讓妳知道那東西值錢就好了。可妳現下知道了，我也沒招了。」

九蘭就嘆氣。

鐵七說：「丫頭，我問妳，那東西要丟了妳會怎麼樣？」

九蘭說：「俺現在不曉得！俺興許會瘋了，興許去捉到賊把賊殺了。但現在還沒丟，俺現在還想不明白。」

鐵七問：「那妳死了，再也看不到那三張皮了妳會怎麼樣？」

九蘭說：「俺死了什麼也不能想了，有什麼也沒用了。」

鐵七說：「就是！咱們只要身體好好的還能幹事，龍洋多龍洋少咱們都一樣能活。爲什麼被幾張皮子、幾萬龍洋整得不開心呢？丫頭，別把身外之物當回事，多了它不多，少了它不少，想幹什麼就幹什麼，活得開心就好。」

九蘭又用了幾天，才漸漸地想通了。她想，在當小叫花、小賊的時候不也一樣活嗎？如果皮子該丟，妳整天守著也不行。想通了，就把熊皮、白虎皮捲好往屋梁上一掛，單獨把火狐狸皮圍脖放在小櫃裏。初時每天早起往屋梁上看一眼，晚上進屋往屋梁上看一眼，後來幾天往屋梁上看一眼，再後來偶爾想起來才往屋梁上看一眼……

春季的大水過後，鐵小七和何有魚就忙了。這兩個小子在河灣裏做的「魚亮子」圍了好多魚。當九蘭採了一筐山菜回來在院裏曬的時候，鐵小七挎著大土筐回來兩趟了，把一筐大大小小的魚往一張草蓆上一倒，掉頭又跑。過一會兒，鐵小七又挎了土筐回來，看見九蘭蹲在草蓆上看魚。

鐵小七湊過來，也蹲下說：「我挎了四筐回來，何有魚和他兩個姐姐挎了九筐回去。九蘭姐，妳也去挎吧？」

九蘭問：「這都是什麼魚呀！亂七八糟的。」

鐵小七說：「我還認不全，何有魚全認識。」

鐵小七吸了下鼻子，指著一條還在蹦跳的白肚皮的小魚說，牠叫白漂子，這條叫花鰱，這條叫白鰱，這種小的叫老頭魚，這種是河鯉魚。又指著一條大的黑魚說：「這傢伙最厲害，小的吃魚，大的吃人，我還看見有一條四五尺長的，一口吞了一條一尺長的白鰱。這傢伙是一條大黑魚。」

九蘭就連聲「啊！啊！」表示知道了。

鐵小七看九蘭蹲著不動，又提著土筐去裝魚，這次，鐵小七一手挎一隻筐，和一人挎個大土筐的何有魚姐弟三個一起回來了。

何有魚說：「九蘭，我和鐵小七一共捉了十七筐魚，我們兩個每人分八筐半。等水平穩了，我們上木排用魚叉叉大魚，過幾天就幹。」

九蘭說：「俺不會水，俺可不幹。」

何有魚的兩個姐姐就笑了，一個問：「原來九蘭是旱鴨子。你們那裏沒河嗎？」

九蘭說：「有，俺老家在山東臨沂，那的河叫湯河，河兩邊和河灣裏都是葦蕩，河裏不但有魚蝦還有螃蟹和王八。但俺命裏犯水就不能下水，妳們兩個可別算計俺。」

何有魚問：「螃蟹是什麼？王八是什麼？」

九蘭說：「螃蟹和你們這河溝裏的蝦蛄差不多，都是殼在外，肉在殼裏。不同的是螃蟹是圓的，像包子那麼大，螃蟹跑路時是一邊四個腳橫著走。王八是橢圓的，又是扁的，像這裏鍋裏貼熟的苞米麵大餅子那麼大，也那個樣，腦袋會伸縮，捉王八要從後面捉，提尾巴也行，要不王八咬你一口，不咬下一塊肉王八不鬆口。」

何有魚眨眨眼睛就笑了。

九蘭說：「奇怪，你們這河裏沒王八，幹嘛罵人罵王八犢子？」

幾個都笑了，誰也回答不出這個問題。何家姐妹走了，家裏的幾筐魚需要收拾，醃製鹹臘魚或晾魚乾。

後來幾天，鐵小七和何有魚又忙了，這兩個小子在野豬河平穩的淺水灣裏，用鵝卵石和河沙順水流做了幾個八字形的「大嘴塢子」捉小河魚，並撐著木排整天漂在河裏用魚叉叉大魚。

那二和鐵七以及大獨嶺的其他三戶都在地裏忙。大獨嶺這四戶爲了在秋天守收成、趕偷食莊稼的野豬土獾等野獸方便，耕地都是連在一起的。

九蘭除了做飯送飯也找到事了，就是提著筐，在脖子上掛著召喚青上衛的柳哨，沿野豬河找那二愛吃的蘸醬菜婆婆丁和小根菜和苦菜子，也找鐵七愛吃的水芹菜和莧子菜和山辣椒秧。水芹菜炒肉片是一道菜。莧子菜加乾辣椒絲炒雞蛋是一道菜。山辣椒秧炒瘦野豬肉或炒鹿肉、炒狍子肉是一道菜。這幾種菜是真正的山裏人家的時鮮地方菜，也是不按季節住到山裏人家裏就吃不到的民間美食。

這天臨近中午，鐵小七提著筐送回一筐在野豬河用「大嘴塢子」捉到的多種小河魚，大多是一紮來長的草根兒魚和老頭魚和白漂子魚，這幾種魚長到一紮長就是成年魚了，牠們從深水區逆流而上出來交尾產卵，被八字的「大嘴塢子」捉住的。

九蘭就用這幾種小河魚做了醬燜小河魚，去給那二和鐵七送中飯。來到地頭，九蘭一路和烏家姐妹、何家姐妹打著招呼，走到自家地頭招呼那二和鐵七吃飯。

在那二和鐵七吃飯時，那二說：「咱們丫頭行了，做這疙瘩的菜做出味道來了，不像以前做的亂七八糟的山東菜那麼難吃了。」

鐵七說：「是啊！這小河魚燜的有味了，我多吃了兩個大饅頭。」

那二說：「丫頭，再加把勁，把這疙瘩的野菜野味的做法都學會了，再配上妳家傳的大饅頭，我吃飽了，幹活就有勁了。」

九蘭說：「只要烏大丫姐姐愛教，我就愛學。」

同樣在地頭吃飯的烏大丫說：「九蘭手巧，做的菜比我做的好吃多了。」

烏小丫也說：「真的！九蘭就是聰明，人家是漢人，好像漢人學什麼都快。」

麻子炮烏巴度抬起頭說：「那二哥，等我也撿個漢人丫頭做菜，再叫她和九蘭學蒸饅頭。九蘭的饅頭蒸得一看就好吃。」

那二說：「那是，就算你真去撿個漢人丫頭，沒準撿來個什麼也不會幹的笨丫頭。再說，我們九蘭可不是撿的，也沒處撿去。我們九蘭是老天爺送給我的孫女，眼饞死你個王八犢子。」

崔虎子在另一邊聽了嘿嘿笑，崔虎子媳婦也邊抽煙鍋邊咧嘴笑。

九蘭聽著這些話沒什麼表情，她也習慣人家這樣或那樣看她了。她在地頭又坐了會兒，就轉到野豬河岸想弄些水芹菜，突然看到河裏有一群野鴨在戲水，綠背黑翅的野鴨有一大群，都很好看。

九蘭看了一會兒，突然想起有野鴨就有野鴨蛋，就開始沿河的草窩裏找。很容易就找到了幾個野鴨窩，每個野鴨窩有七八隻或五六隻野鴨蛋。她一高興，連窩端了幾窩野鴨蛋，後來想想這樣做不應該，又每個窩放回去幾隻野鴨蛋。再找幾窩，窩裏野鴨蛋多的就多拿一隻，野鴨蛋少的就不拿或拿一隻，這樣過了不久，一小筐就裝滿了。於是隔一天兩天再來這樣拿一次。也許野鴨不識數，又知道努力下蛋，九蘭的行爲野鴨們不在意。

這一天，天很悶熱，像有大雨要來似的。九蘭用水芹菜炒了鹹野豬肉，又炒了野鴨蛋，多加了幾個饅頭給那二和鐵七送了飯。在那二和鐵七吃飯時，九蘭又抓了鋤頭下田裏去鋤草。

那二說：「丫頭，這不用妳幹，快點回家去，別出來了。」

九蘭放下鋤頭，答應著走了，卻沒直接回家，又去了野豬河岸的草窩裏撿野鴨蛋。這次，九蘭看到兩隻尖嘴黃毛狐狸也在偷野鴨蛋。九蘭第一次見到活著的黃毛狐狸，覺得黃毛狐狸也挺好看，而且在冬天，烏家姐妹進縣城才圍的圍脖就是黃毛狐狸皮的。而何家姐妹平時圍的是大山貓皮圍脖，進縣城圍的圍脖是銀狐皮的圍脖。這兩種狐狸皮圍脖都是有頭有尾完整的活狐狸製作的。九蘭腦海裏想起了烏家、何家姐妹的狐狸皮圍脖，又想起了自己的那條叫烏家、何家姐妹看了眼珠就紅的火狐狸皮圍脖，一下就動了心思，想捉一隻黃毛狐狸，再做條冬天平時幹活圍的圍脖，這樣火狐狸皮圍脖就可以放起來了，也省得招人眼紅。

九蘭悄悄跟蹤這兩隻黃毛狐狸。兩隻黃毛狐狸卻不怕九蘭，也許黃毛狐狸兩口子知道現在牠們正褪毛，這時的皮毛對於獵人來說一文不值。但這兩隻黃毛狐狸想不到九蘭不是獵人，不但不是獵人，還是個不懂皮毛的北方小丫頭。

在九蘭找到機會，用一塊圓形的鵝卵石打中一隻黃毛狐狸的腦袋時，另一隻狐狸才跑了。被九蘭打中腦袋的狐狸轉一圈，暈了，被九蘭一個虎撲，撲過去摁住了。

另一隻狐狸又跑回來衝著九蘭叫，不時靠近九蘭，吸引九蘭追牠，而且還用尖嘴叼咬自己身上的毛，向九蘭展示牠身上的毛比被捉的狐狸的毛好。

九蘭漸漸看懂了，吸引她看毛的是隻公狐狸，她捉到的在手底下掙扎嚎叫的是隻母狐狸，而且肚皮上奶頭鼓脹，似有小狐狸在養，而且身上的毛摸一把就掉。母狐狸掙扎不脫就不動了，歪著臉看九蘭，眼睛裏還流出了淚水。

九蘭嘆口氣，說：「妳哭什麼？妳的毛差極了，妳還有寶寶在窩裏養吧？俺看看妳就行了，妳走吧。」

九蘭把母狐狸放了。母狐狸跳起跑到公狐狸身邊，兩隻狐狸互相親吻舔嘴問候，這一幕看傻了九蘭。兩隻狐狸又回頭向九蘭深深看了眼，就雙雙走了。九蘭才發現她追蹤這對狐狸進到野豬河岸的深水岸邊了，河水在這裏拐個大彎，這裏的河岸十分寬廣。

九蘭又找了幾個野鴨窩，裏面的蛋卻都是空的，有的蛋是碎的，有的蛋上有孔，像被什麼東西啄出小孔吸去了蛋裏的內容。

九蘭想回家了，又出了滿身汗。這時還不是夏季，因爲天氣反常才這麼熱。九蘭看到一個三面環石、一面臨草的水泡子。水不深，就兩尺左右，卻清澈見底，水底的鵝卵石上長著綠茵茵的青苔，還有小魚在游。

九蘭忍不住了，命裏不能近水的卦相也顧不上了，脫了衣服，光了屁股，一步步走進水泡子，慢慢蹲下，慢慢趴在水裏，伸雙手撐在水底仰著頭在水裏爬。這招叫「大地爬」，要是嘲笑不會游泳、只能在淺水區爬的人，就叫他「大地爬」。

真是舒暢，九蘭也洗乾淨了，還唱了兩句：「拉著妹子鑽草稞，妹子那個香，哥哥那個慌……」唱著唱著也覺得害羞，咯地笑了一聲，連頭也鑽進水裏，憋著氣又開始「大地爬」。

這個當口，鐵小七突然從河岸上跑來了，停在草窩裏嘩嘩撒了泡尿，提上褲子又向水泡子跑過來，看見在水泡子裏潛水的九蘭。

鐵小七一下笑了，喊：「『大地爬』，『大地爬』。九蘭姐，原來妳還會『大地爬』。」

九蘭驚叫一聲，在水池裏站起，雙手捂上面捂不了下面。

鐵小七上下瞅，又一笑說：「九蘭姐，妳的兩個白梨比吉小葉的白梨大。」

九蘭咬咬牙，鼓鼓腮，眉眼立起來，惱火了，彎腰從水裏抓起一塊鵝卵石拋出去，打破了鐵小七的額頭。

鐵小七痛叫一聲，看著九蘭愣了愣，才想起應該逃，捂著額頭逃跑了。

九蘭走出水泡子，穿好衣服，坐在大塊鵝卵石上生氣，臉上白了又紅，紅了又白，咬咬牙鼓鼓腮，站起去追鐵小七。

鐵小七正在野豬河邊和何有魚說話，何有魚還問：「找到九蘭了？你不是看見九蘭在找野鴨蛋嗎？額頭怎麼破了？」

鐵小七說：「九蘭姐在水泡子裏『大地爬』，叫我看見了，九蘭姐惱了，砸了我的頭一石頭。」

何有魚說：「那有什麼？九蘭真是大驚小怪。天熱誰不洗澡呢？」

九蘭追過來了，拽著鐵小七的那隻獨耳，把鐵小七拽到一邊問：「下流貨，你說，你都看見什麼了？」

鐵小七一甩頭說：「白梨！我看見了，就看見了。」

九蘭就發呆。

鐵小七又一甩頭說：「我也看過吉小葉的白梨，還摸過。怎麼了？吉小葉沒妳肚皮下面的那片黑毛毛。」

砰！鐵小七臉上中一拳，被九蘭一拳打在眼睛上，他的眼睛就對縫了。砰！鐵小七肚子上又中九蘭一腳，他的腰就勾成蝦米了。砰！鐵小七後脖子上又被九蘭砍中一掌，就向前撲倒了。

九蘭喊：「今天的事你敢說出去，俺就揍死你。」一甩臉，哇哇哭著走了。

何有魚跑過來拽起鐵小七問：「九蘭幹嘛使勁打你？」

鐵小七說：「我看見她的白梨了唄！」

何有魚嘻地笑了，又問：「我問你，你要九蘭做媳婦嗎？」

鐵小七說：「這破媳婦，拳腳太厲害，我才不要呢！」

何有魚問：「真的？」

鐵小七揉揉烏青的眼睛，又摸摸破皮流血的額角，瞪了眼何有魚喊：「怎麼不是真的？我要的媳婦是吉小葉。」

何有魚說：「那我要九蘭當媳婦，被九蘭揍也開心。九蘭鼓腮瞪眼掄拳頭的樣子真好看。」

鐵小七又瞪了何有魚一眼。鐵小七這一眼瞪出，天就翻上烏雲了。

何有魚說：「大暴雨要來了，咱倆快收排。」

何有魚和鐵小七剛收了木排，剛把木排拖上岸，提了一大兩小三條一兩尺長的大魚走開，雨點就劈啪地砸下來了……

鐵七和那二跑回來時，都被澆成了落湯雞。

那二看到九蘭在堂屋裏坐在板凳上發呆，說：「我丫頭不孬，沒在外瞎跑。我正擔心這丫頭被雨澆了。」

鐵七瞅一眼沒吱聲，進屋去換衣服了。

鐵小七頂著雨回來，把一條大魚往院裏案板上一摔，掉頭又跑了。

那二說：「這破孫子真學會叉魚了，那條大黑魚真不小。」

這場雨從大到更大，從更大到小，下下停停，就下了三天。第四天雨停了。鐵七收拾了行頭，準備出門。

那二說：「你放心走吧，該種的都種上了，鋤鋤草什麼的我就幹了，老七，你寬心辦事吧。」

青上衛跟在鐵七腳邊，甩甩頭跟著往外走。

鐵七拍拍青上衛的腦袋說：「這次我走好幾個地方，帶上你不方便，你不能去，在家和丫頭玩吧！」

青上衛停下，吱吱叫幾聲，揚起頭看著鐵七走了。青上衛的精神頭沒了，整天的活動範圍就是在屋裏趴一會兒，又在院裏轉一會兒，食量減少了一半。幾天下來青上衛就瘦了。

那二說：「青上衛這傢伙比咱們還想老七，青上衛也懂相思病。」

那二就每天帶著青上衛、老憨、老賊出去遛狗，夏天打獵，牲口的皮毛都不好，一般就不進山。除非想吃什麼牲口的肉了才進山開獵。那幾條黃毛爬犁狗在春、夏、秋這三季不能拉爬犁就清閒了，就是看家狗了。

從鐵七走了，鐵小七有時回來露一下頭再走，有時根本不回來。反正九蘭看見鐵小七鼻子就歪，就想揮拳頭揍鐵小七的鼻子。

這一天，九蘭洗了一大堆衣服，正晾衣服。

烏家姐妹來了，和九蘭說了幾句閒話。

烏大丫說：「我爸和何家媽媽就快成親了，可是何家倆丫頭和何有魚說她們姐仨單過，不去我們家。我爸挺鬧心呢！」

九蘭說：「是嗎？」

烏小丫說：「何家姐妹傲氣，像我們家高攀了她們家似的。」

九蘭不知道怎樣話這種家常，就光聽不吱聲。烏家姐妹動手幫九蘭晾完了衣服就走了。九蘭送她們走出院門，站在門口看著天邊火紅的夕陽發了一陣兒呆，就看見那二帶著三條狗往家走。在他們身後，野豬河的河面在夕陽下映出紅彤彤的光。

那二說：「丫頭，我今天又看到那條大黑魚了，四五尺長。這傢伙一衝就吞了一條一尺多長的江鯉魚。丫頭，咱們這段河水淺，一般沒有這麼大的黑魚，興許是今年雨水多河水漲了，這傢伙才從野豬河口游上來的。」

那二瞅了瞅九蘭，又說：「現下就捉大黑魚吧，咱爺倆一起去捉。」

九蘭說：「行啊！俺去看你捉魚，俺命裏犯水不能下水，只怕幫不上忙。」

那二說：「我也不下水，我盯那傢伙兩三天了，我知道那傢伙在哪兒，我下大鉤叫那傢伙上當。可是丫頭，我得用妳的雞，一隻就行，用雞做餌。」

九蘭笑了說：「那二爺，你拐這麼大個彎原來是要雞做餌，行！」

那二挺開心，捉了隻雞，殺了褪去了毛，把一隻鐵七用來專釣大魚的大鐵鉤從雞肚子裏伸進去鉤牢，去洗了手，叫九蘭帶上幾個饅頭和幾塊鹹肉，就和九蘭去了野豬河。青上衛和老憨、老賊都跟著來了。

兩個人來到野豬河拐出大彎的地方，也就是九蘭揍鐵小七的地方。那二把粗粗的魚繩在棵河柳樹上纏兩圈，打個活結，餘下繩子還有一大盤；再把一根一丈多長的松木桿拴在魚繩的中段，餌上拴塊石頭，投水裏了，就在岸邊鵝卵石上坐下來和九蘭邊吃饅頭邊等。

九蘭看著挺玄，也不理解，九蘭問：「那二爺，這就行了嗎？」

那二說：「差不離兒吧！我捕魚不行，我是旱鴨子。游泳只會『大地爬』，我看著老七這樣整過，那次老七釣上來一條四尺長的大黑魚。那傢伙再大點就能吃人了。」

九蘭聽了笑了，說：「俺和你一樣，俺也是旱鴨子。那二爺，俺和你兩個旱鴨子要是能釣上大黑魚，俺和你就是福將。」

那二說：「這話對，我就是福將。」

那二盯著浮在水面的長桿。長桿動了動，那二說：「八成有小黑魚在吃雞，穩住了丫頭，大不了再殺一隻雞做餌。」

九蘭說：「對！這叫捨不得孩子套不到狼。那二爺，這種黑魚真的能吃人？」

那二說：「怎麼不能！有一年在渾江裏有一條大黑魚，牠老吃沿江喝水的羊。這條大黑魚後來被人捕到了，那傢伙七八尺長，在那傢伙的肚子裏扒出了人的金首飾。丫頭妳說，那傢伙不吃人，那人的金首飾怎麼進牠肚裏的？」

九蘭問：「那大黑魚整個吞人還是零碎咬人吃呢？」

那二抓抓腦袋說：「這個我說不上來了。」

那二和九蘭都盯著松木長桿，松木長桿又晃動幾下。九蘭伸手要抓松木長桿，那二說：「穩住了丫頭，這傢伙在水裏比人勁大，把咱倆拉進水裏咱倆就完了。再等等。」松木長桿又不動了。

那二問：「丫頭，這一陣兒妳不高興。我想，妳不是想縣城的家裏那些幾蘭幾蘭的姐姐，妳是怎麼了？」

九蘭說：「俺還能怎麼？俺被人看了，都看到了，俺不知怎麼辦了。」

那二問：「看了？都看了什麼？」

九蘭說：「俺在水泡子裏『大地爬』，都被人看去了。那二爺，你說俺怎麼辦？」

那二這才聽明白了，說：「是哪個王八犢子？敢欺負我孫女！丫頭，妳說是誰，咱們爺倆去揍那小子。」

九蘭說：「我揍過了，是鐵小七。」

那二啊了一聲，馬上說：「那就嫁給鐵小七，我就能看著你們慢慢長大再生小小七了。」

九蘭問：「什麼？俺能嫁給一個一隻耳朵的下流貨嗎？」

那二說：「也對！我孫女兩隻耳朵兩隻腳，是個完整人，不能嫁給一隻耳朵的小王八犢子。丫頭，妳別急，等我好好找個好小子，咱把那小子娶咱家當倒插門（入贅），咱一家子不分開，日子就美了。」

九蘭高興了些，說：「行！那二爺，俺也這樣想。」

那二馬上問：「丫頭，何有魚那小子怎麼樣？」

九蘭說：「何有魚是扁鼻子，那鼻子扁得像鴨子嘴，又扁又歪，俺看一眼就尿急。」

那二說：「對！挺好個小子，鼻子不叫鐵小七揍扁砸歪就好了，咱也不要那小子。丫頭，容我得空，我再想想哪個小子沒爸少媽還好。」

九蘭說：「嗯！俺不著急！」

那二和九蘭又盯著松木長桿，松木長桿又動了動。

這時夕陽將盡了，天邊快上來黑影了。兩個人也暫時沒話說了。青上衛卻走到河邊，往河水裏看，又歪著頭似乎在聽聲音。青上衛又蹦跳了幾下，衝河裏汪汪叫。

那二說：「興許鉤上了，這傢伙耳朵好使。」

那二抓牢松木長桿往上拽魚繩，說：「挺沉！是個大傢伙。」

九蘭過來要伸手幫忙。

那二說：「別！丫頭，老七說捉大魚得遛魚，把魚遛累了再拉。」

那二一點點往後退，一點點收松木長桿，使勁拉了一拉，嘩的一聲水響，一條黑糊糊的黑背大魚跳出了水面。

九蘭就喊：「比條凳長老大一截。」

九蘭伸手和那二一起往上拉。這兩個人都不會遛魚，就會和魚較勁對拉，就和大魚拔上河了。好在那二用的魚繩粗壯結實，魚拉不斷，那二又喊起了木幫抬木頭時喊的號子：「朝前走啊！看腳下啊！腳落穩啊……」

漸漸地，那二和九蘭把大魚拉到淺水區。大魚啪啪甩尾巴，又拽著繩子退回深水區。

那二和九蘭就喘粗氣了。

那二問：「丫頭，咱倆拉不動這傢伙，這可怎麼辦？」

九蘭說：「用狗吧，加上青上衛牠們仨。」

那二說：「對！丫頭，還是妳腦瓜聰明。」

那二先叫九蘭把松木長桿鬆了，自己又慢慢順魚的拉力鬆了松木長桿，大魚就把繩子拉直了，也把拴繩子的河柳樹拉得晃動了。

那二把綁在河柳樹上的繩子繫成死結，把餘繩截斷，套上了老憨和老賊。再想套青上衛，青上衛不上套。

那二說：「沒你興許也夠了，破傢伙你就看吧。」

那二和九蘭又一次拉緊松木長桿，兩條狗拉緊繩子，初時拉不動大魚，漸漸地就拉著大魚往岸邊靠了。

青上衛汪汪叫著催老憨、老賊使勁，牠自己也一口咬住了繩子往上拉，兩個人和三條狼狗合力，終於把大魚拉進了淺水，那二和九蘭又拉著松木長桿猛拖，就把晃頭擺尾的大魚拉上了岸。

九蘭喘息著說：「那、那二、爺，大黑魚比條凳還長、長。那二、那二爺，大黑魚和小黑魚哪種更好吃？」

那二也喘著粗氣說：「大、大黑魚和個、個頭小的黑魚是同、同一種魚，像、像山裏的狼吃肉

一、一樣。他、他媽的，喘不上氣了。丫頭啊！大黑魚和個頭小的黑魚在河裏也是吃肉的魚種，身上的肉也是大蒜瓣那種的，大黑魚身上的油也比小點的黑魚的油厚。牠大啊油就多，丫頭，妳就痛快做了吃吧。」

那二砍了些樹枝，用繩子綁成掃帚樣的拖床，和九蘭往拖床上抬大魚時，那二一下子愣了，蹲下來仔細瞅瞅說：「丫頭，這不對，這傢伙不是大黑魚，是大個的胖頭魚。咱倆捉錯了魚，這可怎麼辦？這可怎樣好？」

九蘭蹲下拍拍胖頭魚灰白色的肚子，說：「叫你嘴饞，叫俺們糊裏糊塗捉上來了吧，大黑魚是你兄弟？你真義氣，替牠吃俺的雞。」九蘭突然抬頭問：「那二爺，現在殺了這大傢伙能找到俺的雞吧？」

那二說：「還別說，丫頭，興許能。」

九蘭說：「那快走，回去就殺。」

那二遲緩著說：「丫頭，妳記住了，別人要是問了妳，就說那二說就想捉大胖頭魚，沒想捉大黑魚。記住了丫頭，可不能叫別人知道我那二不會捉魚，捉大黑魚不成卻捉成了大胖頭魚，說出去那是惹人笑的事。」

九蘭就開心了，說：「對！那就不能說。哈！那二爺，你真是大大的福將，俺懂了福將是什麼意思了。」

那二說：「那是，我就是福將。咱們回了。」

兩個人把大胖頭魚抬到樹枝拖床上，披著濛濛黑的夜色，拖著大胖頭魚回來。從大胖頭魚的嘴裏取下大鐵鉤，連夜把五尺多長的大胖頭魚的頭身分開，光大胖頭魚的腦袋差不多占了整條魚的小一半，而在魚肚子裏真的扒出了那隻完整的白條雞。又把魚身子分成四段，給了其他獵戶三段，自己留的那段魚身子就醃成了鹹臘魚。把大胖頭魚的像特大木盆那麼大的腦袋用大板斧砍開，用大鐵鍋加乾山菜葉、加寬粉條燉了乾乎乎一大鍋，那二和九蘭連八條狗連湯帶骨吃了三頓才吃完。

九蘭說：「那二爺，俺再也不想吃胖頭魚的腦袋了。這頭一頓吃著香，第二頓吃著厭，第三頓看見就反胃噁心。」

那二說：「唉！那妳也比我強，我是聞著就噁心。我頭一頓吃了一大塊像肥肉似的魚油，一下就叫魚油降著了，再嗅到魚味，那噁心勁的。我看妳吃著香我不能說呀，好在我是福將，忍了兩頓，狗就幫我吃完了。丫頭，我下一頓要吃婆婆丁、苦菜子蘸醬就大饅頭，喝大根芨芨菜配上野鴨蛋煨的湯。那才是我的飯。」

九蘭說：「對！那二爺，俺也想做那幾種青草菜吃了。那些草其實挺好吃的……」

9

很快，時令過了夏天了，鐵七還沒回來。

青上衛到了夏天，想鐵七想的時不時地突然就揚頭嚎叫。而鐵小七和何有魚總在一塊，何有魚總帶上青毛黑。鐵小七看著眼饞，才引誘青上衛出去跑。青上衛興許也無聊，就跟著鐵小七整天進山捉野雞、獵野兔什麼的，漸漸也精神了。同時，青上衛突然和何有魚的青毛黑成了玩伴，也許是因爲這兩條狗的小主人成天泡在一起，兩條狗老碰頭，漸漸彼此看對方都順眼了。

有一次，青上衛和青毛黑聯手咬敗了小獨嶺哈家三小子帶出來的兩條從老蒙古整來的德國牧羊犬。那兩條德國牧羊犬每條都有一百三四十斤。這三個小子在黑瞎子嶺碰了頭，捉野雞就變成了狗掐架。開掐之初，青毛黑面對體重大過自己的德國牧羊犬有點膽怯，而且青毛黑從沒見過耀武揚威的德國牧羊犬。當青毛黑看到青上衛突然出擊，一口把一條德國牧羊犬的脖子咬傷，這條德國牧羊犬明顯膽怯時，青毛黑才衝上去和另一條德國牧羊犬掐架，掐起來才發覺德國牧羊犬不夠靈活，撲咬動作簡單，於是很自然的，兩條東北狼狗贏了。這是青上衛和青毛黑這兩條狼狗第一次合作，也是最後一次合作。當然這是後話。

很快，秋天往金秋走了。

麻子炮烏巴度和何有魚的媽成親了。麻子炮烏巴度專門向何有魚的媽要了青毛黑，成天帶在身邊，時不時訓練青毛黑的鬥狗技巧。也不知道麻子炮烏巴度這樣訓練青毛黑要幹什麼?

在進入金秋的時候，九蘭跟著烏家姐妹在山裏一個秋天轉下來，真正知道了綠色的原棗子就是生長在原棗藤上的了，軟乎乎吃時也確實比北方山東老家的紅棗更甜。也知道了熟透了掛不住了掉下梨樹的山梨，是梨味最正的梨了，當然，九蘭也學會烀山梨砣子了。也知道怎樣從松樹上採下松塔，再把松塔放火裏燒烤，松塔就能裂開跑出松子。也能找到三四尺高、一大片一大片生長在山坡半腰以上、西南坡和東南坡的榛樹棵子了，當然，能找到榛樹棵子就能採下榛子了。

在九蘭大致上弄懂了大小獨嶺的山川之後，也可以獨立弄到山貨了。那時，大獨嶺也到了收穫的時節了，四戶人家的苞米棒子一層層擺滿、一串串掛滿包穀倉。接下來，其他雜糧以及白菜、馬鈴薯、蘿蔔這農家三寶也都收穫整理了。秋天又過去了，鐵七還沒回來。

這天晚上，九蘭炒了一大堆榛子給那二吃時，那二說：「丫頭啊，我看老七八成在柳樹河子打個轉，又拐個大彎去輯安收賬了。」

在樹葉落盡、北風吹起的時候，時令進入初冬了。大獨嶺下了初冬的第一場雪。雪下來了，鐵七還沒回來。

麻子炮烏巴度去縣城幫大獨嶺的幾家買回了整馬車的日用雜品。在給鐵七家卸東西時，麻子炮烏巴度說：「那二哥，老七哥這一年都沒去『老綿羊』羊肉館了。那吉了了掌櫃說，這一年沒看見老七了。在吉了了的羊肉館裏，老七哥的那張桌子坐了一個叫博一丁的漢子。」

麻子炮烏巴度臨走時又說：「那二哥，老七哥不會出事吧？我這次專門去向吉了了掌櫃打聽老七哥，吉了了那傢伙和以前不一樣了，變得陰沉沉的。城裏李老壞在秋天就新開了鬥狗場，挺熱鬧。我的青毛黑也訓的差不多了，等我閒下來就帶青毛黑去鬥一場試試運氣。」

那二對鬥狗沒興趣，也不關心麻子炮烏巴度訓練青毛黑原來是爲了鬥狗。

那二說：「我煩吉了了那破掌櫃，你別提那破傢伙。你告訴大夥都放心，老七去柳樹河子辦家事，再去輯安收賬，年前準回來。」

那二看著麻子炮烏巴度趕馬車走了。那二在院裏轉幾圈心裏也沒底了，問九蘭：「丫頭，這一陣兒妳做什麼夢了嗎？」

九蘭皺了皺眉頭，吸了下鼻子，抱起一大包鹽，瞅瞅那二，又放下鹽包，說：「那二爺，俺早想告訴你了，俺怕是不好的事，說了你也鬧心。這幾晚，俺一直夢見一隻光著屁股的狐狸，先走進俺的屋裏，還瞇瞇眼珠對俺笑笑，再從小櫃裏拿出火狐狸皮穿身上，就變成一隻火紅的狐狸。火紅的狐狸一下飛起來，飛出俺的屋，飄進老七叔的屋子。老七叔的屋子一下就紅亮紅亮的了，又從屋頂往下飄小白花，一朵一朵地落滿地，後來滿屋子就都是雪花了。那二爺，好幾宿了，都是這一個長夢，俺想痛了腦仁也猜不出是凶還是吉。」

那二聽了也抓著鼻子使勁想，轉著圈想，想不出個所以然來，那二拍拍腦門說：「丫頭，咱就聽天由命聽天老爺的吧！好些事，咱們人想破了腦袋也是沒辦法的。」

九蘭又抱起了那包鹽，歪著頭想想，也嘆了口氣……

第八章 情與恨

男女間的愛情是什麼？有多少種？為什麼說不盡？也許，有多少種人的性格和品質就有多少種愛情。但本章中的愛情也許是最有回味的，也是死而無悔的。但兄弟間的友情呢？不論多麼深厚的兄弟情義也敵不過一次誤會，有多深厚的情義就會產生多深厚的仇恨。因為這裏面有個兩個男人都喜歡的女人。

1

將要進入冬天了，初雪沒等化掉，老天又給下了一場中雪。樹掛出現了。雪後的天氣有點潮濕，這還不是應該冷的天氣，就不會冷得乾燥，但大地是乾淨了。

妖精就在這樣的天氣裏，騎著匹紅馬，在夕陽將盡時來到了大獨嶺。妖精似乎像來過這裏似的，直接在鐵七家的院門前下了馬。院裏的狗叫了起來。妖精想敲院門，似乎又怕狗，又縮回了抬起的手。

院裏的那二扒了剛獵回來的狍子的皮，剛剛肢解了狍子，在用木棍撐開狍子皮準備晾曬。九蘭和烏家姐妹正在清洗狍子的內臟，院裏的狗就叫起來了。這些人往門外看，在院門的縫隙間看見了一個人和一匹馬，只是看不大完整。

烏小丫往起站想去開門，青上衛卻從屋裏跑出來，一溜煙直接跑到院門前，用一雙前腿撐在門上，用牙齒咬住木門閂一拉，門閂掉下去懸在繩上晃，青上衛就把院門用嘴巴勾開了。

院裏的人一個個看清了，也都傻了。妖精披一件白色狼皮短氅，右手牽著紅馬，左手握一個四五尺的長形細長圓桶皮包，歪著頭瞅著青上衛在笑。

青上衛更是出人意料地衝妖精搖了幾下尾巴，又一躍上前，從妖精手裏叼過馬韁繩，拉著紅馬進了院子，直奔馬棚去了。院裏其他人都不知道這原是青上衛在老主人二毛子張一夫家就幹熟的活，就更吃驚了。

妖精進了院子，瞅著那二，說：「你是那二叔？我是老七的媳婦。你叫我李狐兒好了。」

李狐兒這個名字那二從沒聽說過，這也是妖精第一次說自己叫李狐兒，只怕連鐵七也不知道妖精叫李狐兒。在那二點頭發愣的時候，妖精李狐兒在院裏邊走邊看，院裏的狗都不叫了，原因是青上衛跑回來圍著妖精李狐兒高興地轉圈。

妖精李狐兒低頭瞅了瞅九蘭，笑一笑說：「小破丫頭一雙眼珠瞅人發出賊光，真像一隻花臉小狐狸。」

九蘭把手從大木盆裏提出來，又往大木盆裏甩甩手上的血水，仰望李狐兒說：「俺知道了，大破丫頭妳是妖精。」

妖精李狐兒眼珠裏閃了道光，就笑了，拍了下長形圓皮桶的皮包，說：「呀！原來老七說起過我。」

那二這時回過神來，湊過來問：「妳真是老七的媳婦？」

妖精李狐兒說：「老頭，你不信嗎？」

那二說：「我信，好的狼狗天生認識沒見過面的自家人。青上衛能這樣待妳，我信妳是老七的媳婦。」

妖精李狐兒伸手就拍青上衛的頭，青上衛的一身青毛是新長的，乾乾淨淨很好看。妖精李狐兒說：「你這傢伙，比老七還聰明還好看。」

那二說：「那是，可老七走了大半年了，現在還沒回來。丫頭，妳打哪疙瘩來？」

妖精李狐兒愣了愣說：「很久沒人叫我丫頭了，挺親切的。我等老七，等十五天。就等十五天。」說完，妖精李狐兒就一晃身，握著長形細長圓桶皮包進屋了。

烏大丫說：「老七哥的媳婦長得像仙女！」

烏小丫說：「比仙女還好看，她穿的不是白羊皮也不像白狐狸皮，挺像白狼皮，白狼咱們這疙瘩沒見過。」

九蘭站起洗了手，進屋去給妖精李狐兒倒茶水。妖精李狐兒在鐵七屋裏四下看，見九蘭進來，對她說：「丫頭，這是老七的屋，屋裏全是老七的味。」

九蘭就笑了，說：「俺前幾晚老做夢來隻光腚火狐狸，穿了俺的火狐狸皮，變成火紅狐狸進了老七叔的屋，想不到真來了，卻又變成了雪白的狐狸妖精。」

妖精李狐兒覺得九蘭挺好玩，也就笑了。她把白狼皮短氅脫了，找一件老七的狍子皮短襖穿上，就收拾老七的屋子。

過了一會兒，妖精李狐兒又跑到院子的角落裏，找到一顆齜著獠牙的完整的野豬頭骨，和一隻梅花鹿左邊的硬角，這個鹿的硬角是夏天獵的老鹿的角，和那顆丟在院裏風吹雨淋一個春秋的野豬頭骨早都乾透了。妖精李狐兒拿著野豬頭骨左看看右看看，又用水洗乾淨，雙手抓著在院裏轉圈甩野豬頭骨裏的水。她那飄起頭髮的樣子看笑了那二、九蘭他們幾個人，這些人也不知道妖精李狐兒整野豬頭骨幹什麼用。妖精李狐兒甩乾野豬頭骨裏的水，又在鐵七屋裏靠火炕的土牆上用木釘裝牢了一個掛架，把野豬頭骨掛上了。又翻出一張大青狼的皮掛正面牆上，再在屋門旁的牆上裝上那副梅花鹿的四個杈的硬角。然後後退看一看說：「這才像我的洞房。」

烏家姐妹帶著好奇心走了。不一會兒，鐵七家上面雪坡上的人就多了，這些人都站在雪坡上往鐵七家院裏看那妖精。

鐵小七和何有魚從野豬河的河叉裏破開薄冰，叉了幾條魚，正往何有魚家走，看到這一堆人也聚過去了。鐵小七一眼看到妖精李狐兒就叫一聲，丟了那幾條魚就跑回來了，衝進院門就喊：「喂！喂！老七爸的媳婦，妳怎麼追這疙瘩來了?妳撲空了，我老七爸可不在家。」

妖精李狐兒歪著頭瞅著鐵小七說：「小子，你長高了，又黑又壯了。我問你，你記起你媽媽了嗎?」

鐵小七說：「沒！我沒工夫想。我光學打獵捕魚去了。妳給我的『媽媽淚』我一直戴著。何家大姐說那是顆祖母綠寶石，老鼻子值錢了，何家大姐想要我沒給。那是『媽媽淚』，誰也不能給。妳等著，我去採冬蘑給妳燉九蘭姐的雞吃。」

鐵小七掉頭又跑了。

妖精李狐兒的眼睛裏飄出苦澀的意味，在條凳上坐下來，眉頭微微皺起在想心事。

那二說：「該死的野貓，又來偷魚了。」

九蘭和妖精李狐兒都抬頭看，見一隻野貓叼了一條魚乾在東邊樹牆上走。妖精李狐兒閃身進屋了，再出來時，手裏提起那長形皮桶的皮包，刷刷解開一頭的口，甩開繫結的藍色細繩，從裏面抽出一支木柄長槍，推上子彈，抬手一槍，野貓叫一聲，跌到樹牆外面去了。

青上衛汪叫一聲，跑出院門，很快叼回了那隻野貓。那二接過來看，子彈是從野貓耳朵眼進去，從另一隻耳朵眼穿出來。

那二說：「老七媳婦真不孬！」

九蘭也看傻了。

那二盯著妖精李狐兒的槍問：「這是什麼槍？」

妖精李狐兒說：「馬槍，大北邊老毛子騎兵用的馬槍。」

晚上吃的菜是妖精李狐兒用狍子肉和小雞肉做的，吃的時候那二說：

「我丫頭的饅頭蒸得好，那幾樣春夏時鮮的小菜也做得好。可是想不到，老七媳婦的菜燒得更好。我燒的菜和老七媳婦燒的菜比，就是豬食。」

妖精李狐兒哧哧就笑了。

鐵小七說：「我撿的冬蘑也好。」

妖精李狐兒說：「小子，你撿冬蘑挺快的，你挺能幹了。」

鐵小七說：「我穿著滑雪板滑雪去的，在野豬河邊的山溝灌木叢裏，扒開雪就有冬蘑。這招是何家二姐教的。」

妖精李狐兒又說：「小子，吃飯怎麼還戴帽子？這可不行，又難看，摘了吧。」

鐵小七臉紅了，低下腦袋卻不想摘帽子。

那二說：「我這破孫子我一眼沒看住，打一架輸了，還凍掉了一隻耳朵。老七媳婦別看了，看了噁心吃不下飯了。」

妖精李狐兒皺了下眉頭說：「小子，你還要招多少罪呀！你知道嗎？石大頭不是你親爸爸，李草兒也不是你親媽媽。」

鐵小七說：「我差不多早就有數了，也這樣想過了。」

那二說：「我早就看出來了，漢人生不出我破孫子這種小腳趾甲的小子。」

妖精李狐兒說：「小子，你親媽媽的左眼角下面有顆小米粒大的黑痣，那種痣叫滴淚痣，是她在行腳客棧把你送給石大頭和李草兒的。你長大了，這些你應該知道了。」

那二吃了一驚問：「那女人的左眼角下面有小米粒大的黑痣？」

妖精李狐兒說：「是啊！那女人瘦瘦的，妖裏妖氣的。」

那二說：「完了！完了！那女人是查十一，那女人可風流了。查十一說查十三給老七生了個兒子，在行腳客棧送給一對小夫妻了。假如啊！假如，假如那小孩是我這破孫子，我這破孫子就應該是老七的兒子。可是又不對了，這孩子是滿族人，老七和查十三是漢人。那麼，查十三生的我這破孫子就不是老七的。老七跑了這麼久，我知道老七就是找查十三去了。」

在大家愣神的時候，鐵小七卻笑了，也把帽子摘了，說：「我可算對上號了。我在老七爸睡著的時候，悄悄看了老七爸的小腳趾甲，老七爸的小腳趾甲和我的一樣，也是整個的。」

那二啊了聲，兩隻手掌就拍一起了喊：「原來老七是查自己的身世去了？原來老七的媽媽出了岔子老七知道了。太好了！我早就等這一天了。我……」

九蘭問：「那二爺，你這事也高興啊？」

那二住了嘴，嘿嘿笑。

妖精李狐兒問：「這樣說，這小子就是老七的親生兒子了？」

那二說：「差不離了，妳說的那女人就是查十三的姐姐查十一。柳樹河子不會巧到有兩個都長那種痣的又風騷的瘦女人。」

九蘭問：「小傻狍子，你能找到你的叫查十三的媽了，你要去找她嗎？」

鐵小七說：「找媽幹什麼？查十三丟了我，我爲什麼還要去找她？我有老七爸、那二爺、九蘭姐、吉小葉，還有這個新媽就行了。我早習慣沒親媽了。」

九蘭又看到妖精李狐兒看著鐵小七耳朵留下的疤皺眉，心中一動。

那二沒心思吃飯了，早早離了桌跑院裏背上手晃，不知想什麼去了。

鐵小七戴上帽子，說：「老七爸的媳婦妳等著，我明天去獵鹿給妳吃。」鐵小七戴上帽子就跑出去了。

九蘭收拾了桌子，回來給妖精李狐兒倒了碗茶說：「俺猜妳就是李草兒，養了鐵小七六七年的李草兒。小傻狍子那時太小了，現在把妳忘了。」

妖精李狐兒說：「這不怪鐵小七，是我的樣子、說話、舉止都不似從前了。這小子現在挺好，我就放下心了。丫頭妳記住，不要對任何人說我是從前的李草兒。」

九蘭說：「行！俺不說！俺求妳教俺放槍行嗎？」

妖精李狐兒眉毛上挑，盯一眼九蘭說：「我就說妳是隻小狐狸，妳真是狐狸性子。行了，就這麼說定了。」

晚上，妖精李狐兒睡在鐵七的被子裏，總感覺有目光在看她。她睡不著覺就點上油燈，她發覺只要她的頭一放到枕頭上，青上衛的腦袋就抬起，歪著臉看她。

妖精李狐兒就說：「你這破狗，你怪我占了老七的臭被窩嗎？」

青上衛就把腦袋垂下去，妖精李狐兒抬起頭看，青上衛就把前腿抬起來擋住眼睛。妖精李狐兒笑了，說：「我要住這裏好多天呢，你就看吧！」妖精李狐兒就吹了油燈放心地睡了。

2

這一陣兒，那二總往山裏跑，說是整個地倉子盯老虎，有時在家有時不在家。

在九蘭用妖精李狐兒的馬槍練槍練出準頭的時候，妖精李狐兒也在鐵七屋裏住了十多天了。

妖精李狐兒說：「也許我和老七沒緣，再過幾天就十五天了，我就該走了。」

九蘭說：「老七嬸，俺說妳走不了，俺做夢了，老夢到半夜門開，老七叔這幾天準回來。」

妖精李狐兒說：「有靠夢決定出行的嗎？我看就是你們這些靠夢的北方人才把北方整得亂糟糟的，一幫一幫的叫花軍隊像沒頭蒼蠅似的在亂打仗。」

九蘭不吱聲，又開一槍打斷了一根細樹枝，說：「老七嬸，俺會用這種馬槍了，妳又走了，俺沒槍用不是白練了嗎？」

妖精李狐兒說：「小狐狸，妳在打這支馬槍的主意。這支槍就送妳了，我還有一支短的，一次可以上六顆子彈。我不喜歡短的，這次沒帶來。」

九蘭高興了，笑嘻嘻地說：「俺也喜歡長的，這槍還能當棍子用。可是老七嬸，俺打著打著沒子彈了怎麼辦？」

妖精李狐兒說：「在圖門江口的集市可以買到，也可以去縣城找人用皮貨換，我那裏還有四百發，回頭叫人給妳送來。」

九蘭說：「那俺現在光練舉槍瞄準就行了，那四百發子彈俺要打四百隻狐狸。」

妖精李狐兒皺了下眉問：「妳爲什麼就想著打狐狸呢？」

九蘭愣了愣說：「是啊！俺也可以打別的，比如打老虎！」

那二今天沒進山，在院裏擦獵槍，那二聽了半天了，就樂了說：「我看這丫頭行。我瞄上一隻老虎有日子了，這隻老虎身上的毛是那種紅乎乎的金黃色，黑色斑紋黑亮，好看。這傢伙隔幾天就回到跑兔子溝底林子裏待著，我打這傢伙的埋伏去。丫頭妳敢去，我明天帶妳去。丫頭，妳打了虎可厲害了，就是第一個打了虎的漢人丫頭了。我不真正認妳當親孫女都不行了。」

九蘭眨著眼睛看著那二，把打虎的這事兒往心裏去了。

次日早晨，妖精李狐兒睡了個懶覺，起來時太陽都升起老高了，屋裏、院裏都靜悄悄的。妖精李狐兒到堂屋打水洗臉，發覺灶臺上有張草紙，草紙上有字，草紙上寫著：

老七嬸，我燒了熱水，妳洗個澡吧。妳身上全是叫人頭暈的狐狸味，老七叔今天準回來。

再下面是「丫頭和老頭去打虎了」這一串字。

妖精李狐兒笑了，心想，這個兔齒丫頭還會寫字，這可了不起。但妖精李狐兒犯了懶不想洗澡，在屋裏、院裏走一圈，發覺青上衛和老憨、老賊都沒了，只剩五條黃毛爬犁狗在草窩裏趴著。妖精李狐兒就在院裏對著太陽打呵欠，還伸懶腰。伸著懶腰就聽到人走路的踩雪地聲，又打個呵欠的工夫，走路聲到院門口了。一個人影到了院門前，這人喊：

「丫頭，丫頭，開門啊！」

鐵七的聲音一傳進來，妖精李狐兒心中一下子歡快起來，就喊：「不開、不開、就不開，王八犢子才回來，就不開。」

鐵七愣了愣，喊：「媽呀！是妖精來了！」

妖精李狐兒說：「對！怎麼的？」

妖精李狐兒看見一掛褡褳從院門上飛進了院，裏面一捲捲滾出龍洋。接著鐵七從樹牆上爬過來，跳下來落地就發出噢的一聲，扭了腳脖子。鐵七一屁股坐地上揉腳脖子。正笑的妖精李狐兒不笑了，跑過來蹲下幫著揉，鐵七哈哈一笑，抱住妖精李狐兒一翻手扛在肩膀上，往屋裏邊跑邊喊：「操操！操妖精了。」

妖精李狐兒就哈哈笑。

妖精李狐兒用食指在鐵七肚皮上畫圈，說：「你記得老七，我不叫妖精，我叫李狐兒。我就是你媳婦。」

鐵七說：「好！我媳婦是李狐兒，我媳婦不叫妖精。」

李狐兒說：「小丫頭說我身上全是狐狸味，叫我洗澡，我沒洗。我有狐狸味嗎？」

鐵七說：「不是狐狸味，是狐狸精味。這味洗了我就找不到妳了。」

李狐兒說：「你身上也有味，是狼味，是狗味，是狼狗味。」

李狐兒和鐵七又滾一起了。

李狐兒說：「小『棒棰』，搗呀搗啊，真好！」

這時，馬在院外叫，狗在院裏咬。鐵七停了動作起來穿衣服。

李狐兒說：「王八犢子提前來了。掃興！」李狐兒也翻身起來穿衣服。

李狐兒隨鐵七出來，透過門縫，看到一個人在敲門。鐵七過去開了院門，鐵七看見這個漢子眼皮就起跳。

那漢子進來，衝李狐兒抱拳說：「龍把頭，日子到了。連來帶去正好十五天了。」

鐵七猛然想起這漢子就是和同夥殺死二毛子張一夫時用刀給了青上衛一刀的那個漢子。鐵七的眼皮又跳了。

李狐兒說：「我成親了，這是家。告訴幫裏的幾個把頭，我想回去時再回去。另外，過年前叫人送些打獵的東西過來。」

那漢子說：「恭喜龍把頭大喜。」又向鐵七一抱拳說：「恭賀鐵七爺大喜。」

鐵七點了下頭。

李狐兒問：「老七，你們認識？」

那漢子忙說：「我久聞鐵七爺大名了，我去年冬做了二毛子時，碰上鐵七爺了。我可沒敢得罪鐵七爺。」

這漢子彎腰撿起鐵七丟在院裏的褡褳，又收拾了落在地上的龍洋，送到堂屋裏放凳子上，回來瞅著鐵七笑。

李狐兒說：「就這麼著吧，你回去吧。」

那漢子說：「是！龍把頭我回了。」

漢子走出院門，上馬車走了。

鐵七歪著頭瞅著李狐兒皺眉，李狐兒卻在笑。

鐵七問：「他是木幫的，妳是木幫的什麼把頭？」

李狐兒說：「最大的龍把頭，你媳婦不錯吧？」

鐵七說：「操！原來是龍頭，女龍頭！我可厲害了。」

李狐兒抱上鐵七脖子說：「今天我們倆成親，我沒搗夠，還要你的『棒棰』。」

鐵七哈哈笑，兩人跑屋裏又用「棒棰」搗。在中途息陣的時候，鐵七問：「妳是木幫龍把頭，那我三哥好爺呢？」

李狐兒說：「好爺在縣城歇閒了。你知道嗎老七，好爺原想叫你先做山貨行老闆，做成聯號，把東邊道這幾十個縣鎮的人頭整熟，再叫你接龍把頭的位。可是你無聲無息不做山貨行老闆，好爺說，這個破老七，是個獨個想幹什麼就幹什麼的人，我整不了他。這樣，我在木幫的勢力就最大了，好爺歇閒我就是龍把頭了。所以老七，我還要謝謝你！」

鐵七聽著有點糊塗，瞅著近在眼前的妖精美人就更糊塗。

李狐兒說：「好多事情你想不明白是吧？甚至還想我是好爺的女人，是好爺送給你報恩的。對吧？我來告訴你吧，你都想錯了。」

鐵七翻個身，眼看屋頂做出聽的準備。

李狐兒說：「我原來叫李草兒，是石大頭的媳婦……」

鐵七啊了一聲，說：「原來妳真是鐵小七的媽，我因爲猜到這一層，才收鐵小七當乾兒子。」

李狐兒說：「你沒收錯兒子，將來你還要謝我。老七，我像生過孩子的女人嗎？」

鐵七想想說：「我記得查十三肚皮上有花紋，我問查十三那是什麼紋，她說是生孩子留下的紋，那孩子被她丈夫抱著走河道，掉河裏淹死了。妳肚皮上的皮光滑緊密沒那種紋，妳不像生過孩子的女人。」

李狐兒皺了下眉頭說：「你懂的還不少，我沒生過孩子。鐵小七的事你問那二叔吧。我二十一歲那年被李五從石大頭手裏贏走送給了好爺，你猜好爺爲什麼要我嗎？」

鐵七搖搖頭說：「我看不透的只有兩個人，一個是吉了了，一個是好爺。」又轉頭瞅瞅李狐兒又說：「現在再加上妳。」

李狐兒笑著親了鐵七的嘴說：「我能把你看透就行了，你記住我是你媳婦就行了。」

李狐兒說：「好爺一共有兩個恩人，一個是你，一個是我媽。」

鐵七似乎明白了。

李狐兒說：「好爺逃難時，生病在行腳客棧裏差點死了，我媽給他請了郎中，買了藥，救了好爺。

但好爺不願意說起報恩的話，好爺要李五用賭的方式贏了我，也是想刺激石大頭好好活，也是用那種方式給石大頭一千兩百塊龍洋。那之後，好爺帶我去了老毛子那邊，我在老毛子那裏待了五年，學會了許多東西。好爺說，他最希望看到我和你成爲他的左手和右手。好爺在老毛子那邊老談起你。可是好爺不知道我比那時還早就記住你了。你不記得在李家街有個拖兩條鼻涕的小姑娘幫你加油打架吧？那次你一個人對陣林豹子他們六個，吉了了在一邊蹲著哭。」

鐵七就笑了，說：「吉了了每回都那樣，但我真的不記得妳。」

李狐兒說：「是啊！你和吉了了那時總是圍著長得歪歪扭扭的紅羊。」

鐵七又笑說：「妳說，紅羊怎麼就看上吉了了了呢？我一直想不明白。」

李狐兒側過身，用手肘支撐把上身探起，低頭盯著鐵七的眼睛，大聲說：「喂！你聽著，紅羊沒有我好！」

鐵七說：「沒錯！我的媳婦李狐兒最好！」

李狐兒重又躺下問：「我說到哪兒了？」

鐵七說：「妳說到妳比紅羊好！」

李狐兒說：「就是！我就是比紅羊好！」

鐵七抬手抱住李狐兒的脖子，往懷裏壓，又一翻身，兩個人又抱一起，鐵七的「棒棰」又搗。

李狐兒說：「過癮了，老七，我憋了好多年了。做你媳婦真好！」

鐵七說：「我也過癮，想不到妳會這麼好。」

李狐兒就咬鐵七的腮幫說：「別想別的女人，她們都沒有我好！」

鐵七說：「哪有別的女人？我不大會搗的時候，搗過特會害羞的查十三，查十三是個不太愛乾淨的寡婦，三個月也看不到她洗澡。會搗的時候沒碰上動心的。以後就沒有了。」

李狐兒也笑說：「你是小賊還偷過寡婦。」

鐵七就嘆氣，說：「我懂得太晚了。」

鐵七又想起一件事，於是說：「那就是老三好爺把妳當閨女了？」

李狐兒拍了鐵七一巴掌，說：「不是閨女，是妹子，好爺當我是妹子。我後來才知道好爺帶走我的想法，就是把我變個樣兒回來給你做媳婦。好爺這樣做，就算一下子報了我媽和你對他的恩，知道嗎？好爺是好人。」

鐵七說：「我家老三心機那麼深嗎？我救他那會兒我沒看出來。」

李狐兒好奇了，問：「我知道你救了好爺，李五也知道。但不知道你是怎樣救的好爺？好爺以前是快刀侯三，好厲害，怎麼會被你救了？」

鐵七說：「我那會兒不知道他是快刀侯三，我划著木排在野豬河的嶺下深水裏叉魚，看見嶺上滾下一個人，撲通就跌進了野豬河，一下就沉了。我就救他上來了。那會兒他的手腳上都拴著大石塊，吐出的河水全帶酒味，他是醉酒了被人暗算的。他在這屋裏住了大半年，我把龍洋都給他了，也想跟他走，他不帶上我，叫我等他，他自己偷偷走了。」

鐵七想起這件事現在還挺沮喪。

李狐兒說：「我想，那時好爺是逃難，帶著你不方便。那時你十六七歲？」

鐵七說：「差不多吧。」

李狐兒說：「後來好爺做了木幫的龍頭把頭，也做山貨生意。老七，你不知道吧？輯安縣城的木記皮貨行老闆吳小個子也是好爺的手下，也就是我的木幫兄弟。鴨綠江上的木排、貨船，十條中就有我們木幫三條。這都是好爺打的根基。老七，你還是跟我走吧，不幾年你就是第二個好爺。那時你外面有木幫兄弟，家裏有我，多好！」

鐵七說：「是呀！是挺好！可是幹那個我心裏不踏實。我再想想。」

李狐兒嘆口氣，說：「你呀！就是個單槍匹馬當獵人的人，我和好爺都看錯你了。」

鐵七問：「怎麼了？這樣不好？」

李狐兒說：「好啊！自由自在，這多好！就有一樣不好，我和你不能常在一起。」

鐵七說：「是啊！就這點不稱心，妳是女龍頭啊！」鐵七瞅瞅李狐兒還想說什麼，張張嘴就沒說。

李狐兒問：「你想叫我不當女龍頭？」

鐵七說：「沒！我不這樣想！這長白山東邊道幾十個縣鎮的地方，八成只有妳一個女龍頭，那多抖（神氣）！」

李狐兒說：「可是我不想當龍頭把頭了，老七，你等我收手，你一定等我收手。」

鐵七說：「好！我等妳，多久都等。」

到了晚上，李狐兒說：「老七，你搗了幾次？我的小肚子痛，灌滿了吧？」

鐵七說：「我也是，眼冒金星腳也軟了。」

李狐兒說：「一輩子不搗也夠想的了。我是小姑娘的時候，其實不大喜歡石大頭，我悄悄地喜歡你。那時你雖然總是鼻青臉腫，但像隻傲氣的小公雞。我呢？人長得好看，但在小時候鼻子被凍壞了，老是不知不覺地流鼻涕，人又總得待在煎餅舖子裏燒火打麵子幹活。可是，你怎麼就不注意我呢？要不金大炮逼我給他當小媳婦時，我會去找上你，會跟你跑了，就不會拐後來的這道大彎了，沒準給你生幾個孩子了。」

鐵七皺著眉頭使勁想，卻想出了紅羊少女時候的樣子，嘆口氣就笑了，說：「我記得那個煎餅舖子，有一回我丟下一塊龍洋，拿了一張煎餅。妳媽還追出來喊，說她還沒開張找不出大錢，要還我龍洋送我那張煎餅，妳媽人真好。那鋪子裏面有個小姑娘用手捂著鼻子眨著大眼珠看我的就是妳？」

李狐兒說：「是啊！可是那張煎餅你送給了紅羊啊！紅羊咬了一口又丟掉了，跑去接吉了了的冰糖葫蘆。」

鐵七抓抓頭皮說：「咱不想從前的事了吧，我那會兒是傻狍子。現在多好，從前的那些人都認不出妳了。」

李狐兒說：「是啊！可是從前那些人認不出我，我開心又不開心。我特希望紅羊認出我，我就這樣想。」

鐵七說：「女人的性子我想不明白，我看博一丁欺負查十三，查十三那會兒在柳樹河子鎮上賣老旱煙葉，我不知道那會兒查十三和博一丁住在一起。博一丁向查十三要龍洋又打查十三耳光，我看不下去就幫助了查十三，也就認識查十三了，查十三對我好啊，我幫查十三挨老鼻子揍了，後來博一丁說他栽了。查十三有一天叫查十一把我找去，我就糊裏糊塗和查十三搗了。狐兒，過去的我不想了，咱們在一起開心多好。」

李狐兒說：「是啊！是啊！不想了，有了你就不想了。可是，老七，我的肚子叫了，我餓死了，又不想動。」

鐵七說：「我殺隻九蘭的雞燉松樹傘蘑菇。妳睡會兒，一會兒我做好了叫妳。興許那二叔他們快回來了。」

李狐兒說：「老頭和小丫頭說是去打老虎，能這麼快回來嗎？鐵小七有時回來，有時幾天不見影。這小子沒了一隻耳朵真難看。我鼓勁生個好看的小子給你養著。」

鐵七穿好衣服出去，殺了雞燉上，又去給馬加了草料，又餵了狗，就站在院裏往雪坡的路上看，只看到烏家兩個丫頭對他又跳又打手勢，沒看到那二和九蘭。

在鐵七和李狐兒吃飯之前，李狐兒洗了澡，坐下吃飯時，李狐兒問：「老七，我收拾的洞房好不好看？」

鐵七說：「不怎麼樣，哪有把野豬腦袋掛牆上的？」

李狐兒說：「你認爲不好是你沒見識，老毛子那邊的木製房子裏就用獸骨當裝飾品，等我去獵隻長好看角的梅花鹿，再掛在這面牆上，這屋才看著順眼點。」

鐵七問：「打鹿？妳能行？」

李狐兒說：「騎馬打獵我比你強，我能一槍打中黃羊的眼珠，也能一槍打中狼的耳朵眼，子彈從另一個耳朵眼穿過去，狼皮沒有破損。你看看我的白狼皮短氅，就是這樣打的。」

鐵七看了那件白狼皮短氅，就說：「真是好皮子，咱這山裏白狼一般看不到，這是在老毛子那邊獵的吧？」

李狐兒說：「當然，將來我回來當獵人，也不會叫你養著，也不會比你差。」

鐵七說：「我媳婦成精了。」

晚上，鐵七和李狐兒抱一起躺下。

李狐兒問：「老七，你還行嗎？」

鐵七說：「怎麼不行？不行也要行。」鐵七翻到李狐兒身上又搗。

李狐兒說：「真好！」

完了，李狐兒說：「老七，我問你，你和查十三第一次搗了幾下？」

鐵七說：「什麼幾下？我的『棒棰』一對上她的『井』就跑馬了。查十三捂著臉笑。」

李狐兒也笑了說：「會裝羞的女人肚子裏也許更風流。我和石大頭那一次我不懂，石大頭叫我閉上眼睛吸氣，心裏默念一二三。我念到三，石大頭就進去了，他搗了好久。在那之前，我看見石大頭和金大炮的媳婦搗，那女人屁股翹得老高還晃又叫。所以啊，老七，別人的媳婦都是又髒又臭的婊子。」

鐵七想想查十三嘔嘔要吐。

李狐兒說：「老七，但願你想起紅羊也能吐，我就放心了，你也就老實了。」

鐵七腦海中一下子想起從二毛子張一夫懷裏找出的紅羊的肚兜，那髒乎乎的肚兜上繡了隻紅羊，鐵七的鼻孔裏似乎又嗅到了那肚兜上的味，鐵七翻起身噢的一聲就吐了。不由又想，那肚兜哪去了？興許和沾上青上衛血的那件狍子皮短襖丟吉了了家裏了。

李狐兒問：「老七，自己的媳婦不洗澡抱著也香是吧？」

鐵七想一想，一把就抱緊了李狐兒。李狐兒把臉藏在鐵七懷裏偷偷笑。

這一夜，鐵七和李狐兒睡得很沉，太陽老高了才醒。

鐵七起來在院裏幹完餵雞、餵狗、給馬加料的活，就問李狐兒：「妳說那二叔和九蘭獵虎去了？」

李狐兒說：「沒錯，小丫頭留的紙條上就這樣寫的。怎麼的？能出事嗎？」

鐵七說：「那二叔打獵不太行，他是靠運氣獵虎的人，我有點擔心了。再有個什麼也不懂的小丫頭跟著，我更擔心了。」

李狐兒說：「是啊！老頭和小丫頭走了一天一宿了，三條獵狗也都帶去了。能有事？我和你去看看吧！」

鐵七瞅著李狐兒卻遲疑。

李狐兒說：「原來你的腳還在發軟呢，上不動山了！」

鐵七沒吱聲，掉頭架上狗拉爬犁，取了獵槍說：「長了口深『井』的破媳婦，走！咱們一邊找，一邊獵梅花鹿，叫妳看看妳男人的功夫。」

李狐兒就高興地跳一個高，跑進屋披了白狼皮短氅，出來跳上狗拉爬犁。鐵七駕著狗拉爬犁，帶著李狐兒進山了。

鐵七問：「老『井』，妳知道虎走嶺嗎？」

李狐兒說：「我不知道什麼是虎走嶺，我問你，誰是老『井』？」

鐵七說：「妳呀！幹了一宿妳不滿，不是老『井』嗎？」

李狐兒跳到鐵七背上咬鐵七的脖子。

鐵七哈哈笑。

李狐兒說：「老七，我告訴你，當女人高高興興說沒滿時就是太滿了。知道了？老七，我和你就是拐個彎才配上套的絕配。」

鐵七和李狐兒沿著道道嶺邊的森林地帶找，所謂虎走嶺並不是指老虎總在嶺上走，不是這樣。如果那樣，老虎在光禿禿的嶺上一轉悠，目標那麼醒目，就都被打死了，不被人打死也餓死了，哪種動物看見老虎不逃呢？那爲什麼還說虎走嶺呢？是因爲嶺與嶺之間的樹木茂盛，老虎容易藏身，老虎才多在這種地帶活動。老虎又是隱藏性強的動物，行動時往往在樹叢間鑽來鑽去，是靠眼睛盯住獵物，再突然發動捕捉獵物。所以嶺嶺溝梁間的樹木茂盛之地多爲老虎的活動區。獵人爲了記憶方便，才有了「狼走坡虎走嶺」一說。

鐵七的狗拉爬犁在沒路的樹叢裏行動不方便，只有在嶺與嶺的樹林邊緣找那二和九蘭的行動痕跡。轉了半天，鐵七和李狐兒沒找到那二和九蘭，卻在一片雜樹樹林裏碰上崔虎子在狗拉爬犁上，蓋著狼皮在猛搗他媳婦的「井」。崔虎子媳婦許是冷了，一邊叫，一邊伸手拉狼皮蓋那四條光著的腿。

鐵七、李狐兒就笑。鐵七駕著狗拉爬犁靠過去。

崔虎子趴著不動了，扭頭問：「老七哥，這麼巧！」

鐵七問：「見了那二叔嗎？」
崔虎子說：「沒見！咱出來撿冬蘑的。」
鐵七說：「一根小冬蘑掉大『井』裏了。」
李狐兒哧哧笑說：「老虎跑來了就好玩兒了。」
兩人掉頭往別處去找，李狐兒一路笑著還不時回頭看。
鐵七說：「崔虎子家人多，在屋裏搗那事媳婦叫聲又大，老公公就咳嗽。崔虎子兩口子一年四季老在外面跑，『棒棰』一翹就地就搗。我上次碰見了不好意思繞圈走，妳猜後來怎麼了？」
李狐兒說：「快說呀！後來怎麼了？」
鐵七說：「崔虎子媳婦見了我問，老七，你看見了？我說是啊！看見了，妳那兩個玩意搖得像蹦跳的花白兔子。崔虎子媳婦說，眼饞吧？那就找個母的和我比比。」
李狐兒又笑了說：「這裏自由自在真好！」
狗拉爬犁轉了幾道嶺，看見了一串老虎蹚出的腳印，順老虎的腳印追了一氣，也沒找到那二和九蘭。那時狗也跑不動了。鐵七停了爬犁，餵狗吃了東西。鐵七和李狐兒也坐在雪地上，你餵我一口，我餵你一口，也吃飽了乾糧。
李狐兒說：「老頭和小丫頭會去哪？小丫頭的槍打得不錯，別一高興打瘋了。」
鐵七問：「什麼？小丫頭什麼時候學的打槍？我看了，屋裏槍沒少。」
李狐兒說：「我教小丫頭打槍的，小丫頭的槍也是我送的。比你的槍好。你的這種槍不叫槍，叫洋銃，比土銃好點有限。等過一陣兒我送你一支槍，用起來就像你的『棒棰』那麼棒了。」
鐵七就皺眉。
李狐兒說：「我說錯了，那種槍比你的『棒棰』還棒，只要有子彈就不疲軟。」

鐵七一翻身把李狐兒壓雪裏，兩個人滾了一身雪，大口大口親嘴，鐵七說：「暈了，妳的狐狸味飄出來了。咱往回走吧，從黑瞎子嶺找回去。」

從黑瞎子嶺轉出來，李狐兒抓著鐵七的獵槍到處瞄，突然從爬犁上衝下去，端著槍往雪坡下跑。鐵七停了爬犁看，雪坡下面一隻大山貓在追一隻銀狐，銀狐頭尾相加也不過兩尺來長，而且受傷了，初時還能跳著、轉著圈逃跑，但不一會兒銀狐就不行了，大山貓的撲咬、捕捉的動作更完美。

李狐兒衝近了就喊一聲，大山貓嚇一跳，身子停頓，扭頭看，李狐兒的槍響了，砰的一聲，大山貓臉上中槍，跳一個高，撲進雪裏不動了。

那隻銀狐扭頭向李狐兒看看，舔了幾下背上的傷才跑走了。

鐵七駕狗拉爬犁繞下雪坡，李狐兒還在看那隻銀狐，見鐵七走過來才說：「銀狐真好看，可惜受傷了。銀狐不會死吧？」

鐵七說：「銀狐舔乾了傷口就會沒事了。」過來抱著李狐兒親一下，說：「我媳婦絕了，我馬上死了也是開心死的。」

李狐兒說：「去！說什麼傻話，你這破槍浪費了我的眼神。我打偏了才打臉上的。我最恨欺負狐狸的東西了。」

鐵七說：「幸好我早就不打狐狸了，原來妳是狐狸精，難怪長了口又深又香又有吸力的……嘿嘿！我就不說『井』了。」

李狐兒揚頭咬中了鐵七的鼻子，鐵七告饒了李狐兒才鬆開嘴說：「你再也不要說『井』深了，要不不給你搗了。」

鐵七說：「行！我以後就說我媳婦根本沒那個『井』。」

李狐兒就笑了。

鐵七把大山貓丟狗拉爬犁上，兩個人就往家趕。

3

九蘭和那二已經回來半天了，鐵七的狗拉爬犁還沒到家，就看見雪坡上一道青煙似的青影在夕陽下奔跑過來。

鐵七停了爬犁跳下來喊：「青上衛！老子在這兒呢！」

青上衛一撲而起，撲倒鐵七，兩個在雪地上滾。鐵七突然啊一聲，躺著裝死不動，青上衛就圍著鐵七嗅，鐵七再不動，青上衛對著鐵七的耳朵汪叫一聲。鐵七的眼皮眨一下，青上衛就蹦跳一下，再汪叫一聲。

李狐兒說：「老七，青上衛比你好，我聽說獵人不能裝死逗獵狗，這樣打獵時會壞事，你不懂嗎？」

鐵七爬起來，給青上衛抓抓癢，趕著狗拉爬犁回家。院門是青上衛接鐵七時打開的，狗拉爬犁直接進了院，鐵七和李狐兒看見一隻小老虎趴在院裏。

李狐兒說：「老頭和小丫頭真打到老虎了，怎麼是隻小老虎？看，小老虎眉心上中槍了，是小丫頭用馬槍打中的。」

那二從屋裏出來說：「老七、老七媳婦，我叫小丫頭氣瘋了。這是隻和母虎走散的小老虎，這種小老虎獨自獵食都不太靈，行動起來像兔子，膽子小，本事也弱。大野豬、山豹、甚至一隻狼都敢揍牠，不是我打埋伏的那隻大老虎。這小丫頭沒耐性，咱們盯住老虎的『虎道』，剛守了一宿，小丫頭就急了，吵著不打老虎了，要打狐狸。我好說歹說，小丫頭才耐著性子又待了半天。在地倉子裏待著是難過，但咱是打老虎的埋伏啊，咱不是提著槍，駕著獵狗，順老虎的腳印追老虎啊！那樣也行，那樣咱多累呀。咱打老虎埋伏得有耐心才行，打老虎埋伏那是偷襲。要不看見老虎你一槍打不中要害，老虎受傷逃了還不算完，受傷的老虎會反過來追蹤咱們，得機會把咱們吃掉。咱們人就完了。小丫頭不行，耐性差。我沒招了，打不成埋伏改了追蹤。咱順嶺進了林子，我告訴小丫頭，咱找金黃毛色的那隻大老虎。小丫頭卻指使老賊順腳印追上了這隻膽子小的小破老虎。我指使獵狗叫，想嚇跑這隻小破老虎。我剛剛想這樣幹，小丫頭和老賊衝上去了。老憨獵虎有經驗，不知小丫頭用了什麼招術，老憨也聽了小丫頭的話，也跟著老賊去追咬這隻小破老虎。小破老虎嚇得直叫。青上衛這傢伙更可氣，就放小破老虎跑了就得了唄，這傢伙卻跑了個外圈，又截住了小破老虎，小破老虎把屁股擠進一棵倒樹下，趴在雪裏，甩腦袋左咬老賊右咬老憨，又要留心往小老虎後面繞的青上衛。小丫頭跑到一棵倒樹後趴下，第一槍打中小破老虎的脖子。小破老虎一甩臉，小丫頭第二槍才打中小破老虎的眉心。」

那二瞅著李狐兒又說：「老七媳婦，妳的馬槍真好！老虎腦袋都能打個眼。上槍子又快，這小破丫頭有了這桿槍當獵人就容易了。這疙瘩山裏的大小牲口也遭難了。」

李狐兒說：「這好辦啊，再等著打大老虎啊！」

那二說：「老七媳婦這話說的犯傻，小破丫頭這兩槍一放，大老虎還會在嶺上那片樹林待著嗎？小破丫頭可美了，問我認不認她當親孫女？我說老早就當她是親孫女了。」

鐵七就笑了，問：「小丫頭呢？」

那二說：「我和小丫頭把小破老虎拖回來，小丫頭就去睡了，累得小牛似的打鼾，睡得呼呼香。」

李狐兒說：「那二叔，你們在哪裡打虎啊？我和老七找你倆一大圈。」

那二說：「那哪兒找去？老七不懂打虎。我和小丫頭走不遠，就在跑兔子溝的那道嶺上的樹林裏。我在那整了個地倉子『打樹皮』盯老虎，我秋天就知道有隻大老虎在那打轉，那時毛不好不能打。唉！我一肚子歡喜，都叫小丫頭整得落空了。你們不知道，這一路美的小丫頭的破嘴一勁不閒著，我耳朵都聽累了。」

在李狐兒做晚飯的時候，那二不扒小老虎的皮，拿著刀子在院裏轉，好不容易等到鐵七從屋裏出來。那二湊過去對鐵七講了李狐兒說的收養鐵小七的事，又說：

「看來這小子就是查十三和你生的。老七，我再問你，你這大半年都去哪兒了？沒去柳樹河子找查十三？沒去你媽媽住過的家問問別人，你媽生你前還有別的男人沒有？沒問你到底是漢人還是滿族人？老七，我想這樣問你想了十一年了。」

鐵七明白那二的用意了，說：「那二叔，這世上只有一樣是錯不了的，就是生身的媽媽。其他都有可能是假的。比如鐵小七，我認鐵小七是兒子就行了。再比如我爸，我認他是我爸就行了。這就是我這大半年在柳樹河子問了所有認識我媽的人之後，我這樣告訴自己的，這個想法叫我放下了那些叫我頭痛的包袱。」

那二問：「那、那、那你也知道我和你媽比你漢人爸和你媽早的事了？那我……」

鐵七說：「我媽有過三個男人，除了我爸，另兩個男人哪個當我媽是媳婦？我不認我爸做爸爸，我能認誰？」

那二說：「是！是呢！我那會兒在柳樹河子有名氣，找我的女人也多，我沒當你媽是媳婦，就把她當成逃饑荒用身子換龍洋的女人了。你媽對我好，我瞧她不起。你媽又去了通化縣城，就碰上了你爸。老七，那會兒還沒你呢。可老七，後來我也找過你媽。唉！我、我怎麼辦呢？你媽死了，我後悔也晚了。老七，老七，我……」

鐵七說：「我懂你怎麼想的，咱們這不是在一起了嗎？還有我兒子、咱們丫頭，我媳婦，咱們什麼也不缺了。是吧？」

那二忙說：「是呀！是呀！你懂就好！我這十一年就想讓你懂。可早先我也不懂。我什麼也不缺了，我什麼也不缺了。老七，你說的對，這些事整不清楚，有人認爸認兒子就齊了。」

那二挺高興，心裏壓了許久的石頭落了地，看著鐵七回屋了。那二一邊扒虎皮一邊嘟噥：「我就知道老七是我兒子，我就這麼認了。我有兒有孫有丫頭有兒媳婦，我什麼也不缺了……」

時間過得很快，李狐兒和鐵七的蜜月過完了。

這一天，李狐兒把白老虎的皮鋪在狗拉爬犁上，又把紅毛熊的皮抱在懷裏，又把馬槍放在爬犁上，說：「老七，駕爬犁走，我和你做夢去。」

鐵七揉著鼻子笑。

九蘭問：「去打老虎嗎？俺也去。」

那二說：「妳個小破丫頭，還沒到妳去的時候。一邊兒去。老七媳婦，吃的喝的帶足了？」

李狐兒說：「帶足了。」

那二說：「那就快走吧，興許今晚有大雪。」

鐵七和李狐兒駕著狗拉爬犁順著野豬河向上游跑去。五條黃毛柴狗拉著爬犁在平整的河面的雪上奔跑，跑著跑著就下雪了。

青上衛跑在狗拉爬犁的前面去追三隻過江的狍子。

鐵七問：「打不打？」

李狐兒說：「不打！今天是好日子，沒有意外不殺生。」

鐵七問：「什麼好日子？」

李狐兒說：「在野外做一次崔虎子和他媳婦做的事。你沒想到嗎？」

鐵七說：「怎麼想不到，我又不是傻狍子。」

李狐兒說：「那還不停下來。」

鐵七說：「咱們再走一程，找個風水好的地方。」

李狐兒說：「這裏夠好了，天空、山嶺、森林、河流，除了你和這群狗，所有的東西都是白色的，還不夠好嗎？」

鐵七笑而不答，駕爬犁向前跑。青上衛沒能追上狍子，又從後面追上來，在前面小跑。眼前的河道變窄了，又突然放寬，在前面迎面而立的黑崖上掛下來幾掛冰瀑，白色的冰瀑下面是一大面平整雪面。

鐵七停了狗拉爬犁說：「這是野豬河的一條源頭，我夏天洗澡的地方。來，那裏有張大石床，咱們背靠石岩，雪下來也不怕。」

李狐兒跳下爬犁，抱起白老虎皮跑過去，扭頭喊：「你抱熊皮。」

李狐兒把白老虎皮鋪在一塊巨大的平石上，就脫光了，躺在虎皮上打滾。鐵七跑過來用熊皮把李狐兒蓋上，也脫了衣服鑽進去。最後，兩顆腦袋露出來，鐵七和李狐兒的目光碰了一下，鐵七和李狐兒同時看到青上衛坐在一邊，歪著臉在看。

李狐兒說：「老七，你要記住一句好爺的話。」

鐵七說：「三哥說過什麼話？妳說。」

李狐兒說：「好爺說過一句話，『在你的一生裏，你時刻需要像狼狗一樣的夥伴，但你自己也要像狼狗一樣。』你懂這句話嗎？」

鐵七搖搖頭說：「我以前可以爲朋友、爲對我好的人拚命，我想，現在我做不到了。」

李狐兒問：「因爲有了我是嗎？」

鐵七說：「是！」

李狐兒嘆口氣，瞅著滿眼的雪花說：「老七，我要走了。」

鐵七說：「知道！」
李狐兒問：「你信我嗎？」
鐵七說：「信！」
李狐兒說：「我身邊整天圍著一大幫苦哈哈的窮漢子，他們大多沒媳婦，他們遍山伐木、沿江放排，那些沿江人家的大小媳婦才是他們臨時的媳婦。這樣你也信我？」
鐵七說：「妳想著我，我爲什麼不信妳！狐兒，妳走到天邊也是我鐵七的媳婦。」
李狐兒趴在鐵七肩頭上哭了。
鐵七說：「下大雪了。我鐵七有了媳婦了，我媳婦是長白山最好的女人。」
李狐兒吸了下鼻子說：「是，我就是最好的女人！我是鐵七的媳婦。」

李狐兒走了，騎上紅馬回頭一笑就走了。
那二望著李狐兒的背影被雪色擋住了，就跺腳說：「老七，多好的媳婦怎麼走了？我和你媽在一起是我走，到你了是媳婦走。這是什麼命啊！」
鐵七說：「那二叔，這不一樣，我媳婦是龍頭，木幫龍頭把頭。她怎麼留？」
那二就呆了，說：「乖乖！老七媳婦了不起。」
鐵七沒精神了，犯了幾天懶，眼瞅著日子一天天更冷了，鐵七還沒有動一動的意思。
那二說：「丫頭，老七沒魂了。」
九蘭說：「要是俺的男人走了，俺也沒魂了。」
那二嚇一跳，扳扳手指說：「丫頭，妳滿十六了。大姑娘了，我得趕緊給妳盯上一個好看的完整的小子娶咱們家來。」

這天下夕陽的時候，痲子炮烏巴度趕著馬拉爬犁把吉小葉帶來了。鐵七看見吉小葉才精神了些。可是吉小葉卻不大理睬圍著屁股後轉的鐵小七，卻和九蘭吱吱喳喳地說笑。

鐵七好奇了，問吉小葉怎麼不理睬小男人了？

吉小葉說：「誰叫這小子整掉了一隻耳朵呢？我還下不了決心找一個被人笑的一隻耳朵的男人。老七叔，我有點喜歡木板凳了。」

鐵七挺意外，但也不問了……

吉小葉是在鐵小七隨鐵七走後漸漸喜歡木板凳的，在一次意外裏，把感覺發展到頂點了。有一次，吉小葉和木板凳在後院一起收拾羊肉，吉小葉的手凍得通紅，就放在嘴上呵氣。

木板凳說：「我給妳焐焐。」

吉小葉問：「你的手也凍得通紅，你怎麼焐？」

木板凳就解開衣服，讓吉小葉把手伸腋窩裏焐。吉小葉覺得好玩就把手伸進去了。木板凳打著哆嗦夾緊了。

吉小葉仰臉看木板凳，才發覺木板凳也挺好看，就說：「我也幫你焐。」

木板凳問：「那我的手放哪兒？」

吉小葉說：「我身上哪兒熱乎你就放哪兒。」

木板凳先把手伸進自己的褲腰裏焐熱了，就把吉小葉的棉襖解開兩顆襟扣，伸手進去摸吉小葉的那對小小的白梨，又拉近了翻開棉襖伸嘴去吃。吉小葉癢得哧哧笑，又不太懂，還使勁挺起給木板凳吃。但木板凳十六歲了，又偷看過紅羊和吉了了的房事就懂。

木板凳說：「我下面更熱乎。」

吉小葉問：「哪兒啊？」

木板凳引導吉小葉的手去摸褲襠裏的小「棒槌」。吉小葉一把握住了說：「真的！老鼻子熱了，還翹著變大了。」

木板凳把吉小葉抱起來，抱到屋裏自己的小炕上，脫了吉小葉的褲子，兩個人整了好久才成功了。

吉小葉卻哭了，因爲出血了。她一連幾天不給木板凳搗，再過幾天自動找木板凳搗，這樣，就習慣了也通暢了。有事沒事就偷偷地總和木板凳搗那事。

木板凳有一次說：「妳的小『井』和老姨的大『井』長得不一樣。」

吉小葉說：「我和我媽的『井』長得就一樣。」

木板凳說：「就不一樣，老姨的『井』皮上有一大片桃葉形的黑毛，妳的『井』皮上一根毛也沒有。」

吉小葉問：「沒毛怎麼了？不好嗎？」

木板凳說：「怎麼不好！太好了！」

從這以後，吉小葉就把少了一隻耳朵的鐵小七漸漸排在後邊了。

吉小葉在鐵七家住了兩天就住夠了，吵著要鐵七送她回家。

那二說：「老七，你就去一次縣城，玩玩嘛。我看麻子炮這小子成精了，聽說麻子炮帶著青毛黑去鬥狗贏了不少龍洋。你也去看看，找林豹子散散心，麻子炮說林豹子在管鬥狗場。」

吉小葉說：「就是，我爸我媽都想你了，才叫我來這沒幾個人都是雪的破地方看你。」

鐵七嘆口氣，打起精神收拾了行頭，又給吉了了、紅羊帶上些山貨，帶上吉小葉，趕著馬拉爬犁往縣城裏走。

在路上，吉小葉突然問：「老七叔，你和我媽在沒有我時，老抱一塊搗那事吧？」

鐵七嚇了一跳，說：「又是誰胡說，你媽是我的嫂子，又是姐姐，怎麼搗那事？」

吉小葉哧哧就笑了，說：「但我想你才是我親爸。」

鐵七的腰一下子軟了，渾身沒力氣了，說：「破丫頭，妳就是妳爸妳媽生的女兒。我和妳媽沒幹過那種埋汰的事。又是金大炮在胡說是吧？我到了縣城就扒了金大炮的皮。」

吉小葉說：「才不是金大炮說的呢，是我自己想的。老七叔，你看我和我媽長得一個樣，我一點也不像我爸，我的脾氣更不像我爸，我爸的脾氣像羊。我媽說，我的脾氣就像你，我的耳朵長得也像你的耳朵一樣。」

鐵七的頭就大了，又突然尿急。喊停了馬拉爬犁下去撒尿，回頭瞅一眼吉小葉又往樹林裏走。

吉小葉喊：「你就這疙瘩尿吧，你是我爸你怕什麼！」

鐵七一屁股就坐雪地上了。

吉小葉笑一聲，說：「其實不是我爸我媽想你去，我媽想你，我爸不一定想你。是我想你，我才來看你。」

馬拉爬犁又往前走，鐵七就想自己的媽媽，爸爸，中間還有那二。這三個人生了一個他。又想查十三和他，那時還有博一丁，又是三個人生了一個鐵小七。鐵七離開查十三的原因，是因爲查十三和他搗那事時，突然喊出了博一丁的名字，這是一個無法解開的結。要不以鐵七的性格，不會從柳樹河子查十三家離開，鐵七和查十三的人生就是另外一番模樣了。可是鐵七自己清楚他和紅羊是清白的，小時候鐵七對紅羊動過心，但那是朵雪花，一閃就溶化了。

鐵七嘆口氣，說：「丫頭，我要有妳這樣的女兒，我就開心死了。但妳不是，真的不是。我和妳媽是清白的。」

吉小葉卻鼓起腮，眼波四下飄，滿臉的不相信。又轉過身用後背靠上鐵七的後背，說：「靠著像狼狗似的爸爸真開心。」

鐵七一點脾氣也沒有了。

馬拉爬犁走到黑窩子山口，鐵七問：「妳記得二毛子嗎？」

吉小葉說：「記得啊！叫我媽整迷糊的那個好看的雜種。」

鐵七說：「小破丫頭成精了，妳知道什麼是好看的男人？好看了不起嗎？那二毛子就死在這疙瘩了，被狼吃得什麼也不剩了。」

吉小葉說：「是嗎？他可真差勁！二毛子的短槍在我媽那兒，我媽藏在櫃底下，我早就知道了。我媽和二毛子準搗那事了，所以老七叔你生氣了，才在這疙瘩殺了二毛子，搶了青上衛。你對我媽真好！你就是我的親爸。將來誰爲我打架、爲我殺人，我也給他生個女兒。」

鐵七舉手抱住了腦袋。卻聽汪一聲狗叫，青上衛從雪窩裏一躍跳上爬犁，瞅著鐵七，眼珠裏滿是得意。原來青上衛看見鐵七駕上馬拉爬犁，又收拾行頭，就猜到鐵七去縣城，就早早跑出來等在這裏了。

4

鐵七趕著馬拉爬犁進了吉了了家後院，紅羊迎出來，歪著臉看著鐵七說：「老七，你有了媳婦看來也沒忘了我。」

鐵七說：「哪能忘！咱們下輩子還要這樣好。」

吉小葉笑嘻嘻跑過去抱上紅羊的脖子，悄悄說：「媽，我給妳盯住胖子爸，妳和老七叔那麼久不見了，進屋去搗一搗吧！」

紅羊臉紅了，說：「小丫頭片子胡說八道。」

吉小葉說：「我長大了，什麼都懂了。妳不去，別怪我不幫妳。」

吉小葉掉頭就喊：「木板凳，我回來了，老七叔來了。」

吉小葉快步跑進羊肉館了。

鐵七和紅羊突然沒話了。紅羊兩手直搓，半天才說：「你的屋我一直收拾，趕了大半天爬犁，你去歇歇吧。」

鐵七也覺得彆扭，想一想就笑了說：「我找吉了了去，嫂子姐妳忙吧。」

這時吉小葉又跑回來說：「老七叔，有熱鬧瞧，林豹子帶了好多古怪的大狗在和金大炮還有麻子炮叫號。我爸和木板凳都在看熱鬧，咱們也去吧。」

吉小葉拉著鐵七往外走，悄悄又說：「老七叔，這一陣兒有個叫博一丁的老來咱家館子，還坐你的桌子，我爸不敢出聲。博一丁在勾引我媽，他一看見我媽就兩眼放光。老七叔你說怎麼辦？」

鐵七的頭突然暈了一下，抬手摸了下腦門，鐵七知道博一丁看見他也會這樣暈一下，但鐵七嘴角展出笑意，心中的火苗突突往上飄，說：「咱先看熱鬧，後揍博一丁。」

鐵七和吉小葉從羊肉館一出來，吉了了就從對面的「老狗頭」狗肉館的後院跑過來說：

「老七、老七你可來了。這縣城裏現下時興鬥狗，有不少人發了大財。李老壞本來只開鬥狗場抽水子，現下李老壞也鬥狗了，他坐莊。瞅瞅，老七，林豹子帶的那十條外國狗就是李老壞坐莊的狗，在比膽子呢。老七，我看青上衛沒準就是好鬥狗。」

鐵七覺著吉了了沒變，就是話多了，就說：「我的青上衛不幹那個，你現下發福了，肥得像頭老黑熊。」

吉了了說：「是啊！我不大順心。博一丁占了你的桌子，我整不過博一丁，這一不順心就生氣，生氣就能吃，就長肉了。」

鐵七說：「沒什麼，那桌子閒著占地方，就給博一丁用吧。博一丁吃飯給龍洋就行。」

吉了了說：「博一丁給龍洋，還多給。但我就是不順心。」

石大頭一晃一晃過來了，說：「老七哥，我謝你收養了我兒子。老七哥人仗義，兄弟總想著給老七哥拜年，今天見了老七哥，我就拜個早年了。」

鐵七瞅瞅石大頭，這傢伙瘦得成竹竿了。鐵七掏了十塊龍洋給石大頭說：「你太瘦了，吃點好的吧。」

石大頭忙接了，說：「謝謝老七哥！」

吉了了說：「大頭，還我的龍洋，一共十六塊。」

石大頭嘿嘿一笑，退兩步就溜了。

吉了了說：「老七，從這傢伙知道石小頭變成了鐵小七，他就老來咱家館子蹭吃蹭喝還蹭龍洋。這傢伙臉皮比鞋底厚。」

鐵七說：「這也沒什麼，這傢伙這輩子就這樣了。我留給你的龍洋你怎麼不擴館子？」

吉了了說：「擴什麼館子？先存著活錢沒準有大用。」

鐵七說：「那就隨你吧。」

這當口，金大炮後院狗叫聲四起，不是狗咬架的叫聲，而是狗受了驚嚇的叫聲。

吉小葉說：「木板凳，開始鬥狗了嗎？咱們看看去。」就拉著木板凳的手往金大炮家後院跑。木板凳就衝鐵七笑笑，隨吉小葉跑去了。

吉了了說：「老七，咱們丫頭壞了。叫這小子用小『棒棰』搗了，他兩個總是悄悄地搗那事。老七，我沒招了。這館子也快成這小子的了。」

鐵七笑笑說：「你和紅羊的故事重來了。」

吉了了愣了愣，也笑了，問：「老七，咱幾個小時候，你、我、紅羊老在一堆，你就沒想和紅羊整點別的什麼的？」

鐵七瞅瞅吉了了說：「紅羊和我整別的還有你的事嗎?再說，那會兒是你倆總滾在一塊，有我什麼事？」

吉了了說：「是啊!你那會兒是小屁孩，除了打架不懂那個事。老七，我沒別的意思，咱去看熱鬧。你瞅，青上衛都著急了。」

鐵七低頭瞅瞅青上衛，青上衛的耳朵轉向金大炮家後院的方向在聽聲音。

鐵七說：「那就看看去。」

吉了了和鐵七帶著青上衛站在吉小葉和木板凳身後，吉小葉看見了就往一邊推別人，別的人看見鐵七，就打招呼讓鐵七站到前面。有人見鐵七帶了青上衛，還問鐵七一會兒鬥不鬥狗。鐵七笑著搖頭，再看就見到了林豹子帶的十條古怪的狗。

鐵七說：「媽的!真是來著了。這傢伙從哪兒整來這些狗，怎麼個個都這麼大?」

吉了了說：「我也頭一回見。」又說：「老七，林豹子過來了。」

林豹子跑過來把鐵七一把抱住，說：「我媳婦老說去你的破窩瞧瞧我小姨子，我忙啊!沒工夫!老七哥，我幹完正事，咱哥倆去高麗樓吃席。」

林豹子拉著鐵七往裏面走。吉了了嘿嘿笑著剛想跟去，吉小葉一把拽住吉了了說：「你跟去幹嘛?像老跟班像小夥計似的給倒水嗎?」

吉了了一下收了腳站住了。

鐵七和林豹子坐在金大炮後院面南的條凳上，旁邊還有張小方桌，桌上有個燒木炭的小火爐，上面是一隻鐵壺，鐵壺裏燒的是爲林豹子備的熱茶水。鐵七坐下來，林豹子的手下就給鐵七倒了碗茶水。

林豹子說：「金大炮，你露露功夫給老七哥瞅瞅，老七哥可是懂狗的行家。你小子只要把我十條狗嚇草雞一條，我就給你一百塊龍洋，都嚇草雞了，就給你一千塊龍洋。這是彩頭，另外，我狗場裏的死狗全歸你下湯鍋。」

金大炮抱抱拳說：「謝豹子哥、謝老七哥賞臉，我金大炮可就獻醜了。」

林豹子又一點手，對牽著青毛黑站在一邊的麻子炮烏巴度說：「老小子你先瞧著，只要你的狗看完大戲不草雞，我讓你隨便選一條狗給你賭莊，一賠三。怎麼樣？」

麻子炮烏巴度說：「好，豹子哥！咱們走著瞧。」

麻子炮烏巴度衝鐵七笑笑算是打了招呼。麻子炮烏巴度的青毛黑，看見青上衛吱吱叫了幾聲，青毛黑幾場鬥下來雖然每次都贏了，但落個滿身都是傷疤，連一隻耳朵都被咬得只剩下了耳根，成了獨耳。鐵七就瞪了眼麻子炮烏巴度。青上衛跑過去和青毛黑頂頂鼻子，又嗅了嗅青毛黑背上的傷疤，那些傷疤雖長好了，但新毛還沒全部長出來。青毛黑就瞅著青上衛揚起脖子，把獨耳往腦袋兩側貼了貼。青上衛又跑回來趴在鐵七腳邊。

林豹子說：「老七哥，你這條小破狼狗也該換了。你和李爺說一聲，我就給你一條老毛子那邊的牧羊犬，這種牧羊犬一條能對付三條草原大狼。你瞅見那條黑眼窩、黑鼻子的長毛大狗了嗎？」

鐵七說：「這傢伙長得和小老虎那麼大，這也是狗？」

林豹子哈哈笑說：「懵了吧！這是老毛子高加索那疙瘩的，就叫高加索牧羊犬。這傢伙身高二尺二寸，體重一百六七十斤。你這條小破狼狗兩條加一起也不行。老七，你再看那條黑得像煤塊似的短毛大狗，那是西班牙加納利犬。這犬喜歡追人，人被這犬盯上沒得跑。這傢伙咬死狗馬上就開吃，已經吃了兩條青毛狼狗、一條黃毛大柴狗了。」

鐵七就看那條西班牙加納利犬，這條犬渾身烏黑，短毛黑亮，也許是不習慣東北的冷氣候，這條犬在微微發抖。

林豹子說：「這犬身高二尺一寸，體重一百斤。老七，我送你這一條，你捉熊時就用得著了。就一點不好，這傢伙牠怕冷。」

鐵七說：「你小子不誠心，怕冷的狗我要來沒用。」

林豹子說：「真傻！你夏天捉熊用啊！那就這一條，瞅見沒，方腦袋，有點像老虎的臉，紅毛的，毛短，不太怕冷。這條是法國紅獒，身高二尺一寸，體重九十斤。這傢伙有點憨，盯上你不齜牙，歪下腦袋就咬你。你數三四十個數，這紅獒就幹倒了一條青毛狼狗。你瞧吧，老七哥，就麻子炮那破狼狗和這紅獒交手，一會兒就完了。」

鐵七又看那條略顯呆滯的法國紅獒，就知道這條法國紅獒不好對付。

林豹子又說：「你再看那條耳朵下垂的白毛長臉狗，牠是中亞牧羊犬，身高二尺一寸，體重一百多斤。這傢伙力氣大，鬥架像你似的，真他媽勇猛。聽說是西藏老高原上一種叫藏獒的狗的變種。這傢伙和你特配套。你再看，那條短毛的，淺褐色的，這傢伙就是鬥犬。身高二尺，體重九十斤。老七，你知道小日本國吧？」

鐵七說：「我早就知道，日本人是住在東洋小島上的矮個子人。老毛子修的那條中東鐵道就叫日本人占了，改成了南滿鐵路。那是十幾年前的老事了。這些日本人又冒壞了？」

林豹子說：「我問的不是鐵路的事，我聽來送這條狗的朝鮮人說，他們日本人怪，他們的男人別管長得有多矮，都愛在腰上別把彎刀還挺好鬥，腳上穿著分丫的長襪子，趿雙木底板凳子鞋，倆男人碰一塊，要是看不順眼，又互相不服，就找個空地，面對面站著，彎腰點下腦袋，兩個人就舉彎刀呀、呀地叫著鬥架。贏了的對輸了的彎腰點下腦袋掉頭就走了，輸了的彎腰點下腦袋就跑回家和媳婦說一聲，跑間空屋裏給自個肚皮來一刀破肚自殺。他們日本人怪，他們的鬥狗也怪，鬥架不像他們人鬥架那樣呀呀地叫，他們的鬥狗鬥架不出聲，不聲不響直接就咬。就像博一丁那小子似的，打架陰得很。這條狗就叫日本獒，你數十一個數，日本獒就整死了咱這疙瘩的一條黑毛大柴狗。老七，這傢伙不能給你，你養不熟這種日本狗，這種日本狗和日本人一樣陰壞陰壞的。」

鐵七說：「別說得那麼邪乎，我不要這些怪物，一條也不要，我的青上衛老鼻子好了，身量小些也有小些的好處。大就能贏，那大叫驢打得過金錢豹嗎？」

林豹子愣了愣，說：「老七，你還那脾氣。這是鬥狗你就傻吧你，你不服咱倆先來一場？這十條狗你選一條和你的小破狼狗鬥一場。我教你長長見識。」

鐵七來氣了就想答應，又看一眼趴在痲子炮烏巴度腳邊的青毛黑，青毛黑的那身傷挺刺眼，就說：「你不知道?我從不賭錢。」

林豹子說：「那容易，還賭耳光。上次你打掉了我四顆槽牙，這次我準贏回來，非叫你掉八顆槽牙才夠本。」

鐵七心頭火起，就忍不住了。

林豹子的一個手下趴林豹子耳朵上小聲說了幾句。

林豹子問：「老七哥你有媳婦了？」

鐵七說：「有媳婦不行?我就該打光棍？」

林豹子咧嘴一笑說：「老七哥，我應該叫你老七爺。我林豹子不能和你賭，我怕好爺、怕李爺，更怕你媳婦。」

鐵七覺得沒勁了，站起身想走。

林豹子一把拽住說：「老七哥，咱倆是兄弟吧?我開你句玩笑不行?咱倆說到天去也都是一家人。可是老七哥，我沒了四顆槽牙，吃肉就不香了，我老想起輸你那十個耳光的事，我又不能提，我和你是兄弟。現在好了，說出來我輕鬆多了。」

鐵七只好又坐下了。

林豹子說：「老七哥，你瞅那條狗，白色的，短毛，尖耳朵，一隻眼圈有一圈黑毛，一隻眼上沒有黑毛。這條狗是阿什麼國的獒犬，身高二尺一寸，體重一百一十斤。你別看這條狗長了一張馬臉，這條狗比山裏的山豹還凶。」

林豹子不大聲說話了，歪歪脖子靠近鐵七耳朵邊小聲說：「另外四條是什麼狗我記不住了，回頭問清楚再告訴你。」

鐵七就看另外四條黑毛狗，這四條狗都是二尺以上的身高，四條中有兩條短毛黑狗，樣子長得挺凶，鐵七不認識，這兩條短毛黑狗其實是丹麥的黑丹犬。另兩條是長毛黑色牧羊犬，這兩條長毛黑色牧羊犬的樣子挺像德國牧羊犬的。小獨嶺哈家有兩條德國牧羊犬，只是哈家的德國牧羊犬比這兩條小些，而且腿毛是金黃色的，這兩條的腿毛是淺黑色的。

鐵七問：「你在哪疙瘩整來的這些狗？」

林豹子說：「我哪兒有那本事，是李爺通過好爺找人從老毛子和朝鮮那疙瘩整來的。這十條狗花了李爺兩三萬龍洋。」

林豹子又小聲說：「老七哥，我敬佩你，你的好爺侯三哥、李爺李五哥多霸氣。你卻不主動貼上，我要是你我就厲害大了，非成個人物不可。」

鐵七抬手揉揉鼻子，覺得林豹子這人沒勁了。

林豹子喊：「金大炮，天他媽多冷，你快點。」

金大炮掀開一口大鐵鍋，看看水開得快滾了，說：「好了，豹子哥你就瞧好吧。」

金大炮向金小炮一招呼，金小炮牽來一條黃毛柴狗，把拴黃毛柴狗的繩子往架子的吊環上一拴，那條黃毛柴狗就明白自己的命運了。牠吱吱叫著，站起，抬起一雙前腿勾成跪式向金小炮作揖，吱吱叫著搖尾巴求饒命。

圍觀的人笑起來了。

金小炮拍拍黃毛柴狗的腦袋，黃毛柴狗的尾巴搖得更歡了，伸舌頭舔金小炮的手。金小炮嘿嘿笑。金大炮提桶水過來放下木桶，抬手拉住繩子。黃毛柴狗看到這個動作，吱叫一聲，坐下，立刻抬起前腿勾成跪式對金大炮作揖，一邊吱吱叫，下面哧哧地射出了尿。

金大炮喊：「豹子哥、老七哥，瞧好吧！」金大炮拽住繩子往下拉，黃毛柴狗叫一聲就吊在半空了，努力從嗓子裏發出吱吱的叫聲，四肢刨動，嘴張開，舌頭也伸出來了。

鐵七腳邊的青上衛站起來，盯著金大炮汪叫一聲，又扭頭瞅鐵七。

金小炮舀瓢水灌進黃毛柴狗嘴裏，黃毛柴狗就咳嗽幾聲，透出點氣，又掙扎刨動四肢。

青毛黑也站起吱吱叫。

林豹子說：「痲子炮，你的破狼狗要草雞了。」

林豹子十個手下牽著的十條狗中，只有那兩條長毛黑色牧羊犬吱吱叫著不行了，也許這種狗生性聰明，所以才能過早感覺到怕。另外的八條狗直愣愣看著沒什麼反應。三瓢水灌下去，那條黃毛柴狗的舌頭伸出老長，終於死了。

金大炮又用鐵鉤鉤上黃毛柴狗的上顎，重新吊起，開始扒狗皮，先把黃毛柴狗頭部的皮小心扒下來，然後一拽，像從頭往下趴內衣一樣，刷刷幾下狗皮就脫到四肢，再從四肢的小腿處砍斷。黃毛柴狗就成了一根白條，懸在繩上冒著熱氣晃。

金大炮說：「豹子哥，你的兩條狗草雞了。」

林豹子說：「沒錯！你他媽也叫老高麗？你是串種吧？這功夫哪行？再沒花樣，你家豹子爺就找別家了。」

金大炮臉上掛不住了，說：「豹子哥，你再瞧！」

金小炮又牽出一條土黃色黑毛梢的雜毛柴狗，這條雜毛柴狗幾乎是被金小炮硬拖出來的，吱吱叫著，尾巴緊緊夾在屁股溝裏，被金小炮連踢了幾腳，痛得吱吱叫才往前跑幾步。

林豹子說：「媽的，你他媽就整些串的亂七八糟的柴狗唬我，這柴狗草雞了。換！」

金大炮說：「豹子哥，你來選一條，我今天伺候豹子哥開足了心。」

林豹子手一指院裏狗窩裏趴著的一條大黑柴狗說：「那傢伙純，就這黑柴狗了。」

金大炮瞅一眼大黑柴狗有點猶豫，這是金大炮剛養不久的一隻大黑柴狗，是條母狗，剛下了一窩六隻崽子，留下了一隻小黑柴狗才兩個多月，另外的五隻小狗崽被金大炮做成狗寶湯賣龍洋了。這條大黑柴狗看家護院比死在青上衛嘴下的大黃柴狗強多了。

金大炮說：「這條、這條是母狗。」

林豹子說：「母狗怎麼了？我就想看看這幾條大公狗看見母狗死了是什麼反應。怎麼的？捨不得？」

金大炮一擺手，大黑母狗跑過來，小黑柴狗也跟著跑過來。金大炮給大黑母狗拴上繩子，牽著大黑母狗往架子下走，大黑母狗還搖著尾巴。抬頭看金大炮把繩子通過了鐵環，大黑母狗的眼神有點散光，見金大炮看牠，大黑母狗又使勁搖尾巴。但大黑母狗驚叫一聲就被金大炮吊起懸空了，在半空中刨動四肢吱吱叫著掙扎。

林豹子說：「金大炮，老一套我就不看了。」

金大炮說：「你瞧好吧，豹子哥。」

金大炮向金小炮擺擺手，金小炮放下手裏的解腕刀去取鐵鉤。小黑柴狗見媽媽被吊起來就吱吱叫，跟著金大炮的腳轉。金小炮取了鐵鉤回來，金大炮伸手要解腕刀，金小炮就找不到了。金大炮也找，地上、案板上都沒有。

大黑母狗還在半空掙扎，小黑柴狗坐在地上望著大黑母狗慘切切地叫。

林豹子問：「又怎麼了？就這樣看？」

金小炮說：「刀沒了。」

金大炮踢了坐在地上的小黑柴狗一腳，小黑柴狗叫著不離開。金大炮用腳一推，小黑柴狗跌倒了翻了個身，幾乎所有人的眼睛都跳了一下，那把解腕刀就在小黑柴狗的屁股下坐著。

林豹子扭頭看鐵七。

鐵七說：「林豹子，操你媽，你該死！」

林豹子抓抓頭皮說：「金大炮，放了這黑母狗。我看你別的。」

金大炮放下了大黑母狗，大黑母狗喘過口氣就圍著金大炮舔手搖尾巴。金大炮拍拍大黑母狗的頭，擺擺手。大黑母狗就跑回草窩，抱著小黑柴狗又舔又親。

被金小炮拴柱子上的那條土黃色黑毛梢的雜毛柴狗見放了大黑母狗，吱叫一聲，一下子就坐倒了。

林豹子指著草雞的兩條長毛黑色牧羊犬，說：「金大炮，這兩條你玩花樣吧，你記住了，被狗咬了是你活該。」

金大炮嘿嘿一笑，用圍裙擦著手，對著兩條長毛黑色牧羊犬走過去。大家都看兩條長毛黑色牧羊犬的反應，大家失望了。兩條長毛黑色牧羊犬左邊的兩條短毛黑丹犬看著金大炮，都把耳朵往腦袋兩邊貼，這是膽怯的表現，又抬腿往一邊閃。右邊的法國紅獒卻歪著臉看金大炮，半張著嘴，似乎想咬金大炮一口。兩條長毛黑色牧羊犬用膽怯的目光瞅著金大炮走過來，吱吱叫幾聲，就軟了腳臥下了。金大炮過來蹲下，每條拍幾下，一手拽一條，就拽出來了。

林豹子說：「該死，他媽的金大炮就是狗爸狗媽養的狗妖怪，狗都怕他。」

鐵七腳邊的青上衛又汪叫一聲，盯著金大炮齜牙。

林豹子說：「老七哥，你這條小破狼狗邪性啊！」

金大炮沒費什麼勁就把一條長毛黑色牧羊犬吊了起來，另一條長毛黑色牧羊犬趴地上吱吱叫。金小炮過去蹲下拍拍牠的頭，長毛黑色牧羊犬就搖尾巴。金大炮用解腕刀割斷了長毛黑色牧羊犬的四肢放血，然後活扒了狗皮。成了白條的長毛黑色牧羊犬的心臟還在跳，身上一會兒就風乾凍上了一層白霜。

林豹子說：「金大炮，你還有招嗎？我又有兩條黑狗草雞了，你贏了四百龍洋了。」

金大炮嘿嘿笑說：「那是豹子哥照顧，豹子哥你再看。」

金大炮掀開大鐵鍋的蓋，那鍋蓋的一面的半片是能固定在鍋上的，另一面的半片是能掀起的。金大炮就拍拍另一條長毛黑色牧羊犬的頭，攬過來，抱了起來，長毛黑色牧羊犬就在金大炮懷裏吱吱叫。

鐵七看在眼裏還想，只要長毛黑色牧羊犬把頭上揚，一口就能咬斷金大炮的喉管，可是，這只是鐵七的想像。

金小炮掀著半片鍋蓋等著，金大炮把狗背朝下丟進了大鐵鍋裏，金小炮立馬推下半片鍋蓋，人又往起一跳，一屁股坐在蓋下的鍋蓋上，狗在鍋裏嘶叫撲騰了一陣兒就死了。金大炮再次掀開鍋蓋，提著狗腿把光溜溜的狗提出來，狗身上的毛和肚裏的屎尿都留在大鐵鍋裏了。據說，這種方式整死的狗，由於血都進了肉裏，那狗肉人吃了很補。連皮狗肉是當地高麗狗肉館的一道名菜，而且狗的四隻腳掌更有「小熊掌」之稱，是珍饈。

鐵七說：「豹子，你看了這些還能吃得下狗肉？你也整夠了，就少吃點吧。」

林豹子就笑了，說：「我看不光我豹子，誰也少吃不了，老七哥，你不吃狗肉你才這樣說，你怎麼不說你沒口福。」

鐵七說：「吃你豹子我也不吃狗，狗對我比人對我好，我就不吃狗肉。」

林豹子說：「咱不說狗肉了，這雜種整的狗是他媽噁心。不過我挺爽，我記住的那六條鬥犬都沒草雞。老七哥，我就他媽有眼力，這幾條要是草雞了那就白廢腦袋記了。老七哥，你的小狼狗也行，不但沒草雞還敢發脾氣。」

林豹子又對金大炮喊：「金大炮，明天去鬥狗場支龍洋。記住了，是四百塊，你敢少要一塊，就是幫我的人作弊，我就燒了你的狗肉館。你聽著，我現在再借你這後院鬥次狗。」

金大炮道了謝。

林豹子說：「老七哥，咱倆一會兒再喝酒，我先玩玩麻子炮，這老小子找我彆扭，在賭場輸了龍洋出渾話，我要剁他手指他才說和你是近門，我就饒了他。這老小子不去賭場逞能了，又整條破狼狗和我叫號。老七哥，我今天收拾這老小子可不給你面子了。」

鐵七看著麻子炮烏巴度，麻子炮烏巴度卻信心十足地給青毛黑餵肉乾。

鐵七說：「還能要人命嗎？」

林豹子說：「我有那麼狠嗎？我贏這老小子的龍洋聽他叫聲爺就行了。」就喊：「麻子炮，咱們開練吧！」

麻子炮烏巴度說：「行！我一百龍洋賭你三百。」

林豹子說：「他媽的，麻子炮你哄我玩是吧？我叫你爸行嗎？」

好多人笑了，他們都知道林豹子的媽曾經是這座縣城裏最厲害、最好看的老抽子，也知道林豹子罵人最狠的話就是叫人爸。如果林豹子這樣叫了某人爸，某人不給面子，某人就有麻煩了。

麻子炮烏巴度自從和何有魚的媽成了親就變了，何有魚的媽不習慣天天和男人泡一起，因爲她的前夫何豬官在家的時候少，也只有何豬官在家待著才搗她的「井」，不像麻子炮烏巴度一閒下來就搗那事。何有魚的媽就不習慣，總勸麻子炮烏巴度出去轉著找龍洋，麻子炮烏巴度就老在縣城裏晃了，自然知道林豹子的這個特點，就說：「我聽豹子哥的，豹子哥你說吧。」

林豹子說：「我今天沒了四百龍洋，就賭你四百，我是一賠三。」

麻子炮烏巴度懷裏龍洋只有兩百，但他看了眼鐵七就不怕了，說：「行！就這麼著吧。」

林豹子說：「過癮了老七哥，可惜你不賭耳光。」

林豹子笑笑又說：「麻子炮，你選我的狗吧！」

麻子炮烏巴度看看青毛黑，又看看林豹子的那八條狗。林豹子又擺擺手，那兩條明顯展示驚慌的短毛黑丹犬就被手下牽走了。

麻子炮烏巴度知道面相發呆的狗是「木」狗，這種狗不怕掐架，也能掐架還不怕被咬。麻子炮烏巴度就沒選發「木」的法國紅獒，也沒選那條淺褐色的日本獒。眼光又略過那幾條長毛牧羊犬，最後指著西班牙加納利犬說：「這條狗高大，打起架過癮好看，就這條吧，行嗎，豹子哥？」

林豹子說：「這老小子是老狐狸，這條狗凍得打哆嗦怎麼掐架？」

麻子炮烏巴度就低頭不吱聲了。

林豹子說：「我話說出去了，老七哥又在盯著，這話能不算嗎？你再加一百龍洋，我還一賠三就鬥。行嗎？我今天看見老七哥高興，你是老七哥的近門我就讓你發財。」

麻子炮烏巴度卻搖搖頭說：「我就賭四百龍洋。」

林豹子說：「好吧！就這麼著吧！老狐狸不敢貪大便宜。」

麻子炮烏巴度把青毛黑往院中間帶，青毛黑已經鬥過十幾場，十幾條狗死在青毛黑的嘴下。一看主人的這個動作，牠就知道又要上場了，但牠打不起精神。剛剛那三條狗死的過程印在牠腦子裏了，此時的青毛黑心神不能集中，牠還處在驚恐之下。

林豹子的一個手下牽著西班牙加納利犬出來，別人都認爲快開戰了，這條狗的耳朵能立起來，可是錯了，這條狗的耳朵就緊貼在腦袋兩側，而且黑得和身體最黑的背部是一種顏色。

林豹子的手下帶著西班牙加納利犬圍繞院子跑了兩圈，鐵七看出西班牙加納利犬的跑跳動作不同於當地的其他狗，這條狗發亮的黑色短毛下的四肢肌肉很結實，像馬的四肢結構，而不同於近似狼一樣四肢的東北種狼狗的腿，而且這條狗腳爪也壯，爪鉤也長。

林豹子的手下又用手揉揉西班牙加納利犬的四肢和肋部。這條狗就張開大嘴哈氣，嘴裏的四顆犬齒比東北狼狗的犬齒長。

鐵七的眉頭緊皺起來了。

林豹子說：「老七哥，咱倆賭耳光吧，兩個耳光就行。」

鐵七問：「你的牙又癢了？」

林豹子說：「那你先看，有把握咱倆再賭，你主動和我賭耳光，李爺、好爺、你媳婦知道了也不會罵我了。」

圍觀的有人喊：「麻子炮，你聽我一句勸，快丟下龍洋走吧，至少還能留下狗命。這倆狗一比，還鬥個屁？」

麻子炮烏巴度笑笑說：「他那狗大也沒用，我的青毛黑上去，往這狗身上一貼，不出十個數，就能掏開他那狗的肚子。我幹嘛丟下龍洋？」

林豹子就笑了，心想麻子炮烏巴度在吹牛。

鐵七也笑了，知道麻子炮烏巴度說得不錯，這招是獵狗掏野豬肚子的招法。

麻子炮烏巴度也學著幫青毛黑揉四肢，還說：「夥計，咱倆整完這一把就回家過年去。一開春就給你找個好看的狗媳婦你就爽了。打起勁頭來，去吧！」

青毛黑掉頭往院中心跑，青上衛也站起來往前湊，揚著腦袋看著。林豹子的手下放開西班牙加納利犬，這條狗把背毛甩甩，盯著青毛黑小跑過來。

大家都知道，會打架又勇敢和會打架又膽怯是兩回事，青毛黑就是一條會打架的狗，但不是一條勇敢的狗。這一點不像青上衛，主人什麼脾氣，他的狗一般也什麼脾氣。而青毛黑的脾氣像麻子炮烏巴度，烏巴度的脾氣也像博一丁。博一丁會打架，也比鐵七打架打得好，但他最怕的也是鐵七，就因爲鐵七會打架還勇敢。此時，青毛黑的腦子裏還存著可怕的那三條狗死的印象，也知道現在要去打架，但青毛黑的精神和勇氣都處於勉強一戰之中，這一點是麻子炮烏巴度沒想到的。

此刻，麻子炮烏巴度雖然看對了獲勝的招法，卻高估了青毛黑的勇氣。

西班牙加納利犬小跑著，突然加快速度撲了過來，而且大步奔騰虎虎生威。青毛黑就愣了愣，剛剛齜牙發威，想迎上相撞，但又選擇了揚起前腿撲擊，青毛黑用這一招對付身體小於牠的狗佔便宜占習慣了。只是西班牙加納利犬身高二尺一寸，比青毛黑高出一拳，也粗壯有力。青毛黑的一雙前腿撲在西班牙加納利犬的前肩上，就被西班牙加納利犬撞得向一側斜身，西班牙加納利犬又一撲下口，腦袋一甩，頂開青毛黑的犬齒，大嘴下落，一口咬住青毛黑的側面脖子，四顆犬齒交錯，就在青毛黑脖子上切開了口子。

青毛黑遭重創，膽氣更虛了，尾巴往屁股溝裏夾，吱叫一聲，兩條後腿矮下去，甩頭尖叫虛咬兩口，企圖嚇退西班牙加納利犬。但是西班牙加納利犬抬起前腿大力一撲，青毛黑已經矮下去的後腿撐不住身體就坐倒下去，西班牙加納利犬的黑色大腦袋兩下就頂開青毛黑防守的腦袋，青毛黑的咽喉就落在西班牙加納利犬的大嘴之下了，被西班牙加納利犬咬住咽喉，四顆犬齒交錯給切開了。

麻子炮烏巴度愣了愣神，又一跺腳。

林豹子說：「操！沒勁！操！一點也沒勁！」

西班牙加納利犬卻不離開，摁住青毛黑還在發抖的身體，撕咬青毛黑的屁股要吃肉。那時青毛黑沒死透，那雙眼睛努力轉動在找什麼，當那雙眼睛看到青上衛時就一下定格了。

青上衛扭頭瞅著鐵七，汪叫一聲！

鐵七說：「想去就去吧！」

青上衛掉頭跑過去了。這就是鐵七的狗，和鐵七是一種脾氣。

林豹子說：「老七哥，你這小破狼狗行嗎？咱倆賭耳光？」

鐵七說：「媽的！賭一百耳光我打光你滿嘴牙。」

林豹子說：「太行了！行！我贏了加五百龍洋給你。我打光你的滿嘴牙，叫你下半輩子有龍洋買老白米熬粥喝。」

鐵七和林豹子啪就擊了掌。兩條狗都掉頭看著主人的動作，鐵七就吹了聲鼓勵的口哨。這聲鼓勵的口哨使青上衛上去的腳步變得輕鬆。西班牙加納利犬在林豹子手下人的哨子聲中掉頭盯上青上衛。西班牙加納利犬甩甩嘴上的血，在腦袋搖晃中，就看到青上衛加快速度衝過來。這時，那條法國紅嫠卻盯著青上衛，伸長脖子汪汪叫兩聲，又吱吱叫兩聲，還試圖往前撲。西班牙加納利犬用前腿起跳，迎頭撲過去，兩條狗看看將要撞在一起，青上衛突然打斜側了下身，和西班牙加納利犬錯開，並用腦袋貼著西班牙加納利犬的側胸部，貼著一側的前腿碰過去，屁股一甩就貼上了。

一下子看客就笑了。

西班牙加納利犬和青上衛相比，就像成年大狗比未成年的狗，差距很大。這就是看客笑的原因。西班牙加納利犬想在青上衛腰上下口，但嘴下出現的卻是青上衛甩起的青毛蓬鬆的尾巴，而青上衛的腦袋下低，就掏了西班牙加納利犬的肚子一口。青上衛掏上又一甩頭，腳下加快向前跑，耳朵向後轉，聽對手的聲音。

西班牙加納利犬渾身抖了抖，甩頭叫一聲，轉身追兩步，就收住腳坐下了，屁股底下踩實的雪地就一點一點紅成一片。西班牙加納利犬倒下了，喘氣大了些，肚腸突突就冒出來了。

青上衛掉頭去嗅青毛黑的嘴，青毛黑已經死了。青上衛汪汪叫兩聲。

有人喊：「這不就是麻子炮說的一貼掏肚子的招法嗎？麻子炮輸的有點那個。老七哥的狼狗可值了龍洋了……」

鐵七掉頭瞅發傻的林豹子，林豹子抬手把臉捂上了，說：「老七哥，我牙全掉了就真不能吃肉了，那人活著就沒勁了。咱哥倆再在一起喝酒，我吃不了肉你看著也難受是吧！打屁股吧，打他媽的一千下。」

鐵七笑了笑說：「咱哥倆的事當什麼真。真揍了你，我來日見了我家小丫頭的四姐，你那媳婦的破臉就不好看了。」

林豹子哈哈笑說：「老七哥和以前不一樣了，老七哥，我這回要贏了我可真打。」

鐵七說：「我信。」

鐵七就打呼哨叫回青上衛。青上衛卻搖下尾巴，掉頭跑向那條法國紅獒。

林豹子說：「你的小狼狗還沒完沒了？」

鐵七和林豹子就看，法國紅獒揚起一雙前腿往前大力地一撲，從牽繩人的手裏掙脫了繩索，撲上去歪著腦袋和青上衛撲咬幾下。兩條狗就抱一起打了滾，又鬆開，頭對頭臥下，你打我腦袋一爪子，我打你腦袋一爪子，就看笑了一些人。

林豹子說：「牠倆他媽認識。」

鐵七想起二毛子張一夫說過家裏還有什麼黑右衛、白左衛、紅下衛之類的犬，就想，也許那條法國紅獒就是二毛子的紅下衛。鐵七拍了林豹子一巴掌說：「你的這條紅獒的主人我興許見過，我猜想這條紅獒叫紅下衛，和我的青上衛是一家出來的狗。」

林豹子嘿嘿笑說：「有點意思，真他媽比說書的故事還巧。」

林豹子和鐵七正說著話，麻子炮烏巴度垂頭喪氣地走過來說：「豹子哥，我短你兩百龍洋，我遲幾天給你送來。」

林豹子聽了一皺眉說：「這不是他媽借錢，這是賭錢！賭錢哪有短錢的？老小子，你看我不會揍人是吧？」

麻子炮烏巴度就瞅鐵七，鐵七還沒說話，湊過來的吉了了突然說：「老七從不替賭鬼還錢的，你不知道？」

麻子炮烏巴度有點犯難了，正愁的當口，肩上搭上一隻手，麻子炮烏巴度扭頭一瞧，見是在吉了了的羊肉館認識的博一丁，就說：「是一丁哥，你也在這疙瘩啊！」

鐵七和林豹子都盯著來人，鐵七抬手揉鼻子，林豹子就呸吐一口說：「博一丁，操你媽！我記得叫你不在這疙瘩露頭，你他媽皮子緊了。」

博一丁說：「豹子哥，我是打這路過，再說我和李爺有生意談，如果李爺說不和我談，我立馬就走。只要豹子哥在這通化縣城一天我就不來。行嗎，豹子哥？」

林豹子說：「就這麼說吧，我回去問李爺。」

博一丁又說：「好幾年沒見老七哥了，我輯安的女人叫老七哥那一摔就病了，她和我一搗那事就閉不上『井』了，就尿炕。老七哥，她叫我見了老七哥，要我替她問候你。」

鐵七說：「真不錯，你女人從此省了洗澡了。我謝她的問候！怎麼的博一丁？你占我的桌子，是叫號吧？行了，來吧！」

林豹子聽了一下子眉開眼笑，喊：「都讓開！都讓開！讓開場子！老七哥，我借你發財了。我一千塊龍洋賭老七贏，誰和我搶莊？」

圍觀的人迅速往四周閃，讓開場子，卻沒人應林豹子的莊。

博一丁咧嘴笑笑，先掏了兩百龍洋給麻子炮烏巴度，叫麻子炮烏巴度給了林豹子。博一丁說：「老七哥，咱們多大了，還動拳腳？我現在是生意人，你是獵人，我和你各走各的不搭界。如果老七哥肯把大獨嶺三寶出讓，兄弟出六萬龍洋。」

林豹子問：「老七哥，什麼大獨嶺三寶？值六萬龍洋！我怎麼沒聽說？」

博一丁笑笑說：「你哥兒倆聚吧，我後會了。」

博一丁拉著麻子炮烏巴度就走了。

鐵七說：「是一張虎皮，一張熊皮、一張狐狸皮。也不知道博一丁這小子怎麼知道的？」

林豹子說：「操！什麼？那玩意！六萬？不信，這小子唬你。老七哥，過兩天我就把這小子整丟了，你瞅著吧。我看見這小子就想咬他。」

鐵七和林豹子往回走。

跟在鐵七和林豹子身後的吉小葉說：「木板凳，你聽著，你要做不了他們兩個人中的一個，我就去找能做他們兩個中一個的那個人，你就戴綠帽子吧。」

木板凳說：「行！大不了我和老姨夫一樣。但妳找的那人要像老姨的老七叔才行。」

跟在後頭走的吉了了聽了一口痰堵上嗓子眼，差點嗆個跟頭。

鐵七原本不想去和林豹子喝酒，但又不想像以前一樣住在吉了了家，遲疑著走著，還是去和林豹子喝酒了。心裏不爽也就喝醉了，又被林豹子送回了吉了了家。

紅羊給鐵七屋送茶水時，吉了了就在外面咳嗽，紅羊出來大罵：

「咳得好！該！你他媽的吃錯藥了。該！活該！活該！活雞巴該！活雞巴該！」

吉了了就抬頭看著月亮咬牙……

第二天，鐵七睡到中午了還沒醒，就被吉了了推醒了。吉了了又抓條濕毛巾給鐵七擦臉，鐵七頭還暈著，迷迷糊糊地問：「這是幹什麼？你這是怎麼了？」

吉了了說：「出事了，老七。」

鐵七搖搖頭坐起來，又低下頭乾嘔了一氣，嘔不出來，又喝一碗涼茶水問：「出什麼事了？」

吉了了說：「你昨天不是給了石大頭十塊龍洋嗎？」

鐵七想想說：「有這事？啊！是啊！」

吉了了說：「石大頭用這十塊龍洋和博一丁賭錢，把房子也輸了；又用四百塊龍洋賭上了手腳，又輸了。石大頭沒四百塊龍洋啊，博一丁就要砍石大頭的手腳，石大頭求人找你救他。怎麼辦，老七？」

鐵七頭腦清醒了些說：「石大頭死了更好，我不管。」

鐵七打個呵欠，又躺倒了。

吉了了說：「可是，老七，這說不通啊，有一天石小頭……不對，應該是鐵小七問你，怎麼不救他爸，老七你怎麼說？」

鐵七愣了愣，坐起來了。想一想真不想管，又瞅眼吉了了，見吉了了目光閃爍，就問：「這裏有你什麼事嗎？」

吉了了扭頭往外看，屋外沒人，吉了了才說：「博一丁老像狼似的盯紅羊，我想贏光了博一丁的龍洋，他就滾蛋了。我以爲石大頭是在賭場混出來的，就和石大頭聯手。老七，誰知我一個時辰下來全輸了，什麼都沒了。你的那些龍洋、你的馬拉爬犁也輸了。青上衛我沒輸成，我也知道青上衛是你的命。再說博一丁不玩狗，我賭一千龍洋，博一丁他不幹。」

鐵七的腦袋就大了，隱約覺得博一丁是衝他來的，也隱約覺得吉了了的話裏有毛病，但鐵七沒多想，看著吉了了滿頭汗，就站起來穿了衣服，說：「走吧！」

吉了了說：「老七、老七，青上衛得拴上，別出了事。」

鐵七就拴上青上衛牽著出門。

紅羊趕出來問：「老七你沒吃飯吶。」

鐵七說：「一會兒回來吃。」

紅羊覺得吉了了不管館子的生意，一大早跑出去，又在這個大冷天滿頭汗跑回來不正常，就叫吉小葉悄悄跟著。

吉了了引著鐵七一路小跑去了石大頭家，石大頭的雙手已經被綁在條凳上了，也凍得紅通通的了。麻子炮烏巴度在一邊提著把鏽跡斑斑的破菜刀嘆氣。

博一丁看見鐵七進來，就瞅著鐵七笑。

鐵七說：「博一丁，多少龍洋我出。放了石大頭，把吉了了的還了吉了了，跟我走。」

博一丁說：「鐵七，你也有今天。鐵七，我老早就他媽有個心願，就是看你跪下叫我爺。鐵七，我不要龍洋，就要你跪下叫我爺。」

吉了了說：「我跪！我跪！」就往前湊。

博一丁抬腿一腳踹開吉了了，罵：「你他媽連狗也跪不起。」

鐵七的臉氣青了，盯著博一丁深呼吸，雙手握上拳再放開，就想動手了。

博一丁瞭解鐵七，說：「等等鐵七，我就站在這，就準備讓你來混的整死我。鐵七，我博一丁真的怕你，你給我個面子，我博一丁也是道上走的，也他媽要面子。你和我賭一場，你輸贏都不跪不叫我爺。行吧？」

鐵七的火氣往下壓了壓說：「我從不賭錢。」

博一丁說：「那咱就不賭龍洋，咱們賭物，像你和林豹子賭耳光一樣。你輸了我要你樣寶貝，放心，我不要人，我就和石大頭、吉了了一筆勾帳。你贏了，我什麼也不說拍屁股走人。我要的就是個面子，請老七哥成全。」

鐵七沒有退路了，博一丁讓了老大一步，口口要面子，其實也是給鐵七面子。

鐵七問：「怎麼賭？」

博一丁掏出一塊民國三年的大洋，這種關內民國的銀幣比龍洋小一小圈。博一丁說：「我拋起這塊大洋，你猜字還是頭，你猜的那一面落地朝上，你就贏了。」

鐵七說：「行！我猜頭朝上。」

博一丁說：「好！這場賭完，我和你的恩怨一筆勾消。」

鐵七說：「行！從此我不認識博一丁。」

博一丁說：「好！從此我不認識鐵七！」

吉了了就在一邊吸鼻子哭，說：「老七，我給牽著青上衛。」

鐵七把拴狗繩遞給吉了了，吉了了牽引青上衛往院裏的樹下走。

博一丁說：「老七哥你看好了。」

博一丁拋起大洋，大洋飛上，又落下，跌在地上跳了跳，不動了。

鐵七看一眼問：「你要什麼？」

博一丁說：「鐵七，我和你爲什麼沒成爲兄弟？我總想這個，我和你當初就應該成爲過命的兄弟。是因爲查十三？鐵七，那是個誰都能幹的婊子，你爲了查十三和我拚命，你真他媽的傻狍子。查十三白天跟你，晚上就去找我，你給她的龍洋我用一大半。」

鐵七咬牙說：「說，你他媽要什麼？虎皮、熊皮、狐狸皮，是吧？說你交給誰，我叫人送去。現下你跟我走，今天沒本事你死，有本事你活。」

博一丁嘆口氣說：「鐵七，咱倆就是天生的他媽的死對頭，連看上的女人從來都是一個。好吧！我要你的寶貝就是你的狗。」

鐵七心裏就是一顫，掉頭去看牽在吉了了手裏的青上衛。麻子炮烏巴度手一揮，樹幹上的繩子被破菜刀砍斷了，樹上的一塊大石塊向下落去，一張漁網從青上衛站的腳下的雪裏一下升起，就把青上衛兜上半空。

吉了了笑一笑，鬆手丟下拴青上衛的繩子。青上衛的四肢從漁網洞裏探出來，全身給兜緊了，扭動著身體衝著鐵七汪汪叫。

鐵七的眼珠一下瞪紅了，晃身就要往上撲。

石大頭喊：「別動，老七哥。你動我就整死這條狗。」

鐵七閉上眼睛想了一下，甩甩手，扭頭問吉了了：「這是爲什麼?」

吉了了吸了下鼻子，從懷裏掏出鐵七從二毛子張一夫懷裏找出的紅羊的肚兜，舉在鼻子上嗅了一下，說：「這是我媳婦的，我當你是兄弟，我幫你做了那麼多事，你偷你嫂子。」

博一丁、麻子炮烏巴度、石大頭，還有在院門口探頭往裏看的吉小葉，都看到鐵七的眼珠向左眼角歪進去，嘴巴向右歪過去，手腳古怪地扭曲，嘴裏吐出白沫，就慢慢地倒下了。

青上衛慘烈地叫著，牠不能行動，急得吱吱叫，嘩嘩地失禁了。

博一丁走過去，把那塊大洋對上鐵七歪在左眼角的眼珠，說：「吉了了說你最怕被人騙，也最恨被人騙，你瞅見了吧?這塊大洋兩面都是字。」又掏出一塊大洋，又說：「你不猜頭就猜字，猜字我就用這塊，這塊大洋兩面都是袁大頭。鐵七，你就是一條狼狗，你就會爲對你好的人拚命。查十三給你做了幾件破爛衣服，給你送了幾個大餅子你就爲她和我拚命。吉了了給你半隻雞，你就爲他和那麼多人拚命。你媽的，鐵七，你這樣了就認命吧！這他媽就是你的命……」

吉了了揹著鐵七往羊肉館走，沒注意吉小葉悄悄閃出來跟在屁股後面，邊走邊嘟噥：

「老七，沒事了，你有口氣就行，哥養你一輩子，你嫂子姐也會養你一輩子。你說，我家小丫頭片子是你女兒還是我女兒？還是我和你合力整出的雜種？老七，那晚我醉了酒，你在我的炕上搗得紅羊像豬叫，這紅羊肚兜就是那晚的紀念吧？你怎麼就把紅羊的肚兜放在狍子皮短襖裏呢？這香豔的東西你怎麼不帶大獨嶺去呢？我不收拾狍子皮短襖、我看不到紅羊肚兜，我就不信金大炮說的那些話，咱哥倆多開心。老七，你有口氣就行，哥就養你一輩子，讓你看著紅羊一點點被我搗著，搗成乾巴巴的老太太，然後我再和她算總賬。」

路上有人問：「吉了了，老七哥這是怎麼了？」

吉了了說：「輸了狗了，就這樣了。還行，還有口氣……」

吉小葉沒告訴紅羊她看到和聽到的，也沒告訴木板凳。這個十五六歲的小丫頭爲什麼不說，沒人知道，但吉小葉一連兩天給鐵七餵飯、洗臉、洗手腳，也給接屎接尿。這些事本來是紅羊準備做的，吉小葉卻阻止不叫紅羊動手，叫紅羊去討好會動的胖爸爸，整得紅羊紅頭漲臉莫名其妙。

第二天晚上，吉小葉給鐵七餵水時，吉小葉聽鐵七說，要皮。再把耳朵貼鐵七嘴上聽，聽了個大概，鐵七說是要博一丁的皮。

吉小葉就趴在鐵七耳朵上說：「爸爸，我知道了。我記得了，你要博一丁的皮，還要石大頭的皮，我也給我現下會動的胖爸爸留一口氣，也養胖爸爸一輩子。」

鐵七就努力想表示什麼，可是吉小葉卻被木板凳叫出去了。

第三天早晨下雪了，吉小葉抓了兩個雪球進屋給鐵七看，吉小葉就驚叫了。紅羊、吉了了、木板凳都來了，看到鐵七臉朝下撲在地上。

紅羊和吉小葉把鐵七翻過來，看到鐵七用雙手抓把剪刀，剪刀刃都插進了胸口。一個中了風不能動的人，怎麼會這樣死，誰也猜不透。那剪刀握得緊，手指拉都拉不開。

當天下午，李狐兒來了。李狐兒的左邊頭髮上戴著一朵小白花。李狐兒沒哭，李狐兒想扒開鐵七的手取下剪刀，可是辦不到。李狐兒說：

「老七，我是李狐兒，是你媳婦，我帶你回家，我們不要剪刀，我們有獵刀。」

鐵七握剪刀的手指一點點鬆了勁了。為什麼會這樣也許無法解釋，就像淹死的人見到親人五官會流血。李狐兒給鐵七洗乾淨，換了新衣服，再用身上的那件白狼皮短氅蓋上，就裝馬車上帶走了。

吉了了打哆嗦了，「老綿羊」羊肉館的外面，站著幾百個頭纏白布條的漢子，吉了了知道，他們是用生命和孤獨在山裏、在鴨綠江水道裏拚生活的木幫的人。他們每個人走過「老綿羊」羊肉館的時候，都投出一塊龍洋或者一塊大洋，幾百塊龍洋、大洋把羊肉館的窗紙撞得零零碎碎的，吉了了卻不明白，木幫的人為什麼這樣做。

李狐兒和木幫的人走了。

在晚上，又來了三個人。三個人中，一個是林豹子，另外兩個是接近五十歲的瘦子，一個吉了了認識，是瘦得精神抖擻的李老壞；一個吉了了不認識，但吉了了想到了這個瘦得蔫蔫巴巴的人是好爺。吉了了曾聽鐵七說過，他突然有了兩個哥哥。這兩個哥哥是通化縣城以及整個東邊道幾十個縣鎮都能算得上的人物，也知道鐵七這兩個哥哥是好爺和李老壞。

李老壞和好爺坐了鐵七生前的桌子，不說話，歪著頭從破碎的窗戶往外看雪，風吹得破碎的窗紙嘩嘩響。

林豹子大氣也不敢出，低頭垂手站在一邊。

好爺和李老壞坐了有半個時辰，好爺嘆了口氣，說了從坐下以來的第一句話：「小傢伙今天剛剛三十二歲。」

李老壞斜眼望著窗外，說：「告訴博一丁，賭上來的，賭上解決。讓博一丁大膽地來，李老壞從不以勢欺負人。」

林豹子扭頭瞅著吉了了。

吉了了衝口就說：「行！我告訴博一丁！」

好爺扭頭深深地看了吉了了一眼，說：「你是個聰明人，你懂得找狼狗做兄弟，你在前半生真的找了個狼狗做兄弟，但你卻不是狼狗。你又是個糊塗的小心眼的人，接下來，你就是豺狼的兄弟，而你又做不成豺狼。」

吉了了眨了下眼睛，也不知道聽沒聽懂。

好爺和李老壞站起，林豹子過去在兩個人坐的桌上，一枚一枚擺了兩堆各三十塊龍洋，又一枚一枚擺了兩堆各三十塊大洋。林豹子擺完又退後兩步，雙手合什拜了拜，轉身隨好爺和李老壞走了。

第九章　舞動的木棒

狼狗是可以分辨好壞主人的，在壞主人的手裏，牠服從的只是主人手中的木棒，這不是自願的。也許，手拿木棒的主人不在乎狼狗心裏的反差和警惕的眼神，他在意和得意的是征服了狼狗。但是，因果報應的宿命，這個神奇的東西無處不在。不論人獸都逃不出因果的宿命。

1

一連幾天，「老綿羊」羊肉館的門總有人拉開就進來，往鐵七生前的那張桌子上丟塊龍洋或者大洋，再像林豹子那樣拜一拜。這些人中有紅羊、吉了了一家認識的，但大多數的人他們一家不認識。每個人拜完直起腰的時候，吉小葉就給磕一個頭。有人就會看一眼吉小葉頭髮上的小白花，說一句好孩子。

吉了了紅著眼珠看著這一切，連吉了了都想不透，這些不認識的人都和鐵七有什麼交情？都是哪兒的？都是幹什麼的？

吉了了開始失眠了，卻不因失眠少食而瘦，他不，吉了了越失眠吃得越多。在鐵七死的第七天，也是應該給鐵七燒頭七的這一天，吉了了又胖了十多公斤，眼睛更小了，臉也更白了，身體看上去又圓又矮，也更像個佛爺了。

只是吉了了奇怪，這七天一向把鐵七當兒子的那二沒有來，把鐵七當爸爸的鐵小七也沒來。當然，鐵七收養的九蘭也沒來。

正當吉了了和昨天一樣坐在館子裏腦袋發暈想迷糊一下的時候，門響了，進來一個人，這個人是又瘦又小又有精氣神的吳小個子。吉了了不認識吳小個子，吉了了從吳小個子身上穿的皮袞和插在狐狸皮圍脖裏的綠玉煙桿，知道吳小個子非富則貴。

吳小個子站在桌子前，就往桌上擺民國二年的大洋，把大洋鋪滿了桌面，又在大洋與大洋之間的空隙間再鋪一層比大洋大一小圈的龍洋，然後後退兩步拜一拜，嘆口氣，扭頭瞅著還禮的吉小葉說：

「丫頭，我姓吳，人稱吳小個子，家住輯安木記皮貨行。龍頭大姐傳話，在東邊道妳不論惹了誰，隨便走進有『木記』招牌的商行傳個話，要人有人，要槍有槍。記住了，丫頭！」

吳小個子轉身，抬頭，盯著吉了了，舉起手拍拍吉了了的肥臉，又說：「我和龍頭大姐想的不一樣，老七的性子我瞭解，他能去賭狗就有你的事。但現在我和你想的一樣，多吃好的，再吃好的，頓頓吃好的，不吃白不吃，沒幾天可吃了。」

吉了了目光呆滯，說：「謝吳小個子指點。」

紅羊等吳小個子走了，就問吉了了：「死胖子，老七到底是怎麼死的？」

吉了了翻了下眼皮說：「還能怎麼的？輸了狗了，就輸了狗了。老七那脾氣，輸不起！就窩那兒了，就這樣。」

紅羊嘆氣，眼圈又紅了，說：「老七就吃虧在他的脾氣上，早年我也總是想，老七那脾氣沒可能長壽。」

吉小葉瞧瞧紅羊，再瞅瞅吉了了，眼珠轉一轉，哧的聲就笑了，說：「讓人怕的男人死的都早，原因是害他的人多。他防了外人防不了內人。」

吉了了就一跳腳喊：「小丫頭片子，滾外面去！」

紅羊的眼珠飄忽忽又盯著吉了了，突然問：「以前你總哭，可是老七死了，你怎麼一滴眼淚也沒有呢？死胖子，你轉性了？」

吉了了臉上的肥肉就抽筋似的跳。正想眨出眼淚時，博一丁拉開門進來了。博一丁笑嘻嘻地往桌子上丟一塊龍洋，後退兩步拜一拜，見吉小葉瞪著他不還禮，博一丁說：「這小丫頭的脾氣真像鐵七。」

吉了了說：「你來的正好，咱倆出去說。」

博一丁笑著搖搖頭說：「外面太冷，還是這疙瘩擋風。我說吉了了，你發財了，來看鐵七的人送你一兩千龍洋、幾百大洋了吧？你小子厲害了。」

吉了了抽抽鼻子瞅著博一丁說：「一丁哥，咱倆出去說。」

博一丁卻抓起桌上的龍洋、大洋一枚一枚收在一起，說：「輯安的吳小個子出手大方，他擺桌上一百六十二塊龍洋、一百五十八塊大洋，這是木幫皮貨行兄弟的人數，還有木幫帶槍守碼頭兄弟的人數，合一個人一塊龍洋。吉了了，你知道吳小個子為什麼大老遠跑來嗎？你知道吳小個子和木幫嗎？」

吉了了盯一眼博一丁，搖搖頭。

博一丁說：「鐵七的運氣就是好。鐵七的媳婦李狐兒是木幫龍頭把頭，吳小個子是木幫掌管皮貨行的把頭。而他出的這些龍洋、這些大洋，是買你命的錢。」

吉了了身上的肉一顫，腦袋下意識點了一下，一串鼻涕哧啦一聲，從鼻孔裏衝出來，掛在下巴上晃。

紅羊也嚇呆了，問：「死胖子，你到底對老七做了什麼？」

吉了了不理會掛在下巴上晃的鼻涕，轉動一雙小眼睛，眨了眨，盯著博一丁問：「你找來的吳小個子？」

博一丁笑笑，從懷裏摸出五捲民國三年的大洋，下三上二擺桌上，說：「現在有兩條路給你選，一是你編個花樣去對那二說你夢到鐵七了，說鐵七告訴你，他屋裏太多龍洋冒寒氣太冷，想整幾張喜歡的皮子當被子睡。那二就會把那張白虎皮、紅熊皮、火狐皮給你，在這疙瘩給鐵七燒掉送去，這五百大洋就是你的。你館子照開，照樣守著你的漂亮媳婦過你的日子。」

吉了了吸鼻子不吱聲。

博一丁歪頭瞅一眼紅羊說：「我也不想你答應，那我的念想就斷了。你知道鐵七收養的九蘭嗎？她從前是我手下的小賊，那時她叫九點。我不愁整不到鐵七的那三張皮。吉了了，我是給你個活命的機會。」

吉了了搖搖頭，下巴上的鼻涕晃得更長了，說：「說說第二條路？」

博一丁說：「你拿上這些大洋滾蛋，跑關內過日子去。在關內，這些大洋夠你嫖婊子嫖個三五七九年了，你就享受去吧。這館子和你媳婦就是我的了。」

博一丁又一次歪頭瞅著紅羊說：「我見妳第一眼就忘不了了，我對鴿子院的大小抽子全都沒了興趣，我一想妳就自己打炮。妳跟我吧！我過幾天幹了李老壞，妳就是這一片的女主子。」

紅羊的眼珠突突往外冒火，啪地拍下桌子說：「操！跟你？跟狗也不跟你！」

博一丁說：「妳會跟我的，就吉了了這樣的，離了鐵七連羊都當不成，跟他真不如跟狗，跟狗就不如跟我。我和鐵七其實是一樣的人，連看上的女人都是一個。」

吉了了的嘴唇在打哆嗦，說：「我、我幫你得到了青上衛，咱倆就兩清了，我把這些龍洋都給你……」

吉了了喘口氣，又說：「我、我去騙來那三張皮，你別、別再進我這館子。」

博一丁說：「我沒聽錯吧？青上衛是我幫你對付鐵七的彩頭。不錯，最瞭解鐵七的人是你。你說過狠騙鐵七一次，鐵七不氣死也氣瘋了。那天你懷裏不是揣著小刀嗎？鐵七不趴窩你就用上了。吉了了，我不是鐵七，對付你這種人，就是一點也不要相信你，你炸炸毛就整死你。」

吉了了看看博一丁，才用左手心抹去晃在下巴上伸縮的長鼻涕，又低頭看看手心上的鼻涕，就回手抹屁股上了。右手往懷裏一掏，掏出一把宰羊的尖刀，雙手握了，刀尖對著博一丁說：「你滾！你不滾我就開你的膛。」

紅羊的眼珠眨一下就睜大了，也閃光了。

吉小葉掉頭衝進館子裏間，再衝出來，右手在背後背著，抓著切骨刀。可是木板凳卻變顏變色地悄悄往牆角縮。

博一丁笑一笑，揚手就拍了吉了了兩記又響又重的耳光，吉了了的鼻子嘴巴都冒血了，沾血的鼻涕衝出老長，掛在鼻孔裏一伸一縮地晃。吉了了渾身都打哆嗦，吸吸血色的鼻涕，張開嘴嗚嗚地開始哭。

博一丁說：「操你媽，和我動刀？我一塊大洋也不給你，你不滾我就宰了你！」

吉了了歪歪臉去看桌上的五捲大洋。

博一丁說：「對了，吉了了，你他媽是個精細的傢伙，拿了大洋快滾到關內去，再找新鮮的女人舞你的小『棒槌』，這地頭你一天也不能待。」

吉小葉瞅一眼吉了了，背在背後握刀的右手鬆了勁，把切肉刀提到身前垂在腿側，扁扁嘴要哭。

紅羊右邊嘴角展開笑，瞄一眼博一丁，轉身去了後院，再回來走到桌前，說：「死胖子，你把手放桌上。你對不起老七，放桌上，放！」

吉了了哭得嗚嗚響，手鬆了，尖刀落到地上，抽著鼻涕把左手放在桌子上。紅羊右手抬起，砰！一槍，吉了了左手的中指跳起來，在桌上蹦兩下，就和手掌分家了。吉了了痛得媽叫一聲，甩著手跳腳。

紅羊抬眼盯著博一丁問：「你留下手指還是命？」

博一丁把手舉起，咧嘴笑笑說：「我認栽，我再不進這館子了，再不打妳主意了。我走！」

紅羊說：「操！操你媽！有這麼便宜的嗎？」舉槍就對上博一丁的腦門。

博一丁不笑了，把右手舉起，問：「妳來真的。」

紅羊砰就一槍，槍子從博一丁右手的中指根部飛過，擊飛了博一丁的整根中指。

博一丁甩了下手，說：「夠勁！難怪鐵七迷妳，我更喜歡妳了。」博一丁掉頭往外走，屁股上就被吉小葉撲過來砍了一刀。博一丁不停步，捂上屁股走了。

吉了了跳著腳，抬手一伸一縮地指紅羊手裏的短槍，張合了幾次嘴才出了聲：「二毛子的、二毛子的短槍，那晚妳和二毛子搗，不是和老七搗。」

紅羊問：「怎麼了？」

吉了了說：「紅羊肚兜，紅羊肚兜怎麼會在老七的皮襖裏？」

紅羊說：「是二毛子拿走的，老七殺了二毛子，能找不到肚兜嗎？」

吉了了手指著紅羊說：「妳、妳、妳……」

紅羊說：「沒本事你和二毛子賭什麼酒？我正睡著就叫二毛子強行搗了，眼珠、嘴巴都被二毛子打腫了。第二次我就情願給他搗了，又第三次，第四次。怎麼了？」

吉了了把手垂下去，又把頭垂下去，但他雙肩一收一縮似在激烈地抽搐。

紅羊用槍指著那五捲大洋說：「這是你出賣老七的大洋，你拿了滾蛋吧！我知道你膽小、軟弱。這沒什麼，這樣的男人靠著過日子不惹禍，這就是我當初嫁你的理由。但我想不到你是條養不熟的豺狼。滾蛋吧！操你媽的！」

吉小葉噔噔跑到後院，從鐵七的屋裏找了個褡褳，跑回來把五捲大洋裝褡褳裏，給吉了了搭肩膀上，說：「我本來也想給你留口氣，也養你老，也叫你看著我媽和別的男人搗著搗著搗成乾巴巴的老太太。我現在改主意了，你走吧，記住要走大路直接往關內跑。」

吉小葉把吉了了推出了館子門，又一下子關了門，跑過來問紅羊：「媽，我以後姓什麼？」

紅羊說：「還用問？姓鐵！」

吉小葉又問：「那我真是老七叔和媽生的？」

紅羊嘆口氣，沒吱聲。掉頭時流淚了，心想，要是真的，就沒有現在的故事了。

吉了了又拉開了館子門，猶豫著把腦袋往裏探一探，說：「我再要一件狼皮大氅就走。」

紅羊知道那件狼皮大氅，是鐵七送給吉了了的，還有大小兩套山貓皮圍脖、貂皮短氅是送給她和吉小葉的。當時鐵七說，巴不得吉了了穿上狼皮大氅能像狼似的狡猾些、厲害些，巴不得吉小葉活得像快樂的小格格。還說我嫂子姐穿什麼都美得邪乎，什麼也不穿光著屁股美得更邪乎。紅羊鼻子一酸，淚水奪眶而出，飄忽忽的眼睛掛著淚，對著吉了了點了點頭。

吉了了自己去屋裏取時，摸摸狼皮大氅上的狼毛，突然緊緊抱住狼皮大氅，鼻腔和胸部劇烈地抽搐，發一聲喊：「老七呀……哈哈……」哭得驚天動地，哭得鼻涕橫飛。

吉了了哭了好久，才發覺吉小葉歪著頭，鼓著紅紅的眼圈在瞪他，他忍了忍看著吉小葉，想和吉小葉說句話，但扁了扁嘴什麼也說不出了，就掉頭嗚嗚哭著走出門，迎著降下的夕陽走了。從此，誰也不知道吉了了去了哪裡，死了活著也沒有人知道了。

有一種人，就是天生被人欺負的人，好像別人不欺負他就對不起他似的，但這種人的生命中，總會出現一個具備狼狗脾氣的人相助，他的生命力反而比平常人更強。這樣看來，也許吉了了以後可能會過得苦一些，也可能再次碰上一個狼狗脾氣的朋友相助，也許他還可以富貴長壽……

第二天一早，吉小葉在櫃子裏翻出小一號的山貓皮短氅和山貓皮圍脖，就開心了，圍上山貓皮圍脖，披上山貓皮短氅，出了門跑到鬥狗場找到林豹子，告訴林豹子，她改了姓叫鐵小葉，鐵七才是她的親生爸爸。

林豹子說：「這破事，我早就知道了。說真的，丫頭，老七哥這事幹得有點那個，不太地道。我挺同情吉了了的。但妳從現在起就是我的乾閨女了。丫頭，高興去吧！」

鐵小葉就叫了林豹子乾爸，又說：「我要去大獨嶺，一個人又不敢去，乾爸你給我想個招！」

林豹子叫過兩個兄弟說：「這是咱家姓鐵的大女兒，你倆送大小姐去大獨嶺，路上出一點事就扒了你倆的皮。」

鐵小葉就坐著馬車去了大獨嶺鐵七家。

可是那二、九蘭、鐵小七突然看見鐵小葉推開院門進來，三個人互相看看，六雙眼珠盯上鐵小葉呼呼冒火，就生氣。

鐵小葉抬手摸著山貓皮圍脖，扭著小屁股走進屋也不坐下，右手還甩一下，說：「那二爺你看見我皺什麼眉？我可是你孫女。」

那二哈一聲，惡狠狠地說：「難怪妖裏妖氣的紅羊一見老七兩眼珠就放光，那屁股扭得像發情的母狼，那騷勁才會勾男人。老七沒媳婦，血氣沒處出又天天見妳騷媽，哪能管住褲襠裏的那『棒棰』？」

那二想到傷心處，把頭垂下，雙手捂住臉嗚嗚就哭。

鐵小葉說：「那二爺，我媽才不騷呢，我媽就是和我爸好。你鬍子一大把了還哭，再哭我以後就不來瞅你了。」

鐵小葉又扭頭瞪著鐵小七說：「你少瞪眼珠，你是石大頭的破兒子，是我爸收養的，我是親生的。早知道石大頭會害我爸，我小時候就不管你，叫你餓死。我問你，你以後怎麼辦？還能姓我爸的鐵、還想姓我爸的鐵嗎？」

那二吸了下鼻子，抹把淚，甩甩手不哭了，突然喊：「小破丫頭，誰稀罕妳來瞅我，我有好孫女九蘭呢！我見妳這心裏就呼呼冒火，見妳媽更呼呼冒火。瞧妳和妳騷媽一個樣兒，桃花眼水蛇腰的浪樣兒，沒幾年妳就是勾男人的小破抽子。妳一點不像老七。妳知道嗎？什麼他媽石大頭？石大頭生得出鐵小七這樣的兒子嗎？那不對，妳是老七和妳騷媽紅羊生的，鐵小七是老七和妖精寡婦查十三生的，你倆同歲，誰大自己論去，我懶得管你們。老七命苦，才有個又好看、又威風的好媳婦就死了。」

那二眨眨眼睛忍不住，嗚嗚又哭。

鐵小葉瞪著那二跺了幾次腳，就一把拉起鐵小七，又瞪一眼那二喊：「老頭、老頭你就哭吧，你哭著哭著，我爸『唄』一聲，從墳包裏冒出來就又活了。」又一跺腳，拽著鐵小七進了鐵七的屋，在鐵七的屋裏和鐵小七嘀咕了半宿，最後睏了，兩人趴一張炕席上才睡了。

天亮了，鐵小七不洗臉、不吃飯，跑去找何有魚架爬犁。

鐵小葉洗了把臉，也不吃飯，也不幹別的，卻在鐵七屋裏到處翻，翻出一大堆鐵七早年留的好皮貨和七八百塊龍洋、三四百塊大洋，打一大包拖到院裏，等鐵小七回來，兩人一起抬著，一起出了院門。兩個人沒跟那二和九蘭說話，坐上何有魚的狗拉爬犁就走了。

那二穿著單夾襖，光著頭跑出院門，跑上一處高的雪包，揚著脖子瞅著鐵小葉、鐵小七坐狗拉爬犁上走遠了。鐵小葉、鐵小七也沒回頭，倒是何有魚回頭向九蘭揮了下手。那二抹了把淚水，嘟噥：

「狼崽子！狼崽子！老七重情重義，怎麼就生了兩隻缺心少肺的小狼崽子？」

那二又抬手拍拍腦門，吸了下鼻子又嘟噥：「是他倆的媽不好，就是他倆的媽不好，這倆小狼崽子在他們媽媽肚子裏就被別的男人串壞了。」

站在那二身後，抱著那二的狍子皮短襖的九蘭鼻子一酸，沒哭，卻哧哧笑了。

那二說：「ㄚ頭啊！我真的糊塗了，老七做事打獵的脾氣手段像他漢人爸爸，這像高明的師父和更高明的徒弟。其他像我又不像我，也不像他媽。可不知怎麼的，這兩個小狼崽子我慢慢仔細對照，怎麼對照也沒一個像老七的。ㄚ頭妳說，老七到底留下自己的後人沒有呢？」

九蘭想起鐵七，眼圈就紅了。

那二搖搖頭，嘆口氣，說：「ㄚ頭，鐵小七這樣走了也好，我給妳找個沒爸少媽的上門女婿咱仨過日子吧。」

九蘭幫那二穿上狍子皮短襖，說：「等俺和老七孀商量了怎麼給老七叔報了仇再說吧。那二爺，俺只要活著就不離開你。」

那二說：「我信！我越想，我ㄚ頭就越像我老七的女兒。可不知怎麼的，我怎麼也想不通，老七從不賭東西，這怎麼就賭上青上衛了呢？這裏面一定有鬼，興許又是吉了了惹出的事。可是，ㄚ頭，這賭上的仇怎樣報呢？」

2

青上衛發覺牠被關在一座大大的空屋子裏，橫七豎八的房梁上吊了幾根繩索等雜物。青上衛在這屋子裏已經兩天了。總是聽到屋外有腳步聲，但那兩扇屋門從沒打開過，也就沒有食物送進來。屋裏的一切，青上衛早就熟悉了。

青上衛趴著不動，牠很餓了。這兩天青上衛在屋角、在門框下扒洞想逃出去，可是不行，屋裏的地是青石板鋪的，青上衛扒不動。牠也試著從窗戶跳出去，但窗戶是被木板封死的。這一切的努力失敗之後，青上衛知道只有等那兩扇門打開，才有機會逃出去，就趴在角落裏等著門開。

在第三天下午，青上衛突然從地上跳起，門就開了。外面很亮，青上衛眨眨眼睛，四肢縮緊，汪叫一聲，沒有往門外衝卻退了兩步，牠認出是賭敗了主人的博一丁進來了。博一丁手裏舉著隻帶毛的死雞。

青上衛又汪叫一聲，盯著博一丁，也盯著門。博一丁走進來，向旁邊閃閃身，讓開了門，門大開著沒有了阻礙。

青上衛雖嗅出麻子炮烏巴度藏在門邊，但毫不遲疑，就一躍而去，在跑到門口、腦袋剛剛探出門時，眼前就飛過來一根木棒，木棒揍在腦袋上，青上衛一個跟頭翻倒了。叫一聲，跳起來，那木棒又打來了。青上衛無法鬥過木棒，更鬥不過拿木棒衝進來的麻子炮烏巴度，身上被揍了十幾棒，叫著退到了博一丁跟前，木棒就不打了。

麻子炮烏巴度倒提木棒走出去，那門也不關。青上衛看著門，聽到麻子炮烏巴度去遠了。扭頭看一眼瞅著牠笑的博一丁，又一甩頭，又向屋門跑去，剛到門口，剛探出頭，眼前又打著轉飛過來一根木棒，棒子打在青上衛鼻子上，青上衛叫一聲向後退，甩甩腦袋，鼻血就甩出來了。麻子炮烏巴度又出現了，又是十幾棒打得青上衛叫著逃竄。當青上衛又一次逃到博一丁身邊，那木棒又不打了。麻子炮烏巴度又提著棒子走出門去。門還是敞開著。

青上衛臥下來，舔身上的傷，也盯著那扇門。博一丁不理牠，站在一邊玩弄手裏的死雞。青上衛真正聽不到麻子炮烏巴度的聲音了，就悄悄往門口靠，靠近了門口，又停下來轉著耳朵聽聲音，然後把鼻子探出門去嗅氣味，也聽聲音，青上衛聽出麻子炮和一個人說話的聲音挺遠，也嗅出來石大頭和一個脂粉氣很重的女人待在不遠外的屋子裏，牠就行動了，可是，剛剛衝出半個身子，幾根木棒就迎面撞來。

麻子炮烏巴度跑步的聲音也傳來，青上衛驚叫一聲，掉頭就跑到博一丁身邊臥下，驚慌地盯著提著木棒跑進門的痲子炮烏巴度，但痲子炮烏巴度只在手裏掂了兩下木棒就離開了。

青上衛終於懂了，只要牠離開博一丁，就有木棒打過來。博一丁丟下了那隻死雞，在青上衛撕開死雞吃時，博一丁彎腰伸出手想摸一下青上衛，青上衛反嘴就是一口，博一丁的手縮得快，沒咬到。博一丁不明白青上衛的用心，牠是爲了躲木棒才靠近他，絕對不是把他當成第三個主人。但博一丁就是青上衛的第三個主人。

博一丁走了，屋門還是開著的，但青上衛望著洞開的屋門無動於衷，在青上衛看來那是木棒。那門一直開到晚上，青上衛也沒再試著出去。

博一丁又進來了，痲子炮烏巴度提著木棒跟在後面，青上衛一見到痲子炮烏巴度就跳起，汪汪叫著向博一丁身邊靠。

博一丁丟下隻半死的兔子說：「老烏，我真沒看錯你，你真的懂得對付狗。咱們幾個一幫，就發財吧。」

痲子炮烏巴度笑笑說：「一丁哥賞臉，我哪能不兜著。這是條聰明狗，聰明狗不肯吃虧，記性好，容易馴服，要是笨狗，我還得來幾次。」

博一丁看著青上衛嗅了還會爬的兔子一會兒，像是遲疑了一下，才咬死了兔子吃了肉。博一丁知道可以進一步馴了，就走了。這次關上了屋門。

青上衛又餓了兩天。博一丁沒來，門也沒開。青上衛忍著，爲了省下氣力就趴著不動。在晚上的時候，青上衛聽到屋頂上有腳步聲，站起揚頭看，屋頂上有一扇天窗開了，積雪落了下來，又飛下來一隻大公雞。

大公雞落下地，就炸開脖子上的羽毛向青上衛叫號，青上衛餓了就撲過去，大公雞掉頭一撲就飛到窗臺上，再一飛就飛上了屋頂的橫梁，在橫梁上站著扇翅膀。青上衛汪汪叫幾聲，在地上轉圈，只能望雞興嘆了。

大公雞在橫梁上趴下了，大公雞不下來，青上衛就沒招。青上衛初時死死地盯著大公雞，漸漸地，青上衛不盯了，在屋裏走。大公雞也就習慣了，也放鬆了。

突然，青上衛猛然跳起，四肢悠起在窗臺上一蹬，向屋梁上撲去，一雙前腿前伸就把大公雞蹬下了橫梁，大公雞往下落時，叫一聲，腦袋就被青上衛咬住了。牠甩甩腦袋，跑到角落裏吃了大公雞。

青上衛又餓了兩天，牠不盯門了，時不時抬頭看那扇透光的天窗。果然，到了晚上，有人爬上了房，從天窗裏丟下一隻大花貓。

這次青上衛有了變化，一眼就認出丟下來的是一隻會爬樹能跳躍的家貓，青上衛怕貓爬到屋梁上不好捉，不等貓落下牠就跳起咬去。但大花貓也看到嗅到下面是條大狼狗，在落下時就弓背探腳，前腳踩上青上衛的腦袋，後腳跟上踩中青上衛的鼻子，一蹬就向柱子撲去，但是青上衛的反應和動作都比以前快了許多，也許這就是處於絕境中催發了潛能。青上衛就在大花貓撲上柱子、往上一躥的動態中，扭身上竄，一口咬中了大花貓的後脖子。大花貓慘叫掙扎，後脖子被咬斷了。

青上衛丟下大花貓，揚頭盯著房上的博一丁和痳子炮烏巴度汪汪叫。直到博一丁和痳子炮烏巴度從房頂下去，青上衛才撕開大花貓吃了個乾乾淨淨。

這一天，青上衛聽到外面下雪了，雪一連下了兩天。

屋門開了。外面飄著雪花，外面的空間都是雪色的，清新的寒氣飄進屋裏。青上衛站了起來，歪著臉看門外的雪花。這景象使青上衛想起了大獨嶺，想起了鐵七。青上衛小心翼翼地往門口靠，在腦袋與門框平行的地方停止了，青上衛記得只要超過這一界線，木棒就會打過來。青上衛是東北狼狗，牠有能力記住人給牠制定的界限。青上衛的鼻子嗅著雪的氣味，眼睛看著雪，牠不敢越過雷池一步。青上衛吱吱叫著，又一揚頭，衝著大獨嶺的方向發出嗚嗚咽咽的叫聲，那聲音中充滿絕望與思念。

腳步聲突然傳進青上衛的耳中，青上衛馬上就退了回去，緊張地望著那道門。博一丁牽著條青黃色狼狗走過來，在門口站下，解開狼狗的脖套，抬腿一腳把狼狗踢進門來。

青黃色狼狗吱叫一聲，跑進屋裏，跑到另一個屋角，坐下來打量這間大屋子。博一丁看了會兒青上衛，就關了門走了。青上衛卻歪了下腦袋，看清了博一丁的右手包了傷布，而且身上還有血腥氣，就衝著博一丁的背汪叫了一聲，像是知道博一丁被紅羊和鐵小葉揍了高興才叫似的。

當然，青上衛不會數日子，牠也不知道這一天是牠被關的第十天，也不知道是鐵七死後的第七天。

那條青黃色狼狗在屋子角落裏趴了一會兒，就起來到處嗅，這狼狗也餓了一兩天了。牠是麻子炮烏巴度在一戶獵人家裏用十五塊龍洋買來的。這狼狗的主人只能算半個獵人，只會摸溝趟子抓野雞、兔子。這條狼狗也就沒機會被猛獸揍一頓，牠的膽子可以說從來沒小過。

屋裏沒有能吃的，這條青黃色狼狗挺失望，抬頭瞅瞅青上衛，見青上衛趴在門口，用鼻子感受外面的雪。青黃色狼狗也許知道青上衛身上的肉也能吃，就悄悄靠過來，靠近了突然加快速度，探嘴想咬青上衛的脖子。

青上衛就汪叫一聲，扭頭瞅著青黃色狼狗，青黃色狼狗就收住了前腿，盯著青上衛看。青上衛不理牠了，青黃色狼狗又往上靠，青上衛一下站起來，甩甩背毛離開門口，又坐下來盯著屋頂的天窗，可是，沒有東西丟下來。

青上衛衝著天窗汪汪叫，因爲牠聽到屋頂博一丁和麻子炮烏巴度在趴著看。青黃色狼狗也過來汪汪叫，牠也聽到屋頂有人。

青上衛等到天亮也沒有東西丟下來，知道牠的食物就是這條青黃色的狼狗了，而這條青黃色的狼狗也早就把青上衛看作食物了，只是沒有勇氣下口。

兩條狗都知道自己在對方眼中的變化。這條青黃色的狼狗也許感覺到青上衛的不凡，先膽怯了，在青上衛看向牠的變幻眼光中，青黃色狼狗退向屋角，趴在那裏，只要青上衛的目光盯上牠，牠就搖尾巴，臉上再做出臣服的樣子。

青上衛遲疑了，以牠的習慣，牠不會去欺負一條表示服從的狗。

這一宿就這樣過去了。青上衛感受到餓了快四天的難耐，也忍不住時時想攻擊青黃色的狼狗。青黃色狼狗的精神就快崩潰了，身體緊緊縮在屋牆角，只要青上衛的目光掃向牠，牠就垂下耳朵表示臣服，這一宿一天下來，青黃色狼狗似乎瘦了一圈。

這時門開了，青上衛和青黃色的狼狗都看過去，門口對上了一隻木籠，木籠對上門的那面只有幾個洞眼，青上衛的鼻子嗅出了木籠裏是什麼東西，就蹦跳了兩下。青黃色狼狗也嗅出了木籠裏是什麼，精神也振奮了。

對上門的木籠的那面木板被抽開了，裏面的東西不出來，麻子炮烏巴度丟個爆竹進去，隨著爆竹炸響的聲音，一隻大山貓幽靈樣地飄出木籠，跑進屋裏，轉個身，站在了屋裏中間。屋子裏沒有燈，又封得密實，白天也挺暗。但對於暗，大山貓比狼狗更適應。

屋門又關上了。窗子的窗紙卻被扒掉了，幾個人湊過臉看。

石大頭問：「老烏，你這招要是看走眼了毀了這條狼狗，我的事就全泡湯了。」

石大頭的臉邊擠過一張四十上下歲的女人的臉，這女人長得長臉大腦門深眼窩，挺好看，挽成盤頭髮捲式的頭髮是黃黑色的，就是身上脂粉氣太重，她是石大頭的老姘頭都三翹。石大頭的陽具就是因爲都三翹才被李老壞指使林豹子割去了。

都三翹也說：「老烏，你要看走眼了，姑奶奶的事也壞菜（搞砸）了，姑奶奶不但現在不給你搗『井』，以後也不給你搗。還把你的倆姑娘整出來放男人鴿子，叫你倆姑娘替姑奶奶掙龍洋。」

麻子炮烏巴度就操一聲，說：「妳那老破『井』，皮鬆肉厚，我要是搗一回，得在腰裏別上蘿蔔，妳哪有我媳婦的『井』好。你們不信我就拉倒，我就走了。眼瞅著快進臘月了，我想回家搗我媳婦的『井』了，沒準搗出一個兒子我就高興了。」

博一丁說：「老烏的用意你倆不懂，如果這傢伙整不過大山貓，就整不過林豹子的那五條狗。這幾天我和老烏有空就去看，那條法國紅獒像受過特殊訓練，數十個數就整死一條南方金毛獅頭粗嘴壯狼。還有那條日本獒，鬥架不聲不響，一天鬥十場贏十場，一點傷沒有。還有那條長毛虎頭牧羊犬，那是狗中的滾刀肉，鬥架像林豹子那小子似的，被揍趴下了也跳起來猛上。」

石大頭說：「可也是，可我心裏沒底。一丁哥，李老壞已經放話了，等你大膽地幹。這出了意外，咱們就跑路吧。」

都三翹說：「那咱們就雞飛蛋打了，這東邊道到奉天省城都有好爺和李老壞的勢力，咱們往哪跑？」

博一丁想一想，心裏也有些沒底了，問麻子炮烏巴度：「老烏，咱們就這樣用這條狗去幹，你有幾成勝算？」

麻子炮烏巴度說：「我捉摸了，現下青上衛能和日本獒整一平手，不一定整過中亞的那條牧羊犬，但絕對整不過法國紅獒。我心裏沒底，才用這隻大山貓試試青上衛的潛力。我不能再讓青上衛犯青毛黑那種錯誤。我的青毛黑在大獨嶺和青上衛老掐架，總是掐一平手。我都說了，你仨是老闆，你仨看著整吧。」

都三翹說：「我明白了，這狗咬死了那貓，咱們鬥李老壞就贏，這狗被那貓咬死，就說這狗不死也不行。那咱們就再找更厲害的狗再鬥。」

麻子炮烏巴度說：「這老娘們說到點上了，沒有必勝的把握，你仨許我的龍洋就是魚吐的泡泡。你仨硬幹下去，也許什麼都沒了。再說，像青上衛和青毛黑這種東北狼狗在這疙瘩就是極品了。再厲害的狗就是二郎神的哮天犬了。你仨再想鬥，也去整洋狗吧。」

博一丁說：「我要是能整到大洋狗我幹嘛算計鐵七？鐵七這人怪，明知道你是他對頭，他不怕你也不暗算你。這樣的對頭比朋友還安全。」

博一丁見石大頭歪著脖子看他，又說：「兄弟，咱倆是狼和狽，所以才搭伴。沒你一環一環下套子，套上我、套上姑奶奶都三翹、套上吉了了、套上鐵七，咱們能追咬李老壞嗎？沒這些也做不成這事。」

石大頭說：「我為報仇，你為出名拿龍洋，我和你心照不宣了。」又對麻子炮烏巴度說：「那就挺這一把，老烏，這狗和那貓怎麼還不幹？」

麻子炮烏巴度說：「沒那麼快，大山貓挺精，不整清形勢牠才不幹呢。那可是兩條狼狗。」

屋裏的大山貓已經看清了形勢，起身一跳，跳上窗臺，再一跳就上了橫梁，在上面向下看。這種大山貓比野山貓要大，野山貓又比家貓大多了，大山貓整體像小一號的山豹。體重大約二三十斤左右，因是貓科動物，就比犬科動物多了腳爪的功能，也靈活得多，短跑衝撲的速度也佔優勢。

如果是一隻大山貓和一隻狼生崽的窩同時被對方發現，狼不餓急了不敢掏大山貓的窩，而大山貓會毫不猶豫地掏狼的窩。如果一隻狼跟蹤一隻大山貓，狼會很小心，沒有同伴就不會襲擊大山貓。如果一隻大山貓跟蹤上一隻狼，也許這隻狼就逃不掉了。這是在指大山貓是雌貓的情況下，如果是雄性大山貓，那就更厲害一些。

現在，在屋橫梁上往下看的大山貓，就是隻雄性的大山貓，牠被麻子炮烏巴度的獵戶朋友捉來兩天了，也沒吃過食物。野生動物也只有在餓了或發情的情況下才發生拚命的打鬥，牠們要是吃飽了，一般都很懶散。

大山貓觀察出青上衛是冷靜而又難纏的獵狗，這種獵狗鬥架經驗豐富，懂得攻擊對手要害，又懂得自我的防衛。因爲青上衛站的位置是準備衝擊或閃避的屋裏空餘地帶，有迴旋空間。而青黃色狼狗的位置靠牆近，如果遭到攻擊，青黃色狼狗一退就靠牆，這是心怯保守的選擇方式。

但大山貓也面臨兩難，如果大山貓攻擊準備和牠對決的青上衛，就算勝了也不大可能不受損傷，那麼那條青黃色狼狗可能會迸發出拚命的勇氣，就可能成爲最後的勝利者。這樣，大山貓正面向下盯的是青上衛，也給青上衛一種「我要攻擊你」的錯覺，而大山貓真正攻擊的卻是青黃色的狼狗，因爲青黃色狼狗膽怯，容易被大山貓一撲必殺，這樣也會給敢於迎戰的青上衛一種震撼。

因爲敢於迎戰的狗如果不是真正的勇敢，就會因同伴的失敗而膽怯，那麼發展下去的結局，就是青毛黑鬥西班牙加納利犬的結局了。這也是爲什麼猛獸總是選擇弱者下手的原因。發現弱者、攻擊弱者，是任何猛獸天生的本能。

大山貓就對著青上衛齜出犬齒，兩腮往兩邊撐開，就像一隻發威的小山豹。青上衛也堆出嘴上的皺褶，尖吻微張，發出衝擊的聲音。大山貓作勢撲下，青上衛後腿也繃勁欲往上撲。

麻子炮烏巴度打手勢叫三個人閉住氣不出聲。青黃色的狼狗雖也盯著大山貓，但牠盤算出了錯誤，青黃色狼狗認爲大山貓攻擊的是青上衛。

大山貓躍飛撲出一個弧形，青黃色的狼狗叫一聲，往後一退，左半邊身子就靠了牆，右半邊身子就中了大山貓的撲擊，背上的皮在大山貓的爪下如破紙般破裂開。青黃色的狼狗甩頭咬出一口，臉上又中一爪，皮破血出，頭因痛又向一邊甩開，脖子側部就咬上了大山貓的嘴，脖子側部就破開了。

這只是瞬間的事。但是大山貓小瞧了青上衛，就在大山貓撲中青黃色的狼狗時，青上衛也撲過來了。

大山貓的嘴迅速從青黃色狼狗的脖子上離開，大山貓想跳開避開青上衛的撲擊。但青上衛的尖吻已經在大山貓的肩部咬上一口，再張口放開，再向脖子側面下嘴。大山貓扭身就是一爪，青上衛左腿上部的皮被抓破開了。青上衛突然矮下身子，一張嘴巴迎著大山貓的嘴咬，逼迫大山貓往牆上靠，根本不給大山貓脫開牆的機會。

青上衛知道，如果在空間足夠的地方和大山貓搏鬥，死的那一方六成是自己，因爲青上衛是狗，狗沒有大山貓的那雙開皮碎肉的前爪，也沒有大山貓靈活。再有一點，就是青上衛勇敢又懂抓時機，青上衛不但敢於和猛獸搏鬥，而且懂得利用自己的優勢去搏鬥。

青上衛終於逼得大山貓側著身靠了牆，大山貓靠上牆的那一邊的前爪用不上了，那隻前爪需要支地往前爬或往上挺身，另一隻前爪揮擊就有空隙。

青上衛的身體幾乎臥下了，在右肩部又中爪破皮的當口，終於用嘴裏的犬齒撞開大山貓的犬齒，尖吻探出，咬中了大山貓的咽喉。那時大山貓靠上牆，前後不能移動，就向上挪動，等於身體的一側貼在牆上，脖子扭轉，面向青上衛。就這樣，這隻大山貓因爲一次正常的搏殺判斷而死於猛獸的搏殺習慣上了。

青上衛咬中大山貓的咽喉，再往上一躥，一雙前腿撲在大山貓身上，向下使勁，嘴鬆一下，又往深裏掏一口，一甩頭，就撕開了大山貓的咽喉。

大山貓的目光終於暗淡下去。

青上衛把大山貓往屋中間拖，掉頭衝窗口的幾張人臉汪汪叫，又掉頭開始吃大山貓的肉。那條青黃色狼狗沒死，趴在牆根吱吱叫，青黃色狼狗終於活下來了。

廝子炮烏巴度渾身打了一串戰慄說：「兩位爺，姑奶奶，你們發財了。這傢伙在搏鬥中根本不怕受傷，也不在乎自己是否受傷。這條狗如果是人，就是頭一等的殺手、頭一等的刺客。我從沒見過會透過觀看對手，就懂得對手特性，而找出搏殺對手方式的狼狗。」

都三翹就張開雙臂把博一丁和石大頭的脖子抱住，在兩人臉上親起來，一口口親得石大頭直皺眉。

博一丁忍不住了，說：「香！太香了！我要吐了。親老烏去，他褲襠裏的『棒棰』大。」

都三翹說：「還嫌棄我？當年我親男人一口就收一兩銀子。」

石大頭從懷裏掏一把龍洋塞進都三翹懷裏，說：「妳現在還這個價。閉上嘴，我想想下步怎麼走。」

青上衛吃鼓了肚皮，離開大山貓的殘屍，趴到門口邊舔傷口邊嗅門外的雪的氣息。

青黃色的狼狗餓極了，見青上衛離開了，也停止了舔傷口，悄悄湊過去吃大山貓的肉。青上衛扭頭看，青黃色狼狗就垂一下耳朵，往牆根退。青上衛又轉頭不理牠了，因爲青上衛把青黃色狼狗看成了同伴。

青黃色的狼狗同樣餓了三四天，就把大山貓的殘屍吃得只剩下一點皮和一顆毛絨絨的腦袋，也吃鼓了肚皮，退到牆角又開始舔傷口。

又過了兩天，博一丁開了門就愣了愣，博一丁以爲青上衛肯定吃了青黃色狼狗，可是沒有，青黃色狼狗正趴在青上衛身邊給青上衛舔傷口，看見博一丁，還汪叫了一聲。

博一丁不能理解青上衛爲什麼把青黃色狼狗當成了朋友或小弟，他不知道這是青上衛感到了寂寞，而且兩條狗曾經共過一場患難，對於青上衛來說，青黃色狼狗就是自家的夥伴了。博一丁就給青上衛帶脖套，青上衛站起盯著博一丁，滿眼的不信任。青黃色狼狗盯著博一丁，汪又叫一聲。

麻子炮烏巴度提著木棒在門口出現了，青上衛看見拿著木棒的麻子炮烏巴度就炸起背毛，汪汪叫著往博一丁身邊靠，但也不想靠得太近，那是不想戴脖套。如果戴上脖套，就是確認了博一丁是牠的主人。

麻子炮烏巴度從門口進來，在手裏掂了掂木棒，博一丁就衝著青上衛晃晃脖套。青上衛的目光變幻著情感，想起牠對付不了木棒，就吱叫一聲，牠屈服了。只要是狼狗就會向人屈服，這是東北狼狗的天性。

博一丁把脖套套在青上衛脖子上，扣緊，牽著青上衛走出了門，在院裏走了一圈。青上衛的眼睛時不時盯一眼麻子炮烏巴度手裏的木棒。

一連幾天，博一丁都會帶青上衛出去轉一圈，後來麻子炮烏巴度不跟著了，博一丁也能給青上衛戴上脖套了。再過幾天，博一丁突然不來了，青上衛就變了，變得煩躁。因爲青上衛渴望被博一丁牽著轉那幾分鐘的一圈，也只有那幾分鐘，青上衛還感覺到牠還有一點自由。

青黃色的狼狗在青上衛煩躁時就悄悄退向牆角，趴下，一動也不敢動，等青上衛平靜下來才小心地靠近，做出一撲一撲的動作逗青上衛開心。

當博一丁的腳步聲再一次傳來的時候，青上衛吱叫一聲，跳起來跑到門口。門開了，博一丁擺擺手，青上衛就跑過去，等博一丁給牠戴上脖套走那自由的一圈。博一丁和青上衛在走完一圈之後，解開青上衛的脖套，青上衛歪著腦袋看了博一丁良久才跑到一邊，抬起後腳撒了尿，再想往遠處跑幾步時，麻子炮烏巴度提著木棒出現了，青上衛聽到麻子炮烏巴度的腳步聲就站定，再用眼睛看，看到麻子炮烏巴度手裏拿著木棒，才汪汪叫幾聲就跑到博一丁身邊。

博一丁手一指屋門，說：「進去。」

青上衛快步跑進屋裏，趴在門口等待明天的那一圈。麻子炮烏巴度過來關了門，卻發覺趴在門口的青上衛並不怕他這個人，只是盯著他手裏的木棒。麻子炮烏巴度是個懂狗的人，但也低估了青上衛這條東北狼狗記恩記仇的性格。

麻子炮烏巴度說：「一丁哥，這傢伙可以用了。」

博一丁說：「李老壞這陣兒子正順，我和石大頭商量個日子就整他。你再馴馴這狗，等這傢伙傷好了咱們就整。」

麻子炮烏巴度擠眉弄眼地笑笑說：「什麼人養什麼狗，這傢伙慢慢地那脾氣就像一丁哥了。」

博一丁搖搖頭說：「玩花花點子打點小架像我還行，出去鬥大架還得讓這傢伙像鐵七，那咱們才有把握。」

麻子炮烏巴度想起自己的青毛黑就嘆口氣，也想，興許青毛黑在鐵七手裏，也會像青上衛這樣勇敢機智地鬥架。

其實麻子炮烏巴度這樣想也有一定道理，但他不知道，青上衛在第一個主人二毛子張一夫那裏學到了狡猾和高貴的氣質。而青上衛從母體內生來就遺傳了純正狼狗的勇敢和機智的品質，再和鐵七在一起，這種特性就催發了。

也可以這樣說，青上衛這種品質的狼狗和鐵七這種獵人才是最好的絕配，才能創造出搏殺紅毛棕熊的奇蹟。

而那種紅毛熊，也就是世界上最凶猛也最大的棕熊。在早期長白山區域，這種棕熊有過短暫的生長期，只是數量極少，後來就絕蹤了。也許這種在長白山區域生活過的棕熊，由於生育低，又不像黑熊那樣冬眠，而被東北虎捕殺絕跡了。這種說法雖是猜測，但棕熊在長白山區域存在過，這確是事實。

青上衛的日子好過了些，每天都有食物了。麻子炮烏巴度每天丟進屋一隻大公雞，或者一隻雄性大野兔，偶爾還會用木籠放進一隻被獵狗咬破皮、變得皮不再值錢的狐狸。

青上衛每天的獵殺活食，就成了必修的功夫。

又過了幾天，那時就進入臘月了。青黃色狼狗被帶出去，拴了鎖鏈成了看門的狼狗。而青上衛還在屋裏，還在每日獵殺活食。但青上衛真正地變了，在捕殺中，青上衛的動作比以前更快了，下嘴嘶咬動物脖子上的動脈血管往往一口就行。牠獵殺活食往往一口必中要害，動作更輕鬆快捷，而且更機智了。

青上衛的命運也就走向鬥狗生涯的必然之路了……

第十章　鬥狗

生命都是唯一的，它只有一次。但在某些人的手裏，或在某種事物面前，這種人的生命好像不是唯一的，而是輕易可以用來使用的、自認為是可怕的，是可以嚇退對手的具有攻擊性的一種武器，並總有機會「勇敢地」拿出來使用它。

1

鐵小七自從和鐵小葉從大獨嶺回到紅羊家，他就叫了紅羊媽。鐵小七認爲紅羊是老七爸的第一個媳婦，他是老七爸的兒子，就應該叫紅羊媽。而且李家街以及認識紅羊和鐵七的人，都確認紅羊和鐵七的關係，都確認鐵小葉才是鐵七的親生女兒，紅羊這個鐵七的媳婦也就當定了，鐵小七這個媽也就沒叫錯。

奇怪的是，鐵小葉卻不和鐵小七論誰大誰小，因爲鐵小葉關於鐵小七的身分有自己的看法，就冷眼旁觀看著鐵小七叫紅羊媽。

鐵小七叫了紅羊媽之後就非常忙，一連幾天，不論是紅羊還是木板凳，都看不到鐵小七的影兒。

這一天，紅羊收拾羊肉館突然感到煩了，看一眼突然間學會偷懶的木板凳，想罵幾句又提不起精神。又想起一件事，回屋問鐵小葉：「鐵小七整天往外跑都在幹嘛？現在死胖子走了，館子裏要重新收拾太忙，他怎麼不知道幫忙？」

鐵小葉說：「鐵小七是個幹大事的人，他在幹大事。館子裏有木板凳就夠了，木板凳才是當牛的人，他就只能留在家裏幹活。」

紅羊莫名其妙，也查覺鐵小葉和木板凳偷偷摸摸有點古怪，但紅羊不如吉了了細心，還沒發覺鐵小葉和木板凳總抱一起搗那事。而紅羊心裏還有個打算，將來等鐵小葉、鐵小七再大一大，紅羊就講出她和鐵七其實沒有那種關係，一次都沒有，然後讓兩個人成親。而紅羊也發覺，自從鐵小七住進院，木板凳明顯不高興。鐵小葉又總在晚上往鐵小七屋裏跑，一待就是大半夜。往往這時，木板凳就在院裏掄板斧喀喀喀劈柴劈到半夜。

紅羊就說：「鐵小七一個小屁孩能有什麼大事，妳有事可不能瞞著媽。」

鐵小葉說：「等辦成了再告訴妳。」

紅羊看著鐵小葉往脖子上圍貂皮圍脖，說：「這是紫貂的，是媽媽的。妳的圍脖不是紫貂皮的，妳幹嘛圍上？再說，妳個小丫頭穿這麼好，發什麼浪啊！」

鐵小葉就脫了紫貂圍脖說：「破爸爸就是偏心，給妳的圍脖、短氅、大小皮襖、短皮襖、皮褲、鞋、靴、皮被子，樣樣是一流的皮貨，都比給我的好。」

紅羊摸著這些皮貨，心裏突然一跳，想，興許鐵七也喜歡我，不是弟對姐的那種喜歡。她的眼圈就紅了，也感覺自己是喜歡鐵七的，有時自己掛念鐵七還超過掛念吉了了，也許吉了了早就感覺到了。

紅羊的樣子看笑了鐵小葉，鐵小葉說：「不管怎樣吧，破爸爸還是比死胖子對我好。死胖子太會攢錢了，什麼也不給我買。」

紅羊想告訴鐵小葉，吉了了就是她的親生爸爸。還沒開口，鐵小葉就說：「媽！我挺服妳的！」

紅羊問：「服媽什麼？媽有話對妳說，妳可別不信。」

鐵小葉說：「等會兒，我先說服媽什麼。媽，妳瞅妳多厲害，多有心計。媽，妳早早地給了我爸，又不和我爸成親，妳又給了死胖子，死胖子多能幹活，就像木板凳。媽呢，還控制著不讓我爸和別的女人成親。媽，妳一個女人找了個喜歡的生女兒，又找個幹活的養著妳，妳說妳多厲害！」

紅羊愣了，說：「小丫頭片子妳瞎說……」

鐵小葉說：「媽，我沒瞎說，我還服媽的眼力，媽算準了我爸太霸氣就會早死，才只和我爸生女兒不成親。」

紅羊一屁股坐炕上了，眼珠在找掃炕用的雞毛撣子想揍鐵小葉。鐵小葉卻撲過來抱住紅羊的脖子說：「我知道，其實媽心裏也苦。」

這一句話，勾起了紅羊的傷心事，她丟開抓手裏的雞毛撣子，也抱住鐵小葉，爲鐵七，也爲吉了了哭了。

這幾天紅羊一直憋著，因爲鐵七的死，說到底也是因爲她。她爲鐵七受不得騙、容不得屈的血性難過，也爲吉了了的陰險惡毒而痛心。如果……如果鐵七和吉了了這兩個人能坐下來談一談，哪怕……興許……

紅羊想到這，就抽了下鼻子，放聲大哭了。

鐵小葉也嗚嗚哭了。

紅羊淚眼往屋梁上看，問鐵小葉：「妳真的喜歡老七是妳爸？」

鐵小葉馬上來神了，吸了下鼻子不哭了，說：

「喜歡！我出去有人問我誰是我爸爸？我說是吉了了啊。人家就笑。我就知道我爸是鐵七了。我悄悄盯著死胖子看，就看出死胖子真不是我爸。羊被人踢一腳還叫幾聲，死胖子不行，被人踢了就踢了，他不叫，也只有我爸在館子裏一坐，死胖子才敢揚著頭說話。我爸多厲害，林豹子和博一丁都怕我爸。我爸死了我在外面走，人家說瞅瞅，她是老七哥的丫頭鐵小葉，人家都和和氣氣地對我笑。我的爸爸就是鐵七。媽，妳可別不認，那不丟人。」

紅羊想了想說：「對！那不丟人，妳就是鐵七的女兒。」紅羊心想，老七，我和吉了了對不起你，我把好看的女兒給你傳點煙火。

鐵小葉說：「媽，我也學妳。我和木板凳成親，叫木板凳待在館子裏幹活養家。我知道鐵小七是我爸的假兒子，我把鐵小七變成我爸那樣的漢子，我就和他生孩子傳姓鐵的煙火。媽，我也厲害吧？」

紅羊頭暈了，想不暈也不行。但又一想，不管誰是鐵七的假兒子假女兒，總有一個是假的。這就沒大礙了，也和紅羊打算的一樣。那麼木板凳就是多餘的了。如果說紅羊不瞭解鐵小葉，這不大可能，但是紅羊就不敢保證瞭解鐵小葉。可是紅羊瞭解木板凳，木板凳和吉了了是同一個品種的人。

紅羊想想，鐵小葉和鐵小七還小，還有時間解決這件事。又對鐵小七的身世好奇，問：「妳那二爺不是說鐵小七是老七和查十三生的嗎？鐵小七和老七和那二一樣都是滿族人，小腳趾甲和咱們漢人的不一樣啊。」

鐵小葉說：「他們都看錯了，我給我爸洗腳，仔細看了，我爸的兩隻腳的小腳趾甲上的最外邊，都有一條縫，都長一大一小兩片趾甲，和我的小腳趾甲一樣，長長了，那小片的趾甲就磨掉了，然後再長，不仔細看，就像一個整個的趾甲。媽，在去年的正月十五，鐵小七和九蘭她們一幫大獨嶺的人來咱家，鐵小七和我顯示他的小腳趾甲，我那時就看了鐵小七的小腳趾甲沒縫，不是一大一小兩片的，是整個的。他和我爸的不一樣，他不是漢人。媽，我四天前的晚上才告訴鐵小七他不是我爸的兒子，這小子初時不信，後來我仔細說，他哭了鼻子才信了。鐵小七也不是石大頭的兒子，這是一定的了。鐵小七說，等幹完這件大事，去柳樹河子找查十三問清楚。」

紅羊瞅著鐵小葉，突然感覺鐵小葉不像十五歲，要大些。想一想說：「媽問妳啊，妳不要騙媽要說實話。妳爲什麼要留意這件事呢？」

鐵小葉說：「開始我也不在意，還替鐵小七高興。鐵小七說過我爸的小腳趾甲也是完整的。後來我懷疑我不是妳和死胖子生的，我才留意的。媽，我厲害吧？要不這樣，鐵小七就混成我爸的兒子了。」

紅羊想，原來老七沒有後人。這老七是什麼命啊！紅羊看著鐵小葉，終於問了最想問的話：「還有啊！媽問妳，這幾晚妳和鐵小七在屋裏都幹了什麼？」

鐵小葉瞅著紅羊，抿著嘴唇臉紅了。

紅羊心裏一慌，問：「妳這小丫頭片子，妳和鐵小七搗那個事了？」

鐵小葉就扭著身子甩著手笑。

紅羊說：「好丫頭，妳這丫頭花花腸子多，妳告訴媽媽，別騙媽媽！」

鐵小葉說：「鐵小七太笨，不會整。他比不上木板凳。媽，等久了鐵小七就會了。」

紅羊的腦袋嗡的一聲，像伸進了馬蜂窩。紅羊喊：「妳找死啊，妳才多大就搗那事，搗大了肚子怎麼整？」

紅羊一把抓起雞毛撣子，鐵小葉一撲，又一次抱住紅羊的脖子說：「媽！媽！現下肚子沒大，我好久不給木板凳搗那事了。木板凳服了軟、點頭了保證了才行。媽！媽！妳別生氣，我剛死了爸爸。」

紅羊就打不下去了。

鐵小葉又說：「媽！妳和我爸不也是我這麼大搗那事了嗎？還管我？」

紅羊說：「我十七歲才……」

紅羊就沒氣力說了，看著鐵小葉，就像看著一隻笑嘻嘻的小狐狸。

鐵小葉在紅羊臉上親兩口，說：「媽！我爸沒了，死胖子也沒了。媽多好看，再找了男人吧。媽，林豹子行嗎？他是我乾爸爸了。」

鐵小葉看著臉紅的紅羊又笑了笑，掉頭看眼窗戶，跑出屋門，皺著眉頭走到假裝去取燒柴的木板凳面前，把小手指舉起對著木板凳的鼻子勾一勾，掉頭走向房山頭。

木板凳跟過來要抱鐵小葉，鐵小葉推開木板凳說：「你站好了，我問你，你都聽見了？」

木板凳說：「我沒聽見，我拿燒柴呢。」

鐵小葉說：「你騙我，我在屋裏看見你趴窗戶的影了。」

木板凳說：「聽了，怎麼的？妳是我的媳婦。鐵小七和妳爸不是爺們就不能住這院了，鐵小七回來我就趕他走，他不走我就揍他。告訴妳鐵小葉，我可不想又戴綠帽子又當牛，到頭再被趕出家門去。我不能做那個死胖子。」

鐵小葉愣了，瞅了眼木板凳說：「你膽子大了。」

木板凳說：「不大不行，妳要飛了，我也要白在這院裏當牛了。妳瞧著，妳要再讓鐵小七搗妳小『井』，我就宰了他，我也剁碎了妳。鐵小葉，妳最好別不信我的話。」

木板凳掉頭就走，轉出房山頭卻看到紅羊歪著頭在看他。不知爲什麼，木板凳怕紅羊，就張嘴叫一聲老姨，低了頭抱了柴進羊肉館了。

鐵小葉挺驚慌地走過來，紅羊把鐵小葉叫到屋裏問：「妳打算怎麼辦？」

鐵小葉想一想，搖搖頭，突然說：「我爸不死就好了，就不怕木板凳了。」

紅羊嘆口氣，心想，這是一隻只能跟在勇敢的狼狗後面才敢衝鋒的狗。紅羊說：「媽有辦法，妳去把鐵小七找回來吧。」

鐵小葉走了，紅羊就提早開了飯。她多做了幾個菜，叫木板凳吃。木板凳挺意外，以爲有好事，就吃得挺爽，又自己去倒了酒。這之前木板凳是不敢的。

紅羊看著木板凳吃飽打了嗝，看著木板凳喝好了酒又喝茶，看著他紅頭漲臉瞧著她抓著頭皮笑。

紅羊說：「你不應該叫我老姨了。」

木板凳說：「是啊！是不應該了，我應該叫妳丈母娘了。」

紅羊揚手一個大耳光拍在木板凳的臉上，木板凳鼻子就出血了。木板凳懵了，捂著鼻子看著紅羊。

紅羊說：「你做了什麼你知道！我再問你一件事，你是哪疙瘩的？我是你老姨嗎？」

木板凳說：「不是，我餓急眼了騙妳的。」

紅羊說：「我看你老實，才收留你。你對得起我，狼心狗肺的小子。這是三十塊龍洋拿上，收拾東西滾蛋。再在這條街上露頭，再敢打我丫頭的主意，我一槍打碎你的腦袋。操你爸！這也是你叫號的地方？」

木板凳打個哆嗦站起來，猶豫了一下，瞄了眼紅羊才伸手抓了三十塊龍洋，連東西也不要了，連夜跑了，離開通化縣城了。

鐵小葉和鐵小七晚上回來，鐵小葉還往木板凳住的偏房小屋看，看裏面黑著，似乎怕了，就抓緊了鐵小七的手，快步往紅羊屋裏跑。兩個人進了屋看紅羊獨自在喝酒，就坐在炕邊悄聲吃飯。

紅羊邊喝酒邊看著，等鐵小七吃完飯想往外走時說：「鐵小七，你坐下，我有話說。」

鐵小七又坐下說：「媽，妳說，我聽著。」

紅羊問：「你喜歡你小葉姐嗎？」

鐵小七說：「怎麼不喜歡，從小就喜歡了。」

鐵小葉就笑說：「你是小傻狍子，就會瞎喜歡。」

紅羊說：「那你就要好好長本事，就算做不成老七爸，也要做一個敢做敢當的漢子。你知道爲什麼嗎？」

鐵小七說：「知道，我要保護媽和小葉姐，我是這家裏的男爺們。」

紅羊說：「好！你知道就好！我告訴你們，咱不開館子了，把館子的後門封了，隔開這院租出去。等你有了本事想開你再開吧。」

鐵小七說：「行！我辦了大事，咱們一起回大獨嶺住，咱們打獵捕魚一樣活得好。」

鐵小葉張張嘴想說話，被紅羊阻止了。

紅羊說：「咱們也不去大獨嶺住，我住不慣山裏。我就住這疙瘩，收些小皮貨做小東西又閒又玩過日子吧。」

鐵小七說：「行！怎麼都行。妳是媽聽妳的。我明天一大早還去鬥狗場，我去睡了。」鐵小七出去回屋了。

鐵小葉問：「媽！妳怎麼不讓我說話？」

紅羊問：「妳想說什麼？」

鐵小葉說：「咱要是關了館子，我想問媽木板凳幹什麼？也和咱們整小東西？」

紅羊說：「媽怎麼說妳才能懂呢？妳有本事要倆男人嗎？木板凳要是受不了揍妳，妳怎麼辦？鐵小七要知道了，掉頭走了，妳又怎麼辦？老七和妳爸不是教訓？」

鐵小葉說：「媽！妳說錯了，不是老七和我爸，是死胖子和我爸。媽！那我怎麼辦？」

紅羊的頭又暈了，拍拍腦門說：「好！好！妳聽著，從此不要在鐵小七面前，也不在任何人面前說起木板凳。木板凳如果膽子大點，就是像博一丁那樣的豺狼，吃了妳妳還在笑。死胖子老實，連羊的膽子也沒有。但死胖子在女人這事上算計老七，這事辦得多狠，還要養著老七，讓老七看著我一點點變成老太太，他再和我算賬。死胖子多狠的心腸。妳知道老七是像狼狗對主人一樣對死胖子的嗎？小丫頭片子，妳知道男人在女人這方面看得多重了嗎？如果妳這樣下去，就會出現兩種可能，一種就是兩個男人決鬥死一個。」

鐵小葉說：「我知道啊！就像妳有了我爸又有了死胖子才這樣。」

紅羊吸了口氣，想揍一頓鐵小葉，但又覺得鐵小葉也可憐，就忍住了，說：「妳聽著，別插嘴。我怎麼生出妳這種蠢丫頭！」

鐵小葉扁了扁嘴，這次沒插話。

紅羊說：「第二種是一個男人離開妳，想起妳就噁心妳；另一個男人叫妳守活寡。妳不聽話就揍妳。還有一個情況就是悄悄整死妳。」

鐵小葉說：「是呀！木板凳就這麼說，木板凳要殺了鐵小七剁碎了我。媽，我怎麼辦？妳說過有辦法的！」

紅羊說：「媽再告訴妳，咱們女人找什麼樣的男人才踏實。」

鐵小葉問：「鐵小七那樣的是嗎？」

紅羊說：「妳別插嘴，妳聽著，妳知道媽爲什麼嫁給吉了了，不嫁老七嗎？」

鐵小葉要笑，又看見紅羊的臉上隱隱展現紅潮，這是忍了幾次怒火的先兆，又忍住不笑，馬上搖頭。

紅羊說：「媽的脾氣硬，媽不欺負人也不容人欺負。早年媽認識吉了了和鐵七，媽和鐵七一樣的脾氣，也對脾氣。但媽不能嫁鐵七，嫁了鐵七就會整天動刀動槍，那日子怎麼過？媽才嫁了吉了了。吉了了人老實，習慣受氣，這樣的男人不惹禍，媽又能當家，這是媽要了吉了了的因由。如果沒有那次二毛子的意外，吉了了和鐵七這哥倆，我和鐵七這姐弟，還會像一家人一樣親近。如果媽不是這樣的硬脾氣，媽會找一個硬氣的漢子，靠他、聽他、從他過日子。這樣也和順。妳說，妳是媽這種脾氣嗎？」

鐵小葉說：「媽在我跟前我就是這脾氣，就像我敢砍博一丁屁股一樣。」

紅羊說：「媽能不死嗎？能整天跟著妳嗎？」

鐵小葉說：「那，媽，我也不是聽男人話的那種脾氣。」

紅羊說：「那就找一個喜歡妳的漢子，他會好好愛護妳，但妳不能做對不起他的事。」

鐵小葉說：「這也很煩啊！做不了主，也做不了次。媽，我把脾氣練得硬起來，就做媽這樣的女人。」

紅羊說：「是啊！老七的丫頭能怕人欺負嗎？那妳怎麼對付蔫壞蔫壞的木板凳呢？」

鐵小葉說：「媽不怕人欺負，爸更不怕，我也不能怕。爲了防止木板凳發壞算計咱們，我先趕木板凳走。」

紅羊問：「木板凳不走犯混，妳怎麼辦？」

鐵小葉說：「我就用刀砍了木板凳。媽，我去趕木板凳走。要不木板凳準像死胖子那樣壞事，也沒準比死胖子更壞。」

鐵小葉摸把切肉刀出去了，在木板凳屋裏找不到木板凳，在院裏也找不到木板凳，又去鐵小七屋門前，趴門上聽，裏面只有鐵小七一個人的喘息聲。鐵小葉想了想又去了羊肉館裏找，還沒有，就去了茅房找。當然找不到，就回來說：

「媽，木板凳沒了，是不是偷聽了我的話嚇跑了？」

紅羊問：「就算木板凳現下嚇跑了，等木板凳膽子大了又回來纏妳，妳怎麼辦？」

鐵小葉說：「我還是砍了木板凳，被揍個鼻青臉腫也砍了木板凳。薦壞的小子我不能要。」

紅羊叫鐵小葉回屋睡覺，獨自又喝起了酒。慢慢喝得坐著也晃了，就從炕櫃底下取出二毛子張一夫給她的那柄短槍在手裏玩兒，還一口口喝酒。突然又想起了什麼，又丟下短槍，爬到大板櫃前，打開，從裏面翻出一大堆鐵七送的皮裘，狐狸皮的、紫貂皮的、大山貓皮的、紅豺皮的、兔子皮的、鹿皮的、狍子皮的、獐子皮的，一件件往身上穿，一次次去照照銅鏡，這樣一件件試著、比著。

早些年鐵七送的皮裘紅羊現在穿稍緊，近幾年鐵七送的皮裘每件大小長短都十分合體。紅羊又找出一堆鐵七送的各種皮製的鞋，長的、短的，光皮板的、有毛的，從十五六歲穿的開始，有的就穿幾次。這些鞋隨著紅羊的腳的成長，變長、變窄、變寬，每一雙在每一個時期都合腳。

紅羊看著試著，突然愣了，抬手抓抓頭髮，想，老七怎麼會這麼清楚知道我的腳的大小，身材的長短？每一個時期都絲毫不錯？老七怎麼會這樣細心？喃喃地說：

「原來老七在悄悄地愛呀！」

她把臉埋在皮裘堆裏，雙肩顫抖，失聲痛哭喊：「老七、老七，我傻狍子呀，認了弟弟怎麼就沒懂還有別的呢？」

2

鐵小七要辦的大事就是揣把尖刀找博一丁，但鐵小七找不到博一丁，就去鬥狗場盯上了林豹子，叫林豹子幫他找出博一丁。林豹子上哪兒鐵小七跟到哪兒，林豹子進館子吃飯，鐵小七也坐下端過飯就吃。幾天下來，鐵小七在鬥狗場只要一露頭，林豹子就想跑。

這天一大早，林豹子早上醒了，突然來了興趣，把起來去撒了尿又去給婆婆煮小米粥的四蘭叫回來，扒了衣服壓著四蘭使勁用襠裏的「棒棰」搗了兩回，又抱著四蘭睡了一個回籠覺。等林豹子醒了起來到了鬥狗場就快中午了。

林豹子一進廳堂，看見鐵小七支棱著一隻耳朵，坐在他的太師椅上，端著茶杯一口口喝茶，冷不丁打一哆嗦，掉頭就走。

鐵小七一眼看到就喊：「豹子叔，你他媽往哪兒跑？我等你一早上了。」

林豹子終於惱火了，掉頭回來說：「小王八犢子，你哪是老七哥的兒子？要是老七還活著，早像捉兔子似的把博一丁從草稞裏拎出來了。小王八犢子，你找到博一丁又能怎麼樣？」

鐵小七說：「我一刀就捅了他。」

林豹子說：「瞅你這個小樣兒，博一丁一下子就擰去你這隻破耳朵，叫你變成葫蘆。你他媽小樣兒，你不要命了？去找個好看的小抽子，或者回大獨嶺找九蘭，用小『棒棰』搗一下給老七哥下個崽，長了本事再捅博一丁。滾滾滾！」

鐵小七砰地把茶杯砸桌上站起就走，走時甩屁股甩得急了些，把懷裏的尖刀甩出來，掉到地上。鐵小七撿起尖刀又走。

林豹子抓抓鼻子又喊：「回來！回來！小王八犢子回來。」

鐵小七梗著脖子回來，林豹子指指太師椅，鐵小七又坐下。林豹子在屋裏轉圈，轉了幾圈停下想想又問：「你除了捅博一丁，還想幹什麼？」

鐵小七說：「奪回青上衛。」

林豹子說：「那可不行，老七哥的小破狼狗是博一丁贏去的。」

鐵小七說：「鐵小葉全看到了，青上衛是博一丁騙去的。」

林豹子說：「好吧！好吧！就他媽算是騙，你知道什麼是賭嗎？」

鐵小七說：「賭就是賭唄。」

林豹子說：「他媽的，小傻孢子，你什麼也不懂。我指點你，賭是什麼？十賭九騙你懂不懂？賭上去的就賭上再整回來。你瞎雞巴整，別壞了你五伯的事。」

鐵小七問：「誰是五伯？我不知道。」

林豹子說：「你五伯知道你，也知道紅羊和鐵小葉。你五伯是這疙瘩的爺。老七哥這都不告訴你？」

鐵小七咬著下唇不吱聲。

林豹子問：「你想見到博一丁和小破狼狗嗎？」

鐵小七說：「當然，這也用問。但我告訴你，青上衛不是小破狼狗。你的那五條傻大狗都像你似的，連博一丁也怕，沒一條咬得過青上衛。」

林豹子卻笑了，說：「老七哥可不像你光會用嘴吹，你小子要想看到小破狼狗和博一丁，你就老老實實待在這疙瘩等。給老七哥找回面子報仇的事還輪不到你這小雞巴孩。」

鐵小七掉頭就走。

林豹子問：「小子，你去哪？」

鐵小七說：「不用你個雞巴屌管。」

林豹子說：「我不是你爸我就不管你，小破狼狗被咬死了，連皮也不給你。」

鐵小七又掉頭回來了，問：「豹子叔，博一丁要來鬥狗嗎？」

林豹子說：「小雞巴孩這會兒看到你豹子叔了？」

鐵小七說：「我爸說過，我在縣城有事就找你，我才找你的。」

林豹子說：「這話不是瞎吹我信，那你就聽豹子叔的，博一丁過不去這幾天了，你多想想小破狼狗吧，你和你爸一個熊樣兒，把狗當兄弟。」

鐵小七歪著頭想一想問：「豹子叔，要是五伯也輸了呢？」

林豹子沒有馬上回答，想了想說：「大侄子，你這話說到重點上了。在賭上，不論是誰也沒有常勝不敗的。博一丁這小子陰得很，想起他，豹子叔吃肉都不香。博一丁敢動你爸，他的準備就足。他整到了你爸的狗，又收買懂狗的麻子炮，還能和你假爸石大頭勾搭。他幹嘛呢？我想到了，他盯的是你五伯的位置。可是呢？你五伯百戰百勝，那是神，神就有自己的打算，就輕易不會聽我這個人的安排。當然，博一丁、石大頭、麻子炮陰歸陰，毒歸毒，在我看，這些人都是耗子。如果是我，我根本就不從賭上解決，博一丁不是能騙嗎？小子，我就殺，都悄悄地宰了他們，那是替兄弟報仇殺騙子，沒什麼不應該的。可是呢？你五伯那個神，突然信了如來佛，他就不幹，怕被道上笑話他以勢壓人，怕跌份（丟人），更怕被人說他爲兄弟報仇不敢賭上來。媽媽呀！大侄子，我心裏急，我看到過你爸的小破狼狗真他媽厲害。誰能保證我的五條狗每條都能咬死小破狼狗。萬一有一條不行，又被整上場賭上，怎麼整？大侄子，你說怎麼整？」

鐵小七說：「是啊！怎麼整？」

林豹子說：「我想了一個招，就是五條狗賭五場。如果博一丁也有五條狗，那就五場三勝就贏。如果博一丁就你爸的那一條狗，大侄子你說，你爸那一條狗能連勝我五條大狗嗎？我叫林豹子，李爺成了神，我不行，我得替李爺把人的事整好了。」

鐵小七問：「那你的五條狗都不行呢？」鐵小七以爲林豹子會說不可能。

林豹子卻說：「有這可能，賭上什麼可能都有，我還有第二個招。如果你說的就那樣了，你五伯就做不成神了，也做不成檯面上的人物了，我得保你五伯做個避世的人物。那麼博一丁起來了，咱們不都毀了嗎？博一丁有龍洋就有勢了，咱們殺博一丁更不容易了。咱們怎麼辦呢，大侄子？」

鐵小七說：「我不知道，我自個就得拚命了。」

林豹子說：「還是賭上來的賭上解決，那麼誰會上來給你老七爸、給你五伯挺呢？大侄子，現下不告訴你，你爸的小狼狗鬥敗我五條大狗的機會可能有，但幾乎又沒有。你現在知道擔心什麼了吧？」

鐵小七問：「什麼？你說！」

林豹子說：「豹子叔給你講了這麼多，一是叫你放心，二是叫你別雞巴壞了我的事，三是叫你擔心你爸的狗死了你怎麼辦？這狗場的鬥狗死了都是金大炮的，我管不著，最多叫金大炮以五塊龍洋賣你狗皮。」

鐵小七心裏一翻個，一下子翻上了對青上衛的擔心。

林豹子問：「你想在鬥狗時來看嗎？」

鐵小七說：「想！」

林豹子說：「可是我不答應。」

鐵小七問：「爲什麼？」

林豹子說：「如果你爸的小破狼狗見了你，來了像你爸似的勇氣，我的鬥狗輸了，你五伯也完了，你爸的仇也報不了了。你想，我能讓你看到那場鬥狗嗎？」

鐵小七愣了愣，吸一下鼻子掉頭往外跑，林豹子一伸手抓住鐵小七的那隻獨耳，鐵小七就被拽住了。

林豹子說：「大侄子，我給你整個屋，你不小了，小『棒槌』也挺長挺硬梆了，我再給你找個小抽子，臉蛋好看的小抽子陪你爽幾天。大侄子，豹子叔保證在分出勝負的那會兒，把你放出來買你爸的小破狼狗的皮。再告訴你，到時你要是沒提上褲子，跑出來遲了，讓金小炮帶著狗出了這院門，你連皮也整不到了，金大炮被你老七爸揍過，金大炮會賣給你小破狼狗的皮嗎？」

鐵小七喊：「那我在院門那房裏待著，我不吵不鬧不要小抽子。」

林豹子笑笑說：「乖！行！你去吧，但你不要小抽子可不行，不用小『棒棰』搗小抽子的小『井』也不行，我要給老七哥留個後，我怎麼看你小子也是短命鬼。」

鐵小七就被帶到院門門房的裏間，有了一天三頓的大魚大肉，也有了一個小抽子，是林豹子媳婦四蘭身邊的十六歲小丫頭。

林豹子次日早上來鬥狗場的第一句話，就問守門的兄弟：「我大侄子搗了？」

守門的兄弟說：「搗了，小子的小『棒棰』挺厲害，小丫頭又叫又笑的。」

林豹子次日早上來又問：「我大侄子又搗了？」

守門的兄弟說：「被小丫頭騎著反搗了。」

林豹子說：「知道嗎？我放這小子出去，這小子準找博一丁動刀子，準被博一丁掐死。老七那脾氣，在我晚上做夢時還不來揍我？但我還想看看十五六歲的小子能不能整出老七的孫子，老七的脾氣我喜歡，他孫子傳了老七的脾氣，我養大了我就厲害了。」

可是林豹子卻不知道鐵小七不是鐵七的兒子。如果是別人的兒子整出的孩子被林豹子養大了，林豹子將來的運勢就有意思了……

3

進入臘月的一天，這天是大雪初停的氣候，一點風都沒有，天氣乾冷，街上的積雪被腳踩得嘎吱吱地響。

通化縣城老城街熱鬧極了。今天李老壞坐莊開賭鬥狗，鬥狗場外面的小酒館、小茶館、高麗樓、酒店、舖子等坐滿了賭外圍的人。

李老壞開出的賭碼是五搏一，什麼是五搏一呢？就是李老壞五條狗分五場，分別對陣博一丁的一條狗。好多人都知道博一丁的狗是鐵七的獵狗青上衛，看好青上衛的外圍賭家也挺火爆。例如，頭一場是高家索牧羊犬對青上衛，李老壞的賠率是一賠一。第二場是青上衛對阿根廷獒犬，李老壞開出的賠率也是一賠一。這頭兩場外圍賭家賭青上衛勝的占六成，因爲青上衛有過一回咬破大狗肚皮的經歷，外圍看好青上衛的賭家就認爲那兩條大型犬不行。

第三場是法國紅獒對青上衛，李老壞開出的賠率是三賠一，可是這一場有些冷場。青上衛不被外圍賭家看好，買法國紅獒勝的人就多，因爲法國紅獒搏咬攻擊力火爆乾脆，還沒有哪條狗咬上法國紅獒一口。

而一個奇怪的女人卻用一賠一的賠率在高麗樓坐莊賭外圍賭第三場，坐的莊也奇怪，是賭第三局出現和局。這是鬥狗場開創以來沒出現過的，鬥狗也不可能出現和局。賭外圍的人不相信，結果有人在高麗樓看到長著滿月臉的這個女人，這女人坐莊的桌子上的龍洋足有六萬，旁邊還擺了兩口箱子，有一口箱子敞著口，裏面金光閃閃地鋪滿金條。

外圍的賭家認爲這女人瘋了，再不就是關內有勢力要透過界，這女人是用這種「白送」龍洋的方式收買人心。

很快又傳出聲音，那女人真是關內的女人，因爲女人開口說話了，是關內北方人的口音。這一下，女人的莊就非常火爆，如果女人的和局出現，這女人就坐收三四十萬塊龍洋，當然，和局不出現，女人要付出去三四十萬塊龍洋。

第四場是日本獒對青上衛，李老壞開出的賠率是五賠一。可是，只有極少的真正是碰運氣的人買青上衛勝。因爲幾乎全部的賭家都認爲青上衛就算能過一場、二場，絕對過不了第三場。

但是外圍買家還在等第五場的消息，第五場不賭了，爲什麼呢？

鬥狗場裏傳來消息，那條中亞牧羊犬，不知怎麼的扒開了籠子，鑽進日本獒的籠子裏攻擊日本獒，結果被日本獒咬死了。

賭外圍的人聽了這個消息也談不上高興，只是本來想買青上衛贏的撞大運的人，改買了第四場日本獒勝。而猶豫不決的賭家，在臨開場的最後一刻去賭那女人開的和局莊了。

鬥狗場外圍熱鬧，鬥狗場裏也熱鬧。李老壞今天精神特好，在中午剛過，就坐了馬車帶了隨從進了鬥狗場。

今天李老壞穿的衣服挺好看，大都是狐皮貨，狐皮軟帽、狐皮圍脖，外面是狐皮大氅。就連圍手也是狐皮的，就是狐皮製的袖子樣的圓桶，兩邊都是袖口，把雙手插進去抱在胸前，冬天暖手用的。這樣，瘦骨嶙峋的李老壞就像一隻細腰老狐狸。

已經等在廳堂裏的博一丁和林豹子見李老壞進來都站起來，林豹子幫李老壞掛上狐皮大氅，扶李老壞在主位上坐下。

林豹子說：「爺，這小子的兩千龍洋已經交了。」

林豹子爲什麼這麼說呢？這是鬥狗場的規矩，鬥狗場誰都可以領狗來鬥，但場主要吃紅，一般是吃十分之一。如果兩家賭一百塊龍洋，場主抽十塊，有時是贏的一方出，有時是輸的一方出，這看雙方怎麼定。場主的責任就是公正，負責款項，保護贏方輸方不致賴帳，做這個場主沒勢力是不行的，也沒人信任。這是指小賭，那大賭呢？一場上萬塊龍洋，上幾萬塊龍洋的輸贏呢？就交個整數，只要交兩千塊龍洋就都齊了。林豹子說博一丁交了兩千塊龍洋就是指這個。這也是從鬥狗場開創以來第一筆交兩千塊龍洋的豪賭了。

李老壞這才轉臉看博一丁，說：「早年在柳樹河子江水龍的賭場裏，老哥哥見過博老弟一面。那時老哥哥就說過博老弟早晚要成氣候。」

博一丁說：「是啊！就因爲李爺的這句話，江水龍懷疑我在謀他的位置，那雜種差點整死我，我才逃出了柳樹河子。李爺，這是咱們之間第一個梁子。」

李老壞說：「時間真快，江水龍死了十年了，博老弟也冒出來了。」

博一丁說：「哪兒啊！我六年前從柳樹河子逃出來，想在通化縣城找碗飯吃，在你賭場裏冒了一下頭，又栽林豹子手裏了，我最想待的柳樹河子和通化縣城都待不了了，才逃到了輯安。但我不記恨林豹子，林豹子是條聽吆喝的狼狗，我算在李爺身上了，這是咱們的第二個梁子。」

李老壞說：「不錯，豹子是我兒子一樣的人，這梁子就應該結在老哥哥身上。」

博一丁說：「這兩次和第三次比起來都不算什麼了。」

李老壞說：「不錯，今天就一起了結了吧！」李老壞喝了口茶問，「博老弟知道侯三、李五、鐵七嗎？」

博一丁說：「我整鐵七那會兒我不知道，我現下才剛剛知道。原來他和一條快過季的老黃瓜和一個爛山梨是什麼兄弟？這也是我說的咱們之間的第三個梁子。」

李老壞說：「是啊！年紀大了，快像黃瓜老了一樣過季了，血氣也弱了。可這臉皮重要了。一個博一丁的雜種整死了老七，老七的三哥什麼打算？老七的五哥不問不管？老七的五哥就要給老七找回這個面子。怎麼找呢？豹子你說。」

林豹子說：「爺，我都和博一丁這雜種說了。但爺，博一丁這雜種和咱們賭不起，博一丁這雜種什麼都沒有。爺！咱不用和博一丁賭狗，就要了博一丁的命，一刀宰了博一丁是宰個騙子，爺宰騙子，不會被人笑話。」

李老壞說：「豹子，咱不這樣整，這樣整不過癮。宰了博一丁，老七的仇報了，可我的面子找不回來。」

李老壞乾咳一聲又說：「博一丁，爺先告訴你，你輸了，爺不要你的命，爺要你什麼呢？爺要你脫光衣服光屁股鑽冰窟窿裏，給爺提條魚上來，放心，冰窟窿裏是條死魚，好抓。你抓上魚來，爺再給你五千龍洋你滾蛋，咱們的梁子一筆勾消。抓不上魚來，就是如來佛叫你光著屁股凍成冰棍去西天。豹子，爺信如來佛了，早上爺瞅著如來佛的金像想的這個招，高吧？」

林豹子說：「如來佛整死老鼻子人了，爺，實在是高！」

李老壞說：「那你問這雜種賭什麼？」

博一丁說：「不是我自己和李爺賭，我還有兩個夥伴一起和李爺賭。」

李老壞問：「還有石大頭？那另一個是誰？」

博一丁轉身拉著林豹子出去了。博一丁和林豹子再進來，博一丁的身邊就多了石大頭和都三翹。

李老壞瞅著都三翹笑了，說：「原來是妳這東西，妳膽子長肥了。」

都三翹說：「李爺，我膽子一直很小，我這幾年爲了討你笑，盡找些醜男人睡覺。李爺，我不行了，見到醜男人就噁心，見到好看的男人我就走不動了。我還發覺一件事，我今天見了李爺，才知道你是最醜的男人，李爺你說，我還能上哪找比你更醜的男人睡覺呢？」

都三翹把懷裏抱的小木箱打開，裏面全是珠寶，又說：「這些東西少說也值三五千龍洋，再加我的一條命，我和李爺賭第二場，賭回我的鴿子院。」

很少看到李老壞生氣的林豹子，看到李老壞的臉氣青了。

都三翹說：「你幾個知道嗎？早年傳的李老壞和江水龍比嫖老抽子，說李老壞搗翻了三個老抽子。其實沒那回兒事。是李老壞抓三個老抽子的腳心，笑翻了三個老抽子，李老壞騙了江水龍。江水龍能幹，那『棒棰』搗起來硬是幹翻了兩個老抽子。我都三翹二十多年下來搗了多少男人，我記不清了，我就記住一樣，在這些男人裏，李老壞的『棒棰』是最小的，我今天告訴你們，李老壞的『棒棰』就二寸牛，毛老長，不仔細扒拉找不著，搗我的大深『井』，我啊啊叫是給李老壞面子。」

李老壞握的茶杯碎了，是硬生生握碎了。

林豹子說：「爺！咱不生氣，我找一天整幾十個木幫的生幫子搗都三翹，搗她幾百十次，搗死都三翹給爺出氣。爺，今天咱們有大事。」

李老壞說：「好！好！豹子，你說得對。不過，不找木幫的生幫子搗都三翹的臭『井』，木幫兄弟都是人，沒那麼賤，你找條青毛大叫驢搗都三翹，都三翹搗翻了青毛大叫驢，我就饒了都三翹，還給她鴿子院。」

都三翹問：「李爺，你知道我為什麼恨你嗎？」

李老壞說：「當然，我割了石大頭襠裏的『棒棰』，還有我趕妳出了鴿子院。」

都三翹說：「對，李爺你真是好記性。你不廢了石大頭，我都三翹一塊龍洋也不要，讓了鴿子院我也感激你。」

都三翹抽抽鼻子，瞅著石大頭，眼睛裏突然化出似水柔情，連李老壞看見都嚇一跳。

石大頭卻木呆呆歪著腦袋瞅李老壞，李老壞在石大頭眼睛裏看不出恨，也看不出其他情感，心裏卻突然砰的一聲，猛跳了一跳。

李老壞問：「博一丁，都三翹要鴿子院。你要什麼？」

博一丁說：「我博一丁沒龍洋，要沒都三翹幫手，我連那二千龍洋的抽紅都交不出來。為了你的面子，我賭的是命。我賭你的第一場，要你的賭場。我賭你的第三場，要你的鬥狗場。大頭兄弟用他的命賭你的第四場，大頭兄弟要你身邊的一樣看不見你的東西。」

李老壞閉了下眼睛，瞅著石大頭說：「大頭兄弟，老哥哥傷你最重。老哥哥叫你做不成男人，又贏了你媳婦。但老哥哥沒要你的命。這六七年你在這條街上吃喝賭用的龍洋，全是老哥哥吩咐人替你付的。咱哥倆不賭了吧，老七的那條狗再厲害也過不了第三場，老哥哥想留你條命讓你在街上晃，你可是通化縣城街上的一景。」

石大頭吸了下鼻子說：「七年了，李爺，我算計你七年了。直到我在吉了了嘴裏知道鐵七是你兄弟，我一下子找到了你非出頭不可的事。李爺，咱們就再賭一場吧。賭上來的，賭上解決。我不要你的命，不要你的龍洋，我就要你身邊看不到你的那東西。我用命換。」

李老壞想不出石大頭要的是什麼，揚了下眉毛說：「大頭兄弟，老哥哥可不是你，老哥哥從來不把家裏人推上賭桌，你要的那東西如果是活物，老哥哥就不賭。要命要『棒棰』，老哥哥輸了都給你。」

李老壞突然想到了石大頭要的「在他身邊又看不到他的」是什麼了，笑了說：「原來你想要我的瞎眼女兒。操你媽，石大頭，你襠裏沒那根『棒棰』，要女人有用嗎？」

石大頭從懷裏掏出一個檀香木製成的五六寸長的男性陽具說：「我有『棒棰』，我贏了你，就用這個『棒棰』搗你瞎眼女兒，你瞎眼女兒才十六歲，沒經過『棒棰』，她準喜歡這個『棒棰』。這『棒棰』和被你割去的肉『棒棰』大小長短一個樣。就一樣不同，我的肉『棒棰』以前搗任何女人都是半個時辰，用這個搗你瞎眼女兒能搗多久我還不知道，等用了再告訴李爺。」

李老壞說：「大頭兄弟，你沒機會用這玩意，賭上來的賭上解決。我割了你的『棒棰』，輸了就賠你『棒棰』。你想要我媳婦，我現在沒媳婦，好辦，馬上娶個老抽子叫你爽。石大頭，爺從不以勢壓人，從不壞規矩，能和你這樣賭已經給了你面子。」

石大頭歪著脖子，眨著眼睛想一想說：「我不賭你瞎眼女兒了，害個瞎眼小女孩興許我下不去手。再說是你和我的事，也不應該拽上你女兒。這樣吧，你輸了，就跪下給這根『棒棰』磕個頭，叫這個『棒棰』一聲爺。」

李老壞揚了下頭哈哈笑說：「好！這個新鮮。大頭兄弟，老哥哥贏了還不要你的命，老哥哥把這根

『棒棰』插你屁眼裏封你三天，天天餵你辣椒牛肉。你不死，爺以後把你當爺養著。他媽的，興許如來佛喜歡你那樣上西天的人。豹子，放人。開賭。」

李老壞披上狐皮大氅說：「這熱鬧，老三卻不來，我回去也不告訴他。」

林豹子說：「不對！爺，好爺早來了，在外面獨個坐著，誰也不理。身上的浮雪都落一層了。」

李老壞說：「老三就那樣，整什麼事都偷偷摸摸悄沒聲的，咱們完事了也不找他。這老三卸了龍頭印沒事幹了，血性也沒了。」說著，李老壞站起往門外走。

4

開始放人了，那些賭外圍的賭家，看熱鬧的人，呼啦啦湧進鬥狗場。

其實鬥狗場就是一個大院落，大院落正面是個高一點的木板搭的看臺，上面擺著桌椅。那是雙方事主待的地方。院裏中間有圍欄。圍欄裏面東西兩個角上有出入的小門。圍欄外面是一圈圈一排排的木板製作的條凳，現在那些條凳被人擠滿了。

早早悄悄進來、占了視線好的位置坐著的好爺被一大堆人圍上了，這些人也不知道披老羊皮大氅的好爺是幹什麼的，有人還以爲好爺是趕大車的。有幾個人把好爺一推一推擠一邊去了。這時，有幾個鬥狗場的護院遠遠瞄著過來，趕開了一堆人，給好爺又占了個視線好的位置，好爺才站了過去。

麻子炮烏巴度一手提著木棒，一手拽著一張小爬犁，爬犁上有個木籠子，木籠子裏就是青上衛。

博一丁迎出來，把小爬犁從西邊小門拽進了圍欄。博一丁是賭抬莊，不是莊家，莊家才走東邊小門。

博一丁把青上衛從木籠裏放出來，丟給青上衛一塊凍肉，就掉頭拽著小爬犁出了圍欄。

青上衛看著博一丁出去，臥下吃那塊凍肉，牠又餓了一整天了。麻子炮烏巴度把木棒在左手心上敲，青上衛揚頭就盯著麻子炮烏巴度汪汪叫。

有圍觀的人說：「這條狼狗，脾氣真暴。」

林豹子的一個手下，把那條身高二尺二寸，體重超過一百七八十斤，比鐵七看到時又重了一二十斤的高加索牧羊犬，從東邊小門牽進圍欄，就動手爲高加索牧羊犬按摩四肢和背部。這條大型狗張開大嘴哈氣。這條狗身上的毛又長又密，頭部、背部的毛是黑色的，四肢肚皮的毛是黑黃色。腦袋上的毛長得幾乎看不到耳朵，臉龐又方又圓，像老虎的臉。這種狗比中國藏獒還大一個等級，是世界上最優秀、最忠誠、最勇猛的大型猛犬之一，大的能長到三百斤。

青上衛和高加索牧羊犬相比，就像狼和大點的兔子的對比。買青上衛贏的人也許後悔了，他們嘆氣不吱聲。買高加索牧羊犬贏的人興奮了，大聲鼓勁喊叫。

站在圍欄外的博一丁腿一勁地發軟。博一丁能打架，也會打架，爲人又殘忍，又陰沉，但他往往缺乏最後一拚的勇氣，這就是博一丁的性格。

博一丁掉頭看麻子炮烏巴度，麻子炮烏巴度笑笑說：「一丁哥，放心，青上衛錯不了，你的命丟不了。」

林豹子說：「天冷，開始吧！」

林豹子的手下拍拍高加索牧羊犬的腦袋掉頭出去了。高加索牧羊犬已經習慣了鬥狗生涯，每次進了圍欄就知道是和狗決鬥。高加索牧羊犬在主人的口哨聲中看到西邊的青上衛，就嗡聲嗡氣汪地叫一聲。

青上衛在圍欄邊上到處嗅，又抬後腿撒了泡尿。青上衛頭一次進這圍欄，但在青上衛看來，這和被關在空屋子裏差不多。那條大型犬在青上衛看來只是食物，只不過個頭大些罷了。高加索牧羊犬汪的那聲叫號青上衛沒理會。牠圍繞圍欄跑一圈，就嗅出好多死狗的氣息，牠更明白這是什麼場所了。這也是青上衛和別的狗不一樣的地方。

青上衛是第一個主人二毛子張一夫的伴行犬，伴行犬的特徵就是要具備熟悉環境的能力；青上衛又是第二個主人鐵七的獵狗，獵狗要具備迅速的應變能力。以這兩種爲基礎的青上衛成了鬥狗，就不是一般的鬥狗。

青上衛又轉回西面，這才揚頭瞅著高加索牧羊犬。高加索牧羊犬又汪一叫，向青上衛小跑過來。所有人的心都懸起來了，所有的人看見青上衛動了，像一道青煙捲地而來，跑過高加索牧羊犬的頭部時，向側面勾腿旋開，閃開高加索牧羊犬像虎撲似的迎頭撲咬，突然揚起嘴在高加索牧羊犬的右邊側頸甩頭咬一口，腳下不停，從高加索牧羊犬身邊跑過去。

高加索牧羊犬掉頭追趕，追出幾步，高加索牧羊犬的右前腳踩過的地方就出現了血滴，由此可見，青上衛咬中的那一口使高加索牧羊犬的側頸部位傷得不輕。高加索牧羊犬虎虎生威發力追趕，濃密的長毛在風中像一團烏雲，在青上衛跑出十幾步跑到圍欄邊緣時，高加索牧羊犬就追上了，揚起前腿猛地撲下去，壓倒了青上衛。

場中有些賭家「啊！」發聲驚叫。博一丁的心也猛然往下沉了。

高加索牧羊犬太大了，壓在青上衛身上，幾乎把青上衛都覆蓋住了。但突然，高加索牧羊犬跳起來，奮力地甩頭，在高加索牧羊犬的上一個傷口上咬著青上衛的嘴，青上衛被甩得轉個半圈，又被甩得站起，和高加索牧羊犬的位置從頭尾上下並行，變成了頭頂頭一字式了。高加索牧羊犬被咬住的側頸的那個部位，也在青上衛的嘴下擰了一個圈，而且兩個對手又一次向兩個方向較力，高加索牧羊犬奮力甩頭企圖掙脫，青上衛四肢推地回拉，砰地一聲，兩個對手分開了，青上衛被後座力帶動，一屁股坐在雪地上，高加索牧羊犬也向側後閃了一個踉蹌。

原來青上衛被高加索牧羊犬撲倒時是向右側倒的，順勢扭頭一口，用的是「狼回頭」的招術，又咬住了高加索牧羊犬的上一個傷口，而且大力地向深裏咬。這也等於高加索牧羊犬把側頸的那個傷口再次送到青上衛的嘴前。這是決生死的一咬。高加索牧羊犬一晃腦袋又向前撲，又突然停下，又坐下來，抬起後腳撓被撕開的脖子側下部，隨著高加索牧羊犬的撓抓，順著脖子上濃密的長毛流出一股血流，呈流線狀流到雪地上，很快浸紅了一大片雪地。高加索牧羊犬汪又叫一聲，慢慢躺倒了，四肢盡力伸直，腦袋後挺，又抖動抖動就一動不動了。

青上衛站在一邊等待著，這時跑過來嗅嗅，確認高加索牧羊犬已經死了，張口撕開高加索牧羊犬的屁股上的皮要吃肉。這時，場裏買青上衛贏的賭客才回過神來，大叫起來。

痲子炮烏巴度大喊著，揮木棒敲圍欄。青上衛知道這是不叫牠吃肉，就盯著痲子炮烏巴度，邊緩緩圍著高加索牧羊犬的屍體轉圈邊汪汪叫。

博一丁見第一場贏了，精神振奮，大喊：「過來！過來！」

青上衛再瞅瞅高加索牧羊犬的屍體，遲疑了一陣兒，才跑到西邊臥下來，盯住高加索牧羊犬的屍體。

博一丁喊：「李爺，你的賭場是我的了。」

李老壞說：「沒錯，雜種！老七的狼狗真他媽的好。第三場你輸了我，一樣叫你光屁股上西天，到那時，博一丁你有了賭場也沒用了。豹子，天冷！再來！」

林豹子手一擺，林豹子的手下從東邊小門牽進去那條阿根廷獒犬。這傢伙短毛白色，有一隻眼圈像熊貓的眼圈，尖耳馬臉，身高二尺一寸，體重一百一十斤。

林豹子的手下拍拍阿根廷獒犬就離開了。阿根廷獒犬往前小跑，翹了翹尾巴有人就笑了，阿根廷獒犬的尾巴特短，像一根七八寸長白色香腸翹在屁股上面，和身體不成比例。阿根廷獒犬靠近高加索牧羊犬的屍體，去嗅嗅同伴怎麼不起來。

青上衛的眼珠鼓了，牠以爲阿根廷獒犬要吃牠的食物，護食是所有狗的天性。青上衛嘴巴上的皮紋慢慢皺起皮褶，嗚叫一聲，四肢一蹬就躥起，牠的動作太快，阿根廷獒犬剛剛把嘴巴從高加索牧羊犬的嘴巴上抬起，阿根廷獒犬的側部脖子就被牠一口咬開了。

但這一口青上衛咬深了，也錯位了，因爲阿根廷獒犬的脖子長些，青上衛這一口沒能像咬開高加索牧羊犬頸上動脈那樣咬開阿根廷獒犬的動脈，兩條狗就錯開了。

但青上衛的一雙前腿前衝急停推雪停止，旋起，掉頭轉身，瞬間就撲上了明顯驚慌的阿根廷獒犬的前肩側部，一口下去，又咬上阿根廷獒犬的同一個傷口，又一甩頭，兩條狗再錯開。

青上衛站著不動，皺起皮褶嗚嗚發威。

阿根廷獒犬更驚慌了，脖子的傷口裏哧哧流出血。阿根廷獒犬吱吱叫著還往前跑，前腿突然發軟，一頭撲倒了，但阿根廷獒犬沒死，只是連遭重創沒了鬥志，像一堆肉似的軟在雪地上了。

博一丁大喊：「都三翹，妳的鴿子院贏回來了！」

都三翹舉手向天大喊，又一頭撲向看客，嚎叫著抱住一個看客就親一口，再抱再親第二個、第三個……都三翹被一個討厭她的看客用額頭頂破了鼻子，鼻血長流，也不覺痛，掉頭跑到圍欄邊把腿上的狐皮裙向上一扒，再把裏面的內褲向下一推，露出該長黑毛的那片地方，那地方磨損太多，成了皮板，少有的幾根淺黃色的毛趴在上面。都三翹喊：「青上衛給你搗『井』啊，給你搗『井』……」

石大頭跑過去，彎腰抓把雪拍在都三翹嘴裏，喊：「雜種，妳她媽丟老鼻子人了。」

都三翹嘔一聲，停了喊，呸呸往外吐雪，這才清醒了。

石大頭罵對了，都三翹是三分之一或四分之一串了二三代的中俄混血兒。

李老壞站起來，抱在肚子前的狐皮圍手滾落在腳前，李老壞看著林豹子。

林豹子彎腰撿起狐皮圍手說：「爺，咱們還有兩場。不過爺，這條小狼狗咬架又精又狠，就像鐵七，那架打下來老鼻子靈活了。」

李老壞皺皺眉頭又坐下了。人叢中的好爺不經意地頓了下腳。

林豹子的手下牽的法國紅獒甩甩背毛，歪著腦袋往圍欄裏看。青上衛圍著阿根廷獒犬一邊轉圈，一邊銜著用木棒敲擊圍欄的麻子炮烏巴度汪汪叫，阿根廷獒犬軟在雪地上，渾身發抖，瞅著青上衛，將雙耳貼在腦袋兩側吱吱叫。青上衛越發煩躁，似也不理解，爲什麼捕獲了兩個大傢伙了，還不讓牠吃。

博一丁也叫喊要青上衛退開。

另一條日本獒不聲不響地站在圍欄外盯著青上衛，眼睛時時變幻著光芒。

圍觀的賭家中有人喊：「怎麼的還不鬥？老子等著數龍洋啊。」

李老壞說：「豹子，你仔細了。鬥吧！」

林豹子過去吩咐手下人幾句，林豹子的手下牽著法國紅獒從東邊小門進去了。這個手下蹲下來給法國紅獒仔細按摩敲背，法國紅獒歪著腦袋瞅青上衛，青上衛也歪著臉兒瞅法國紅獒。林豹子的手下解開法國紅獒的脖套。法國紅獒汪叫一聲，就向青上衛撲過去，青上衛也汪叫一聲，迎上來。所有人的精神都一振，振奮起精神在看。

青上衛和法國紅獒靠近了，法國紅獒歪了下臉，抬起一隻前爪，一下拍中了青上衛的腦袋。青上衛汪叫一聲，探嘴咬法國紅獒的尾巴，法國紅獒轉圈躲避，也低頭去咬青上衛的尾巴，兩條狗就轉圈咬尾巴，誰也咬不到誰的尾巴。

青上衛向左一跳，左撲右撲，法國紅獒也矮下身子左撲右撲。

人叢中有人喊了：「這兩個傢伙不咬，牠們在玩兒。」

青上衛臥下了，法國紅獒也對著青上衛的頭臥下了。青上衛一爪子拍在法國紅獒鼻子上，法國紅獒就甩頭打噴嚏，如果青上衛這時撲下去咬法國紅獒的咽喉，青上衛就贏了。可是青上衛沒這樣做，而是一撲向前咬法國紅獒的耳朵。

法國紅獒甩頭在雪地上打個滾，跳起來和青上衛撲咬一會兒，兩條狗玩夠了，雙雙臥一起，青上衛揚頭看人，法國紅獒張開大嘴打呵欠，似乎牠想睡了。

博一丁急了，喊：「媽的，你咬！你咬啊！」

法國紅獒汪叫一聲，跳起撲上圍欄，衝著博一丁汪汪叫。李老壞也糊塗了：「這是怎麼回事？」

林豹子說：「這兩個傢伙以前也這樣了一回，老七哥說過，興許是一家人養過的狗，還說法國紅獒叫什麼紅下衛。我當時就不信，這不大可能啊。我也整不明白了，爺！這怎麼辦？」

林豹子的手下開了門進來，揮繩索喊叫：「咬啊！媽的臭狗。」

青上衛跳起來跑幾步，一躍而起，尖吻直指這傢伙的咽喉。這傢伙掉頭就跑，青上衛落地，法國紅獒早早撲過來跳起，一雙前腿一推，推上這傢伙的背，這傢伙向前一衝撲倒了，雙手抱住後脖子，趴雪地上就不動了。

青上衛過去嗅嗅這傢伙的後脖子，法國紅獒過來嗅嗅這傢伙的耳朵，這傢伙就喊：「豹子哥、豹子哥！」

法國紅獒和青上衛一個對著這傢伙的左耳朵，一個對著這傢伙的右耳朵汪汪叫幾聲，這傢伙就尿褲子了，也嚇哭了。

圍觀的人哈哈大笑。

青上衛和法國紅獒一左一右盯著這傢伙，這傢伙一旦出聲，兩條狗就叫，一旦動彈就下口咬。誰也不知道，這是青上衛和法國紅獒在第一個主人二毛子張一夫家裏時，常用的捉偷進牧場的人的招數。

狗的記憶力很奇怪，如果你打了一條陌生的狗，隔幾年你見到這條狗牠還記得你，還會咬你。青上衛離開第一個主人二毛子張一夫不過一年多，和法國紅獒不見面也不過一年半多一點，牠們又是一起長大的夥伴，能在這種場合和對方親近也很自然。

但這第三場應該怎麼算呢？

博一丁說：「李爺，你的狗不咬，我贏了。」

林豹子說：「你的狗咬了嗎？我們是莊，我們贏，你死吧。」

李老壞說：「這樣整這雜種，這雜種他不服氣，我們讓一讓，第三場算和局吧！」

林豹子的頭嗡一下子暈了，在高麗樓坐莊賭第三場和局的是林豹子的媳婦，就是很少在街上露面的四蘭。四蘭用的龍洋、金條，全是林豹子的媽幹了一生存下的皮肉錢。林豹子無意中對四蘭說了李老壞和博一丁對賭的事，也說過鐵七說青上衛和法國紅獒興許是一家出來的狗，見面不咬的事。也許四蘭命中財運旺，四蘭把想賭第三場和局的想法和婆婆一商量，四蘭的婆婆和李老壞和好爺是老交情，瞭解李老壞，算準了李老壞的性子，就支持四蘭去博。這一切全被四蘭押中了。

林豹子在四蘭做了莊賭上了才知道，但林豹子這點好，媳婦只要伺候他的媽，只要不結交男人，其他的四蘭幹什麼他都不管。可是這時的林豹子聽李老壞說這一場算和，猛然想到幾十萬龍洋進了媳婦四蘭的櫃子，頭嗡嗡響，臉色連變，呼吸都緊了。

李老壞問：「豹子，你他媽怎麼了？」

林豹子說：「爺，我頭暈。」

李老壞喊：「取茶水去，這傢伙上火了。」

有人跑進廳堂去給林豹子拿茶水。

李老壞小聲說：「豹子，爺要栽了，爺就完了。你好好守好鬥狗場，找時機給爺找回來。博一丁一定叫他在賭上死。」

林豹子說：「爺！咱還有日本獒呢。」

李老壞點頭說：「就看如來佛怎麼想的了。豹子，開鬥！」

林豹子說：「爺！等會兒，我得清理場子了。狼狗護食，沒準咱第二場就吃了這個虧，阿根廷獒平日一天鬥五六場，多厲害，怎麼這次就像著了魔似的一下就草雞了？爺！這小狼狗是殺手，是刺客。我清了場子，也叫咱們的刺客日本獒上去。」

這次博一丁喚回青上衛挺費勁，痲子炮烏巴度一連丟進去十幾根木棒，才嚇得青上衛離開法國紅獒跑到博一丁身邊。博一丁又餵了青上衛一塊肉。

林豹子叫法國紅獒很容易，原因是林豹子喜歡法國紅獒，總帶出去玩兒。

很快，金小炮帶個夥計進了圍欄拽出了一條死狗，一條半死的狗。那條半死的阿根廷獒犬被林豹子的一個手下拽著拖走治傷去了。

在第四場開鬥之前，林豹子多個心眼，叫手下先帶日本獒進了圍欄，因爲先進去的狗會習慣性認爲後來的狗是占了牠的地方，這在心理上要占上風。痲子炮烏巴度自然知道這個道理，痲子炮烏巴度抱怨博一丁因爲餵青上衛吃肉錯過了時機。博一丁想一想也無所謂了，因爲這是石大頭的主場。

石大頭歪著脖子旁觀，都三翹抱著石大頭的胳膊說：「如果這次輸了，我就用鴿子院把你的命換回來。咱倆走，憑我都三翹炕上的功夫，咱倆還能過上平常的小日子。」

石大頭聽了沒精神，也沒反應，換個姿勢站著，歪著脖子在看。

日本獒進了圍欄跑幾步，抖抖淺褐色的毛，揚頭盯著圍欄外的青上衛。日本獒的胸部寬而深，背部肌肉發達，而且頸部多有垂肉。可以這樣認爲，日本獒頸部多肉就抗咬，背部肌肉發達就有力，胸部寬而深氣息就深長。而且日本獒的體重在九十斤左右，身高二尺。

日本獒又往西邊跑了幾步，眼珠盯著從西邊小門被博一丁牽進來的青上衛，日本獒四肢綳著勁，一點一點往前湊。等博一丁剛剛放開青上衛，剛剛轉過身，日本獒不聲不響突然撲過來就咬。青上衛從沒對付過這種日本獒，但牠進入狀態也是十分快捷。兩條狗犬齒對犬齒喀喀對咬，都企圖撞開對方犬齒咬對方咽喉。

然而青上衛畢竟失了先機，又不及日本獒高壯有力，青上衛奮力對咬，十幾次下來，就頂不住了。日本獒的進咬速度、躲避速度，都是青上衛從沒遇到過的。在日本獒撲咬之下，青上衛進退都不能。青上衛的四肢漸漸矮下去，又突然挺起，向前撞開日本獒的犬齒向前衝出，但青上衛的背上被日本獒一口撕開條口子。日本獒旋風般轉過身隨後追擊。

這一下看得都三翹抓緊了石大頭的手臂，用力太猛，痛得石大頭咧了下嘴。博一丁的臉也白了。麻子炮烏巴度在嘆氣。

李老壞喊：「好！好一條小日本的獒！豹子，這小日本的獒比又大又蠢的牧羊犬強，也比愣頭愣腦的法國紅獒強，多整幾條養著。」

林豹子說：「好！我整。爺，你看，快贏了。」

青上衛跑動的速度輕鬆又快捷，日本獒步大落地重而有力。青上衛的耳朵向後轉，在聽與日本獒的距離，而且圍欄不大，青上衛十幾步就跑頭了。青上衛突然一躍而起，一雙前腿先蹬在圍欄的木板上，後腿跟上，腰一扭，轉身，前腿再躍撲出。這是大山貓撲食的動作，青上衛的兩條前腿撲在衝過來的日本獒的側肩上，一下撲倒了日本獒。

圍觀的人哇地叫出聲來。

青上衛尖吻探出，咬中日本獒的側面脖子，咬中就甩頭撕。日本獒被咬也是不聲不響，一個翻身甩開青上衛，跳起就咬，日本獒的側頸部雖然被青上衛咬開了，但日本獒脖子的肉厚，並沒傷到要害，只是皮破肉開。而且日本獒就是日本人專門爲了鬥狗這一活動培育出的無聲獒犬，鬥架不聲不響，勇猛頑強。

日本獒也知道青上衛動作快，就盯住死咬，把青上衛往角落裏逼。場中的人都見過日本獒平日的鬥架，但從沒見過有狗能咬傷日本獒，能和日本獒打這麼久。

青上衛也知道這樣不行，試圖左突不成，右突也不成。而且日本獒高出牠一拳以上，牠從上面突圍也不成。青上衛漸漸被日本獒逼進圍欄的一角，牠雖然依舊以爪對爪、以犬齒對犬齒地反擊，但已經退入了死角。

麻子炮烏巴度長長嘆口氣，抱著腦袋蹲了下去。

博一丁鐵青著臉，瞅一眼面如死灰的石大頭，也低下頭去。

都三翹突然喊：「壓下去了。」

博一丁再抬頭看，見青上衛的屁股頂在圍欄一角，整個身子矮下去了。在圍欄外面歪著腦袋看的法國紅獒急得又跳又叫。日本獒撲下來了，青上衛卻把腦袋低下去往日本獒懷裏鑽，日本獒往前躥，探嘴側頭咬青上衛的左下腹部，突然日本獒一下跳起，落在一邊站住不動。青上衛跳起來，嘴裏叼著日本獒的一串皮毛，上面懸著日本獒的陽具，青上衛甩嘴吐掉，也盯著日本獒。

日本獒四肢發軟坐下了，下腹洞開，滾出了肚腸，側著身子倒下了。

石大頭的眼中射出了神光，大喊：「老天有眼啊！李爺，日本獒不長那『棒棰』，我的命就輸了。李爺，老天有眼，你輸在『棒棰』上了。」

李老壞抬手捂上鼻子，乾咳了一聲。

林豹子喊：「石大頭，我給你十萬龍洋，你別說話，馬上進屋。」

石大頭走近李老壞，嘆了口氣，說：「十萬龍洋，太他媽的多了。我做夢都做不出來，能搗十萬個抽子。李爺，這十萬龍洋對我石大頭有用嗎？」

石大頭把手裏檀香木小「棒棰」在嘴上親一下，舉起檀香木小「棒棰」，晃晃，又說：「李爺，叫啊！對著我的『棒棰』叫啊！李爺，這一天我他媽都等了七年了。」

林豹子說：「石大頭，我會宰了你。」

石大頭歪著脖子不看林豹子，好像林豹子不存在，就盯著李老壞。

人叢中的好爺，背上手，掉頭從人叢中擠出去走了。

李老壞甩開狐皮大氅跪下去，對著石大頭舉起的檀香木小「棒棰」叫了聲「爺」，磕了個頭。李老壞站起來，對博一丁和都三翹說：「你們要的有了，李五栽了。」

石大頭揚起頭哈哈大笑，突然嘔了一聲，彎下腰哇哇乾嘔，又直起身放聲大哭，抬手拍拍李老壞的肩，又展雙臂抱了李老壞一抱，掉頭也不理都三翹和博一丁，哇哇大哭著走了。

有人聽見石大頭的哭聲中有草兒、草兒兩個字。知道石大頭和李草兒故事的人說，草兒是被石大頭輸掉的媳婦，那李草兒長得好看……

李老壞原地轉一圈，似乎找什麼，直到一眼盯上青上衛，才嘟嚷：「老七的狼狗，媽的！厲害！」

李老壞轉身，鼻子裏就衝出了血……

第十一章 柳哨的作用

這一章關係到出賣，這就像謀略家用計中所使用的「死間」，使用自己這一方的一個間諜的生命，利用這個間諜的忠誠信任，在他不知隱情的情況下將其置於死地去完成任務，而達到成功的目的。

1

興奮的賭家點收了龍洋，興高采烈誇自個有眼力，失落的賭家捽捽打打、罵罵咧咧怪自己沒運氣，但不論興奮的還是失落的賭家很快都散了。李老壞坐上馬車也走了。林豹子告訴博一丁、都三翹，隨時可以去收賭場和鴿子院。打發了博一丁和都三翹，林豹子又吩咐了些事，在往外走時才想起去放鐵小七。

鐵小七已經知道青上衛沒被四條大型狗咬死，並為博一丁、都三翹、石大頭贏了李老壞，就不知道是應該高興還是不應該高興了。正磨著豹子的手下放他走時，林豹子進來了。

林豹子問：「大侄子，這幾天過得好嗎？」

鐵小七說：「好！怎麼不好？等有一天我把你關起來，也給你整個好看的老抽子搗你，你就知道有多好了。」

林豹子就笑說：「那不可能，我這個招，你這樣的破腦袋想白了毛也不可能想出來。大侄子，你的小『棒棰』一天搗幾次？」

小丫頭插嘴說：「豹子爺，俺記著呢！第一天這小子不會，瞎弄，搗成了半次。第二天俺教會了他，這小子搗了三次。第三天俺倆光抱著說話了，後來俺握著他的小『棒棰』睡著了，想起要搗了天就亮了，手忙腳亂地搗了一次。一共四次半。」

鐵小七臉紅了，戴上帽子低著腦袋往外走。

小丫頭喊：「你去哪？你不要俺了嗎？」

鐵小七停下，伸手在懷裏摸出兩塊龍洋和幾個大錢。想想太少，就又放懷裏，掉頭拉過林豹子，往林豹子懷裏伸手。

林豹子問：「幹什麼大侄子？掏什麼？」

鐵小七說：「站好，別動。」

鐵小七掏了兩把，從林豹子懷裏掏出二三十塊龍洋，放小丫頭手心裏。

小丫頭問：「你幹嘛給俺這麼多龍洋？要俺當你媳婦嗎？」

鐵小七說：「我有媳婦，我不要小抽子，我和妳兩清了。」

鐵小七掉頭就跑了。

小丫頭扁扁嘴要哭。

林豹子說：「哭什麼？跟著豹子爺還怕少了男人？沒出息。妳要是生了這小子下的崽，豹子爺當妹子把妳嫁出去。」

當然，這小丫頭生沒生出鐵小七的兒子，就不知道了。

鐵小七一口氣跑回紅羊家，紅羊和鐵小葉找鐵小七幾天了。鐵小葉也去鬥狗場找過林豹子，林豹子幾句話就把鐵小葉支走了。

鐵小葉上上下下盯了鐵小七好幾十眼，才問：「這幾天你哪去了，大事辦了嗎？」

鐵小七說：「我叫林豹子關起來了，才放，大事沒法辦。」

紅羊好奇了，問：「林豹子關你個小孩子幹嘛？」

鐵小七說：「林豹子不讓我去殺博一丁，林豹子怕我壞了他們的事才關了我。」

紅羊瞅瞅鐵小七說：「這小子，被關了幾天還長高了。小子，博一丁有人對付，不用你倆瞎忙，博一丁捉了你倆，媽可就愁死了。」

鐵小七說：「是，我知道。可是，我五伯李老壞也栽了。沒誰能幫咱們對付博一丁了，咱們就自個來吧。」

紅羊也吃驚了，心想，現下得把這小子看緊了，這小子瞎鬧，被博一丁整死了，就更對不住老七了。

紅羊說：「天快黑了，去吃飯睡吧，記得這幾天不准出去了。」

鐵小葉歪著臉在等鐵小七吃完飯好好盤問，她覺得鐵小七有點古怪。鐵小七吃了飯，放下飯碗，突然問：「媽，我今年是十五還是十六？」

紅羊說：「虛歲快十六了，你倆一樣。哎！你們長大了我也老了。」

鐵小葉拍一拍鐵小七的頭說：「過來，我想聽你說這幾天的故事。」

鐵小七犯愁了，被鐵小葉拉著進了屋，坐成臉對臉的樣子，鐵小七就搓著手心講了這幾天的經過。鐵小七從找林豹子幫忙開始講，後來就到了被關起來，又有個小丫頭的事了，鐵小七就不講了，說：「就這樣，我想妳就回來了。」

鐵小葉縮縮脖子，像脖子癢了似的那樣笑一笑說：「我知道你想我，是爲了什麼。」

鐵小七問：「爲了什麼？」

鐵小葉說：「還不是那個事？小傻狍子，想就直說。」

鐵小葉呼一口，熄了燈，兩個人就抱一起了，過了一會兒，鐵小葉說：「不對！不對！」

鐵小七說：「怎麼不對？對！」

鐵小葉說：「就不對，你走時還不會，現下怎麼會了？」

鐵小七說：「我過了十五歲了，這幾天一下就學會了。」

鐵小葉說：「是呀！我也過了十五歲了。你會搗了可真好！你知道嗎？常常和我這樣搗一下，才是咱倆的愛。」

門外的紅羊發現鐵小七和鐵小葉在屋裏熄了燈，紅羊抓了雞毛撣子想衝進屋揍鐵小七和鐵小葉，突然聽了鐵小葉的話，愣了愣，掉頭就回屋了。

以後的幾天，鐵小七和鐵小葉都挺乖，在一起幹活，說笑。晚上鐵小葉被紅羊留一個屋睡，鐵小葉也老實些了。

這一天，是臘月二十三，是灶王爺上天說好事的日子。紅羊家的門被人敲響了，鐵小七、鐵小葉都抓起了菜刀、切肉刀藏在身後。

紅羊去開了門，見門外站著都三翹。都三翹滿臉是淚，鼻涕也掛出老長，狐狸皮圍脖上也掛滿了白霜。

紅羊問：「妳找哪個？」

都三翹抬手指指鐵小七說：「你爸石大頭他死了。」

鐵小七嚇了一跳，掉頭瞅紅羊。

紅羊說：「石大頭養過你，送石大頭一程也應該，你去吧。」

鐵小七吸了下鼻子，跟著都三翹往以前住的石大頭的家跑。紅羊想想，懷疑有詐，跑回屋揣了短槍，想叫鐵小葉待在家裏，也覺著不安全，還是帶著放心，就叫上鐵小葉也趕了去。

石大頭真的死了，是吊在房梁上吊死的。身上什麼也沒穿，檀香木的陽具「棒棰」用根紅繩拴著掛在襠裏。

都三翹收回了鴿子院，在鴿子院裏忙了兩天，看看過小年了也不見石大頭去找她，就來找石大頭，才發現石大頭吊在房梁上兩三天了，屍體都凍透了，成了冰屍。死人沉，都三翹整不下來，哭了半天，才想起去找鐵小七。

紅羊不讓鐵小葉進去看，鐵小葉卻跑進去看一眼，又跑出來說：「死人真難看，媽，石大頭腰裏爲什麼掛個小『棒棰』？是辟邪嗎？小『棒棰』還挺好看。」

紅羊不好回答，就點了下頭。

鐵小葉說：「等我爸燒周年，我也做個更好看的小『棒棰』燒給我爸辟邪。」

紅羊惱了，瞪著鐵小葉說：「別瞎說，妳爸有『棒棰』。」

鐵小葉愣了愣，才想明白那個小「棒棰」在石大頭身上代表什麼，吐吐舌頭，又問鐵小七，怎樣才能把石大頭整下來。

鐵小七想想，就找了火種，又把院裏的板凳、條凳等等木製的家什和柴草雜物都搬進屋裏。都三翹皺皺眉頭看明白了，白了臉去看紅羊，希望紅羊阻止。紅羊把眼睛避開了。鐵小七就點把火燒了房子，火升起，鐵小七就喊：「大頭爸，你走好！你記得托生個好人啊！」

都三翹嗚嗚又哭說：「蠻好！蠻好！石大頭應該知足了。」房子燒毀了，倒塌了。等到開春草長出來，看上去也就像座大墳包……

紅羊、鐵小葉往回走時，鐵小七留下了。

都三翹想了想，就跟在紅羊身後走，跟到紅羊家門口了，都三翹才愣了，站下了。

紅羊說：「進來坐吧。」

都三翹說：「唉！」想往裏走又遲疑。

紅羊說：「我也是女人，我懂妳。進來吧。」

都三翹哽咽了，低著頭進了屋就收了淚說：「女人跑別人家哭不吉利，我不哭了。」

紅羊給都三翹倒了水，兩人上了炕，坐下，都三翹又嘆口氣。

紅羊問：「妳喜歡石大頭？妳不認爲石大頭是被別人吊上去的？」

都三翹說：「我是老抽子，我幾十年歡場作戲，被萬人騎，但我也有愛呀！大妹子！」都三翹問，「我就在這屋裏這樣叫妳，行吧？」

紅羊說：「在哪兒叫都行，我不怕閒話。」

都三翹說：「我想了，李老壞、林豹子都不可能整死石大頭，石大頭就是自個上吊的。唉！我老早就該想到石大頭要走絕路，石大頭也是個有心氣的人。唉！我怎麼就沒看住呢？」

紅羊說：「是啊！你們三個人費盡心機得到了李老壞的財富，就是人上人了，石大頭幹嘛走這一走？」

都三翹說：「大妹子有所不知啊！那場賭狗是我們贏了，可我們也輸了。石大頭贏了口氣，這七年的怨氣這一下出來，就沒了再活下去的心力，石大頭走這一走就可以理解了。石大頭贏了嗎？石大頭也輸了。我呢？幫石大頭報仇，指望靠那個院子和石大頭養老，這也落了空。大妹子，妳知道嗎？這通化以前有三個人物。」

都三翹喝了口水，紅羊沒聽過這些，就不插嘴想聽一聽。

鐵小葉趴在炕上也支棱耳朵聽。

都三翹說：「是哪三個人物呢？第一個是江水龍，他是馬匪，老窩在黑瞎子嶺，這是明的；江水龍還是柳樹河子鎮和通化縣城的爺，這是暗的。這第二個是好爺，他叫侯三，好爺是木幫龍頭把頭。第三個是李五李老壞。李老壞和江水龍平分通化縣城。馬匪、木幫、李老壞其實就是一幫。後來呢，好爺整死了江水龍，柳樹河子鎮上江水龍的地盤也就歸了好爺了，李老壞也獨佔了通化縣城。我的錯就犯在這上頭了。那時我有三個男人，一個時間長有點情，他是江水龍；一個我靠他的勢，他是李老壞；另一個是我喜歡的石大頭。我找李老壞去對付好爺，我不知道好爺和李老壞才是兄弟。我在言語上替石大頭招了禍，李老壞就對石大頭下手了。這結仇後到現在，大妹子妳也能知道大概了。但我爲什麼要講呢？就是因爲好爺前一年收山了，李老壞現在不得不避世了，這通化又出現三個人物了。一個是木幫新龍頭把頭李狐兒……」

紅羊不動聲色，這是紅羊知道的。

都三翹說：「另一個是林豹子。再有一個是博一丁。」

都三翹停了話頭，看著紅羊又說：「大妹子，我這一次爲了石大頭，雖說整栽了李老壞，但我也掉博一丁手裏了。整死鐵七也有我的份，大妹子我還能活嗎？李老壞是鐵七的五哥，好爺是鐵七的三哥，這兩個一個栽了，一個收山了，就算不足懼了。但李狐兒呢？李狐兒是鐵七的媳婦，是石大頭輸掉的媳婦，早年李狐兒家在這條街上賣煎餅，那時她叫李草兒。」

紅羊真正嚇了一跳，這是紅羊想不到的。

都三翹說：「唉！這就是江湖。大妹子，我佩服兩個女人，一個是林豹子的媽，風塵三十年，收手龍洋幾十萬，安度晚年。一個是妳。」

紅羊又嚇了一跳，這是紅羊不可能想到的。

都三翹說：「我爲什麼佩服大妹子妳呢？李狐兒明知妳和鐵七生了個小丫頭，卻不記恨妳；妳整丟了博一丁的手指，博一丁又怕妳又愛妳又不敢靠近妳。我就不行，早年給江水龍守院子，被江水龍隨便搗；又給李老壞守院子，雖然不太被李老壞搗，卻等我老了，色衰了，被李老壞趕出了院子。現下呢？博一丁發話了，他要那院子，我真的怕了。」

紅羊不知道應該怎麼勸都三翹，就勸都三翹喝水。

都三翹說：「大妹子，妳給我透個話，你們下一步怎樣收拾博一丁？大妹子，妳能不能勸勸李狐兒，別學李老壞搞什麼賭上解決，咱們換一招，悄悄整沒了博一丁，咱們不就都放心了嗎？」

紅羊這才明白都三翹跟到家的用心。

紅羊說：「我帶著孤兒寡女，那些事輪不到我管。」

都三翹說：「是啊！大妹子，我什麼也沒問啊！大妹子，我若能活下來，若能真正有了那院子，我好好謝妳。」

紅羊笑笑，送走了都三翹……

2

博一丁並不像都三翹說的，成了通化區域新三個人物中的一個，博一丁還沒成。博一丁還是博一丁，博一丁還是一個被幾隻手壓著不能抬頭的小賭徒。至於都三翹爲什麼對紅羊搧這樣的風？因爲都三翹怕博一丁成了人物吃掉她，這種擔心確是真的。那麼，博一丁有了李老壞的賭場及賭場裏的一切，就算沒成個人物，也有了成人物的基礎，怎麼還是小賭徒呢？這是個好玩的說法。

那日，博一丁帶著麻子炮烏巴度，兩人興沖沖把青上衛送回那座空屋子，又興沖沖去了都三翹的鴿子院。他張口向都三翹要兩千塊龍洋給麻子炮烏巴度。都三翹眼睛裏不揉沙子，知道博一丁打什麼主意，哈哈一笑就給了兩千龍洋。

博一丁挺開心，又告訴都三翹，這個鴿子院他也有份，最少也是三分之一。都三翹又哈哈一笑，說一丁爺是個人物了，都三翹靠著一丁爺，幫著一丁爺發財吧。博一丁本想興許得費點勁，想不到都三翹這麼好整，心裏暢快，一下子找到成了李老壞第二的感覺了，又在都三翹的甜言蜜語裏，和麻子炮烏巴度在鴿子院喝了花酒，住了一宿又半天，才和麻子炮烏巴度去了賭場。

到了賭場，博一丁傻了，賭場沒了，賭場連房子都沒了，就剩一片亂七八糟堆放垃圾的空地，還看見一幫漢子抬起賭場正廳的房梁喊著號子，往南小街走，那號子聲整齊、豪邁，走挺遠了還能聽見：抬起來呀！看腳下呀！步要穩啊……

麻子炮烏巴度掉頭瞅瞅搬東西的人，再瞅瞅腳下的垃圾場，忍不住哈哈就笑了。

博一丁冷不丁一下才感覺到興許在都三翹那裏耽誤時機了，而且博一丁認出抬東西的這些漢子是木幫的。

這時，林豹子牽著法國紅獒來了，對博一丁說：「一丁哥來收賭場了，好啊！就是這裏了，一丁哥快點開張，我送你一塊龍洋的大紅包。」

博一丁問：「林豹子，我贏的是賭場吧？」

林豹子說：「沒錯！是賭場。」

博一丁問：「那麼賭場呢？」

林豹子說：「你踩的是什麼？」

博一丁問：「這就是賭場？操！這他媽房子呢？家什呢？賭場裏幹事的人呢？」

林豹子說：「停、停停，博一丁，你贏的是賭場，這他媽就是賭場。賭場當然有房子有家什有幹事的人，但你賭狗時只說要賭場，你沒說房子帶家什連人也要啊。我還奇怪，博一丁爲什麼要賭場不要房子不要家什不要幹事的人？昨天就在這疙瘩，我邊等你這雜種邊奇怪，我想問你，除了賭場還要不要其他的，不要，我好叫人搬走啊！賭場裏幹事的人要掙龍洋養家，我得重新安置啊。可是太陽老高了你這雜種也不來，我這嗓子眼就上火了。我沒拿博一丁一個大錢，憑什麼在這疙瘩等這個雜種。我剛要走，一眼看到了都三翹，都三翹跑來謝我原封不動地給了她鴿子院。爲什麼要謝呢？都三翹說，賭狗時她只說要鴿子院，並沒說鴿子院都包括了什麼。都三翹擔心我給她個空院子。這一下提醒我了，我想明白了。你他媽以前是柳樹河子山裏種大蔥的，你想在這疙瘩耕地搭窩棚種大蔥。這是縣城，大蔥長起來就地換龍洋方便。我就把房子家什連人都搬到南小街了，過兩天準開張。博一丁你要去道賀，記得帶個一百塊的大紅包。」

博一丁猛然想到這個賭場毀在都三翹手裏了，難怪都三翹使出渾身解數留他喝花酒。博一丁的嗓子眼也上火了，說：「林豹子你不仗義，耍這陰險的手段，讓我瞧不起你。」

林豹子說：「你們幾個小耗子騙老七哥那會兒就仗義？操！博一丁，我不是老七哥，不是李爺，我是林豹子。博一丁，你再唧唧歪歪，連這片爛地也沒了，我拿張草紙畫上二十間房子，找字匠寫上賭場兩個字就他媽給你，你敢說那不是賭場？博一丁，你也配提賭字？你那心胸也配發財成人物？操！你種大蔥吧！」

林豹子掉頭就走。

博一丁的心火突突往上竄，說：「小豹子，有種咱們再賭一場！」

林豹子停下，回頭問：「真的假的？你敢賭？」

博一丁說：「博一丁爛命一條，憑什麼不敢！」

林豹子摳了顆鼻屎，搓搓，放鼻子上聞聞，又彈出去說：「我要你博一丁的命沒用，老七哥和我掐架比說話次數還多，我沒必要替老七哥出頭，又冒險又上火，又不一定能要了你的命。你記得，林豹子和博一丁賭不著。」

博一丁想動手又忍住，林豹子的幾個兄弟走過來了。

林豹子說：「我是開鬥狗場的，我可以給你安排和誰鬥狗呢？比如好爺，比如李狐兒。你想想吧，除了他們，沒人和你博一丁鬥狗，老七哥的小破狼狗，你回去宰了燉了吃肉吧，那條小破狼狗再厲害也沒用了。」

林豹子擺擺手，招呼幾個兄弟說去鴿子院。

博一丁急忙說：「豹子哥，我賭了，你安排吧！但有一點，我不賭命、不賭手腳、不賭『棒棰』、不賭眼珠、不賭舌頭、不賭牙齒，讓我殘、讓我死的，我博一丁都不賭。」

林豹子說：「人家想要的你全不給，人家和你賭個屁。你當人家是石大頭？操！」林豹子腳下不停，往前走。

博一丁喊：「豹子哥你去談個試試，我就要鐵七的那三張獸皮。我等你回話。」

林豹子牽著法國紅獒，一步一晃地帶著兄弟走遠了。

麻子炮烏巴度說：「一丁哥，咱們可以帶上青上衛沿著東邊道各縣去賭啊，也來龍洋啊！幹嘛冒搏命的險呢？命沒了，什麼都沒了。」

博一丁說：「我需要龍洋整這個賭場，鐵七的那三張獸皮，輯安的吳小個子出六萬龍洋。只要再拚贏這一把，咱們兄弟就起來了。」

博一丁和麻子炮烏巴度往回走，麻子炮烏巴度嘆口氣，說：「一丁哥，你太心急了。你、石大頭、都三翹，你們仨一個出頭、一個出招、一個出龍洋。而你賭狗占了兩場，石大頭和都三翹本來就吃虧了，你又要分鴿子院，都三翹那老抽子不算計你才怪。一丁哥你……」

麻子炮烏巴度看博一丁臉色越來越青就住嘴了。兩個人默默地走，回到住的大院裏，麻子炮烏巴度又說：「這個院也是都三翹的，一丁哥，那老抽子會不會再給你使個絆子？」

博一丁心裏也沒底，說：「咱們小心點，不丟了狗就行。都三翹我早晚要了她的命。」

以後的幾天裏，博一丁邊等林豹子的消息，邊更加細心地馴化青上衛，每天一隻活食，讓青上衛保持旺盛的殺氣。這樣過了幾天，林豹子沒有信來，大年也過完了。博一丁忍不住了，叫麻子炮烏巴度去問林豹子。烏巴度走了，博一丁就去大屋裏去看青上衛。沒有麻子炮烏巴度的木棒，除了被博一丁牽著在院裏轉那一圈，青上衛都不大理睬博一丁，捕殺了活食吃飽了，就趴在門口嗅外面的氣味，或者睡覺，或者幻想。

博一丁的心思也不在整狗上，也不想和青上衛如何親近。在博一丁看來，青上衛就是一條鬥狗，只是一個工具。

博一丁等了大半天，看見夕陽下來了，才看到麻子炮烏巴度走進了院門，進了屋。博一丁迎頭就問：「你快說，林豹子怎麼說？」

麻子炮烏巴度從早上吃了早飯歇了一會兒出去的，到現在又渴又餓，就抓起茶碗倒茶喝水。

博一丁說：「你他媽的不會放完屁再灌你的肚子，我他媽急死了。」

麻子炮烏巴度想，這個傢伙陰險狠毒，天性寡義貪婪，絕不是可以做夥伴的人，他放下茶碗，脫了圍脖，又脫了狍子皮短襖，坐下說：「我一大早就去找林豹子，鬥狗場休場，林豹子在新賭場打點，我又去了林豹子的新賭場。林豹子說等著，我閒下來和你說，就一點屁事，博一丁他媽還急了。」

麻子炮烏巴度停了話頭，問：「中午你吃的什麼？有剩的嗎？我餓了。」

博一丁就喊燒飯的婆子給麻子炮烏巴度整飯吃。又問：「你說，你說，林豹子答應了？」

麻子炮烏巴度說：「也不算答應。」

博一丁說：「操！你老小子白去一回。」

麻子炮烏巴度雙眼一瞪說：「怎麼算白去，林豹子說好爺沒心思再出江湖，也沒心思要你博一丁哥的命。」

博一丁說：「那還有李狐兒啊！李狐兒總想整我一把出口氣吧？」

麻子炮烏巴度說：「對了，李狐兒同意和你鬥狗，同意用那三張獸皮爲賭注，賭你身上的一樣東西。放心，一丁哥，我問清楚了，李狐兒不整殘你，不要你的命。就要你身上一點東西在鐵七墳前用上，所有恩怨都了結了。」

博一丁心裏的石頭落了地，不過也擔心，問：「李狐兒到底要我身上的什麼東西？」

麻子炮烏巴度說：「李狐兒說她也不知道，到時候有人會在你輸了的時候告訴你，你如果贏了，也就不用知道了。」

博一丁的擔心卻更強烈了。

麻子炮烏巴度說：「一丁哥，你不殘不死，即使咱們真輸了，人家就爲出一口氣，拔光你襠裏的『棒棰』毛，叫你去鐵七墳前自個燒了拜了，你還有命在，還能搏回來。再說，憑青上衛的鬥勢，咱們能輸嗎？」

博一丁說：「那就幹了，老烏，你仔細點整狗，我贏了這一把，這條狗就是你的了。我是天生整賭場的，不是鬥狗的。」

博一丁和痲子炮烏巴度正說著，燒飯的婆子挎個包袱進來了。

博一丁一愣，問：「妳這是怎麼了？」

婆子說：「我要回去了，主人傳話叫我回去。」

博一丁問：「都三翹？都三翹叫妳回去？他媽的都三翹又拆我的台？」

婆子說：「主人說這個院容你再住幾天，主人說，這院和鴿子院都賣給林豹子的媽了。主人說她收山了，什麼時候一丁哥想她了，她燒熱了炕頭等你。」

博一丁氣得青了臉，衝著燒飯婆子擺了擺手。燒飯婆子道了謝掉頭走了。

博一丁說：「老烏，你瞧我過了這一關，我整死都三翹，再對付了小豹子，我就是第二個李老壞了。」

痲子炮烏巴度站起來圍圍脖。

博一丁問：「你又怎麼了？」

痲子炮烏巴度說：「我餓呀，我去『老狗頭』館子吃金大炮的狗肉去。」痲子炮烏巴度往外走又停下，掉頭說，「『老綿羊』羊肉館關門不開了，其實我更愛吃吉了了那小子整的羊肉。」

博一丁忙問：「羊肉館關門了？紅羊呢？紅羊去哪了？紅羊也走了嗎？」

痲子炮烏巴度咧嘴笑笑，說：「這個我看啊，你興許得問林豹子，我在賭場看見鐵小葉，林豹子的手下喊她大小姐。」

博一丁從來不帶出情感色彩的眼珠咔啦閃出一道光，說：「小豹子欠我兩個女人了。」

痲子炮烏巴度又說：「一丁哥，你守著狗，我去了。我再帶些狗肉回來晚上吃，一丁哥，你記得你說的，這場鬥完，青上衛就是我老烏自個的了。」

博一丁說：「沒錯，是這話。咱們贏了這一回，狗就是你的了。」

3

李狐兒和博一丁鬥狗的這一天終於到了。這一天也是鐵七死後的第八十一天。博一丁當然不知道是這個日子。博一丁一大早起來，爲了今天能夠順利，洗了澡，又吃了自己動手擀的手擀麵條。

他吃飽了喘口氣去院裏活動活動，又去牽著青上衛在院裏轉了三個圈，再把青上衛關進木籠裏，就在院裏轉圈，在等昨晚出去找老抽子打炮的麻子炮烏巴度。這也是麻子炮烏巴度的習慣，麻子炮烏巴度每次鬥狗之前，總要去找鴿子院的老抽子搗一搗，用麻子炮烏巴度的說法，這叫「出火」。

太陽升起老高了，麻子炮烏巴度才晃回來，進了屋打個轉，說：「天不早了，咱們走吧。」

麻子炮烏巴度說話時低著頭，圍脖圍得挺高，就露一雙眼睛。

博一丁奇怪了，這已經不是很冷的節氣了，很多人連圍脖也不大用了。他伸手突然拉下麻子炮烏巴度的圍脖。

麻子炮烏巴度喊：「幹什麼？幹什麼？我跌了一跤，沒什麼！」

博一丁問：「這一臉烏青能是他媽跌的？你他媽吃了誰的老拳了？」

麻子炮烏巴度說：「也沒什麼，我和孟大腦袋在鴿子院都看上一個新來的小抽子，長得胖胖乎乎白白淨淨挺來勁。咱們就爭，出龍洋不相上下，就爭惱了。我就狠揍了孟大腦袋。自然的，我也挨了幾老拳。」

博一丁不關心麻子炮烏巴度揍人還是挨人揍，卻問麻子炮烏巴度：「老烏，那你『出火』了嗎？」

麻子炮烏巴度精神一振，說：「出了，我找都三翹出的，和這老抽子搗一把真他媽爽。我以前怎麼就沒想到，以前咱們幾個住一起，我以爲她那老破『井』皮鬆肉厚搗起來沒勁，不用給龍洋也不搗。昨晚我這一搗上，我的媽呀！這老抽子的老『井』吸力大抽力強，那幾根毛還是黃的，真棒！一丁哥，都三翹夠義氣，我和孟大腦袋掐架就是都三翹解的圍，要不我可能玩完了。那孟大腦袋原來是林豹子的老丈人。一丁哥，我和林豹子的仇也算結下了。」

博一丁開心了，哈哈大笑說：「還是你腰裏的『棒棰』大，厲害，我告訴你，老烏，孟大腦袋還有三個姑娘在幹饅頭鋪，長得都好看，等我收拾了小豹子，我把這三個姑娘整來好好『出火』。現下咱們提起精力去幹了李狐兒。」

麻子炮烏巴度說：「瞧好吧，咱們走。」

今天的鬥狗場有點怪，沒人，院門也是關著的，博一丁和麻子炮烏巴度拽著小爬犁被人帶著直接進了圍欄。

博一丁問：「媽的，怎麼沒人看呢？」

麻子炮烏巴度說：「咱們來早了吧？」

博一丁和麻子炮烏巴度兩個人正嘀咕著，林豹子陪著李狐兒來了。林豹子叫手下人把白虎皮、紅熊皮、火狐狸皮圍脖掛起來，示意博一丁看。

博一丁卻盯著李狐兒。李狐兒還是那麼妖精，披著貂皮大氅，只是腰身略顯粗了。博一丁當然想不到李狐兒懷上了鐵七的孩子，這個孩子才真正是鐵七的孩子。

李狐兒的身後又閃出一個人，卻是鐵小葉，鐵小葉瞄著博一丁，用眼睛勾出一笑，博一丁想，這又是一個又美又俏的小紅羊，不由心中一翻個，生出一種從沒有過的恨來。他想，媽的鐵七，一個討飯女人生的叫花子，哪來的這等福氣，死了還有這麼美的女人、這麼俏的丫頭替他出頭，就鐵青著臉咬牙。

李狐兒望著博一丁笑了笑，博一丁臉上的恨就沒有了，人也發飄了，就沒聽到林豹子在喊他。

林豹子喊：「一丁哥、一丁爸、一丁爺，操你媽博一丁，你看什麼呢？」

博一丁這才回過神來。

林豹子問：「博一丁，你看清楚了嗎？」

博一丁說：「是，就是這三張獸皮，我看清楚了。」

林豹子說：「今天賭的特別，規矩你們雙方都定好了，我不廢話了。輸的一方交我抽的兩千紅利。博一丁，你沒問題吧？」

博一丁說：「行！我不殘、不死，我輸了，就給李狐兒一樣我身上的東西。」

林豹子問李狐兒：「老七嫂子，這樣行？」

李狐兒點點頭。

博一丁問：「林豹子，怎麼沒人看呢？」

林豹子說：「怎麼沒人！那不坐著倆人嗎？臭男人要是來一堆，那還能看鬥狗嗎？不得像你似的瞅老七嫂子瞅直眼了？開始了。」

博一丁四下瞅瞅問：「李狐兒的狗在哪兒，我的狗進去了。」

李狐兒拍了拍手，輯安縣城的皮貨商吳小個子從裏面牽了條板凳子狗走出來。在走到紅毛熊皮前時，吳小個子停下了，抬手去摸紅熊皮的毛。博一丁看見吳小個子的手指對著他比出個八字，又看他一眼，博一丁明白吳小個子告訴他，這三張皮，他出八萬塊龍洋，博一丁的心就撲通一跳。

吳小個子從東邊小門進了圍欄，蹲下來拍板凳子狗的屁股，板凳子狗哈哈地張嘴喘氣，吳小個子掏出一塊肉餵了板凳子狗，又拍了板凳子狗的腦袋，就轉身出去了。

博一丁在腦海裏思索了一下，感覺在遙遠的小時候，在柳樹河子見過這種板凳子狗，而且是三四條，又吵又咬圍著三條黑毛大柴狗，咬得大柴狗吱吱叫，轉圈逃。就掉頭問麻子炮烏巴度，瞭解這種狗嗎？

麻子炮烏巴度說：「這東西我可不太瞭解，這玩意又長又矮身子還圓，背部平整，就和小板凳一樣高，才叫了板凳子狗。這玩意就一玩物，跑、跳、撲、咬都不行，我們獵人要來沒用。聽說有的人家養這玩意就是看家守院，有點聲音這玩意就叫，很能吵。」

博一丁想，這不贏定了嗎？就想到了是吳小個子想要那三張獸皮，才動腦筋騙李狐兒使用這種板凳子狗。博一丁卻不知道，這條狗正是李狐兒養來玩的；他同樣想不到，這條板凳子狗是好爺送給李狐兒的。這條板凳子狗待在李狐兒身邊時，不聲不響把所有見到的板凳子狗以及其他狗都咬死咬傷了。這傢伙是個天生好鬥又不張揚的狗，這種脾氣也就像牠的第一個主人好爺，也只有好爺這種人才去養、去喜歡這種板凳子狗。再有一點，這種板凳子狗有一個特點，就是一旦咬上對手一口，不咬下這塊肉，你砸爛狗頭這傢伙也不鬆口。

博一丁似乎放心了，也有時間用眼珠四下看，覺得鬥狗場太空落，有點失望。他這樣想著，就看到鬥狗場角落裏坐著一高一矮兩個都披著狍子皮襖的人。他以爲是倆幹雜活的人，就將目光掃過去了，但他又把目光掃回來了，定定神，就看到九蘭齜著兔牙對他笑。再看坐在九蘭身邊的人，博一丁的眼皮跳了一跳，他認出那是好爺。

博一丁心裏突然翻起不安。其實，博一丁如果知道鐵七和李老壞和好爺的關係，打死他，他也不敢那麼算計鐵七。這一切使用在鐵七身上的招法，都是石大頭想出來的，博一丁動心的只是想得到鐵七的狗。在鐵七死後，石大頭才說出了鐵七和好爺和李老壞的關係，那時博一丁不挺他也不行。也可以這樣說，石大頭是真正用命利用鐵七去搏李老壞的人。吉了了是借勢對付鐵七的人，吉了了又是瞭解鐵七的人，就算鐵七知道被騙後不死，活著，鐵七也不會傷他，只會永遠不再見他。這也是吉了了能做出這種事的根本想法，吉了了也打算從此不再見鐵七。這也不奇怪，因爲越是兄弟，越不能分享一個愛著的女人。

天又在風中下雪了，博一丁覺得額頭上發涼，抬頭摸摸臉，仰頭看天，臉上落上了雪花。博一丁發覺麻子炮烏巴度在看他，說：「我很煩下雪。」

麻子炮烏巴度說：「你別忘了應承我的話就行。」

博一丁點點頭。

板凳子狗揚著頭，看了看青上衛，不吵不叫，邁開粗短腿，顛顛跑到圍欄中心地段坐下了，歪著腦袋彎了身子，抬起後腳去撓脖子後的癢。

青上衛一直歪著臉盯著板凳子狗看，似乎在識別這是個什麼東西。在青上衛眼裏，這條板凳子狗像兔子那麼高，有兔子兩個長。渾身黃毛，毛挺長挺厚，像黃毛柴狗身上的毛，四肢只有三四寸那麼高，但粗壯，胸也挺寬，背挺平，尾巴挺短，當然腦袋也挺大，嘴也挺粗，吻也挺闊。青上衛沒見過這種狗，也就認不出這是什麼狗，就不主動進攻。

板凳子狗撓完了癢站起，甩甩背，抬起頭，盯上了青上衛，邁開粗短的腿跑向青上衛，不發威，也不叫，靠上去，前腿起跳，對著青上衛的臉腮就是一口。

青上衛歪頭一跳避開，嘴巴下咬，就在板凳子狗背上咬了四個洞，板凳子狗還不叫，一掉頭又咬。青上衛很輕鬆地就能躲開，連續撲咬幾口，板凳子狗的背上、後脖子上，被咬出二十幾個破洞，板凳子狗背上的毛被血黏得打了一片一片的綹。

麻子炮烏巴度說：「一丁哥，青上衛快是我自個的了，咱們就快贏了。我牽狗就走了啊！我有日子沒回大獨嶺了，想我媳婦了。」

博一丁的臉上也輕鬆了，看了看那三張在風雪中被風吹動的白虎皮、紅熊皮、火狐狸皮，那可是八萬龍洋。

圍欄裏，板凳子狗雖然連連被青上衛咬傷，但板凳子狗一刻也沒停止攻擊，板凳子狗只有青上衛的大腿那麼高，撞也撞不上青上衛，追也追不上青上衛，但板凳子狗就是追著青上衛一個勁地咬。

青上衛試著撲倒板凳子狗，也不行，板凳子狗太矮，趴下和站起差不多，四肢粗壯又分得很開，像四根木樁。青上衛也咬得挺煩了，試著撲頭，板凳子狗頭一甩就撲上反咬；試著撞胸，板凳子狗的腦袋舉起來才到青上衛的胸部，撞不上；試著壓腰，壓腰也不行，板凳子狗身體雖長但粗壯，腰勁也足也柔軟，扭身子回咬也快；試著掃腿，板凳子狗太矮，掃腿就等於拍屁股。更用不出掏肚皮的招法，也更咬不上板凳子狗的咽喉。青上衛把所有招術用了一遍，吱吱叫幾聲，似乎不想再鬥下去了，因為牠碰上了最難對付的板凳子狗。

麻子炮烏巴度心裏有些急躁，就用木棒敲了幾下圍欄。這是麻子炮烏巴度重新訓練青上衛加上的動作和聲音，只要這樣用木棒敲擊了，就是催青上衛猛咬。而青上衛因為要記住這種暗示，又挨過麻子炮烏巴度幾次狠揍。所以青上衛一旦聽見木棒敲擊聲就惱火，迎著板凳子狗一撲一跳，甩頭在板凳子狗的側頸上咬中一口，又一下跳開。板凳子狗突然站住了，抬頭張著嘴看著青上衛哈哈喘氣。青上衛就向板凳子狗緩步靠近，想突然完成偷襲，抱住板凳子狗的腦袋把對手摔倒，再咬對手咽喉。

場子裏坐著的好爺說：「丫頭，時機到了。」

九蘭長吸一口氣，吹響了召喚青上衛的那只柳哨，柳哨聲小得身邊的好爺剛能聽到。這是為鐵七報仇收服青上衛的關鍵，是李狐兒和好爺去大獨嶺詳細向那二、九蘭瞭解青上衛種種習慣時，九蘭，這個鏢師的女兒，說出了可以使用柳哨引青上衛分心，再趁機取勝的關鍵一環。這也是李狐兒決定再來一次賭上解決的關鍵。

青上衛猛然聽到九蘭求救的柳哨的聲音，神態突然變了，炸開背毛揚起頭，衝著九蘭的方向剛要起步往圍欄上躍，板凳子狗瞬息間一跳，一口就咬上了青上衛的咽喉，這一口咬上，板凳子狗就不動了。

青上衛甩頭，把板凳子狗整個身子甩起，板凳子狗不鬆口，青上衛甩頭拖著板凳子狗奔跑，板凳子狗不鬆口。

雙方的人都圍上圍欄看。

麻子炮烏巴度揮著木棒，「梆！梆！」地砸著圍欄喊：「甩！甩！你媽的甩……」

博一丁的雙腿軟了，慢慢坐了下去。

青上衛四肢挺直站住了，尾巴挺得直直的，把腦袋舉得高高的，青上衛的目光仍然看向九蘭的方向，仍然在擔心九蘭的安危。可是，青上衛突然看到九蘭從一個人的身邊站起，掉頭走了。青上衛身體顫了顫，尾巴鬆勁垂下了，牠知道牠渴望去救助的人，也渴望會是救助牠的人拋棄牠了。青上衛又努力甩了甩頭，牠的目光盯著九蘭的背，露出了憂傷和失望，漸漸空洞了，沒了神采。

好爺站起，把皮襖上的落雪撣一撣，抬頭看著滿天的雪花，嘆出一句：「老七，你是在笑還是在哭？這件事三哥做了，就做了。」

好爺也轉身走了。

青上衛終於倒下了……

麻子炮烏巴度舞著木棒仍然「梆！梆！」地砸圍欄，仍然在喊：「起來！起來！操你媽……」

林豹子一晃身過去，左手抓住麻子炮烏巴度的右肩一拽，右拳就打在麻子炮烏巴度的臉上，麻子炮烏巴度就跌倒了。

林豹子又踢一腳喊：「你壞了規矩！操你媽！滾！」

麻子炮烏巴度剛爬起，身上就中了木棒。林豹子的兩個手下，掄木棒揍得麻子炮烏巴度抱著腦袋跑了。

林豹子問：「博一丁，你怎麼說？」

博一丁努力站起來說：「豹子哥，我栽了。」

李狐兒跑進圍欄去看青上衛，叫板凳子狗鬆口，板凳子狗只是搖動尾巴並不鬆口。李狐兒眼睛裏射出一道光，掏出短槍，一槍就打破了板凳子狗的頭。吳小個子進來，用力掰開板凳子狗的嘴，李狐兒把青上衛從板凳子狗的嘴裡拉出來，趴前胸上聽聽，嘆口氣，說：「給鐵小七送去吧，鐵小七要埋。」

吳小個子抱起青上衛在博一丁身邊走過時，停了下腳說：「博一丁，你知道我摸熊皮又比個八字是什麼意思嗎？」

博一丁的臉又一次鐵青了，掉頭不看吳小個子。

吳小個子說：「媽的，你這死雜種一會兒就知道了。你怎麼不學石大頭自個上吊呢？你真他媽傻！」

吳小個子給鐵小七送青上衛去了。

博一丁說：「你們說過，不整殘我、不要我的命，就要我身上一樣東西，說吧，要我身上的什麼？」

李狐兒突然笑了，博一丁眼睛裏像看到突然開放的一朵白蓮花。李狐兒說：「小丫頭知道鐵七要什麼，小丫頭，妳告訴他。」

鐵小葉笑嘻嘻地說：「我爸死前說，要博一丁的皮。」

博一丁的頭髮一顫立起，站不直了，又坐下，抱著腦袋想想，抬頭說：「要我的皮，不也是要我的命嗎？你們不能這樣整。」

鐵小葉說：「只要扒下你的皮你不馬上死，就不是壞規矩。我叫李媽媽帶來的人是扒皮老手，我看見他扒了皮那東西不死，那東西還能看見牠的皮，那東西沒皮了心還跳。但今天冷，你沒了皮，風一吹身上就冷乾了，你就死了。乾爸，你是場主，這樣做算壞了規矩嗎？」

林豹子說：「這哪是壞了規矩？這就是按規矩來的。扒了皮，博一丁只要不會馬上死，你們轉身一走，博一丁死了那是他沒本事活。」

博一丁原本看向林豹子求助的目光就暗了下去，他也想鼓勁臨死一搏，但他看到拿著解腕刀走出來的金大炮，他的力氣就逃走了，就軟在凳子上了。博一丁也是狼狗的性格，是狼性大於狗性的狼狗的性格。只要是這種性格，就不如真正的狼，雖然凶狠，但也缺乏最後一搏的勇氣。博一丁就像狼狗青毛黑，他不同於像青上衛的鐵七，也不同於像狼狗老憨的林豹子。他見了殺狗老手金大炮就軟了……

4

博一丁的皮在黑瞎子嶺鐵七的墳前被風吹起的時候，李狐兒哭了，李狐兒告訴鐵七，她有了他的孩子，並說，這孩子如果是女兒就叫鐵小狐，是兒子就叫鐵李生，長大了就做木幫龍頭。

那二說，瞧這紙灰飛得多歡，多高！我就知道老七明白已報了仇，也知道有了親生孩子，老七高興啊！我也高興！老七，我也高興。

九蘭手裏抓著召喚青上衛的柳哨，鼻涕掛出老長，流著淚，齜齜兔齒沒說話。

鐵小葉卻告訴鐵七，說，爸你知道嗎？你要博一丁皮的事，我誰也沒告訴，我媽問我不說，李媽媽問我不說。那不能說，說了博一丁一旦知道他就不賭了。就侯三伯聰明，侯三伯問我，丫頭，博一丁不賭命、不賭殘，咱們能了了妳爸的心願嗎？我就說能。我看過金大炮扒活狗皮，狗沒皮了一時半會也死不了。爸！我厲害吧，我像你吧？

如果鐵七能聽到，鐵七會告訴鐵小葉，鐵小葉的這種性格像吉了了。

鐵小葉又告訴鐵七，說鐵小七不是爸的親生兒子。你倆的小腳趾的趾甲長得不一樣，我和爸的一樣，我才是你親生的，才和你一樣是漢人。鐵小七是滿族人，不過鐵小七不是你親生兒子，你也別不高興，鐵小七是你女婿了，鐵小七和我睡一塊了。你就什麼什麼的都放心吧。我媽老看你送的那些皮裘，看了老哭。我知道我媽想你，可也不行啊，我就想給我媽找個男人。我告訴你一聲，你什麼也別擔心了，好好保佑我和我媽，還有鐵小七。我不用說也知道你更喜歡李媽媽和快出來的小崽子，你就都保佑吧。

李狐兒忍不住笑了。紅羊告訴了李狐兒，她和鐵七就是姐弟，鐵小葉是吉了了的女兒。但李狐兒和紅羊一樣的心思，誰也不說破。

那二卻摸著腦袋又糊塗了，看來這一堆人裏，只有他和鐵小七是滿族人，則鐵七就不是那二希望的那樣，是他的兒子，他一下子腰就弓了，九蘭伸手扶住了那二。

而紅羊、鐵小七沒有來。

在東北的民間，上墳燒紙如果紙灰飛得高，就表示死者知道並高興了。

吳小個子把青上衛送到紅羊家，吳小個子就走了。

鐵小七抱起青上衛吸了下鼻子就哇哇大哭，掉頭把青上衛抱到屋裏放在炕上，砰砰地敲青上衛的胸、肚子。

青上衛的眼珠半睜著，沒有反應。

鐵小七說：「你死了就閉眼吧，我把你埋黑瞎子嶺去，你還和老七爸一起獵熊。」

紅羊也沒心情吃飯，也忘了問吳小個子李狐兒到底把博一丁怎麼樣了，正發煩在院裏轉圈的時候，都三翹來了。紅羊開了院門，都三翹張著雙臂撲過來，抱了紅羊的頭就扳近了親嘴，紅羊推開都三翹，眉眼立起，抬手要搧都三翹耳光。

都三翹忙喊：「別打！大妹子，別打！我他媽習慣了。我要感謝誰，不是給親就是解褲腰帶。大妹子，我謝妳來了。」

紅羊放下手又莫名其妙。

都三翹從跟來的一個姑娘手裏接過一隻小木箱，打發姑娘回去。都三翹抱著小木箱往紅羊屋裏走，邊說：「大妹子快進屋。」

紅羊跟進來，都三翹把小木箱放在炕桌上，脫了鞋上了炕，又拉紅羊上了炕說：「大妹子，我放心了，鴿子院是我自個的了。大妹子，我沒妳那句話，還不敢騙博一丁說我把鴿子院賣給林豹子的媽了。現下好了，大妹子，博一丁完了，我什麼也不怕了。」

紅羊說：「這和我沒關係，我那句話怎麼了？」

都三翹說：「咱不說那句話了，大妹子。林豹子也想要鴿子院，我想了一個招，幫林豹子算計了博一丁，搬走了賭場的房子，給了博一丁一塊爛地皮，叫博一丁種大蔥。林豹子又來鴿子院找我，我就明白了，我說我和紅羊認了姐妹，我是鐵七的大姨姐了，我請林豹子給我留下個養老的窩。大妹子，妳猜林豹子怎麼說？」

紅羊本來挺生氣，但突然覺得都三翹過了幾十年提心吊膽的日子挺可憐，就說：「是啊！林豹子說什麼了？」

都三翹說：「林豹子說，操！妳他媽不早說，早說我就不來了。老七哥的大姨姐我能不給面子嗎？鴿子院妳想怎麼整就怎麼整吧！但過幾年，妳想像我媽那樣收山了，這鴿子院一定要留給我，我龍洋一塊也不少妳的。大妹子，妳說我能不高興嗎？」

紅羊說：「是該高興，我問妳，博一丁到底怎麼完蛋的？」

都三翹說：「妳家小丫頭，可厲害得很，她要了博一丁的皮……」

紅羊嚇了一跳，臉色也白了。

都三翹說：「其實李狐兒沒叫金大炮全部扒下博一丁的皮，只從博一丁背上扒了寬六寸長一尺半的皮。不過大妹子，金大炮扒皮真有一手，刀上去破了口，哧哧啦啦一會兒就扒下皮來了。博一丁當時就暈過去了。」

紅羊問：「那博一丁死了？」

都三翹說：「他還死不了，金大炮又扒了板凳子狗背上的皮，趁熱貼博一丁背上了。金大炮說，如果兩種皮長好了，合一起了，博一丁就不能彎腰了，直著背慢慢走還能活幾年，長不好發了炎，兩三個月就爛死了。」

紅羊想一想又打了哆嗦問：「那博一丁在哪兒呢？」

都三翹說：「我把博一丁整到關青上衛的屋子裏了，叫博一丁在屋裏當狗。不過，大妹子，博一丁也就幾天活頭了。這冬天馬上就過去，那兩種皮不通氣不結合，能不發炎開始爛嗎？」

紅羊問：「這都是爲了什麼啊！」

都三翹想想說：「這是男人爲了折騰得更好，誰不這樣呢？只不過有人運氣好手段好，就成了好爺、李老壞、林豹子那樣的人物；有人運氣差手段差，就成了石大頭、博一丁，或是成了其他小人物。」

都三翹把紅羊的腳扳過來，在紅羊腳掌上拳起中指給按了按說：「每天晚上這樣按按，就少想男人了。幹我們這一行的收山了不習慣沒男人，就這樣按。」

紅羊臉一下子紅了，眼睛飄向掛了整面牆的皮裘，就不想再和都三翹說什麼問什麼了。

正尷尬間，聽鐵小七喊：「媽呀！青上衛站起來了。」

紅羊下了炕提上鞋往鐵小七屋裏跑。都三翹急忙跟上，就看到青上衛站在炕上，歪著臉看鐵小七。見紅羊和都三翹進來，青上衛看了看，又摔倒了，但是青上衛的尾巴在輕搖。

紅羊說：「青上衛真又活了？」

起來了。」

鐵小七說：「我一勁敲青上衛的肚子，青上衛肚子裏鼓鼓的有氣啊！敲得青上衛放了屁，就一下站起來了。」

都三翹說：「這傢伙沒死透，吸了人氣又活了。這傢伙真是好狼狗，千金不換啊。」又看了會兒青上衛，就告辭走了。

紅羊和鐵小七給青上衛脖子處的四個傷口上了藥，鐵小七餵青上衛肉粥時，青上衛吃一點，喀喀咳著吐一點。紅羊就叫鐵小七不要再餵了，叫青上衛躺著休息。紅羊蹲下來看了一會兒，心想，如果鐵七能這樣活過來……那能怎麼樣呢？鐵七不死，可能她不會感覺到鐵七也愛她。她嘆口氣又站起進了院，在院裏找了點活幹，幹不下去又放下了，站著待了一會兒，又出門去往街上看鐵小葉，沒看到鐵小葉又掉頭回來。

她突然想起都三翹拿來的小木箱，進屋去看，開了箱蓋，裏面有十根金條，兩捲龍洋，五串東珠。她皺了下眉，一樣樣拿出來放在一邊。小箱子最底層還有一個銀製的小盒子，小盒子有一尺長，她打開小盒子，裏面是一根白色的獸骨製作的小「棒槌」，連把手帶圓形「棒槌」頭，有九寸長，一寸二三粗細。

她拿起來反覆看了半天，腦海裏一下想起石大頭懸在襠裏的檀香木的那根小「棒槌」，一把就握緊了。她認出這是虎骨製成的男人的陽具。

5

青上衛沒幾天就恢復健康了，但牠的精神也不像從前了，獨自待在院裏的時候，眼神總是透出猶豫、急躁。白天，牠總是跟在鐵小七身邊轉，一步也不想離開。而一到晚上，牠不像以前那樣睡在屋裏，總會跑出來。牠在院裏在柴垛邊給自己扒了個窩，趴在裏面一晚上也一動不動。如果誰一旦拿起木棒，牠的眼神立刻變得緊張，嘴會張開，尾巴會夾進屁股溝裏。

鐵小七也擔心青上衛會跑掉，總是企圖用繩子拴住青上衛，可是青上衛馬上會把繩子咬斷，揚頭盯著鐵小七看。往往這個時候，鐵小七會說：

「青上衛，這是家，和大獨嶺一樣是家。你不跑，我不拴你，你不去當鬥狗，你當看家狗。」

青上衛也許能聽懂鐵小七的話，但牠用無聲的行動拒絕被繩子拴。

有一次，鐵小七買回一捆拴馬車的繩子，可在第二天用時找不到了，找到青上衛趴著不動的狗窩，拽開青上衛，那繩子一節一節全斷在狗窩裏了。鐵小七想一想，把繩子丟院外去了，又找出一根舊繩，叫青上衛看著綁在馬車上，告訴牠，這不是拴你的，是用來拴馬的。

青上衛似乎懂了，歪著臉，看著鐵小七搖了下尾巴。

又有一次，鄰居家的雞突然飛過牆頭飛進了院，剛一落地青上衛就發現了。青上衛愣了愣，想到如果捕殺了雞就要去鬥狗，吱叫一聲，夾著尾巴一頭衝進鐵小七屋裏，趴在炕角怎麼叫也不出去。

紅羊說：「青上衛在博一丁手裏遭了什麼罪呀，連雞也怕成這樣。」

鐵小七說：「我問了都三翹大姨，博一丁和麻子炮都是用活食馴青上衛，青上衛死裏逃生，嚇破膽子了。」

鐵小葉說：「這也好，咱們就保護青上衛吧。」

改變青上衛的是麻子炮烏巴度，這傢伙總懷疑青上衛沒死。麻子炮烏巴度在黑瞎子嶺找到了鐵七父子的墳，那裏沒有埋青上衛的土包。麻子炮烏巴度悄悄在紅羊家左右轉，終於知道了青上衛沒死，就在一個雪夾雨的夜晚摸來了。他在腰裏圍上繩子，手裏提根木棒，從牆頭翻進了院。

在青上衛從狗窩裏叫著衝出時，麻子炮烏巴度舞起木棒，青上衛就怕了，打著轉逃跑，卻找不到博一丁，青上衛就一頭鑽進狗窩，渾身發抖。

麻子炮烏巴度摸幾根柴棒，把紅羊和鐵小七的房門頂上。驚醒的紅羊、鐵小葉和鐵小七推不開門。麻子炮烏巴度伸手從狗窩裏拽出青上衛，牢牢抓緊青上衛後脖子上的皮，一手提著木棒往院門拽。青上衛把尾巴緊緊地夾在屁股溝裏，吱吱叫著被拽著走。

鐵小七急了，一頭撞破窗子撲出去，和麻子炮烏巴度抓在一起，麻子炮烏巴度也急了，一腳踹開鐵小七，一棒打下去，鐵小七抬左臂護頭，木棒和手臂都斷了。麻子炮烏巴度罵一聲，掄半截木棒又打，正吱吱叫著往鐵小七身後藏的青上衛看到鐵小七被打倒，在地上翻滾慘叫，護主的天性突然爆發了，背毛一下炸起，一撲而起，尖吻在麻子炮烏巴度的脖子上咬了一口，落下地，又在麻子炮烏巴度的肚子上咬一口。

麻子炮烏巴度抬手捂住脖子，掄半截木棒撲打青上衛，青上衛叫著一扭頭咬上了半截木棒，一甩頭，麻子炮烏巴度就被青上衛搶了半截木棒，人也被甩倒了。青上衛鬆嘴丟去半截木棒，一甩頭撲過去把麻子炮烏巴度咬得滿地翻滾。

紅羊在屋裏喊：「鐵小七，要咬死人了！」

鐵小七才大喊，叫青上衛停下。青上衛炸著背毛退到鐵小七身邊，盯著麻子炮烏巴度汪汪叫，麻子炮烏巴度爬起來，捂著脖子開院門就跑了。

鐵小七整開了屋門，紅羊和鐵小葉才跑出來。

紅羊問：「知道那是誰嗎？」

鐵小七說：「怎麼不知道，我一眼就認出他是麻子炮。」

鐵小葉喊：「你的胳膊拐彎了……」

麻子炮烏巴度死了，死在渾江邊自己的馬車裏，馬車上還有一隻木籠子。沒有人知道麻子炮烏巴度是青上衛咬死的，發現麻子炮烏巴度屍體的人說，這傢伙是倒在馬車上死的，脖子上有布包著傷口，這傢伙身上的衣服全破爛了，有二三十處傷口。興許這傢伙整了條狗關在木籠裏，狗偷跑出來把他咬成這樣。狗跑了他自個包了傷，但出血太多還是死了。又有認識麻子炮烏巴度的人說，這傢伙的狗早鬥狗鬥死了，再說，就算是條生狗也不會這樣咬人，興許這傢伙整了條狼，想忽悠人要當鬥狗用。狼哪行，有了時機還不咬他？這傢伙是個獵人，命還算好，打跑了狼包了傷才死。他要不是個獵人，興許叫狼吃了。

這個事幾天就在通化縣城傳開了，有人還提醒家人在渾江邊走動砍柴、捕魚什麼的要小心狼。紅羊自然也知道了這個消息，就告誡鐵小七和鐵小葉，千萬不能說出麻子炮烏巴度是青上衛咬死的這件事，也不要讓青上衛出去被人看見起疑心。

鐵小七和鐵小葉也知道事情嚴重，在沒人來的情況下才讓青上衛在院裏玩兒，有人來就藏在屋裏，而且鐵小葉也改了性子不愛出門了。這一家人，除了都三麹幾乎沒人來，青上衛沒死的事沒幾個人知道。

這件事後，有一天，紅羊抓了根木棒敲打晾在晾衣繩上的被子。每敲一下，青上衛就哆嗦一下，紅羊沒理會，又敲。青上衛揚頭盯著看，在紅羊又一舉木棒時，突然撲上來一躍而起，一口咬上木棒就奪走了，跑到一邊丟下了，又抬腦袋盯著紅羊嗚嗚叫。

紅羊就罵：「操！青上衛，你比老七還愛管閒事！」

鐵小七就在一邊笑，鐵小七的胳膊斷了，接了骨，貼了藥，打了木板，用條繩掛在胸前已經十多天了。

從這件事之後，青上衛就不再怕木棒了，但牠絕對不肯被拴上繩子。

很快，雪夾雨的天氣過去了，渾江轟隆隆開凍，冰排順水浮去，開江了。兩岸的雜樹青草也吐了綠，沿江石崖上的映山紅也開花了，春天來了。

這一天一大早，外面還朦朧著。鐵小七一隻手挎著大包袱上街了，他去把紅羊做的肚兜之類的小東西趁早晨往貨主的店舖裏送，沒發覺青上衛悄悄開了院門跟在後面。

在鐵小七快走到「老狗頭」狗肉館的院門時，金小炮牽著一條黃毛板凳子狗打著呵欠從院裏出來遛狗。金小炮爲什麼養了一條板凳子狗呢？就因爲板凳子狗咬死了青上衛，於是有人從外地販來幾十條賣到通化縣城鬥狗，連林豹子都買了十幾條坐莊鬥狗。金小炮也買了一條。金小炮懂狗，金小炮的板凳子狗就很厲害。金小炮偶爾盯準了對手再鬥狗，準贏。他每天都早早起來遛狗，然後收拾館子開張。而自從鐵七死了，博一丁被金大炮扒了皮，金家父子在李家街名頭很響，隱約成了一霸。

金小炮打著呵欠，冷不丁一眼看到鐵小七，這兩個小子從小鬥架是死對頭。金小炮就喊鐵小七以前的名，喊：「石小頭，少見啊！我總想找你玩玩，你總是躲在小媳婦屋裏。這一大早你幹什麼去？」

鐵小七聽金小炮叫他石小頭就不爽，只是胳膊斷了還掛在脖子上不能鬥架，就不理會金小炮，快步往前走，心想，走了就得了。

金小炮覺得沒了面子，就喊：「石小頭，你成了一隻耳，又成了一隻手，我看著真他媽開心。」

鐵小七回頭就罵：「操你媽！等我胳膊好了，叫你知道我叫鐵小七。」

金小炮說：「鐵小七有什麼？鐵七也是個一受騙就氣死的『棒槌』貨。」

鐵小七站住了，掉頭盯了會兒金小炮，想想一隻手怎麼也打不過金小炮，掉頭又走。

金小炮就跳腳笑了。

大凡板凳子狗更加懂得狗仗人勢，這種狗掐架下死口，護主看家又超過普通狗。金小炮的板凳子狗盯了鐵小七好一會兒了，這會兒見鐵小七走了停，停了走，這狗就叫一聲，一撲上前，張口就咬鐵小七的腿。

鐵小七瞄著板凳子狗撲來，揮包袱打，板凳子狗就撲咬包袱。

金小炮不管，哈哈笑。

這時，悄悄跟著鐵小七的青上衛突然衝出來，當青上衛面對板凳子狗時，似乎想起了使牠吃虧的那條也是黃毛的板凳子狗，就停下了。板凳子狗就衝著青上衛上來了。

鐵小七擔心了。

金小炮愣了，他認出了青上衛。

青上衛盯著板凳子狗歪著腦袋還在遲疑，似在想對付的招術。在板凳子狗揚起頭哈哈喘氣撲來時，青上衛想到了對付矮腳狗的辦法，從板凳子狗頭上跳過去，落地飛快地轉過來，低頭一口咬中板凳子狗的後腿，向上一甩頭，板凳子狗被拎起摔倒就翻個個，肚皮朝天了。這也是獵狗捉矮腳兔子的招術，板凳子狗剛剛勾腰收腿往起翻身時，青上衛向下一口就掏開了板凳子狗的肚皮，然後跳到一邊。板凳子狗爬起來又坐倒，勾起頭去嗅肚皮裏滾出的腸子。

金小炮眼珠就紅了，青上衛在盯著金小炮的脖子，金小炮不敢動，也不知爲什麼，青上衛見到金大炮和金小炮並不怕，只會留心地盯著他們，這和別的狗不一樣。

金小炮說：「石小頭，我這條狗值一百塊龍洋，你賠我，要不我和你沒完。」

鐵小七問：「你的狗要是咬了我呢？你賠我多少？」

金小炮說：「你？就你！操！你他媽連你爸是誰你都不知道，你憑什麼和我的狗比？你賠我一百塊龍洋。」

鐵小七揚起頭忍了忍說：「我大頭爸沒少搗你媽的破『井』，那時你媽還沒生你，大頭爸搗了你媽的破『井』就生了你。你是誰的種你去問你媽吧。雜種，沒準你叫石小炮，你的狗死了，該！」

了。

鐵小七不去送貨了，帶著青上衛回來，坐院裏發了會兒呆，把青上衛關屋裏，跑去鴿子院找都三翹

都三翹帶著院子裏的一個護院打手，跟著鐵小七跑回來的時候，紅羊叉著腰，鐵小葉握著切肉刀，正和金大炮、金大炮媳婦還有金小炮在院裏叫號。

青上衛把兩條前腿撐在屋門上，盯著門外汪汪叫。

其實金大炮兩口子根本不敢惹紅羊，他們只是上門要狗錢。

都三翹就晃進來，一撲而上，五指成勾一巴掌抓下去，金大炮的臉上就是五道血槽。金大炮紅了眼珠，但看了眼都三翹也就蔫了。

金大炮的媳婦喊：「這小子埋汰我和石大頭那雜種睡了覺，還整死了狗。」

都三翹就往金大炮媳婦身邊湊，金大炮媳婦往金大炮身後藏。都三翹罵：「臭婊子，妳和石大頭睡覺還用別人說？石大頭的頭一回就是妳整去的，這條街誰不知道？金大炮愛戴綠帽子不管妳，今天姑奶奶管管妳。媽的，妳家小雜種不是愛欺負人嗎？姑奶奶把他和博一丁關一起，叫小雜種欺負博一丁去。」

都三翹的護院打手陰森森地一笑，就要動手抓金小炮。

金家三口子的臉色都嚇白了，全蔫了。金大炮收了木幫兩百塊龍洋幹的那活，如果都三翹真把金小炮和博一丁關一起，博一丁非得生吃了金小炮。金大炮媳婦拽拽金大炮的衣服，金大炮說：「一場誤會，姑奶奶消氣，我回了。」三口子走了。

紅羊臉上的五官氣得都在活動，她想，從父親開始，金家人欺負自己家到第三代了，心裏的火呼呼上升，就盤算一下子解決金家三口人，臉上的表情活動得就豐富。都三翹一眼就看出來了。

都三翹叫護院打手回去，拉著紅羊進了屋說：「妹子，人活著總要受點氣的，看開點哈哈一笑就完

了。和他金大炮鬥，咱們沒吃虧。」

紅羊說：「現下是這樣，等哪一天金大炮勢力大了，沒人壓住了，咱家小七不就完了嗎？金大炮父子得馬上解決了。」

都三翹說：「妹子，我這一輩子過得豐富，看得多，人啊！難有一世威，難有一世賤。該什麼命就什麼命，咱自個掌握不了。妹子，看開些，每個人都有一個兩個天生的對頭，每個人不都在活嗎？」

紅羊臉上還是不開晴。

都三翹說：「妹子，我那一句話可把那三個王八蛋嚇一跳。唉！其實博一丁死了。」

紅羊說：「真的？博一丁到底沒能熬過來。」

都三翹說：「熬了三四十天，難爲博一丁了。博一丁壞是壞，也算一條漢子。博一丁死前，說下輩子還要碰上鐵七和林豹子，那活著才過癮。」

紅羊眼神發飄了，突然腦海中一個畫面閃出來，十五六歲的鐵七丟下一塊龍洋給她買了張煎餅。鐵七看著她吃，煎餅舖裏的李狐兒捂著鼻子，睜著一雙大眼睛悄悄看鐵七。吉了了舉著串冰糖葫蘆跑過來，她丟掉煎餅跑去接冰糖葫蘆……

紅羊又想，這就是緣吧。

都三翹的鴿子院生意忙，又和紅羊聊了幾聲就和鐵小七一起走了，鐵小七是送貨，都三翹是回鴿子院。

這場風波過去以後，青上衛還活著，還依然勇猛的事傳來了，紅羊家不得安寧了，上門買青上衛的敲破了門，甚至有人開出了五萬龍洋。

紅羊怎麼說不賣也有人上門問，她抓破了腦門想了個招，在門上貼張告示：內裏木幫李龍頭愛犬一隻，青毛，四歲半，狼狗，善鬥，忠誠，售價一塊龍洋。有意者可即去木幫交款取狗。

這個告示一出，就沒人再敢敲門問狗了。

問狗買狗的沒有了，餵狗的來了，紅羊家院裏，有時白天、有時晚上總會時常出現肉，當然都是放了毒藥的肉。鐵小七擔心了，喚著青上衛，告訴牠這些肉不能吃，青上衛就不吃。

鐵小葉開始留意了，晚上悄悄出屋到院裏，爬到柴垛上，在身下墊張狼皮，身上壓張羊皮躺著等。第一個晚上，鐵小葉睡著了，那包碎肉落在馬車上，鐵小葉才驚醒了，睜眼看見滿天星斗，才想起自個在柴垛上幹什麼，但錯過了。第二個晚上鐵小葉重新來，堅持數天上的星星不睡，快天亮時，院裏砰一聲，落下一包碎肉。

鐵小葉站起，看到一個矮壯的人悄悄溜進了金大炮的後院，這是金小炮。鐵小葉揉著鼻子爬下了柴垛，把上幾次收集到的已經臭了的肉和這個新的肉包成一包。出了院門來到金大炮家後院，不慌不忙把一塊塊肉東丟一塊、西丟一塊，這樣分散扔進了金大炮家後院。這是第一步。第二步是第二天開始的。鐵小葉在丟出毒肉的次日晚上，寫了十幾張告示，跑上街，把這十幾張告示貼在了李家街顯眼的地方，告示上說「老狗頭狗肉館賣毒狗肉」。幹完了，鐵小葉才回家，悄悄溜進屋睡回籠覺。

鐵小葉被紅羊喊起吃了飯，又幹了會兒手工活，才走出來看熱鬧。

「老狗頭」狗肉館裏外都亂著，金大炮和媳婦在向昨天吃過狗肉、喝過狗湯的人解釋，他們沒賣毒狗肉。這兩口子講話太多，嘴丫子上滿是白沫。

也許是天從人願，金大炮家的那隻長大了的小黑柴狗跑到館子門口，歪著臉看了看這些人，咳了幾聲，伸伸脖子，鼻口出血跌倒死了。接著金小炮跑過來告訴金大炮，那幾條昨天不吃食的狗都死了，死的特徵和小黑柴狗一樣。

圍觀的人一下說開了，結論是金大炮殺狗太多，遭了報應，他家發了狗瘟。自然的，「老狗頭」狗肉館的生意，短期是做不了了。

金小炮看到歪著頭笑嘻嘻站著看的鐵小葉，鐵小葉笑著用手勢告訴金小炮：「你知道是誰幹的，我也知道是誰幹的。」

金小炮手指鐵小葉，想告訴金大炮這件事是鐵小葉幹的，但想到毒肉是他整的，沒敢說，把手又放下了。

很快，春天走了，夏天過去了。鐵小七的胳膊長好了。「老狗頭」狗肉館的生意又好了。金小炮也知道見了鐵小七、鐵小葉瞪一眼讓路走了。

秋天也就到了……

第十二章　復仇的記憶

狼狗對於仇恨的記憶力也許在所有的動物之上，只要牠活著牠就不會忘記。這是牠對主人忠誠之外的另一種特質。越是良種的狼狗，這種特質體現得就越是完美。這樣，那些被狼狗的仇恨鎖定的人，在再次見到這條狼狗的時候，就注定要遭殃了。

1

進入秋天，通化縣城裏往來的外來人比平常多了些，這些人大多是山東、河北的關內人。他們往往成幫結夥，在這個季節進長白山區域趕山挖參，伐木淘金。

鐵小七這些天突然忙了，忙著在渾江北岸的玉皇山裏砍了大量的燒柴，用馬車拉回來，堆在院裏，用鋸斷開，再用板斧破成可以燒的板子。

紅羊不明白鐵小七幹嘛一個勁地整燒柴，垛在院裏的柴垛比三間房子還大。紅羊沒問，觀察下來就明白鐵小七想出遠門了。紅羊看整天快快樂樂待在家裏幹手工的鐵小葉，鐵小葉挺正常，就又懷疑是她多心了，鐵小七不是要出門。

從給鐵七報了仇以後，都三翹來紅羊家的次數多了，性子也突然變了，信了道教，聽了馬老道的點化，行善事，不說粗口了，不太在意錢財了，也不在乎鴿子院的生意了。鴿子院裏安排了專人打理，都三翹這老闆當得比較清閒，就常來找紅羊，有時也同紅羊去玉皇山玉皇閣找馬老道問個吉凶。

通化縣城的玉皇山玉皇閣建於清初，傳說玉皇山有一龍脈，清皇室恐龍興之地再出龍族，就建玉皇閣壓住龍脈。故此，玉皇山玉皇閣又經歷次擴建，至今香火很盛。

這一天，鐵小七吃過早飯，就在院裏掄板斧喀喀劈燒柴的時候，都三翹就來了，和紅羊嘀咕了幾句，兩人搭伴一起去玉皇閣拜玉皇大帝，順便往玉皇閣送點香火龍洋，再聽馬老道說番天機。在臨近中午的時候，紅羊和都三翹從玉皇閣一同回來，進了院，兩人都愣了，院裏多了一個幫著劈柴的小子，身量比鐵小七大了一號，看上去像十七八歲，就是何有魚。

都三翹瞄一眼紅羊就搖頭嘆氣，嘟噥一句：「妹子，命中注定啊！」

紅羊也嘆口氣，在堂屋動手做了八碗八盤的大席，看得幫忙打下手的鐵小葉哧哧直笑說：「咱家又過年了。」

紅羊問：「妳知道鐵小七要出門了？」

鐵小葉說：「是呀！鐵小七想出去闖闖，這很好啊！」

紅羊問：「妳不怕鐵小七出去出了事？」

鐵小葉說：「怕什麼？我不怕！該出事在家裏待著也一樣出事，就像死胖子整天待在館子裏還能害死了我爸。」

紅羊嘆氣了。

鐵小葉抬手圍上紅羊脖子，悄悄說：「媽，妳藏在枕頭下的虎骨小『棒棰』我也試了一次，比鐵小七的小破『棒棰』大，挺好玩的。」

紅羊的臉騰地紅到脖子了，喘氣也粗了。

鐵小葉說：「媽，這沒什麼！妳沒了我爸，用虎骨小『棒棰』想我爸，這挺好啊！」

紅羊說：「媽媽在妳面前什麼秘密也沒有了，這多丟人！媽媽怎麼生了妳這種像獵犬似的死丫頭。」

鐵小葉說：「我是媽的貼身小棉襖，我幫媽守秘密。媽，鐵小七要是死了，我要是不想再找男人，我也整個那樣的虎骨小『棒棰』，整天瞅著一個男人也挺煩。有時一個人坐下來靜靜地待著挺好。」

紅羊問：「這樣說，妳高興鐵小七出去？」

鐵小葉說：「是啊！鐵小七要能變成我爸那樣的男人回來，我就服鐵小七了，就纏著鐵小七不讓他亂跑了。現在鐵小七想出去闖闖，就應該出去闖闖。」

紅羊說：「何有魚可比一年前來時長高了也壯了，像個男人樣了。」

鐵小葉說：「是啊！何有魚剛剛來時碰上了金小炮，何有魚和金小炮走個碰頭，對上了眼珠誰也不讓路，媽，妳猜後來怎麼了？」

紅羊說：「這也用猜的？金小炮那雜種動拳頭揍了何有魚唄！」

鐵小葉說：「媽，妳猜對了上一半。金小炮是動拳頭了，但金小炮的拳頭叫何有魚抓住了，何有魚一連幾拳都砸在金小炮的鼻子上，金小炮的鼻子幾年也挺不起來了，鼻梁斷了扁下去了。媽，我送貨正好看到，別提多開心了。媽，妳再猜猜何有魚的鼻子為什麼又扁又歪？」

紅羊說：「八成也是被拳頭砸的？」

子。」
鐵小葉說：「對！那媽知道是誰用拳頭砸的嗎？」
紅羊說：「這我上哪兒猜去？猜不到。」
鐵小葉就笑了，說：「是鐵小七用拳頭砸的，何有魚這傻小子就記住了，以後和人鬥架就砸人家鼻子。」
紅羊真沒想到這一點，也笑了。
都三翹從院裏進來說：「我妹子家傳的手藝做的菜就他媽香……唉呀！馬老道叫我不能再說粗口的了，又忘了。哎！快開席吧，我的哈拉子都淌到腳面了。」
鐵小葉說：「翹大姨，妳說話不用粗口了我聽著不習慣。我就不信馬老道不說他媽的，瞅他瘦得像隻公蚊子，一雙眼珠盯著妳亂轉就像個老嫖客……」
紅羊說：「這小丫頭，總愛較勁，擺桌子吧！妳大姨改了粗口好！」
都三翹揚頭想一想說：「妳還別說，咱們小葉說得有點那個意思，下次我去試試那馬老道吃不吃這口，沒準也是一個樂子。玉皇大帝就好色，要不怎麼關起了嫦娥自己偷偷享用？」
五個人在院裏擺上桌子圍上條凳吃飯。
都三翹問何有魚：「小子，你叫什麼名？家裏還有什麼人啊？」
何有魚說：「我叫何有魚，早先家裏有一個媽，兩個姐，一個後爸，兩個後爸生的姐。現下嘛，我後爸年初整鬥狗被狗咬死了，我媽帶著二姐，改嫁給高麗屯我爸的一個高麗酒友了，我大姐招了小獨嶺哈家的三小子當了上門女婿，住在大獨嶺老院裏。我兩個後爸生的姐姐和九蘭都住在那二爺家裏，那二爺正準備給她們招上門女婿呢。我就一個人出來了。」
紅羊和都三翹都把被青上衛咬死的麻子炮烏巴度忘了，也就沒問何有魚被狗咬死的後爸是誰。都三翹又扭頭瞅了眼紅羊。

鐵小葉說：「你一個人自由自在這不好嗎？想要個家也容易啊！以後你就住我們家給我家當牛吧。」

何有魚笑笑說：「我現下是沒地方去，我也不想在妳家待著。在大獨嶺我捕魚、打獵都幹夠了。我來找鐵小七，我和鐵小七一起出去闖闖，等有了些龍洋再打算在哪兒落腳。」

紅羊問：「你們都商量好去哪兒了？」

何有魚說：「在縣城裏我知道的少，鐵小七說了算。去了山裏我說了算，這是我和鐵小七在他掉耳朵那天說好的。」

鐵小七說：「對！沒錯！我們倆先去柳樹河子，我問了去那疙瘩的人，那疙瘩的山裏有線金，還有狗頭金、老山參。我們倆整金子去。整到了金子，我們就回來再把館子擴大，開個大館子。再開間山貨行，何有魚懂山貨叫他整。媽，以後咱們就過好了。」

紅羊說：「家裏有不少龍洋，你老七爸存媽手裏的龍洋有八千塊，你想開大館子、想開山貨行就不用出去整金子了。」

鐵小葉忙說：「你想出去闖闖，這很好啊！想整大館子，就應該你出去掙錢回來再整。我爸留給媽的龍洋讓我媽養老用，我們用的，我們自己掙去。鐵小七你記得，整塊腦袋那麼大的金塊就回來，要沒有腦袋那麼大的，就整耳朵那麼大的小金塊也行，再沒有，你人回來就行。記得了？」鐵小葉邊說邊向紅羊遞眼色。

紅羊想想，一下子想到鐵小七為什麼去柳樹河子了，就說：「你頭一次出門，該帶的多帶些，整得到整不到金子無所謂，人平安回來就好。」

鐵小七說：「媽！妳放心吧！小葉妳也放心，我都準備好了。何有魚也準備好了。我們倆明天就帶青上衛上路。」

晚上，都三翹住在紅羊屋裏，和紅羊躺在炕上說見了馬老道的事。紅羊在都三翹問了近日吉凶之後，無意中問馬老道，家裏是否就此平安了？馬老道卜了銅錢卦說，家中近日有人出行，見財必有凶光之災。紅羊想起鐵小七連日整燒柴，這也許就要出行，又問能否解災。馬老道說，這是命相，但也有一線生機，這線生機應在同行者身上。就又卜一卦，說紅羊家將有吉人現身，此吉人乃河中魚，有旺家興達之運。又告訴紅羊，所謂不是一家人不進一家門，此卦相應順其自然，人力強阻反而更糟。又說，凡大凶之相，必生大吉，凡大吉之相，暗藏大凶。人如樹木草蟲，運相各有不同，也強求不來。

這些話紅羊將信將疑，但都三翹卻全信了，求馬老道破凶解救。馬老道想了半天，起身寫了道符，燒了灰用紅紙封好，叫紅羊回去給出門之人揣在貼身之處，揣足七天就可緩解凶相。又說，常言說，小心行得萬年船，其實也是反正兩面來看的，並非遇事小心就可化解。小心是因，小心中正確決斷、正確行動才是果。比如上山遇虎，你再小心也會被吃，因爲你遇上了虎。那麼怎樣遇虎而不被吃呢？這就是小心中的決斷和行動了。

這是紅羊和都三翹去玉皇閣，無意中叫馬老道卜卦的結果。

都三翹躺著躺著一下坐起來，說：「那小子叫何有魚呀！馬老道說，妳家貴人是河中魚，這不就是何有魚嗎？這小子真是咱小葉的真命女婿？」

紅羊說：「這歪鼻子的小子會有這麼好的女人運？我可不信。」

都三翹說：「妹子，我可信。馬老道指點我行善積福，我常常拿龍洋送給叫花子，妳別說，我心裏越來越敞亮了。」

紅羊問：「敞亮到連男人也不想了？」

都三翹說：「找男人是小菜，我不似以前了，我隔三差五地整一回孟大腦袋，孟大腦袋是林豹子的老丈人。我見了林豹子又多了一層身分。可不知怎麼的，孟大腦袋家的八蘭是個風流女，跑我院子裏幾次就偷偷接了客。嘗到甜頭了，這八蘭又當了次皮條客，把她姐六蘭拐去，被個老參客用四十塊龍洋開了苞。我悄悄告訴林豹子，林豹子說，八蘭、六蘭和四蘭不是一個爸生的。那兩個蘭就是幹那個的材料，叫我別管。唉！妹子，幹那個還有小丫頭主動幹的，這挺少見。我和院子裏的那些妹妹在當初可沒一個是自個跑院子裏接客的。」

都三翹瞅瞅紅羊說：「妹子不愛聽，我不講了。」

紅羊說：「愛聽，挺有意思的。那也是活路，沒辦法了幹也正常。總比整天整年蒸饅頭賣饅頭強。」

都三翹說：「那可不一定，孟大腦袋家的七蘭可是好樣的，街上的人叫七蘭饅頭格格。人家傳說七蘭去給鐵七送過紙錢和幾十個大白饅頭。」

紅羊想，也該去鐵七墳頭看看了。紅羊一直沒去過鐵七的墳地，是紅羊不知道去了對鐵七能說什麼。

鐵小七和何有魚在自己的屋裏大談怎麼怎麼闖蕩，談得興高采烈，就沒理會鐵小葉在屋裏已經等急了，已經跑到院裏了，在吹口哨，希望鐵小七聽到出來。鐵小七沒反應，時不時還有笑聲從屋裏傳出來。鐵小葉就在院裏跺腳。

青上衛從草窩裏出來，揚著頭看鐵小葉，看鐵小葉跺腳不停就汪叫一聲，似乎告訴鐵小葉妳影響到我了。鐵小葉掉頭向青上衛揮拳頭，青上衛又回草窩裏趴下，把腦袋低下，抬起前腳擋上眼睛。

鐵小葉等到紅羊屋裏的燈熄了，又在院裏揚頭看了會兒圓大的月亮，咬咬牙，拉開鐵小七的門進去，拽住鐵小七的獨耳把鐵小七拽出了屋。

何有魚嘻嘻笑，呼一口吹了燈，說：「關好門噢，我睡了。」

鐵小七那一晚用小「棒棰」搗了鐵小葉的小「井」兩次，鐵小葉才累了，說：「小傻狍子越來越能搗了，我整不過你了。」

事後鐵小葉睡著了，而且嘴角睡出了口水，濕了大半面枕頭。

鐵小七睡不著，他不知道明早去柳樹河子能不能找到查十三，也在腦海中幻想查十三的模樣兒，但查十三的模樣卻和紅羊的臉重合了，他歪頭看看朦朧中的鐵小葉的臉，這張臉和紅羊的臉一個樣兒，鐵小七又翻身壓上去了，鐵小葉哼了哼，睡夢中又被鐵小七用小「棒棰」搗了小「井」一次……

2

這條河北岸的山腳下是柳樹河子羅通山山脈裏的一座小屯，鐵小七和何有魚揹著各自的行頭，踩著寬闊急流中一塊一塊露出水面的形狀各異的河石，一步一跳地過了河，走上河的北岸。在過河時，何有魚還說，小心！你小子踩穩了，這河水挺深挺急的，掉下去就沖沒影了。

兩個人過了河站下，看著眼前的小屯，青上衛坐在鐵小七腳邊，也揚頭看著小屯。依山面河的小屯裏只有二十幾戶人家，家家房子的樣式和大獨嶺鐵七的房子差不多，只是略高點、略寬點。現在是中午，家家靠在房山牆立的煙囪都在冒炊煙……

鐵小七在柳樹河子鎮上打聽到了查十三的消息，消息說查十一、查十三離開柳樹河子鎮好多年了，好像進了羅通山了。鐵小七並沒告訴何有魚找查十三幹嘛，也沒告訴何有魚查十三是誰。何有魚和鐵小七有約定，這次出來他要聽鐵小七的。會聽話的人是有福氣的人，何有魚就是這樣的人，這也是一種東北狼狗的性子。他一路跟著鐵小七走，不多話，但很開心。

可是這裏的山區區域太大了，鐵小七和何有魚大多數的晚上都是在野外露宿。何有魚是獵人出身，青上衛獵狗當得好，鐵小七吃苦慣了，他們這樣過日子都適應。有時還能停下打點野味吃肉，秋天的野獸皮子不值錢但也有人家要。

圍著羅通山脈一個屯一個屯找下來，沒找到查十三。前幾天，鐵小七和何有魚碰上一夥趕山挖參的山東人，這夥人起了好山貨，一棵六品葉的山參和六棵二甲子山參。鐵小七向這夥趕山人打聽，這夥趕山人告訴鐵小七，靠山屯裏有個叫查十三的女人。並告訴鐵小七，那女人是個會害羞的補襪子的俏寶貝。

何有魚歪著腦袋聽了，張開嘴聽不明白，還瞅著發愣的鐵小七哈哈笑。

在那天晚上，鐵小七和何有魚一起和這夥趕山人住在一個地倉子裏，有人問鐵小七去靠山屯就爲找一女的，還是還幹別的。鐵小七告訴那人，是有人叫他給查十三帶句話，他和何有魚是去採金的。那人告訴鐵小七，如果去採金，靠山屯就是一個歇腳的地。順著靠山屯前的那條河進山，就能找到開採線金的人。那人喘口氣又說，可是小子，興許你來晚了，那的人不少，好的採金場老早被人占了。

這樣，鐵小七和何有魚帶著青上衛走走停停就找到了這個靠山屯。

何有魚坐下了問：「怎麼辦？進屯子嗎？」

鐵小七吸了下鼻子說：「怎麼不進，咱倆在這個屯裏歇歇腳，就沿著河進山，找到腦袋那麼大的狗頭金，咱倆就回通化縣城。」

鐵小七和何有魚順著河北岸一條茅草路走到了屯子口。何有魚抬下巴指了指，鐵小七也看到了，那是一間賣酒的小舖子，旁邊還有一間賣雜貨的小舖子。

鐵小七和何有魚帶著青上衛進了賣雜貨的小舖子，鐵小七問一個挺胖的男人：「喂！這疙瘩是靠山屯嗎？我們是採金的。」

胖男人打個呵欠，也問：「採金的還有不知道靠山屯的？」

鐵小七又問：「那這疙瘩是靠山屯嗎？」

胖男人答：「對！這疙瘩就是靠山屯！」

鐵小七問：「大叔，這屯裏有個叫查十三的女人嗎？」

胖男人歪了臉看鐵小七，也看何有魚。胖男人的女人端個飯碗出來也看鐵小七和何有魚。

胖男人說：「操！小雞巴屌孩毛沒長全也來補襪子？」

鐵小七問：「補襪子怎麼了？關毛什麼事？」

胖男人嘿的聲笑了，胖男人的女人哈一聲也笑了。

胖男人說：「對！小子，補襪子不關毛的事，但關『棒棰』的事。」

胖男人的女人放下碗問：「小兄弟是頭一回來這屯子補襪子吧？」

鐵小七說：「是啊！我們還來採金。」

胖男人的女人說：「難怪你不懂，我告訴你，這屯裏有六七戶的門前掛了隻男人的破舊襪子，你想補襪子，就瞄著掛襪子的人家進去，見了人家男人，點不點頭打不打招呼都行，人家男人就會走了，你進去找女人補襪子就行了。」

胖男人的女人見鐵小七摸著獨有的一隻耳朵沒聽懂，又說：「你不補襪子也行，摸那女人身子啊，用小『棒棰』搗那女人的『井』啊，整什麼事都行。」

鐵小七和何有魚都張嘴，噢！發了這個音。

胖男人說：「妳這不是害人嗎？這倆小子還是小嫩黃瓜，搗那些老『井』哪兒行。」

胖男人的女人說：「你像他們這麼大時你少搗老『井』了？你爸用棒子也攔不住你。」

胖男人嘿嘿笑說：「那是！那才過癮。」

胖男人的女人說：「進屯子右邊第五個院門就是查十三家，找查十三補襪子的男人現在少了，以前查十三剛來時，那男人來的三五個一串串掐著『棒棰』轉著圈等。」

胖男人說：「那是，那會兒找她姐姐查十一的也多，可惜了，查十一早幾年死了。」

胖男人的女人說：「還有一件事你要記住，院門口沒掛襪子的人家是正經人家，家家有狗，生人進去被狗咬了可是活該。」

鐵小七吸了下鼻子說：「我也帶了狗。」

胖男人低頭看一眼青上衛說：「你這小破狼狗哪兒行，這疙瘩的大狼狗都敢和狼掐架。」

鐵小七和何有魚帶著青上衛在查十三家院門外發呆，鐵小七的腦袋頂上有一橫桿，橫桿懸空垂下的就是一隻破襪子。

何有魚說：「去呀！告訴查十三那人叫帶的那句話，咱倆就進山了。」

鐵小七說：「哎！」卻站著不動。

查十三在院裏早看到鐵小七和何有魚了，就叫男人領著一個七八歲的小女孩向院外走。那男人四十多歲，臉皮黃黃嘴唇挺厚，瘦得像個大煙鬼，走起路一喘一晃的又像個癆病患者。

男人牽著的小女孩穿著用大人的舊衣服改的對襟藍花粗布單衫，雖補了多種顏色的補丁但很乾淨。小女孩一臉菜色，長得挺細瘦，瞪著挺秀氣的眼睛一直盯著鐵小七看，叫男人牽著從鐵小七身邊走過去了。

小女孩又一下掙開男人的手，轉身跑過來，問鐵小七：「小哥哥，你的那隻耳朵哪去了？」

鐵小七說：「掉了，凍掉了。」

小女孩問：「那你還痛嗎？」

鐵小七說：「早不痛了，早好了。」

小女孩說：「小哥哥，你少一隻耳朵你也挺好看。」

那男人過來牽小女孩走，小女孩說：「小哥哥，媽媽炕上現在沒補襪子的叔伯，你快去吧。」

鐵小七看著小女孩一跳一跳地跟著男人走，心裏突然挺酸，鐵小七猜到興許小女孩是他同母的妹妹。

何有魚問：「怎麼了你？要哭的小樣！咱倆進不進？」

鐵小七說：「怎麼不進！」

鐵小七甩了下背上的行頭，吸了下鼻子進了院，卻不進屋，在院裏的條凳上坐下。何有魚站了一會兒，也坐下。青上衛就過來趴在鐵小七腳邊。

查十三在屋裏用木盆洗了屁股，等了半天沒人進屋。查十三想，這是兩個小屁孩，興許是童子雞害羞，就出來想叫他們進屋。

查十三出了屋，看到何有魚直愣愣地看她，查十三笑了笑，何有魚也笑了笑。查十三看鐵小七低著頭不看她，就問何有魚：「還沒吃飯吧？」

何有魚說：「沒吃！上哪兒吃去？我們剛來，是他找你。」

查十三愣了愣，想，他們不是爲補襪子來的？就問：「小兄弟，你找我有什麼事嗎？」

鐵小七抬頭看查十三，查十三挺細瘦，也挺清秀，臉上有種深深的滄桑氣息。這是秋天，又是中午，查十三穿的衣服挺小挺單薄，胸前的兩隻奶子垂在衣服裏被衣服裹著，顯出的輪廓就像兩隻趴在胸前的空襪子。

鐵小七看著查十三的胸部，一下子就哭了。

查十三嚇一跳，看著何有魚。

何有魚抬手抓鼻子說：「這小子準是走累了，我們找妳費了老鼻子勁了。」

鐵小七忍了忍不哭了，掏出三塊龍洋一下放查十三手裏說：「給我們做頓吃的吧。」

查十三吃一驚，攥緊了三塊龍洋，又爲難了說：「家裏沒好東西吃，還是……還是補……」

鐵小七急忙說：「我們不補襪子，什麼吃的都行，妳做的就行。」

何有魚說：「對！我們真餓了，有吃的就行。」

查十三進屋把三塊龍洋藏在一隻破鞋的鞋桶裏，才去堂屋熱了四隻窩窩頭，又做了兩碗白菜湯，端出來放在院裏的一張破木案板上說：「我家就只有這樣的吃的，兩個小弟弟將就吧。」

何有魚先抓起一隻窩窩頭狠咬一口，又喝口白菜湯，說：「一顆油星也沒有，等我獵隻肥的狍子給妳送來。」

查十三的臉就紅到耳根了，想一想掉頭回屋了。

鐵小七仔細地喝了幾口白菜湯，抬頭想想又要掉眼淚，又一口氣喝光了白菜湯。青上衛抬腦袋瞅著鐵小七吱吱叫了。鐵小七就餵了青上衛一個窩窩頭，另一個窩窩頭抓在手裏咬一口，突然仔細看，窩窩頭的皮上印有一個大拇指的指印，鐵小七就看呆了。

何有魚吃了一個半窩窩頭，另外半個留給了青上衛。看著鐵小七看著窩窩頭發呆，何有魚問：「你又怎麼了？沒見過破窩窩頭怎麼的？」

鐵小七突然問：「你幫我個忙行嗎？」

何有魚說：「怎麼不行！沒不行的，你說我怎麼幫？」

鐵小七說：「你去吃她一口奶，告訴我是什麼味。」

何有魚抓抓腦袋，往屋裏看一眼，說：「啊！我他媽知道了，你小子想去吃，又怕鐵小葉知道。行！我也給她三塊龍洋。」

何有魚就進屋了，鐵小七把半個窩窩頭又餵了青上衛，把有指印的半個窩窩頭揣懷裏，揹上他和何有魚的行頭走到院門口等。

鐵小七等了挺長時間，何有魚才笑嘻嘻地跑出來，說：「鐵小七，查十三身上白，還會玩花樣，她比烏小丫會搗。你也去吧，我給你守秘密，我不告訴鐵小葉。」

鐵小七就一跳腳問：「你幹什麼了？」

何有魚說：「查十三說她沒生孩子現在沒奶，給十塊龍洋我也吃不成奶。查十三脫了褲子躺下，我一眼看見她的『井』，我的『棒棰』就翹了，能不搗她嗎，能白給她三塊龍洋嗎？」

鐵小七揮拳砸自己鼻子上了，鼻子就流血了。

何有魚急忙抬手給擦，又不理解就問：「你小子，你這是幹什麼？」

鐵小七罵：「你他媽的！你剛剛搗了我媽！」

何有魚嚇一跳問：「真的？查十三她是你媽？真……真是你媽嗎？」

鐵小七原地轉了一圈，想一想，丟下行頭就跑進院，衝進屋子。

查十三沒穿衣服，胸前垂著兩隻空襪子似的奶子，正坐在木盆裏洗屁股，見了鐵小七就說：「你也來了？我知道你會來，哪有吃窩窩頭就給三塊龍洋的客人？我就好了，你等等。」

鐵小七鼓著眼珠衝過去，抬手抓住查十三骨感凸凹的肩膀，把查十三一下摁得坐進木盆裏，屁股下的水嘩啦擠出來。

查十三哧哧笑，抓起一隻長長的奶子攥住擠一下，說：「看見了？瞧你急的，我現在沒奶。怎麼的？來補襪子的小屁孩都喜歡吃奶了？」

鐵小七定了定神喊：「查十三，妳看，妳看，妳看看我像誰？」

查十三就仔細看鐵小七。

鐵小七又喊：「妳使勁看，使勁看！我給妳帶了他媽的兩百塊龍洋。我想慢慢地熟悉了給妳。」

查十三眨了下眼睛，突然說：「你喊啊！使勁喊啊！你使勁喊我就想起你像誰了，我就快想起來了。」

鐵小七突然發怒了，臉色煞白，眼珠瞪得全是白眼珠了，大喊：「呀！呀！呀！妳怎麼幹了他媽的這個？」

查十三打個哆嗦，嘴角的皮肉在顫抖，抬手一下捂上奶子，緊閉了眼睛，嘟噥說：「我想……我想起來了，你像博二丁！你是……你是……」

鐵小七一屁股坐地下了，又跳起來，揮著拳頭大喊：「我不像他媽的博二丁，妳再看啊！再看再想啊！我他媽不像鐵七嗎？」

查十三把腦袋一下垂在了雙腿之間，雙手上抬捂住耳朵，大喊：「你走！你走！你走啊！你走啊……」

鐵小七掉頭跑出去，在行頭裏翻出一隻繡了一片柳樹葉的鹿皮口袋，鹿皮口袋裏是鐵小葉給裝的兩百塊龍洋，又跑回來，雙手一揚，兩百塊龍洋從鹿皮口袋裏飛上屋頂，落下來像大片淚滴。鐵小七抓緊也像隻空襪子似的鹿皮口袋轉身跑出去了……

3

山裏的採金人有幾幫，其中有單幫的，有三兩個成一幫的。這些人有的在河岔裏淘砂金，有的在岩石地碎石採線金。所謂線金，就是在岩石裏形成的砂金，這需要會看岩石層，看到金線就碎開岩石取金，把含金的石粉在水裏洗去石粉，剩下的就是砂金了。這種金因生在岩石裏，形成細線般厚的一層，在岩石外面看像金線，就叫了線金。其實也是砂金，只不過生在岩石裏。

鐵小七和何有魚用了幾天時間看了幾幫採金的人就傻了。他們除了行頭、兩袋雜糧、一口小鍋和一桿獵槍、一條狗之外就沒東西了，就是沒有採金、淘金的工具。而且，鐵小七和何有魚只是聽說了採金、淘金而已，也不會看金線，也不懂找金脈。

鐵小七吸著鼻子去問一個用小錘碎岩石的北方老漢，問老漢在什麼地方能找到腦袋那麼大的狗頭金。

老漢聽完了，瞅著鐵小七愣了好一會兒，才放下工具坐在岩石上說：「小子，俺五十七歲了，俺年年來這裏採金，來來去去十九年了，俺就沒見過有腦袋那麼大的狗頭金。知道什麼是狗頭金嗎？」

鐵小七搖搖頭，又想想說：「當然是長得像狗腦袋樣子的金子。」

老漢嘿嘿笑了說：「那是人家編出來的故事，俺告訴你吧，狗頭金就是天然金塊。」

鐵小七說：「那我來就找金塊，我媳婦說，找到腦袋那麼大的金塊我就回家。」

老漢歪歪頭看鐵小七的一隻耳朵，說：「俺來找了這麼多年，俺就找到過幾塊像你耳朵那麼大的金塊。腦袋那麼大的金塊哪兒有？俺也跟你去。」

鐵小七說：「啊！原來沒有。那我找到耳朵這麼大的金塊也行，我媳婦也說可以回家。」

老漢說：「耳朵那麼大的金塊要找到有指望，興許你撒泡尿就在沙裏沖出來了，興許你打個噴嚏一低頭在草棵裏就找到了，興許你晃晃蕩蕩漫山遍野找個三五七十年也找不到。」

老漢吐了口痰，又說：「原來你不帶採金家什，就是來找腦袋大的金塊的，嘿嘿！這是俺從生下來到今天聽到的最大的笑話。」

鐵小七扭頭看何有魚，何有魚也扭頭看鐵小七。

老漢突然問：「想要家什嗎？」

鐵小七說：「怎麼不想，你能幫我整到嗎？」

老漢說：「瞅見那道山梁了嗎？過了山梁有一個採金場，那有一個漢子失了運不幹了，這家什帶回家得走幾千里地，興許能賣給你。」

鐵小七和何有魚就去那裏，找到了那個北方漢子，用了八塊龍洋留下了採金的家什和一個地倉子裏的破家什。可是鐵小七和何有魚看不出金線，也找不到金脈。三四十天下來，四隻手都磨出血泡也磨出了老皮，也是白幹。

這一天，何有魚下山到靠山屯買了雜糧回來，叫鐵小七歇會兒，何有魚說：「這些採金的傢伙沒肉吃。」

鐵小七說：「咱倆也沒肉吃，就青上衛有肉吃，老捉了兔子自個吃飽，再把扒得亂糟糟的兔子皮叼回來，剛剛還叼回來一隻狗獾的皮。青上衛這兩天又迷上挖土了，每次從外面回來，就在咱的地倉子裏挖那面土坡。」

何有魚說：「你聽我說完，我想咱倆這樣，你採金，我打獵。然後咱把肉賣給採金的這些人。咱倆幹到冬天，這山裏牲口的皮毛好了就狠打一陣子，賣了肉和皮子也能回家了。咱倆最多沒掙到龍洋也沒賠了龍洋。咱倆得了什麼都一人一半。」

鐵小七說：「行！反正就一套工具，咱倆一人整半天，不如分開一個人幹一樣事。」

何有魚開始打獵了，有時何有魚獵到牲口去靠山屯賣肉，到了晚上，把賣剩下的頭、蹄、下貨一拎頂龍洋用，也就能睡在某個掛襪子的女人炕上了。

這樣，鐵小七時常和青上衛守在地倉子裏。而鐵小七也打聽明白了靠山屯裏爲什麼有人家掛襪子了。

這裏是採金的區域，那些採金的人不可能帶女人來，衣服、襪子破了就找人家去補。採金區域的屯子中，那些人口多或者男人有病等等情況的人家，爲了增加收入，家裏的女人就爲這些淘金、挖參的人洗衣服補襪子，久了就幹上了皮肉的生意。有的女人往往生下了這些來補襪子人的孩子，不知道誰是孩子爸的也不少。爲了明白地告訴外地採金人，幹這種事的人家就在院門掛上隻襪子。採金人一眼看到襪子，進去看到女人滿意了，不用廢話掏「棒槌」幹完，丟下點龍洋就走。

那麼查十三怎麼也幹上這個了呢？得從查十一說起。查十一在柳樹河子弄臭了名聲，就帶著守寡的查十三嫁到這裏，也幫查十三在這裏找了個男人，這姐妹倆的男人都是當地人，也幹採金的活。查十一風流不能改，嫁到這裏沒多久就掛了襪子開張，查十一的男人生氣之下離開了。查十一幹了三年這種活就病死了。

查十三的命不好，嫁的第一個男人在初冬抱著一歲的兒子走河道，踩破了冰，父子倆都掉河裏淹死了。查十三不到十八歲就守寡，那時，姐姐查十一爲了靠上勢力，叫查十三跟了在柳樹河子賭場管事的博一丁。後來查十三在街上賣旱煙葉認識了鐵七，也進一步有了博一丁和鐵七爲查十三而起的爭鬥。在鐵七、博一丁都離開查十三以後，過了三四年，查十三才跟隨查十一來到這裏。六年前，查十三現在的男人採金累成癆病，家境變難了，查十三就靠補襪子賣身養家了。但幹這個的女人掙不了多少錢，那些北方來淘金採金的漢子本身也是窮人，有的漢子揣幾個馬鈴薯、拎幾個苞米棒子，也能找到女人補襪子加搗那事。

查十三的這些事，鐵小七當然不知道，每天鐵小七都拚命敲石頭，扒土方，只有累得呼呼大睡，才不會想他到底是不是博一丁的兒子。鐵小七也恨查十一，爲什麼告訴鐵七說查十三給鐵七生了兒子。這些鐵小七不想去想。但鐵小七強迫自己不想也不行，這是由不得自己的事情。鐵小七的眼前總是看到坐在木盆裏光著身體的查十三，尤其查十三那對從胸部懸在肚皮前像雙空襪子的奶子，更強迫性地總是出現在鐵小七眼前。鐵小七不知道他吃沒吃過那對奶子裏的奶？

鐵小七覺得有點冷了，起身把鐵鍋搬下來，往爐灶裡加柴。這個地倉子是那個北方漢子留下的，包括裏面的東西用具。鐵小七和何有魚住進來時，何有魚說過這個地倉子老鼻子年頭了，而且在靠山坡那邊還塌陷過。後來人爲了方便又修一下，就對付住了。

這話鐵小七信，何有魚山裏的事比鐵小七懂得多。

青上衛又開始在一堆亂土堆前扒土，這幾天，青上衛把土、石塊扒下來一大堆，而且，青上衛不是往下扒土，而是順著土堆垂直面往裏扒土，這樣扒土，上面的土會往下落。鐵小七看過，本來挺高的大土堆已經被青上衛扒矮了三尺多。

那晚鐵小七睡覺時聽到了狼嚎聲，鐵小七掉頭看青上衛，青上衛停了扒土，跑到地倉子門口，耳朵轉轉方向臥下了。

次日，鐵小七吃了早飯就出去在昨天破開岩石土層的地方找金線，這一次，鐵小七找到了岩石上的金線，就鼓起勁敲岩石。正幹著來勁，那北方老漢來了。

青上衛不在身邊。自從鐵小七來到這裏幹了這個，青上衛初時還圍著鐵小七用腳爪扒碎石，幫著瞎找，後來就不扒碎石了，一撲一撲地在草叢裏捉到處亂飛亂撞的螞蚱，也扒耗子洞捉耗子，也跑進小河流裏捉魚吃。再後來，就跑到靠近一個小屯的山坡上和屯裏人家養的狗掐架，有三戶人家的青毛大狼狗被青上衛咬死了。屯裏人家以爲是狼幹的。幾個漢子提著火銃追蹤青上衛找到了鐵小七的地倉子，才知道青上衛是條極品的狼狗，那幾個漢子震驚不已。沒辦法，鐵小七就賠了龍洋了事。青上衛再在那山坡上出現，不論怎麼汪汪嚎叫也沒有狗來爭鋒了，自然也沒有狗來同牠玩了。再後來，一條漂亮的青毛母狗突然出現了。但沒有人聽到這條青毛母狗汪汪叫過，反倒看到青上衛有時和青毛母狗一邊玩耍，一邊都像狼那樣揚起腦袋嚎叫過。這也就是說，那條漂亮的青毛母狗說不定是條母狼狗，也說不定是隻母狼。如果牠是母狼，如果到了發情期，如果和青上衛搗了那種事生了崽子，那些崽子長大了將是非常凶猛又非常聰明的狼狗和狼的後代。

當然，這是說如果。如果那條漂亮的青毛母狗是隻不愛汪汪叫、專愛學狼叫的母狼狗，如果牠生了青上衛的崽子，那麼這些崽子裏將出現一隻或兩隻最像青上衛的，這崽子也是極品狼狗。因爲一隻母狼只和一隻公狼交配成家，一起養兒育女。母狗不行，在一個發情期內，牠會和不同的公狗交配，生的崽子也就亂七八糟了。當然，這是青上衛在這段日子裏的生活插曲，反正從青上衛和那條漂亮的青毛母狗相遇之後，牠就變野了，有時中午跑回來，有時不到晚上不回來。

老漢過來看一看，笑了說：「小子，好運氣呀！人家丟了寶地，你小子撿了寶。」

鐵小七坐下來問：「這裏的金子夠隻耳朵大嗎？」

老漢問：「想回家了？」

鐵小七說：「是啊！其實我家不缺龍洋。我說出來找金子就是一個藉口，我媳婦、我媽就信了。我事辦完了，就得找到金子才能回去了。沒想到自己下個套，把我自己和我兄弟都套裏了，找破金子會這麼難！」

老漢說：「這道金線俺來弄，那金子就值一百塊龍洋，你弄就值三四十塊吧。三四十塊龍洋換不來耳朵大的金子。」

鐵小七問：「那怎麼辦？」

老漢說：「俺來教你吧，不收你金子也不收你龍洋。」

鐵小七說：「那咱們搭伴一起整吧？你動嘴教我，我有力氣我幹。得了金子分三份。我兄弟打牲口賣肉、賣皮得的龍洋也分三份有你一份，行吧？」

老漢瞅了瞅鐵小七說：「小子啊！你心眼挺好，但俺不占你便宜。你找到金脈就是你的財運，老漢占了用了不踏實。來，小子，要這樣弄。」

老漢教了鐵小七小半天，看鐵小七上道了，說：「小子心眼好使，腦袋也靈。」拍了下鐵小七的腦袋走了。

鐵小七想歇一會，卻看到何有魚從靠山屯揹了一個大布包回來。

何有魚瞅著鐵小七咧嘴笑。

鐵小七也咧嘴笑，說：「咱倆有一百塊龍洋了。」

何有魚問：「在哪兒？」

鐵小七說：「還沒整出來，得幹幾天。」

何有魚又咧嘴笑，說：「我賣狍子肉也整十七八塊龍洋了。」

鐵小七說：「那再加把勁，咱倆每人整到值一隻耳朵那麼大的金砂就能回家了。」

何有魚說：「我有一事兒，我去了靠山屯，你……你那個……查十三的家。」

鐵小七說：「那沒什麼，她幹那活兒的。」

何有魚說：「我這回沒找她搗，咱倆是兄弟，那就不能再去搗了。我知道查十三爲什麼幹那個了。查十三的男人是癆病，什麼也幹不了，廢了，沒幾天活頭了。查十三不幹那個全家就餓死了。她家沒油吃，我捉了一隻大獾子丟她家院裏，叫她煉油吃，還留了一副岩羊的頭蹄下貨。我就跑，是查十三追出來叫住我的。查十三叫我告訴你，生你的媽不知道是誰，你是她姐姐查十一在家門口撿來給她的。查十三說，那時她是寡婦養不了，查十一把你抱到行腳客棧裏送給一對小夫妻了。瞅！」何有魚指著那大布包又說，「查十三說，這是你老七爸以前的衣服，現在天涼了，你都可以穿。」

鐵小七吸了下鼻子，就明白查十三爲什麼這麼說了，發了陣兒呆說：「你再去一次，告訴她，博一丁和養過我的大頭爸害死了老七爸，我們一幫人把博一丁的皮扒了換成狗皮了。再告訴她，我親生的媽只有一個，我認她是媽媽，我會去看她。」

何有魚嚇一跳，問：「真的！你認她？好小子，我從現在真的服你了！我這就去！」

鐵小七說：「是！你這就去。叫她放心。」

何有魚轉身剛要走，又拍拍腦袋回頭說：「還有一件事，我昨晚在掛襪子人家看到木板凳了，那家兩個大丫頭掛襪子，我和木板凳睡一個炕上了。木板凳先認出我的，我記得我在鐵小葉家羊肉館見過他一回，木板凳在河岔裏淘金。他叫我問你好。」

鐵小七說：「是嗎？那傢伙不知爲什麼突然就沒影了，看來淘金比當小夥計好。」何有魚走了，鐵小七打開包袱，一件件看鐵七和查十三在一起時穿過的衣服，心裏發苦，最想要的爸爸卻不是他的爸爸。鐵小七看著這些洗得乾乾淨淨又挺新的衣服，又想起了小女孩穿的那身破爛衣服，鐵小七心裏翻了下個，想到了查十三真正喜歡的人是鐵七。要不是真喜歡鐵七，要不是懷念鐵七，查十三不會這麼多年留著這些好的衣服不給女兒改改穿。

鐵小七沒勁幹活了，躺在石頭上望著天空中飄飄悠悠的白雲，想老七爸爲什麼離開這個媽呢？要不離開，我這當兒子的是不是就是真的了？鐵小七想不明白上一代的事，就對著白雲嘆氣。

青上衛跑回來了，叼著一張淺褐色兔子皮丟在鐵小七腳邊。

鐵小七瞄一眼兔子皮，就說：「現在的兔子皮鬆毛老不值龍洋，記得下次帶整隻的回來，你老子我也要吃肉。」

青上衛貼貼耳朵，搖下尾巴，掉頭跑進地倉子裏，鐵小七知道青上衛又扒土去了。

快到中午了，鐵小七餓了回去做飯吃。瞅一眼青上衛扒土扒得正歡，就說：「你不是狗獾，又不是母狼，你是公狗又不生崽，扒什麼洞？」

青上衛汪地叫一聲，跑過來丟下嘴裏的東西，掉頭又跑回去。鐵小七看了眼，嚇一跳，青上衛叼過來的是一顆骷髏頭。青上衛又跑過來，張嘴丟下一根人的大腿骨。鐵小七頭皮發麻過去看，原來青上衛扒出的那具骷髏是坐著死的，被滑下的山坡推倒一面土牆埋上的，也許那人生前正靠牆坐著幹什麼，就被突然活埋了。

鐵小七說：「青上衛，這人死了老鼻子年了吧？又被你扒出來了，咱們把這人怎麼辦呢？」

鐵小七蹲下來看。

青上衛又在骷髏坐著的大腿骨之間，扒出幾塊石塊樣的東西，用嘴咬住，那石塊太沉又大，又從青上衛嘴裏滑下去。在青上衛牙齒咬過劃出印的地方，閃出了黃色的光。

鐵小七愣一下，伸手抓，一下沒抓起，雙手才抓起了這塊小孩腦袋大小的石塊，掂了掂。鐵小七嘟噥：「興許這就是腦袋大的金塊了，這傢伙有三十多斤重。」

鐵小七用水洗去石塊上面的土，那就是大金塊。青上衛在鐵小七發愣的時候，又叼過來幾塊拳頭大的。鐵小七用水洗了也全是天然的、俗稱狗頭金的金塊。鐵小七生性不愛財，看著一堆大小七塊金塊並不怎麼心驚，說：

「青上衛，你這破狗，你早知道那地方有金塊，幹嘛你一天就挖一小會兒？這金塊是這個死人的嗎？」

青上衛趴在鐵小七腳邊，低頭看著金塊，又揚頭瞅瞅鐵小七，眼睛裏充滿得意。

鐵小七拍了拍青上衛的腦袋，說：「不管怎樣，咱們可以回家了，我想小葉、想媽、想那二爺、想九蘭姐和翹大姨了。你也想老憨和老賊了吧？好久沒回大獨嶺了。我還有點想金小炮了。昨晚做夢和他打架，告訴你青上衛，我把金小炮打了十七八個跟頭，我打贏了。」

鐵小七過去整理了那具骷髏，搬到外面，找了片平整的草坡，挖了個長方形的土坑，又砍了些樹枝墊了坑底，把骷髏擺好，就埋山坡上了。埋完了鐵小七還說，你好好住在這疙瘩吧，沒準你早就又托生活在你老家的那疙瘩了……

可是，何有魚直到天亮了太陽升起挺高了才回來，何有魚說：「我把你的話告訴查十三了，查十三哭了，說你親生媽媽生了你就死了，她說她不是生你的媽媽，她才不會給博一丁那牲口生兒子呢！鐵小七，查十三是你媽嗎？我都叫你和你這個媽整懵了。」

鐵小七瞅著何有魚吸鼻子，一副想笑又發愁的樣子。

何有魚又說：「他媽的，我又撞上木板凳了，起初他說閒下來找你聚聚，我還挺高興，後來這傢伙問東問西地問火了我，我和他幹了一架，他的鼻子叫我幾拳砸得全是血。這傢伙拐彎抹角就問鐵小葉，我才火的。」

鐵小七卻說：「先不管他，你打架沒吃虧就行。咱倆快走，咱倆可以回家了。」鐵小七就給何有魚看那些金塊。

何有魚說：「我的媽呀！這是真的金塊？是咱倆的了？」

鐵小七說：「腦袋大的是我的，拿回去和小葉的腦袋比比看它大還是小葉的腦袋大，這五塊拳頭大的合一起比腦袋大的重，是你的。這第七塊拳頭大的也是我的。行吧？」

何有魚說：「怎麼不行，太行了。咱倆走吧！這些破東西都丟了吧，告訴你鐵小七，咱倆得小心點走。」

可是青上衛像往常一樣白天出去了。因爲牠記得，要離開就得先收拾行頭。今早鐵小七沒幹收拾行頭的事。

鐵小七說：「青上衛還沒回來。」

何有魚說：「沒事，青上衛回來不見你會一路追上來。咱倆金子太多不能待了，快走，一口氣就往家跑。」

鐵小七想一想不放心青上衛，又想到了查十三，又想去看一眼，就說：「咱有金子沒人知道，沒事。你在這疙瘩等青上衛，我去看看我這個破媽。我順著河走，你順著河來，在靠山屯北邊河道拐彎的渡河口碰頭。」

何有魚說：「行，咱只帶著行頭走。我老在山梁西邊的荒溝樹林裏看到青上衛，那裏還有一條好看的青毛母狼狗，青上衛和母狼狗總在樺樹林裏打鬧，我去找找。你去吧，你要是給查十三留些金子，咱倆回了通化縣城再重分，還一人一半。」

鐵小七說：「我就是想把拳頭大的金塊給她。我再把小妹妹帶走，把小妹妹留在這疙瘩，過幾年也會像這個破媽一樣掛了襪子。我還想，等這個破媽的男人死了，我來把她接通化縣城去，讓她在山貨行裏賣山貨掙乾淨的龍洋。」

何有魚說：「行！行！你這個媽以後也是我的媽，我和你一起養她。你快去吧！咱倆下午可能就碰頭了。」

4

何有魚在山梁西邊的荒溝樹林裏沒找到青上衛，又趕到和鐵小七約定碰頭的渡河口，那時夕陽就紅在天邊了。在渡河口也沒等到鐵小七，何有魚就查找腳印，想確定鐵小七來沒來過，他在靠近河邊的地方找到了兩個人的腳印，還有青上衛跑動時留下的跨度大的腳印，都是走向渡河石的腳印。其中哪個是鐵小七的腳印何有魚不能確定，兩個人穿的鞋都一樣。兩個人的腳印先是並排錯開半步走，在走近渡河石的邊緣前，就成了一排一個人的腳印，另一排一個人的腳印在幾步遠的河邊打個拐，向山裏去了。而且兩個人的腳印也都是少年人的腳印。但是青上衛的腳印何有魚是認識的，何有魚就想，準是鐵小七等不及了，興許看見跟上了人又害怕就先走了。

何有魚就踩著一塊塊露出水面的渡河石，一步一跳地過了河，上了南岸，一路追下去。幾天後的晚上，何有魚敲響了紅羊家的院門。紅羊開了門見是何有魚就讓進來。

何有魚看到青上衛在院裏，看見他還跑過來嗅，張嘴就說：「王八犢子，還是你倆跑得快，我起早貪黑也沒追上你倆。」

紅羊聽了腦袋嗡的聲就大了，趕緊讓何有魚進了屋，想問，又想不出該怎麼開口問，就去給何有魚倒水。鐵小葉還沒睡，聽了叫門的聲音，就跑過來。

何有魚一見鐵小葉就咧開嘴，嘿嘿就笑了，問：「妳的腦袋大還是那塊腦袋大的金塊大？」

鐵小葉愣了愣，問：「啊？鐵小七找到腦袋大的金塊了？」

何有魚說：「是啊！鐵小七找到的，我們倆分了，一人一半。給妳看。」何有魚從行頭裏掏出一隻鹿皮口袋，乒乓倒出五塊拳頭大的金塊說：「這五塊加一塊才比鐵小七的那塊大一點，這會兒妳高興了吧？」

鐵小葉說：「是啊！是啊！高興啊！鐵小七呢？去茅房了嗎？」

這個時候，紅羊在冷眼旁觀留意何有魚的表情。

何有魚一下愣住了，又咧嘴嘿嘿笑說：「妳快叫他出來吧，我不怪他不等我先走了。我一路追一路想，鐵小七用的這招對，他是和漢人長大的，知道用這招往回跑才高明。我們分開走像小跑腳的趕活，跑在路上、吃飯、投店，真的不顯眼。」

鐵小葉臉色轉白了，叫一聲問：「啊！鐵小七沒跟你一起回來？」

何有魚說：「什麼？狗回來了鐵小七還沒回來？這小子丟我後面了？不可能啊，狗不會丟了主人啊！」

何有魚把手一甩又說：「這小子會不會犯了傻死等我啊？才叫狗先回來找我？這說不通啊！妳別急鐵小葉，我回頭找去。」

何有魚只揹了獵槍、行頭，又走了。

紅羊想到馬老道的卦應了，在青上衛獨自跑回來時，紅羊就想可能出事了。而且在鐵小七離家走後，紅羊才想起馬老道給的叫揣鐵小七懷裏七天的那道符灰，她忘了給鐵小七。但鐵小葉見到青上衛時還說，準是鐵小七怕我著急，先叫青上衛回來報信，這傻小子快回來了，我又得天天瞅他那隻破耳朵了……

過了半個多月，何有魚從柳樹河子回來了。何有魚瘦得脫相了。

何有魚說：「我又找了，這一路上沒人見過鐵小七。我一直找到查十三家。鐵小七說過先去查十三家看一眼，給查十三拳頭大的那塊金塊，還說把他的小妹妹帶回來。我就這樣去問的查十三，查十三說：『那天鐵小七來了我家，也給了我一塊拳頭大的金塊。』查十三還說，『我告訴鐵小七，等我男人死了，就帶女兒來通化縣城找他。鐵小七說趕著和你碰頭，他走了啊，還沒到家嗎？』我就想，會不會是查十三的男人見了腦袋大的金塊起貪心害了鐵小七。我等查十三的男人回來，推了那男人一把，那男人跌倒咳得吐血爬不起來。這體力哪能整過鐵小七？我就找到地倉子，我們採金的那疙瘩叫採金老漢占了。我們認識，我問老漢，老漢說：『你小子命大呀！你倆一起走你也完了。準是在屯裏叫人盯上了。哪有一下子整到腦袋那麼大金塊的？那小子心眼好使。可惜！可惜！真可惜！』我又在屯子裏打聽誰家突然發了財，或是誰見了採金人那天來過屯子。我打聽不出來，後來在河裏一個打漁的對我說：『那天我看見一條青毛狼狗游在河裏拖一個順水漂的人，青毛狼狗真邪性，硬是把那個人拉上了河石。我撐排過去看，那人是個小孩，臉朝天仰著，耳朵上邊破個大口子，那塊頭骨興許也裂縫了。傷口上的血被水沖去，青毛狼狗對著小孩的耳朵汪汪叫幾聲，就給舔傷口。小孩的傷口又出血了，小孩的手還勾著動。我看小孩沒死我得救人啊。可是壞了，我一靠前，青毛狼狗瘋了似的咬我。我用撐竿揍那狼狗，青毛狼狗邪了門了，牠會奪撐竿。這傢伙閃了幾下，一口咬上我的撐竿一甩頭，差點把我拉得掉河裏。小孩待的那塊河石是淹在河水裏的，小孩大半個身子還浸在水裏，我和青毛狼狗這樣一糾纏，小孩又滑進河水裏，被沖向急流裏了。青毛狼狗又跳水裏去追，小孩好像被水灌醒了，還撲騰了幾下，就被水浪一捲，就沉了。青毛狼狗轉著圈游水嗷嗷叫，也被水沖下游去了。』」

何有魚一口氣講到這，又說：「那打漁的還說：『我要是趁那時救上那小孩，興許小孩還有救。可是青毛狼狗就是不許我靠前，這種狼狗我可沒見過，對主人好過頭了。』我又問打漁的那小孩的衣服樣子，我還想興許不是鐵小七，可打漁的說，那小孩衣服沒特點，但那小孩只有一隻耳朵。我想這就是鐵小七了。我又順河找了幾十里，那河兩岸都是山崖荒灘，什麼也沒找到，連人也沒碰上一個。我沒招了，我想，鐵小七可能在和我碰頭的地方掉河裏了，腦袋才會跌破，才會淹死。那渡河口是河道拐大彎的地方，過河是踩著一塊一塊露出水面的河石過，水挺深也挺急。我頭一次回來，就是在那找到青上衛和鐵小七的腳印的，才以爲鐵小七和青上衛在前面，才一路趕回來的。我不聽鐵小七的去找青上衛就好了，那樣就不會分開了。我倆扶著踩河石過河也不會掉下去。」

紅羊和鐵小葉也不瞭解青上衛爲什麼這樣護主？這就是青上衛這種東北狼狗最大最好的特性、也是最要命的特性了。先前在鐵七受傷的時候，青上衛都阻止鐵小七這樣親近的人靠近鐵七，何況在面對鐵小七這個和鐵七差不多的主人時，青上衛就更沒可能允許陌生的打漁人靠近受傷的鐵小七了。

紅羊和鐵小葉也不懂青上衛爲什麼阻止那打漁人救鐵小七，何有魚對狼狗的瞭解不如鐵七深厚，雖知道個大概但也沒心情訴說。而紅羊和鐵小葉就認定鐵小七回不來了，而且這也是早有預感和準備的，又在擔心焦慮中隔了這段日子，結果明確了，也就不怎麼傷心了。紅羊嘆口氣問何有魚，以後有什麼打算。

何有魚說：「我能有什麼打算？採金那活我幹不了，回大獨嶺也麻煩，烏小丫要嫁我，我不能要烏小丫，那是姐。我想要九蘭，九蘭又不要我。我再出去闖闖吧，在柳樹河子待著打獵捕魚也挺好，興許這就是我能幹的事。那些金子我也不要了，那是鐵小七用命整到的，我才離開一個晚上他就一下子整到了，真出了鬼了。留著給鐵小葉養老用吧！」

鐵小葉鼓著眼珠斜眼瞪何有魚。

紅羊說：「這樣吧，你把館子收拾一下，開山貨行吧。咱們三個一起開，興許鐵小七被人救了還能回來呢？」

何有魚瞅一眼歪著腦袋瞪著他生氣的鐵小葉，咧開嘴笑笑說：「也行！真的行！我懂山貨，我留下來了。」

鐵小七就這麼沒了，具體怎麼沒的，是否真是自己失足落水，就誰也不知道了。然而青上衛知道，也目睹了鐵小七死前突然發生的一切，但青上衛無法告訴任何人。青上衛從跑回家來還是看不到鐵小七之後，總是時不時地突然甩頭，仰天發出短促的一兩聲狼嚎似的嚎叫，沒有人知道青上衛時時在痛心。同時青上衛連食物也不大吃了……

5

兩個月以後，時節是真實的冬季了。

這一天，通化周邊區域下了第一場濕性的、較大的鵝毛大雪。在大獨嶺的跑兔子溝裏，那二帶著九蘭、烏大丫、烏小丫在雪地裏打埋伏獵梅花鹿。這個時節，獵梅花鹿主要是獲取鹿茸，因爲這個時節梅花鹿的角是軟的，這才是真正的鹿茸，等過了這個時節，梅花鹿的角骨化了，就不是鹿茸，而是沒什麼用的鹿角了。九蘭用李狐兒送的馬槍，一槍把一隻緩緩靠過來啃灌木樹皮的梅花鹿的腦袋打個眼。那梅花鹿的腦袋上長了兩枝六個叉的鹿茸。

那二喊：「我九丫頭成神槍手了。」

烏大丫、烏小丫就爬起來去拖梅花鹿。這倆丫頭在痲子炮烏巴度死後，家就散了。那二把她們姐妹接家裏和九蘭同住。那二對她們的稱呼就變了，喊九蘭九丫頭，喊烏大丫大大丫頭，喊烏小丫小大丫頭。

那二說：「九丫頭，咱這就回去還是再轉轉別的溝，再整兩隻長著更大鹿茸的鹿？」

九蘭歪歪腦袋不回答，又把火狐狸皮圍脖從脖子上拽下來，支棱耳朵聽聽，一下從雪地上跳起來喊：「青上衛回來了。」

九蘭提著馬槍就往家跑，腳下被採出雪外的灌木絆了，摔了兩個滾翻，爬起來，抓起馬槍又跑，身上沾的雪不時掉下來。

那二拍下腦門說：「九丫頭腦子準是壞了，狗的耳朵沒聽見青上衛的叫聲，她的耳朵就能聽得見？這可怎麼辦？」

老賊突然汪汪叫，掉頭追著九蘭飛奔而去。

那二想，難道是真的？青上衛真回來了？那我一隻耳朵的孫子也回來了。那二就跑去駕狗拉爬犁，和烏大丫、烏小丫把梅花鹿裝爬犁上，一口氣跑回來了。一進院門，那二和烏大丫、烏小丫看見九蘭抱著青上衛在哭，青上衛瘦得皮包骨頭，兩排肋骨像搓衣板，老賊也吱吱叫著圍著青上衛和九蘭轉圈。

那二看了青上衛變成這樣子，嘆口氣，抹了把眼淚嘟噥：「八成我那一隻耳朵的破孫子也沒了。唉！這小子是他媽的什麼命啊？唉！我那二這是他媽的什麼命啊！」

在九蘭的精心照顧下，青上衛過了一個多月才漸漸好起來了，也能跟著九蘭去打獵了。又過了些日子，青上衛和從前差不多一樣精神抖擻了。只是青上衛的眼睛裏總是時不時流露出一種憂鬱和哀傷。在不能狩獵的時間裏，青上衛還喜歡獨個待在角落裏，靜靜地趴著，像在幻想著誰。

九蘭想了好久的一個想法開始實施了，九蘭又用上了召喚青上衛的柳哨。九蘭吹了一下，青上衛打一哆嗦，背毛立即炸開，揚頭瞅著九蘭，目光中透出恐懼和悲傷，張嘴發出求饒似的吱吱聲，後腿往下軟，失禁了，嘩嘩地撒了尿。青上衛的耳朵也貼下來了，精神立刻倒了。

九蘭的眼淚一下子衝出來，她知道青上衛還牢牢地記得，她在鬥狗場吹了柳哨，青上衛差點被板凳子狗咬死的情景，而且青上衛眼睜睜看著九蘭沒有救助牠，卻是掉頭離牠而去……

九蘭撲過去抱住青上衛說：「對不起！對不起！那是爲了報仇啊！俺再也不用它了。」她當著青上衛的面，把柳哨掰斷，丟掉了……

時間很快，李狐兒和鐵七生的女兒鐵小狐已經三歲了。在鐵七死後三周年的清明那天，李狐兒帶女兒鐵小狐來給鐵七掃墓，回來時住在那二家裏。

鐵小狐在鐵七以前的屋裏玩了一會兒，就跑到院裏，她不理睬院裏那些新養的黃毛柴狗。一眼看到在草窩裏打蔫的青上衛，就跑過去一把握住青上衛的右耳朵往起拽。

這個時候，青上衛已經九歲多了，像人過中年差不多的年紀了。而且和青上衛差不多同年的那五條黃毛爬犁狗也都老死或累死了。十一歲的老憨突然有一天圍著那二轉兩圈吱吱叫幾聲，就跑出門再也沒回來。那二知道老憨死了，死在什麼地方那二不知道。因爲好的獵狗都不會死在家裏，感覺快死時就會離開家，死在誰也不知道的地方。十一歲的老賊在老憨死後，精神不好，在陪九蘭獵梅花鹿時，被梅花鹿頂傷了。九蘭怕老賊像老憨似的悄悄離開死在外面，就拴著老賊在家養了一個多月的傷。老賊還是走了，咬斷繩子跑了死在外面了。

這院裏就剩下青上衛這條元老級的狗了，青上衛就變得比較懶了。可是青上衛被鐵小狐拽耳朵從草窩裏拽出來，牠嗅了嗅鐵小狐，突然一下子精神了，圍著鐵小狐打轉喜歡的不得了，鐵小狐也嘎嘎笑著拍打青上衛的屁股在院裏跑。

那二看著看著，眼圈慢慢紅了，說：「這老傢伙在小丫頭身上嗅到了老七的味。小丫頭要是小子，就是第二個神獵手老七哥了。」

李狐兒住了五天，木幫的兄弟把李狐兒母女接走了。李狐兒和鐵小狐坐上馬車走時，青上衛跟出老遠，回來後更打蔫了，院裏新養的獵狗敢在青上衛鼻子前刨土了，青上衛也不理會了。

又過了幾天，九蘭該去紅羊的山貨行收去年皮貨和山貨的賬了，就和烏大丫駕馬車準備去。烏小丫卻不去。烏小丫喜歡的何有魚和鐵小葉成親兩年多了。鐵小葉跑來和九蘭打個商量，大小獨嶺的山貨就由九蘭主持，統統由紅羊山貨行代銷了。而且都三翹把鴿子院賣給了林豹子，把所得龍洋分給了鴿子院的眾妹妹，也搬到紅羊家落腳了。用都三翹自己的話說，她終於從良了。

也許真是何有魚帶來的好運，紅羊山貨行的生意很好。而且何有魚和金小炮又打了四架，金小炮的鼻子終於被何有魚打得又歪又扁了。金小炮也不再向何有魚叫號了，見了何有魚就點下頭，咧咧嘴齜牙笑一笑……

九蘭上了馬車又跳下來，去把青上衛從草窩裏拽出來拽上馬車，說：「青上衛，你現在是青皇帝了。俺也帶你進城開開心，鐵小葉對你挺好的。你在縣城裏和老七叔一樣那麼有名氣，憑什麼不去。」

烏大丫笑了說：「青上衛快成妳的男人了。」

九蘭說：「妳說對了，除了老七叔，哪個男人比得上青上衛！」

青上衛臥在馬車上沿路看青草綠樹和遠山叢林的景色，這條路帶給了青上衛太多的回想，青上衛似乎想起了在這條路上發生的那些事，隨著馬車的行走，青上衛看著看著就精神了，一躍跳下爬犁，在馬車前面跑起來。

九蘭說：「前面就到青上衛救俺的地方了。」

烏大丫問：「是嗎?妳現在知道大尾巴紅豺不是狼了吧？」

九蘭和烏大丫都笑了。

縣城到了，紅羊山貨行到了。

鐵小葉看見青上衛挺高興，跑到後院給青上衛拿了大塊羊肉，撕碎了托在手心裏叫青上衛吃。

青上衛剛剛張嘴要吃羊肉，神態突然變了，渾身的皮毛滾動，四肢微微打顫，尾巴往屁股溝裏夾，吱叫一聲，甩下頭，掉頭跑出山貨行，跑街上了。

鐵小葉不明所以，急忙跟著跑出山貨行看，看到青上衛加快步伐，迎著一個突然看到鐵小葉就發愣的人一躍而起，尖吻瞬間把這個人的咽喉撕開了。這個人發出嗚的一聲，捂著咽喉轉個圈，踉蹌了幾步就跌倒了。脖子裏的血滋紅了一片土地，青上衛又撲過來，對著這個人汪汪叫。

鐵小葉跑過來，蹲下喊：「木板凳，你是木板凳？」

木板凳一隻手離開脖子，向鐵小葉伸去。鐵小葉頭皮一下炸得一震，伸手從木板凳脖子上拽下一塊祖母綠的水滴形玉墜，喊：「鐵小七的『媽媽淚』！是你！是你害死了鐵小七？」

木板凳用力挺了挺腦袋，似乎想點頭，也似乎想搖頭，但木板凳的頭往下一垂，瞪著一雙眼睛死了。

街上好多人圍上來看，青上衛圍著木板凳的屍體嗅著嗅著，又撕開木板凳的衣服，又用牙齒從木板凳懷裏掏出一隻鹿皮口袋，口袋上還繡了一片柳樹葉子。

鐵小葉拿過來說：「真是木板凳害死了鐵小七，這是鐵小七去柳樹河子那天，我裝了龍洋給鐵小七放行頭裏的。」

九蘭、烏大丫、紅羊、何有魚、都三翹都過來了。

鐵小葉撲在紅羊懷裏放聲大哭。

何有魚說：「都別看了，木板凳在柳樹河子靠山屯的河邊殺了鐵小七，搶了鐵小七的金塊。鐵小七的狗記住了木板凳的氣味，咬死木板凳給主人報了仇。這壞傢伙就該這樣死。」

鐵小七的死真是木板凳造成的嗎？看青上衛的樣子，興許就是真的了。這也許就是鐵小七和木板凳的宿命……

青上衛仔細嗅著木板凳的鼻子、嘴巴，確認木板凳真的不出氣了，真的死了，甩頭揚起前腿跳一下，揚頭對著柳樹河子方向，發出極悲慘的嚎叫……

這個東北狼狗青上衛的故事到了這裏就應該畫上句號了。但是，青上衛的結局也應該交代一下，儘管這個結局的交代，也可能是個遺憾，也可能是畫蛇添足，但沒有這個交代，這個故事就不完整。

在青上衛給鐵小七報了仇，咬死木板凳之後，牠住在大獨嶺的家裏，精神總是打蔫，連同九蘭進山打獵都提不起精神了。似乎青上衛自己知道牠幹完了所有想幹的事，再沒牠想幹的事了。這還不同於沒爲鐵小七報仇之前，那時青上衛肯隨那二、九蘭一道進山，也和老憨、老賊配合得很好。那爲什麼現在不行了呢？因爲青上衛確認了鐵小七已經死去，牠的心裏就沒有了可以信任的主人了。

九蘭不能理解青上衛怎麼變了，總是企圖使青上衛打起精神，企圖帶青上衛進山，以狩獵的鮮活場面燃燒青上衛眼中的火焰。但沒效果，青上衛卻變得更懶了。

那二說：「九丫頭，我觀察了好久。青上衛自從給鐵小七報了仇，這傢伙就確認主人已經死了。牠沒可以信任的主人了，這傢伙的心也死了。這傢伙看妳時的眼神發虛，那眼神是怕妳，也不敢信任妳，也就是這傢伙失去了敢於信任妳的膽量。這和這傢伙還聽妳的召喚沒有關係。這傢伙帶著這種心事和妳進山打獵，興許妳和牠都會出意外。九丫頭，就讓這傢伙待在家裏吧。先前妳在鬥狗場如果不吹那聲叫這傢伙差點送命的柳哨，如果吹了柳哨在牠受難時能及時地救助牠，而不是掉頭跑掉，這傢伙會像認老七和鐵小七那樣認妳當主人，但現在不行了。這傢伙心裏沒了可以信任的主人，精氣神也就都沒有了。」

九蘭拍著青上衛說：「那二爺，俺懂青上衛了，這沒什麼，俺養青上衛的老。牠救了俺，是俺對不起牠。」

此後，青上衛就帶著那種迷惘和悲傷的眼神，把一切都鬆懈下去了。在九蘭一天一頓肉食、一頓素食的精心餵養下，變得像小豬一樣胖。

後來，在一個飄雪的早晨，青上衛疾病而終。也許，青上衛不是條最好的獵狗，青上衛在死前沒像老憨、老賊那樣跑出家門死在外面。

青上衛是趴在草窩裏，嘴巴壓著一隻前腳，另一隻前腳壓在嘴巴上，擋住眼睛，露出嗅氣味的鼻子尖，像睡覺那樣死的。但也許，青上衛之所以死在家裏，是因爲在青上衛的內心之中沒有了可以信任的主人，也就失去了敢於離開家死在外面的勇氣。因爲一條沒有主人可以信任的東北狼狗，或是一條不被主人信任的東北狼狗，就是膽子最小的東北狼狗。因爲東北狼狗的一切勇氣和靈性都來源於牠對主人的信任，或主人對牠的信任。青上衛的這個結局，和心目中始終信任主人的老憨、老賊是不一樣的。

青上衛死時是十二歲，相當於人的六七十歲。